诱婚

期海飞鱼 著

Induce Marriage ㊤

新世界出版社
NEW WORLD PRESS

图书在版编目（CIP）数据

诱婚 : 上下册 / 期海飞鱼著. -- 北京 : 新世界出版社, 2019.9

ISBN 978-7-5104-6876-6

Ⅰ. ①诱… Ⅱ. ①期… Ⅲ. ①长篇小说－中国－当代 Ⅳ. ①I247.5

中国版本图书馆CIP数据核字(2019)第181447号

诱婚（上下册）

作　　者：期海飞鱼
责任编辑：黄　倩
责任印制：王宝根
责任校对：宣　慧
出版发行：新世界出版社
社　　址：北京西城区百万庄大街24号(100037)
发 行 部：(010)6899 5968　(010)6899 8705（传真）
总 编 室：(010)6899 5424　(010)6832 6679（传真）
http://www.nwp.cn
http://www.nwp.com.cn
版 权 部：+8610 6899 6306
版权部电子信箱：nwpcd@sina.com
印　　刷：天津中印联印务有限公司
经　　销：新华书店
开　　本：710mm×1000mm　1/16
字　　数：480千字　印张：39.75
版　　次：2019年9月第1版　2019年9月第1次印刷
书　　号：ISBN 978-7-5104-6876-6
定　　价：79.00元

目 录
Contents

上册

下册

第一章　惊变

晚上六点。江南酒店的一楼宴会厅内人头攒动，灯火辉煌。大盏的水晶吊灯从中空的4楼垂下，厅内装饰奢华，骨瓷餐具在璀璨灯光下别具贵重质感，中庭4层挑高设计了270度LED巨幕环绕，滚动播放着卢氏电讯五十年来的发展历程以及高管的高清照片。

一个穿黑色大衣戴宽边大墨镜的女子踏着夜色走进来。脚步不慌不忙，偏分刘海的棕色长发在肩头随风微扬；身边还跟着个差不多年纪的女精英给她提着包一路小声介绍着。

当女子与人一路寒暄到宴会厅的中央，大屏幕正好播放到卢氏电讯第三代准继承人卢玮希的照片。女子忽然停下脚步，拿掉墨镜，露出一张眉眼精致的脸庞，眼底英气流转，睨着大屏幕，竟嫌弃地说：“真丑。”

相比她的从容悠闲，给她提包的女精英却急出了一头汗：“卢总，别再自我嫌弃了，一会儿就该您上台了，赶紧看一眼讲稿吧。”

说到上台，卢玮希这才伸手接过讲稿，边走边浏览讲稿内容，眼角余光突然看到卢氏电讯的董事长，也就是她的父亲卢卓迎面向她走来。

卢卓已经记不清有多少日子没见卢玮希了，自从他父亲卢荣去世后他就再没见到过这个女儿。眼前的卢玮希，穿一件黑色羊绒大衣，一米七的个头，站得又十分笔挺，人群中十分打眼。大衣是意大利顶级羊绒品牌Loro Piana的预售款，昨天雁儿拉着他去交了订金，专柜说要十天后才到货，没想到卢玮希已经穿在了身上。两年没有见面，四目相对有点疏离，但当他听到主持人说“尊敬的各位通讯界来宾、尊敬的各位媒体记者，亲爱的卢氏电讯同人们”时，赶紧快步走到卢玮希跟前，低声嘱咐：“玮希，待会儿要戒急用忍！”

卢玮希敏感地嗅出一丝不对劲，捏着讲稿，微微挑眉：“什么意思？”话音刚落，主持人激动的声音突兀地飘进她耳中：“首先恭贺卢氏电讯五十周年华诞之际旗下子公司奇迅取得了5G手机牌照，再恭贺荣风通讯获得卢董首肯，即将与奇迅强强联手……”卢玮希瞬间明白她父亲让她“戒急用忍”的含义，原来……她苦拼十年取得的业绩，竟然成了她父亲赠人的嫁衣，而那人还是想干掉她取而代之的小三之女，这叫她怎么忍！

主持人后面说了什么，她半字未听进去，只是倔强地挺直背，风度不减地冲着看向她的嘉宾以及记者回之礼貌颔首，然后在知情人同情的目光里转首看向卢卓：“然后呢，您还有没有什么要对我说的？”

卢卓迎着她的目光，见里面没有怨恨愤懑，才说：“没有了，你做得很好。”

卢玮希似乎就等着这个“好”字，很快就笑吟吟地补问：“那您觉得我哪里做得好？是一忍再忍，百忍成金了呢，还是我成全了您的偏心？”

心思被揭穿，卢卓一脸尴尬，但语气仍算温和：“不是我偏心，实在是当年那件事你不该实话实说，不然雁儿也不会吃那么多苦，这是你亏欠她的。她上月刚被荣风提升为副总，急需大合同，反正5G市场那么大，你一口也吃不下，带上她，你就当弥补……”

“我已经弥补了十五年，在您眼里还远远不够，是吗？是不是只要林榆雁想要的，您都会逼我以弥补的名义退让？”

卢卓一怔，完全没料到，在这事上一直逆来顺受的卢玮希竟敢在这种场合顶撞自己。他刚要开口训斥，就看到卢玮希嘴角勾起，用只有他们两人能听到的声音说：“《相马经》上说，的卢，马白额入口至齿者，名曰榆雁，一名的卢。林榆雁，是不是还可以理解为——林的卢？”

此话一出，卢卓头上的冷汗瞬间冒出。

卢玮希笑了笑，侧首眺望被主持人硬请上台替她发言的母亲，淡然叫了声：“爸，我知道，我的生辰八字在您眼里是扫帚星，不如林榆雁生辰好能做您的‘千里马’；我妈有病，又不懂时尚，也不如林榆雁她妈林岚聪明漂亮；但您也要知道，只有我和我妈拥有的一切不变，您才能安坐现在的位置。”

卢卓被威胁得眼前一黑，好一会儿才找到自己惊怒交加的声音：“你……什么时候知道的？”

卢玮希一脸莫名中又带了些委屈：“我知道什么？”

卢卓被反问得哑口无言，狐疑地看着卢玮希。卢玮希抢先诚恳地说：“我只知道，我现在有能力，也决不允许林榆雁再来掠夺我奋斗的成果，即便是偏袒她的你，也不行！”

生在内忧外患的卢家，长在爹不疼、娘痴呆、魑魅魍魉伺机取代她的环境里，她从小就懂得伏低做小隐藏实力，现在被迫表露出强悍，惊呆了一直以为她是软柿子使劲捏都没事的人。这些人里，卢卓首当其冲。他皱着眉小声呵斥：“你怎么可以这么绝情？！她妈妈救过你的命，她可是你的妹妹……”

“妹妹？”卢玮希夸张地惊呼一声，“爸，您是在说笑吧？众所周知，您只有我这一个独生女，林榆雁是您司机林叔叔的女儿，又被您美国的同学沈叔叔收养，国籍早就是美国。现在我严重怀疑，她是想窃取我5G技术的卖国贼，您怎能逼我认贼做妹？！”

“你……你简直……”卢卓哆嗦着嘴，却说不出一句完整的话。他做梦都没想到，逆来顺受的卢玮希突然变脸又这么难缠，先前准备好的措辞完全用不上了。

女精英在一旁紧张地看看卢玮希，又看看卢卓，真怕下一秒两个人就撕破脸，拔剑开打。

这样的场合，卢玮希也没打算继续让她父亲难堪。和女精英对视了几秒钟后，便戴上墨镜继续往前走，一脸什么都没发生过的轻松：“胡俐，去看看仲兴的仲董来了没？来了的话，马上替我约她签联合开发5G的意向书。”被称为胡俐的女精英正想从剑拔弩张的氛围中脱身，应了下来，立即去宾客中间找人。

卢卓明白卢玮希为什么这么做，她这是先发制人，警告他不要为了林榆雁，妄想逼她和荣风合作而与仲兴为敌。

仲兴是一家实力雄厚的跨国公司，在光网络、智能交换机等领域做得不错。负责人神龙见首不见尾，他至今没见过面，只听说是个狠辣难缠的仲姓女人，惹上了就后患无穷。他怕麻烦，只得放低身段，绕到前面，叫了声“玮希”，然后堵住去路。

卢玮希的眼底却只是闪过一丝波澜，取下墨镜，冷笑着看向卢卓。卢卓暗自打量卢玮希，两年没见，她的眉眼竟越发像那个男人，能力和机遇也越来越像，都是在最好的年纪攀上业界大鳄，只是不知道她是不是和那个男人一样，够好骗！

卢玮希知道卢卓是为什么堵上来，卢卓也不提仲兴的名字，直接略过那两个字问："认识多久了？"

卢玮希慢条斯理地抬手用两根食指搭了个十字架。卢卓立刻激起一身冷汗。十年，天哪！看来他对这个女儿的很多事情都判断失误，真是太大意了。他顿了顿还是开了口："玮希，做生意要看长线，荣风现在不如仲兴，不代表以后也不如。就像你之前为研发资金四处融资，处处碰壁，现在被你侥幸成功了，那些拒绝过你的人，不知道多后悔……。雁儿是个有潜力又知恩图报的孩子，况且当年的事她才十二岁。你呢，一直大方得体，这次带上她，就当我求你！"

卢玮希清楚，她父亲心中既后悔没堵死她所有路，又有责怪她当年实话实说，让林榆雁受到应有惩罚的意思。但卢玮希并没将此放在心上，只是不紧不慢地说："求我的时候，你有没有想过，我当年也是十二岁？何况，我再大方得体，也不能成为你一直偏心帮她伤害我的理由。"

卢卓毫不犹豫地驳斥："人心本就是偏着长的，连上帝都是偏心的。同样生为人女，为你打开的是门，为雁儿打开的是窗。"顿了顿，他又补充一句，"我不帮她改窗为门，难道你想把她禁锢一隅，活活闷死吗！"

卢玮希话锋一转："爸，您说得对，林榆雁是您寄予厚望的'千里马'，奇迅太小了，我不能把她禁锢一隅闷死。亚通、高科的业务遍天下，您赶紧替她联系去吧。哦，对了，奇迅是我一手建立，招商的事就不劳您费心了，否则……"说一半时正好一个电话进来找她。

也不知对方在电话里说了什么，卢卓眼看着卢玮希一边转身原路返回，一边有条不紊地讲电话：“你确定没看错？……好，别惊动她。对，远远跟着。……不用，我马上开车过去，一会儿见。”

在宴会厅最不起眼的角落里，坐着一位穿黑色西服的年轻男人。男人的外貌并不符合传统意义上大众对男性的审美标准，长相偏邪魅阴郁一挂，看卢家父女由面对面交谈变成不欢而散，他痞帅痞帅的脸上，不但没露出意外，竟还露出一抹坏坏的笑来。

卢卓一路与人寒暄着，朝这个方向靠近，一直走到了男人的身旁，才低声埋怨：“您似乎低估了她的反应，看来今晚不太容易成功。”

男人低头摇晃着酒杯，看猩红的液体凝聚出一道弧线再向外散开，却并未喝上一口，看向卢卓：“真是那么容易，还有什么意思？还有什么资格值得我亲自出马？”

“那您为啥让我做马前卒？两年不见，她像变了个人似的，我刚才差点中她的计，惹上仲兴的女魔头。”

男人听了，淡淡地说：“凡事不都讲究个先苦后甜吗，沉住气，岳父。”

“岳……父？”这匪夷所思的称呼让卢卓差点儿惊掉了下巴，“你的意思是？”

男人斜勾嘴角，瞟了眼一副不敢置信模样的卢卓，眼角余光看到卢玮希的背影即将消失在出口：“就是字面意思。”

岳父两个字的字面意思是妻子或未婚妻的父亲。原来眼前这个高不可攀的大Boss早就看上了雁儿……卢卓那颗偏心瞬间激动得怦怦乱跳，喜声问：“那接下来该怎么办？”

男人没有直接回答，只伸指蘸酒，唰唰唰在桌子上龙飞凤舞地写了几个字。

卢卓看完，后背顿时激起一层冷汗，都说这个大Boss心狠手辣，看来传言真是没有辱没他的恶名。可卢玮希突然亮出底牌仲兴，仲兴的董事长同样心狠手辣，商场上摸爬滚打几十年，这种讨好一头得罪另一头的事情，没有足够的利益交换他不会轻易去做。干笑着说了几句托词之后便进入正题，他试探性地开了个头："听说今晚仲兴的董事长也来了……"

男人眉峰微扬，却不接茬。

卢卓的目光匆匆掠过他那张高深难测的脸庞——轮廓近乎完美，线条明朗凌厉。身上意大利纯手工西服里面是同色系衬衣，镶边立领处是雅致的领带……眼前人的每一个细节都经过精雕细琢。大多时间，他都是面容平静，神色疏离，但即便这样，仍显得高高在上。与生俱来的强大气场，将卢卓压得端不住架子。

"不是我胆小，实在是这些年仲董仗着自己是个泼妇，欺行霸市的恶行在圈里有口皆碑。您也知道，我做这一切都是为了雁儿。雁儿要是有了好归宿，我今晚就算与泼妇拼杀起来也无后顾之忧了。"卢卓说。

"做生意讲究和气生财，计划略改一下明天再执行吧。"男人说完站起来，拿起椅背上的大衣，转身向出口走去。

卢卓一愣，这到底是什么情况？说好的今晚联手设局逼退卢玮希，扶雁儿上位，再瓜分奇迅。现在卢玮希被逼走了，正是扶雁儿上位、瓜分奇迅的紧要关头，你一个操控全局的大Boss也不该擅改计划先走吧？

等男人的背影彻底消失在宴会厅门口，卢卓才走过来找他的男助手，迟疑着开口道："改计划就等于给了卢玮希喘息的机会……我们不会被Henry先生给骗了吧？"

男助手赶紧宽慰："合作的前提就是Henry先生制订计划，咱们执行计划，您别想多了。"

卢卓看着门外夜色，摸着下颌，若有所思："我怎么觉得是我想少了呢……"

第二章　奇遇

卢玮希离开会场后独自驾车在道路上疾速行驶，心情十分沉重。坦白说，这份沉重大部分来自于她的父亲卢卓。十五年了，每次一看到卢卓，她就会本能想起十二岁那年偷听到的一个秘密。

当时她妈怀第二胎八个月，突然流血不止，惶恐地让司机带她去找卢卓，一出门就在大门外见到了卢卓的座驾。那是一辆加长林肯，车子一直在剧烈摇晃，惶然靠近车子的她，听到了里面传出的秘密。

那秘密，让卢卓伟岸如山的“父亲”形象从那一刻坍塌，让伪装成一家人的林岚母女彻底沦为她的仇敌，也让她在不知所措的年纪里被迫成熟，一边防备着卢卓和林岚母女，一边暗中修炼自己。

所幸她爷爷卢荣对她很好，卢荣是通信界的老行尊，却在传感器芯片上被世界芯片巨头高科卡了几十年脖子，发现她对芯片有超乎寻常的热爱时，不仅把她带在身边亲自教导，还在她十七岁时为圆她研发中国芯的梦想，助她成立了奇迅公司。

八年磨一剑，她的首颗ASIC芯片的流片刚取得初阶成功……然而，卢荣竟被人举报涉嫌操纵股价。证监会发出的公告上说：2013年12月—2016年12月，三年时间内，卢荣利用美国的证券公司对德兴公司的股票反复挂单、撤单和对敲，营造出交易活跃的假象促使股价变动，获利近二十亿。

获利如此之大，需要的原始资金也巨大，她不明白的是……卢氏的钱全烧在了她的芯片研发上，那卢荣操控股价的原始资金是谁提供的？又是谁举报卢荣操控股价的？举报的目的又是什么？

退一步说，卢荣就算要操纵股价，选自家公司操纵岂不更便捷？为何要去操纵背景复杂的德兴？她从未听卢荣提过德兴公司，这事摆明了就是个局。可惜时间紧急，没等她查清真相破局，卢荣就立下遗嘱自杀了。

警察定性为“畏罪自杀”，她不认同，能把小作坊做到上市公司的卢荣，怎么可能这么不堪一击地自杀？她认为是谋杀。要想知道对方图谋卢氏的什么，她必须将设局的人找出来，否则，不但不能给卢荣洗清污点，很可能下一个被谋杀的，就是被卢荣立为卢氏继承人的她。

两年了，在她锲而不舍的暗中调查下，事情终于有了眉目。今晚，更是收到嫌疑人出现在机场要外逃的消息……

“嘀，嘀，嘀——”一阵急促的汽车鸣笛声响起。卢玮希陷入回忆的思绪被迅疾拉回，迎面而来的强光照得她睁不开眼睛，双手本能地打了一下方向盘，想要避开那辆车，谁知闪避不及竟与右边平行的另一辆车撞到了一起。

砰的一声巨响过后，对面那辆车擦着她的车身呼啸而过，她则与并行的法拉利紧紧挤在一起……

惊魂未定的卢玮希透过自己半开的车窗望去——对方的车窗仅开了三分之二，窗外闪烁的霓虹灯光洒在驾驶座位上那人的脸上，依稀可见那是属于男人的眉眼，光线的微弱并未掩去男人的风致。

“Sorry，我走神了才撞上你。”她扶着额，匆匆道歉。

“敢撞我也是一种霸气。”冷冷淡淡又显得慵懒无比的磁性男声，像是波纹一样在卢玮希的心尖上震荡开一圈圈涟漪。这是他们第一次遇见，场景却带了莫名的熟悉感。这是他们说的第一句话，内容却像旧话重提一般。

一辆越野车绕过事故现场飞驰而过，瞬间的强度亮光，让她看到坐在法拉利驾驶室的人似乎很放松，精致的眉眼平缓舒展，完全没有被撞者的紧张不悦。

卢玮希蹙眉，正暗自回忆过去有没有认识过这样的人，男人却再度开口，声音里透着一股调侃：“私了还是等交警判，快选一个，我赶时间。”

微带涟漪的回忆被硬生生打断，卢玮希既囧又臊，刚要表态，手机突然响起，接通后对方只说了一句：“她上了沈家的车，我派人继续跟踪，你别来了。”

沈家，就是收养林榆雁的沈屠家。沈屠是卢卓的大学同学、荣风集团的董事长，卢卓刚刚还在会场逼她与荣风合作，现在涉嫌谋杀卢荣的嫌疑人就上了沈家的车，这说明什么？

细思极恐，卢玮希抑制着惊慌，收起手机，回头看男人还在等她回答，突然就恼了，赶时间了不起吗？她将头探出窗外看了看，还好，只是两辆车子挤在了一起，小剐蹭，破点皮。

“私了吧，我全责，我认赔。”嘴上说着，手上突然从副驾驶座位上抓起一听易拉罐从窗口抛向男人，“来，喝点东西压压惊，算我先向你赔礼道歉。”其行为之另类、认错之爽快，让被迫接住易拉罐的男人突然有点儿反应不过来。

“这是带气的网红饮料。”顿了顿，卢玮希打开车顶灯，回眸一笑，“既然大家都赶时间，那赔偿数目……不如边喝边谈？”

美人回眸总是格外吸引人的眼球，尤其是朦胧灯光下卢玮希的好身材完美展现。欣赏过美人，男人低头看了看手中饮料，品牌Logo让他的目光一怔，继而轻咧嘴角，干脆利落地说了个“好”字，只不过那张隐在暗影里的俊朗面容上是一副看好戏的神情。

卢玮希生怕他反悔，反手又抓起一听易拉罐，冲他举了举：“Cheers。”

男人看了卢玮希几眼，那眼神怎么都不像是被撞者看撞人者的眼神。见卢玮希精致的眉眼在灯光下写满了诱惑，就如她所愿地拉开易拉罐，抿唇浅尝了一口，回味般地眯了眯眼睛，才缓缓开口：“气味清香，入口甘醇，似乎是青梅果混了玫瑰蜜桃，口感不错。”

何止是口感，后劲还要点赞哦！卢玮希心里这样想，嘴上说得更加动听：“嗯嗯，这是我朋友公司的新产品，不但口感好，还美容养生促进血液循环……”说着，偷眼看男人又喝了几口，这才放心地摸出手机，啪啪敲出几个数，拨了出去。

男人慢条斯理地继续喝，等卢玮希挂了电话依旧没有打开易拉罐的意思时，他才状似无意地问：“你怎么不喝？”

卢玮希长发一撩，露出满脸狡黠：“我等交警来了再喝。”说完低头开始系安全带，再抬起头来时，好像突然想起了什么，“对了，我突然想起，我朋友说……这款饮料里，有那么一点点酒精。”

话音一落，男人手中的易拉罐咣当落地。

借着路灯灯光，卢玮希清楚看到缓缓落下的玻璃窗内男人挑起的眉，以及眉下如黑曜石一样的眼睛。那是一双镌刻在她记忆中挥之不去的眼睛。就这么毫无预兆地，卢玮希又撞进了那双眼睛里。

眼睛的主人有一张俊朗到极致的脸庞，轮廓近乎完美，线条明朗立体，鼻梁挺直，嘴唇很薄，完全是传说中薄情寡义的嘴型……可那双眼睛却生得极其魅惑人心，一怒一嗔，眼波流转间，所谓勾魂摄魄、万劫不复，也不过如此。

“你想把我灌醉了为所欲为？！”他突然从车窗内探出大半个身子趴在她车窗上。

热热的气息拂面而来，她才惊觉自己又走神想起了某人，连忙收敛心神，努力让语气淡定：“谁灌你了，酒是你自己一口一口喝进去的。”说着她想升起车窗，就用手去推男人。

男人不但不退，反而伸掌迎上她的手，双手相交，变成十指相扣……暧昧的姿势让她的脸瞬间发烧，挣了几下，却因力量悬殊而挣脱不开，脸对脸，被男人的目光看得极其不自然。别的男人拿各种目光看她，她都能应对，却对这个男人的目光无所适从。

男人挑着眉峰，突然用空闲的另一只手轻点了她鼻尖一下：“你有一壶酒，足以慰风尘，与君共饮尽，半醉半痴人。”

孤独活了二十多年，第一次被异性如此文艺地调侃，又如此暧昧地点鼻尖，卢玮希一脸无语：“老兄别自作多情，交警过来得十分钟，我只是想拖……”

“想脱？我帮你！”

“你敢……”她猛地扬起手掌。男人却张开怀抱想搂住她，以下巴抵在她的肩窝，异性的阳刚气息就这么热热地吹在她的耳畔。

“突如其来的变异，得积攒多久的委屈……”没来得及听懂他话中的含义，警笛声破空传来。卢玮希奇怪警察怎么会来得这样快，正想问他是不是也报警了，却被窗外突如其来的不明物咻的一下击中脑袋，然后便失去了意识……

第三章　黑吃黑

冻醒的时候，已经是天蒙蒙亮了。头痛欲裂，酒气熏天，卢玮希睁开眼就是反胃干呕。可惜昨天一整天都没怎么吃东西，干呕几下也没吐出点什么，揉着头上的包，她哆嗦着摸出手机，点了几下，发现手机没电了，抬起腕表看了看，已是第二天的早上六点。

想到可能发生的事，她收起手机，目光四下里打量，只十几秒钟，她就看清了自己所处的环境：独特的装潢、独特的摆设、独特的窗户设计、独特的空气、独特的床。没错，这里是独特的——拘留所单间。

出于多年养成的自救习惯，就算稀里糊涂进了拘留所，她既没有惊恐地拍门呼喊，也没有绝望地歇斯底里，唯有高智商的大脑加速运转——周年庆、5G招商、荣风、仲兴、父女撕破脸、车祸、暗算……昨晚的一幕幕如走马灯般回放至此。

想到自己黑人不成反被人家黑进拘留所，卢玮希自嘲着爬起来，这才发现身上除了自己的大衣，还盖着一件陌生的男式大衣，也不知这大衣是什么人的，心里一阵硌硬，就嫌弃地把大衣扔出去，很快透骨般的冷意袭来，得，她只好又把大衣捡起来。

嗅了嗅，大衣上并无油腻怪味，反而有股淡淡的VERSACE云淡风轻男士香水味，这是她曾经最喜欢的一种味道。黯然神伤了一会儿，卢玮希揉揉眼，胡乱地把大衣裹在身上，就听到门外有道声音在急切询问什么，尤其是听到询问内容里有“Gillian”这个英文名时，她冲着那扇铁门扑了过去，没想到那门是虚掩的，还朝外开，导致她收力不住，砰的一声扑趴在地。

“Gillian？”楚策一脸的不可思议。

凌晨五点刚一下飞机就接到一条“卢玮希被关进了江南拘留所”的匿名短信，他以为是哪个神经病在搞恶作剧，本想置之不理，又怕万一。他以最快的速度赶来，竟真的见到Gillian披头散发、五体投地地趴在地上。

楚策连忙收起手机跑过去，并未注意到，在他身后数步之遥，有一名年轻俊朗的男人，眼神深邃，隐含着几分锐利之意，也将这一幕收入了眼底。

地面很硬，扑得四肢尽痛的卢玮希刚在楚策的搀扶下站稳脚跟，一抬头，发现三步开外站着一人，确切地说，是一个出色的男人。男人的身姿颀长挺拔、五官立体精致、目光深邃锐利，自带一股不怒自威的王者气势。

似是发现了她的目光，男人的视线突然从楚策身上移开，与她目光相对，只几秒钟，他便恢复如常地移开了。

卢玮希却觉得一愣，或许是她多心，男人方才望来的眼神看似平淡无奇，但隐约又带了一份奇异的内容。很久以后，她才知道，原来这种内容叫作欲擒故纵。

楚策顺着卢玮希的目光，也看到了来人，脸上不由得露出惊喜：“表哥？”

男人似乎才听到楚策的声音，转头看向楚策，确认之后，这才有了表兄弟喜相逢时该有的表情：“阿策，你怎么会来这里找我？”

听表哥误会了，楚策不得不解释：“呃，表哥，我来这里不是找你……是找她，”说着指了指卢玮希，又指了指男人，对卢玮希简单介绍，“这就是我舅家表哥萧珩。对了，你不是怕过敏从来不喝酒的吗，怎么会因为酒驾进了这里？”

萧珩不动声色地朝卢玮希瞥了一眼。与他比起来，卢玮希就稍显狼狈了。黑色羊绒大衣上满是褶皱，高级定制的西裤也完全看不出档次，大衣外面裹着男式大衣，脚上踩着瘪了形的高跟鞋，那双昨晚还狡黠的眼眸，此刻却噙着一抹茫然。

楚策以为卢玮希不敢吭声是被关在拘留所里吓傻了，连忙安慰：“别怕，警察说你测出来的酒精含量超过80mg/100ml，完全属于醉酒驾驶。真是笑话，所有人都知道你根本不喝酒的。表哥，你要帮我，有人陷害我的铁哥们儿Gillian……”

萧珩吐出一个漂亮的烟圈，用以掩饰眼底一闪而逝的惊讶。

那个被楚策引以为傲的铁哥们儿Gillian，竟是卢玮希！

办完保释手续的律师傅斯年走过来，正好听到这番话，眯起眼睛，似笑非笑地看着楚策：“先前听说三哥半夜被人撞了，我还不相信，谁这么大胆子敢向三哥动手？现在看到楚少这么紧张肇事者……我突然想起萧家继承人顺序，三哥要是出事，楚少就是顺位继承人吧？”

一句玩笑话，就把怀疑撞车案是局的楚策推上为谋外家财产而设局的嫌疑人。

楚策懒得理这种没营养的玩笑，只紧张地看着卢玮希问："Gillian，昨晚究竟是怎么回事？"

卢玮希沉默。她没想到昨晚撞上的人竟是楚策的表哥，更没想到滴酒未沾的她会以醉驾的名义进拘留所！可她昨晚滴酒未沾……现在这满口满身的浓烈酒气是怎么来的？

萧珩弹了一下烟灰，插进话来："昨晚我开车经过江南酒店时被卢小姐追尾，也不是很严重，我本来没想追究，是警察接到举报，说卢小姐把毒藏在果酒里贩。警民协作嘛，我们就一起到了这里。"

贩毒？卢玮希愕然抬头。原来昨晚不只是她一人报警了，"螳螂捕蝉，黄雀在后"，她报警只是想戏耍萧珩酒驾，别人报警却举报她贩毒，刑法规定贩毒数量无论多少都会被追究刑事责任。看来昨晚跟踪嫌疑人是打草惊蛇了，对方一出手就想置她于死地！只是……对方冲她而来，就算警察要查验她车里剩余的果酒，被关进来的也该是她，以萧珩的能力，他要不愿意，是不会进来的。那么问题来了，他为什么要和她一起进来？

傅斯年见卢玮希一直沉默，顿时猜到楚策是剃头挑子一头热，为了试探某人，就一本正经地笑着编："经过警察查验，卢小姐后备厢里的果酒的确被人动了手脚，多亏卢小姐自律不吸毒，只是喝醉了发酒疯，不然真没这么容易保释。"

"发酒疯？"仿佛听到了不可思议的字眼，楚策讶声问，"疯到什么地步？"

"疯到抱着三哥又哭又笑又撒娇，警察来拉，她就拳打脚踢夺警棍打警察。楚少，你要真心为卢小姐好，她的车子就在外面，趁现在消息封锁，啥也别说了，走为上策。"

醉驾、肇事、贩毒、袭警……随便一个字眼都能毁了卢玮希的名声。楚策审视着看了卢玮希一眼，却看不出什么。卢玮希在卢家那种恶劣环境下生活了二十多年，早练就了心有惊涛而面无波澜的本领，就算她察觉到被人暗算，脸上也不会表现出一丝一毫。

“哦，既然是这样，那麻烦表哥让斯年处理干净，我先送Gillian回去。”顿了顿，楚策伸手去脱卢玮希身上那件碍眼的男式大衣，“这个扔了。”

卢玮希本能地后退一步，想避开他的碰触：“我想留着……”

楚策隐约猜到这件事的水有多深，却苦于当着表哥的面无法向卢玮希解释，也解释不清，只能速战速决地打断她：“留什么留，这个不吉利，回头给你买个新的。”

卢玮希无奈，做了两年无话不谈的铁哥们儿，她自然知道楚策很迷信，做什么事都讲究吉利不吉利。为了尽快脱身，只好配合着脱下那件本想当线索留存的大衣。

大衣被楚策当作垃圾丢弃一旁，随后示威一般，反手脱下自己的大衣披在卢玮希身上。

傅斯年看戏到这里，似乎才有点儿看出门道，偷看了萧珩一眼，心里暗忖：“难怪我一进门就被萧珩剥了大衣，原来萧珩的大衣被卢玮希穿走了啊。”

楚策可不这样想。他认定卢玮希的牢狱之灾是傅斯年搞的鬼，不然傅斯年怎么会大冷天只穿一件羊绒衫而不见外套？又不知傅斯年为什么会对卢玮希下手，只能把无名火都发泄在了大衣上，猛踩了两脚才同萧珩简单道别，也不等萧珩说话，就护着卢玮希往外走。

走到拐角时，卢玮希微微偏过头，视线与萧珩的目光撞个正着。他的目光高深莫测，嘴角轻轻上扬，勾勒出一抹意味深长的弧度。敌友不明，卢玮希迅速收回目光。

目送他们两人离开，傅斯年穿回自己的大衣，仍有些意犹未尽，昨晚出动那么多人手，他以为有大事发生，没想到却是一场英雄救美。

“斯年，”萧珩叫了一声之后，弯腰捡起那件大衣，轻轻掸去楚策踩下的脚印，不紧不慢地问，“查到是谁出手了吗？”

“查到了，就是我们怀疑的那人……没想到他连卢小姐都不放过。我已经让人跟踪他了，看他蛰伏这么久到底想做什么。对了，三哥，我看你最近频频布局，怎么，老爷子为帮她……对你下死任务了？”

傅斯年有个外号叫“玉面小诸葛”，这个外号可不是随便叫叫的，因为他本人除了面如朱玉之外还擅长揣测人心，并且每次揣度得分毫不差。萧珩面无表情地点点头。

“她……的确对不起你，但是老爷子对你恩重如山，既然你接了任务，就只能做出动静给老爷子看。不过话说回来，有没有任务，你都会找上卢玮希。”

萧珩低下头笑了一下，眼角余光瞥见木板床上有枚吊坠，走过去不动声色地捡起来，指尖似乎触摸到吊坠上刻了一个字，那是个早就烂熟于心的字，他的笑意越来越浓。

傅斯年早就窥见了萧珩藏起吊坠的动作，隐约猜到他想干什么：“三哥，其实从你半年前动用美国的数字团队做特效时，我就猜到你真正想完成的不是老爷子的任务，而是伯母的遗愿，不然你不会让外人把持高科又把亚通扔给小九，自己却去接……哈哈，你别瞪我，毕竟你和她……好吧好吧，天机不可泄露，我缝上嘴。”

萧珩瞪了一眼：“你倒是比我还要了解我的想法。”

“谁叫你一进大学就成为我崇拜的偶像呢，偶像的想法我必须懂啊……”

第四章　谋情

半小时后，除了剐蹭并无大碍的保时捷停在卢玮希的公寓门前。这公寓是她为自己购置的小窝，虽说是二手房，但胜在离家和公司都不是很远，又足够安静，公寓高19层，她就住第19层。

公寓保安小鄢见有车停下，连忙站起来，伸脖子一看是熟悉的车牌，立即拿起手机点了个号拨出去，眉飞色舞地说着什么。

卢玮希早就习惯了小鄢每次一看到车就拿手机掐时间的行为。她问过小鄢，小鄢拍着胸脯说这样是为了公平，每辆车都是掐时间只能停五分钟。

她决定用这五分钟回答楚策憋了一路的疑问，松开安全带，就没有立即下车。果然，车子一熄火，楚策就迫不及待地问："警察没为难你吧？"卢玮希摇摇头。

"那，你和我表哥……"一边是尊崇有加的表哥，一边是名为铁哥们儿实为暗恋的女人，楚策思索了一路，不知道该怎么开口，这件事压在他心头沉甸甸的。

卢玮希态度很好，有问必答：“你表哥不是说了吗，我酒驾撞了他，他好心不追究还帮我躲过一劫。”

明明是寻常的口吻，楚策却听出一丝嘲讽。

这事是挺嘲讽的，不喝酒的卢玮希酒驾撞上了从不自己开车的他表哥。他表哥不但不追究，还帮卢玮希避过被人诬陷贩毒的祸，楚策到现在都有种无法置信的感觉。

要知道他表哥萧珩可是教科书般的人物，大学时因舅妈出事而一声不响地退学去了部队，五年后又是一声不响地退役换了个大学硕博连读，今年才回萧家。回来没过多久便把萧家大半江山收在己手，看那架势根本就是早布好的局。

如此人物，不但不计较卢玮希撞他，还动用他的私人律师为卢玮希开脱，说没点儿猫腻，谁信？

“你和我表哥素不相识，他为什么要帮你呢？按理说，你撞了他，他就算不让你把牢底坐穿，也得让你缺胳膊少腿啊！哦，别以为我吓你，你是不知道，上次有个女明星只是装醉往他怀里扑了一下，结果第二天人就断手断脚躺医院了。”卢玮希只是听着，并不接话，其实她是不知道怎么接话，萧珩给她的感觉很特别，就是那种明明未曾谋面却有种似曾相识的熟悉感。

楚策自顾自地说了半天，好像突然想起了什么：“对了，你们都在芝大留过学，我表哥只比你大三岁，你们是不是留学时……认识？”

芝大留学……卢玮希心里一动，猛地想到了什么，面上却不动声色地侧身看楚策：“你想我怎么回答？或者，你是不是知道些我不知道的？”

听她语气平静没有丝毫破绽，楚策立即笑着掩饰：“哈哈……

怎么可能呢，你也知道我是个文艺范儿的导演，遇到这类问题，想当然就脑洞大开了啊。”

自从在西班牙的世界移动通信大会上听了卢玮希的精彩演讲，他就追到江南，以筹拍中国通信发展史为由，采访卢氏电讯，继而接近卢玮希，从好奇到佩服再到爱慕，最终心甘情愿地陷了进去。两年了，楚策知道在夹缝中求生存的卢玮希是个见微知著又敏感的人，怕言多必失，他连忙转移话题：“对了，你昨晚不是说要去现场招商逼仲董现身吗，怎么又跑去外面了？”

提到招商和仲兴的仲董，卢玮希的眼中闪过一丝痛楚。

楚策似乎明白了什么，轻叹一声：“看来你爸又糊涂了。可是仲董那边……她这几年只和你通信，人却不露面也不接电话，是不是她资金遇到困难，或者压根儿就不想和你合作呢？你现在有人、有技术，又手握5G手机牌照，想和你合作的公司多如过江之鲫，你为什么一定要等她？”

卢玮希沉默，现在的通信界有了她一席之地，想与她合作的公司的确如过江之鲫。十年前呢？十年前，她十七岁，奇迅初建，卢荣突发脑溢血进医院足足养了半年，卢卓联手卢老夫人出面断了她的研发资金，不服气的她凭一腔热血去融资，所到之处，处处碰壁，甚至连她亲妈都对她极尽奚落不肯帮她。走投无路时，是仲兴通讯的仲董做了她的天使投资人，这样的恩义，她不能忘，也不会忘。现在明摆着赚钱的机会，她只会给仲兴留着。

这时保安小鄢出来了，拿手机在车窗外晃了晃，说五分钟已过，公寓门口不能停车。

卢玮希点点头，脱下大衣还给楚策：“如果不帮我你就过意不去的话，就帮我把车送去4S店吧。”说着拎起包打开车门走了下去。

楚策张了张嘴，有心表白说他想帮她的不只是修车，又怕被拒后朋友也做不成，只能冲卢玮希的背影喊了一句："Gillian，哥们儿这几天都会在江南，有事打电话啊。"

卢玮希听到了，却没有回头。内忧外患，她面临的艰难险境没人能帮得了，只能靠她自己。

昨晚到现在才不过十几个小时，她竟然接连遭人暗算。看来，不是树欲静风就止的！楚策说的萧珩和她是大学校友。校友相见，先撞车，后进拘留所，再帮她渡劫。这别出心裁又记忆深刻的认识方式，说没点猫腻，别说楚策不信，连她自己都不信。此时她的大脑格外清醒，留学生涯里但凡值得一提的事，都在她脑中过了一遍。

她跳级读大一时，萧衍读大三。她之所以知道萧衍，是因为萧衍在芝加哥大学堪称传奇人物。明明极少到校，偏偏能在学校每一次的赛事上拿奖。有几次好胜心强的她被萧衍抢了风头，曾恶意揣测萧衍这么拼，肯定是个矮矬穷。结果却听萧衍的迷妹金子说，萧衍不但是含着金汤匙出生的大帅哥，还极善投资理财，大一就在华尔街声名鹊起，大二就用第一桶金创办了丰盈基金公司。

她那时候已创办奇迅一年整，不但融资成功还如愿挖到通信专家聂风，正是春风得意的时候，在华人留学生中很是显眼，所以总被拿来和另一华人留学生萧衍对比，比的结果是她处处稍逊一筹。年轻气盛的她不服气，便假装是客户混去丰盈基金公司察看。

不看不知道，一看吓一跳，面对那样一个业绩耀眼、制度先进又狂揽八大奖项的行业翘楚，她的不服气瞬间就消失了一半，但心里还是想找机会和萧衍比一下。

棋逢对手的她在Facebook上下了很多次战书，萧衍每次都回她一份带了云淡风轻香水味的礼物，并附言让她等他。就那么等啊等，直等到第一学期结束，她也没等到萧衍应战。

后来奇迅经历了发展历程的起起落落，她在芝大也懂得了人外有人的道理，容人的气度自然也有了，对当初自己下战书的幼稚行为只觉得可笑，也就彻底放下了不服气。第二学期末，两人已从棋逢对手聊成惺惺相惜，再从惺惺相惜聊成柏拉图式爱情，就在两人约好见面的周日傍晚，她却撞上了一个人。

准确说，她是目击者，眼睁睁看着一位戴大口罩的男人，被一辆无牌车故意撞飞在她身上……被砸到的瞬间，她从血腥味里嗅到了云淡风轻的香水味。

在那之前，卢卓和卢老夫人，甚至她亲妈叶敏之都说她命硬克人，她只当是迷信从来不当回事，可眼前的惨状……肇事车逃跑后，她打电话叫了救护车。等待的间隙，她在Facebook上给萧衍留言……没得到回复。

男人醒来后，看到她的第一反应就是紧张地问："你没事吧？"

她当时就哭得撕心裂肺。可任她如何逼问，男人就是不承认自己是萧衍，只承认是替萧衍跑腿的同宿舍兄弟。后来，也不知是为了安慰她，还是为了证明他自己没说谎，男人从脖子上取下一枚玉坠押在她手里，说是第二天让萧衍亲自来替他还钱取物。

当时心情复杂到极点，失魂落魄留下了玉坠。

深夜时分，Facebook上收到萧衍的回复，说是家事羁绊当天没能赴约，改约第二天见。第二天，她怀着忐忑的心情去医院，病床空了。第三天、第四天……那玉坠砸在了她手里。

她以为那绿油油的玉坠不过是个赝品，随手扔在了书桌上。恰好被出身珠宝世家的闺密金子看到，金子说那是帝王绿，拍卖的话少说也得八位数……她大惊失色，当即跑去萧衍的班级，想问问萧衍认不认识一个受伤的华人兄弟。第一次扑空，第二次扑空，第三次……一连三次扑空，她顾不上矜持，跑去问了萧衍的导师，才知道萧衍三天前就离开了学校。

直到毕业，学校里关于萧衍的传说络绎不绝，但萧衍本人却再没出现，也再没在Facebook上回复她任何问话，那个受伤的男人也再没出现。

一晃八年过去，要不是受伤男的双眸经常浮现在脑海，要不是玉坠一直被她带在身边珍藏，她几乎以为那晚上的一切，就是一个梦。

上个月，她去芝加哥出差，顺便与金子一起吃饭，金子又说起了萧衍。

出于好奇也出于不甘，她在金子珍藏的手机图片里，终于看到了萧衍的个人资料。

资料是十年前的，竟然没有照片，关于个人信息也就简单的几行字——英文名：Henry，中文名：萧衍，年龄：二十，国籍：中国……

那几行字一直印在她脑子里，她确定那几行字里，没有说萧衍有个别名叫萧珩。但楚策不会骗她，萧珩应该是真的在芝加哥大学留过学。

如果萧珩既不是萧衍，也不是那个受伤的男人，那他又凭什么来帮她渡劫？

一般情况，男人帮女人，所图的不外两种，图财或者图色。

事实上，她这两样都不如萧珩，那萧珩究竟想图她什么？难道……他看上了她手里刚取得的5G手机牌照，或者她自主研发的5G手机？这两样，都是她的命！他若想拿她的命，除非，一命换一命！

话又说回来，如果萧珩就是萧衍，那他帮她渡劫的目的就好理解了，毕竟他那个帝王绿还在她手里，八年来升值不少，就上个月，新闻里说香港拍出了1.6亿元的天价呢。

卢玮希的心绪渐渐平静了下来。她洗完澡打开门披着浴袍走到玻璃镜前，干净清亮的玻璃上映出她的脸。

浴室的热气弥漫到玻璃上，结了一层薄薄的水汽。她抬手在玻璃上一笔一画地写下萧衍、萧珩两个名字。

写完后退一步，端详着两个字形很像的名字，喃喃低语："萧珩，你到底……是不是萧衍的别名？"

第五章　残忍

寒冬腊月，门外大雪纷飞。

卢玮希没有开车也没有撑伞，连帽子都不戴就在街上逆风徒步，不知不觉就走到了通往卢家、卢氏、奇迅的三岔路口。

此时已是早上九点，换作往日，掌握数百人生计的她应该坐在奇迅总裁办，喝着热咖啡，听她那些团队成员各抒己见，而不是像此刻被驱逐到街上等着被狙击的流浪狗一样。

拐角处有座江南大厦。大厦上方的巨大显示屏突然发出的声音，让卢玮希戛然停下了脚步。

她听到财经频道女主持人抑扬顿挫地报道："本台消息，本市明星企业卢氏电讯昨晚在江南酒店举行了周年庆典，董事长卢卓携夫人以及卢氏未来接班人卢玮希出席。席间，卢氏宣布下属子公司奇迅获得了5G手机牌照，卢董事长还当场表示，奇迅将在今天十点半与荣风公司签署联合开发意向书……"

镜头再次切换到签约仪式的现场，卢玮希看到穿着香奈儿春夏秀款蓝色套装的林榆雁代表荣风坐在席上答记者问。

卢卓则用慈爱的目光注视着林榆雁，嘴巴一张一合地说着什么。叶敏之一脸傻气地站在卢卓身旁，虽穿着貂皮大衣，却一会儿为卢卓端茶，一会儿为林榆雁拢发，殷勤得像个奴婢。

然后摄像机的镜头又在会场转了一圈，尽管只有短短几秒，卢玮希犀利的目光仍精准捕捉到隐藏在现场角落里的一道不该出现的人影——林岚！

昨天还在Facebook上发推特说在美国病情恶化的林岚，今天怎么就容光焕发地出现了？

怔怔望着显示屏中穿一袭宝蓝色旗袍尽显知性优雅的林岚，卢玮希心头有种说不出的恐慌。这种恐慌从大脑疾传到手臂，她下意识握起拳头，突然想到昨晚卢卓的异常，那分明就是设局激怒她离场好趁机夺权！

与此同时，一辆黑色越野车由远及近地驶过来，忽然在卢玮希身后停下，车上风格迥异的一男一女快速地推门。那女的先跳下来，激动地大声呼喊：“希希——”

卢玮希回头，便看到她的发小明珠，正惊喜地冲她招呼：“昨晚电话里不是说了吗，机场的事我能搞定你不要离开周年庆现场，你怎么不但离开，还跑得不知所踪？”

明珠的话音刚落，紧跟着那男的也附和着开口：“是啊，卢总，你昨晚去哪儿了？害得你爸托我们找了你一夜呢。”

听到明明是她手下的程序员，却不知靠什么入了卢卓眼缘的朱轶群这么说，卢玮希笑了一下，继而看向从不对她撒谎的明珠，眨眨眼，不答反问：“明珠，我爸真托你……找了我一夜？”

机场的事只能她和卢玮希知道，明珠才醒悟自己大意说漏了嘴，但她也是极聪明的人，很快推了朱轶群一把，插科打诨：“猪嘴里的话能信啊，你爸……”

她话没说完就被朱轶群的叫屈声打断：“我说的咋不能信啦，昨晚庆典一波三折，记者找卢董说要采访卢总时才发现卢总联系不上，急得……”

朱轶群怕被某人日后算总账，就想隐晦地透点内容给卢玮希，没想到卢玮希不领情地打断他：“急得以为我死了想扶林榆雁上位？抱歉，我活着回来了。你赶紧打电话给你的卢董，晚了我怕他受不起失望的打击。”

如此诛心的话，直听得朱轶群目瞪口呆，这根本不是正常父女间该说的话啊。

明珠则习以为常，作为卢玮希的发小，她一直为卢玮希两肋插刀，早就了解卢家父女之间非同一般的恩怨。朱轶群见明珠摸出手机，怕被某人说他护主不力，抢先拨了个号码出去。

卢卓的电话很快被拨通，接电话的却是卢卓一直想从卢玮希这边撬走的通信专家聂风。聂风是朱轶群的上司，他对着手机喊了声：“聂总，我看到卢总……”

他的意思还未说清楚，电话就被卢玮希凌空取走，愕然转头，就看到卢玮希捏着电话，脸上不见刚才的讥讽与冷嘲，眉宇间俱是哀愁：“师父，麻烦您让卢董接电话。”

电话另一边的聂风颇为动容。他进奇迅的当天卢卓就对他各种作践，卢玮希为给他立威当众拜他为师，许下“一日为师，终身为父”的诺言。他对卢玮希也真的像个师父一样，从做人做事到芯片研发，皆言传身教、悉心指导、不遗余力，师徒俩这番打脸操作，卢卓又怎么咽得下去这口气？更何况卢玮希这几年越发出色，卢荣的一些老部下对她尤为看好。卢荣出事前曾在董事会上提名她为集团执行总裁，卢卓当场反对，和卢荣大闹一场。

卢荣出事后，他以为这对父女会相互残杀闹得卢氏分崩离析，没想到卢玮希格外平静低调，卢卓争权夺利，她则避其锋芒，就像昨晚，那么好的反杀机会，竟被卢卓逼得提前离场。

十年相处，他也希望卢玮希能被命运温柔以待，不要受出身限制，被辜负得太过彻底，但他万没想到Henry先生也参与了进来，奇迅成了砧板上的鱼，几股势力明里暗里地斗，已经不是他希望怎样就能怎样了。聂风叹了口气，千言万语只答了个“好”字。

卢玮希这会儿没有半分被师父支持的喜悦。今时不同往昔，卢荣出事后，卢氏的资金链就出了问题，受母公司影响，奇迅也受到波及，卢卓不但不与她团结一致，共渡难关，还一心搞内斗，想干掉她扶林榆雁上位。随着林岚携癌回归，母亲要是再被林岚当作对付她的刀刃，她就算手握5G手机牌照，若找不到能辖制住卢卓的仲兴来合作，她也会死于内忧外患，并且死状很惨。

电话里很快就传来脚步声，继而是卢卓的怒吼声：“你还知道打电话？你昨晚死哪儿去了？你是不是存心想让我被人笑话？你……”

卢玮希冷笑着打断了卢卓的话：“我看到了林岚。”

卢卓瞬间哑火，再开口时已换了语气：“玮希，你林阿姨没钱又得了癌……她只有雁儿这一个女儿，你要是不和雁儿合作，雁儿就赚不到钱给她治病。她才五十岁啊，要是病死了，你就成杀人凶手了。我是你亲爸，不能眼看着你杀人哪……”卢卓的声音越来越低，说到最后，几乎已经感动了他自己。

“所以你昨晚故意逼走我，想替我与林榆雁签合同？”

“我……”

“你有想过我也需要赚钱给我妈治病吗？我妈比林岚还小一

岁，疯疯癫癫十五年了，你管过她吗？你这样对我和我妈就不残忍吗？”顿了顿，卢玮希喉头哽咽，“如果你仍然坚持偏心，我也无话可说。但是，爷爷遗嘱上写得清清楚楚，我建议你做好承担后果的心理准备。”

良久之后，卢卓冷哼了一声：“老头子活着我都不怕，还会怕他死后的遗嘱？事已至此，要怪就怪你妈喜欢雁儿多过你。你还不知道吧？你妈昨晚已认下雁儿，今天就要公布雁儿是你从小被保姆拐走的双胞胎妹妹。”

双胞胎妹妹？心脏处传来细如雏鸟出壳般的破碎声响，卢玮希痛极反笑：“爸，为了接她们娘俩进卢家，你竟利用我妈妈的病？！”双重人格分裂，遭受毁灭性打击后一种癔症性的分离性心理障碍，要命的是外人从表面还看不出来。

卢卓不但对女儿的质问不为所动，还激发出他更多的不满：“别给我谈利用！摸摸你的良心，你这些年对我有对聂风尊重吗？对雁儿有对明珠亲吗？雁儿她妈成全过你妈，又救过你的命，你害得她这么惨，你的良心不会痛吗？哦，我忘了，你的良心早在当年实话实说坑雁儿时，就泯灭了。”

说到当年的实话实说，就不得不重温那个偷听到的秘密……卢玮希脸上的笑意尽数退去，她闭了闭眼，连声音都冷了几分：“既然你这么说，那我们之间做个了断吧。”

一再被忤逆，卢卓恼羞成怒：“怎么了断？你想做什么？”

“我想做什么，”睁开眼，看着纷纷扬扬的雪花落地掩埋更多的丑陋地面，卢玮希冷冷地反问，“这不得取决于你想做什么吗？”

卢卓冷哼一声，正要把想做的丑事美化着说出来，林榆雁进来说记者招待会准备好了。

大概是急着陪林榆雁去见记者，卢卓不愿意再和卢玮希浪费时间，便直截了当地说：“我不管你想做什么，反正雁儿她妈成全过你妈，你今天必须母债女偿成全她！”

呵，如果家破人亡、骨肉分离、人格分裂也叫成全的话，林岚的确是成全了叶敏之！卢玮希冷笑着保证：“好，我马上过去替我妈加倍偿还她。”

林榆雁没听到卢卓与卢玮希之前的对话，现在卢玮希的回话她听到了，想当然以为事成了，激动得两手搁在卢卓的肩膀上开始按摩。卢卓越发觉得林榆雁这个接班人他没有选错。

第六章　招惹

去签约地点的车上，朱铁群不断透过后视镜偷瞄坐在后座的卢玮希。卢玮希给仲兴总裁发完一封密邮，突然抬头，看了看车子反光镜，黑眸中满是决断："超过前面的小车，在两辆公交车中间将我放下来，我打车走，你们甩掉那辆车再去酒店与我会合。"

原来，她早已经知道有人跟踪。

朱铁群默默地点头，依言将她放在路边，然后趁公交车停靠站台，他变道后猛踩油门呼啸而过，卢玮希迅速躲在站牌后，不过十秒，很快后面就有车跟上。

二十分钟后，她来到签约地点江南酒店。站在电梯口，按了上行的键，闭上眼深呼吸，原本想给自己一个鼓励的微笑，没想到一睁眼，竟在梯门镜面中看到本不该出现的人站在她身后。

没有惊慌失措，没有歇斯底里，她只是十分沉静地透过梯门上的镜子与他对视。

“怎么不问我怎么会出现在这里？”目光较量下，萧珩笑着开口。

能在尔虞我诈的商界站住脚，卢玮希识人的智慧自然是高人一筹，与萧珩才交手一个回合，她已知他深不可测。此时萧珩眼里聚着细细碎碎的光，她只觉熟悉，心中咯噔一下，莫名的味道冲向脑门，但还是强行抑制了，告诉自己才认识这个男人不过几十个小时，怎么可能有熟悉的感觉？撩了撩长发，她故作若无其事地回答：“这里是奇迅招商的现场，有意向的通信公司都可以来。”

萧珩点点头，摸出口袋里的香烟，打火机发出叮的一声脆响，火光乍现。明明是讨厌有人在自己面前抽烟的，可他那一连串的动作却是那么的潇洒。

“荣风公司，业内领先的综合通信解决方案提供商。”萧珩缓缓吐出一个漂亮的烟圈，“副总林榆雁与你渊源深厚，董事长沈屠是你父亲的同学，执行总裁沈临风是你的青梅竹马，你为什么要拒绝呢？”

卢玮希挑眉，不答反问：“我和你素不相识，你为什么要帮我渡劫呢？”

萧珩微微一笑，轻描淡写地答了五个字：“英雄救美嘛。”

卢玮希微微松了口气，但萧珩似乎打定主意不让她松口气，很快就又问：“你拒绝荣风……是不是因为我的仲兴？”

他的仲兴……卢玮希一怔，仲兴通讯的总裁不是姓仲吗？难道萧珩的全名是仲萧珩？但她很快又自我否定，在拘留所时楚策介绍过，萧珩是他大舅萧峰的儿子，听说萧峰中年丧妻只有一子，这种情况，怎么可能让他的独子冠以别人的姓？

萧珩等了半天没有回应，这才再度开腔：“怎么，我猜错了？你等的不是仲兴？十年之约是骗人的？”

“十年之约”四个字在卢玮希心里激起千层浪，她放在身侧的双手悄悄握成拳，平日里总是平静无波的脸上也出现了一丝丝裂痕：“你怎么知道我和仲兴有个十年之约？”

萧珩漫不经心地回答：“我怎么知道的不重要，重要的是你发信相约，我如期而至。”

卢玮希盯着他看了半天才愣愣地问：“我什么时候约你了？”她约的是仲兴通讯的仲董，她和萧珩既无合作又无交情，认识的过程又曲折尴尬，怎么可能会约他？

萧珩笑了一下，并不打算和她兜圈子，直接拿出手机递到她眼前。一目十行地看完，她大愕着转身，像看外星人一样看着萧珩：“我发给仲董的邮件怎么会在你邮箱里？”

作为她的天使投资人，仲兴通讯的仲董已经很久没露面了，她以为仲董很忙又信任她，也就没放在心上，反正她和仲董有两年亲如母女的感情基础，后面这八年来两人一直是以电邮来往。昨晚仲董在她一再恳求下，曾以邮件回复说会去卢氏周年庆现场，可惜她昨晚走得早，打电话仲董没接，也不知仲董去了没。刚在来的路上她又给仲董发了一封言辞恳切的电邮，希望仲董能在百忙中抽空来这里当场签约，既成全她不忘初心，又帮她震慑卢卓。仲董当时就回她一个“OK”。可现在，来的人怎么不是仲董而是萧珩？

萧珩抬起头来，那一刹她敏感地觉得他脸上的浅笑隐隐地不同寻常，心底不由警信一闪，赶紧再翻一页，赫然看到仲董亲笔签下的授权书以及聘任书——即日起授权萧珩代本人处理仲兴通讯的一切事务，仲兴通讯集团自今日起交给萧珩全权打理。

卢玮希难以置信，仔细看了落款处仲董亲笔签下的仲颖二字，继续往下一页页翻——先是多张萧珩和仲颖在仲兴通讯交接的照片，旁边附有极其清楚的文字，紧接着她和仲颖十年之约的合同也赫然在列，就连她生日仲颖从腕上褪下玉镯送她的照片也在上面，她自己都不知道什么时候曾和仲颖拍过这样的合照。

照片旁有几行小字，不太清楚，她点击放大，是她亲笔书写的：“立字为证，若十年后仲妈妈选中的继承者是单身未婚男，不论他相貌如何，我卢玮希都会爱他一辈子……”

她傻在当场。萧珩好整以暇地看着她：“哟，原来你当年承诺仲董要爱我一辈子啊，那我正好单身未婚，想爱你就表个态，想反悔你就耍个赖，糊弄仲董的理由我都帮你想好了，就说你当时没写是爱我这辈子，还是爱我下辈子。”

卢玮希的诚信受到了挑衅：“你……不用你帮我想理由！我说出去的话从不反悔！”

“那我就当你表过态了。我也表个态，我不希望爱得仓促，没有退路，不如我们先合作解你燃眉之急，再从普通朋友做起，算是成全当初，不负遇见。”

“成全当初，不负遇见”这八个带有暗示的字，如八颗石子扑簌簌投入卢玮希的心湖，激荡起一圈圈波纹。

八年前她没有见过萧衍，也没看清那个受伤男的脸，但她记住了那个受伤男的眼睛，此刻配上她的第六感，几乎可以肯定，眼前的萧珩就是萧衍，就是那个受伤的男人。

可萧珩不承认，她暂时也没办法揭穿他，只能面无表情地捧场：“萧总好演技，聘书、授权书以及我的承诺书早握在手里，段子台词张口就来，如此懂得拿捏人心，真是让人不佩服都不行。”

“佩服就免了，你只需签下联合开发5G的合同书就好。”说完递上合同，见她一脸蒙，萧珩笑了笑，话锋一转，“你爸跟不少公司打了招呼，荣风董事长沈屠也放话出来，说这次合作荣风志在必得。目前看，一般人都不会为了你同时得罪两家公司的董事长，我呢，正好是二般人，与沈家有仇，又看不惯你爸虎毒食女，还与你有约，顺势合作，简直是天造地设。”

好吧，话都被他说完了，卢玮希只好乖乖地签合同。她把签好的合同塞还给他，鬼使神差附赠一句：“别对我下套，免得我真以身相许你又不敢要。”

萧珩的瞳孔微微一缩，继而笑了，伸手虚挡一下电梯门：“我敢给你看这些内容，就不怕你真以身相许，怕的是你假装以身相许。因为你活在自己的世界里，早已孤独成性，寂寞成瘾，谁都不打扰，谁都别打扰！”

平生最隐秘的心思第一次被人毫不留情地当面揭穿！

卢玮希忍着脾气没反唇相讥。做大事的人都不是靠脾气和个人能力，而是看背后有没有支撑，她公司的第二款5G调制解调器X55正在测试，资金链却因母公司出问题而受波及，几家合作的银行都明说了，老账不还，新的贷款是批不下来的。难得遇到个与沈屠有仇，又看不惯卢卓，还与她有约，关键还有钱的仲兴新掌门萧珩，忍吧。

“呃，好吧，我收回那句玩笑话。萧总，谢谢你雪中送炭来帮我。”

“别客气，看完你给我的邮件，我昨天想帮你，今天也想帮你，而且有预感明天还想帮你。”

卢玮希装糊涂，一脸真诚地开始溜须拍马企图蒙混过关：“萧总如此古道热肠，感动得我都热泪盈眶了，再见。”萧珩没有接话，走出电梯。

她赶忙按上关闭键，从来没有那么一刻她觉得梯门闭合的时间如此漫长，长得令她想钻进钢壁里躲起来，以避开外面那两道盯在她身上的异常视线。

当电梯终于往上爬升，她掏出手机拨通秘书的电话，吩咐她尽快赶到会议厅门口与自己会合。收起手机，她禁不住伸指按向眉心，不明白的是，她怎么会对萧珩说出那句试探的话。

第七章　对决

胡思乱想中，清脆的电梯提示音“叮”声响起，梯门缓缓打开，卢玮希的目光与门外一道目光不期相撞，目光的主人正是被卢卓寄予厚望的“千里马”——林榆雁。

盘着精致发型的林榆雁，看到卢玮希，先是眉眼一喜，继而劈头呛声：“卢玮希，爸都说了让你成全我，你非得拖延一小时才肯出现，究竟是什么意思？”

卢玮希摆出一脸莫名：“我都没嫌你口不择言叫我爸为爸，你倒嫌我来晚了？！”

林榆雁抬眼和她对视了几秒，目光里没有尴尬，只有着独属于胜利者的嚣张：“早晚都要改口，我……”

卢玮希截断她的话：“你想先喊出口造成事实，再道德绑架我不得不成全你卢家二小姐的身份，然后再以合法身份来掠夺我的5G手机牌照？林榆雁，是沈家把你这只手养得太长导致你抢东西上瘾了呢，还是你从来不懂礼义廉耻？”

扯到沈家，林榆雁顿时奓毛：“关沈家什么事？你的东西你自己看不住，只能说明你没本事。再说了，你见谁抢好处还讲究礼义廉耻？如果真讲礼义廉耻，你妈她不靠抢，能坐上卢夫人的位置？”

卢玮希懒得和她扯这个没营养的历史话题，低头看了眼手表，已经耽搁了三分钟，正要离开，林榆雁却抬起手腕，在她眼前晃了晃：“爸刚送我的，和你昨晚戴的那款一模一样，你说他送咱俩同款钻石手链是不是傻啊。还是你妈聪明，当年为了给你抢卢氏继承人的位置，七个月就生了你，按理说七个月很难活下来的，你却活得这么皮实，也不知是不是医院里抱错了。哎，我真替卢家担心哪。”

卢玮希神色如常，轻飘飘地看了她一眼，连声音都听不出任何波澜：“林榆雁，别以为有沈家给你撑腰你就可以狗仗人势，卢家还轮不到你担心！”

“那也轮不到你这个早产的扫帚星担心！我怎么说都是爸遗嘱指定的继承人，我想帮他，你凭什么不让我参与5G项目开发！”

“帮他？”仿佛听到了什么可笑的字眼，卢玮希勾唇，“你是想帮沈家蚕食他的公司吧？”

“你放心。”林榆雁拍胸脯保证，“我身上流着他的血，只要你今天成全我，我保证帮他，哦，也帮你妈。”

卢玮希点点头，忽然从林榆雁头上拔下一根盘发用的翡翠簪子。

在林榆雁还来不及猜透她究竟想要做什么时，眼前绿光一闪，下一秒，卢玮希已经用簪子抵在她的眼前，尖锐的簪子尖对准眼珠，只要她稍有动作，簪子便会不可避免地刺瞎她的眼睛。

“那你就挖个眼球给我，我相信你了，不但允许你参与5G项目开发，还允许你叫他为爸。”

林榆雁知道自己夸张过了头，屏住呼吸，一动也不敢动。

“看来，你所谓的帮，不过是弥天大谎。”将手中的簪子随意插回林榆雁头上。卢玮希神情狠厉，“再用谎话哄骗我爸妈，我会真的弄瞎你。”说完，她转身离开。手机收到一条简讯，还没来得及看，身后传来林榆雁气急败坏的声音：“我瞎了，你妈还能活吗？看着我她才有活下去的动力。”

“哦，”卢玮希脸上立刻有了病人家属该有的表情，“那我得好好感谢你不瞎啊，开个价？”说着掏出支票簿和笔。

林榆雁劈手打掉她的笔，仍余怒未消：“我不要钱，也不要别的，只要你成全我，我今天就会上家谱，改叫卢玮荣。”

啧啧啧，不过是一个晚上，都安排到上家谱环节了？卢玮希的眼内有意外、惊奇、赞叹，却唯独没有惊慌：“既然你什么都不要，只想做卢玮荣，那我马上打电话找个剧团，对了，半天够不够？不够就让你做一天，难得你张口，必须得让你过瘾。”

林榆雁不敢置信地瞪着一本正经却胡说八道的卢玮希：“你是不是吓疯了？”

“疯？”卢玮希夸张地惊呼一声，越发诚恳地胡扯，“怎么会呢？我早产来到这个世界就是为了抢继承人的位置，眼看我就要继承卢家的一切了，要疯也是见不得光的小三和孽种疯。”

踩到痛处，林榆雁彻底被激怒：“谁是孽种还不一定呢，你狂什么？要不是沈大哥帮你介绍聂风，你能组建团队？没有团队你能拿到5G手机牌照？你看看你，除了牌照，你烧钱十年帮卢家做过什么贡献？没有贡献的烧钱精，要不是你烧得卢家快破产了，卢荣能去股市搞钱？间接害死卢荣的你，有什么脸做他公司的继承人？

还敢污蔑沈家，你都不知道，要不是沈大哥袒护你，我早让爸弄死你了！”

听她尖着嗓音又急又快地口不择言，卢玮希精致的眉眼间俱是嘲笑和不屑：“卢卓要是有那个本事，那就别看谁的面子，抓紧弄死我！弄不死我，你这辈子都别想正大光明地叫卢卓为爸！”

“好，今天我就让你死不瞑目！”扔下这句狠话，林榆雁转身头也不回地向会议厅走去。

看着林榆雁离去的背影，卢玮希收起笑，弯腰捡起笔，握在手心，笔尖刺入她的皮肉，她丝毫不觉得疼，只觉得耻辱。

第八章　攻心

林榆雁前脚走，后脚卢玮希的秘书胡俐就赶来了。

卢氏电讯昨天刚过了周年庆典，今天又要和荣风喜结良缘，是以酒店多功能会议厅内名流聚集。

入了场，卢玮希坦然接受着各种目光的注视，却没有和场内通信界的前辈们打什么招呼，只低声嘱咐胡俐去找明珠启动应对之策。此时签约仪式已经结束，公证仪式非得卢玮希在场。

卢卓已从林榆雁嘴里得知卢玮希进场不是来成全而是要搞破坏，他恶狠狠地瞪着卢玮希，干脆暂停这个环节让提前开席，想杀卢玮希个措手不及。

卢玮希迎着卢卓的目光，丝毫不惧。对视了几秒，卢卓要和周围宾客打招呼，无法恋战。卢玮希既没乘胜追击，也没坐到卢卓那一桌去，只以目光在场内搜寻合适的位置。这一搜，她才发现卢家能说得上话的族人基本都到齐了，就连旅居欧洲不问世事的叔爷爷卢荃也赶回来了，正以七十岁的高龄扮演德高望重的角色。

林榆雁坐在卢荃旁边，端茶倒水哄得卢荃直向卢卓夸赞她孝顺知礼。林岚则像女主人一样，仪态万千地招呼周围宾客。叶敏之却拘谨得佝偻着背，林岚招呼她喝茶时，一脸受宠若惊。

不知林榆雁说了句什么笑话，卢荃拍着卢卓的肩膀哈哈大笑，叶敏之也附和着傻笑，偶尔听到别人招呼卢玮希的名字，她脸上的笑意才变淡，转头和卢玮希对视的几秒钟里，目光复杂，然后又如同没看到卢玮希一样，漠然转过头，继续听林岚讲她们大学时候的趣事。

说实话，从她当年和卢卓结婚连累她哥叶敏德身败名裂的事上看出，其城府之浅、心计之少、耳根之软，就算她与卢卓之间多出个林岚，那都不是事儿。林岚可是她最亲最信的闺密，到了现如今，还买一送一，连林榆雁都成了她离不开的精神之药。

精神分裂，双重人格，多残忍的字眼。

林岚说林榆雁和她失踪的儿子长得一模一样，还用塔罗牌算给她看，说她儿子和林榆雁是共用一个灵魂的金童玉女。想儿子想得疯癫的她简直把林榆雁当作儿子来疼。

丈夫，一丈之内是她夫，一丈之外她不知……反正她病了，病得既像李莫愁，又像裘千尺。

周遭时不时有熟知内情的怜悯眼神朝她们母女射来，见叶敏之傻笑丝毫不受影响，卢玮希知道这是叶敏之的另一个人格出现了，也就放心地移开眼，竖起耳朵听周围的议论声。听来听去，议论声主要分为三种：一种是怜悯她明明有父母却过得连孤儿都不如的；一种是明里暗里批评她私心重，不把5G手机牌照交给卢卓运营的；第三种自然是替她反击的。

“十年磨一剑，霜刃未曾试”。今天就是个机会，她只需独坐一席，就是无声宣示：卢玮希与卢卓自今天起分庭抗礼。不过短短十几分钟，站她这边的人多了许多，她的意思完全不用她自己说，有的是人替她说。

正想得出神，耳边忽然响起一道熟悉的和蔼男声："我能坐下吗？"卢玮希抬头，来人是她从高科花重金挖来的通信专家，也是她的师父聂风。聂风正噙着笑朝同桌的女客颔首，然后便在她身边极其自然地坐下。

这十年，公司有聂风这个亦父亦师的通信专家保驾护航，不可否认，是她的幸运。年逾五旬的聂风保养得犹如三四十岁，即使是坐在一大群朝气蓬勃的年轻人堆里，也丝毫不显得突兀。他横了眼正中间的主桌，低声对卢玮希说："林岚那样的害人精，下十九层地狱都嫌报应轻，怎么你爸就偏偏看不透呢？"

对抨击卢卓的眼光问题，卢玮希只是抿了抿唇，没有半丝兴趣去点评。

"林榆雁更不容小觑，听朱轶群说，你爸今天为她造势，是因为她昨晚被一个神秘大Boss看上了，如果这事是真的，那她尾巴要翘上天了。"

卢玮希难掩一脸疲惫，眼下更是一片青灰，看着远处与林岚笑成一团的叶敏之，微微皱着眉说："林榆雁翘尾巴不可怕，可怕的是林岚，林岚不知用什么手段，哄得我妈二十多年来不信我只信她。"

"你妈但凡听一句劝就不至于……"聂风叹气，"她要能早日识破林岚的真面目就好了。"说到自家那个被林岚玩于股掌二十多年却不肯清醒的妈，卢玮希无言以对。

十点整，卢卓喝了酒情绪高涨如毛头小伙，在林榆雁的亲昵搀扶下微醺地起身，虽已年过五十，但他保养得宜的脸上意气风发。

两人这么突兀地一站，卢玮希知道好戏要开演，摸出手机，打了一行字发出去。收起手机，她笑吟吟地看向卢氏集团的高管那一桌。

高管们均心领神会地回之微颔首，随之开始窃窃私语。卢卓的亲信以及林榆雁的人见对方先议论起来，更是争先恐后地参议——

“听说了吗？荣风家的副总林榆雁被大Boss看上了。”

“嗯嗯，昨晚我就坐在那Boss的邻桌，亲耳听到他叫卢董为岳父了呢。”

“叫卢董事长为岳父？你是不是听岔了，我听说看上林榆雁的是卢董本人啊。”

“卢董看上了林榆雁？哇塞，劲爆。”

“难怪卢董苛待自己的亲女儿，原来是老牛吃嫩草想扶小三上位啊。”

“可不是吗，你看卢董都站起来要公布了，哈，太有勇气了。”

以讹传讹的声音此起彼伏，林岚又惊又怒，叶敏之低头喝茶，林榆雁又羞又气，咬着牙直捏卢卓的胳膊。卢卓也听到了那些谣言，心里大骂卢玮希出尔反尔，是想败坏他名声的逆女。谣言越来越不堪入耳，他已经站了起来，无法跑上前找卢玮希算账，只能赶紧开腔用事实反转剧情。

“承蒙各位的厚爱，百忙中来为卢某捧场，卢某能有今时今日的成就，靠的就是在座各位的支持与合作！趁今天各位同行以及卢氏族人都在，我想宣布一个喜讯……”

第九章　喜讯

“卢董说的喜讯，就是找回被拐的儿子吧？”

卢卓的发言突然被一道充满磁性的年轻男声打断，而他言辞间的寓意更是在宴会厅掀起了轩然大波。

卢卓说的喜讯不是老牛吃嫩草，看上林榆雁吗，怎么成找回儿子了？卢卓和叶敏之只有一个女儿，儿子谁给他生的？难道是林榆雁？高管们以为“儿子”剧情是卢玮希安排的，议论得更加起劲。

不明真相的人则面面相觑。其实这不明真相的人里，也包括卢玮希。她预备的应对之策里是有安排，但绝不是给卢卓安排个儿子……不过在听见那道熟悉的声音时，她下意识地转头。多功能会议厅内，姗姗来迟的萧珩却成了唯一的焦点。

一身合体剪裁的黑色西装，衬衣是相同色系，领口绣着复杂的纹路，顶端两颗纽扣解开着，露出性感的锁骨。他个子很高，站得又十分笔挺，导致周围的人都显得渺小起来。

此刻他正看着卢卓说话，身后站着她在拘留所见过的律师傅斯年，大概感觉到自己被注视，萧珩侧脸朝她这边看了过来。

两人的目光毫无预警地对上。

卢玮希惊慌失措地低下头，很快又觉得不妥，心里暗骂自己没出息，也不是没见过美男，为什么一看到萧珩，她就会不由自主地沉沦到那双深邃旋涡中去？

萧珩笑了笑，继而收回视线，看向卢卓："卢董，我是仲兴通讯的职业经理人萧珩，今天受人之托送你儿子回来了。"

仲兴通讯的女魔头仲颖和卢玮希有十年的交情，仲颖的手下萧珩与他毫无交情，怎么会为他跑腿？卢卓第一反应是怀疑自己听错了；第二反应是Henry先生，Henry先生的背景深不可测，萧珩作为一个打工的职业经理人，为前途着想脚踏两只船也是可以理解的，可雁儿是个女孩子，就算Henry先生昨晚说计划改变，也不能改变雁儿的性别吧？

"萧……总，你确定他托你带回来的是我儿子？"

萧珩笑着给予肯定："没错，Henry先生托我送回来的就是你儿子。"

卢卓顿时凌乱。按照设定，Henry先生不该说是带回他的女儿吗？他今天搞这么一出就是为了雁儿，怎么Henry非得篡改剧情给他安个儿子？安个儿子对Henry有什么好？难道……Henry叫他岳父，是看上了"儿子"而不是看上雁儿？

原以为今天之后就能熬出头的林岚，一听萧珩这话，顿觉要坏事，为扭转局面，她压低音问叶敏之："敏之，你那个儿子不是我们俩亲眼看着死掉了吗？现在人家带了回来，是不是胡乱找个孽种想骗你手里的叶家遗产？"

她自认对卢卓了解甚深，笃定他这二十多年来除了她和叶敏之并无其他女人，可萧珩口中所说的儿子，又是怎么一回事？

相比林岚的惊惶不安，叶敏之倒是喜出望外：“呃，我记起来了，我儿子没死，他被你……”

“被我发现他气息微弱想找专家救他，是玮希偷偷抱走他把他扔了……敏之，节哀顺变吧，来，喝点补药。”林岚拿起随身携带的药水杯递到叶敏之嘴边，边喂边拿眼角余光去瞟卢卓。卢卓微微抬眼和她对视了几秒钟，神色不忍，却没阻止她继续喂。

“玮希……是我没用，”药水下肚，叶敏之立即像换了个人似的，“我不该吃……雁儿的木瓜雪蛤，哦不，玮希的木瓜雪蛤，你说得对……玮希怕她弟弟争家产，容不下她弟弟……”头痛欲裂，叶敏之抱住头，痛苦得身子发抖。

林榆雁与林岚目光交换，随后看向卢玮希，见卢玮希与萧珩以视线交流，心里暗自得意又鄙视卢玮希有眼无珠，萧珩早就人在曹营心在汉，不但瞒过了仲兴的女魔头，还暗中投靠了Henry先生，Henry先生暗恋的是她林榆雁啊。嘿嘿，虽说她以前没见过Henry先生，但是谁让她有个好爹卢卓呢！

卢卓和她说了，Henry昨晚已经喊他为岳父了，岳父啊，这不明摆着先帮她认祖归宗再娶她吗？别看这会儿出了点状况，没准是Henry考验她的随机应变能力呢。她以后可是要嫁进财阀家做当家少奶奶的，不露一手怎么对得起Henry的暗恋？

想到这里，林榆雁弯下腰对叶敏之做出倾听的样子，频频点头：“萧总辛苦了。卢夫人让我转告你，她感激你的不辞辛苦，同时也拜托你不要乱开玩笑，否则她就要恼喽。”

林榆雁原以为她这话会得到萧珩的改口、叶敏之的附和，没想到萧珩压根儿没看她一眼。叶敏之则眼睛通红地站起来，颤巍巍指着她，声泪俱下：“雁儿啊，从你妈生下你，借住我家，我就待你如己出，今儿我儿子回来了，你们娘俩却横加阻拦不让我认，到底是什么意思？”

疯婆子每到关键时刻都掉链子！林榆雁心里暗骂，面上却睁着一双无辜的眼睛，脆生生地回答：“就因为您对我视为己出，我才不忍心让您失望，叶妈妈，其实我才是……”

“我管你是什么东西，我今天就要儿子！”事关儿子，叶敏之突然变得无比彪悍，起身就想跑到萧珩身边，问她儿子在哪里。

林岚见势头不对，出手勾着叶敏之的肩，迫她坐下，一边暗中踢踢林榆雁，一边假意呵斥：“雁儿，事关重大……玮希还没发言呢，你这个做妹妹的急什么，先坐下！”

林榆雁无语。Henry先生为了她，都不惜动用棋子萧珩了，只是萧珩太急着巴结她，搞错了她的性别，卢卓也为了她买通族人倾巢出动来支持她了，箭在弦上，她能不急吗？何况……这么大的事，沈临风一定会知道。

卢卓把她寄养在沈家十五年，她爱了沈临风十五年，沈临风一直对她不冷不热，她自认为是私生女的身份让她低人一等，所以才不惜一切要认祖归宗，甚至动用沈临风的公关团队，可万万没想到半路杀出一个暗恋她的Henry先生。事前也没得到过半点儿风声，甚至昨晚才知道Henry先生与卢卓合作是为了她，她也不知Henry先生是从什么时候爱上她的，但“岳父”这梗肯定会传到沈临风耳中……她要是跟沈临风说她至今都没见过Henry先生，沈临风会信吗？

沈临风要是不信，她也不解释了，反正沈临风一直对卢玮希比对她好，她羡慕妒忌恨了十五年，今朝得势，干脆弄死卢玮希，接掌卢氏，嫁给Henry先生。Henry先生身份尊贵多金又多情，嫁过去一定会风光无限。

林榆雁正想美事想得出神，一只冰冷的手覆在她手上，她吓了一跳，回头一看，是她妈林岚。母女俩眼神交换了几秒钟，她微一颔首，林岚很快就抓住胸口衣服，身躯轻轻颤抖，衣服被揪成一团，人到中年依旧姣好的面容似乎痛得有些扭曲，双眼闪烁着浓浓的痛苦之色，嘴唇紧抿着，一言不发。

聂风冷眼看戏看到这里，不得不佩服地发出感叹："玮希，不怪你妈被林岚蒙蔽，这般演技精湛的斗战胜佛，除了仲董那样雷厉风行的人，出其不意给你爸安个儿子来破局，试问今天在座的还有谁是林岚对手？"卢玮希抿唇，没说仲兴现在已不是仲董当家而是易主给了萧珩。她还没有准备好，怕聂风问她萧珩为什么会这么尽心尽力地帮她，只能沉默着望向萧珩。虽说萧珩送卢卓个"儿子"是帮她破局，但卢卓设局是突发奇想，萧珩怎么会知道并且准备得如此妥当？

林榆雁以为卢玮希直勾勾看着萧珩是想以美色腐蚀Henry先生的手下，Henry先生的手下就是她未来的手下，这不是赤裸裸挖墙脚吗？气得她冲卢卓低声埋怨："我早说了昨晚没干掉她就在来的路上把她处理掉，您非得等她承认我的身份后再下手，现在可好，被她搅和得'卢玮荣'变成一男的，Henry先生还等着我认祖归宗后娶我呢，我看您怎么向他交代……"说到交代，林岚一手抚摸肚子一手捂着嘴，低声咳得血丝顺着指缝蜿蜒。

卢卓再心疼林岚母女也知道此刻不是儿女情长的时候，众目睽睽之下，他只能打起精神，看向萧珩。萧珩喜怒不形于色，只看表情，得不到任何有用的信息，只好斟酌着说："诸位，萧总说得没错，我的确还有孩子。萧总，那孩子呢？"

听他这么问，萧珩指了指入口处，随后压低音说："Henry先生亲自送他来。"

Henry先生也来了？莫非……Henry给他安个儿子并不是看上那儿子，而是想安插人手进来帮雁儿PK卢玮希？卢卓被自己的想当然理解惊喜得激动抬腿，刚要去门口迎接Henry，却被身后的一声“爸爸”给惊得差点喷出一口老血。

转头看，朱铁群陪着一个男孩走了进来。

第十章　儿从天降

朱铁群是深得卢卓青眼的精英，也是帮卢卓搭上Henry先生的中间人，他进入大厅之后先对着卢卓拱手祝贺，紧接着就用激动的腔调解释："卢董，刚在门口看到Henry先生和这孩子聊天，听了几句才知道您托先生帮您找孩子的事。现在孩子找到了，我真替您和您夫人开心，就越俎代庖把孩子带进来了。"

这话说得合情合理，完全没毛病。说完朱铁群还看向林榆雁，叫了声"林小姐"："你作为我们公司的候选合作方，又是卢夫人新认的干女儿，是不是也替卢夫人开心啊？"

因为这一句干女儿，林榆雁忽然恼了，她有种感觉，朱铁群这个狗腿子，说她是卢夫人的干女儿不是真的当她是卢家人，而是看不起她，认为她斗不过卢玮希。她现在有卢卓和Henry撑腰，很快就能得到卢家二小姐身份，会斗不过一个有眼无珠的卢玮希？

霍然转身，她看到朱铁群身后有个十四五岁的男孩，随着这个男孩的渐渐走近，她下意识就要往后退，却忘了自己身后是一张木椅，再退，直接将木椅撞翻在地。卢玮希见到这个男孩的脸容后也吓了一跳。

原本卢卓以为Henry先生是随便安排个人进来帮雁儿对付卢玮希，等他看清男孩面容，也是无法置信地使劲揉眼睛。男孩跑到他面前，扬起英气的脸蛋，脆生生叫了一声："爸爸！"

卢卓傻了，呆呆地问："你叫谁爸？"

"您不认识我了吗？"男孩的一双眼睛像极了叶敏之，就这么瞪大眼看着卢卓，"我是您第二个孩子卢玮荣啊。"众人听了先是目瞪口呆，紧接着便皱着眉小声议论起来。

"来前我就听说卢董找回了被保姆拐走的儿子，看这孩子的年龄，正好对上。"

"还有名字，卢玮希、卢玮荣，正是卢老爷子的取名作风，再看姐弟俩的长相，简直是……"

"一个模子！"

萧珩笑眯眯地环视了一圈，最后把视线投到了卢玮希的脸上。

平地一声雷，卢玮希已经不知道以什么表情来面对萧珩。

林榆雁见他俩眉来眼去，就把气都撒在卢玮荣身上："臭小子……你凭什么叫卢玮荣？"

卢玮荣莫名其妙地扬着下巴："我为什么不能叫卢玮荣？难道这名字是你先看上的？那我明确告诉你，就算是你先看上的，本少爷也不能让。"

"你闭嘴！子女的名字应该由父母来定，父母给我什么名字我就用什么名字，何况'卢玮荣'三个字这么重要，岂是阿猫阿狗想要就能要的？"林榆雁边念叨着边拿眼角余光去瞟卢卓。

卢玮荣听她说完一脸赞同："你说得对，我的名字就是我父亲取的，他真是好爱我哦，不信你问他，是不是从我出生就用我名与沈叔叔合资注册了个‘荣风’通讯公司？”

“放屁，荣风通讯明明是为我注册的，荣是我，风是沈临风，我爸想让我嫁给……”林榆雁气得哑着嗓子口不择言，却被林岚猛地捂住嘴。

卢玮希一直怀疑荣风集团里有卢卓的股份，却不知道“荣风”两字包含了卢卓和沈屠想结亲家的意思。荣风成立于十五年前，那时候萧珩也不过十几岁，他是怎么知道这秘密的？

卢玮希吃惊，不过一惊之后很快就在心里给萧珩辩护，萧珩说了他与沈家有仇，时刻关注仇家并针对仇家的一举一动，制定釜底抽薪的策略是再正常不过的了。

叶敏之一听卢卓瞒着她和沈屠搞了个通讯公司，猛地跑到卢卓身边，一脸古怪地看着卢卓：“难怪我哥说他不了解你……原来你和沈屠……”

卢玮荣扭头看向了叶敏之，适时接过话：“舅舅的确不了解我爸，我爸不仅和沈叔叔合资注册个荣风通讯，还在非洲搞了金矿呢，现在金价这么高，爸早成了隐形富豪，咱就等着享福吧。”

叶敏之瞬间醒过神。“对对对，”很快就一口一个老公地叫着，“老公，我就知道你手段不凡，老公，你真是个好儿子、好丈夫、好慈父，我太爱你了，你爱我吗？”

先是被便宜儿子揭破他不为人知的秘密，然后被叶敏之啰啰唆唆提醒着他身兼儿子、丈夫、情夫、慈父于一身……卢卓不能当众发火，只能憋气拧着眉头。

卢玮荣扑哧一笑：“妈，爸自然是爱你啊，不然他能费尽心机接我回来？”

明明是要接我回来的，骗子！骗子！林榆雁再也忍不住，直接冲上来。

一声“妈”让叶敏之下意识回头，待到看清卢玮荣的脸庞，她猛地睁大眼睛，随之看见林榆雁挥起的巴掌。这行为直接激怒了叶敏之，她转身反冲，如一颗出膛的子弹狠狠撞到林榆雁身上。林榆雁站立未稳向后跌去，一声惨叫。

所有人都没料到叶敏之会动手，回过神时，叶敏之已经手起瓶落砸得林榆雁满脸是血。

“哦，天哪，妈，你……”卢玮希忙跟着众人过去拦着。

“妈，唉，您息怒，咱不跟她一般见识……”卢玮荣贴心地为叶敏之顺气，生怕把叶敏之给气出个好歹，坏了大事。

“雁儿，雁……”林岚急出一脑门子汗，颤抖着拿纸巾给林榆雁擦着额头的血。

“快，快，快……”卢卓气得脸色铁青，一下子不知道“快”什么。

萧珩慢悠悠地替他往下接：“快打120？”

“对，就是快打120！”卢卓喘了几口粗气后才反应过来提醒他的是谁，猛地转头看向萧珩。他如此风轻云淡，似乎被打流血的雁儿和他一点儿关系都没有。

见卢卓面色铁青，萧珩笑着近前，拍了拍卢卓的肩：“我已经让人打了120，林小姐一会儿就被拉去医院，卢董放心，绝对是最好的医院。这里呢，为了稳住卢玮希不对我起疑，还请卢董继续本色出演。”

继续本色出演等于成全了叶敏之，成全了叶敏之等于帮卢玮希去掉后顾之忧，这对雁儿有什么好处？卢卓一脸蒙，感觉自己的脑子不够用了。

傅斯年插进话来：“Henry先生都安排好了，卢董您只需执行就能帮到林小姐。”说完似乎怕人起疑，装模作样地走到叶敏之面前，试探地问，“卢夫人，您是最明白不过的人，要是有人打您儿子……”

疯病发作的叶敏之红着眼睛放狠话：“谁敢打我儿子，我必定打死她！”疯子打杀人是不犯法的。

知道事情已经弄巧成拙，林岚急忙上前，试图抓叶敏之的手解释。叶敏之甩手一避：“你女儿敢打我儿子，她不知道我是疯子？”

“你怎么会疯呢，这里面有误会。不如你喝口药，听我给你解释。”林岚一脸讨好。

叶敏之不为所动：“我不喝你的药，别缠着我了。”说完带着卢玮荣走到卢玮希这边。

卢玮希吸着冷气看向林榆雁。

第十一章　出奇制胜

疯了的叶敏之下手又快又狠，林榆雁猝不及防被打蒙了，眩晕中，她的视线里似乎看到她想象中的Henry先生正走过来。

天哪，她这副糗样被尊贵无比的Henry先生看见的话……脑袋里像有一千头蠢猪在奔跑一般。此时林岚哭泣，卢卓叹气，她的认祖归宗又被卢玮希搅局，气得她胸口泛起一阵恶心，猛地推开林岚，哇一声，先前喝的酒水饮料吃的饭菜一股脑儿地吐在了饭桌上。

空气里一股酸腐恶臭，卢卓险些也跟着吐了。连亲爹都嫌她，那Henry先生是不是也嫌她？林榆雁又羞又急，只觉眼前一黑，晕了过去。大厅里瞬间兵荒马乱。120还没来，卢玮希让胡俐上来开车送林岚母女去医院。

事情发生得太突然，在场的人一时间都愣在原地，没人开口说话。

与此同时，站在萧珩旁边的傅斯年则走上前，像变戏法似的从口袋里掏出一张单子："各位，这是一张DNA检测报告，足以证明卢玮荣是卢家嫡亲二少爷！”

叶敏之一脸激动地上前，劈手夺过傅斯年手上的DNA鉴定书，半晌还颤颤巍巍地问卢卓一句：“老公，他就是你说那个……拐带咱老二的保姆吗？我怎么看他像个男人啊？”

这话让一直认为自己很男人的傅斯年一脸莫名，疑惑地看向卢卓。

卢卓的眼底闪过一丝狼狈，求助地看向萧珩。

萧珩意味不明地笑了声：“不入虎穴，焉得虎子。”声音不大不小，刚好够他、卢卓、傅斯年三个人听见。

傅斯年微微点头表示赞同。卢卓心里稍微松口气，却忍不住腹诽，得，什么都让我打头阵，就像现在，入虎穴的是我，得虎子的是卢玮希的疯妈，但愿这苦肉计能扭转乾坤助雁儿尽快认祖归宗，不然Henry先生的布局太失水准了。

“噗！”凝重空间里突兀地响起一声难以抑制的笑声。

不等众人去寻找，聂风已自觉地举了举手：“抱歉，第一次看到如此精彩的现场认亲，一不小心，失态了。”

萧珩依旧姿态闲适，只是看向聂风时唇角微扬：“引起聂先生共鸣了吗？引起共鸣了就替无辜的被害人想想，或者停手帮人找找孩子，报酬于心于金都可观得很。”

他简单直白的一段话，犹如字字带了某种暗示，聂风的眼底却只是闪过一丝波澜，冷笑着看向萧珩。

现场气氛空前高涨，众人都在兴奋地讨论，但凡有这种施恩图报的想法，别人都会遮遮掩掩，难得见到这么爽快的人。这人能把卢卓揉搓成这样，究竟是什么来头？

知道萧珩是什么来头的卢玮希苦着一张脸，萧珩送来的卢玮荣无论是不是她弟，她都得收下，并且还得好好养着。

眼看卢卓的目的被萧珩彻底带偏，卢卓的堂叔卢荃急出了一头汗，吃人嘴短拿人手软，他是被人重金请来帮忙的，不能做摆设啊。

“阿卓，今天是你们一家团圆的大日子，我们外人就不在这里搅局添乱了。改日，一定请你们一家六口去庆祝一下。”

六口？这老狐狸是想浑水摸鱼造成林榆雁也认祖归宗了？卢玮希转头看向卢荃：“叔爷爷，我们家我爸、我妈、我奶，加上我和玮荣也才五口，那缺少的一口，是您吗？”

轻描淡写的一句话，就把卢卓和卢荃的血统推上豪门秘史的风口浪尖。卢荃没想到卢玮希全然不把他放在眼里，猛地抬头和卢玮希对视。心说这丫头是不是傻了？卢荣都死了，她还敢这么放肆，就不怕他率领族人群攻她吗？

卢荃冷哼一声。

“姐姐……叔爷爷得和咱爸是什么样的关系才算咱家人数呢，哥哥、弟弟还是亲爹？”卢玮荣却开口道。

孽障，竟血口喷人说卢荃是他爹……卢卓张口就想喝骂，却被傅斯年撞了一下肩，他才猛地想起卢玮荣是Henry先生布局里的棋子，再生气也只能闭嘴保持沉默。

看他都不敢再和卢玮希斗，卢家族人更是不敢接卢荃号召的目光了。

卢荃脸色铁青，适时地用力咳嗽了几声：“阿卓，我的老毛病犯了，有些不舒服……”

卢玮希不待他说完就抢先表现出作为晚辈该有的关心：“叔爷爷，现在是非常时期，您千万要保重自己。”

臭丫头！大庭广众之下竟敢威胁他这个长辈，卢荃心里憋屈，奈何形势逼人，他再憋屈面上也不得不服软：“玮希，我都七十了，身体一天不如一天，早就看淡了名利。以后啊，咱卢家是你的天下了。”这么说，不过是想让卢玮希相信，他活不了几天了，根本不会为名利去帮林榆雁。

一直认真看戏的聂风心里不由赞叹：卢家人的演技真是个顶个地精湛，不然，他当年也不会……想到当年，聂风眉宇间不知不觉布满阴郁。

“二叔，您等会儿再走。”卢卓终于开口。

“你们继续，我先去打吊瓶了。”卢荃装疯卖傻也要离开的行为，算是惊醒了卢氏家族的其他人以及来宾。林榆雁许的空头支票很诱人，眼下决定他们命运的却是卢玮希，没得到利益保障的他们都不敢再多蹚这趟浑水。所以卢荃一跨出门，告辞声立刻此起彼伏，不过是两分钟之内，黑压压的满堂嘉宾，瞬间走了个干干净净。

萧珩也跟着宾客退场，走到门口时，缓下脚步，看向护着叶敏之走在他身后的卢玮希。

就像是心有灵犀一般，卢玮希也恰巧抬头看过来。四目相对，萧珩目光笃定，言简意赅：“我会继续帮你。”

卢玮希心中情绪纷杂，想好怎么回答时，萧珩已经走远。她不动声色地继续前行，以为没人察觉到两人的互动，没想到叶敏之将这一切都收在眼底。

第十二章　萧珩

一场认亲大戏就此收尾，被要求先入虎穴的卢卓心里没底，等大厅已经退得没有人了，他才疑惑地问："卢玮希的最大倚仗是仲颖，萧珩作为仲颖的手下，他敢瞒着仲颖替Henry先生帮我？"

朱铁群赶紧解释："我也是今天才知道，仲兴已被Henry先生秘密收购，萧珩现在的老板是Henry先生。Henry先生都叫您为岳父了，于公于私，萧珩都会帮您。"

是这样吗？卢卓皱眉："可我怎么觉得他像是帮了卢玮希呢！"

卢玮希安排司机送叶敏之和卢玮荣回家，见身后无人跟踪，她又走回了酒店后门。明珠果然带了人在后门等她，看到她回来，先低声吩咐助手带那人走，再吐槽萧珩居心不良害她白忙一场，直吐槽得卢玮希举手投降了，她才把昨晚跟踪嫌疑人时拍到的照片递上。

卢玮希认出掩护嫌疑人逃离机场的不是别人，竟是乔装打扮的沈屠！沈屠不仅是沈临风的父亲、卢卓的同学，还是她师父聂风的好友，思虑片刻，她打电话把聂风也叫了出来。

三人进了会所，点了餐，等上菜的过程里，聂风问明珠最近跟踪嫌疑人有没有新发现。

明珠便将昨晚跟踪的嫌疑人被沈屠掩护放走的事说了。

聂风听得一怔，连手中酒杯掉地都毫无知觉。

与此同时，会所包厢里的电视上，正插播一则政商名人为华裔女富豪霍心庆祝七十大寿的新闻，沈屠和那个嫌疑人竟赫然在列。

明珠看完突然想起一件事："玮希，我记得十五年前林榆雁之所以被你爷爷撵出卢家，是因为你实话实说你妈大出血前吃了她送的木瓜雪蛤吧？"

卢玮希点点头，大概猜到明珠为什么这么问。林岚带着林榆雁进卢家的时候，她已经记事了，作为寄人篱下的孤女，林榆雁在卢家本来该是弱势，谁知却有本事让卢老夫人和卢卓独宠她，她又继承了卢卓的狡诈手腕而青出于蓝，一年不到，卢家仆从都得看她的脸色办事。林岚的本事就更大了，在卢家比叶敏之还像女主人。那时候林榆雁为了争宠经常陷害她，下不去手的时候，林岚会替林榆雁下手。

十五年前，怀孕八个月的叶敏之明明是吃了林榆雁送的木瓜雪蛤才大出血，卢荣震怒追查，林榆雁为了陷害卢玮希，嘴上涂点鸡血假装自己也吃了，还哭喊说是卢玮希为了独霸家产想害死叶敏之腹中的胎儿和她。那事闹得太大，警方介入，林岚怕假的一化验就会露出破绽，亲自动手，生生把林榆雁毒得七窍流血。

可惜警察在林岚的房间里找到了毒，功亏一篑，林岚母女被卢荣撵出卢家。卢卓为此差点掐死卢玮希，扬言要离婚。卢荣当时以强硬手腕镇压了卢卓，为防止自己死后卢卓不顾一切地离婚娶林岚，自杀前立下遗嘱，内容第一条就是卢卓若离婚，卢氏的一切都归卢玮希所有。

“按理说林岚母女这样歹毒，但凡有点脑子的人都不敢靠近她们。沈屠又不傻，为什么不顾自己亲生儿子的反对也要收养林榆雁呢？”明珠说完见卢玮希不发表意见，就顺着自己的思路越想越脑洞大开，“我记得……卢叔说他和沈屠是大学同学，林岚是他们学校的校花，或许……沈屠暗恋林岚，林岚喜欢卢叔，卢叔娶了你妈，迫于你爷爷的镇压而无法离婚给林岚名分，沈屠收养林榆雁是做给林岚看。哎哟，沈屠一定在等着林岚，不然也不会老婆死了二十多年都不续弦……”

卢玮希见她越说越起劲，笑着打断她：“你说这些和我们要谈的话题有什么关系？”

“关系大了去啊，你看，”明珠指着电视屏幕上与霍心碰杯的沈屠，“他能出现在这种场合，说明他有钱，他能收养林榆雁，说明他爱惨了林岚、恨死了你爸，有钱有恨，这就是动机。参考这两年的查证，我现在几乎可以认定，设局害你爷爷的人，就是他了。”

卢玮希却不这么认为。荣风通讯是卢卓转移卢氏资产给林榆雁注册的公司，表面上是通信界的明星企业，实际库存堆积，年年亏损，账上根本没有操纵股市需要的资金流。

卢玮希脑子里突然冒出一个大胆的猜测：霍心不但是女富豪，更是楚策的外婆，萧珩的奶奶，萧家是名门世家，霍心要是有份参与，那么资金流完全不是问题。只是，她从未听卢荣说过卢家与霍心有仇，那霍心为什么要害卢荣呢？难道是为了帮沈屠？想到这里，她突然看向聂风：“师父，听你说过，你和沈屠是多年朋友，那你了解他和霍心的关系吗？”

聂风仿佛如梦初醒："沈屠？哦……没错，他是我的朋友。"说完他将酒杯拾起来，为自己刚才的失态解释，"我真是吓了一跳，沈屠和你爸从大学起就开始联手创业，估计是利益纠葛，可也不能害家人啊……太可怕了，我马上去查他。"

明珠瞪着词不达意的聂风，以为他是被惊得失态，就善意提醒："聂叔，玮希问的不是沈屠和你的关系，也不是和卢叔的关系，而是问你了解沈屠和霍心的关系吗？"

"我说了我和沈屠是朋友，你到底怀疑什么？"聂风气得不轻。随后霍地站起来，走了出去，在他打开门的一刹那，卢玮希开口："师父别在意，明珠昨晚查到沈屠掩护涉及我爷爷案子的嫌疑人乘机外逃，就顺着嫌疑人查到霍心。她不是怀疑你，是怀疑沈屠和霍心。"这是她举一反三推测出来的，搁在明珠头上，只为了聂风不生明珠的气。

这貌似无意的一句话却在聂风心里激起千层浪，他放在门把手上的手悄悄握成拳，平日里总是平静无波的脸也出现了一丝丝裂痕："我谢她没有怀疑我。我要出去一趟。"

怀疑聂风就等于怀疑自己的判断，卢玮希笑了笑，做了个请自便的手势。

目送聂风离开，明珠倒吸一口凉气，她都那么胡扯着掩饰了，没想到卢玮希还是把自己的怀疑告诉聂风，这信任度，也忒大了点："玮希，你就不怕聂叔把你的怀疑告诉沈屠？"

卢玮希笑了笑，喝茶的动作不急不缓："十年了，你还没看清我师父的为人吗？"

明珠沉默，看得清表象是一回事，能看清表象下面的真相又是另外一回事了，可这话没有铁证支撑，她必定是不能说出来的。

"不谈聂叔了，谈谈萧珩吧。萧珩一出手就帮你那么多……

你却怀疑他奶奶是害你爷爷的幕后黑手，他要知道了，还能再帮你吗？”

说到帮忙，卢玮希换了个坐姿：“帮不帮的以后再说，让你查他，你都查到他什么了？”

明珠就等着她问这个，马上眉飞色舞地回答：“萧珩的资料干净又牛逼。目前我查到他曾经是美国海军陆战队队员，上战场打过仗；退役后入读剑桥，前年金融博士毕业，从军队跨界到金融界，效力过英国最大新兴市场对冲基金并取得骄人业绩；一年后辞职创业，一出手就拿大笔资金进入资产管理和金融服务领域，所营业务不但包括企业私募股权基金、对冲组合基金、房地产、通信业，还提供包括企业并购咨询、重组和重建咨询等服务。三个月前，不知为何突然被你恩人仲颖招安进仲兴通讯，对外说是职业经理人，天眼查到的资料却显示他成了仲兴通讯的董事长。哎，这样文武全才的男人你都能遇上，回头我送你些顶级私货，穿上迷死他。”原来萧珩是打过仗的金融博士，萧衍也是金融奇才，又都在芝大留学，这两人之间的相似度……卢玮希心里一动，刚要再问点什么，手机忽然响了起来。

第十三章　冒名女婿

屏幕上显示着她妈叶敏之的名字，接起来却是卢玮荣的声音：“姐，你现在赶快到江南医院一趟，咱妈要把林榆雁接咱家……”

赶到医院的时候，林榆雁正在接受医生叮嘱，林岚陪在边上。

叶敏之坐在走廊的椅子上，脸上神情古怪。

“妈，你为什么要接林榆雁回咱家？”卢玮希快步走到叶敏之面前。

叶敏之喃喃自语：“玮希，雁儿被我砸开个天眼，说她能看到你舅。”

特异功能都整出来了，林榆雁为达目的真是无所不用其极。可惜，她十二岁那年就知道，她舅叶敏德被卢卓和林岚合谋害死在了万里之外的非洲。这仇早晚得报，但她不会露出半点儿风声给她妈知道。

“妈，您别听林榆雁胡说八道，我早晚会帮您找回舅舅的。”叶敏德的尸骨她已重金托人找到，运回来只是时间问题。

“早晚是多晚啊？”叶敏之不满地嘟囔，“我这身体七老八病的，我等不及了……雁儿要得不多，五百万……对了，今天那个带你弟回来的男人不是说要帮你吗，他是不是喜欢你？”

卢玮希不作声，隐隐知道她妈接下来会说什么。

“我知道，让你向男人开口要钱有点儿难为情，但是，为了你舅……打电话，让他送五百万过来……就当是补给我今天的见面礼了。”说完见卢玮希不打电话，叶敏之使出杀手锏，大哭自己命苦养了个白眼狼。

卢玮希差点儿气笑，正想解释她和萧珩不是那种关系，就听身后传来一道男声：“岳母别哭了，五百万见面礼，我给您送来了。”

卢玮希本能地回头，见到面带亲切笑容的男人时，不由就瞪大双眼，几乎不敢相信自己所看到的那个男人，居然会是萧珩！

她第一反应是自己看花眼了，第二个反应是自己在做白日梦，等确认两个假设都不成立之后，终于反应过来，惊呼：“你……叫我妈什么？”

萧珩唇角微扬，但笑不语。反倒是站在他身边的卢玮荣见情况不对，探头探脑地问：“姐，你刚没听到他叫咱妈为岳母吗？怎么，他不能叫？”

事关名誉，卢玮希本能否定：“他当然……”“不能”俩字没能说出口，话就被萧珩打断。

“我当然能叫了，不然能出现得这么及时吗，是吧玮希？”

卢玮希苦着一张脸不敢吭声，最后迫于萧珩的威胁才极其为难地小声“嗯”了一下。

心里默默地鄙视他，萧总您出现得这么及时，不正应了“无事献殷勤非奸即盗”？

萧珩似乎就等着这个“嗯”字，很快语气轻快地开口：“岳母，这是见面礼，请笑纳。”

卢玮希本能地反对：“不行，这个太……”

“什么行不行的，都是一家人了，假客气个啥。”叶敏之生气地甩开卢玮希，动作又猛又狠。

毫无防备的卢玮希被踉踉跄跄甩向走廊墙壁，原以为会狼狈撞墙……没想到眼前人影一晃，已被萧珩拦腰一搂给护在怀里，她吓得一跳脚。

萧珩即时发出痛呼：“你踩到我脚了！”

卢玮希才反应过来，慌忙挪开脚，又脱离萧珩的怀抱。没等她稳稳神，再说出拒绝的话，叶敏之就小跑上来，挤开她，热切地拉着萧珩的手：“好女婿，你叫啥名字？多大年纪了？你们认识多久了？”盯着自己亲妈一张一合的嘴，卢玮希羞得想钻地缝。

萧珩笑着一一作答：“我姓萧，单名一个珩字，今年虚岁三十，我们认识十……玮希，我们认识有十几年了吧？”

卢玮希抿唇，看着萧珩长身玉立地站在那里，一张精致完美的脸，眼睛里聚着细细碎碎的光，一脸亲切却害人不浅。她不敢驳斥。母亲虎视眈眈盯着，她要敢说她和萧珩才认识十几个小时，母亲肯定得疯病发作撕了她，抿了抿唇，觉得有些难以启齿，只能干巴巴地再发出一个“嗯”字。

萧珩慵懒地抬起眉看她，也许是很满意她的答案，就指指身后傅斯年提着的手提箱：“五百万在这里，也不知道够不够岳母用？”

“够，够，够……”叶敏之激动得两眼放光，“十几年了我都没听玮希提过你，还以为她没人要了呢，没想到她隐藏得真好。嘿嘿，好女婿，你确定这五百万是送给我的见面礼？”

“您不想要？”萧珩笑着看向叶敏之，“那就给玮希用来买衣服好了。”

“咦，我怎么会不想要呢！”叶敏之一把抢过傅斯年手上的手提箱抱在怀里，好像唯恐有人和她抢一样，“一会儿就开天眼了，有空的话，你们可以一起看看。”

这话一听就是傻人傻语，卢玮希以为萧珩会看出她妈有病而不耐烦，没想到萧珩依旧语气温和地回答：“开天眼一定很神奇，可惜玮希没空。”

“玮希没空？”叶敏之也没多问，她认为自己女儿天天瞎忙，所以女儿看不看的无所谓，反正她现在越看越喜欢的不是女儿，而是萧珩这个有钱的女婿。

“那她去忙她的好了。女婿你有空的吧？有空了可以看看玮希的以前……以前我老公说她是扫把星，林岚说她心狠手辣，雁儿说她自私自利……我婆婆说她命硬克人……我……”

遇到这么个坑女儿的病妈，卢玮希虽早就习惯了，可当着萧珩的面，她还是难堪地叫了声：“妈！”

叶敏之撇嘴：“妈什么妈？他要是真心喜欢你，别人说再多他也不会退货。嗯，就算他退货，我也不会退见面礼的。”

萧珩看她一眼，语气中带着保证：“岳母放心，我和玮希之间从不存在退货一说。”说完侧目看向卢玮希：“对吧，玮希？”

虽然听出他说的退货是一语双关，但形势逼人，卢玮希只能配合着再“嗯”了一声。心里又默默地鄙视他。

萧珩似乎猜到她在想什么，很是自然地轻揽她的腰：“我还有个会要开，下楼送送我吧。”

“要开会啊，”叶敏之对着卢玮希一努嘴，“去，送送小萧。”

亲妈这么热情，卢玮希只好点头。被萧珩一路箍住腰身带到病房楼下停着的一辆越野车旁。

司机打开车门，萧珩率先坐了进去，见卢玮希没有上车的打算，他摸出烟盒，点了根香烟。

“心因性假性痴呆，俗称间歇性精神病。”他吐了一口白雾，“常见症状为精神行为障碍、人格行为障碍、间歇性大哭大叫，不怕岳母从楼上看到发病的话，你可以继续站着。”

他说得完全正确，叶敏之不但是双重人格，还的确得了间歇性精神病。卢玮希只得弯腰坐进车里。

车内弥漫的烟草味里混着淡淡的云淡风轻香水味，司机递上醒好的红酒，萧珩倒了两杯，将其中一杯交到坐在他身边的卢玮希手上。卢玮希脸上古怪的表情来不及收回，被萧珩尽收眼底，他叹了口气：“你是我看到的第一个收钱还不高兴的人。”

他一出手就是五百万，用意不言而喻，她要是高兴地收下，那就是傻了……卢玮希把酒杯塞还给他，迅速拿出随身携带的支票簿，唰唰开完塞给他：“无功不受禄，萧总是君子，请收回这五百万。”

“我有说过我是君子吗？”萧珩邪魅一笑，捏起支票凑到火红的烟头前，灰烟缕缕，支票被瞬间点燃，“不过这问题我们以后有大把的时间讨论，就目前来说，君子小人，那得看是对谁。不信你下车去问问岳母，我给岳母这五百万，算不算君子所为的雪中送炭？”支票烧到只剩一个角儿，他开窗扔了出去。

听他一口一个岳母地叫，卢玮希一阵不解加恶寒：“我妈是个没有行为约束力的精神病，你烧掉支票继续叫她岳母是为了什么？”

他喝了一口红酒，慵懒地微眯起黑眸：“为了保全你的命，不然你怎么爱我一辈子？”

“我说过的话不会反悔！但是我的命在我手里，不需要你来保，这五百万我必须得还你，你要不收支票，我回头取现了给你送去。”强硬又不失礼貌地说完，卢玮希转身就要打开车门。

萧珩波澜不惊地开口：“高科收到实名举报，举报内容是聂风抄袭高科的5G手机芯片技术。你是聂风的老板，证据若确凿，你和聂风不但要坐牢，还要赔款五亿。五百万你不缺，五个亿呢？判决书一旦下达，你说你爸是卖掉公司给你赔款呢，还是趁机铲除你扶持林榆雁上位？”

卢玮希的身体一僵，想要打开车门的动作，也因为他的这番话而停顿。萧珩笑看着她的背影：“如果你现在改变主意，一切都还来得及。”

卢玮希十分缓慢地回过头来，脸色有些苍白：“就因为我不要你帮我，你就去搞聂风？”开口了，才发现自己的语气不像质问，更像娇嗔。

萧珩脸上的笑意不改：“搞聂风的不是我，是你们内部人实名举报，说他协助你研发的X50和X55是抄袭了高科的A1和A2。聂风以前在高科是A系列芯片的项目负责人，行业内有规定，核心项目负责人离职五年内禁止从事同一工作，他前脚离开高科，后脚就进了奇迅，这事十年后才爆出来，也是他运气好了。”

卢玮希久久说不出话来。她知道萧珩说的是事实。很久后，她才找回自己的声音：“聂风来奇迅的前五年，根本没有参与X50和X55的研发，他只是……帮我修改了几个参数……”突然想到聂风修改一些参数后X50和X55的快速成功，她的声音越来越低，说到最后，几乎已经没有底气。

“只是几个参数吗……”萧珩反问一句，见卢玮希一脸难堪，他蓄在唇边的笑意慢慢扩大，发出低沉的笑声，“真是傻姑娘，都被人卖了还傻傻念着人家的好。”

卢玮希有些受伤。抄袭不是小事情，高科起诉奇迅证据确凿的话，她和聂风不但要坐牢赔款，刚取得的5G手机牌照也会被作废吊销，没有了5G牌照，就融不到资，融不到资对于外欠银行五亿、内无盈利的卢氏电讯来说，资金链必断。

资金链必断和怀疑聂风二选一的话，她宁愿选择资金链断。十年亦师亦父的情分，打死她都不会怀疑聂风有目的地算计她。要说怀疑，她现在严重怀疑萧珩。

种种迹象看来，她怀疑萧珩接近她有三个目的：一、为了替霍心掩饰涉案；二、拿她与仲颖的十年之约来逼她就范；三、为了成全当初他以萧衍身份和她谈的一场柏拉图之恋。

卢玮希越想越受伤，萧珩明明就是萧衍，为什么不肯承认又要假惺惺地撩她？委屈加上傲气，她“砰”一下推开车门。

“总之，我不需要你保全。”匆匆说完这句话，卢玮希扭头下了车。

第十四章　女儿红

萧珩也没作停留，几乎是她下车后就让司机驶离，看着越野车转眼就消失在医院外，卢玮希迅速拿出手机，拨通聂风的电话。

一遍两遍，三四遍，聂风的电话始终无人接听。

寒风萧萧，飞雪飘零，在静谧悠长的枫溪尽头，坐落着一座大气恢宏的废园。聂风下了出租车，左右看过无人跟踪，轻车熟路地走了进去。

废园别看名字叫废园，内里是正经八百的花园别墅，据说是清末年间传下来的，经历了上百年的风雨，现在看来依旧气派雅致。

花园正中间的精致赏景房里，一位穿戴休闲、雌雄莫辨的人斜坐桌前，对着缓缓走进的聂风举起手中的酒杯，嫣然一笑。

聂风转身走了进去，神情自若地脱去大衣，挂在衣架上，转身坐到了那人对面，端起红泥炉上温着的酒壶，倒了一杯，轻抿了口：“二十年陈酿的女儿红。”

那人回过头来，欢喜之情溢于言表："还没到收网时间，阿风怎么舍得来看我了？之前保镖来报，我还以为他们看花了眼呢。"

聂风侧目看向远处那棵被层层保护的漆树，微微有点儿出神。

那人顺着聂风的目光看向那棵漆树，再次开口："怎么样？好多年没见过漆树了吧？这是春天我才托人从非洲带回来的，花匠说漆树会咬人，我却偏偏不信，非要看看人绑在漆树上三天三夜的样子，结果真让花匠说对了，老东西在第三天的早上就毁容惨死了。"聂风缓缓地敛下眼眸，长长的睫毛遮盖了情绪。

那人站起身来，走到聂风身边，轻轻理顺他被寒风吹乱的发丝："阿风，万事俱备，你要是想劝我留情的话就免开尊口。想想当年，人家把你绑在漆树上的时候，有给你留活路吗？现在是我们笑着看他们哭的时候。而且，下周末是冬至，你也该带我去拜拜父母了。"

聂风垂着眼眸，紧紧地捏住酒杯，看手机来电显示的名字由最初的"卢玮希"到"明珠"，"朱轶群"再到现在的"卢玮希"，他身子轻轻颤抖，却始终没有接听。

那人抚了抚聂风的背，眼眶微微有点红："佛说：有求皆苦，无求乃乐。现在到了收网的紧要关头，殃及池鱼，在所难免。阿风，你能明白我的意思吗？"

聂风将手中的酒一口饮尽，侧目凝视着远处的漆树良久，微微点了点头。

电话一直打不通，雪下得越来越大，卢玮希觉得自己的脸都快冻僵了的时候，才接到叶敏之让她上楼的电话。

卢玮希以为疯疯癫癫的叶敏之会说开天眼的事情，谁知她却说起了另外一件事。

"跟你说一声啊，明天我要去老宅找点儿你舅舅的旧物，是老宅，不是祖宅。”

卢玮希听到“老宅”和“祖宅”两个词的时候身体突然颤了一下，失态也只是一瞬，她很快恢复平静。

所谓的老宅并不是普普通通的老房子，是她舅舅叶敏德当年拿叶家茶厂改建的手机工厂，占地两千多平方米，叶敏德出事后叶家二老相继去世，叶家只剩叶敏之以及有一半叶家血脉的卢玮希，叶敏之精神分裂又双重人格，卢卓为了避嫌，就把那工厂挂在了卢玮希名下。十年前，卢玮希在卢荣的帮助下把工厂改建为奇迅。

没人知道，当年的商界奇才叶敏德为自己手机工厂取的名字，就叫奇迅。其实自从叶敏之拼死嫁给卢卓后，叶家人就频频出事。外人议论纷纷，连卢荣都私下警告卢卓收敛一点儿，只有叶敏之至死不渝地相信卢卓，相信林岚，相信卢卓说的卢玮希是扫把星转世专来克她娘家人。直到十五年前儿子离奇失踪了，她才开始疑神疑鬼，可是该坑卢玮希时又一点儿都不含糊。只是……卢玮希有点儿不明白。

叶敏之大概感觉到了卢玮希的不解：“这会儿我很正常，你想问什么就问吧。”

拿不准她说的正常是哪种人格的正常，卢玮希垂着眼睛摇了摇头。叶敏之好像有喜事开心得很，自动问：“你是不是不明白，我为什么对雁儿比对你好？”

这问题折磨了卢玮希很久，可是碍于叶敏之疯了，她从来没敢奢望得到答案。现在叶敏之主动提了，她踟蹰半晌，终于问出了口：“我不明白，我才是您的亲生女儿，您为什么要在每个关键时刻都帮林榆雁对付我？”

叶敏之张张嘴，刚说了个“nie……”字就突然见林榆雁走出来，她又吞回答案，诡异一笑：“你会明白的。”

一直到司机进来带叶敏之、卢玮荣以及林榆雁和林岚离开，卢玮希也没明白她妈想说的“nie”是什么意思。敛了眉目往楼下走，她心里却隐隐有不好的预感，却又说不出哪里不对。

叶敏之清醒的时候也不是没去过老宅，这么件小事儿，以叶敏之对她的嗤之以鼻，没必要非得当面告诉她，直接去就可以了，刚才特意叫她到病房就为了告诉她一声？

卢玮希走出去很远，回神的时候才发现雪停了，天空竟下起了冷雨，她没有开车，也没有带雨伞。雨却有越下越大的趋势。

想到叶敏之刚才那个没有说清楚的“nie”字，以及萧珩暗示高科要起诉奇迅是因为聂风，她心里莫名不安，继续打聂风的电话，还是无人接听。问明珠和朱铁群，他们两人也都说联系不上聂风。

自律、稳重的聂风，十年来，第一次失联了。难道……是替她查探沈屠而被沈屠控制起来了？想到这个可能性，卢玮希原有的不安又添了焦虑。打电话给沈屠的儿子，也就是与她一起长大的沈临风，借口要去沈家拜访他。没想到沈临风说他还在国外出差。

挂了电话，她决定打车去沈家一趟，理由就当是没选荣风合作上门道歉好了。目光四下里逡巡，看到停车场上有辆显示空车的出租车，她走了过去。出租车却不知什么原因，唰地开走了。

真是倒霉起来喝水都塞牙。哀叹一声，卢玮希刚要跑回避雨处约车，意外发现，刚开走的出租车旁边停着萧珩的车。

第十五章　施恩图报

车窗半开，萧珩靠在车座上，闭着眼在休息，昏黄的灯光洒在那张轮廓分明的脸上，凌厉的眉眼、英挺的鼻子、紧绷的唇角……

“你怎么又回来了？”卢玮希走上前轻敲车门。

萧珩慵懒地睁开眼，看是卢玮希，他坐直身子，打开另外一边的车门：“上来吧，我回来是有些事想和你谈谈。”

该谈的不是之前都谈过了并且谈不拢吗？现在还能谈什么呢？难道是后悔烧了支票，现在专门跑回来索要的？唉，她都说了会提现给他，他不会这么急用钱吧？或者说，不是因为五百万，是回来看她够不够惨？

脑子里胡思乱想着，卢玮希心虚地坐进车内，拿纸巾擦拭头发上的雨水，声音就有些含含糊糊：“那个……五百万，我还没来得及提现……你要是急，我再给你开一张……”

“嗯，你手头宽裕的话，要开就开两个亿吧。”萧珩平静地说完，发动车子，“反正傅律师看了你们卢家人提供的证据，说几乎可以认定，聂风帮你修改的X50和X55参数都抄了高科，赔偿五个亿是起步价。不过……凭你我的关系，我能帮你找人给打个四折。”

五亿，打四折也是两亿！卢玮希吓得擦拭头发的动作一顿，目瞪口呆地看向萧珩。

萧珩精致的眉眼在窗外灯光映照下格外柔和，连带着那笑容都带着暖意，有那么一瞬间，卢玮希觉得大概萧珩是天底下最有良心的人了。到底是哪个天杀的卢家人举报聂风抄袭的呢？仗着萧珩说他俩有交情，她顾不上矜持，小声问他：“哎，你知道是谁举报聂风的吗？”

萧珩平稳地开着车：“知道。”

“能帮我提供他的名字吗？”

“能。”

卢玮希看着他那双黑不见底的眼睛，鼓励自己，做了个讨好他的表情：“我求你……”萧珩停下车，等着听她怎么求。

尊严让卢玮希觉得有些求不出口，之前那么傲骨铮铮地告诉他，她不需要他的帮助，转眼卢家出了个内奸，她就陷入这样的境地。聂风下落不明、奇迅倾注了她舅舅和她爷爷的血与命，相比之下，她的尊严又算得了什么！

卢玮希迅速调整面部表情，加重了求人时该有的讨好语气：“求你帮我找人协调这事，再把那个内奸的名字交给我。”

萧珩似乎很享受被她求的感觉，点了一支烟，姿态优雅闲适地指了指自己脸颊：“报酬？”

第十六章　以吻做息

卢玮希知道他在逼她，她的命无所谓，可她得保住聂风。深呼吸，她缓缓靠近，直近到她的唇贴上他的脸颊，心里有些讶异这个男人的皮肤出奇地光滑，可惜再光滑她也要不起。吻，一触即离：“先付个利息，事成之后……报酬包你满意。”

“很高兴你会付这么独特的利息。我猜，一定是你联系不上聂风，知道了事情的严重性。”萧珩吐出一口白雾，继而不客气地给了差评，“但是你的演技太差，连我的皮肤都能感觉出你的不情愿。”

卢玮希立刻一脸夸张地惶恐道：“怎么会呢，要不再来一遍证明我付这利息是心甘情愿？”

“嗯，说得有理。”萧珩很是赞同地点了点头，“那就重来。”

被逼到这个份儿上，又不想前功尽弃，卢玮希只得认认真真地在老地方又吻了一下。

萧珩满意一笑，扔掉烟头，转而轻拍她的脸颊，姿态亲昵：“乖，就算不重来，看你被人骗得那么可怜，我也会帮你。”

卢玮希无语。亏明珠还羡慕她遇到个文武全才的男人，其实这男人何止是文武全才啊，简直是时而热情，时而冷酷，时而绅士，时而霸道，性子阴晴不定、喜怒无常，又有钱有闲随时出现，简直是后患无穷。

“萧总这么说，我真是感激涕零。高科那边，就拜托萧总了。”

“高科那边好说，我马上给你找个中间人去协调。至于那个举报人……”萧珩眉头一紧，像忽然想起什么，心里的疑惑嘴上就问了出来，“我本来打算咱俩先从普通朋友做起，但是你刚才对我一吻再吻，那咱俩现在……算什么关系？”

才认识几天就被他捏住命脉，卢玮希很想怼他一句：势不两立的关系！可现实却让她不得不抬眸笑着和他对视，嘴像抹了蜜似的打着哈哈：“当然是……那个关系啦。”

雨越下越大，车窗就那么半开，雨水飘进来，落在两人的脸上身上。萧珩没再说话，只是目不转睛地盯着她。

冷意让卢玮希的大脑特别清醒，她没有忽略他敛起的眉头，这交易她只付出两个吻做利息，而他要付出的可是真金白银，何况她要以此试探他的真实目的……说到底是她赚了，怕他反悔，她连忙解释：“我说的那个，是想要表达我们未来的关系会很好很好的意思……”

萧珩紧抿薄唇，直直地望进卢玮希泛着微澜的眼波里。

他不得不再次认清两个事实：卢玮希是真的没认出他，也真的对他不感兴趣。

即便她被逼进死胡同，急需他的帮助，他这样去而复返坐在她身边循循善诱，她望着他的眼睛里除了做戏，就剩戒备。不过没关系，既然有了开始，她曾经的忆中人变成她意中人的日子还会远吗？

“你说得对，我们的关系以后会很好很好。”他突然开口。说完俯身，薄唇印在她的额头，很轻的一个吻，继而附在她的耳边轻轻说出两个字。

卢玮希惊讶得忽略被他偷吻。她万没想到，出卖她的内奸，竟然是他？太过分了！太大意了！太想马上去清理门户了！顾不上再去沈屠家查探，她只求尽快甩掉萧珩去找明珠：“萧……萧总，如果你不介意的话，我想在这里下车。”

“我当然不介意，”萧珩摇摇头，薄唇弯出浅弧，“就是有点担心你说的报酬能不能兑现。毕竟帮了你这么大的忙，你连顿晚饭都不想请我。”

卢玮希一下子被噎住，随即反应过来以最快的语速描补：“不不不，萧总您误会了，凭咱俩的关系，晚餐必须得我请你！刚才之所以说在这里下车，是我想去对面看看……那家饭店配不配得上您的胃。”说完她的心开始慢慢下沉，又似往上飘浮，悬到了喉咙上头。她知道她犯了个低级错误，竟被萧珩的热情假象迷惑得把他当作情人一样随意了。随意得以为萧珩纡尊降贵想帮她，目的不外是她猜测的那几个，在他目的没达到之前，不管她如何放肆，他肯定不会不帮她。但现在，她不那么肯定了。

他黑不见底的眼眸犹如在说他介意她的随意，她喜欢随意，就等着自焚。

卢玮希在心里默数三、二、一，就在她想倾身靠过去的刹那，萧珩掣住了她的肩，将她搂定在原位，替她系好安全带，慢条斯理地开腔：“既然你这么有诚意，那就别选医院对面的饭店了，换个地方。”

“哦，好，您想去哪里？”

他的目光从始至终锁定她的表情：“去你家。”

去她家……她的原生家是卢家，卢家现在缺了她正一家团圆呢，她带萧珩去吃饭，那不是踢场子吗？她自己的公寓根本不开火，家里除了饮料零食，连根菜毛都没有，请他去吃空气吗？

这是他开出的条件，她要他帮忙就得按他说的话去做。虽然她没有丁点儿心情应酬他，但她从交手的几个回合里总结得出：眼前这个男人的俊朗的外表下隐然的冷酷一旦触发会变得极其强悍，为了面子，他会轻松毁掉聂风。除非她现在能找到聂风，亲耳听到聂风否定被内奸举报的内容。

深呼吸调息，她以为自己百毒不侵，没想到他万毒俱全，好吧，为了早日达到目的，她表现得驯顺也没关系，既然他要吃她做的饭，她做就是了，反正又没指定吃什么。

“欢迎欢迎，只要您不嫌弃，我非常乐意做给您吃。”

“DNA鉴定是真的。”萧珩没说嫌弃不嫌弃，突然说了这么一句。卢玮希想当然以为他说的是卢玮荣与卢卓、叶敏之的DNA鉴定，就算心里疑云密布，脸上仍是感激的表情：“谢谢萧总，这事我记在了心里，大恩必报。”

“随手帮个忙而已，不算什么大恩，你轻抱一下就行了。”萧珩发动车子，看着前面，一边开车一边坐等“利息”。

结果卢玮希这次完全没有给利息的觉悟，只敷衍地点头：“嗯，等会儿到了我家，我一定重报！”

萧珩斜睨她一眼，勾唇问：“有多重？”

听他把她的客套话当真，卢玮希一脸尴尬：“我又没有你有钱，送得再重你也不稀罕。”

“这可不一定，要看你送什么了。”萧珩淡淡悠悠地说，目光却上下打量她。卢玮希被他看得不自在，这样的目光她不用猜就知道他脑子里在想什么，连忙指着前面，告诉他路要怎么走。

萧珩设置好导航，突然凑到她耳边，呼出的热气拂过她的耳垂，低声问：“做了八年贵族是不是在等什么人？”

她做什么贵族了？还八年，什么意思？卢玮希一脸蒙地看着萧珩。

见他眼底浮现出越来越多的笑意，她才醒悟他说的是单身贵族，不想被他看穿隐秘心思，她皱着鼻子冷哼一声：“我只是没遇到好的，怎么，你有合适的想介绍给我？”

她这变相承认等人的话明显取悦了他，萧珩发出低低的笑声。

“笑什么笑，你先斩后奏带卢玮荣回来，是想让我改做扶弟魔吗？”终于，她决定自黑把气氛搞得适合谈心。

萧珩不答反问：“如果今天我不带卢玮荣出现，你准备怎么破局？”

卢玮希知道，他这么问，肯定是知道了她杀敌一千自损八百的部署，看着窗外飞驰而过的街景，她自嘲地笑笑：“置之死地而后生呗。”

萧珩抿唇没再接话，终于将注意力全放在了开车上。

第十七章　暧昧反击

半小时后，车子在卢玮希公寓门口停下来。那个姓鄢的保安立即拿了雨伞小跑着出来开车门，那跪舔的模样，看得卢玮希目瞪口呆。她在这里住了三年，可从没享受过这种待遇。

萧珩头伸出窗外，看了看周围："我记得新闻上说……卢董事长住在德兴别墅啊。"

"卢董事长的确住在德兴别墅，这里只有我一人住。"卢玮希拎包下了车，"车子不能停门口，麻烦萧总直行进地下车库……"

话未说完，就见萧珩的车子已被鄢保安引进了门前的专用停车位上。卢玮希无语。那车位平时总被禁停的牌子占着，偶有车靠近就被这比业主还跋扈的保安撵走，今天竟主动让萧珩停了进去，看来，人有钱了真是气场超然，不用吭声都有人巴结。

两人乘电梯到了十九楼，卢玮希拿钥匙开了门，进去后打开灯，沿着走道往前没走几步，就看到客厅入口处堆放着十几个袋子，甚至还有一些大大小小的盒子，东西多得都把走道给堵住了。

卢玮希这才想起中午吃饭时明珠说送她一些顶级私货，明珠有她的钥匙，到底是什么私货她也不清楚，现在看那些包装，似乎是各种零食和维密的限量版内衣。假如是平时也无所谓，可现在她的身后还跟着萧珩，似乎就有些尴尬了。

“不好意思，家里有点乱。”卢玮希又走了几步，转眼就看到客厅桌子上横七竖八地堆着好几本以国内外钻石王老五为封面的杂志，其中一本以萧珩为封面的财经杂志被正经地摆在沙发上，上面还用红笔加了“准男友”备注……她不由心里哀叹——这些杂志是明珠前几天拿来给她当作选男友参考的，她当时都说用不着让明珠带走，没想到明珠不但没带走，还把萧珩当封面的带了回来。

萧珩听她这么说，也没有表示什么，不过走过去的时候，视线倒是在零食和维密内衣以及那些杂志上略微扫了一圈，每年都被邀请看维密内衣秀，每次他都把票转送给了小九，他对这些不感兴趣也不熟悉，但那些杂志上的封面人物对他而言并不陌生。他不由轻轻勾起了嘴角，原先以为要知道她隐秘的喜好还要花上一番功夫，谁知竟是得来全不费功夫。

“你先坐一下，”卢玮希忽然想起什么，回头问，“要不要喝点现榨瓜果汁？”她记得明珠说还会送她一袋子明家在大棚种的苦瓜，正好拿来一试。

萧珩坐在沙发上，看着她笑微微转身，黑色长发在空中划出一道美弧，心里微微一动，就点点头。

“我马上去厨房榨，你等一下。”把包随手扔在沙发上，卢玮希小跑冲向厨房，过了好一会儿才探出个头来：“萧总……家里没有糖，喝原汁原味行不行？”萧珩点点头。

过了几分钟，她又说：“萧总，晚饭一荤一素一海鲜，再加一杯蔬果汁，行不行？”

“太多了！”萧珩听她这么说，就站起身来，“要我帮忙吗？”

卢玮希立马缩回脑袋：“不不不，您从昨晚帮我到现在，为了表达我对您的谢意、敬意以及诚意，这顿饭必须得我亲力亲为、亲手准备，您先坐一会儿，很快就好……”话未说完，萧珩却已经走到了厨房门口，斜靠在一侧墙壁上，双手环胸，两眼微微眯起，注视着她——原本披散脑后的长发此刻已经盘起，外套不见了，修身毛衣的袖子卷到了胳膊肘，两只比骨瓷还白皙的手正笨拙地削苦瓜皮。

“削它做什么？”

“做苦瓜汁呗。”卢玮希头也不回地答。很快将削好的苦瓜放进榨汁机里，按钮一按，绿汁飞溅，不消片刻，就把苦瓜汁与其他做好的一起摆到桌上——鲜榨苦瓜汁、手撕牛肉干、薯条三兄弟、烤海苔。萧珩望着这样的一荤一素一海鲜，尤其是那杯苦瓜汁，他不但不气，反而眼底的笑意加深，片刻后才轻轻走到她身后隔着她去拿筷子。

卢玮希本想说她帮他拿，却不料他站得离她很近，两人的前胸后背几乎贴在一起，她一个转身，他正好低下头，她的唇就触上了他的唇。第一次吻男人的唇！惊慌失措的卢玮希第一反应就是猛地侧身后退，第二反应就是撒腿往客厅跑，正好她的手机在客厅响，给了她借口。

萧珩则坐到桌边，为自己倒了一杯碧绿的苦瓜汁，抿了一口，想起某人为调侃他怕吃苦瓜，曾推荐过一首陈奕迅的《苦瓜》给他听，当时只觉她可爱，现在回想起那些歌词——开始时挨一些苦，栽种绝处的花，幸得艰辛的引路，甜蜜不致太寡，真想不到当初我讨厌吃苦瓜，今天竟吃得出那睿智，越来越记挂……

一口接一口喝下去，他完全不觉得苦，反而有甜意涌向心头，指腹摩挲着单薄的杯口，冲她窈窕的背影感叹：“卢玮希，都遇见了，你还能跑到哪儿去呢？”

他这句带着暗示的话像火星蹿入卢玮希的耳中，在她耳膜烙上了烙印一般，火辣辣的感觉顺着神经末梢蔓延，跑到客厅从包里摸出手机，看也不看就坐在沙发上点了接通。

“玮希……小心卢荃……唔……”听筒里传来聂风嘶哑的叫喊声以及猝不及防的闷哼声。卢玮希蓦地从沙发上起身，顾不上去看萧珩有没有过敏，一把抓起萧珩放在茶几上的车钥匙，冲了出去。

第十八章　飞来横祸

听筒里是玻璃被砸碎的刺耳声，混杂着恶狠狠的威胁声，一声拼尽全力的“荃武马场……”之后，电话就彻底断了，之后她进了电梯再打给聂风，电话却是怎么也打不通了。

荃武马场是卢荃为他宝贝外孙潘庆武建的私人马场，萧珩今天刚把奸细卢荃的名字告诉她，聂风就在卢荃的地盘出了事，这说明什么？萧珩听到门响，以为是卢玮希害羞躲出去了，过了几分钟，出来一看，门外没人。

给卢玮希打电话，卢玮希只说了一句“你先慢慢吃着，我出去给你买包烟”就挂了电话。再打过去，占线。接连打了几次，都是占线。

他不信卢玮希会这么好心去给他买烟，立即拨了个电话出去：“胭脂，帮我查查她去哪儿了。”

卢玮希去了郊外。开着萧珩的车一边往荃武马场的方向赶，一边电话打到卢荃家，管家说卢荃早上出去了现在还没回来。

打给朱铁群，朱铁群说聂风至今没接他电话。去问明珠，明珠说她刚收到聂风手机发来的短信，让她速去荃武马场救他。

卢玮希的心一沉，第一反应就是聂风因为替她查沈屠而不知怎么惹上了卢荃！卢荃是卢氏电讯的股东、卢荣的堂弟，聂风还不知道卢荃举报的事就与他起冲突，难道是发现卢荃和沈屠有勾结？

这个假想让卢玮希陷入了紧张之中。

出了市区，天已经彻底暗了下来，荃武是私人马场不接散客，通往马场的车子很少，一路算畅通无阻。来到荃武马场的时候，已有交警在现场处理，那被砸得变形的汽车上的熟悉牌照，还有大门口被硬闯撞坏的护栏，都让卢玮希背后渗出一层冷汗。下车的时候，她都能感觉到自己的双腿有些发软，手心全是冷汗。

“卢老爷子怎么敢绑架聂总？”朱铁群接到卢玮希的电话时刚好在郊外，得知卢荃绑架了聂风，也吓了一跳，匆匆赶来。

听他对卢荃的称呼这么亲热，明珠瞪了他一眼：“门口监控显示聂叔的车子是下午三点进了这里，有驯马师看到卢荃的司机亲自带着聂叔去马厩，当时雪太大，以为他们要打猎，后来听到枪响，聂叔捂着胸口翻墙跑了，有几个黑衣人去追，我们顺着脚印查到河边，发现回程的脚印少了一对……”

河是钱塘江的支流枫溪河，聂风不会游泳，要是带伤被逼跳了河，这种寒雪天气生还的可能几乎没有。

卢玮希双手抹了把脸，精致的脸庞在路灯下有着冷硬的凝重。明珠安慰地拉紧她的大衣：“别担心，现在交警还在勘查，没发现聂叔跳河呢。”

卢玮希抿唇，拿出手机刚要打电话，江边勘查的交警冲其他同事挥手呐喊：“哎，这边发现一只皮鞋，皮鞋里有半包烟，还有一只手机！”卢玮希和明珠对视一眼，飞一样地跑过去，便看到交警从雪地上的皮鞋里拿出一个黑色的手机。

“这应该是受害人的手机，看背面还贴着‘聂风专用’……”交警拿手电筒照着手机，边研究边嘀咕。

聂风不抽烟，但手机的确是聂风的。只是……聂风扔掉皮鞋和手机的时候，后面追他的人看不见吗？看到了不但不拿走，还给鞋里放半包香烟？如此异常，说明这个地方不是案发第一现场！卢玮希的视线定格在交警拿着的半包烟上，而明珠却看着那专用手机。

有经验丰富的交警已经开始分析：“既然香烟、手机和鞋子这么完整，说明受害人的情况并没有特别糟糕，或者说，受害人没有被逼跳河，之所以回程的脚印少了一串，可能是被捆住抬了回去！”

抬回去，说明对方有目的未达成，不急于弄死聂风。卢玮希和明珠刚松了口气，另一边又有交警喊道：“水里有人！”

雪亮光柱下，果然有一个人形黑影被越冲越远。卢玮希本能地就要跳下去救人，明珠吓得死死抱住她的腰：“你自己不会游泳都不知道，你疯了！”

“咦……我看错了，那不是人，好像是一件带帽的风衣……”

聂风今天失联之前，的确穿着带帽的风衣，还是卢玮希出差日本买回来送他的。

交警话还没说完，就被卢玮希抓住胳膊：“你看清了吗？看不清不要胡说八道好不好？”旁边的交警以为她要袭警，都齐齐围过来。

“别激动，别激动……”明珠忙出声调节两边紧张的气氛，一边掰开卢玮希的手，一边跟那些面露不悦的交警解释：“出事的是她公司的通信专家，这专家是她师父，对她很重要很重要，她比较紧张才冲动了点儿，抱歉啊。”

那名交警也体谅她的冲动，从旁边捡了一根长棍子，去够了够，衣服连着打旋儿，虽然没有被捞上来，但好在看清了不是风衣而是女士的羽绒服。

“坏了，这里好像不是案发现场……”

不是案发现场，那就说明有人故意骗他们来这里。难道聂风还在荃武马场没来得及转走？

卢玮希捂着突突跳动的太阳穴，转身就要折回马场，这时，手机却响起来。她赶往这里的途中已经报了警，所以接到警局的电话并不奇怪。

“是卢玮希小姐吗？我们在潘庆武车库找到了卢荃先生和你报案要找的人。”潘庆武是卢荃的外孙，确定聂风被找到、卢荃被控制住，卢玮希才略略松了口气。她知道卢荃的软肋在哪儿，既然卢荃敢动她师父，那就要做好承受她还击的准备。

回程的车上，明珠突然问：“希希，你觉没觉得卢荃和聂风应该有关系？并且是那种能互相帮忙擦屁股的关系。”

卢玮希挑眉：“为什么这么说？”

“卢荃只有一个女儿又没有儿子，七老八十的人了，突然作死地去站队林榆雁反对你，图什么？还举报聂风、绑架聂风，他能得到什么好处？我总觉得吧，这很像什么计来着。”苦肉计，明珠怀疑聂风和卢荃联手搞这么一出，是想打消她的疑虑。

卢玮希脑中有什么一闪而过，但她本能地抗拒去细思，抬头见明珠还在等她回答，她却半晌说不出话，最后苦笑了一下：“也许是因为我上午警告他不要为了林榆雁与我为敌，他气我不尊重他，就搞事出来让我刮目相看的吧。”

明珠摇头，没再说话。心里却越想越觉得这事像是有人故布疑阵误导卢玮希，她是卢玮希的铁杆闺密，若聂风真的坑骗卢玮希，辜负卢玮希的信任，她一定会揭开他的真面目，让他身败名裂。

第十九章　撬墙脚

卢荃被警察带走的消息，很快被有心人传到了卢卓耳中。

卢卓想当然地以为卢玮希公报私仇。前脚他请卢荃帮林榆雁说话，后脚卢荃就成绑匪了，卢玮希这报复心也太畸形了。如果他不给卢玮希点儿颜色看看，以后在卢家谁还敢帮林榆雁说话？

兴师问罪的电话打过去，卢玮希一听他提卢荃，直接给挂了。

气得卢卓当场摔了电话。从书房出来，看到林岚在给他剥栗子，林榆雁额头贴着胶布还在给他泡茶，只有叶敏之仍在咕噜噜地喝汤，他劈手夺过碗："你是猪啊，喝那么响？"

"我也不想喝啊，是阿岚……让我只能喝汤，"叶敏之一脸委屈地看着卢卓，"老公，这汤太难喝了，要不，你请我去外面吃吧？就是你第一次遇见我，帮我逮偷包贼的饭店，二十多年了，今天路过那里，店还在……"

卢卓皱了一下眉头："除了吃你还记得什么？"

“我还记得……你说……不能让女儿知道阿岚给我治病，不让我吃干的。”叶敏之拉着卢卓的手臂，可怜兮兮地说，“可是老公，一天三顿喝汤，我真的很饿啊。”

“那你马上给卢玮希打电话，她回来了，我就带你去吃大餐。”卢卓知道她现在又变成花痴的人格了，就忍着恶心哄她。

叶敏之立刻喜笑颜开，从口袋里拿出手机，开心地在卢卓脸上亲了一下，又立刻伸手擦去留下的汤水印，她知道卢卓最讨厌她亲他的时候嘴上有东西：“老公，你可真好啊。”

卢卓厌恶地侧了侧身子，不耐烦地催促：“赶紧打！”

叶敏之缩了缩脖子，似乎怕挨打一样，忙翻出卢玮希的号码，拨了出去。本想着一次就能打通，没想到她打了很多遍，卢玮希一直不接。打到明珠那儿，明珠客客气气地说卢玮希正在派出所配合调查，不方便接电话，恼得她想破口大骂。

在卢卓的目光逼视下，她脸上维持着尴尬的笑，忧虑在胸口堵得她要吼出来才能呼吸。这个傻丫头，下午在医院还算有求必应，晚上就翻脸不接电话了，这是想让她在卢卓面前显得没用呢，还是在报复她在医院说的那番话?

临近十点的时候，卢玮希才回了短信，说是沈临风回来了，她要在江南水给他接风洗尘，今晚不能回家见她，让她有事明天再说。明天再说……那今晚，她不是得饿着肚子了?

林榆雁见叶敏之突然哭丧着脸，就把泡好的茶递给卢卓，探头探脑凑过去看到叶敏之手机上的短信，看完脸色大变。

沈临风回来了，她竟然没收到消息，这说明沈临风知道Henry先生暗恋她，他生气了？她立刻找借口悄悄从后门出来，拦了辆出租车赶去江南水主题餐厅。突然看到迎面有一辆越野车开来，车里的司机，竟然是卢玮希。越野车呼啸而过，方向不是去江南水餐厅，她愣了一下，吩咐出租车掉头跟在后面。卢玮希过家门而不入很奇怪了，现在连沈临风都不见，这是要去哪里？

越野车在一家名品烟店门前停了下来，卢玮希下了车进了店里，林榆雁愣了愣，她进烟店干什么？没听说也没见过她抽烟啊，难道是买给沈临风的？等了一会儿，见卢玮希从里面出来，手里提了一个装烟的精致手提袋，上面印着的图案显示是英国的Treasurer牌香烟，这烟纯手工制作，一条近万元。

林榆雁笑了笑，算卢玮希有眼色，今天坏了她的好事，还知道不能得罪她身后的沈家，不然不会准备这么贵重的礼物赔罪。

卢玮希坐进车内，把手提袋放在副驾驶座上，发动汽车，听见有人敲车窗，她抬头看到站在窗外的林榆雁，眉头皱了一下，落下车窗。林榆雁扒在车窗上，一脸得意："算你聪明，知道得罪我了，赶紧来买礼物托人求情。"

卢玮希挑眉看她，一脸莫名："什么礼物？"

"香烟呀！"林榆雁伸胳膊进去摸了摸，"四条，呵，诚意挺足。"她满意地笑笑，"原来你也知道沈伯伯真正喜欢的不是古巴雪茄，而是这Treasurer牌香烟啊。可是你别忘了，你今天得罪的是我，给我买赔罪礼物了吗？"

听她说沈屠真正喜欢的是Treasurer牌香烟，卢玮希脑子里顿时掠过聂风出事地的那半包Treasurer牌香烟，心里一咯噔，嘴上却不信："你确定沈伯伯喜欢Treasurer牌香烟？"

"我当然确定啊，沈伯伯书房里这烟多了去了。"林榆雁一脸与有荣焉的骄傲，"怎么，你现在才知道沈家有钱？可惜，我沈伯伯提起你就骂，压根儿看不上你！"

她状似炫耀的一句话却在卢玮希心里激起千层浪，放在方向盘上的双手悄悄抓紧，脸上却若无其事："那正好，这烟我送给别人去。对了，你今天骗我爸不成却骗了我妈五百万，我告诉你，那五百万是我借别人的，你敢花掉一分，我就敢剁你一只爪子。”

“别人是谁啊？”林榆雁虽听得稀里糊涂，却忽然想起卢卓说的美男计的事，试探地问，“谁这么大方一出手就借给你五百万，他就不怕你还不起吗？”

卢玮希冷嗤：“这和你有关系吗？”

林榆雁似乎已经相信卢玮希说的是萧珩，萧珩是Henry先生派来的，一切花费肯定是Henry先生兜底，怎么会和她没关系呢？她现在就等着沈临风不娶她了，她就嫁给Henry，Henry的钱就是她的钱，她怎么能让卢玮希挥霍她的钱？

“你都撬我墙脚了，还和我没关系？我真是没想到你心比天高，竟敢妄想……”“我家Henry先生派来的萧珩”这段她忍住了，不能说，这是王炸，得在必要的时候炸死卢玮希。

“我有自己的墙脚，沈家那墙脚白送我都不要！”顿了顿，卢玮希反手按着林榆雁的头，把她推出窗外，“走开！”

萧家的确比沈家好……萧珩既然是Henry先生派来的，不可能看上差劲的卢玮希吧？可五百万真的不是小数目，凭什么萧珩不爱卢玮希，却一出手就是五百万；而暗恋她的Henry先生，却连五百块都没给过她？林榆雁瞪眼看着卢玮希的车绝尘而去，呆站了好半天，越想越不可思议，拿出电话，拨通一个号码：“箐姐，麻烦你帮我介绍一个可靠又厉害的私家侦探，我要弄清楚，一个暗恋我的男人究竟是什么时候开始暗恋我的……”

第二十章　夜探卧榻

卢玮希回到家，发现萧珩不在了，大半夜的，累了一天她也没多想，简单洗漱一下就爬到了床上。这两天发生的事情太多，导致她明明很困，脑子却闲不下来，最后吃了一片安定才稍有睡意。

迷迷糊糊间，似乎闻到空气中飘散着香烟的味道。卢玮希皱了皱眉，努力挣扎着坐起身，被子从身上滑落，露出半截身子。冷风吹来，她以为忘了关窗子，转头看向窗边，无意中视线掠过窗前有团黑影，猛然一惊……迅速打开床头的台灯，赫然看到一人。

“你……”她满目戾气，不过只几秒钟就恢复正常，用尽全身力气才抑制住到了喉头的尖叫，“不是走了吗？”

萧珩长身玉立在窗前，两指间夹着细细的香烟泛着白雾。很少有女孩子有她这么机敏，这几年她必定是经历过他不知道的事情，否则不会反应那么机敏，那种反应似乎已经变成了一种本能。

抽完一根烟，他又点上了一根，语气懒洋洋：“你不是说给我买烟去了吗，我刚去楼顶看看夜景，要走，也得等你回来了见一面再走啊。”

买烟只是借口，就算最终买了回来也是为了查案，卢玮希有点儿理亏。不过她也不信他大雪天跑去楼顶看了几个小时风景，摸不透他去而复返的真实意图，心里惊恐，面上却力持镇定：“那现在见过了，香烟在客厅门口放着，要我送你出门吗？”

萧珩缓缓吐出一口白雾，在昏黄的灯光里，就像猎人在审视猎物，这让卢玮希愈加心慌。

“聪明的人，惊慌的时候就不会开口，也不会强自镇定地与人对视，否则一个音调一个眼神很容易露出破绽。你看你刚才就不聪明，明明心里慌得要死还硬要开口，这不是自己把自己出卖了吗？”卢玮希窘迫得恼羞成怒，恨不得一脚把他给踹出去。每次见他都像个透视镜一样！

“我本来就不聪明，那么聪明的萧总应该知道，进人卧室要先敲门的吧？”

“我是从阳台进来的，你睡那么死，敲门你也听不到。”他斜勾唇角痞痞一笑，苏感十足地吐出一口白雾。

卢玮希只觉得朦胧的卧室里，因为他的笑容，一下子变得明亮起来。只是，仍旧很欠踹：“这么说是我睡得太死失礼了？抱歉，你现在可以出去了吗？”

萧珩似乎很喜欢欣赏她的被逼无奈，看她无可奈何地软着腔调道歉，他也恢复了潇洒随性的口吻：“若不是贵重物品在此，你以为我会去而复返？”

卢玮希以为他说的是车钥匙，连忙指了指外面：“你的车钥匙在客厅门口的鞋柜上，你跟我去拿吧。”

孤男寡女共处一室，尤其是她还穿成这样，怕时间越久越对自己不利。她掀开被子下了床，足尖才刚沾到地，一股力道忽然将她拉起，只是一甩，她整个人被扔在了床上，然后被重重压倒。

萧珩看着瘦，其实很有料，他覆上来的时候卢玮希甚至感觉到了床迅速向下凹陷，而她则毫无缝隙地被垫在他的身下，本能的尖叫被理智命令吞回肚子，怕挣扎挑战他的占有欲，她努力让自己平静地与他对视。他以指腹摩挲着她的唇瓣，刚刚抽过烟，指尖带着的烟草味，竟然也是Treasurer牌香烟的味道，刚在店里咨询时她闻过了，没想到萧珩也抽Treasurer牌香烟。

“刚才是车钥匙，现在是人。”

人？难道还有什么人躲在她家里？卢玮希疑惑挑眉，一脸蒙圈：“什么人？”

“你！”他话音刚落，卢玮希手脚并用地大力挣扎。也再一次得到证实，他十分喜欢看到她挣扎的模样，也许是她此时的反应取悦了他，萧珩勾唇一笑，磁性的嗓音在她耳畔苏感十足地响起：“你今天是不是去了郊区？”

卢玮希毫不意外他会知道，能被仲颖看重，他肯定人脉广、眼线多，虽然她身边不知道有没有他的人，但卢玮荣出现的时机，他把握得那么准，卢家甚至卢氏集团里肯定有他的人。

偏头躲开他的手，她实话实说地回答：“卢荃绑了聂风。”

他骨节分明的手又跟上来，点了点她的鼻尖：“你见到聂风被卢荃绑了？”

痒痒的感觉让她皱着鼻子摇摇头：“没有。”

“哦？”他挑着眼角，手指在她脸颊上游弋，“那，是聂风告诉你卢荃绑了他？还是卢荃承认他绑聂风了？”

卢玮希心里一咯噔，突然想到明珠怀疑聂风利用卢荃演苦肉计的话，张张嘴又闭上，沉默了一会儿，才尴尬地回答：“都不是。”先前她在派出所见到了聂风和卢荃，聂风也不知是不是惊吓过度，任她怎么问，始终一言不发。反观平时自视甚高的卢荃，见到她竟老泪纵横着大呼冤枉，说他根本没见过聂风，是被人绑走和聂风放在了一块儿，绑他的人不过是想陷害他，把他挤出卢氏高层。

绑架案变成集团争权夺利的内斗，明珠怀疑聂风故意搅乱局面让她看不清，朱轶群则怀疑是有人故布疑阵，想挑起卢氏内部矛盾，让他们自相残杀。

她不怀疑聂风，直觉怀疑这事和她爷爷的案子，甚至她舅舅的死因有关。发给叶敏之的短信是她故意为之，她知道林榆雁肯定会偷看短信，为引林榆雁上钩，她才去买了那几条烟。果然，林榆雁随口说出那是沈屠最喜欢抽的牌子。

萧珩似乎早已经洞悉她的心思，修指摩挲着她的唇瓣，漆黑的眸子里满满的都是嘲讽：“既然都不是，那你为什么相信聂风把卢荃按进拘留所呢？聂风来你这里之前，也不过是在高科待了五年，他来高科之前已经三十多岁，经历复杂得超乎你我想象，这样的人，你相信他之前是个善男信女吗？”

明珠也说她太相信聂风，她也不知道为什么，第一次见聂风，本能就相信聂风不会害她。被萧珩这样话里有话地提醒，她突然想到聂风在拘留所时看她的眼神，忧郁、戒备、疏离……似乎不信任她，十年师徒情就这么有了隔膜，她心里酸涩得厉害，连话都说不出来。

萧珩笑了笑，停留在她唇瓣上的手改为屈指挑起她的下颌，迫使她抬头看他，那双黑不见底的眼睛微眯，闪烁着调侃的诡光：“你，不会是因为崇拜而暗恋聂风吧？”

“你眼瞎啊！”卢玮希被激起一丝脾气，打开他的手，反手捏住他的脸，冲口而出，“我暗恋你……也不会去暗恋五十多岁的师父聂风啊。”

“你暗恋我……”萧珩打断她的话，望着她，重复了一遍这四个字，然后坏笑着捏了捏她的唇，“我早就知道。”

“唔……不，我是打比方，我的意思是……我暗恋你……也不会暗恋聂风。”

“我知道啊，你暗恋我，我现在成全你……”萧珩捏着她的唇，另一只掌心热得像是着了火，拉开她的睡衣领口，冷风瞬间侵袭进来，冰火两重天的温度折磨着她。

第二十一章　买你一夜

天哪，嘴被捏住，意思解释不清了。卢玮希急得手脚并用地挣扎……却反而被他抱得更紧。他的手臂力道很大，箍得她动都不能动，那只罪魁祸“手”一路向下……所到之处，陌生而又隐秘的感觉一处处引燃她沉睡的荷尔蒙，她只能靠咬唇来保持理智，与萧珩斗智斗勇都不是对手，只能斗气，准确说是赌气，赌他的傲气。

“我……不能让你白成全，你开……开个价。”

“开价？”萧珩的手指停留在她的细腰处，“什么意思？”

“就是字面意思，”卢玮希吞了口口水，有点儿羞于启口，“我想……买你一夜。”

她以为她说完了，萧珩会勃然大怒、暴跳如雷，最不济也得甩她个耳光，嫌弃得立马走人。可惜她太不了解萧珩，如果了解，她一定不会这么做，因为她此刻窘迫得像个想偷腥的猫咪。

萧珩脸上的表情先是一怔，然后回过神来，眼角笑纹一点点扩大，低头看到她脸上那抹带着狡黠之意的笑容，伸手从她床头柜上拿起一张零钱，塞进自己的口袋，低笑几声，整个人压了下来："十块钱，我很便宜的，来吧，请尽情享用。"

"享用什么？"她懵懂地问，话一出口又觉得自己蠢，看着他翻身起来宽衣解带，她脸上一烧，真恨不得把自己的舌头给咬掉，"萧总，我想你可能误会了。"

"哦？"萧珩邪魅一笑，"我误会什么？"

"误会我说的买一夜了。"卢玮希拉紧被子，面不改色地翻案，"我要买的不是你宽衣解带，是买你的时间。仲董能把仲兴完全托付给你，说明你在经营管理上有过人之处。奇迅危在旦夕，我想向你请教请教经营管理。"

"……"萧珩哑口无言，当真是唯女子和小人难养也。

卢玮希在心里给自己点了个赞，一晚上被他压制，终于在最后一个回合上扳回了一局，虽然总体上她是输了，可也有可圈可点的地方，比如现在。

萧珩刚才也不过是想吓吓她，他想要的可不是这么肤浅，哼笑着起身把扣子一粒粒扣上，继而弯腰注视着她，似乎想要望入她的心底深处："卢玮希……"他的声音比平时略低，语调懒懒的，听上去似乎只是随意地叫了一声她的名字，却又像是莫名地叹息，让她觉得心里好像被什么东西很轻柔地触动了一下。

"嗯？"

"我只是想让你明白……"萧珩眉眼微扬，嘴角上勾，"这次遇见，我是认真的。"

这次遇见，他是认真的！

这次……他是不是隐晦地承认，上次他之所以消失，是没有认真？

第二十二章　绕床弄青梅

直到第二天早上，卢玮希都没回过味来。起床后看镜中的自己，眼底有青色浮现。公司还有一场硬仗要打，她破例化了个淡妆。

早上七点半，奇迅电子大厦被漫天雪花笼罩，透出一片冷肃。

“奇迅电子”四个辉煌的大字却落入了一双幽深而锐利的黑眸里，久久地凝视。大厦门前广场上行人不多，大厦门口的保全人员似乎并未注意到广场一角一直都站着的这个男人。他穿着黑色的大衣，身姿颀长挺拔，双手慵懒地插在裤袋里。天空飞雪漫漫，朦胧了他的五官，然而却朦胧不了他周身散发出的气场，他看着奇迅电子的姿态，就像是暗夜的帝王在检阅自己的疆域。

“临风？”有人在身后低声叫他，语调惊喜。

沈临风转头，被冷风吹得略显凌乱的黑碎短发下，眉头微皱：“苏黎，你怎么来了？”

“沈先生说最近不太平，就把我从非洲调回来贴身保护你。”

特种兵出身的苏黎小跑过来，冻得直搓手，“既然你都决定了，大雪天的还来啥，反正奇迅本就该是你的。”

沈临风眉梢一挑，收回自己的视线，继续眺望着“奇迅电子”四个耀眼大字，只是薄唇抿得越发地紧，眉间收敛的思绪越发地浓重。

“临风，我不明白，只要一张DNA鉴定书就能搞定的事，你为什么要选最复杂的一条路去走呢？究竟是为情为义，还是为了那个女人的名誉？”

沈临风只是轻轻挑了下眉，掏出口袋里的香烟点燃，他一手插在裤袋里，另一只手的指间夹着烟，淡淡地看了苏黎一眼后收回眸光，唇线微张，呼出透明薄絮似的烟气。

“要是有朋友把你从成功巅峰推下，你会怎么样？”

苏黎一怔，他是特种兵，又是散打冠军，哪个朋友敢不要命地推他？

“你会选择殊死搏斗，还是心灰意冷地纵身飞下？”

苏黎听得一头雾水：“沈大少，你究竟想说什么？”

“我说了你也不会懂的。”

听他说话仿佛含着某种机锋，苏黎理解不了直摇头，大雪中陪着他站在广场一角，望着大街上行色匆匆的路人，忽然转了话题：“对了临风，打算什么时候成家啊，早上听到林小姐给沈先生打电话问安，她都等你十多年了，你今年也有三十岁了吧？”

三十岁了，真快。那个曾嫌十二岁的他老的人，会不会嫌三十岁的他更老了？沈临风眸色微深，皱着眉没有作答，良久之后才掐断指间快烧到头的烟蒂随手丢进一旁的垃圾桶，然后俯身趴在广场围栏上。

苏黎久等未听到回答，便突然弯腰靠近沈临风耳边，神秘兮兮地说：“早上查卢卓的时候，我顺便查了卢玮希，这一查不打紧，竟然被我发现你一个大秘密。嘿嘿，郎骑竹马来，绕床弄青梅，同居长干里，两小无嫌猜？”

“如果你想下半辈子都待在非洲培训基地，就随便去查卢玮希。”沈临风说这话时，凛冽的双眸闪过浓浓戾气。

“哇靠，不让查就不查，至于为了她威胁我吗？”苏黎立刻做出一个投降的姿势，哀号不已，不过很快又暧昧地贴上来，“临风，以我在女人堆里厮混大半生的经验告诉你，爱情这东西，不要相信童话，有花堪折直须折，千万别为了一枝青梅放弃整片森林。”苏黎正说得起劲，却见沈临风站直身，转身就要走，刚想开口叫住他却被另一道声音抢先：“您说，您是潘庆武先生？请问是潘金莲的潘，西门庆的庆，武大郎的武吗？”

高声大气的女声突兀地传来，瞬间吸引了不少路人停驻。沈临风和苏黎互看一眼，在彼此眼里看到了兴味，不约而同地朝卢氏电讯门口看去。

第二十三章　狐狸精

此时已接近早上八点，奇迅电子一楼大厅口，面色阴沉的卢茎外孙潘庆武快步往外走，尤其是在听到那声鬼叫后，更是面色难堪几分，唯恐避之不及地加快步伐。而他背后紧追不放的是一个二十三四岁穿职业装的女子。

因着刚才那一句高大上的名字剖析，这两个门里门外的人成了众目所聚的焦点。潘庆武自然也察觉到了周围人打量他的各色目光，他却只能无视，心里则默默地咒骂："这他妈是从地狱第几层冒出来的女鬼？从下车就一直追着我不放，都进门了竟然还拿我名字做文章！"不过骂归骂，他可没忘记今天来此的目的——为卢玮希雪中送炭，捍卫卢玮希在卢氏的主权！

他从机场直接赶来这里之前，他的父母就在电话里千叮咛万嘱咐，说他外公卢茎不但被卢卓收买站到了卢玮希的对立面，还被人买通去举报卢玮希的师父聂风抄高科公司的芯片技术。精明的外公突然变成老糊涂，这是他们全家完全没料到的，全家商量之后，决定立即补救。毕竟，卢玮希的心狠手辣可不是浪得虚名。今天他务必要做出姿态让卢玮希对他这个大义灭亲的表哥信任有加，即便做不到左膀右臂，也得整出一个卢氏下任继承者的嫡系来。一旦他被卢玮希信任成为嫡系，他们潘家就可以继续靠着卢氏这棵大树吃香喝辣；反之，他们潘家的好日子不说快到头了，也不会很好过。

“潘先生，你笑得好猥琐哦，就像是癞蛤蟆在做梦吃天鹅肉。”耳畔再次飘来一句娇笑的女声，让陷入美梦的潘庆武猝不及防地被惊醒，待明白过来这句话的意思，顿时暴跳如雷。说实话，作为卢氏股东卢荃的外孙、潘家正宗的太子爷，他向来是被人捧着的，这会儿竟被人形容成癞蛤蟆，这是多么惨绝人寰的侮辱！

广场上，和苏黎笑得要岔气的样子不同，沈临风幽深的目光直接掠过潘庆武，落在那语出惊人的女子身上。那女子不是别人，正是他介绍给卢玮希的秘书胡俐。

胡俐毫无征兆突然在卢荃外孙潘庆武头上动土，说明卢玮希要动卢荃了。沈临风浓黑的眉峰不着痕迹地敛起，他早就觉察到卢荃背后有人在操控，只是他不知道这股势力到底来自哪一边，卢卓？林榆雁？还是他父亲沈屠？甚至是这三方之外，他不敢也不愿去怀疑的聂风。

无论是哪一边，都已经触及他的底线，这是他不能容忍的，所以他是一定要帮卢玮希动卢荃的，而且要快。

似乎有人比他动作更快，奇迅取得5G手机牌照，各方势力的明争暗斗，他想学黄雀，假装出差去了国外，实则一直藏身郊区，以为卢氏周年庆会是一个转折点，可以让他知道幕后是谁在操纵卢荃对付卢玮希。他的目的不仅仅是动卢荃，他更想知道背后这只手是谁。没想到萧珩突然横插一脚，认祖归宗以卢玮希完胜，林榆雁和卢卓完败收场，紧接着聂风与卢荃一起出事，沈屠则成了最大的嫌疑人。至此，他怀疑的所有对象都似乎参与其中，让他越发看不清楚了。

卢玮希昨天打电话给他时，他就在郊外，说没回来是想观察一天再露面，没想到这一观察，竟让萧珩钻了空子。他不放心，昨晚去了卢玮希公寓楼下，半夜两点半，亲眼看到萧珩从里面出来，衣衫不整。

沈临风薄唇紧抿，恰逢潘庆武一个恼羞成怒的转身，那本被遮挡在潘庆武身后的胡俐的身影也毫无征兆地落入了他的视野里。

一身绯色职业装，衣服料子上乘而单薄，包裹着她那玲珑有致的曲线，修长的脖颈下，性感的锁骨被米色丝巾半遮半掩，波浪长发被撩到耳后，显得妖媚而艳丽，胡俐、狐狸，人如其名，无论走在哪里都能狐媚得喧宾夺主。

喧宾夺主，是他怕卢玮希在商界被别的男人惦记，所以介绍胡俐去卢玮希身边做挡箭牌的原因。

“抱歉啊潘先生，原谅我说话比较直接，其实做个想吃天鹅肉的癞蛤蟆没错。”胡俐嘴上说着抱歉，可话里的内容却毫无歉意。

沈临风看胡俐一副挑衅的模样，不由加深了嘴角的笑意，人常说强将手下无弱兵，看来这三年胡俐被卢玮希调教得不错。

潘庆武无视胡俐的道歉，忍怒转身快步向停在广场上的车子走去，而胡俐亦步亦趋，继续大声道：“就思想来说，癞蛤蟆比青蛙厉害，青蛙思想太保守，不思进取，坐井观天，是负能量；而癞蛤蟆思想前卫，想吃天鹅肉，有远大目标，是正能量。你看最后，青蛙上了饭桌成了一道菜，叫炒田鸡，癞蛤蟆上了供台，改名叫金蟾……”苏黎听了差一点儿忍不住鼓掌，看来狐狸是话里有话，不然不会劈头开潘庆武那种玩笑。

潘庆武的额角开始暴青筋，提着公文包的手气得发抖。这个女人是从哪个星球来的？她知不知道自己说了什么外星语？

“所以长得丑点儿不可怕，关键要想得美，还懂取舍。”胡俐边说边意有所指地笑了起来。

潘庆武再也忍受不了，恶狠狠转身，指着胡俐怒吼：“你他妈是谁？”

胡俐打落他的手，丝毫不惧地回答：“奇迅总裁卢玮希的贴心秘书胡俐啊。”

“你算什么狗屁贴心？跟着老子胡咧咧一路，要不是看在玮希表妹的面上，老子早揍你了，快给我滚开！”潘庆武压着火低吼，伸手将跟前挡道的胡俐往边上一推。

在周围一阵轻微的惊呼声里，胡俐踉跄后退，鞋跟一歪，跌倒在厚厚的雪地上。苏黎看得怜香惜玉的心顿起，刚要抬步，手臂却被一只有力的手拽住：“别帮倒忙。”听沈临风这么说，苏黎一怔之后满脸不可思议：“你为了那个女人想动卢荃？”

沈临风扯了扯嘴角，刚要说什么，忽而，一声熟悉的“狐狸小心”拂过他的耳畔。紧接着，一道矫健的身影迅速地掠过他的身边，朝前方小跑而去。就像是一道魔咒突然降临在他的身上，沈临风的视线痴然定格在前方。

卢玮希紧紧抱着昏迷的胡俐，一叠声地叫：“狐狸，狐狸，你怎么了……”

相比卢玮希的焦急万分，飞奔来替她撑着伞的明珠却悠然自得：“狐狸，濒临死亡的人不能面带妩媚，要有痛感，眼珠也不能在眼皮底下骨碌碌乱转！”胡俐的眼珠果然不动，还摆出一副濒临死亡的人该有的气若游丝的表情。

此刻雪花密集了很多，卢氏电讯门口原本因胡俐的昏倒而聚集的各方人马，随着卢玮希的出现，都做出该有的表情——同仇敌忾地怒瞪潘庆武。

潘庆武傻傻看着自己推过胡俐的那只手，额头迅速渗出豆大的汗珠，到现在他都不明白，只是随手一推，那女人咋就像纸人一般倒地昏迷了？还有卢玮希，不是说她去见卢卓了吗？怎么会突然出现，还那么巧地看到不该看的一幕？完了，完了，父母的计划全完了。

第二十四章　围攻

紧追卢玮希而来的卢卓面色铁青。今天一起床，各大媒体杂志的头条都被一则爆炸性的新闻占据——卢氏高层因涉嫌绑架旗下子公司的通信专家而被相关部门带走问话。

前天才周年庆，昨天就涉嫌内斗绑架，卢氏今天丢人丢到家了。他以为，卢玮希说让他做好承受后果的准备是口头威胁，没想到是来真的，出手就是栽赃卢荃绑架聂风。逆女，不能再留的逆女！

原本电话里约好了先在她公寓碰个头，协商好再一起出现在公司辟谣，他不过是提了嘴带林榆雁去认门，她就玩失踪让他们扑了空，转头又对支持林榆雁的卢荃外孙下黑手。

雁儿年纪大了，多年心愿就是想嫁给沈临风。沈家的条件只有一个，就是雁儿得改林姓为卢姓。雁儿本来就是他的女儿，都是卢玮希的各种使坏才让雁儿的身份迟迟不能公之于众，年复一年，这种让心爱之人受委屈的日子他烦透了，幸好朱铁群说Henry先生能帮他治住卢玮希。

Henry出手，果然不凡，周年庆当晚就把卢玮希按进拘留所，可惜被楚策那个臭小子给救了。听说卢玮希本想给他安个野种来阻止雁儿认祖归宗，多亏被Henry先生察觉提前把他真的儿子给找了回来。Henry先生真是他的贵人，不但设下美男计对付卢玮希，还看上了雁儿，都叫他岳父了，他总算是不再担心雁儿嫁不成沈家会寻死觅活了。

唉，为爹不易，看卢玮希一脸憔悴，顶着两个黑眼圈，应该是昨晚吃了萧珩美男计的苦头。真好，终于出了一口恶气。

卢卓的目光一直盯着卢玮希，就忽略了被苏黎撑伞遮住的沈临风，碍于场合，他语气异常温和地叫了声："玮希，跟我到办公室一趟。"

卢玮希知道办公室有一场硬仗等着她，应了一声，把胡俐拜托给明珠，嘱咐她一定要立即送胡俐去医院。

明珠嘴角抽搐地松开伞，低声提醒："今天势头不对，你小心些。"

卢玮希微点头，站直身的瞬间，她忽然感觉一道奇异的视线定在她的身上，缓缓回首，只见五步开外站着昨天还说在国外出差的沈临风。

接收到卢玮希惊讶的视线，沈临风随即笑着解释："你电话里那么急，我不放心，就连夜包机回来了。"

连夜包机回来是因为她，还是因为她要夜探沈家？

卢玮希心里清楚，笑了笑没有点破，指指卢卓的背影表示有事先忙，沈临风点头表示理解。

电梯内，父女俩互看一眼，都极力克制着没有说话，隔了一个晚上，好似之前发生的恶斗并不存在。很快电梯到了八楼，两人出了电梯穿过走廊进了卢玮希的办公室。办公室内原本还在激烈讨论什么，随着卢玮希的走进，忽然鸦雀无声。

卢玮希扫了一圈，果然，不该在的都在。卢卓走过去不客气地坐在上座，抬眸看了她一眼，简洁地吐出一个字："坐。"

卢家嫡系子女不多，但旁系的姻亲们子嗣众多。人多的地方是非便多，之前有卢荣挡在卢玮希的前面，以卢卓为代表的一派诡计百出，也没能撼动卢玮希的地位。两年前卢荣突然离世，卢玮希瞬间成了卢卓派别攻击的目标，本以为轻松就能铲除卢玮希扶持林榆雁上位，没想到卢玮希表面看似无依无靠，暗地里却像有贵人相助一般，总能绝处逢生。

卢玮希依言坐下，旁边坐着打吊瓶的卢荃，卢荃看她坐在自己身边，便做出一脸恐惧："不得了了，玮希身上有一股杀气。"

杀气？卢玮希侧脸笑看着他："叔爷爷，你向高科举报我的时候，怎么不怕我杀了你？"

"咦，举报你你得进监狱，你进监狱了咱卢氏还得另外找继承人，我都七十多了，哪有那样的野心……"

第二十五章　舌战

卢玮希打断他的话："您那实力撑不起来的野心，想举报我进监狱，好扶持林榆雁的话，我只能抱歉地说句，您痴心妄想了！"

卢荃目瞪口呆，他做梦都没想到无依无靠的卢玮希敢公然以下犯上。卢玮希笑着又叫了声"叔爷爷"："虽说您是我的长辈，但我的事您只可远观，不可发言，否则，我可以尊您在堂，也可以尊您在墙！"在堂，是留在公司；在墙，那不是死了？

卢荃气得一口浓痰上涌，剧烈地咳嗽起来，咳得死去活来的间隙，还不忘向对面递了个眼色。

坐在他对面的是卢老夫人夏柳。夏柳是卢卓的母亲、卢玮希的奶奶，年轻时长得貌美如花，中年大病一场成了药匣子，三十年前开始吃斋念佛，用一副与世无争的模样，掩盖着蛇蝎心肠。

这些年，她表面对叶敏之和卢玮希慈眉善目，但林岚和林榆雁能有实力与卢玮希恶斗这么多年，其中大半都离不开她的"丰功伟绩”。昨天原本是她策划好林榆雁认祖归宗的日子，结果大意轻敌，硬是被人给搅黄了。这还不说，竟还让叶敏之捡回来个便宜儿子。

卢家有祖训，母凭子贵。叶敏之之前受苦是因为儿子丢了，现在儿子找回来了，DNA她看了，应该是真的，可她要是承认叶敏之的儿子，那叶敏之就成了继她之后的卢家当权女主人，这是她绝不能允许的。因为叶敏之不配！别看叶家的儿子叶敏德出类拔萃，叶敏之却长了个人头猪脑，都爹死母亡哥失踪了，还整日沉浸在夫妻恩爱、婆媳和睦、闺密互助的假象里，要不是卢玮希护得紧，一百个叶敏之也死光了。

说起卢玮希，卢老夫人更是咽不下这口气，她怎么也想不到一个臭丫头片子，竟然能得她老公卢荣的青眼，一步步在豪门恶斗中站稳脚不说，这两年还越发出色。就拿这次的5G手机牌照来说吧，她明明派人做了那么多手脚，卢玮希还是成功了。再看今天这架势，她发现卢玮希做事手段越发狠戾毒辣，颇有她当年的风范。只是，姜毕竟是老的辣，只要她活着，卢玮希就甭想翻出大天。

想到这里，卢老夫人看着卢玮希，语气还算温和：“希希，你叔爷爷身子骨不好，说你两句也没什么恶意。我来问你，之前长辈们商量好的事情，你为什么要全盘否定？还闹出个真假卢玮荣，这究竟是怎么一回事？”

“怎么，奶奶还不知道卢玮荣是仲兴的萧总给找回来的？”卢玮希眼角微微上挑，精致的脸上布满惊讶，“那我可得告诉您，功劳都是他的，和我一点儿关系都没有。对了，听我爸说，是您委托的萧总。”

她委托的萧总？不，她的意思是对外宣称有人帮忙找到了被拐走的孩子，那孩子说好了是林榆雁，还有“卢玮荣”这名字，不是说好了林榆雁上族谱后改叫卢玮荣吗？怎么现在说成是她委托萧总找回一个真的卢玮荣?

卢老夫人疑惑地看着卢卓，卢卓一句话也答不上来。Henry先生事前压根儿没和他说会派萧珩送卢玮荣回来，他是被迫接受Henry先生改计划安插卢玮荣的突发事件，不过这话，是万不能对他这个疑心病重的老娘说的。最后，他只是轻咳一声自我解嘲：“你不说我都忘了这事，对，是你奶奶托我、我又托了仲兴的萧总。萧总是咱家的恩人，玮希，你以后见了萧总可要好好谢谢他。”

卢玮希一本正经地点头称是。卢老夫人却听出了猫腻，她听卢卓说过，出身财阀世家的Henry先生叫了他岳父，她觉得真正财阀世家的继承人不可能喜欢林榆雁；还有仲兴的萧总，仲兴一直被女魔头仲颖把持，不可能交给外姓人打理，说不定那个Henry和萧总都是假的，或者是卢玮希搞的鬼。对，她这个孙女太狡猾了。

想到这里，她阴恻恻地盯着卢玮希：“希希，卢玮荣的事咱先不说了，现在说你叔爷爷被你冤枉的事，你准备怎么弥补？”

弥补，弥补，又是弥补，她生来就是为了弥补他们的吗？卢玮希心里再悲哀，面上也不会表现出半分，只一脸不在乎地冷笑：“奶奶，我爷爷留下的东西不都在你和我爸手上吗，难道我这边还有什么……是你看上的？”

卢老夫人挑了挑眉，卢玮希的伶牙俐齿她是领教过的，就算被戳破心思，她也不尴尬。奇迅是卢玮希亲手建立起来的一个团队，团队里的人个个是精英，专业素质堪称行业典范，这几年她一直想安插人，都被拒了。这次有了卢荃的事作为引子，她不信卢玮希不妥协。

“既然你糊涂，那我直说好了。聂风这次出了事，肯定不能再留在奇迅。奇迅抄袭高科的证据我让律师看了，律师说完全属实，你很快会被高科起诉，坐牢赔款是跑不了的。但你是我亲孙女，我不能坐视不理，如果你信得过我，我就让雁儿暂时替你管理奇迅，你叔爷爷也会调过去帮忙。位置嘛，就你爷爷生前兼的那个顾问职位好了。”老太婆的意思是想先谋她的公司，再让她一无所有死在监狱！

听出话音，卢玮希不但不伤心还差点喷笑：“难怪奶奶熬死所有人登上了卢家家主之位，原来您巨大成功的背后隐藏的都是滔天罪恶。”

卢老夫人似乎早就习惯了卢玮希的说话风格，仍不动怒，只是语气平常地做安排：“雁儿出来，给你姐姐立个军令状，保证她出狱之前替她把奇迅经营好。”

卢老夫人是那种看上去很和蔼，其实眼神很阴的人，她随随便便看人一眼，就会让人毛骨悚然。卢玮希却自带屏蔽系统，一点儿感觉都没有，依旧笑微微地坐看表演。

林榆雁赶忙走过来，看着卢玮希，拍胸脯保证：“姐，你放心地去坐牢吧，奇迅有我，我不懂了，还有爸爸妈妈。哦，还有沈伯伯和沈大哥帮我，我保证不会让你失望。”

爸爸妈妈？这称呼好！卢玮希看看卢茎，又看看林榆雁，那眼神怎么都不像是看叔爷爷和妹妹的眼神，看得卢茎和林榆雁心里发毛。她突然转头去问卢老夫人：“奶奶，这辈我不会论了，您说，我该叫她什么？”

林榆雁以为卢玮希被卢老夫人逼着认自己了，心里狂喜，沉不住气地盯牢卢老夫人，求她赶紧说话。

卢老夫人微颔首示意她少安毋躁，端起茶，喝了口，才慢条斯理地开腔：“按说，你俩同年同月只差了几天出生，但辈分在那里，该叫什么叫什么。”

“可是……”卢玮希一脸犹豫，“她父母的关系公之于众了吗？排行怎么排？毕竟，在卢家我有很多的堂姑姑，你们一家三口突然公开亮相，我实在不知道，她这个‘姑姑’前面的数字，是几啊？”

一家三口？还姑姑？这是……把林榆雁说成他和卢老夫人的私生女了？卢荃喷笑，笑完又觉得把自己和卢老夫人扯一起是被侮辱了，气得嘴唇哆嗦，指着卢玮希：“你……”

卢老夫人把手里的杯子重重放到桌上，杯中的茶水溅了出来：“放肆！侮辱长辈，打压同辈，你想干什么？”

卢玮希倒是一丁点儿也没被吓住：“我想去看看胡俐，那么美的小秘书，要是潘庆武害她香消玉陨了，我得去报案抓潘庆武坐牢啊。”

威胁，赤裸裸的威胁！卢荃顾不上刚被侮辱成卢老夫人的奸夫，便一把扯住卢老夫人的胳膊，叫了声她的闺名“夏柳”：“打击报复，真真是打击报复，小武是我的心头肉，你看玮希她……”

“太不像话了！”

“卢玮希，奇迅就那么重要吗？重要到为霸住奇迅不惜丧心病狂？”林榆雁做出不敢相信的模样。

卢玮希面色如常，冷冷地环视了一圈，最后漫不经心地把视线投到了卢卓的脸上：“爸，我把奇迅交给林榆雁，是不是就不丧心病狂了？”

刚刚读完Henry短信的卢卓抿着唇，抬眼和卢玮希对视了几秒钟，神色复杂，最终没说什么。

卢老夫人似乎才看出来，她儿子被她孙女要挟了，弑父的征兆，这还了得？拐杖一抬，她指着卢玮希发飙：“对，马上交出奇迅！你要是交了，咱们还是一家人，要是不交，你……”

卢玮希丝毫不惧地截断她的话：“我怎么？奶奶想包庇潘庆武

是吧？那我明确告诉您，如果您不马上杀了我，只要胡俐出了事，我一定让潘庆武把牢底坐穿！”

“胡俐算什么东西？一个小小的秘书，就值得你为了保护她与我为敌？”气得被歪楼的卢老夫人瞪着卢玮希，眸光如利刃骤然出鞘，仿佛直想在她胸口连扎十八个血洞之后，再决定如何处置。

卢玮希一脸疑惑地眨巴着眼睛：“您为了潘庆武想杀我，难道他妈是我亲姑姑？”

第二十六章　博弈

一会儿被栽赃俩私生女！卢老夫人彻底被激怒，闭上眼，拐杖抡圆了砸下去。噗的一声，林榆雁即时发出惨叫。

原本她站在卢玮希背后幸灾乐祸推卢玮希挨打，结果卢玮希一侧身，拐杖结结实实砸在她头上。昨天额头挨了叶敏之一瓶子，见血，进医院包扎。现在旧伤未愈，又挨一拐杖，温热的血很快就顺着额头滴滴答答下来，她用手一抹，刺目的红，吓得她眼前一黑。

一直当隐形人、静观夺权大戏的林岚满肚子晦气，连忙扑过去抱住林榆雁，呜呜咽咽地哭起来。卢卓安排的人原本在人堆里等着支应，一看这情况，都找借口散了。

这件事，见证人很多，事后许多人想到卢玮希的手段都会不由自主地哆嗦一下，然后摸一摸额头，卢玮希的对手可不是那么好做的。办公室里顿时兵荒马乱。

“行了卢玮希，胡俐的事我会让人给你个交代！”

看着血葫芦一样的林榆雁，卢卓虽然很心疼，可顾忌Henry发给他的短信内容，处理起来就不能随心所欲："但你侮辱长辈，害雁儿替你挨了打，怎么说都是你的错，高科要起诉奇迅也是事实，聂风和你都跑不掉的。念在你没有功劳也有苦劳，就罚你交出奇迅，算作对雁儿和你奶奶的道歉！"

林榆雁显然没有认清形势，捂着血淋淋的额头，嘶声哑嗓地哭喊："奶奶，她惹上高科的事，可不是交出奇迅就能算了，她得先找高科协商只追究她一个人的责任，不能连累接管奇迅的我，不然我接的不就是她的烂摊子吗？"

看林榆雁失态说真言的样子，卢玮希心里暗自庆幸，庆幸她早和萧珩达成共识，不然今天真会陷入绝境。

"林小姐说得对。"她抬起头来时脸上俱是悔意，"都是我的错，是我惹上的高科，我得摆平这件事再把奇迅交给你。爸，奶奶，我去找高科协商，马上就动身。"说话间，她掏出手机拨给明珠，大声拜托她立即包机去东欧，挂断电话时人已经走到了门外。

眼看她的背影真的消失不见，卢老夫人和卢卓面面相觑：说来说去，奇迅的管理权……不还是在卢玮希手里？

一场精心设计的夺权，以一方见血、一方全身而退收场。

林岚扶着林榆雁去治伤，卢老夫人拿拐杖指指卢卓，想砸又舍不得，最终冷哼一声，带领一干亲信离去。

第二十七章　渣爹

办公室内只剩光杆司令卢卓了，他才疲惫地冲身后一道隐蔽的木门叹气：“老沈，你说……逆女做的事会不会连累我？”

穿着奢华、气质阴柔的沈屠缓步走了出来：“怎么会呢，她是她，你是你，霍夫人那边你放心，我会替你美言的。”

卢卓笑了笑，每次他一有麻烦事都是沈屠帮忙。沈屠为人仗义又出手大方，做事他一贯放心得很：“咱俩认识多少年了？”

沈屠想也没想就回答：“从大一到现在，有三十二年了。”

卢卓转头看向窗外，叹了口气：“三十二年，一晃就是三十二年，好怀念睡在我上铺的兄弟。”

谁不怀念呢？沈屠雌雄莫辨的脸上也有些触景伤情：“他如果还活着，月底就是他的五十周岁大寿。”

卢卓难得地一晃神，半晌没有说话。

沈屠说完眼眶微红，很快就摇摇头：“不提了，都过去了。”

卢卓双手蒙面，发出似悔还恨又矛盾的声音："我当时没想到……是我对不起他，我也不想的，可是……两个女人都怀了孕。"

沈屠似乎不想多提："对了，雁儿的胆子越来越大，临风最近不在，下头人可能怕担责任，就把照片送到我这里来了，你要不要看看？"

卢卓接过来看了几张便扔到了一边："雁儿真是越来越胡闹了！"

沈屠看着照片里的聂风和卢玮希，叹了口气："聂风从后面看，确实像他。"

卢卓知道沈屠口中的"他"是谁，有些心事被戳穿很狼狈，马上烦躁地驳斥："只是高低和眼神像罢了，其他的……一点儿都不像，他那种旷世奇才，世间根本不可能再有第二个。"

"既然你也知道他早就不在人世，"沈屠顿了一顿，再开口，语气略微起伏，"那你何必为了一个像他的聂风搭进去个卢荃呢？你明知道聂风以前是高科A系列芯片的负责人，高科向来在维权方面以狂魔著称，更何况芯片又是重中之重……你惹上高科，就算推玮希去做替罪羊，也不一定就能让聂风全身而退。"

"不能全身而退，至少能截断他所有的退路。试问哪个公司敢再聘请有前科的他？这样他只能留在我身边，我不需要他通信专家的身份为我做事。我只想留在身边，看着他那双眼睛，就像看到了敏德。至于玮希，"卢卓眯起眼睛，语气冷酷，"她是我的女儿，替我受过是她的命，反正我也没准备让她嫁人，坐个十年八年牢，等她出来，雁儿已经坐稳卢氏继承人的位置，随便给她个闲职，养着她就是了。"沈屠有点儿意外，却没有表态。

卢卓起身从保险柜里拿出一张支票："这是二百万，你帮我给霍心买件合她心意的礼物，让她给高科那边打个招呼，无论谁帮卢玮希去协调，都不要撤诉，一定要让卢玮希坐牢！但是，别让外人看出来有我参与。我现在是越来越掌控不住卢玮希，只有让她坐了牢，我才能成全雁儿。”

沈屠接过支票，笑了笑，不知想到了什么，话锋一转：“玮希要是坐牢，会不会败了Henry的兴？毕竟Henry想猫捉老鼠一样玩死她，可不是让她进监狱享清福的，你想好了？”

是啊，现在与Henry合作着呢，怎么处治卢玮希，他这个亲爹已经不能独断专行了。

卢卓眼里的挫败满满，再看不出刚才胜券在握的样子，半晌后伸手取回支票，撕了个粉碎：“老沈你提醒得对，为免Henry先生不高兴，让卢玮希坐牢这事，我再仔细想想。”

第二十八章　杀鸡骇猴

楚策正站在卢氏集团的门口，没撑伞，深色大衣上沾了一些雪花，等看到旋转门内闪出一道熟悉身影时，眼神一亮，立即挥起手招呼："Gillian！"

他是从新闻里得知卢氏爆出了丑闻，而楚家一直在东欧发展，国内的人脉不旺，表哥萧珩的电话也打不通，从其他人那里没打听到什么有价值的信息。他不放心，打卢玮希的电话是明珠接的，得知连个小小的潘庆武都敢打卢玮希的秘书，他气得立马跑来。

见到楚策，卢玮希脸上不见刚才的激昂斗志，眉宇间俱是与年龄不相符的暮色，扯着嘴角笑了一下也没能驱散："你怎么来了？"

"打你的电话一直不接，哥们儿不放心就来看看。外面太冷，来，先上车再说。"楚策护着卢玮希坐到了他车上，看外面并无人跟踪才开口，"怎么闹那么大动静？都上头条了。"

卢玮希淡然清浅的眸内浮上讥色："不闹大点儿他们怎么让我把牢底坐穿？"

"你坐牢会让卢氏的股价连着出现跌停板，你爸不怕对股东交代不了吗？"

卢玮希苦笑了一下，揉着太阳穴："坐牢是筹码，目的不过是逼我交出奇迅，接受林榆雁认祖归宗，这些我都不怕也能应付，就怕我师父出事……"

楚策与卢氏没有合作，对聂风的情况既不了解也毫无兴趣，但他只关心一人："你别担心，你爸不可能为了林榆雁，连卢氏的基业都罔顾。聂风身上突然发生的这些事，处处透着不合理，这里面应该有猫腻。"

"猫腻不猫腻的我不在乎，他们不该让卢荃动我师父，让我师父深陷诉讼丑闻，这已经触及了我的底线。"

在楚策担忧的目光中卢玮希的苦笑越来越淡，继而眉宇间溢满飒爽英姿，语气也轻快起来："诉讼的事有人帮我找了个中间人，正好这个中间人做了亚通的新总裁，他的总助今早已联系我，说已安排好明天晚上碰面，怕夜长梦多，我下午就走。"

亚通电讯的新总裁？抓住卢玮希无意中透露的内容，楚策心里五味陈杂。他认识那位亚通的新总裁，不但认识，还在查了表哥在芝大情况后，知道那位新总裁为什么要帮卢玮希。看卢玮希的样子，似乎还不知道对方是谁……私心作祟，他突然不想说破，就换了个话题："Gillian，卢氏内忧外患，全靠你苦苦撑着，其实东欧的环境更适合奇迅的发展，我们家在那边有业务，也有人脉，如果你带着奇迅的团队，把事业重心转移到那边不再回来，我肯定能帮你名扬世界。"

卢玮希先是沉默，继而摇头："我不想名扬世界，我只想延续我爷爷和我舅舅的梦想。再说了，我要是不回来，我妈妈怎么办？她不会跟我走的，留她在卢家只有死路一条。”

楚策望着她，虽然这个答案在意料之中，但他的眼神还是不由得暗了一下，见到她靠在椅背上转头看着窗外，放在靠近她那侧的右手不由扬起，似乎想要勾起她耳边垂下的几绺发丝，但是到了中途，又胆怯地停在了半空，片刻后，不动声色地收回了手，笑着开口打破了车内的安静气氛：“紧张了一上午，你肯定没吃饭，想吃什么，我请客。”

“我吃不下，送我去江南医院吧，走之前我得去看看胡俐。”卢玮希漫不经心地说着，或许是一直空腹，又不想吃的关系，她总觉得胃不舒服，长睫半垂，完全没有注意到方才楚策的那个举动。

到了医院，卢玮希让楚策在车里等着。她下了车，走到病房所在楼层时，突然接到远在芝加哥的好友金子打来的电话。原以为只是个寻常的问候电话，没想到金子得知她被欺负，竟毛遂自荐要帮她出气。卢玮希感动得眼圈发热，两人聊了足足半小时，她才红着眼睛，走进胡俐的病房。

明珠见她进来，连忙迎上去，替她接过大衣，边说边抬头注视病房外走廊的方向：“潘庆武的父母一直坐在隔壁病房，等你好几个小时了，看样子被吓坏了。”

卢玮希好似充耳未闻，直接走到抱着一大份水果餐吃得正酣的胡俐面前，闲聊几句，拈起一片苹果一点点地吃完，才抽出纸巾一边擦拭唇角，一边淡淡地说：“我那对姑姑、姑父应该是为潘庆武求情的。”

明珠一翻白眼，她当然知道潘氏夫妻的来意：“你想怎么处理？”

卢玮希靠坐进沙发里手指一拧。

胡俐吓得一口水果卡住嗓子，都说卢玮希行事果断狠辣不留情面，看来真没侮辱她的英名："卢总，这次的事，潘氏夫妇好歹是摆明立场拥护你，如果就因为我被推倒，你就借机发难，恐怕其他姻亲会心寒，以后……"

卢玮希眉一挑："我下午去东欧，走之前不杀鸡骇猴，让那些人做出选择，还谈什么以后？"

明珠瞬间懂了卢玮希的意思，笑着以调侃眼神提醒胡俐。

胡俐醒悟过来，点头如鸡啄米："对对对，我刚才一时糊涂。"

卢玮希怕吓坏了如花似玉的小狐狸，笑了笑，再开口，放软了嗓音："那些姻亲与我交往，就是利益挂帅，如果哪天我被逼入绝境，恐怕最先来踩我的就是他们！今天杀鸡骇猴，就是要给脚踏两只船的人看看，如果有谁再敢脚踏两只船地玩火，我绝对成全他自焚。"

最后一句话说得轻缓，却让明珠叹服，就连胡俐都听出大概：卢玮希这是玩了一手一石二鸟，恐怕林榆雁做梦都没想到她苦心在卢氏培养的势力，即将被卢玮希这一场杀鸡骇猴给骇得土崩瓦解。

第二十九章　诛心

离开医院，卢玮希要准备去欧洲的行李，就没有回卢家，直接让楚策送她回了公寓。还是老样子，谢绝楚策的陪同。打发走了楚策，她独自上楼。

乘电梯到了十九层，开门进屋，正想低头脱鞋子，凌空飞来一只花瓶，她本能地头往旁边一歪，花瓶擦着她的耳际撞在门上应声破碎，她后怕得连话都说不出来。

“买通媒体诬陷你叔爷爷绑架聂风，让聂风被置于镁光灯下成为众矢之的，让你爸爸在圈内颜面无光，让卢氏的股价波动下降，还打得雁儿头破血流，这就是你口口声声说的对卢家所负的责任？”客厅与门口的交接处，穿貂皮大衣的叶敏之双手叉腰，像花斑虎一样恶狠狠、怒冲冲，“卢玮希，我知道你心狠手辣，但你今天做得太狠了，聂风要是出事，你就去死吧！”

“妈，姐姐是被冤枉的。”卢玮荣适时地拽住叶敏之的胳膊，一边开口求情，一边暗示地看向门口的卢玮希，“姐，你快解释一下，咱妈听了林岚的哭诉，误会你了。”

呵呵，这世间，还有什么比亲生母亲的误会更能打击到她呢？卢玮希低头，受伤的神态被隐藏：“有些事不是你看到听到的那样，我……”

“你忘恩负义，无耻！”卢玮希还未说完便被叶敏之打断，“口口声声叫聂风为师父，没想到聂风帮你十年，却落得这么个下场！林岚从大学陪我至今，二十七年前要不是她，你舅舅和你外公外婆出事时我就带着你自尽了！十五年前产下你弟弟时，我被你害得差点儿死在医院，要不是林岚帮我照顾你，你早被车撞死了！八年前，要不是林岚推了你一把，你岂止是被人撞破脑袋缝几针那么简单？”

卢玮希忍着屈辱，抬头微笑。一桩桩一件件的惨事都有林岚的身影，可到了叶敏之口中，她成了忘恩负义的罪魁祸首，林岚倒成了她们母女俩的恩人，真是太可笑了！

“妈，其实舅舅之所以出事，都是因为……”卢玮希一时冲动，脱口而出的话，却在叶敏之凶狠目光的逼视下，噎得话锋一转，“对不起，都是因为我生辰八字不好。”

叶敏之似乎没察觉女儿话里的深意，拉着卢玮荣一起坐在沙发上，继续顺着自己的意思算账：“你舅出事时你还在我肚子里，我不赖你八字不好，我出事时你才十二岁，你不懂事我不怪你，可八年前……你都虚岁十九岁了，还能不知道受人恩果千年记？别再给我说小心林岚、小心你爸、小心林榆雁，我觉得最该小心的是你这个心狠手辣的扫把星！我警告你，昨晚我已经认下了榆雁，现在又找到了玮荣，以后他俩就是你的亲弟弟妹妹，这事我是通知你，而不是征求你的意见。如果你还认我这个妈，就善待他俩，否则，别怪我行使主权，收回奇迅的地皮！”

刺骨锥心的说词逼得卢玮希再保持不了微浅笑容，原来她为保她们母女俩的命所做的一切，在叶敏之眼里不过是她为了霸住奇迅！

叶敏之瞪着卢玮希，只当她的变脸是被自己说得无地自容，转头看着一脸震惊的卢玮荣，本来正冷狠的眸光，迅速汇拢起母性的柔和：“儿子别怕，我们走，让她这个冷血无情的守财奴好好反省一下！”

卢玮荣做了个打电话的手势，又以口型冲卢玮希迅速说了俩字，就被叶敏之拉向门口。随着屋门一开一关，卢玮希读懂他说的是“萧珩”俩字，僵立门口的卢玮希大脑一片空白。

不知过了多久，门扉被骤然打开，廊道柔和的灯光斜斜映进光线暗淡的室内，她抬眼的瞬间厅里乍然大亮，刺得她及时以手遮上眉睫：“谁？”

第三十章　美男来敲门

“我！”萧珩在开门灯亮的一刹那，看见了她染湿的长睫，透红的瞳子，脸上无声无息地挂着两道泪痕。

卢玮希已经无暇顾及是不是被他冒犯了，只是下意识地问：“你怎么能打开我家的门？”

问完才想起来，昨天半夜他突然出现在她卧室里，她就觉得不对劲，早晨检查窗户时才明白，他不是翻窗，他是自己开门进来的。萧珩晃了晃钥匙：“开发商给我的。”

“开发商为什么会给你我家的钥匙？”

“那你得去问开发商了。”萧珩一脸无辜。心里暗想，卢玮希要是知道她是从谁手上买下的这套房子，也不知道会是什么表情。说真的，他心里还真是有点儿小期待。

卢玮希咬了咬唇，才记起她这房子是二手房，这年头房东一房多卖的情况也不是没有，她现在焦头烂额懒得扯房子的事，萧珩过来应该也不是为了房子，就侧身让道。

萧珩进屋后便脱了外套，随手往旁边一放，露出了里面淡黄色的衬衣，坐在沙发上，整个人被灯光笼罩，神色自若得仿佛是在自己家里。

“卢玮荣是谁的人？”她跟过来，省去客套寒暄，直奔主题。

“我的。”萧珩手指点向自己，白金袖扣在淡黄色的灯光下偶尔泛起一道亮光。

回答得太爽快了，卢玮希有点儿意外：“你把他带来，的确帮了我的忙，但是，丑话说在前头……”

萧珩看着她，目光里忽然带了几分笑意，等着她接下来的丑话。卢玮希知道，她心里想什么，萧珩一眼就能看出来，只得斟酌着说：“我妈有病，请你转告卢玮荣，只要他尽心尽力做好我妈妈的儿子，我会给他卢氏的股份，还有该有的名分……”

她话还没说完，就被萧珩打断，声音里透着一股慵懒暧昧：“那我的名分呢？”

卢玮希愣了一下，忽然想到什么，却没有问出口。

萧珩等了半天没有回应，看了她一眼，嘴角带笑，缓缓地说：“怎么，你昨晚没听清我说的那句话？”

卢玮希垂着眼睛呼出口气，她怎么会没听清呢，他说：“这次遇见，我是认真的。”

她已没有资格，他认真，又能如何？

叶敏之和卢卓曾不止一次地说过，她这样的人命硬、克人，不想害人的话就活在自己的世界里孤独终老，别交朋友也别恋爱结婚。曾经，她不承认自己克人，事实却证明所有对她好的人下场都不太好，比如她的舅舅、外公、外婆，比如她初次喜欢的男人，再比如苦心栽培她的爷爷，哪个不是下场惨烈？甚至连对她亦师亦父的聂风，都眼见着身陷旋涡。

可现在……看了一眼萧珩，只见他的侧脸被灯光笼罩，线条俊挺，无形中散发出一种深沉而内敛的气质，这样一个出色的男人，换作是谁恐怕都无法抗拒那份心动，只是……她不由得在心里轻轻叹了口气，到底是移开了视线。

“关于昨晚你说的那句话，我想……”

“我不是给你介绍了亚通新总裁做你和高科的中间人吗，他刚给我打了电话，”萧珩开口打断了她，一本正经地谈起公事，“说是想在国内找一家通信公司做他们全线产品的代理，我们仲兴很感兴趣，我打算亲自过去找他谈，咱俩正好路上做个伴。关于那件事……我决定给你一周的时间思考，不用急着给我答复。”

话都被他说完了，她还能说什么。卢玮希有些手足无措。

“现在是非常时期，走之前岳母那边我安排一下。”当着她的面，他拨了个电话出去。

卢家客房，因介绍Henry先生有功，又带卢玮荣有义，朱轶群被卢卓当成座上宾。这会儿他正午睡着，突然被电话吵醒，相较于他的瞌睡蒙眬，刚刚和卢玮希暧昧过的萧珩神清气爽。

“是我，从这一秒开始，你的主要任务是教卢玮荣做好保护卢夫人的孝子贤孙，另外明天给我一份计划书，内容是你如何在最短时间内让卢玮荣成功离间卢夫人与林岚的关系，再顺便把卢家的动静一并给我。”

“好的三哥，我睡醒起床后就写，听斯年说你下午要飞欧洲参加董事会，有事我会及时给你留言。”

“等等……”那头朱轶群刚想挂电话，萧珩却突然开口制止了他，思忖了几秒后说，“算了，就现在吧，你这体重午睡多了不好，你现在就起来去写，写好马上发我的私人邮箱……哦不，你还是亲自到我住所一趟吧，为了保险起见，我不希望出现断网收不到邮件的现象。”

“三哥，你放心，你用的已经是高科最新款的5G手机，不太可能断网……”

萧珩听完，眉一挑：“手机是你研发的？你说不断网就不断网？给你两个小时写好计划带上资料出现在指定位置，否则，你懂的，嗯？”朱铁群泪奔。

挂了电话，卢玮希不问，萧珩也不解释，只是慢吞吞地又给自己倒了杯水，靠在沙发里悠然地喝着。

喝了大约有五分钟，他才随手把杯子一搁，站了起来。

眼前的阴影，让卢玮希无措得咬唇，很想问他刚才给什么人打电话，那人是不是潜伏在卢家，可她知道他这样当她面打电话，就是诱她开口，一开口她就输了。努力保持原来的姿势，她的眸光落在自己脚尖如定了形一动不动。

走到与她隔着一掌的距离，萧珩弯下腰来，她依然不肯抬头看他一眼，只是放在沙发上的手掌紧握成拳，泄露出她心头的紧张。

而萧珩只是原地站着，好一会儿才笑着拿起卢玮希手边印有他头像的杂志，直起身，一边翻看，一边向门口走去。

卢玮希暗吁了口气，抬头看着他的背影，手握在门把上，他忽然回过头来，擒住她欲避不及的眸光。就这么毫无预兆地，她又撞进了那双镌刻在脑海中挥之不去的眼睛里。

看着他带笑从容的眼，看着他轻扬的嘴角，她呼吸微滞：“你……”

“我回家拿护照。机场，不见不散。”萧珩说完也不待卢玮希回答，转身拉上门出去。

下一秒，卢玮希猛然回过神，觉得自己又被他以美色给蛊惑了，气自己没出息中了他的美男计，拿起他刚才用过的水杯大力摔向门板，结结实实响起“砰”的一声后，她又如弹簧一样，跳起来抓起电话，打给金子。

第三十一章　禁忌

回程的车上，傅斯年坐在副驾驶的位置，偷偷瞄了一眼后座上正闭目养神的某人，欲言又止。跑车在街道上飞驰而过，雪停了，阳光透过半开的车窗照进来，车内一时灿烂无比，后座上的人似乎很放松，精致的眉眼平缓舒展。这会儿有话要说，可是他又不知道如何开口，只能不时地偷偷扫一眼，寻找合适的时机。

刚刚收到消息，远在欧洲的萧家竟出了新鲜事。他做梦都没想到，萧先生——也就是萧珩的父亲萧峰，都在萧珩母亲过世后避世修行了，还能登上桃色新闻的榜首。

据消息称，今天下午，萧先生与一位东方美女的合影登上了头条，据说这位美女和卢玮希青梅竹马的沈临风“颇有渊源”。

刚才他打电话想问卢玮希对此事知不知情时，卢玮希的电话一直处于无人接听状态。

其实他最担心的不是卢玮希知不知道，而是萧珩的态度。萧珩是个强势的人，真不知道他会怎么想这件事。万一他觉得，是卢玮希找沈临风帮忙报复他安插卢玮荣的手笔，那这场“礼尚往来”的好戏，要到什么时候才是个头？

傅斯年的小动作萧珩哪里会察觉不到。当傅斯年再一次看过来的时候，萧珩突然开口：“你确定不说？”

“啥事都瞒不住你，”傅斯年哀叫一声，“三哥，一会儿回家估计会被人堵住问一些问题，比如……”

“比如有人给我安排个小妈？”傅斯年还没说完就被萧珩打断，声音里透着一股诡异，“是吗？”

傅斯年看萧珩像看外星人：“三哥，这消息是我在你去卢玮希家时才收到的，你怎么知道了？”

与此同时，卢卓的书房内，林榆雁一口茶水喷到了地面上，几乎是目瞪口呆地看着素日最疼她的卢老夫人：“您说什么？我没听错吧？”

卢老夫人看着林榆雁喷茶，脸一沉：“你这是个什么样子？都要做卢家二小姐了，还不知道稳重？”

林榆雁把手里拿着的茶杯往身边的茶几上一扔，挖了挖耳朵：“您刚才说什么？再说一遍，我可能是接连受伤的缘故，耳鸣没听清。”

“妈，”卢卓在一旁尴尬无比，试图拦住卢老夫人的话头，“这事以后再说吧。”

“现在卢玮希拿潘家开刀，是杀鸡骇猴，威胁大家站队，卢荃都不接我电话了，没必要以后再说。”卢老夫人喝了口参茶，润了润嗓子，“我想让榆雁和潘庆武订婚，这事有错吗？”

让她这个不嫁沈家也能嫁给Henry的抢手货和潘庆武订婚？

林榆雁从椅子上跳了起来：“凭什么啊？我都被那么多优秀的

男人追了，怎么可能看得上潘家的废……”

“雁儿！”卢卓怕母亲生气，立即拦住林榆雁的话。

林榆雁这才又改口：“不是我嫌弃潘庆武，实在是卢玮希今天刚让人恶整了他，你们就拿我当慰问品去讨好他，也不问问沈家答应吗？Henry先生答应吗？”

沈家要看上她早就来求婚了，还Henry先生，Henry是什么人？一句岳父就代表一定要她了？也不想想卢卓的官方女儿是谁，真是够蠢。

卢老夫人冷了脸，眼里夹着风霜：“我不管沈家和Henry先生，我今天说的是你叔爷爷。我告诉你，别看你叔爷爷贴着我们，装可怜博同情，其实他才是卢氏的大股东，我担心他手里有那死鬼留下的东西，为免夜长梦多，必须得拉拢住他。潘庆武是潘氏未来的继承人，也是他最钟爱的外孙，你和他订婚，消息传出去，只会对你有百利而无一害，你还不愿意，我还怕潘家一心巴结卢玮希看不上你呢。”

看不上她？可恶！一个个都敢嫌弃她，说来说去还不是因为她私生女的身份！又不是她想做私生女，她最不能选择的就是出身，她拼尽全力巴结老太婆和卢卓，与卢玮希斗，与叶敏之周旋，结果呢，还不是一次次被卢玮希轻而易举地踩在脚下！现在连老太婆都来欺负她，真当她是好欺负的！

为了她暗恋的沈临风，为了暗恋她的Henry先生，一个破釜沉舟的念头涌上心头，林榆雁决定，实施之前再给卢老夫人最后一个机会：“既然看不上我，那您就再换个拉拢潘家和叔爷爷的方式！”

“不出血本，卢荃是那么容易拉拢的？”卢老夫人对林榆雁的这种态度很是恼火，这孩子平时看着挺伶俐的一人，怎么这会儿脑子这么迟顿？订婚不是结婚，变数大了去了，这点都拎不清？

机会华丽丽地溜走，林榆雁彻底对卢老夫人不抱希望。

“您刚才不也说了吗，我这样的货色，肯定不是叔爷爷心目中最佳外孙媳妇人选。要是您一提，他断然拒绝，我不怕丢人，就怕您没脸，所以订婚什么的，还是算了吧。”

“你想造反？”卢老夫人怒道，“不听我的话，你一辈子都姓不了卢！”

“谁想姓卢啊，要不是为了抢卢玮希的东西，你真当我稀罕姓卢？”林榆雁真想上前狠抽这个自以为是的老太婆一顿，把她放在沈家的是这个老太婆，给她灌输嫁给沈家好处多多的也是这个老太婆，许诺她只要听话很快就能认祖归宗取代卢玮希的还是这个老太婆……可现在，别说取代卢玮希了，连认祖归宗都做不到，Henry先生都叫卢卓岳父订下她了，这老太婆竟还想把她的终身幸福当作讨好卢荃的筹码，这种灭绝人性又不要脸的话，死老太婆怎么说出口的！

卢卓倒是脸一红，林岚母女吃尽了苦头，完全是因为他们母子俩当初的野心。现在年纪大了，当初想要的也已基本握在手里，就想成全自己的感情，弥补林岚母女。尤其是雁儿，他是真心想把一切都留给她，包括卢玮希名下的，统统抢来给她。

“雁儿，你奶奶的意思是缓兵之计，你别激动，我再和你奶奶商量商量。”顿了顿，卢卓冲林榆雁使眼色，“听你沈伯伯说临风回来了，你不去见他吗？”

一听朝思暮想的沈临风真的回来了，林榆雁心里有了底气，神情更加激动：“我当然要去见他。我目前还姓林，我喜欢谁想嫁给谁，轮不到不相干的人做主！”冷冷丢下这句话后，转身就走。

门外这时却传来一个人撞上门的声音。

“哪个不要脸的在门外偷听？”已走到门边的林榆雁没好气地骂。林榆雁受了委屈，卢卓不好让她去开门，只能是自己走过去开了书房的门。

竟是林岚站在门外，一脸的泪水惊慌失措地看着他们。

“你们，”林岚望着卢卓，泪水在眼眶里打转，“要把雁儿……嫁给潘庆武？”

卢老夫人见到林岚这副世界末日的样子，一皱眉，不满地驳斥：“你也知道自己的身体情况，拼死怀孕，我敬你是真爱阿卓，但我们已经没有机会了，万一在你临终前，还没看到你女儿姓卢，你不得死不瞑目？”

“不……我不同意将雁儿嫁给潘庆武。”林岚噙着泪摇头，说她的身体不好，那是骗叶敏之的，卢老夫人明明知道她借口患癌其实是掩饰怀孕，怎么会拿这个来堵她？

林榆雁这时冷笑了起来：“妈，别说你不同意了，人家说了，潘家眼界高，不一定看得上我，谁让我是有娘没爹的野孩子呢。”

“野孩子”这仨字，刺痛了卢卓的心。“你闭嘴！”他这时候也有点儿恼羞成怒。

说良心话，他是一直支持并同意林榆雁嫁给沈临风的，沈屠那边也说好了的，只要林榆雁能认祖归宗，沈屠马上来提亲，多年来每次策划好的认祖归宗都能被卢玮希搅黄，这也是他越来越想除去卢玮希的原因。沈临风和Henry，私心讲，别说沈临风对雁儿不冷不热，就算热乎，他也更喜欢做Henry的岳父。以Henry的身家地位，做Henry的岳父肯定会万人敬仰。

可现在，他老娘为了拉拢卢荃，竟想把林榆雁嫁给潘家，林榆雁和潘庆武是没出五服的表兄妹，这种丢颜面的事，他是一百个不同意。

“胡说什么呢？我就是你爹，谁敢说你是野孩子？”

“我知道你是她爹，别人知道吗？不然雁儿会一直顶着私生女的头衔被人欺辱到现在？”林岚喉头哽咽，看向卢卓，泪水涟涟，“潘家知道我们的事，只会比沈家还嫌弃雁儿的身份。再说了，就算沈家不要雁儿，不还有个暗恋雁儿的Henry先生吗？你们想把雁儿许给潘家的原因我不知道，但无论是为了什么原因，你们都不怕得罪Henry先生吗？我……”

“你有脑子吗？”卢老夫人瞪着林岚，“以Henry先生的身家地位，往他身上扑的豪门千金多如过江之鲫，他就算看上雁儿，雁儿能拼得过恁多千金？还有沈家，沈家一直拿门当户对说事，根本就是看不上雁儿，否则身份算个屁！我这样是帮雁儿，你还不同意，难道你的脑子是木头都不用来思考问题吗？订婚不是结婚，只是先给卢荃些甜头好借助势力让你们早些如意，这都不懂？白瞎了我苦心栽培你这些年。”

林岚默默地听着，心里冷笑。什么权宜之计，这话二十八年前她就听过，现在不过又是为了糊弄她，而找出来的措辞罢了。

林榆雁忍无可忍，指着卢老夫人的鼻子就骂了过去：“我妈是大木头，我就是小木头，就你这个老太婆聪明，聪明得你老公都被你害死了还留一手防着你……”

卢老夫人听到这话后脸色立刻变了：“你……胡说什么？”

任林榆雁再迟钝，这些年或多或少觉察到卢荣对卢老夫人的不喜与防备。两年前卢荣死得那么离奇，作为妻子的卢老夫人不但不伤心，还私下百般阻挠卢玮希查真相，背着她让卢卓找沈屠和沈临风密谈，谈的是什么她不知道，内容应该不是为了她好，不然她能到现在还身份尴尬？

“是不是胡说你心里清楚，别逼我说出来大家都不好看！”

转过头林榆雁对林岚说一句：“这就是嘴上疼你的阿姨、爱我的奶奶！好好想想……想想咱们娘俩在她眼里到底是个什么东西！”

“放肆！”卢老夫人气得额头青筋直暴，“你给我滚！”

“滚就滚。”林榆雁走出门，走了几步忽然又回来，“对了，您拉拢卢荃是不是因为那事？”

卢老夫人怒气未消：“什么事儿？”

林榆雁挤眉弄眼：“就是……您让奸夫谋害了亲夫那事儿啊。”

两年过去，这话题是卢家的禁忌，没想到被初生牛犊不怕虎的林榆雁捅出来，直惊得卢卓目瞪口呆，林岚全身哆嗦。

卢老夫人气得眼前一黑，才拿起的拐杖唰一下砸了过去：“滚！”

就知道骂滚，看来老太婆做贼心虚了，说不定就是老太婆害死的卢荣！哈哈，林榆雁觉得自己终于抓住了卢老夫人的致命把柄，心情激动得无法形容，语气还得装矜持：“我今年都二十七岁了，恢复身份的事，得抓紧了啊，免得我等急了乱说。”扔下这句话，她不回头地扬长而去。

书房内只剩三人，各怀心事。

林岚觉得自己应该说点什么，张张口，叫了声“柳姨”，后面却不知道该说什么才合适。卢老夫人冷哼了一声，继而阴阳怪气地笑了起来，看得人不寒而栗。

“别害怕，我夏柳还能和个孩子计较不成？”

卢卓在他娘跟前，向来是个没有立场、没有原则的好儿子，听到这句话立刻给卢老夫人摆台阶：“您一贯就是宽宏大量，就是雁儿年龄小，说话没轻重，回头我肯定重重说她！”

卢老夫人丝毫不领他的情，淡淡扫了林岚一眼，见林岚面无表情，她右手快速转动念珠，压着火："你我现在的话，雁儿仗着Henry先生的喜欢肯定都听不进去，还是阿岚去说吧。找个机会，让雁儿和潘庆武认识一下，就是别再出什么差错了。"

林岚依旧沉默。她知道自己脸色不好看，但她不是冲卢老夫人，而是卢老夫人手上的念珠，灼伤了她的眼。

卢老夫人冷笑一声，原本转动的念珠突然绳索断裂，念珠扑簌簌掉落一地。卢卓还没反应过来，卢老夫人又很快把手心捏着的念珠也摔在地上。

林岚眉目未动，倒是卢卓吓了一跳："妈，这沉香念珠可是敏德当年送您的生日礼物，您最喜欢的！"

卢老夫人倒是一点儿心疼的意思都没有："这沉香念珠我虽然很喜欢，但是送念珠的叶敏德早就死了，这念珠也就没了价值，留着不吉利，你说是吗？岚儿？"

叶敏德仨字，让林岚平日里总是优雅的脸出现了一丝丝狰狞，但她嘴上却应了个"是"字。

第三十二章　绯闻

卢家这里硝烟弥漫，萧家位于江南的老宅外面也有好剧正上演。果然，怕什么来什么，傅斯年陪着萧珩一走出车门，立即被埋伏在萧家门外的记者团团围住。

“萧总，听说你们仲兴即将和奇迅一起开发5G项目，消息属实吗？”萧珩表情矜持地“嗯”了一声。

好事儿的记者接着问：“如此喜讯，您父亲有没有给您打来贺电？”

萧珩摇摇头：“我父亲正与小姑娘研究‘一树梨花压海棠’的姿势，没空打电话。”一众记者被噎住，完全不知道该怎么接话。

傅斯年叹着气低下了头，三哥啊，圈里疯传有个小姑娘要做您小妈，您说您不辟谣不否认，竟在大庭广众之下说萧先生与小姑娘研究“一树梨花压海棠”，谁不知道那句诗是老牛吃嫩草的委婉说法！

旁边萧珩的管家顾金抓住傅斯年的胳膊，一脸激动：“老傅，三哥这置之死地而后生的回答，你说牛不牛！”

傅斯年看着人群中间众星捧月的萧珩，一身合体剪裁的灰色西装，衬衣是淡黄色，如此寒冬，他衬衣顶端的两颗纽扣还解开着，性感锁骨若隐若现。如此雍容清雅的气度，竟衬得周围那些别有用心的记者猥琐起来。

跟对人的自豪感油然而生，他佩服得点头如鸡啄米：“牛，三哥一直很牛。”牛得为了兑现对某女扫把星的一句诺言，守身如玉八年，八年啊。而萧珩这番话，也恰恰飞进了悄然驱车赶来的卢玮希耳中。

大概感觉到自己被注视，萧珩侧脸朝她车子停的方向看了一眼。卢玮希的目光与萧珩毫无预警地对上，虽然明知道他们相隔一段距离，她所处的位置又是车内，但他视线仍清明犀利得仿佛能看透她内心。她心虚得立刻垂下眼睛，很快又想起自己的来意，为了避嫌，遂把窗子落下一半，大大方方地看着他。

萧珩笑了笑，突然大步走出包围圈，不等她反应过来去锁车门，他以迅雷不及掩耳之势打开车门钻进了副驾驶座，俯下身来，将唇放在她的耳畔。

“你来得比我预计的慢了五分钟。”

之前在她家里，说好的在机场不见不散，她来是因为突发状况，他怎么知道她会来？卢玮希一下子愣住，当他的笑声传入耳中，她即刻醒悟她先前自以为是的演技在他眼里不过是一出猴戏，亏她还以为扳回一局，羞恼窘迫充斥于心，她想也不想就直接挥出巴掌。

只觉眼前一花，他一只手精准握住她挥出的巴掌，转为十指相扣，而另一只长臂则贴着她耳际环住她的头轻揽入他胸口，她被全然笼罩在他由讽刺转为难得一见的温柔气息里，近在咫尺的声音在她耳际再度低低响起："为什么阴我？"

"因为你无耻！"帮她、撩她，却不敢承认当年与她校园柏拉图的是他，不是无耻是什么？

"沈临风塞女人给我爸的行为就不无耻？"

"他……那是尊老爱幼！"论及歪理邪说，她自问不弱。

而车外醒悟过来的记者却纷纷扑到车旁——

"萧总，据我所知，您至今还没有爆出过与感情有关的绯闻，您这是转移媒体视线吗？"

"萧总，听说奇迅之所以放弃荣风而选仲兴，是因为你和卢玮希正在暗中交往，这是不是真的？"

"萧总请回答一下，车里面的人是不是卢玮希啊？"

尖锐到恐怖的问题接踵而至，整个车外都充斥着记者争先恐后的提问声，最初想逼问萧峰为亡妻守节却晚节不保老牛吃嫩草的气氛早已被搅乱，火力都集中到了车内人的身份及萧珩和卢玮希的感情话题上。车窗全部关闭的车内，萧珩没有动，卢玮希也不敢动，生怕被记者认出是她。

第三十三章　官宣

萧珩看她像猫一样把脸埋在自己肩头，虽然猜中了因由，但语气里不着痕迹地带着挑衅去激她："这么老实，不像你卢总的风格啊。"风格比起他带给她的风暴，简直不值一提。

卢玮希自然不上当，额头抵在他的肩窝，声音有些闷："卢玮荣出事了。"

"什么事？"

"楼梯上滚下来，流血过多，输血时医生说他的血型看似O型，其实是……"

"u-色姆别伊型。"萧珩打断她，感觉她的身子一僵，他安抚地拍拍她的背，继续说道，"初见卢玮荣时，他一身是血昏倒在街上，我让人把他送到了医院，医生给他治疗时说他血型极为罕见，全世界……不超过三十个人吧。"

卢玮希震惊得忘了窗外的记者，慢慢抬起头："那你……认识

u-色姆别伊型的人吗？”

他脆生生地答：“认识。”

“能帮我联系他，买点他的血吗？”

萧珩点头。卢玮希立即递上手机：“求你快点儿联系他……条件随你开……”用她手机打电话就会有血主的联系方式，答应萧珩的条件，过后再翻案就是了。

没想到萧珩不等以后，直接指了指窗外。

卢玮希明白他的意思，他要她和他一起亮相，替他父亲转移媒体注意力。这样一来的后果，往好里说，她成了萧珩的官宣，便于进萧家查探萧珩的奶奶霍心；往坏里想，萧珩是排名前十的钻石王老五，想嫁给他的女人如过江之鲫，她会成为众矢之的。但她最担心的，既不是好也不是坏，而是她那除非死去重生再无法改变的八字，命硬、克人，多可怕的字眼。

“失血过多会出现视物模糊、口渴、头晕、神志不清或焦躁不安、昏迷、休克甚至死亡。”萧珩抑扬顿挫地说完，向上拢了一下衬衣的袖口，看一眼手表，并不介意把话说得再明白些，“时间紧迫，你要是觉得咱俩继续从普通朋友做起，那你赶紧去问问其他人认不认识u-色姆别伊型的。”

卢玮希被他激出一丝脾气：“其他人要是认识，我还会跑来求你？”

萧珩一脸不信的模样：“求我你打我手机不就得了？幸灾乐祸想来看我被记者围攻就直说嘛，何必拿卢玮荣当借口。”

卢玮希竟出乎意料地回答：“我凭什么记你的手机号码！”

萧珩对于这个结果似乎有些接受不了，愣了几秒钟才反应过来，作势去开车门：“那我下车，你另请高明救卢玮荣吧。”

“萧珩，”来不及再思考，卢玮希脱口而出，“我现在能求的只有你了。”

萧珩摸了支烟出来点上，痞痞地叼在嘴里似笑非笑地看了她几秒：“那些人……总得打发了吧？”

卢玮希哑口，憋了半天憋出两个字：“开窗。”

这答案在意料之中，萧珩唇边绽开一抹别有深意的笑，手指按下玻璃降落键。车窗缓缓落下，卢玮希心跳如擂鼓，面上却保持着优雅的笑，摄像机咔嚓咔嚓，无数道陌生的目光停驻在她身上，其中一道异常灼热。她抬起头，无意间对上沈临风忧郁的眼神，不由得微微一怔。原来，这才是萧珩的目的。

沈临风在很远的地方站住，萧珩却偏偏在这个时候要和卢玮希上演你侬我侬的戏码，伸臂环住她的腰，稍稍使力，她整个人跌进他的怀里，低沉的嗓音在她头顶响起：“各位，介绍一下，卢玮希。”萧珩对外做简单的介绍，既没有说她是他的女朋友，也没说她是他的未婚妻，但那动作却说明了一切。卢玮希此刻在心里松了口气，她刚刚真怕他会突然来这么一句：“这是我的未婚妻，卢玮希。”

她知道沈临风这些年对她的好意味着什么，轻掀眼帘，担心沈临风的反应会害她功亏一篑。这时她看到沈临风已经转过身背对着她，正在和身边的苏黎低声说着什么。

“看到沈临风了吗？”

撒谎无用，卢玮希老实地点头。

“他也看到你了吗？”

她摇摇头，表示不知道。

萧珩好像没看到，手臂一紧，不容置疑的语气：“看着我。”

在众目睽睽之下，想反悔或者翻案什么的，简直就是天方夜谭。

“我的女人看着我的时候表情要含情脉脉，不然会影响到可信度。”萧珩嘴角勾起，薄唇印在她的耳垂，很轻的一个吻。

“你说，他下一步会不会再给我爷爷塞一个女人呢？”

耳垂一麻，浑身如被电击，鼻翼四周都是他的气息，卢玮希没有开口。

无措间，隐约听到他低低的笑声，用只能他们两人听到的声音说：“你这么紧张，是因为记者，还是因为被沈临风看到我们对着记者官宣？”

两人对视了一会儿，卢玮希不想和他谈沈临风，觉得已经配合过他，算是很良心了，就无视记者汹涌的声音，升起玻璃，启动车子：“现在，是不是该去医院了？”

萧珩保持着侧身的姿势，懒懒地回答：“嗯，去救咱弟弟。”

第三十四章　妥协

从医院出来，已是晚上五点。

见前方有几辆可疑车辆，萧珩顿住脚步，向卢玮希摊开一只手掌："你的车牌号已被之前那帮记者盯上了，抽血时候我让人开了辆车子过来，就停在下面，你开我的车，按照我设置的导航送我回家。"

卢玮希想说她还要去机场让他自己开车回家，却听到萧珩有气无力的声音："我这会儿有些头晕眼花，心慌心跳加速……"

这些症状，的确是抽血后的反应。卢玮希做梦都没想到，萧珩的血型竟然是世界上最珍贵的万能血。欠他的越来越多，再这样下去，除了以身相许，她就再没办法还清了。无奈接过他手中的车钥匙，在他率先进入车里的瞬间，卢玮希快速从包里掏出一支香水，噗噗，对着上空喷了喷。

车子缓缓行驶，车内空气里除了淡淡的烟草味，还混杂着卢玮希身上的香水味，在同一时刻涌入萧珩的呼吸，云淡风轻，他的心潮又是一阵涌动。

“萧总，你的脸色看上去不太好，要不要回医院咨询一下医生？”萧珩在她的好心问询声里回过神，视网膜里倒映出的是卢玮希关切的神情，鼻翼四周是云淡风轻。

有那么一瞬间，他宠溺的目光仿佛要暴露他的内心。

久等不见回音，卢玮希用眼角余光瞟了他一眼，惊讶发现：“咦，你脸怎么红了？”

萧珩优哉游哉地吐出口烟圈：“我精神焕发。”

“是吗？”卢玮希显然不信，“那怎么又流汗变白了？”

萧珩摸着下巴很认真地想了半晌：“应该是今天太阳大，我这人一热就会面色红白不定地流汗。”

太阳大？卢玮希瞟向车窗外面又密集起来的雪花，也没立即戳穿他，想拿张纸巾给他，却发现他车里的纸巾用完了，善念一动，就一手把方向盘，一手从包里摸出一块粉蓝的手帕递过去：“流汗被风吹着不好，不介意的话，可以先拿它擦擦汗。”

盯着那块半新不旧的丝帕，萧珩抿唇，但他终究没说什么，伸手拿了过去，抹了抹面颊就将丝帕往自己西服口袋里塞。

“哎，那是……”卢玮希盯着自己那块即将被萧珩昧下的丝帕，欲言又止。

“是什么？”萧珩立即顺着卢玮希的视线向自己口袋方向看去，很快做出恍然大悟的样子，“你说我这个口袋？呵，这衣服是我自己设计的，尤其是口袋这里的弧度，绝对是最贴心最时尚的，如果你喜欢，我可以帮你设计一套。”

这人，还能再装模作样一些吗？

目不斜视看着前方的萧珩，明显感到开车的卢玮希欲言又止，他面上故作浑然不知，心里却有声音叫嚣两个字：卢苇、卢苇、卢苇。狭小车间内的气氛有些凝重，幸好医院离萧珩所指定的私人住所不是很远，车子很快在一栋欧式的别墅门前停下。

卢玮希的目光警惕地看向窗外，耳畔响起萧珩漫不经心的声音："这是我的私人住所，知道的人屈指可数，平时就我一人住。"

听他把"一"字咬那么重，她知道他的意思，怕他再出幺蛾子，忙转移话题："你现在感觉好点了吗？今天事出突然……谢谢你的血，我真的很过意不去，不如你先不要去见亚通的新总裁了，留在家里休息休息，我让人给你煲些补血汤送来？"

萧珩迎着卢玮希的目光，没说同意也没说不同意，突然伸手捞救命稻草般捞住卢玮希的肩膀。

"萧总！"卢玮希身子一颤，以为他是体虚，侧首见他双目紧闭，不但没有推开他，反而下意识地搂紧他，脱口喊出她自己都没察觉的误称，"萧衍，你感觉怎样？萧衍？"

萧珩脑海里盘旋不去的是那久远的呼唤："萧衍，萧衍……"然后他的嗓子有些发干，手臂箍紧卢玮希的肩膀，似乎在决定下一步要怎么做才能最圆满。

卢玮希看出了萧珩的异常，以为是给卢玮荣输血造成的虚脱，生怕他死了萧家拿她全家陪葬。正好这时有电话打进来，她以肩膀支撑着他摇摇欲坠的身子，去摸手机。

电话是明珠打来的，接通后明珠说在东欧发现了嫌疑人的住所，另外包机的事谈好了，让她尽快去机场。挂了电话，卢玮希心绪不宁。嫌疑人狡猾无比，两年来数次逃脱，这次要是不及时抓住她，估计再难抓到了；还有亚通那边已约好明晚商务会谈，人家的新总裁刚上任，行程肯定是按分钟排好的，爽约不礼貌不说，还会让奇迅和高科的和解泡汤。和解不了只能走法律途径，那她和聂风就惨了，保不齐就是赔款坐牢。反观萧珩，身边有的是人照顾，多她不多，少她不少。

想到这里，她开始掰他的手：“萧总，我真的有事要先走一步，你要是不舒服，我帮你打120……”

虽说被掰开了箍住卢玮希肩膀的手，但萧珩的身子依旧紧靠在卢玮希身上，自然听到了明珠的电话内容，见卢玮希想甩开他去赴亚通总裁的约，他无声笑了笑，薄唇贴近她耳畔：“不用去医院了，我没事。不过，卢玮荣就有事了，他失血过多，你要是不想看到白发人送黑发人，就赶紧给他找血主去吧。”

说完他似真不真地咳嗽了几声，连句再见都没有便打开车门，踉跄而去。卢玮希僵坐车内，望着萧珩以指纹打开大门的背影，她捏紧拳头，血主有那么好找的话，她还用得着伏低做小巴结他？

眼看萧珩的身形要没入门内，她立即跳下车小跑着追上去：“萧总，你别生气，你这样也是为了给卢玮荣输血造成的，怎么说我都有责任照顾你。”

萧珩并未回头。

她紧跟过去，做出诚恳的样子：“你觉得怎么样？要不要我打电话叫医生过来……”再叫上他的律师，免得他死了她说不清。

“都说了我没事，你赶紧找下一任血主去吧。”萧珩听着她追赶的脚步声，依旧是不回头地继续前行，走到两扇各一米宽的暗玫色精雕木门前，他双手推开门迤迤然地走进去，未等卢玮希反应过来，便砰的一声关上了门。

“萧总，萧珩……”卢玮希扑到门前，敲着门连声低呼，门内却无半丝响动。

一门之隔，两处世界。就在卢玮希猜测萧珩是不是昏倒在屋内的时候，萧珩正蹑手蹑脚地走到起居室，轻轻地打开衣柜，拉出行李箱，一边往里面扔衣服，一边掏出手机拨了个号码出去，变了个嗓音说：“是我……你今天的苦肉计演得不错……胭脂，他就是庸医，大针头扎得我肉疼，必须扣他年底分红……包机？不用你担心，我已经给机长打了电话……”

扔掉电话，他又拿出护照放进包内，快速脱掉身上的衣服，冲进浴室疾速地洗了澡，头发未擦干就把浴巾往更衣室的藤篮里一扔，站在依墙而设的架子前面，挑剔的目光在整排各种质地、面料和时款的衣服上浏览……一件件一套套，穿了又脱脱了又穿，在试衣镜前来回不知转了多少圈，他才选中一套很适合机场表白的衣服。穿着完毕，他在床边坐下，看着床头柜上的相框里的合影，目心一片憧憬。

直到外面的敲门声越来越重，他才起身，慢吞吞地走到门边，想到门外的卢玮希也不知急成了啥样，他努力忍笑做出冷酷的模样，但在打开门的刹那，他惊圆了嘴，脸上的冷酷顿变为错愕。

门口站着的卢玮希早已不知去向，取而代之的是傅斯年和朱轶群，以及两名抬着担架穿白大褂的医护人员。

“抱歉啊希希，我们包的那架飞机临时查出有问题，机长取消了飞行，幸好遇到沈总，他的私人飞机买了今晚飞欧洲的航线，听说你要去东欧，他已经在这里等你很久了。”私人停机坪入口，明珠将装有护照及资料的手提包递给卢玮希的同时，附送了解释和提醒。

卢玮希握着提包的手一紧，抬眼看向停在前方的私人飞机。

第三十五章　竹马

她自然清楚，这个“沈总”指的是沈临风。沈临风对她的好，从沈家收养林榆雁的那天起，她就不想知道，也不会给他机会。现在却因为萧珩……想到沈临风混在记者堆里看她和萧珩官宣的情形，她知道沈临风会记在心里，也一定会对萧珩出手。但萧珩岂是好惹的？这俩人要是礼尚往来互发大招，殃及的肯定是她这个池鱼。

“嫌疑人的住址已经发到了你手机上，对了，你让金子冒充沈临风的人去接近萧峰制造绯闻，就不怕螳螂捕蝉黄雀在后？”金子是卢玮希和明珠共同的大学闺密，最近因私事在求明家帮忙，所以她的举动明珠能很快知晓。卢玮希抬头看着橙色灯光下漫天的飞雪，漫不经心地回了句：“我就是黄雀，怕什么。”

明珠恨铁不成钢地瞪着她：“玮希，这些年你但凡有点儿长进，就该明白我在提醒你什么！”

卢玮希一愣。是，这些年明珠一直在提醒她，提醒她金子背后有人，与金子交往的下场何其悲惨，可是没有证据，她无法相信金子与她交往是被人操纵。

口袋里的手机嗡嗡振动，卢玮希浑然不知。明珠叹了口气，视线落在她愣怔的脸上，口气也缓和了许多："算了，金子的事等你回来我们再谈。绯闻的事估计萧珩和沈临风都已知道，也布好了网等着你钻，聂风又被人当作要挟你的筹码，内忧外患，这一关，怕是不好过。"

沈临风能出现在萧家门外的记者堆里，必定是察觉到他被人栽赃了而去查探；卢玮荣突然失血过多非萧珩才能救……根本就是逼她去求萧珩。现在想一想，她栽赃沈临风时，萧珩那略带深思的表情，也许那时候他就知道是她并且布下网等她，她若是黄雀，那萧珩就是弹弓。

回过神，卢玮希掏出手机飞快地看了眼，来电显示是陌生的号码，挂断电话，她已想好对策，反过来安慰明珠："如果很容易那还有什么意思？还有什么资格值得我亲自斡旋？"

两人皆是身形高挑容貌出众的年轻女子，能出现在这私人停机坪的自然也不是一般人，两个人往那里一站，偶尔有人经过，不免多看上两眼。卢玮希被看烦了，便把提包往肩上一挂转身走了。

明珠不放心，在她身后喊："要不，我今天安排好手头的事情，明天飞过去帮你？"

卢玮希头也没回地摆摆手："你还是留下镇宅吧！"

卢玮希走到飞机跟前就有一位保镖模样的人帮她提包，她婉言谢绝，对方也不执着，只弯腰做了个请的手势，她回之微颔首。缓步进入机舱，斜对着舱门的座位上有个穿着休闲看报纸的男人，听到了她的脚步声，报纸缓缓拿开，露出沈临风那张俊朗的脸庞。

卢玮希大大方方走到他对面落座："不好意思啊，我以为还是包机，就处理了个突发状况，没有留意时间已经这么晚了。"

沈临风换了个姿势坐，语气温和："看你的表情，这突发状况似乎有些棘手……能问问是什么状况吗？"

"家务事，不提也罢。"卢玮希话锋一转，若无其事地问，"对了，你昨天不是说那边的事情很棘手还要等几天才结束吗，怎么突然就回来了？"

"公事我可以派总助处理，私事嘛……"沈临风的视线落在她精致的面容上，旋即移开，嘴角微微勾了一下，却没有继续往下说。

卢玮希也没再明知故问。她心里清楚，他的速归，是因为她和林榆雁的对决。这几年，沈临风把沈家的生意从国内做向国际，林榆雁怕煮熟的鸭子飞了，逼着卢卓替她一次次向沈屠提联姻，沈屠拿门第为借口，态度暧昧。如此一来，拉锯战开始。

林榆雁为了门当户对，费尽心机想认祖归宗。卢玮希见招拆招，阻挡林榆雁认祖归宗。原因不是她喜欢沈临风，而是林榆雁和林岚身上，背着她舅舅叶敏德的一条命。只是这秘密，她宁愿被沈临风误会，也不会说出口。

见她沉默，沈临风递给她一杯热咖啡，换了个话题："听明珠说，你这次是去找亚通帮忙协调高科的诉讼，怎么，卢荃举报的内容属实吗？"

卢玮希接过咖啡，垂眸啜饮，柔和的灯光打在她的眼睫上，洒下一片阴影，也遮盖了她眼底的情绪。

属不属实，要看高科的定义。何况聂风的确是高科的前任A系列芯片负责人，就算卢荃举报不属实，聂风也会被高科视为窃贼。消息一旦传出去，聂风就会从业界敬佩的通信专家变成人人喊打的过街老鼠。她不想让聂风落得这样凄惨的下场，所以无论属实与否，她都要找中间人陪着去高科一趟。幸好业通的新总裁与萧珩私交笃厚，愿意看在萧珩面上帮她做中间人。但这些事牵连甚广，尤其是牵扯到沈屠有可能涉案，所以她不想告诉沈临风。

“我已经问过明珠，她都告诉我了。”沈临风忽然身子前倾，注视着她，眼神柔和，却又带了一抹异样的锐意，似乎想要望入她的心底深处，“玮希，你到底有没有把我当朋友？奇迅出这么大的事居然瞒着我？”

卢玮希听他这么说，心里先是骂明珠多嘴，随即就不由得叹息：“其实，奇迅出的事没你想的那样大。”

“那怎样才算大？”前晚看到萧珩衣衫不整地从她公寓出来，昨天目睹她被萧珩拥在怀里要挟，要不是怕她被记者围攻，他当时真想砍断萧珩拥住她的那只手臂，现在她都被萧珩一步步诱入局了还想瞒他。这些年，她究竟把他当什么了？

“卢氏周年庆上被逼离场，撞车遭萧珩算计入拘留所，被迫和萧珩合作，不得已认下卢玮荣，突然被卢荃举报，被亲人逼着交出奇迅去找人协商高科的诉讼……这些事情我全部都是最后一个知道的。换作是你，你会怎么想？”

卢玮希实在没想到一贯和和气气的沈临风反应会如此强烈，不由得捧着咖啡愣住了。沈临风看着她的模样，心里一软，立即放缓声调道：“为什么不告诉我呢？假如当时就跟我说你撞上的人是萧珩，这些事情……都不至于发展到现在这个样子。”

卢玮希听他反复提到萧珩，心里一咯噔……她顿时没心思喝咖啡了，放下咖啡杯，手支着头，神情之间也有几分憋屈，过了好一会儿才叹口气：“是我轻敌了。”或者该说是她没想到，她才怀疑沈屠伙同萧老夫人霍心陷害她爷爷，萧珩就突然出现，帮她、撩她、维护她，给她一种故人归来的感觉，看似合情合理，实则处处透着诡异。

“那现在我回来了，你还准备与萧珩合作？”沈临风微微扬下嘴角，神态不变，但双手却暗自紧紧地交握在一起。

“与萧珩合作，是我不想害你。”卢玮希低头摩挲着咖啡杯上的花纹，“外界只知我拿到了5G手机牌照，并不知我现在遇到了技术瓶颈。这次之所以被举报，就是反复修改技术参数的秘密被内奸爆了出去。至于我们有没有抄袭高科的A系列参数，我现在联系不上我师父，不好下定义，但借鉴应该是有的。为避此劫，我特意选萧珩合作，一是想拿他的注资攻克技术瓶颈，二是想借助他的身份让高科投鼠忌器。这些都是我的真实想法，目前只告诉了你。”

言外之意就是连卢卓也不知道，更别提想不劳而获的林榆雁和以为捡了便宜的萧珩了。

沈临风交握的手放开，身子缓缓靠在椅背上，笑着缓缓开口：“萧珩是聪明人，你想法虽好，可你们打交道总让我觉得不踏实，不如，我替你对付他？”

他本就长得俊朗，又以铁血手腕打出自己的一片天，所以玉面修罗的头衔实至名归。卢玮希和他一起长大，对他的能力也一清二楚，虽从不被迷惑，但也不得不打起精神来应付。

“沈临风，我知道你担心我，可我今年都二十七岁了，你总得给我机会历练历练吧？不然我就算扯你的大旗做点儿坏事，都做得引火烧身，还要你来替我善后。”

这话算是含蓄承认金子与萧珩父亲那件事，是她假借了他的名义，他有本事就去善后，别再问她了。

沈临风听懂了，竟真的默许并笑了起来，先前的阴郁不见，俊朗的五官舒展开来，不着一字，尽得风流：“善后没问题，就是，我还没吃晚餐呢。”

第三十六章　谋人

看他恢复常态不再执着替她对付萧珩，也不再追究她算计他的事，卢玮希松了口气，才觉得自己肚子也很饿：“我也没吃……”说着打开随身的包，“我带了些零食，凑合一顿算了。”

沈临风笑了笑，并没有接口，反而伸手过去拿走她的零食，交给一边的工作人员。

卢玮希望了眼自己空空的双手，正奇怪，就见有人推了餐车过来，红酒、牛排、水果及各式西式小点心一应俱全，她心里瞬间明白，面上倒也不见惊慌和扭捏：“我只是想蹭个机，没想到被撒了狗粮。”

“不喜欢吗？”沈临风一手支住下巴，侧着头，缓缓地一语双关，“还是……我这狗粮不对你现在的胃口？”

卢玮希挑眉，向着那些食物看了一眼，发现从红酒到西式小点心都是她平时喜欢的，就叹了口气：“沈临风……要不是早就知道你有心上人才拒绝林榆雁，我真会自作多情一把。”

沈临风听完，勾着唇角笑如三月桃花开：“我的心上人，似乎还不知道她住在我心里多久了。”

她拿起红酒，倒了两杯，将其中一杯递给沈临风：“苏黎虽说迟钝，但世上无难事。”

这关苏黎什么事？沈临风微怔地看着她，接过酒杯，想明白之际抿嘴笑了笑：“她的迟钝不是一天两天，而是多年了。但是对她，我有的是耐心，也有的是时间，不信你看着好了。”

卢玮希被他说得心虚，眼睛看向别处。她承认沈临风对她的耐心源源不断，总这样插科打诨也不是办法，正想说些什么，手机却突然嗡嗡振动。

她原本以为是医院那边有急事，不管卢玮荣是谁的人，毕竟血葫芦一样是她亲眼看到的，何况医生也说了，卢玮荣输血后还得留在医院观察。待到拿起来看了来电显示，才发现又是那个陌生号码，陌生号码连续打来，应该是有事了。

“喂，哪位？”电话那头是一阵沉默，久久都不曾有回应，只有轻微的呼吸声。在她准备挂电话的时候，电话另一头却传来一道磁性的男声：“你不为自己的不告而别解释一下吗？”

听出是萧珩的声音，卢玮希才想起替他分别给医院和傅斯年打电话的事，就放下酒杯，压低音说：“不好意思啊，我……当时有急事，原本想着忙完了给你打电话……对了，医生把你送去医院了吧？你现在还好吗？见到你的律师了吗？”

怕沈临风听出异常，她的声音很有礼貌，语速缓慢而沉稳，如往常并无二样。

沈临风还是听出了大概，虽说没有出声询问，但他若有似无的哼声还是传入了话筒里。电话那头的萧珩很快便听出异样：“你现在在哪里？谁在你边上？你的声音怎么怪怪的？”

“哪里怪了？我坐着喝咖啡呢。”卢玮希喝了一口咖啡，故意喝出声音，试图消除萧珩的怀疑，“咖啡很烫，有声音很正常的。”不知为何，她潜意识中不愿让萧珩知道她此刻和沈临风在一起，这念头，连她自己都觉得不可思议。可惜，天不如她意，她刚说完，沈临风好似喝呛了酒，唇间溢出一声清楚的咳嗽，直接传达给了电话那一头的萧珩。

卢玮希刚想假意咳嗽几声来掩饰，就听到电话那头响起了“嘟嘟”声。萧珩挂断了电话。他竟敢挂她电话？当年就是那样，说消失就消失，当她真稀罕他似的。卢玮希不忿地放下手机，顺便拉黑了这个号码。

数秒之后，手机铃声再度响了起来。忍不住看了看，又是一个不认识的号码。

唉，这家伙手头那么多电话号码，难道想改行做电信诈骗了？这样的场合，不方便也不想就这么接他电话，她干脆切断，这么反复了五六次。沈临风晃动着酒杯，明知故问：“谁的电话？”

卢玮希正在设置手机，头也不抬地回答道：“哦，一个合作方，让机长赶快起飞吧。”

沈临风立即冲身后的工作人员点头示意飞机可以起飞了，然后看着她，眼神有了一丝戾气：“萧珩？”

“你好像……很了解他？”卢玮希把已设置为飞行模式的手机扔回包里，忽然来了兴致，“对了，我看到沈伯伯给萧老夫人祝寿的新闻了，你们两家的关系看起来不错啊，你和萧珩是不是很熟？”

沈临风听了，干脆放下了手中的酒杯，似笑非笑地看着她：“你这是想从我这里打听别的男人？玮希，我一直以为，除了我，再没有男人值得你打听。”

卢玮希收起试探，懒洋洋地靠在椅背上：“打听他是想知己知彼。不打听你，是因为有那么多女人打听你，多我一个不多，少我一个不少，要是我和她们一样打听你，岂不是很生分？”

“嗯，说得有理。”沈临风很是赞同地点了点头，“继续。”

“更何况……”卢玮希顿了一顿，抬眸坦荡地和他对视，“打听萧珩是我想要图谋他的名利。”

“想得很美！”沈临风也不生气，反而笑着问，“可你确定萧珩一再缠着你不是在图谋你这个人？”

卢玮希眼神微闪，很快就摇摇头：“我确定不是。他谋我干吗，我以前又不认识他……”

第三十七章　邂逅

位于欧洲东南部的克罗地亚，今年的冬季尤其温暖。

卢玮希他们到的时候，已是十二月下旬，气温还很高，幸好她月初来谈判完回国时在长期包住的酒店客房内留下了不少衣服，所以多少能对付一下。

沈临风为了防萧珩图谋卢玮希，打算全程陪护她去高科。结果他才到酒店，就接到公司突发状况的急电，最终只在克罗地亚待了几个小时，私人飞机就转飞去了俄罗斯。

急于抓到嫌疑人，卢玮希一自由就按明珠给的地址去了嫌疑人的住所，没想到人去屋空，看来嫌疑人又闻风逃跑了。按照约定时间，她去亚通电讯，却被亚通总助告知，他们的新总裁出差还没回来，具体回来的时间不详。她知道像亚通那样的大公司，总裁时间表都是精确安排到分的，既然人家忙，她也不敢催。

徘徊在高科门口，虽说是因高科要告她的缘故才来这里，但是中间人没空，萧珩也没来，凭她的面子混进去也见不到高科的决策人，她只好离开。反正她已经给两位大Boss留了话，如果对方想见她，自然就会来电。

耐心住下来，倒了两天时差后，她重新适应了克罗地亚的白天黑夜。第三天早上，突然被接连不断的电话铃声吵醒，是楚策和明珠打来的。

楚策从小道消息得知她和萧珩官宣就来求问真相，说他三天前手机没电借了个手机，打了很多电话她都没接。卢玮希失笑，当时她还以为是萧珩的号码，不方便当着沈临风的面接就关机了。楚策急得不行，现在打通了，得知她是帮萧峰转移视线，仍半信半疑，最后隐晦地说他因家事已到了维也纳，不出意外的话，会在第二天飞到克罗地亚与她会合。

卢玮希叹了口气，挂断后给明珠回了电话。明珠告诉她叶敏之一切安好，聂风也恢复了正常，但卢卓和沈屠曾在她离开当晚彻夜密谈，林榆雁第二天离开江南，目前不知去向。

卢玮希心里顿时一悬。在床上翻来覆去了半晌，心慌加肚子饿，再也无法入睡，最后只好一个人下到底楼的餐厅，点了份早餐，又买了份当地最新的财经杂志。翻了翻，白纸上的黑字像会跳跃一样，看不进去，发了会儿呆，端起杯子喝的时候才察觉杯中的牛奶凉了，正想换杯热的，就听见身后有人在用地道的江南话交谈。一男一女，两人的语调很轻，彼此距离又有点远，她听不清楚内容，但那两道嗓音似乎都很熟悉，她本能地回头。

正巧那男人也抬起头来，视线在看到她的时候微微停顿，接着嘴角微扬，对她挥挥手："嘿。"

"你看到谁了？"坐在男人对面的女子也回过了头，正是前两天与萧珩父亲传绯闻的金子。

卢玮希眨了眨眼睛，确认自己没看错人，这才反应过来，萧珩早说了要来这边找亚通谈国内总经销的事，出现在此处也属正常。只是……前几天还打着给她出气的旗号跑去做萧珩小妈的金子，怎么会突然和萧珩在一起？之前她还担心金子会被萧珩报复，现在看他们相处的情形，应该是很熟悉、很融洽。

亏她到现在还以为，从金子那里得到的萧衍资料是靠了友情，撞车那晚拿金子所送果酒骗萧珩喝下去是靠了她的美色。现在看来，金子背后果真有人，只是不知道那人是萧衍还是萧珩？

萧珩笑看着她，他想到了会在这里遇见她，却没想到会遇见这样的她。今天的卢玮希穿着绯色羊绒大衣与平时似乎没什么不同，可就是有种不一样的味道——长发披散下来，落在肩头背后，时不时随风轻轻掠起，巴掌大的精致小脸迎着初升的太阳，弯弯的眼角上扬，世界都仿佛有了光亮。

萧珩起身走过来，非常自然地拉开她身边的一把椅子坐下，语调中听不出什么异样：“我休息了两天才来，没想到一来就遇见了你，真巧。”

卢玮希直觉上怀疑他和金子的关系不同寻常，只是碍于场合没法质问他，只好干巴巴地接话：“是啊，的确是巧。”

萧珩看了眼她正在吃的早饭，喝了一半的牛奶，还没动过的煎鸡蛋，以及一片上了果酱的吐司面包，就笑着指了指餐桌：“这些都是补血佳品，不介意我替你吃了吧？”

第三十八章　传奇九少

是她欠了他的血，请他吃东西是应该的，可这些是她吃剩的，卢玮希介意，但萧珩已经放进嘴里了，她只好大方地摇头：“……不介意。”

金子突然被撒狗粮，一下子惊呆了，直到卢玮希冲她打招呼，她才想起利用卢玮希那茬，然后以最快的反应速度拍马屁：“玮希你还是那么人美心善，咳，那个事都是误会，我正想给你打电话呢，你不会生我气吧？”

卢玮希心头疑窦丛生，面上却笑意不减：“既然是误会，说开了就没什么气好生的。”金子借坡下驴，噔噔噔跑到卢玮希身边坐下。

萧珩吃完之后似乎意犹未尽，挥手叫来侍者点了同样的早餐，再去看卢玮希的时候，她既没有和金子叙旧，也没有作为女友的自觉在人前含情脉脉看他，反而低头翻着一本杂志，似乎只是随便翻阅，从他这个角度看过去，那杂志他很眼熟，图片内容是欧洲老牌电讯公司亚通的介绍，以及掌控亚通的烈顿家族主要成员照片……他喝了口咖啡，面上泰然自若，心里挺好奇卢玮希看到某些图片后会是什么表情。

金子也注意到了卢玮希正在翻阅的东西，抛开此次绯闻风波中她对卢玮希的小小利用，十年来她与卢玮希的友谊还是可圈可点的。见卢玮希对她和萧珩一起出现既不好奇也不质问，便亲热地凑过头去，正巧看到一张介绍烈顿家族当代杰出成员的插图，不由得眼前一亮，压住了卢玮希正要翻页的手："玮希，你现在看到的是二少爷的照片，下一张肯定是传奇人物九少爷，我是九少爷的铁杆粉丝，想亲手去翻开……"

卢玮希见她还像在学校一样是美男控，也不多说什么，就把手里的杂志往她那边一推，空出手接过侍者端来的热牛奶，低头喝起来。萧珩将她的反应看在眼里，忽然笑了，连声音都轻快了许多，半开玩笑地问："玮希你不好奇九少爷是如何传奇的吗？"

卢玮希抬起头，或许是觉得阳光有些刺眼，微微眯了眼，调整了下坐姿，这才摇摇头："不好奇，实在是传奇的人离我这种平庸的人太遥远了。"就像那个一出手就是帝王绿的受伤男、那个大学校园里的传奇人物萧衍，十年神龙见首不见尾，只留名字在人间，不，在心间。

"既然你对传奇不感兴趣，那九少爷举办的Party你也不会去喽？"

"不会。"卢玮希听出了萧珩话里的试探，知道话题已经改变，她不愿再谈，便直接表明态度，"你知道的，我来这里的目的是拜托亚通的新总裁帮我协调高科的诉讼，与诉讼无关的事情我完全没有兴趣。"

"嗯，说得有理。"萧珩很是赞同地点了点头，"亚通新总裁这两天没空的话，你是不是也没什么其他安排？”

卢玮希知道萧珩对她的情况了如指掌，诉讼的事要是亚通协调不下来，她为保聂风必定得转求助于萧珩，也没必要骗他，便点了点头，表示没有安排。

“既然这样……”萧珩别有深意地笑了笑，“我正好有件事需要你帮忙。”

卢玮希正切煎蛋的手一顿，抬眼看他：“你的事都是大事，我这边人生地不熟，怕帮不上忙。”

“不是大事，是华人在欧洲开的联谊会，我接到了邀请函，联谊会指定要有女伴，你是我女友，得陪我出席……”

“萧总，”看完杂志插图的金子见卢玮希不想去，突然插嘴，“这个忙玮希帮不了的话，我可以替她帮。玮希，还记得大学时我就是社交女王吧？”

卢玮希点点头，没等开口，萧珩却突然翻脸：“你这个社交女王买通媒体登上头条的事，你爸知道吗？”说完斜睨了卢玮希一眼，慢悠悠地呷了一口咖啡。

金子立刻一脸夸张的惶恐，顺带解释：“我哪敢让他知道？他天天逼我相亲，我都快被逼疯了就随口说我有交往对象，他不信非得逼我说出是谁，我说来说去的几个人都被他打断了腿。唉，江湖救急，不得已才拿萧叔叔转移他视线嘛。”

萧叔叔？卢玮希到这会儿才彻底相信她被金子利用了。原来金子和萧珩不但认识，萧、金两家还有着如此深的渊源，难怪明珠说她脖子上长的是人头猪脑。

“金子，没想到我还有棋子的价值。”

金子才想起卢玮希在边上，然后睁大眼睛猛地摇头，又以最快的反应速度补救：“不不不，不是你想的那样，那天我打电话给你说的话，都是三……”

可惜她话没说完，就被萧珩打断：“也许我该给金叔叔打个电话，然后不小心透露一下你真正喜欢的人是谁，看你还敢不敢对我家玮希胡说八道。”

金子立刻浑身一震，下一秒就蹦起来哀号：“玮希，我忽然想起有急事得尽快赶去俄罗斯，看在我们多年友谊的分儿上，请你原谅我一次。另外，三哥这个忙，拜托了！”

刚才还装模作样地称呼为萧总，这么一会儿就变成三哥了？

卢玮希狐疑地看了金子一眼，正想拒绝，就看到萧珩漫不经心地向上拢了一下衬衣袖口，这动作，导致他白皙的手腕暴露在她眼前，看着他腕上因抽血而留下的淡紫针眼，到了舌尖的拒绝被她临出口改为一个“好”字。

第三十九章　危中生情

原本卢玮希以为，萧珩口中所说的“联谊会”，不过是中国企业家在欧洲搞的私人聚会而已。谁知他带着她上了飞机，直接飞去了奥地利的首都维也纳。

一小时后，飞机在维也纳机场降落，卢玮希出了站就问怎么打车，萧珩却说联谊会派了车子来接机，说完见她无所谓，又补充说一会儿到了联谊会现场会给她介绍些朋友。

卢玮希对广交朋友的兴趣不大，直接拒绝。萧珩似乎知道她的心病在哪儿，附在她耳边笑说她已是他的官宣女友，认识他的朋友只会对她和高科的诉讼案有利无害。

卢玮希听了很是不忿。之前在国内选择面对记者，那是为了谋他的血才替萧峰转移媒体的注意力，现在金子都承认了是一场乌龙，他还想把乌龙给坐实了不成?

开往维也纳市区的车上，卢玮希一边以最大恶意揣度闭目养神的萧珩，一边偷瞄萧珩的脸庞。都说容貌和气质是鱼和熊掌，不可兼得，可她却觉得这两者在萧珩身上平分秋色，就算容貌再出众也难掩他一身的贵气。就是这样一个贵人，竟看中了她这个命硬的扫把星。有自知之明的她却捉摸不透他的真实想法，万一他在联谊会上算计她，明珠不在身边，人生地不熟的谁来帮她？

萧珩依旧在闭目养神，管家兼司机的顾金上车虽保持沉默，心里却很激动，以为萧珩带卢玮希去参加宴会是准备对抗某人，注定会有好戏看了。

卢玮希绷着脸，说实话，这几天通过沈临风的关系，她已经把萧珩及萧珩身边的几个心腹摸了个七七八八。

傅斯年是萧珩的御用大律师兼军师。顾金是萧珩的司机兼管家，是个除了萧珩谁也不认的二愣子，更为出名的是他的乌鸦嘴，一般他说放心就多半会出事。

这时，萧珩突然睁开眼睛，黑眸中满是清明：“后面有三辆车在跟踪我们。”

三哥闭目养神都能感觉到后面那三辆车？顾金钦佩地点头，然后猛踩油门，一辆车子呼啸而过。不过五秒，很快后面就有两辆车子包抄过来，把他们的车子当作夹心饼一样夹着撞击。

剧烈的撞击让卢玮希险些尖叫出来，却在前一秒被萧珩用手堵住了她的嘴。顾金瞳孔一缩，立刻向后倒车，车子在道路上急急地旋转了个大弯变逆行，剧烈的轮胎摩擦地面的响声划破天际。

“前面转弯处有片矮树林，车速减慢放我们下来，引那些人去瓮中捉鳖，捉完再派人来接我们。”萧珩的声音里竟没有丝毫的紧张，有条不紊地指挥着顾金。

卢玮希心里一团乱，这场景只在警匪片里看过，真碰上了她脑子里一团糟。突然，手腕一痛，一股大力将她拉入怀中，继而车门一开一关，她的鼻子撞上他坚硬如石的胸膛，头也晕晕的，只感觉到一阵疾风从背后一闪而逝，她被萧珩抱着从车里滚落到公路边的矮树林中。他们挨得很近，直到公路上久不闻车声后，萧珩本来冷硬坚毅的五官线条才逐渐柔和，只是他的右手依然紧紧地抱着她的腰，不知是因为忘了还是不愿意就此放开。

卢玮希趴在萧珩的胸口，她维持着仰头的动作，吓得不敢呼吸，因为她无法去忽略一个事实：他们俩的唇相距不到五厘米。冬日暖阳下，四目相对，彼此能清晰地感应到对方唇瓣上传来的滚烫温度。他的眸内幻变万千，而她的眸间也氤氲着斑斓的光芒。五厘米，似乎就是他和她的界限，谁也没有率先去跨越。

萧珩深深地凝视着脸颊绯红的卢玮希，他沉稳的呼吸逐渐地炽热，紧箍在她腰上的右手越发地收紧，缓缓抬起头。卢玮希的呼吸越发地迟缓，她感应到他的气息越来越近地吹在脸颊，却忘了推开他，只是愣愣地看着萧珩精致的眉眼不断地在自己的瞳孔中放大。

他弓起左手食指，轻轻抬起她的下颌，拇指轻抚她的唇瓣，若有似无地碰触，小心翼翼地试探，犹如柔软的羽毛在她的心头拂动。她的黑眸触上他那隐于碎发下的瞳仁，那是一双独一无二又刻骨铭心的瞳仁，心脏瞬间被击中得几乎麻痹。萧珩的唇由着大脑指令就那样点点向前，刚欲吻上她柔软的唇，一道声音煞风景地响起：“萧……先生？”

卢玮希就像是被一道电流击中，瞬间从那懵懵懂懂的迷惘中清醒过来。她推开还陷入美妙感觉中的萧珩，面颊有些发烫，站直身的同时循声看过去。身后不过五步的距离，有位年纪二十五六岁的彪悍男人正抱着狙击枪拧着眉头错愕地站着，然后又恭敬地走过来：“萧先生，箐公主说您的私人飞机在晚上六点才降落，怎么……您会在这里？”

箐公主……卢玮希的大脑里立刻闪出一张欧洲贵族的美人面容。心中立即升腾起浓浓的懊恼。就在刚才，萧珩差点儿吻上她的刹那间，她忘了她对萧珩的感情几乎一无所知，竟然就那么沦陷在他的魅惑里。

萧珩看着空空的怀抱，满怀遗憾地缓缓站起，回头望向身后的来人，不答反问："苏明，你怎么会在这里？"

被称为苏明的男人若有所思地看了眼卢玮希，立即收敛心神，恭声道："箐公主担心机场至市区路段不太平，就让我带兄弟们在这里排查险情。"只是他万没想到箐公主念叨了好几天的人不但提前回来了，还带来个漂亮的女人。

听苏明说起那位箐公主对萧珩行程的了解及安危的重视程度，卢玮希心里不免又是悔不该了一阵。似乎遇到萧珩后，她总是在悔不该中度过。这和商场上雷厉风行、和竞争对手谈判面不改色的卢氏继承人卢玮希简直判若两人。

"萧先生，这位是……"为了萧珩的安全起见，苏明终忍不住大胆问出口。

萧珩跟随苏明的目光转头，便看到立于自己身后的卢玮希。她脸上懊恼的表情来不及收回，被他尽收眼底，唇角泛起一丝笑意，他破天荒地做了介绍："我的人。"

我的人！这三个字看似简单，可在卢玮希听来，却隐约觉得有种说不出的莫名期待，在他看似简单随意的话语里藏匿。

苏明一愣，腕上定位电话突然响起，接通后也不知对方说了什么，他面色丕变，立即对萧珩说："萧先生，顾金没联系上叶一，也没有完全甩开对方，让我马上安排车子送您回市区。"然后向卢玮希微微鞠了鞠躬："欢迎你。"说完这三个字便抱着狙击枪转身离开。卢玮希出于礼貌回了个微颔首，不知该怎么问萧珩，只能继续沉默。

不多时，就有一辆黑色越野车开上公路，萧珩拒绝了苏明的好意护送，径直取过车钥匙拉着卢玮希爬上公路。

第四十章　吃醋

坐进车内，卢玮希的心情失落又酸楚，但是为了掩饰真实情绪，她不但没追问箐公主是谁，反而主动岔开话题：“我怀疑刚才撞我们车的人，是林榆雁雇来报复我的杀手。”开口了却觉得话题转得很幼稚，又是一阵窘迫懊恼。

“林榆雁要有那么厉害，能到现在还被你拒在卢家门外吗？”车子缓缓启动，萧珩也没主动提箐公主，只是配合着卢玮希的话意反问。卢玮希听得出来他这是在笑她，但是那语气里带了与有荣焉的自豪，让她很难去讨厌，只能顺着这个毫无意义的话题一本正经地扯：“刚才被人追杀是事实啊，我的仇人除了林榆雁和林岚，似乎想不出还有谁了。”

实话讲，她表面上除了林榆雁和林岚并没什么要命的仇家，这么说是把仇家推到萧珩身上。最重要的是她想知道他是第几次被人追杀，是不是那个箐公主经常会这样帮他。想到帮他的女人是出身高贵又有钱有势的箐公主，卢玮希没由来地觉得胸口闷闷的。

“吃醋了？”

“呃……吃什么？”她没有听清。

萧珩侧首，见她一脸郁闷的样子，他暧昧不清地笑了一下：“你虽不是最完美的，但你是独一无二的限量版。我遇见你这个限量版，是为了成全自己的后半生，可不是想要卢玮荣的命。”

他说这话本是随便举了个例子让她不必介意箐公主，谁知卢玮希竟以为他是想拿卢玮荣而要挟她，心里那股莫名的酸气消失，取而代之的却是另一种名为愤怒的情绪。

“我是说如果，如果没有我那个承诺书，如果高科的事解决了，我妈还认卢玮荣做儿子，你还会借此赖上我一辈子吗？”

“怎么能说是赖上呢，”萧珩勾起薄唇，毫不遮掩地直抒胸臆，“我这是……爱上。”

世上哪有无缘无故的爱？一股邪火压抑不住地从卢玮希的心底往外涌，她刚想回击，就看到萧珩伸出食指抵在唇前：“嘘，千万要忍住，你还要指望我带你离开这儿去见高科的人呢，你不会是想走回市区吧？或者在这儿等着林榆雁的杀手再来？”说完看向后视镜，“哟，后面好像有辆客车，搭错车会被卖进暗网吧？”

“我要报警！”卢玮希说完就一脸傲气地去摸手机，摸了半天脸上的傲气瞬间褪去，急吼吼地问，“我的手机呢？”

萧珩从裤袋里摸出手机在那里晃晃：“是这个吗？”

“你什么时候拿走的？”

萧珩顿了顿，一本正经地回忆：“应该是……刚才你想让我亲你的时候。”

“萧珩！”

“嗯？”

卢玮希咬牙切齿地让自己冷静下来：“你借口帮我，却挖坑填坑做了这么多有失身份的事，到底想让我做什么？”

萧珩神色泰然地总结陈词：“帮忙。”

原本卢玮希以为，萧珩口中所说的“帮忙”，不过是去临时客串女伴，无须隆重打扮。谁知，进入维也纳市区后他没有带她去吃饭而是直接把车子开去了位于米夏埃尔广场的Asever会所。

对此，萧珩倒是解释得合情合理：“女为悦己者容，既然你同意陪我，就得先去换套衣服化个淡妆，免得参加联谊会时一脸倦容失了我的风头。”

破天荒地，卢玮希没有驳斥，因为Asever会所对她来说并不陌生。会所的老板是一位美籍华裔女子，中文名叫客新妆，在国际时尚界颇有名望。Asever在全球十几个大城市里都有连锁，之前她曾因喜欢及看好这会所的前景而想入股，奈何客新妆高低不答应，后来被她缠紧了，还躲了她一段时间。

此时好久不见的客新妆，正满面含笑地立于会所门前，见萧珩的车子刚一停稳，立即小跑上前，帮着打开车门，一手拉着卢玮希，一手接过她的包，脸上的热情极其真诚：“卢小姐，好久不见了，这次过来是公干还是度假？”

卢玮希听她这么一问，忽然想起往事，便笑着回答：“客总放心，中国有句古话叫君子不夺人所好。这次过来纯属意外，得不到的东西我早就不再惦记。”客新妆会意地哈哈一笑，立即挽着卢玮希一边寒暄，一边往会所里面走去。

第四十一章　猎物

从街角拐来一辆黑色奔驰，车里人静观萧珩也跟着卢玮希进入会所后，立即掏出了手机："箐公主，大猎物已经出现，下一步要怎么办？"

位于多瑙河畔的别墅二楼卧室内，箐公主遗世独立，冬日阳光落在手机屏幕上，也让短信内容越发清晰地映入那双波澜不惊的黑色瞳眸里，戴着薄纱手套的修长手指在屏幕上轻轻一点，删除了短信。轻盈飘逸的垂坠纱帘随着微风飞扬，她就一直站在落地窗前，眺望着花园外面那个水波粼粼的多瑙河，手里依然握着那只手机，满目戾气。她的终极目标和她的两个猎物纠缠一起，原因是什么她一直百思不得其解，并且困扰她好几天了。

"听闻烈顿家族将在这次Party上宣布下一任继承人的名单，最被世人看好的九少爷至今还未露面，是不是预示着九少爷因血统问题而遭受排挤无缘竞争？"

“我知道今天来的很多媒体朋友都是九少爷的支持者，所以我敢肯定地告诉大家，九少爷的血统绝对纯正！但继承人最终是谁我也不知道，所以在这里我无法给你们一个明确的答案，抱歉！”

卧室电视上还回放着昨晚在烈顿家族新闻发布会上的一幕，雍容霸气的男声伴随着相机快门声在卧室内萦绕，也让一动不动站在窗边的箐公主幽幽地回转过身。

巨大的显示屏里，她爷爷霍威廉以烈顿族长代言人的身份站在主会台上，一身笔挺的西装，神情严肃，偶尔恩赐般地说出一句话，便会立刻成为焦点。霍家与烈顿家族是世交，霍威廉的妹妹又嫁给了烈顿的族长，他说的话基本上就是烈顿族长的意思。

“不久前有媒体曝出大少爷和二少爷在公众场合谈论九少爷血统时的视频，不知九少爷是否真如传言那样，不只是长得像中国人，而根本就是中国人？”

记者的提问越发地尖锐，咔嚓咔嚓的声音亦此起彼伏，霍威廉却是对着镜头镇定自若：“有这么回事吗？我只知道大少爷和二少爷是在瑞士出生成长，都是性格直爽很喜欢开玩笑的人，而九少爷出生在中国江南成长在美国纽约，他们三个自小不在一个城市，偶尔开开玩笑也属正常。”

“所以九少爷和他们不是一母同胞，是这个意思吗？”

记者旁敲侧击地提问，让霍威廉皱眉，不再回答，然而镜头不曾离开他严肃的脸孔，箐公主一直静静地听着看着，脸上连少许的波动都未曾出现。她似乎并不意外记者会这么问，也不在意被质疑者是她的未婚夫。自从十五年前被她爷爷告知了家族秘史，她就清楚知道，烈顿继承人之位，只能是霍家想让谁坐，谁才能坐。

卧室的门被悄然推开，箐公主将视线从电视上收回，稍稍旋了个身，姿势干净利落，但非常好看，真丝裙裾翩翩飞舞。她不急不缓地看过去，也不急不缓地走到那奢华大床边盈盈坐下。

门口已经响起用人恭敬的询问声："箐公主，无双说Party上要穿的礼服已经从法国运过来了，您现在需要去试穿一下吗？"

"通知司机和保镖，我马上过去。"

第四十二章　客新妆

Asever会所，老板客新妆正一手拿着化妆盒，一手叉在腰间，脸上的表情有些僵硬，又带了几分无可奈何。

至于站在她身后的两位奥地利女助手，因为年纪尚轻又不通中文，也不敢对这个满口中国话的女子出言提醒。约莫又过了几分钟之后，客新妆看着在自己面前旁若无人地煲电话粥的卢玮希，觉得自己额头上青筋都要暴出来了，终于忍无可忍地低吼："卢大小姐，请问你的电话讲完了没？都讲四十多分钟了！"

又说了几句，卢玮希终于挂掉电话，她明白客新妆面上的怒气是哪里冒出的。她慢腾腾地放下手机，转头看向客新妆，一脸莫名中又带了些委屈："我都没嫌你化妆时间长，你怎么还嫌弃我讲电话久了？"客新妆听她这么一说，脸色更加难看，连嘴角都开始抽搐了。

卢玮希顺势对着自己面前的那面镜子看了看，就有些诧异地

“咦”了一声，她记得自己接叶敏之电话之前，发型已经做得差不多，现在一看，还是只有已经完成的发型，脸上依然是清妆素颜。

瞥了眼时钟，已经十二点半了，她是十一点过来的，一个多小时才做了个头发，可见造型师是件体力活，就不知这位给她化妆的客大老板，有没有明白她劳其筋骨苦其心志的苦心？

卢玮希心里正打着小算盘，突然看到客新妆的脸容慢慢逼近了自己，用非常流利的中文说：“才帮你弄完头发，你就开始打电话，一个电话打了四十分钟，你让我怎么给你上妆？就因为我拒绝你入股，你就故意消遣我？”

“消遣？”卢玮希一脸冤枉，“客总，母命不可违，这是你当初不让我入股时候说过的话。正好，我的母亲大人刚才要和我聊天，我能说不吗？”

故意的！卢玮希就是故意的！太过分了！客新妆抬起头，做了一次深呼吸，努力平息下自己的心情，正色道：“好吧，我的时间不值钱！但我记得萧总之前说过，他一点钟要带你去用餐，现在我们只剩下二十分钟……”

萧珩，萧珩，活祖宗！卢玮希咬牙：“那就这样吧。”

客新妆的眼角就跳了一下，什么叫“那就这样吧”？要是卢玮希就这样走出去，不得砸她国际造型师的招牌？说来说去还是因为入股……正想揭穿卢玮希的真实意图，忽然听到有人敲门，助手就去开了门，两人低语了几句，助手回来低声道：“老板，糟了。”

“糟什么糟？”客新妆的声音有些微怒，“好歹跟我几年了，你怎么连话都不会说？”

外面的人不是善茬，她再会说话也没用啊。助手脸上表情略微带了几分尴尬地看了眼卢玮希，然后用半生不熟的中文嗫嚅道：“卢小姐选中的礼服……”

“礼服怎么了？”客新妆一边挑着卢玮希的下巴上妆，一边火大得吓人，“脏了还是剐了？”

“没脏也没剐花，就是被来拿礼服的叶无双看中了，她说她家公主很喜欢那套衣服款式，她要拿走做备用礼服。”助手用德语总算把话给说完了，她以为卢玮希听不懂德语，说的时候都是提名带姓的。

客新妆听完，目光下意识地看向卢玮希。卢玮希也正好望着她。她觉得卢玮希看她的目光让她心里发毛，就板了脸孔冲助手呵斥说：“开什么玩笑？先来后到不懂吗？”

“叶无双说她家公主已经在来的路上，也看过她传回去的图片，很满意……”助手对叶无双背后的公主显然很是惧怕，“老板，箐公主可不是一般人……”言下之意，客新妆得罪不起。

客新妆本能地用德语呵斥：“你以为卢玮希我就得罪得起了？”她这次之所以从巴黎急赶过来，一方面是来这里帮卢玮希做出席宴会的造型，另一方面也是奉命送几套礼服过来，其中有一件本就是为卢玮希定制的，她原本想单独放，Boss却说做戏要全套，最好把几套礼服都拿出来让卢玮希自己选择，谁能想到，一件衣服，竟然被俩女人同时看上！

那位助手见老板呵斥完了就只顾黑着脸给卢玮希上妆，并不表态如何处理，立马明白这位中国女人也是不能得罪的。想了想，两害相权取其轻，她还是觉得应该站在叶无双这边，正好另一位上来报信的助手给她打了个手势，她明白事情到了紧急关头，就操着生硬的中文对卢玮希说：“您刚才看上的那套衣服，有幸被尊贵的箐公主看中了，公主的女助手想和您就衣服的问题谈谈。”

卢玮希不由得挑了挑眉，箐公主……不会正好是之前那位保镖说的箐公主吧？

“现在箐公主的女助手就在门外等着，”助理以为卢玮希是外国人不知“箐公主”这三个字代表什么，又补上一句，“箐公主可是财阀霍家的小公主，卢小姐不考虑见见她的助手吗？”

卢玮希看了眼脸色黑沉沉的客新妆，神色泰然地开口：“见啊，在我们中国古代，公主的助手都是七品官呢，既然七品官门外候着了，客总赶紧请人进来啊。”

客新妆嘴角抽了抽，给助理使了个眼色，那助理就跑去开了门。穿一身干练西服的叶无双脸上挂着志在必得的笑容走进房间。在她看来，对方既然愿意谈谈，那显然就是有自知之明。换而言之，礼服是铁定能到手了。想到箐公主穿上很符合九少爷品位的礼服后可能对她大加奖赏，她的心情就非常之好。抬头看到那个坐在沙发上面带慵懒笑容的女子时，像看到外星人一样惊圆了嘴，很快又失声问：“你……怎么在这里？”

卢玮希看到叶无双的第一眼就血往上涌，没想到明珠跟踪了两年每回都被侥幸逃脱的卢荣案第一号嫌疑人，竟然在这里狭路相逢！听客新妆刚才和助理的对话，这嫌疑人叫叶无双，是箐公主的心腹，沈屠掩护箐公主的心腹甩掉明珠的跟踪逃离江南，两人一起出现在霍心的寿宴，说明什么？细思极恐……她收敛情绪，平静地看着叶无双，语气淡淡地反问：“我怎么不能在这里？”

站在她身边的客新妆有些惊讶：“你们认识？”但是听那位叶无双的口气，似乎是惊吓大于惊喜的成分，怎么看都有些问题。

叶无双这才注意到客新妆的存在，勉强挤出一丝笑容：“客总也在啊，我们不认识，这个女人……”她已经不知道该说些什么，心里又惊又怕。这个中国女人既然会坐在这里，那肯定是她派出的人失手了，可是，箐公主知道吗？

客新妆对于叶无双有些了解，知道她是个狠角色，再加上今天的抢衣服事件，她对叶无双的戒备又添了几分，只是打狗还看主人，顾忌到叶无双背后的人，她抿抿唇，看了眼端坐在那里不动声色的卢玮希，最后决定暂时不表态，静观其变。

这么一来，房间里的气氛就剑拔弩张起来，客新妆为卢玮希化完妆站在那里不说话，她的两名助手自然也是大气不敢出。

叶无双见自己竟然被无视到这地步，脸上就有些挂不住了，再看卢玮希只是坐在那儿对着镜子左顾右盼地臭美，仿若站在她面前的自己是个透明人，就气得捏紧拳头。她从小就被霍家选中留在箐公主身边，之后也像公主一样被捧着惯着，哪里受过这种气。忍无可忍，她张张嘴刚要发飙，却看到卢玮希停止自我欣赏，转身斜睨着她："本小姐化妆中，闲人免看，观摩请购票，个体五千欧元，团体八折！"

听卢玮希这么一明码标价，客新妆和助手"噗"一声笑出来，叶无双反倒庆幸，好险啊，幸好卢玮希没认出她，或者是根本不知道她是谁，不然今天真是走不掉了。她看了眼房间里笑翻的几个人，忽然意识到一个一直被她所忽视的问题，难道卢玮希就是那件礼服的主人吗？

替主子和卢荣打了两年交道，卢家的情况她是知道得一清二楚。别看卢家是豪门，卢玮希可没有豪门千金该有的福分，和中国大多数重男轻女家庭里的女人一样，在爹不疼娘不爱的夹缝中求生存，虽在聂风帮助下研发出了5G手机取得了5G牌照，但在卢家当权者眼里早就是个活死人。可就是这样的活死人，竟然跑到Asever会所来摆阔，莫非她选购天价礼服的用意，是想破坏箐公主的好事？

想到这里，叶无双心里懊悔当年没把事做绝，那么现在……她上来原本只是为买那件礼服，所以带来的人都在楼下等着，假如让人守在门外等卢玮希出去时候制造绑架或者枪杀的话，是不是就能彻底解决公主的心头之患了？

客新妆自然不知道叶无双在想什么，眼看快一点了，卢玮希才化完妆还未换衣服，她向来以Boss的要求至上，于是也不管卢玮希打什么主意，直接下逐客令：“叶小姐，既然卢小姐不喜欢化妆时候有人观看，那么你要是没话说的话，就先请吧。”说完，也不看叶无双目瞪口呆的样子，直接拉起卢玮希就往对面的更衣室走去。

叶无双一路失魂落魄地下楼，正好看到箐公主的身影站在靠近门口的地方，正在同什么人交谈，走近看，居然是九少爷最好的朋友萧先生。

叶无双就有一些意外，Asever会所出入的大都以女客为主，即使偶尔有男客来，也基本是为接人，假如这么推论的话，难道萧先生是来这边接二小姐的？

第四十三章　箐公主

想暗中观察萧珩，叶无双努力贴到门后降低自己的存在感，正好听见箐公主在那里说了句：“幸好您没事，长辈打算让我们下月一号订婚，您是Henry最好的朋友，到时候可一定要赏光……”

萧珩听她这么说，斜勾唇角：“好，有空肯定去捧场。”

看到他这个嘴角牵风流的笑容，叶无双心里不知怎么就“咯噔”一下，隐约觉得自己在哪里见过这种类似的笑，可又想不起来到底是在什么地方、什么人身上看到过。

相比萧珩的从容悠闲，躲在暗处负责保卫的人却急出了一头汗，直接用耳麦提醒：“少爷，上面都出状况了，您快点进去吧！”萧珩已经看见躲在门后的叶无双了，眸色一沉，就向箐公主点了点头：“我与人约了时间，失陪。”

叶无双看着萧珩直直地走进电梯，才敢出来，压低声音向箐公主耳语：“公主，我在上面看到了您的大猎物，她没认出我。”

箐公主缓缓抬眼看向了叶无双："你是说卢玮希？"

叶无双点点头，往箐公主的跟前又凑近些："没想到她这么命大，我今天可是让人做了事的。"

箐公主敏感地轻皱起眉头："你让人做了什么事？"

叶无双邀功一样地捂着嘴，得意的笑声从指缝里溢出来："嘿嘿，咱在国内的眼线给我发了她在机场的照片，时间紧迫，正好叶一在附近，我就让他出手了。"

"你把叶一当杀手用了？"箐公主有些不可思议。

叶一是她父亲亲手培养了十年的全能型心腹，用处是替她父亲完成复仇大计。没想到今天被叶无双假传圣旨。

叶无双笑嘻嘻点头。箐公主在这刹那间几乎站立不住，她感觉自己的双腿发软。叶无双还不知道自己闯祸，伸手把箐公主扶住，一脸嫌弃又带了些不以为意："叶一太笨了，连个车祸都制造不了。公主，念在他是您安插在九少爷身边的钉子，免得九少爷察觉，您得想想如何保住他。"

箐公主甩开她的手："你是怎么跟叶一说的？"

叶无双才发现风头不对，踟蹰半天才嗫嚅着回答："我说那辆车里的人是您想干掉的大猎物。"

"混账东西！"箐公主丝毫不给面子地骂道，"你敢骗他？"

叶无双才意识到事情的严重性，吓得顾不上场合，往箐公主的跟前"扑通"一跪："您不要生气，我以为您在卢氏周年庆当晚就想要卢玮希的命……"

"我那晚要叶一砸她是扰乱局面，什么时候让你要她命了？"箐公主厉声打断她的话，"你撒谎骗叶一的时候眼里还有我吗？"

叶无双脸色一白："您自从知道她妄想九少爷就一直郁郁寡欢，我以为您是怕她和您抢人一直在找机会除掉她，现在您和九少爷要联姻了，我不能让她破坏您的幸福，这也是凑巧，眼线提供她的踪迹，机会难得，我来不及向您汇报就找了叶一……”

“所以你就自以为是？”

“我该死！”叶无双给箐公主磕了一个头。

“滚起来，马上派人去找叶一。”箐公主对叶无双的当街下跪惊怒不已，“告诉他，情况有变，卢玮希还有用，暂时不能杀，让他先躲起来。”

“叶一现在被顾金追着，躲起来就等于自绝于九少爷和萧先生，这样好吗？”叶无双从地上爬了起来，带着哭腔继续分析，“再说维也纳就这么大，叶一能躲到哪里去啊？”

“算了，”箐公主挥挥手，“你亲自去，要抢在顾金前面找到叶一并带他去……”她的话未说完，就见一个助手小跑到她近前，低声禀报，“公主，荣风公司的人要见您。”

箐公主脸色微变：“快让他过来。”

很快，一个戴大墨镜的男人走到了门口，给箐公主行礼之后，压低声音说：“沈先生托我来送信，说他的人看见九少爷的保镖叶一出了意外，已经死了。”

箐公主和叶无双愕然对望了一眼，叶无双颤声问：“怎么死的？”

“据说是从酒店顶楼掉下来个榴莲，正好砸在路过的叶一头上。”墨镜男实话实说。

叶无双惊圆了嘴：“被一个榴莲砸死了？这是什么死法？”

放眼本市，一出手就不让叶一活的人，屈指可数吧？箐公主瞬间觉得浑身发冷：“九少爷知道这事吗？”

墨镜男摇头：“目前我们得到的消息是九少爷的飞机还未降落，他应该不知道。”

“那你快去二少爷那里，”顿了顿，箐公主努力让自己的声音听着不打战，“刚才跟我怎么说的，你就原样跟二少爷说。”

“是，公主。”墨镜男又给箐公主行了一礼后，转身离开。

叶无双看箐公主在墨镜男退出去后一脸灰白，忧虑得半天没有说话，突然想起个事：“公主，是不是有人拿卢玮希做饵给咱下钩？鹬蚌相争，必有渔翁得利，您说渔翁是谁？”

“有没有渔翁我不知道，只是凭叶一的身手，一只榴梿掉在他头上能躲不开？”箐公主看了会所楼上一眼，萧珩的身影早消失不见，太巧了，巧得她心头警铃大响，“备车，我要去见二少爷。”

“那礼服怎么办？”叶无双还惦记着那套未夺回来的礼服。

“你到底有没有脑子？”箐公主气得瞪她一眼，转身向后，边走边训斥，“你已经暴露了，卢玮希查了你两年，现在认出了你还放你走，是拿衣服设套，我这会儿要是上去，等于自曝。”

叶无双嘀嘀咕咕：“那叶一也是因为败露才被害的吗？您说，下一个会不会就轮到我？”

箐公主脚步一顿：“你怕死？”

叶无双差点撞到她身上，吓得结结巴巴：“我不是怕死，我是怕……当年那车祸……她就在现场，现在叶一已经死了，下一个是我，我是您的人……九少爷会不会怀疑您？”

箐公主冷哼一声，闪身坐进车内。窗外的天空忽然飘起细雨，雨丝将她眼前的景物都弄得模糊不清，她心中焦躁，知道自己这个时候要冷静，只是她没办法冷静。一想到当年那个噩梦般的车祸，就怕她拼尽全力保护的人曝光，怕得简直想马上杀死目击证人卢玮希！

第四十四章　假爱真做

维也纳酒店套房内，一个身材纤窕的女人正坐在沙发上，她的身上只穿了一件过臀的宽大男式白衬衫，修长漂亮的双腿惬意地交叠，挽起的袖口露出两条白嫩的手臂，她的左手正端着高脚水晶酒杯轻摇慢晃，那诱人的红在杯底荡漾。

当摆放在沙发边的男式大衣口袋里传来手机铃声时，女子缓下摇杯的慵懒动作，侧耳听了听浴室里面哗啦啦的沐浴声，迅速点了接通。

“Henry，我是箐，不管你现在在哪里，我想尽快见到你。”电话另一边传来箐公主又快又急的声音。

“Henry在洗澡，猜猜我是……”女子略一停顿，做出神秘兮兮的口吻。

“你是卢玮希的手下败将林榆雁！”箐公主点明林榆雁的身份，随即又想起了什么，冷冷地问，“怎么，上次让我介绍好的侦探给你，你要查的暗恋者是Henry？这么快就忘了沈临风，和Henry勾搭上了？”

得不到沈临风的回应及越不过卢玮希认祖归宗，这两样是林榆雁的奇耻大辱，没人敢当面说，现在却被她视为好姐妹的箐公主如此羞辱，林榆雁气得面色铁青。为了给自己脸上贴金，就含含糊糊回话：“沈大哥是我这辈子都忘不掉的人，至于Henry……我俩男未婚女未嫁，你懂的，根本不用查的嘛，我要查的是卢玮希暗中交往的男人，太神秘了，那个侦探还没查到他是谁。”

“再神秘的人，只要是与卢玮希交往，我都能立即查出他是谁，关键是看你对我有没有用。”顿了顿，箐公主话锋一转，“你要是能让Henry今晚按我说的做，我不但帮你查，还帮你认祖归宗。”

被伤口上撒盐又被看扁，林榆雁气得暗中咬牙切齿，但是看在认祖归宗的分儿上，她努力让语气听起来恭敬十足：“好的，箐姐姐。”挂了电话，出于不忿，她不管箐公主有多急，狠狠删除了来电记录，正准备把手机放回原处，她就听到身后有个喑哑的嗓音传来：“有谁打电话过来吗？”

林榆雁不慌不忙地撇嘴：“人家好不容易才找到你，你却在等哪个美女的电话？你到底爱不爱我啊？”

来人的五官线条如斧凿般立体深刻，略高的眉骨和那对微微深陷的眼窝显露出他混血儿的基因：“宝贝，我只是随口问问而已，干吗这么不自信呢？你那么漂亮，我感谢岳父把你生得这么漂亮……”

“真的吗？”林榆雁打断他，妖媚的身子贴进他怀里，“Henry，你叫我爸为岳父就因为我漂亮吗，还是因为要和我爸做生意才那么叫的？”

“傻丫头……岳父能随便叫的吗？”顿了顿，Henry勾着嘴角邪邪地笑起来，“只要你能把卢老夫人手上那套念珠带过来，我不但叫岳父，还要叫你老婆呢。”

死老太婆的念珠听说是叶敏德那个死人送的，又不贵重，还不是手到擒来？林榆雁激动得眼睛亮晶晶：“念珠我肯定能拿过来，但是……你可不许辜负人家哦，沈家那边回不了头……人家已是你的人……”她这样似乎取悦了Henry。Henry一边脱去她身上仅有的衬衫，一边在她耳畔哑着嗓子指导她接下来该怎么布局……

第四十五章　娇宠

会所这边，因为事先已经打过招呼，所以萧珩上来的时候并没有受到什么阻拦。他的视线在房间内扫了一圈，只看见两名身穿制服的年轻女子站在一旁，然后就听见右手边不远处，一座敞开的深色雕花木制屏风后有低低的女子交谈声传来。

“刚才就这么让她走了，你不怕她报复你？你要是有个三长两短，这会所怎么办呢？我这人就是心软，客总，你看入股的事……”

这个软硬兼施的女子嗓音正是萧珩所熟悉的，他的视线落向那座屏风。呵，看来卢玮希挖墙脚的毛病是改不了了，要是她知道她挖的客新妆是谁的人，会是什么表情？一想到卢玮希出糗的样子，萧珩的眼底就忍不住露出笑意。

一旁的助理上前一步，笑着低声打招呼：“萧先生，卢小姐已经化好妆换好了衣服，这会儿正在试鞋子，要不我进去告诉她您来了？”

听墙角正听到精彩处，萧珩摆摆手：“不必了，我就在外面等……”外面的交谈声虽然不大，但还是惊动了屏风后的卢玮希，她原本已经穿好了鞋子，突然听到萧珩的声音，不由得眉头一皱，不知刚才算计客新妆的话被萧珩听到多少，她决定赌一把混淆视听。

“这鞋夹脚，还有没有其他的啊……”说着将一只脚上的鞋子脱下踢出老远，另一只脚上的鞋子也脱掉一半。

这一动作让原本站在一边看着她的客新妆咋舌不已，这个女人的脑子真真是好使。就因为察觉外面有人，竟连她都设计进去了。

卢玮希做好一切，看着屏风外面那道笔挺的人影晃动，冲客新妆一眨眼，赤着的左脚一踩裙摆，半穿着高跟鞋的右脚一个不稳，身子一歪，人就往旁边险险欲坠。

客新妆赶紧扶住她，卢玮希就附在她耳畔又快又低地说了句“聪明的话就配合我”。

客新妆一愣，机警的眸子对上了卢玮希更机警的眸子，心底猛地倒吸了一股凉气，直觉告诉她，这个女人，不只是算计她，还仗着Boss的娇宠算计Boss。

不敢想不配合这女人的下场，随之传来哗啦啦的响声，二人抱着滚倒在地。

“鞋子不合脚你还试穿？为什么要委屈自己？”萧珩双臂紧紧环住卢玮希，表情紧张一叠声地问。卢玮希被他问得不好意思再陷害客新妆，干笑着抬起眼皮，正好看到他薄削有型的嘴唇，脑海中忽然就飘过两人在矮树林四唇相对的情形，然后又想到那个对萧珩无比关心的箐公主，心里一酸，就扭过头去，没有吭声。

“快说话，不然我就要让律师过来告到这里破产了。”萧珩见她仍然不吭声，干脆一手勾住她的腰，一手穿过她的双膝，将她打横抱起来，就要往外走去。

见萧珩真要走出去，卢玮希忽然低声道：“没有受委屈，是我才发现当年校友押在我这儿的玉坠丢了，你说……他会不会要我赔？”

萧珩对她这个时候还不忘试探而哭笑不得，冷嗤一声，并未回答，反而走到一旁的沙发上坐下，双手仍然环在她的腰间，依旧没有说话。卢玮希嘴一撇，正想再接再厉，客新妆就委屈地提醒：“卢小姐，鞋子，要不要给你换一双……”

“不用换了，鞋子和脚也是需要磨合的。”说实话，卢玮希挺喜欢这鞋的，是刚才的情况特殊她才黑鞋子不舒服，她推开萧珩的手臂，示意他放手让自己去捡回另一只鞋子，却不料萧珩竟拍拍她的肩：“你坐着，我去捡。”

一听这话，被助手扶起来的客新妆差点惊掉了下巴：冷酷无情的Boss什么时候学会撒狗粮了？

萧珩无视屋内人的表情，纡尊降贵蹲下来，一只手握住卢玮希的一只脚，另一只手拿鞋子帮她穿上。

卢玮希被萧珩的一系列动作完全惊住，呆呆地低头看着他——她体质偏寒，所以他的手心温度比她的脚部温度要高出不少，那热意奇异而温暖，似乎不仅仅熨帖了她的肌肤，仿佛还沿着体内的血脉逆流而上，将她心底的某处也一起灼热了。

第四十六章　胭脂扣

离开会所，萧珩并未把卢玮希带去餐厅，而是驱车带她到了多瑙河畔的一座公寓。

进了屋，卢玮希也未多问，只以那双犀利的黑瞳，四处观察这间陌生的居所。虽然萧珩到现在都一直未回答卢玮希那个问题，但萧珩给她的感觉很矛盾，明明是一个城府很深，甚至有些霸道腹黑的男人，身上却总是散发着若有似无的熟悉气息。这气息像是一块黏着磁石的巨大黑洞，总是勾得她想要不断地探索。

这间公寓，目所能及的地方只能用两个词形容——那就是干净、简单。简单得好像只要它的主人愿意，随时可以打包离开这里，不留一丝痕迹。

两人走到同样简单的餐厅坐下，萧珩给卢玮希倒了一杯果汁，刚问了句“饿不饿”，口袋里的电话就响了起来，他看了眼来电号码，就迅速从餐厅后门走出去。

餐厅内一片静寂，卢玮希也不着急，慢慢地呷着果汁。一分钟后，大门口传来细微的动静。她眸内瞬间闪过一抹敏锐，急速闪到餐厅门口，侧耳倾听。

“你看到了，这里只有我在，九少爷真的还没回来。”熟悉的破锣声音，竟然是她家公寓门口的鄢保安。只是那保安明明该在中国啊，怎么会突然出现在这里？听他的口气，似乎和九少爷很熟悉，九少爷和萧珩是好友，卢玮希有点糊涂了。

“无双今天在会所亲眼看到了我的猎物，我以为……鄢挚，你进来时确认这里空无一人？”被称为鄢挚的人没有说话，但想必是摇头或者点头。箐公主也没有再说话。

卢玮希却耳朵嗡嗡嗡响，穿着礼服，原本想急着走，现在听箐公主直指她是“猎物”，倒平静了下来。她的脑子里闪过很多事情，萧珩会怎么跟她解释他此刻的消失，明珠知道后会不会暗骂她的愚蠢，她师父又该怎么办？就在她腿快站断了的时候，进门就坐在沙发上的箐公主终于再度开了口：“最近流感肆虐，鄢挚你是学医出身……最近有去我姑婆家看你妈吗？”箐公主状似无意的一句话却在鄢挚心里激起千层浪，他放在身侧的双手悄悄握成拳，平日里总是玩世不恭的脸上也出现了一丝丝正经：“去过了。抱歉，这次我没跟紧少爷，是我的错。”

箐公主放缓了语调：“你待在他身边的时间也不短了，怎么，他那么相信你，想做什么还瞒着你吗？”

鄢挚沉默，少爷瞒不瞒他是一回事，他告不告诉箐公主又是另外一回事了，可这话他高低是不能说出来的。

“箐姐姐，我从中国带来了冬笋炒木耳，等不及晚上见面就找无双带我来这里给你尝鲜了。”一道熟悉的女声打破了沉静，卢玮希一惊：她万没想到林榆雁竟也来了这里，还和涉嫌害死卢荣的一干嫌疑人很熟悉。

见无双带着林榆雁端着一个保温盅进来，箐公主的脸色立刻露出笑意，看上去像对久别重逢的好姐妹："雁妹的厨艺连Henry都打电话来赞不绝口，我尝尝。"边说边接过小盅，优雅地夹起一片笋尖，又对着鄢挚一字一句地介绍："鄢挚，你可能还不认识，这是我的好姐妹林榆雁，雁儿，他是……"

"他是鄢挚，听我家Henry说了。"林榆雁笑着极快地接口，"鄢挚是Henry的私人管家，特别会精打细算，人称胭脂扣。"

她家Henry？Henry就是九少爷，九少爷什么时候见她了？鄢挚有些疑问，但面上却是波澜不惊地冲林榆雁微颔首："林小姐。"

林榆雁点点头，以一副赏识下属的语气说："你是Henry的人，Henry昨晚和我说了很多你的事，以后在烈顿咱们就是一家人，你叫我名字就好。对了，听说在江南，Henry的其他手下见了你都要叫你一声鄢总，我就叫你小鄢吧。"

昨晚一整晚他都跟着九少爷在飞机上，早上一下飞机就听说烈顿家的二少爷得了个东方美女，看来那位东方美女就是林榆雁，而林榆雁口中的Henry，如果他没猜错，应该是林榆雁不谙英语的精髓，把九少爷Henry和二少爷Henri搞混了吧？鄢挚恍然大悟后心里偷笑，表面上却将错就错地连声称"是"。

记得刚开始跟九少爷的时候，别人都以为他是靠裙带关系，对他很是看不起。后来九少爷知道了他的处境，就事事都吩咐他来经手。尤其是这几年，中国房地产火热，九少爷就让他做了一家新收购地产公司的老总，虽然九少爷背后叫他胭脂，但在人前有事没事就喊他鄢总。那些见风使舵的人看他得了九少爷的青眼，都对他巴结起来，而箐公主却在聚会时当众把他是霍心助理之子的事说了出来，顿时，他从心腹变"奸细"。

九少爷并未介意，反而对他越发地看重，而他也听从九少爷的话成了习惯。这些年，就这么被人鄢总鄢总地叫着，叫得他快不记得自己是霍家派过去的人了。如果这“鄢总”从别人口里叫出来，肯定会被他一笑了之，可这话突然从林榆雁的嘴里吐出来，林榆雁是什么人他太清楚了，鄢挚顿时心生警惕。

箐公主原本拿在手中的银筷子突然掉落在地，伴随着清脆的响声，冬笋掉在地上。无双还没反应过来，箐公主又很快把茶几上的小盅推落在地。

稀里哗啦的声音里，鄢挚面无表情，而林榆雁反而吓了一跳：“箐姐姐，这可是您最喜欢的冬笋炒木耳！”

“我喜欢的是冬笋和木耳！而不是冬笋炒木耳，黑就是黑，白就是白，黑白混搭和稀泥，看着就让我恶心！”这话箐公主看似在对林榆雁说，但在鄢挚听来，字字均是敲打他的警告。

由于他一直没提供有价值的情报，看来箐公主已经开始怀疑他了。当年霍家把他安排在九少爷身边就是在下一步棋，后来他跟着九少爷跑遍世界，九少爷那么精明的人又怎会察觉不到他的双重身份？刚开始几年，九少爷没有动作是观察他，但是这几年九少爷的行事越来越雷厉风行，唯独对他格外厚待。换言之，他在九少爷身边的地位越高，就在霍家人面前越难做人。

霍家是威廉当家，可惜英雄迟暮，他儿子一心向佛不问俗事，他孙女又一直抓不住九少爷的心，眼看九少爷要在烈顿家族异军突起，支持二少爷的威廉自然着急，这突然弄来一个二九不分的林榆雁，莫非是威廉察觉了九少爷在江南的安排，就想拿林榆雁替换他？鄢挚正胡思乱想着，箐公主已经打发了林榆雁，不急不缓地说：“林榆雁的背景不用我介绍你也应该知道了，她这次是以奇迅代理总裁的名义来找亚通谈合作。另外，她和二少爷一见钟情，但烈顿家族规定私生女不得入门，所以，林榆雁身份的事，鄢挚，由你搞定。”

躲在墙壁后的卢玮希默默地听着，心里冷笑不已，原来林榆雁想背着她和亚通谈判。可林榆雁明明喜欢沈临风，怎么突然与烈顿二少爷一见钟情？至于认祖归宗，卢卓外加一个沈家都无法让林榆雁得逞，这个听声音像保安的鄢挚，何德何能去搞定她？

箐公主拿起一张报纸，看了几秒钟，抬头看鄢挚没什么抵触情绪，就扬手扔掉报纸，慢条斯理道：“这事不是非你不可，如果我另外派人的话，卢玮希一定是不能留的。我知道你们少爷对她是什么打算，才会给你一次立功的机会。你找机会去中国处理此事，不过呢，既要瞒着你们少爷，也要把事情办得圆满。”

他处理此事？怎么处理？直接为林榆雁撑腰送她上卢家族谱吗？还瞒着少爷，少爷现在都玩上瘾了是好瞒的吗？再说看目前的情形，谁敢碰卢玮希，少爷得让谁血溅当场！

不管鄢挚心底如何不屑，但他表面上还是点了点头。

第四十七章　新欢旧爱

唐人餐厅里，萧珩把几份精致的中国面点放在卢玮希面前：“你认出叶无双却放她走，是不是想利用她这根藤摸出一串瓜？”

卢玮希抬眼：“你突然从后门逃跑，是不是怕箐公主看到你被九少爷金屋藏娇？”

“挑衅得漂亮！”萧珩也不生气，反而笑着问，“你以为我不近女色是喜欢男人？”

“我怎么以为的不重要，”卢玮希想到在公寓见到的鄢挚及偷听到的话，夹起一只蟹黄包，轻轻咬了一口，继续说，“关键是别人怎么以为。啊，差点忘了，刚在一张报纸上看到九少爷说你俩不只是床友关系，算是知己，或是良师益友，甚至是人生另外一个角落里的伴侣……”

气得萧珩几乎想把写此稿的人揉扁再捏烂：“卢玮希！”

“那么大声干吗？”卢玮希叹口气，放下餐具双手一摊，“你看，你为了你的伴侣先控制仲兴，再唆使卢荃举报聂风，目的不外是想替九少爷收购我的奇迅，我还没跳脚，你心虚个什么劲？”不等萧珩开口，卢玮希继续道，“放心，就算我知道了，只要你能帮我师父脱身，咱们的合作还是照常进行。”

这样栽赃也行？萧珩气极反笑，与此同时卢玮希清晰地听到一丝极轻的微微笑声，隔着一张无人的桌子迎上她的视线，沈临风不但没有回避，反而以目光诉说不满。

卢玮希赶紧转回身子，但萧珩已经看到了沈临风，不动声色地叫侍者结账，付了钱他牵起卢玮希离开，经过沈临风的桌边时，她眨了眨眼，算是安慰。看她这样，沈临风也没说什么，只是微微颔首，与萧珩则是王不见王，谁也不看谁一眼。

坐在沈临风对面那位女子却在那一刹大窘：“玮希？！”

本想假装没看到的卢玮希只得脚步一顿，回头奇怪地问：“你不是去俄罗斯了吗？”

“俄罗斯，咳，我刚要去……这不正好遇到沈总。你呢，你怎么……会来这里？”金子结结巴巴。两次被抓包，太狗血了！

这话不该是她先问的吗？先是莫名其妙地和萧珩在一起，后是匪夷所思地和沈临风在一起，金子究竟都瞒了她什么？卢玮希张了张嘴，还没想好怎么问才不显得咄咄逼人，萧珩却迅速揽着她离开。

上了车，他坐在驾驶座，右手扣在方向盘上，看上去风平浪静。卢玮希坐在副驾驶座，垂眸盯着萧珩的手，风平浪静之下怕是暗流涌动。

半晌后萧珩回神，声线低沉清冽：“给我爸制造绯闻的事，沈临风以为是你让金子去做的？”

卢玮希点头。萧珩沉默着看了她一会儿继续问：“你为什么不解释？”

卢玮希这才抬头和他对视："我觉得让他误会挺好的。"

萧珩侧脸的线条倏地变得刚毅凌厉："你这么做，你以为沈临风会放过金子吗？金家会放过你吗？"

萧珩没想到事情会变成这样，他当初的预想是他来出面，东窗事发了，金家知道这件事是他让金子去做的，只会把账算到他头上，不会迁怒卢玮希。可现在沈临风以为这件事是卢玮希的意思，他吃了闷亏不会动卢玮希，只会把账算到金家乃至金子头上。金家本就内斗得厉害，而且金子已经听到了什么也有所动作，但金子为了成全自己的隐秘心思仍瞒着卢玮希。他知道卢玮希被金子利用以后气得牙根痒痒，收拾完烂摊子现在对着她才把火真正发了出来。

看到卢玮希似乎还不懂他火什么，萧珩抿住唇角，脸色越发沉郁，连语气都冷了几分："卢玮希，你这么做不过就是不想让沈临风知道你在和我交往，不过就是不信我对你是认真的而已！我跟你说的话你当真是一个字都听不进去，对吧？既然这样，你就继续想怎么办就怎么办吧，我有足够的耐心等着看你的下场，也有足够的能力帮你的忙！"

卢玮希沉默，其实她这么做不是怕沈临风知道她和萧珩交往，而是一半想逼萧珩承认身份，另一半原因是为了聂风。她在赌，或许是太过于在意结果，竟然有些沉不住气了。

一时间车里忽地安静了下来，半晌之后卢玮希垂着眉眼道歉："对不起。"

萧珩见她还是不肯直面问题，忽然笑着总结陈词："金子暗恋沈临风。"

"怎么可能？"卢玮希有点儿被欺骗后的狼狈。他侧头看她，良久之后才淡淡地说："沈临风八年前去过芝大。"

"那又怎样？"

“当时你恰好回国，是金子替你接待的他。”

预感成为事实，卢玮希抿了抿唇，没有说话，但脑子却高速运转：从头到尾，她所知道的萧衍资料几乎都来自金子，她和萧衍从不打不相识到柏拉图，也是因为金子的推波助澜。有没有可能，沈临风陪她去芝大报道的第一天，就被金子遇到了并一见钟情？

似乎当年那个受伤男被撞飞的瞬间，她依稀听到一个和沈临风的声音很像的人在冷嗤：看你还敢不敢妄想我的人……想到这里，卢玮希颓然扶额。

第四十八章　如初

萧珩没有再说下去，随手打开音乐，狭小空间内马上回旋着一把低沉淡伤的男声，卢玮希一下子怔住，那似曾相识的嗓音像一颗诱发她记忆的魔豆，即使她已经那样克制，魔豆还是诱着往事在此时渐渐发芽。难怪第一次听到萧珩车里的歌时有熟悉感，突然想起，当年她所救的那个受伤男人耳机里放的，就是这首《如初》——

天空抱住了白云

清风细读过叶纹

想我，也学会自然共你走进……

到了联谊会所在的现场，萧珩似乎毫不避讳，从下车开始就与卢玮希并肩同行。他们到的时间有点儿早，所以一路上并没有碰到多少人，偶尔有几个打招呼的，也都是萧珩的朋友，毕竟卢玮希是第一次出现，所以这个圈子里认识她的人极少。而那极少的一部分人看卢玮希的眼光，都是惊讶的，甚至还带了几分探究。卢玮希当然没空去管这些，进了会场后才发现，参会人员不仅有通信界的大佬，还有不少女明星，看来男人无论在哪里，拼的都是面子，所以才会找那么多身价不菲的明星来陪同出席。这么一想歪，卢玮希对萧珩的印象就大打折扣，连带的因那首歌而泛起的涟漪也荡然无存。

一路寒暄到大厅中央，两位年轻的混血儿男人朝他们走过来，三十岁开外的那位操着半生不熟的中文恭声道："萧先生，九少爷的私人飞机再有半小时就要降落机场，很多媒体已去了机场等候，您看您这边……"

萧珩"嗯"了一声："九少爷是我的朋友，我当然要去接机。来，我先给你们介绍一下，这位是我的女友卢玮希。"转头对卢玮希道，"这两位是九少爷的心腹干将安德鲁和蒙奇，我去机场后，就由他们负责你的安全。"

就算是朋友，也不用到了这里再跑去机场吧？难道九少爷真是萧珩的"伴侣"？卢玮希心里犯嘀咕，面上本着客随主便，就礼貌地点头。

较为年轻的蒙奇二十八岁上下，一双犀利的眼扫过卢玮希的脸容，见她竟无所谓地采纳了萧珩的建议，忍不住失声阻拦："先生，她的安全怎么能和您……"

"我的安全有顾金负责，你们留下。"轻得不能再轻的嗓音，却有着让人无法抗拒的威严。蒙奇和安德鲁心有不甘，齐刷刷瞪了卢玮希一眼，只得点头称是。

卢玮希明显感觉眼前那俩混血儿男人对自己没有好感，至于原因，很可能是他们认为她的出现，占用了九少爷的安保资源。但萧珩能让他们言听计从，莫非真与九少爷……一个又一个疑问同一时间侵入了卢玮希的脑子。

“萧珩，既然他们是九少爷的人，你还是带他们去机场吧，我是一个小人物，没人会浪费成本对我不利。”卢玮希说得很是诚心诚意。

临离开前，萧珩对卢玮希用普通话低语：“安心留下，忙完了外面的事我回来找你。”

多说无益，卢玮希也不再废话，只顺从地点头。目送他的背影消失在出口，她借口第一次参加这样的联谊会，机会难得，想多结交些通信界的大佬好做生意，就把安德鲁和蒙奇支进几百位顶尖人士的社交圈里替她讨名片。

趁着无人关注，她退到安静的窗边，慢慢啜饮着手中的果汁，然后见到楚策带着助手从门口进来。几乎是同时他也看见了她，远远朝她弯唇一笑，她对他举了举手中的杯子。

第四十九章　枪声

楚策和助手低声交谈几句后朝她走来：“你怎么到了这里也不打电话通知我一声？”

卢玮希一怔，才想起楚策对她说过他已经来到了维也纳，楚策是新锐导演，拍电影需要有钱人投资，出现在这里合情合理。

“我也是刚到，还没来得及给你打电话。”

楚策穿着一套意大利手工剪裁的灰色西装，完美地贴合了他颀长的身线，浅灰色的衬衣领口松垮地塞着一块暗红色的丝巾。整齐的碎发搭配着他嘴角那似笑非笑的弧度，吸引了不少女明星的目光。似乎不喜欢被那些目光盯着，他冲卢玮希眨眼：“那真是相请不如偶遇，既然遇上了，你得给我做挡箭牌！”

想到楚策不喜脂粉味的洁癖，卢玮希会意地挽住楚策的臂弯，低声道：“今晚情形不对，估计要我俩并肩作战。”

楚策一怔：“你的意思是？”

“亚通放了我鸽子，我来几天了，连他们总裁的人影都没见着，倒是无意中见到了林榆雁。她没见到我，对外宣称代表我过来和亚通谈合作。对了，她搭上了一个叫箐的公主，箐公主的助手叶无双是我一直在追查的人，还有一个人，我怀疑他是我公寓楼下的保安，可惜只听到声音没见到他面，林榆雁也认识他，名字好像叫……叫……胭脂什么的。”

胭脂？楚策心里一咯噔，马上就猜到了什么，怕卢玮希吃亏，遂拍拍她的手，表示他会帮她查胭脂。

卢玮希点点头，刚要转身，楚策便被母亲萧玲珑拉走了。

萧玲珑没看清挽着楚策的人是谁，只当是个想攀附楚策的小明星，也没当回事，打着见世伯世叔的幌子，趁机为爱子楚策介绍几位交好世家的貌美千金。

轻扬的小提琴背景乐给宴会营造了高雅的氛围，宾客们有的驻足交谈，有的在餐桌前穿梭，鲜花、美酒、美食、贵族、名流，一切都显得相得益彰。卢玮希站在不显眼的角落，端着一杯果汁，对好不容易讨完名片找到她的蒙奇和安德鲁道了谢，随后示意他们可自由活动，不必靠她太近。

尽管她曾因车祸开过颅，但对从小就踏着刀光剑影一路走到今天的她来说，应付起这种场合来还是绰绰有余。正暗忖萧珩什么时候才回来，就听宴会厅大门口传来一阵喧哗，几乎吸引了全场的注意力，让本来躲在隐蔽处的媒体立即扛着摄像机奔向门口。

“威廉亲王的孙女箐公主来啦……”

“什么亲王、公主的，不过是和咱们一样的黄皮肤，跑到小国家拿钱买来个虚衔，有名无实。”

“老表你这是妒忌霍家不理你吧，咦，箐公主旁边的那两位是谁？”

“是亚通的二少爷亨瑞和……荣信的副总林榆雁。天，荣信何德何能能搭上亚通？”

“林榆雁不在荣信了，昨天还代表奇迅和我谈5G的事呢，估计卢卓认下她这个私……”

本侃侃而谈的几位江南商人在瞟见一旁的卢玮希时，讪讪一笑，尴尬着离开。卢玮希面上淡定无波，但握着酒杯的手却微微地收紧，她没想到赫赫有名的箐公主竟然是个个子娇小的东方美女，更没想到箐公主能说动亚通的二少爷亨瑞为林榆雁出头造势。亨瑞是亚通的副总裁。看来她要想得到亚通的帮助，不容易啊。

宴会厅门口，箐公主被一群记者围住，林榆雁和亨瑞则在保镖的护卫下进入大厅。亨瑞穿一身银灰色西服，林榆雁穿着定制款玫红色礼服，男的英俊贵气，女的美丽娇俏，两人随便往那里一站，妥妥的珠联璧合。

“Gillian，我刚在几个世伯那边听到一些不好的消息，林榆雁现在是你爸亲自聘请并任命的奇迅代理总裁。她这次过来，就是要通过亨瑞截胡你和亚通的合作。”身后忽然响起一道低语，卢玮希转眸便看到楚策，他的酒杯碰了碰她的，随意地抿了一小口，眯眼看着门口，“你爸真够疼林榆雁，竟然暗中给她找了两大靠山。”

卢玮希自然知道他担心什么，就笑了笑：“她有靠山，我也有啊。”

楚策的眉眼往左右一扫：“你的靠山要是哥们儿我的话，我是斗不过箐公主和亨瑞两人的。要是我表哥，那是轻而易举。问题是我表哥联系不上啊，你听听现在周围人都怎么议论林榆雁的，急死我了，你快想想怎么办！”

卢玮希慢条斯理道：“淡定点，烈顿家族现有三位嫡少爷，六位堂少爷，新闻上说烈顿家族明日举办Party就是宣布家族继承人名单。自古亲情在继承人面前轻若尘埃，如果林榆雁联手箐公主和二少爷，那么剩下的少爷会把亨瑞的敌人当作朋友，我不靠萧珩不靠你，单单那几位少爷加起来就是八座大山，对付箐公主和亨瑞两个土丘，绰绰有余。”

这才是真正的高手，一句担心的话也没有，林榆雁辛苦撑起的气场，就这样在她眼里侧漏。

“卢玮希，”楚策三年来第一次连名带姓叫她，卢玮希眉一挑，楚策却感慨地轻叹，“难怪林榆雁一直都不是你的对手，估计她做梦都不会想到无论怎么努力，永远比你棋差一着。”

“二少爷，请问你无名指上戴的是婚戒吗？”

“林小姐，你无名指上的戒指怎么和亨瑞少爷的一模一样？请问是同一款吗？”

“二少爷，既然你们一起出现，能介绍一下你和林小姐的关系吗？”接踵而来的提问在亨瑞和林榆雁之间炸开，闪光灯噼里啪啦闪个没完。

卢玮希站在那里看着强烈灯光下风光无限的林榆雁，淡淡一笑，只是转过身的时候，不小心碰撞到了悄没声息站在她身后的箐公主，四目相对，暗潮汹涌，一时间两人都在无声地打量对方。

“亨瑞是我……”伴随着林榆雁甜美嗓音响起的是一声清脆的枪声，宴会厅的欢声笑语被突兀地打断，瞬间的安静后，纷纷循声望去。

一名正张嘴乐呵着看八卦的中国商人应声倒在地上，箐公主手里突然多了一支冒着青烟的乌黑手枪，卢玮希的手臂被子弹擦过，所幸只是破了一片衣衫，当众人看过去时，她正被楚策搂在怀里。

“卢小姐，你没事吧？”蒙奇迅速蹿过来，锐利的目光一边检测卢玮希有没有受伤，一边打量抱着卢玮希的楚策。

第五十章　魅男

安德鲁直瞪瞪地看着箐公主，丝毫不惧她的身份，似乎随时会扑过去夺枪一样。

卢玮希面色苍白，她紧抿着唇对蒙奇摇摇头表示自己没事，又拍拍楚策的手臂示意他松开怀抱，站直后她森然望了箐公主背后的叶无双一眼。

自知暴露的叶无双立即低头，不敢与卢玮希对视，不过几秒又怕卢玮希以为是她开枪，扯着嗓子叫嚷：“谁开的枪？是谁？谁在陷害公主！”

不怪她怀疑，实在是作为箐公主的心腹，她很清楚箐公主来时身上并未带枪，是谁这么大胆，精准算好箐公主靠近卢玮希身边的时间，不但开了枪，还栽赃陷害地把枪塞在了箐公主手里？这是公然借刀杀人！

卢玮希、箐公主、林榆雁、亨端，她的大脑内迅速勾出人物关系图。

虽说眼前铁证如山，但以箐公主和卢玮希的关系，她要害卢玮希，悄无声息就能除去她，完全用不着当众开枪。

据她掌握的情报，林榆雁和卢玮希倒是积怨极深，可林榆雁要想在这场合借刀杀人，既没那个实力，也没那个胆量。那么只剩下亨瑞和卢玮希，卢玮希没条件自己开枪。亨瑞认识卢玮希吗？似乎从来没听说亨瑞认识卢玮希。如果不认识，那么开枪的目的，是想替什么人杀掉卢玮希再嫁祸箐公主？

叶无双被自己的大胆设想吓得六神无主，就这么一会儿时间，现场开始骚动，媒体醒过神，焦点瞬间出现了部分的转移，各为其主的摄像机已经在偷偷拍照。

本想宣布自己即将风光大嫁烈顿的林榆雁望着狼狈的箐公主，红唇微张，被打断的话语卡在了咽喉里，再也发不出音来。

亨瑞本含笑的表情在枪响时冷然，尤其顺着林榆雁的视线看到不远处握着手枪的箐公主时，暗骂了一声“可惜”。继而，他的目光移向了卢玮希。卢玮希也正看着他，四目相对，彼此都是打量，目光隐晦不明。

林榆雁见他们眉来眼去，怕多生事端，软绵绵地靠在亨瑞身上，惶声说：“Henry，我好像看到沈伯父的人了，他冲我使眼色……我们快去里面见他。”这话，成功将亨瑞盯着卢玮希研究的目光拉回，侧首对身后的保镖低声吩咐了几句，才对着林榆雁点点头。

得到首肯，林榆雁挽着亨瑞作势前行，只是转身之际，眼角的余光却瞥向那一头逃过一劫的卢玮希，眼底闪过隐隐失望和不甘。

宴会厅门口重新恢复畅通，那些拍到料的记者突然被亨瑞的保镖们分开挟持着带走。

“楚策，”目送林榆雁离去的背影渐渐消失，卢玮希听到自己的声音，她的声音还从来没有这样自嘲而嘶哑，“原来林榆雁想要的不只是公司和家，还有我的命……”

楚策早就怀疑枪声和林榆雁甚至卢卓有关，听卢玮希这样说，他似乎明白了几分，捏紧微微颤抖的拳头：“无论是谁，今晚的事我不会就这么算了的，一会儿你不要离开我的视线。”

“对！”身负萧珩托付任务的蒙奇和安德鲁异口同声地附和，“在先生没有回来前，卢小姐不要离开我们仨的视线。”

只有千日做贼没有千日防贼的道理，躲避不是长久之计，卢玮希忽然下了一个决定：“你们的好意我心领了，我已经猜到是谁想杀我，一击不中，她没有第二次机会，我现在想去会会她，你们都不用跟着。”

说实话，来之前她就对这次欧洲行有不顺利的心理准备，只是没想到，这不顺利的程度竟让她能不能活都成了问题。既然刚才那一枪没打中她，但向来有仇必报的她决定以身为饵。如果是林榆雁或者是卢卓派来的人，她肯定会绝地反击。

就这么形单影只出了大厅直奔化妆间，可能因为刚才被枪声惊着的缘故，她嘴上无所谓，可一想到要她命的人可能是她的亲生父亲，整个人就有些悲愤难抑。洗了手吹干后，人在化妆间的椅子上坐下来，强迫自己心绪平静。手机响了又响，从明珠到萧珩，最后是楚策的催促短信，说他实在是放心不下。久等不见嫌疑人来，卢玮希只得收起手机起身，拿起包出去。

才将一条腿跨出拐角便瞥见长廊的另一头有一道黑影闪过，她条件反射地迅即缩了回去，背靠着墙壁，几乎出了一身冷汗。

果然，嫌疑人跟踪她而来！可惜等了足足有两分钟，确定竖直的双耳再听不见任何细微声响，她悄悄往外窥望。走廊里一片静寂，化妆间斜对面是更衣室，这里灯光幽暗，人也少，如果对方想要再暗杀她，那里一定是绝佳的藏匿地点。她刚走出化妆间，昏暗灯光下，突然多出一条手臂抓住她的手腕，还来不及做出反应，那人微微一勾，将她整个人带入怀里，从后方紧紧环住："你是在等我吗？"

自从她十八岁以后，圈里除了她的柔道教练，已经鲜少有能和她对抗的对手了。虽然她也并不是什么柔道高手，但是这样还未出手就已经被对方钳制得死死的，还是第一次。

"你是谁派来的？为什么想要我的命？"她没有尖叫，声音反而十分冷静。

"既然知道有人想要你的命，那你为什么还要独自跑到化妆间？难不成你找不到萧衍就生无可恋一心求死？"男人的唇距离卢玮希的脖颈很近，以至于他说话时喷出的灼热气息夹杂着淡淡的酒味，全部流进她的耳畔。

卢玮希眉一挑："你嘴里放尊重点儿。我的事轮不到你管！"

"那萧三轮得到吗？"男人嗤笑了一声，虽然现在是生死关头，但卢玮希却不得不承认，这个男人的声音直击她心……很能蛊惑人。和萧珩的优雅磁性不同，他的嗓音带着一丝狂野嚣张，好似每一次的音调起伏都能勾着人的魂魄一般。

"萧衍都不管你的死活了，你还是跟了萧三吧，他当年为你九死一生，我看了都感动。"

当年？卢玮希似乎听出他语气中带着一丝熟人之间的调侃，可她真的不认识眼前人。

"我跟谁关你何事？你究竟是来杀我的还是挑唆的？有种你放开我！"

"那萧衍冷冰冰的有什么好？空有一副好皮囊却连个喜欢的女人都不敢追。萧三也是的，都把你带到这里来了还瞻前顾后，命格八字算个屁啊，都不如爷干脆，不如……我追你吧？”他的身子紧贴着她，仿佛像火一样有着灼热温度的大掌，正在她穿着礼服的后背上游移！

“滚开……”卢玮希才意识到危险性，她在他怀里努力挣扎着转身，借助昏暗灯光，她突然看见男人深邃如星般的眸，和熟悉的一张脸……怔怔看着他的薄唇一点一点地靠近。

“Gillian，Gillian你在吗……”楚策的声音隐约传来，卢玮希只觉眼前一花，那个男人迅速从昏暗灯光下消失，但她仍旧站在原地，久久回不了神。

她从来没有见过一个男人能够那么令人惊艳，就像是一个极精美的瓷器，美中带了纤脆，好像只要一个碰触，都能让这极为纯粹、极为明亮的美碎成一地，但他的美中又带着一股让人无法忽视的危险气息。而最让她吃惊的，却是那张脸……竟是萧珩的脸，如果不是楚策突然出声惊醒了她，她还认为此刻不是现实而是在幻梦中。

明明应该让人害怕，却让人无法移开视线……唇瓣被自己咬痛，一寻回理智，她马上就想起去机场接九少爷的萧珩。刚才那个男人一口一个“萧三”地称呼萧珩，好像和萧珩有着什么恩怨，又好像熟人之间的调侃，还胡扯到八字命格，真是莫名其妙。

她此时自身都难保，更别提去通知萧珩了，可要就此不管，又怕萧珩被暗算，她还有很多事要指望萧珩。最后，她决定通知一下萧珩留给她的人，也许他们会知道这人是谁。

打定主意，卢玮希立即往外跑去，才跑没几步，就迎面撞见了来寻她的楚策、安德鲁及蒙奇。

第五十一章　联谊会

不等他们开口，卢玮希就语速很快地把自己在化妆间的遭遇说了一遍。

闻言，蒙奇的表情像是嘴里吞了一颗鸡蛋，安德鲁则像看外星人般看着卢玮希。楚策还好，只是倒抽口气，脸色还算正常地问：“你、你真见到九……哦，就是和我表哥很像的人了？”

卢玮希只点点头：“嗯。那人除了穿的衣服和萧珩不一样，长相及身高都很像，就是说话的语气，既像和萧珩很熟又像有怨气，所以我才问你们知不知道这个人是谁。”

蒙奇和安德鲁继续保持沉默。楚策则目光复杂地看了一眼卢玮希，欲言又止，有点儿为难但还是开了口：“我知道的不比你多多少，既然你遇到了，哥们儿会努力帮你打听……抱歉。”

楚策对她向来是知无不言，现在这样回答肯定是有苦衷，卢玮希也不逼他，只是另选一个也很想知道的话题来问：“那，萧珩和九少爷究竟是什么关系，你们为什么会这么听他的话？蒙奇，你来回答。”

唉，这个问题好像更难回答，蒙奇看着卢玮希，挠挠头：“卢小姐，我知道的和报纸上公布的一样。”

卢玮希有些糊涂：“怎么可能？萧珩不是说你们是九少爷的贴身保镖吗？”

安德鲁一脸认真地插进话来：“萧先生没说错，我们的确是九少爷的贴身保镖。九少爷说他和萧先生的好并不是报纸上误导人的那种好，是我所佩服的兄弟情，所以萧先生的话，我们向来当作九少爷的话来听从。”

说了等于没说。卢玮希无奈，只好退而求其次：“那好，你告诉我萧珩现在在哪里？或者，他什么时候回来？”

“萧先生现在和九少爷在一起，该回来时自然就会回来。”

无论怎么问，他们始终回答得滴水不漏，卢玮希知道再扯下去也是白费口舌，转身就向宴会厅走去。紧跟其后的蒙奇和安德鲁对视一眼，虽没有说话，却在卢玮希没留意时悄然分头离去。

回到宴会厅时，刚才的紧张气氛已完全散去，企业家联谊会也已经正式开始。楚策招呼卢玮希落座，刚一抬头，就找到了可转移的话题：“真是没想到，短短时间内林榆雁的变化突飞猛进。”

卢玮希顺着楚策的目光往前看，才发现林榆雁坐在她正前方的位置。和卢玮希身边只有楚策相比，林榆雁身边坐满了商界名流，箐公主和亨瑞却不知去向。在华灯霓裳的包围中，林榆雁成为宴会的一处亮点。

“她很会利用一切资源为自己服务，看来你对她的实力，得重新评估。”

卢玮希接过侍者递来的果汁，轻抿了一口，才想说话，就听到司仪的声音响起："今晚我想邀请一位现场最美丽的女伴做本次联谊会的心动小姐，不知大家想推荐哪一位呢？"

宴会厅内顿时响起掌声以及推荐人名的呼喊声，呼声最高的是林榆雁。

"企业家联谊会的档次越来越低，阿狗阿猫都能做心动小姐。"楚策摸着下巴，看向林榆雁的目光满是鄙视。

卢玮希还未开口，便看到林榆雁在众人的推荐声里一脸娇羞地上台。玫红色礼服衬托得林榆雁身材曼妙，额头受伤处画了一朵妖冶的玫瑰，精妆丽颜上弥漫着蜜糖一般的甜笑，腕上和颈间分别戴着价值不菲的钻石饰品，在璀璨的灯光下美艳不可方物。

叶无双推波助澜："大家说林小姐美不美？"

下面的人被带起气氛，异口同声一个"美"字，然后是掌声。

"还别说，林小姐的容貌不愧是大家公认的美人，真真是艳压全场！"

对司仪恭维的赞美，林榆雁向叶无双回以感激一笑，接过话筒，语调谦逊而甜美："谢谢大家的厚爱，能受卢董事长委任代表奇迅参加联谊会我很开心，能成为今晚联谊会的心动小姐我很荣幸。"

"谢谢林小姐的配合，接下来我们就进入下一个环节，和以往的联谊会不同，今晚我们有一个为非洲儿童竞拍捐款的节目，不过我们拍卖的不是实物，而是林小姐的一个吻。在座的各位成功人士们，谁给出的价格最高，谁今晚就可以得到林小姐的一个吻……"

司仪小姐煽情的介绍里，下面的掌声已经热烈得像是新春爆竹齐鸣一般。

第五十二章　选美

可能是因亨瑞不在场，不少名流巨贾看着美艳不可方物的林榆雁心痒难耐，准备在竞拍开始就夺下这美人的吻，再在吻的过程中谈谈包养的价码。

“十万！”

“上海地产龙头范坚强出十万竞拍林小姐的吻，还有没有加价的？”

“二十万！”“三十万！”

“我要求舌吻，五十万……”

楚策听得直想吐：“这么恶俗的节目，不知道是谁提议的？”

“俗不俗无所谓，拿募捐炒热度是出名的捷径，你看她不是成功了吗？”

卢玮希边呷着果汁边留意捧林榆雁场的富商名单，突然听到前排操着江南话的豪爽加价声：“八十万！”

“八十万？哇，还有没有哪位竞拍人要加价的，若是没有，林小姐的吻可就归江南手机连锁商恒通啦？”司仪小姐亢奋激昂的催促声回荡在晚宴上空，“千金难买美人吻，还有没有？再不出价，这枚香吻可就落向……”

“五百万！”

紧闭的宴会厅大门突然缓缓打开，明亮灯光下，亨瑞的身影站在门口正中，那“五百万”便出自他口。但他喊出的天价并没让手机卖场老板尴尬，相反还给现场所有人看了一个现实版灰姑娘遇到王子的童话。

林榆雁猛地转身，望向门口。亨瑞冲她眨了个眼，表示已经见过沈屠的人，没事了。她脸上露出放松的笑，太好了，事情正往她预定的方向走——卢玮希千万别跑，沈临风千万别来，箐公主的人千万要羁绊住萧珩，那么聚会结束，她就能心想事成了。

“楚策，这个时刻我是不是该相信灰姑娘的故事是真实存在的？”

“不不不！”楚策摇摇头，“这世界上没有灰姑娘的原因，是灰姑娘都长了颗白雪公主后母的心！”

卢玮希被他逗得想笑，正想开口说些什么，空气里倏然响起一道低沉的男声：“一千万！”

这个出价震惊了全场，宴会厅内刹那间鸦雀无声。

从五百万直接飙升到一千万，这得多有钱，又对林榆雁多喜欢！满场的商界名流面面相觑的同时，皆不约而同地看向宴会厅的后门，映入众人视线的是一张不熟悉的英俊脸孔。

卢玮希转身，在看到来人竟是沈临风时，诧异得说不出话。

穿一身深蓝色西服的沈临风双手插在裤袋里，环视着大厅，虽不言不语，但他强大的气场便已将其他人比下去。

“一千万？哎哟，这人是谁啊？太豪了吧？我怎么遇不到这样的啊！”

“真是没天理，林榆雁那样的货色，怎么就这么好运？前有亚通二少爷，后有一个大土豪！”边上女人们的羡慕妒忌恨聒噪得卢玮希耳朵嗡嗡响。沈临风要是真喜欢林榆雁，林榆雁就不用费尽心机认祖归宗了，说到底是沈家以身世为借口婉拒林榆雁高攀。可现在，沈临风突然为林榆雁砸一千万，是怕林榆雁破罐子破摔连累收养她的沈家名声呢，还是沈临风察觉林榆雁来欧洲的隐秘动机，怕她误会他在背后唆使？

想到这里，她的视线不由自主地投向沈临风，握着杯子的手竟无意识地收紧。

“一……一千万？那个……先生，您确定这是您的出价？咱先声明，出价可是要兑现的，万万不能反悔呢。”司仪小姐难以置信地重复询问，整个宴会都停下来倾听这个陌生男人的回答。

沈临风没做回答，只是慢慢地踱步朝着林榆雁走去。他走路的样子像极了古代的王爷，即便掺杂现代的气息，却丝毫不减皇族的贵气。走到林榆雁跟前停下脚步，他双手从口袋里掏出，缓缓张开了怀抱。

林榆雁以为沈临风终于接受了她，激动得忘乎所以，不顾她费尽心思才找到的Henry在侧，就在众目所瞩之下抬起脸，仰视着她爱慕了很多年的男人，诱人的红唇微启，媚眼如丝地暗示她已经做好了接吻的准备。

沈临风斜勾唇角，在众人的欢呼中，张开的怀抱与林榆雁擦肩而过。

全场爆发出惊讶声，林榆雁只觉得从眉上到耳后根都像被火烧过一样辣辣地痛，脸色一阵红一阵白，难堪至极地僵站在原地，似乎无法从这样的羞辱中反应过来。

这个男人，她自问为了他的抱负，她已经把尊严踩在了泥地，只要他喜欢，只要对他有利，她可以毫无尊严、不择手段，明明她都做了两手准备，明明都策划好了的，干吗突然把她推向难堪之地呢？既然不想吻她，为什么要露面出价一千万？！

“如果我不出价，这个恶俗的节目就会刷新底线，甚至把一个女人栽在我头上，我不想我朋友误会，所以，我愿意捐钱。但赠品，送给……亨瑞少爷吧。”沈临风解释的声音低低沉沉，却撩拨得全场宾客的心绪，一片沸腾。

第五十三章　一掷千金

和所有人想的一样，林榆雁被亨瑞抱在怀里，她忍着难堪，不甘的目光顺着沈临风奔走的方向看去，看到终点是卢玮希的时候，她的脸色瞬间苍白。

涂了厚厚唇膏的红唇被她死死咬住，直到口腔内有血腥味弥漫，她仍然用力咬住唇，脸上也从最初的难堪转变为怨毒，心里有个声音狂叫：杀死卢玮希！

沈临风的双手搁在卢玮希的肩上，见卢玮希没有躲开，他心满意足地笑了笑："一千万，买我在你眼里的一个清白，值。"

他的语意分明，她根本用不着再装糊涂。卢玮希面无表情，一切来得太过突然，以至于她一时想不到该用怎么样的神情和动作来回应。沈临风墨黑的瞳仁里倒映出的是她的脸，除此再无其他。

久经战场的司仪很快便从震惊中回过神，她明白当一个男人愿意为一个女人挥金如土时，那将代表着什么。虽然这个突然冒出来的土豪有可能会破坏箐公主的计划，甚至帮卢玮希在众目睽睽之下将林榆雁踩在脚底，但她还是秉持着自己的职业操守，尴尬地打破了僵局："啊哈哈……太感人了，这位先生的朋友真是为非洲儿童做出大贡献了！"

"沈先生，你可能有所误解，其实你竞得的是由林小姐提供的吻，而不是Gillian认为你清白不清白。"楚策忽然笑着起身往前一步，勾腰揽走卢玮希，又恰好挡住沈临风望向卢玮希的视线。

沈临风幽深的眼底闪过戾气，但在卢玮希看过来时，随即以坦然的目光迎上楚策，嘴角也噙着似笑非笑的弧度："那么楚先生觉得这里除了她，还有谁值得我出现？"他轻描淡写地反问。问倒的不只是楚策，还有在场的每一位宾客。

这么多年来，谁不知道林榆雁苦恋沈临风？这么多年来，谁不以为沈家的养女林榆雁会嫁给沈家的独子沈临风？可现在，就因为沈临风怕卢玮希误会而一掷千金的行为，导致她苦心经营的形象，瞬间成了名流圈的笑柄。已将下唇咬得发紫的林榆雁最终忍受不住这般的难堪，推开她以为能给她至上尊荣，实际上连尊严也给不了的Henry，转身小跑着逃离众人的视线。

怀抱一空，Henry才从机械中回过神，看向被楚策挡住的沈临风。沈临风身旁站立的苏黎冲他努努嘴，他迟疑一下，最终还是转身追着林榆雁而去。而在楚策片刻的恍神里，沈临风已经错过他的身，径直走到卢玮希面前，静静地站着，等待卢玮希开口。

卢玮希回过神，盯着沈临风的眼睛，宠辱不惊地问："玩这么大？"听到卢玮希似关心又似薄责的话语，沈临风的眸心瞬间变得更加深暗。多年来他心冷硬如铁，唯一想温柔以待的也就是卢玮希了。

"怎么？担心我不如萧珩有钱怕我玩破产？"说完见她翻白眼，他笑了笑，以轻松的语调调侃，"你用这种表情看着我，就不怕你指给我的‘男人’吃醋？”

不理会他的调侃，卢玮希顺着自己的思路继续问：“你不是和金子在一起吗，她原本要去俄罗斯找你，应该有事和你谈，你怎么会丢下她跑来这里？”

沈临风的笑意变得更加深浓：“金子找我，是就她和萧峰绯闻的事向我道歉，我答应过会给你善后，已经接受了。至于来这里，不为你难道还真是为了别的男人？”说完也不待卢玮希的反应，就对即将和他擦身而过的独眼侍者低声吩咐：“麻烦你去拿两杯红酒，谢谢。”

独眼侍者阴阳怪气地“嗯”了一声，正好被卢玮希看在眼里，她正奇怪这侍者怎么这么独特，侍者与她擦身而过的当口，发出只有她才听到的声音:“姓沈的有萧三好吗？”他的气息吹拂在她的耳侧和脸颊，几绺碎发被他吹起搔在脸颊引起一阵轻痒，卢玮希心里一紧，立即以拳抵唇，回之低语：“我的事和你无关，离我远点！”

看着卢玮希如临大敌的模样，侍者打开遮盖左眼的眼罩，翻俩白眼才离去。离她远点？怎么可能！

卢玮希没来由地心慌，下意识地回头望去，恰好撞见那侍者正抬起手，指着另一位侍者手中的托盘，然后又指了指沈临风的方向，唇边仍是带着那抹痞痞的笑弧。

仿佛感觉到卢玮希的视线，忽然他转头向这边望来，对上卢玮希的目光，唇边的弧度逐渐加深。

卢玮希才认出他是那个与萧珩很像的鬼魅男。可是，他怎么扮演起侍者了？别开视线，她心里却咯噔一下，刚想问沈临风认不认识这个鬼魅男，这时候送红酒的侍者也端来了一大一小两杯红酒。沈临风伸手拿起，一杯小的递给卢玮希，一杯大的握在手中：“玮希，来，为我的清白干杯。”

卢玮希还未开口，被沈临风忽略的楚策反手取走卢玮希手中的红酒：“沈先生，Gillian不会喝酒，不介意我替她喝吧？”说着就用杯子轻碰了一下沈临风的杯子，“先干为敬！”

眼看楚策一杯见底，沈临风的脸上缓缓露出浅讽：“不好意思，我很介意。”

喝都喝了，介意有什么用啊。卢玮希刚想开口缓和气氛，就听到楚策低低的惊呼声。

“楚策，你怎么了？”

“这酒有问题，我喝了浑身疼……哎，好疼！”说话间，楚策已疼白了脸。

沈临风低头看看手中的红酒，发现杯子上有一行透明小字，薄薄的唇瓣不知何时已抿成一线，眸如寒波生烟。

卢玮希一愣，忽听身后响起一道痞气的男声：“咦，这是怎么了？”感觉一个巨大的阴影将自己覆盖，还有强烈的压迫感萦绕四周，卢玮希回过头，果然见到那男人一手摸颌，一手插在裤袋，笑意盈盈地站在那里看热闹。

不愧是鬼魅男，这么一会儿的工夫，他已脱去了侍者装，戴着超大的墨镜，换了一件黑色的衬衫，领口纽扣散开两颗，露出性感的锁骨，下身配以一件同色系的西装裤，将他如王者一般的气势完全彰显。他的到来，顿时吸引了宴会厅内无数目光。楚策更是无法控制地张圆了嘴：“你……”

“我？哦，自我介绍，我是卢小姐很‘特别’的朋友。”男人截住楚策的话，继而打量着疼弯腰的楚策，煞有介事地分析，“看这位先生的情况，好像吃了传闻中的清廷秘药，只是，今晚大家吃喝的都是一样，怎么偏你如此呢？”

楚策心尖一颤，感觉自己腹疼如刀绞，他大喊：“酒……酒我喝了，你觉得我现在该怎么办？”

“当然是立即就医啊。”男人一笑，虽然没有露出整张脸来，但是依旧绝色风情，“你运气真好，我后面这两位与沈先生的祖上一样，都是晚清御医之后，不介意的话让他们带你到边上检查一下。卢小姐，你认为呢？”

隐藏在墨镜后的一双黑眸早已落在卢玮希的身上，似乎在饶有兴致地打量着她的反应，虽是漫不经心，却仍旧透着一股令人悸动的穿透力。卢玮希不知这鬼魅男扯上沈临风想干什么，就没立即接话。但他的一席话，激得沈临风将手中的红酒一饮而尽，任由冰凉的液体灼烧着自己的咽喉，流入自己的血液，渗透了骨髓。

难怪这个无耻之徒出现得这么及时，原来他设局的重点根本是想挑拨离间！沈家祖上是正经的上八旗，宫廷秘药配方还留存于沈家经营数年的制药公司，这无耻之徒提到的“秘药”，就算卢玮希不信，只要楚策相信就够了。

楚策对卢玮希的心思瞎子都看得出来，要是楚策把他当作假想敌，这个无耻之徒的目的就达到了。

“这位先生，”沈临风对着鬼魅男一亮杯子，“同样的酒我喝了怎么没事？”

“体质不同吧，想表示清白的话就让医生也给你看看？”鬼魅男话音刚落，他身后出现了两个所谓的御医。

楚策已被药力折腾得死咬嘴唇不敢出声。

沈临风看了卢玮希一眼，见她用上忍功，终究什么也没说，就跟着走了出去。周围开始窃窃私语，无数道视线凝聚在她的身上。

卢玮希觉得自己已经到了容忍的极限，忽然脑中闪过一道光亮，她回过头，质疑的目光落在鬼魅男的面上：“是你，对不对？”

鬼魅男一脸莫名地走近她跟前：“什么是我？”

“是你给楚策下的药！虽然我不知道你是怎么下的，但是怎么会有这么巧的事，你刚出现，对我说过你和萧珩有关联的楚策就出事了？”

“目测只是让个别体质兴奋的激素而已，不用担心。”

“可你是什么时候……那个送酒的侍者是你的人！”卢玮希忽然想起他之前身穿侍者的服装，还和那侍者有过交谈。

鬼魅男薄唇上的笑意加深，看着卢玮希的眸心中迅速闪过一抹欣赏。想清楚来龙去脉时，卢玮希愕然发现：楚策和沈临风已被带去一边检查，周围的人也被人为地疏散，萧珩还没回来，留给她的那两个保镖不知所踪，她似乎才醒悟身边的鬼魅男很危险。

捏紧拳头，她努力让声音听起来不那么颤抖：“你支开他们接近我，究竟有什么目的？”

鬼魅男因为她变了调的质问而故意闭嘴，想逗她急。

卢玮希真的心急如焚：难道他是沈屠或者霍心，甚至是箐公主派来的？“你……”话未说完，眼前突然一黑，整个宴会厅骤然陷入黑暗之中。

天哪，竟然断电了。耳畔传来一片唏嘘声、脚步声。

一股久违的气息迎面拂来，卢玮希的心跳一滞，她的手在瞬间被人牵住。

第五十四章　软肋

“萧珩？”笃定的嗓音连她自己都吓了一跳。

“嗯，我回来了。”熟悉的声音刹那让她浑身一松懈，差点儿瘫软，也差点儿被自己的反应吓死。眼前如此漆黑，她竟凭气息便知握着她手的人是萧珩，这是什么骇人的发现？

“抱歉，电路有点儿小故障，请大家稍等一会儿。”应急广播里传来主持人安抚的声音，宴会厅才慢慢地安静下来。

一会儿，卢玮希不知是多久。她只知道，有只温热的大手牵着她往一个未知的方向跑去。

与此同时，林榆雁也拉着箐公主跑，边跑边质问：“你不是说只要我能说服Henry为我出头，你就会安排好一切保我今晚心想事成吗？为什么沈大哥会出现我却不知道？”

“说得好像我利用你似的，难道这些年我帮你那么多你都忘了？”箐公主甩开她的手，忽然转了话题，“放心吧，只要你按照我说的回奇迅与人里应外合，我很快就让你心想事成。”

林榆雁抓住箐公主的手腕，有些不敢置信：“你在卢玮希身边安插了眼线？天哪，你太厉害了，能不能说说那人是谁？”

箐公主掰开她的手指，暧昧不清地笑了一下，却未回答。

两个人各怀心思地沉默了半天，最后还是林榆雁打破沉静：“我相信你，你回去转告那人，他想我怎么配合，可以随时告诉我。”

这边，成功摆脱纠缠的沈临风站在顶楼，边打电话边低着头看楼下广场。说到一半抬眼冲苏黎使了个眼色，苏黎立刻下了楼。等沈临风连续几个电话打完，苏黎也回来了，冲沈临风点了一下头，然后就隐身在暗影里。

楼梯口脚步声急促传来，不多时，亨瑞就上了楼。沈临风收起电话，与他客气寒暄，有一搭没一搭地叙话，直看到楼下跑出两个人影，才猛地转身，冲一脸莫名的亨瑞郑重其事地叫了声“二爷”。

亨瑞不知道自己哪句话说得不对，吓了一跳：“沈少，我做错什么了？”

沈临风安抚地拍了拍他的肩膀：“别紧张，夺位大战中你辛苦好几年了，明天就要公布继承人名单了，你有没有想过休息休息？”

亨瑞脸色一白：“沈少，当年您说过……”

沈临风笑了：“当年我说的话我自然记得，只要通过亚通把奇迅扶植起来，有我沈临风在，烈顿继承人的位置就可能是你的，我们各取所需。可你忘了，这话还有半句呢，如果敢背着我搞小动作，你就与我再无关系。我们合作多年，现在听说你让人对奇迅总裁卢玮希开枪，特地来告诉你一声，咱们的合作到此结束。”

现在正是夺取继承人大战中的关键时刻，没有沈临风的支持，他拿什么与兵强马壮的老九斗？知错就改是亨瑞的本色：“沈少，这些年我能打败老大以及其他几个堂兄弟，还与老九打个平手，多亏您在背后鼎力相助，我很感激您。林小姐问我是不是叫卢卓为岳父的Henry，我说是的，至于枪击卢玮希，那是执行沈先生的意思，如果是我做的有您不满意的地方……”

沈临风眼底的阴郁不退，口气却越发和缓地打断他：“二少爷您在说什么，我怎么听不明白呢？”

亨瑞心里一惊，反应过来后立即恼怒自己的莽撞，擦了擦冷汗：“是我糊涂了，沈先生怎么会指使我开枪呢，没有没有，连沈先生的面我都没见过，连沈少爷也是今晚才第一次见，我以前根本不认识沈家人，我对林小姐也是一见钟情……”

沈临风冷着脸走向楼梯口，苏黎关上楼梯口的门，转身对亨瑞说：“沈少念在这些年培养你不容易的份儿上，让我转告你一句，别试图巴结沈先生惹不该惹的人，否则，继承人的位置虽好，可也得掂量着你有没有那个命坐上去。”

不该惹的人就是卢玮希吧？他一直以为沈少拿他执掌的亚通帮扶卢玮希的奇迅是为了养大了再吃，现在才明白不是那么回事，卢玮希竟然对沈少极其重要！

亨瑞点头如鸡啄米：“懂了懂了，谢谢沈少给我机会，我以后只听他一个人的。”

苏黎小跑跟上沈临风后，沈临风问他：“看清楚了？”

苏黎点头：“看清楚了，今晚的确是沈先生的人假传你的意思让亨瑞那么做的。”

沈临风闭上眼睛，恶狠狠地吐了口气。

从小到大，沈屠对他期望高，不希望他有软肋，只要是他喜欢的人，沈屠总是冷酷无情地毁去。但这次不同，这次是卢玮希，他不会让沈屠毁了她！

第五十五章　卢苇

联谊会所在酒店的门前，是一个大气恢宏的广场。夜幕下的广场上，华灯盏盏，凉风吹来，思绪如发丝一样被微微撩起。卢玮希望着前面一直牵着她走的萧珩，再想到那个与萧珩长相酷似的男人，心里一动，拇指翘起，试图挑开萧珩的衬衣袖口。

前面的萧珩突然停下脚步转身，卢玮希猝不及防地扑进了他的怀里。她惊呼一声，想要立即脱身，却被萧珩伸臂环箍住腰线，使她动弹不得。她慌张抬头，而他正好低头看她，两两相望，他的目光越来越温柔，越来越专注。

这情形太突然，也太过暧昧。有那么短暂的一瞬，她几乎不知所措。与此同时，那个神秘鬼魅男的脸容突然浮现在脑海，反应过来的瞬间她加剧挣扎，力道大得像在殊死搏斗。怀内越来越剧烈的抗争显示着她的意愿越来越顽固。萧珩几不可察地轻叹，放松臂弯由得她使力推开自己。

卢玮希刚想开口质问，就见萧珩手一扬，一件带着暖意的外套覆在了她身上。突袭的温暖让她的牙齿下意识地咬住了嘴唇，想到今晚的枪声，想到那个鬼魅男说起萧衍和称呼萧珩的语调，想到楚策说起那个鬼魅男时的欲言又止，想到萧珩和那个鬼魅男先后出现在她身边的时间，想到传奇的九少爷……千疑百虑汇集一起，就像是块大石头压在心里，沉甸甸的，她竟有些怕起来。

可她到底在怕什么？卢玮希忽然想到了这个问题。她在这个事情上的反复考量，难道是怕萧珩插手诉讼？怕萧珩不给卢玮荣提供血？还是怕仲颖久不露面被萧珩暗害了？或者怕萧珩帮九少爷兼并她的奇迅？更狗血点的，怕萧珩拿她掩饰他是Gay？其实，最怕又最不愿承认的是，她怕萧珩就是萧衍……然而有些事情并不是她怕就不发生，迟早要面对的事情，那么晚发不如早发。

想到这里，卢玮希的手捏紧西服两边，看着萧珩只着黑衬衫的袖口，问出口的话很弱智："你最近有补血吗？听说抽血后不吃补血食物，针眼不易消除。"

萧珩一愣，看着卢玮希紧紧盯着他手腕的眼神，立刻明白她真正的意图，二话不说就卷起衬衣袖口，明亮的路灯将他白皙的手腕照得连血管都清晰可见。

卢玮希的视线落在他曾被抽过血的腕上，那个针眼因在医院和她斗气时挤过，所以到了今天还是留下一个青紫痕迹。

被人看穿的心情很复杂，卢玮希的视线落在萧珩腕上的青紫针眼处，努力了半天却再也没办法扯出抹笑来，她只好讪讪地道歉："你受苦了。"

萧珩也低头看了看自己的手腕，忽然来了兴致："谈不上受苦，于私，我是心甘情愿；于公，这叫互惠互利。"

互惠互利四个字，听起来似乎合情合理……但卢玮希心里清楚，以萧珩的手段，就算金子买通了媒体，他也不需要她帮忙，结果他却利用她的软肋把她牵扯了进来。为什么呢？

萧珩脚步一顿，觉察到卢玮希一直盯着他，便转过头问："怎么了？"

"我差点儿挨枪的事你知道了吧？"

想起联谊会上她差点儿被人借箐公主之手干掉，突然冒出来一个与萧珩相似的鬼魅男、豪掷千金的沈临风，以及被鬼魅男下药的楚策……卢玮希受够了提心吊胆，她要主动出击。

萧珩被卢玮希窥视镜一样的眼神看着，也不由正肃了脸色："蒙奇告诉我了，我已经让人去查了。"中途消失的安德鲁和蒙奇为证，他说不知道，卢玮希也不会信。

"那你知道有个男人和你长得一模一样吗？"

"嗯。"

卢玮希看着他那双黑不见底的眼睛，心跳如擂鼓一般又重又快，过了许久她才发出声音："我能知道他……"

"不能！"

卢玮希沉默了片刻，抿了抿唇，正想开口，酒店对面广场上的大屏幕突然播报起了当地新闻，她下意识地看过去——

"备受关注的烈顿家族继承人名单将于明晚公布……"金发碧眼的女主持人操着标准的德语，语调激动地报道，"据烈顿对外发言人霍威廉透露，备受外界看好却一直鲜少在人前露面的九少爷已乘专机抵达维也纳……下面将会播放本台记者在机场拍摄到的现场……"

一直装着不懂德语的卢玮希正专注地盯着屏幕等播放照片，突然一声尖叫占据了她的听觉。恍惚中回神，她才发现自己不知何时竟往人行道外面的车道走了去，瞳孔内一辆呼啸而过的越野车正疾速朝她撞过来。由于事发突然，她完全没有任何反应，傻呆呆地站在原地。

手腕一痛，一股大力将她拉入怀中。突然之间，她脑海里一闪而过和方才相似的久远画面，似乎一个穿着牛仔裤的少年眼疾手快地抓住一个过马路的少女，然而她来不及去看清楚那少年的脸庞，这个画面便从她的大脑里消失无踪。

腰间的双臂在收紧，紧贴的滚烫胸膛隔着衣衫灼烧着她的心脏，卢玮希缓缓抬头，见萧珩望着那辆车子消失的方向，侧脸的线条倏地变得刚毅凌厉："卢苇别怕！无论是谁对你出手，我都会让他付出血的代价！"

卢苇是卢玮希大学时的网名，取自嵇康歌颂芦苇"一苇可航，渡尽劫波"的寓意，知道这名字的人不超过一只手上的数，其中就有萧衍和那个受伤男。

"萧衍和受伤男都是你，对不对？"

萧珩箍住她腰间的手臂有些用力，眼眸深处流动着暗色的光影，没有承认也没有否认，只是沉默。

"别人都说我命硬克人，如果萧衍和受伤男是同一个人，那我真要考虑早点儿退休去修行了。"她的语气风轻云淡，唇角微扬，笑容清浅而寂寞。

萧珩依旧姿态闲适，只是听到这句话时阖了阖眼，薄薄的眼皮再睁开时已经看不出什么了。其实比这更难听的话他也听过，他一直看得很淡，只是没想到卢玮希竟看得这么严重。

"在四季的更替中，芦苇见证了生命中的枯荣兴衰；它坚韧洁净，顽强地守护着自己的灵魂，宠辱不惊，淡泊从容。"他也是轻描淡写的语气，听不出喜怒，"我对芦苇命格的评价，就俩字：优秀。"

卢玮希忽然笑了，连声音都轻快了许多，半开玩笑地问："那就是说你不是喽？"

"不是，"萧珩听出了卢玮希话里的轻松，知道此刻已不适合坦白，便在她手心写了个"仲"字配合着否认，"我只是……等你履行与仲董的诺言，刚才叫你卢苇是希望你像芦苇一样生命力强，不然你怎么爱我一辈子呢。"

说来说去，终点又绕到了起点，卢玮希觉得自己此刻应该说点什么，又一时词穷不知道该说什么，气氛有些尴尬，她装着若无其事的样子扭头，广场上那个硕大的屏幕里，一道英挺修长的白色背影出现在机场，九少爷以英姿勃发的姿态做出了一个挥手的动作，完美得无懈可击。

画面定格在九少爷转身的瞬间，他穿着白色的西服，有型的褐色短发，长相偏邪魅阴郁一挂，飞扬不羁的长眉下是一双深邃的眼瞳，英挺的鼻子下绯色薄唇斜勾，噙着一抹痞帅的笑。定格的画面上，醒目的德文字幕映入卢玮希眼内：烈顿家族九少爷Henry。

看到九少爷不是萧珩，卢玮希心头终于落下了一大块石头，她回头冲一头黑短碎发的萧珩低声说了句"先回酒店啦"，音调轻缓温柔。

见她突然多了些小女人的风致，萧珩心下了然，努力忍住笑："对了，那个和我长相酷似的人是谁，你不想知道了？"

"不想了，"卢玮希顿了一顿，抬眸坦荡地和他对视，"我信任你。"

"信任"这两个字，说起来容易，但做起来其实很难。可是对于她而言，此时此地此情形，假如两人之间连最基本的信任都没有，那往后也就没有再合作的必要。

"谢谢你信任我，我很高兴……"萧珩的声音里多了几分暗哑，凌厉的脸部线条仿佛被一只无形的手一点点抚平划开，眼底俱是温柔，让卢玮希看了只觉得心脏莫名跳快了一拍。

过去的这二十多年，很少有一个人会让她如此心跳。

第五十六章　一石三鸟

“卢玮希！”有人突然在身后厉声叫她。

卢玮希转身，看到林榆雁和亨瑞站在路边一辆红色的跑车旁。亨瑞的右手还搁在车门上，应该是临时看到她才停下车来的。

林榆雁对亨瑞低语了一声，亨瑞关上车门，想到刚才他差点儿因为对卢玮希下手而被沈临风抛弃，就认真打量起站在萧珩身边的卢玮希。萧珩原本抓住卢玮希手臂的手顺势一落，一米八五的身高让他看谁都不必仰视，对上亨瑞流露着又恨又怕又无可奈何的眼神，他霸气地勾了勾嘴角。

烈顿家族的几个嫡系少爷，对家族财富向来看得和继承人位置一样重要，但最不被家族看重的九少爷Henry除了早就插手家族财富的打理，还因打理得好得到了现任族长的公开赞誉，这里面要说没有萧珩的功劳，说破大天也没人信！

现在他虽有沈临风在背后支持不至于节节败退，但也没讨到过好，现在看到让他吃瘪的萧珩无视他，心里很憋屈，再加上萧珩边上还站着个沈临风袒护的卢玮希，他觉得更憋屈了。

林榆雁见亨瑞跟着下车，以为亨瑞是被她迷住了真心想为她出头，就傲然指着卢玮希："你给我站住！"

亨瑞本来不想下车的，可他害怕游离在他视线之外的林榆雁，又会做出什么惊世骇俗的举动来，到时候箐公主仗着即将联姻可以推得干干净净，他是直接受益人，沈临风可不会让他推。

"萧先生，卢小姐……你们这是要去哪儿啊？"

卢玮希一开口就是一颗炸弹："我去看沈临风交那一千万，你那五百万交给箐公主了吗？"

萧珩深吸了口气，又慢慢呼出来，心里不得不由衷地赞叹。卢玮希回击得真是漂亮，箐公主、林榆雁，包括亨瑞，一石三鸟，虐得体无完肤，一个都没放过。

林榆雁一听就红了眼要扑上去："你还有脸提一千万？我可是被你害惨了！"亨瑞连忙拉住她，忍不住说，"卢小姐，雁儿毕竟是你妹妹……"

卢玮希一脸无辜地回答："有法律规定随便一个孽种我都得认为妹妹吗？"

"孽种？谁孽种？"林榆雁目瞪口呆。

亨瑞狼狈地摇头："没……没有。"

"那不就得了。"卢玮希瞟了林榆雁一眼，"心动小姐要是没话说，那我就先走了。"

"心动小姐"这四个字，字字如刀，戳中林榆雁心里的痛点，她想扑上去撕烂卢玮希的嘴，亨瑞手疾眼快地钳制着她扑不过去，只能嘴上还击："我当然有话说了，做姐姐的命不如妹妹的好，就处处破坏妹妹的好事，先前抢妹妹男友的行为就算了，现在还不要脸地和妹妹家的奴才勾肩牵手，就不怕被人戳脊梁骨说卢家家门不幸？”

抢妹妹男友的帽子有些滑稽，撇嘴低头，这才发现她的手不知什么时候被萧珩握在手里。砰的一声，她仿佛听到自己脸上血管爆掉的声音。慌忙想抽出手，但是萧珩却不放。他用的力道不大，却让她怎么也挣脱不了。

就在卢玮希窘得不知如何反驳林榆雁时，头顶响起萧珩不紧不慢的磁性声音：“林小姐你是不是疯了？你一个私生女连家都没有，哪儿来的家奴？说到男友，我爱的人从始至终都是玮希，玮希爱的也只有我，你却说她抢你男朋友，就亨瑞那种货色，除了你这个疯子还有人要吗？用得着抢？”

躺枪的亨瑞又被羞辱一次。目送着萧珩牵着卢玮希离开，他恨得牙痒痒，却不敢还嘴，只能死死拦着林榆雁。他和萧珩打过交道，知道萧珩的毒舌会让人痛不欲生。

“你明明是我家Henry的奴才，你都替Henry帮我了，你忘了？周年庆，Henry叫我爸为岳父，他暗恋我，第二天派你来签约地点送孩子，你这个奴才送错了人我都没找你兴师问罪，你还以下犯上？仔细看看，我才是真的第二个孩子！”美梦破灭得如此措手不及，林榆雁疯得口不择言，“卢玮希，他真的是我家Henry的奴才，他说爱你是骗你的，他在对你使美男计！”

卢玮希无语。萧珩是九少爷Henry的朋友，怎么可能是二少爷Henry的奴才？何况官方资料上卢卓是她卢玮希的爸，又不是林榆雁的爸，就算有人叫卢卓岳父，也是暗恋她卢玮希而不是暗恋林榆雁吧？

不对啊，Henry什么时候叫卢卓岳父了？她怎么不知道？

卢玮希漂亮的眉毛皱起，低声问萧珩：“岳父是什么梗？”

“别听林榆雁胡说八道，周年庆那晚你约我去签约，我去了却没见到你，你爸问我是谁，我让他猜他猜不到，我才戏称他一声岳父。”真假参半地说到这儿，萧珩一脸无辜，“我真没想到，他会以为我暗恋林榆雁，而不是喜欢你。”

卢卓的心早偏得没边了，但凡有好事第一个想到的都是林榆雁，何况在卢卓心里一直都是盼她早夭，压根就没想让她成人后结婚成家。卢玮希对自己的状况心知肚明，也没必要遮掩：“我爸心里的女儿是林榆雁。”

萧珩笑着反问：“那你是他什么人？”

“外界都说我是卢家唯一的孩子，又是我爷爷指定的继承人，肯定是我爸爸的掌上明珠。其实，但凡和我家有点交情的都知道，我只是我爸爸心里的扫把星，眼里的眼中钉，嘴里的该死逆女，挡了林榆雁路的拦路虎。”她的语气风轻云淡。

萧珩依旧是揽着她，只是听到这句话时手臂揽得更紧：“你再不好也是独一无二，林榆雁再好也不是十全十美，卢卓竟敢这么厚此薄彼，我以后只叫你妈为岳母，叫他就叫……那谁。”

这段话似表白又似袒护，直击她心，溅起暖意。卢玮希忽然笑了，连声音都轻快了许多，半开玩笑地问：“你不怕外界笑你找我是眼光低吗？”

“笑我？”萧珩听出了卢玮希话里的意思，他便指了指前面的酒店门口，“我们现在就进去……我看谁敢笑我。”

两人刚走到酒店门外，却没料到在入口不远处碰见了之前消失的箐公主，她手里挽着一名年轻女子，见到卢玮希与萧珩走在一起，便迎了上来。

第五十七章　往事如烟

四个人互相点头之后，卢玮希的视线就不由落在了箐公主身边的那名女子身上——她身形和箐公主一样娇小，面容也和箐公主一样精致如洋娃娃，身上是一袭绣工华丽的中国旗袍，手中握着一只镶满水晶的小包，笑容甜蜜可爱，宛如童话里的水晶公主。

“这位是雅雅，我的妹妹。”箐公主在介绍身边女伴的同时，视线却落在卢玮希身上，最后定格在萧珩披在卢玮希身上的那件西服上，笑容自然亲切，仿佛之前联谊会大厅内的枪声不曾响起过，她也不曾握着枪对准卢玮希。

“萧先生和雅雅应该不陌生吧？都认识好多年了，我就不帮你们介绍了。”然后，她又对着雅雅道，“这位是卢玮希卢小姐，林榆雁的……亲戚。”本意想说是姐姐，可在萧珩面前，她高低不敢太放肆。

卢玮希心头微震，知道箐公主来者不善，但面上却笑得坦然，松开萧珩的手去同雅雅的手轻轻握了一下，然后就看见雅雅根本无视她，只笑眯眯地看向萧珩："三哥，最近好吗？"她的声音软软糯糯，说的竟是地道的江南语。

萧珩见了她语气平稳无波："好久不见了，霍雅。"

霍雅点头，表情害羞又雀跃："是好久不见了，自从你去中国后，我们就没怎么见过了，上个月连我的生日party你都没来。"她说话的时候，一双大大的眼睛动也不动地看着萧珩，眼底有抹异样的光彩掠过。

卢玮希就是对男女之情再迟钝，也知道这两人之间有一点不对劲。她站在一旁，望着霍雅与萧珩互相聊了几句，忽然对上了箐公主挑衅的目光，心里顿时明白，便笑着说了声："抱歉，我想去一下洗手间。"然后，也不等萧珩的回答，就取下肩上的西服甩给萧珩，转身向着酒店门走去。搭乘电梯上到联谊会这一层，心想在维也纳发生的事情再怎么诡谲百变，等她处理完高科的事情回到中国，也不过是过去，一件件都要画上句点。

出了电梯她并未去洗手间，人在走廊站了一会儿，觉得烦闷无比，脸色越来越难看。酒店门口的喜相逢已升级，箐公主不知去向，萧珩和霍雅正站在酒店门前的路灯下。不知聊到什么，他们好像都很开心。激动处，霍雅突然踮起脚尖，而萧珩也弯下了腰，一个要讲，一个愿听。卢玮希迅速地转回身，双手紧握成拳，她想起林榆雁说的美男计，也想起了萧珩刚才在楼下牵她手的表白，突然就觉得耻辱起来。从十二岁就所向披靡斗败所有拦路虎的她，在这一瞬，竟然难堪得想躲进地缝。松开手掌，她深深呼出一口气，不知道为什么，她忽然想念国内的叶敏之。就在这时，听到身后有人在叫她的名字。

她回过头去，看见有一个男人逆光站在打开的玻璃门旁，虽然脸孔有些看不清，但是他的声音她却是认识的，卢玮希站直了身体，嘴角勾起一抹鄙夷的笑容：“鬼魅男？”

与萧珩长相相似的鬼魅男从阴影处走出来，顺着卢玮希的位置偏头看了看楼下，低笑几声，然后视线慢慢移动到卢玮希的脸上：“你不是怕自己命不好不敢谈恋爱吗，可你这醋样……似乎对萧三很失望？”

卢玮希听了，只觉得无话可说，又有些想冷笑——什么叫她对萧珩失望？她还没敢希望呢，霍雅就出现了。

“我是对自己失望。”卢玮希神色平静地望着鬼魅男，忽然觉得心里有点唏嘘，到底是他演技好，还是她智商下线了？

“你没有资格对萧三失望。”鬼魅男的面色忽然沉了下来，隐隐有种讥讽在他的眼底流窜，“这个世界上，任何人都可以对他失望，唯独你，不行！”

唯独她不行？凭什么？卢玮希的眸内凝满了好笑，正想驳斥，就听见鬼魅男又开口道：“如果你记得你曾经说过什么做过什么，那么卢小姐……我不知道你还有没有脸站在他面前。”

“你到底想说什么？”与鬼魅男略显激动的神情不同，卢玮希脸上还是一片平静之色，连语气也平静得很。

鬼魅男突然目露凶光：“我知道你来这边是为了聂风，聂风的案子我已让人撤诉，现在给你两条路：要么把你的心挖给萧三，要么滚回你的国家去！”

聂风的案子他说撤诉就撤诉，难道他是高科的大Boss？还有，她曾经做了什么……需要挖心补偿萧珩？

第五十八章　没资格

鬼魅男何时离去的，卢玮希不知，她僵在原地，久久回不过味。天空不知何时飘起了细雨，冷风吹过，雨丝偏离了原有的轨道，落向她的发丝、面颊。入骨的凉，让她意识渐渐清明，看了眼时间，已经九点多了。既然高科撤诉，聂风安全，那她可以功成身退了。

萌发退的念头，倒不是被鬼魅男恐吓住了，而是她突然觉得她需要退出这个迷雾一样的怪圈，回国好好查查她和萧珩之间到底发生过什么！

打定了主意，她正想出去，却不料身后传来脚步声，转头看，是金子边四处瞅边打电话："哎哎哎，都找遍酒店了，再找不到，你好歹让我喘喘气再帮忙找啊。"

电话里对方不知说了什么，金子气得跳脚，却突然看到了面前的卢玮希，她快速对着电话低声说句"五楼露台"就收起手机，嗽一声跳起来："卢玮希，原来你在这里！"

卢玮希好似没听见一般，半晌才回答，语气依旧轻缓慵懒："你胆子真是越来越大了，拿我当枪使。"

金子却没那么轻松，浑身僵了一下，立刻热络着靠过来，讨好地笑着："明珠天天说你遇不到好的男人也不想恋爱，我这不是让你和萧珩有个平行线交叉的机会嘛。机会这种东西，林榆雁那种只有钱的土鳖，这辈子是没希望了。"

"少胡扯！说，为什么利用我？"

"我最近是几头受气的风箱里的老鼠，唉，那事也不能算利用，是我听明珠说萧珩帮你很多忙，你却因为自己命不好不敢和他交往。正好我感情不顺，被我爸逼得要发疯，就突发奇想搞了那个绯闻，既帮我试探一下我那个冤家，又帮你试探一下你的心。"

金子说完又看了几眼卢玮希，见卢玮希似乎没听进去她的话又在出神，试探着问了句："希希，现在你觉得萧珩适合你吗？"

卢玮希又似乎没出神，很快回答："我不适合任何人。"

金子知道她一直在意被亲生父母说成命硬克人的扫把星，想了想："前几天我在萧家，听说萧珩要与人联姻；今天和沈临风在一起，听到沈伯伯打电话来，说你爸愿意拿卢家的一半家产给林榆雁做嫁妆。希希，如果你觉得萧珩合适，不要错过，要把握机会。"

卢玮希对这种世家之间的联姻向来不以为意，可今天听到这些竟有些莫名的烦躁："我从没想过恋爱结婚的事！"说完便转身要走。

金子今天晚上被她的情绪外泄吓得够呛，没敢拦着，只冲着她的背影叫了声："今天的这个局面虽说是林榆雁造成的，可也不能说和你一点儿关系都没有，你不想恋爱却招惹了萧珩和沈临风……"

卢玮希顿住，没回头也没回答。

金子豁出去了，继续问：“希希，你是不懂男人呢，还是不懂爱情？”

卢玮希抬腿就走，走到拐角处才自言自语：“男人和爱情，我压根就不想懂，我没资格。”

回到联谊会现场略微转了一圈，并没有看到楚策、沈临风，也没有看到萧珩，她在靠近门口的一处角落里略微站了站，只觉得呼吸似乎有些不顺畅，头痛欲裂，她心里有些难过，又有些烦躁，忽然很想快点赶到机场，高科、萧珩、沈临风、林榆雁、箐公主、鬼魅男，统统一边去吧！

才靠近出口，就有侍者迎上来用英语问是不是要车，考虑了片刻，她就发了个短信到萧珩的手机上：“我有事需先行一步。”

第五十九章　步步惊心

正想让侍者帮忙叫辆车子来，忽然就听到有人说了一句："不用叫车了，玮希，我正好要去机场，一起走吧。"

她回过头去，就看到沈临风正从距离门口不过几步之远的一个沙发里站起身，向着这边走过来——那个沙发原本就落在暗处，所以刚才她走过来的时候，竟没有注意到。

沈临风见卢玮希脸上的表情略微犹豫了下，就用半开玩笑的口气道："怎么，怕我没有付掉那一千万，人家不让咱们离开？"

卢玮希听他提那一千万，不由被逗笑："认识这么久，我会不知道你的秉性？只要是你说出去的，又有哪次会赖账呢。"

"这次是一千万哦，你真的对我这么有信心？不怕我把你抵押在这里跑路吗？"沈临风示意侍者去开车过来，一面心情很好地同她说笑。

卢玮希看着他一如往昔逗她开心时候的眼神，恍惚间，又回到了无忧无虑的童年，心里的烦躁感忽然去了不少。

“怕什么？我记得小时候你说过：你是风筝我是线，风筝跑再远，有线牵着，还不得乖乖回来？再说了，你可是逼我学过绝处求生技能，抵押在这里，我不会伺机逃跑吗？太小看我了……”

他年少时给她的承诺，原来她一直记得！这让沈临风的眸子瞬间凝成幽幻之色，复杂得无人能懂。

卢玮希又轻轻松松地说了件童年趣事，没说完，侍者就已经把沈临风的跑车开到了门口。卢玮希坐上车后，系好了安全带，抬起头来，看到沈临风的目光似乎正停留在车窗外某处，就不由好奇问道：“看到熟人了？”

沈临风飞快地转过头来，对她安慰地笑了笑：“没事，你坐好了。”话音未落，跑车就轰鸣一声，如离弦的箭一般冲了出去。

与此同时，从酒店旋转门内疾速奔出一道矫健的身影，却眼睁睁看着沈临风的车子在他眼内成了一个黑点。

卢玮希被沈临风的起步方式给吓了一跳，虽然车子开上公路的时候速度已经慢了很多，但她还是觉得有点儿不对劲，就皱眉问了一句：“刚才怎么回事？”

沈临风并没有马上回答她，直到车子出了维也纳市区，他才半玩笑半试探地问：“玮希，萧珩他……又骗你了吗？”

卢玮希似乎听到了他的这句话，又似乎什么都没听到，她双眼仍然直视前方——虽然时间有点儿晚了，但今晚的维也纳市区通往机场的路上十分拥堵，关卡也比较多，每相隔一段都有持枪的军人拦车盘查。如此警戒，估计是有什么大事发生吧。

“沈临风，你以为我是《楚门的世界》里那种给个现场直播就当成真实情况的人吗？”略顿了一下，她忽然叹了口气，“或者，我是不是该问你，箐公主和霍雅以及九少爷和萧珩究竟是什么关系？”

她不是傻子，与沈临风认识那么多年，他的想法她多少还是有些了解的。前脚萧珩偷偷带走了她，后脚，箐公主就带了霍雅出现在她与萧珩的面前。

萧珩当时的反应以及霍雅看萧珩的眼光，她就是再不解风情，也多少能猜到这两人之间或多或少应该有什么不寻常的故事，而沈临风之前和金子曾一同出现在唐人餐厅，加上金子在露台对她说的那些话，再联想到萧珩告诉她说金子暗恋沈临风……

沈临风听她这么说，脸上的神情忽然一怔：“玮希，我承认，我这次带金子出现在唐人餐厅是有目的的，就连今晚霍雅的出现，也是我让金子诱导箐公主安排的……但是，不管你信不信，我做的一切只是为了你不被萧珩欺骗。”

“我当然相信。”卢玮希颇为动容，“我们一起长大，你总是像哥哥一样照顾我，我才会在你面前一贯地直来直去。对了，霍雅到底是什么人？我想知道，你为什么要让箐公主带她过来。”

坦白说，在一定程度上，沈临风在卢玮希生命里是比卢卓还要可靠的人，也正因为有了这基础，她才会问得如此直接，换作别人，她根本就不会问。

沈临风听她这么说，沉默片刻后，才低低叹了口气：“箐公主全名叫霍箐，霍雅是她同父异母的妹妹，也是传说中萧家为萧珩看中的联姻对象。”

金子和她说萧珩要与人联姻时，她就猜到了这种可能。突然想到那个声音像她公寓楼下的保安胭脂，有没有可能，胭脂是认识她的，或者，是替什么人一直暗中监视她？但是，她身上有什么值得人家监视的？卢玮希心里暗潮涌动，脸上的表情却毫无变化，就仿佛沈临风在诉说远古时代的豪门秘辛一样，虽震撼，却与她毫不相干。

“霍家和萧家以及烈顿家族，都是华裔里数得上的财阀世家，他们三家生意上盘根错节又代代联姻，具体的我不清楚，只知道在十年前，这三家同一天内都死了个媳妇。也就是那一年，三家在新一代联姻上做了决定，霍箐许给烈顿的九少爷，烈顿大少爷娶萧家四小姐，霍雅也在那年被萧家老夫人养在跟前，萧珩同她算是从小就认识。说起萧家，我一直无法对其定位，别看萧家是商界名流，但官方背景却深不可测，家族里面的情况更是外人难知一二，就连萧珩的成长背景，我查了这么久，都还是如雾中观景……但霍雅的底很容易查，不出意外的话，萧家明天会公布萧珩与霍雅联姻的喜讯。”

卢玮希抿了抿嘴角，仍然没有说话，但心里却在冷静思考：萧珩与霍雅是青梅竹马，看来从小就被当作联姻对象培养感情……那么，就算萧珩是萧衍，他们也注定无缘。

“以前我以为萧珩接近你是为了你这个人，现在觉得他有其他目的，毕竟霍雅是什么样的人，你也看到了……”沈临风说到这里，忽然停住了没有再继续往下说，车厢里一下变得寂静无比。卢玮希看着车窗外渐渐倒退的风景，脑海中就闪过了霍雅那精致的脸庞和娇小的身材——想必少年时代，应该是更为娇憨可爱，自然比她这种爹不疼娘不爱的扫把星更能吸引人。

想到这里，她忽然有些明白沈临风真正想要表达的意思，心头不由哑然，这其实完全没必要的……毕竟，她目前对萧珩只是刚刚冒起一点点涟漪，但她一贯的做人原则，是绝不会不顾尊严去攀龙附凤，更别提去撬别人墙脚了。

“沈临风，如果你是因为这个而为我担心，其实完全不必。”卢玮希舒了一口气出来，语气之中无意间就多了几分开玩笑的口吻，“我这人很有公德心的，就算一片苇叶渡百年，也不会把扫把星的霉运洒向人间。”

“你知道我不是这个意思。”沈临风握在方向盘上的手指微微收紧，“我想说的是，你现在知道萧珩接近你的目的吗？”他侧过头来看了她一眼，眉头微皱，“还有那个长得和萧珩一模一样却故意陷害我对楚策下药的人。他说是你的朋友，你真的认识他吗？”

卢玮希摇头又点头，看沈临风一脸困惑，就把在化妆间外面巧遇鬼魅男的情形说了，只是她隐去了鬼魅男在露台里与她的谈话内容。她想亲手去查她和萧珩之间到底发生过什么。

“他叫宗九，高科大股东宗楚客的孙子，与亚通的新任总裁一样，被大家称作九少爷，圈子里都很尊崇他，说是不管什么情报资料，他都能轻松弄到……”沈临风说到这里，忽然话锋一转，“据我得到的消息，萧珩在去江南之前，曾经让宗九调查过你。”

调查她……卢玮希眼底浮上几分困惑：她和萧珩之间究竟发生过什么？或者说，她身上有什么东西值得萧珩如此费心？

沈临风的跑车停在私人飞机停机坪时，时间已经过了十一点。因为路上有些堵车，沈临风为了尽快赶到停机坪，选了一条近路，谁知不巧，反而碰到那一段正好出现道路坍塌，就算及时掉头，还是比预计迟了很多。

雪亮的车前大灯扫过，只见距离他的私人飞机不远处早有辆黑色越野车停在那里，只是熄了火，又落在暗处，所以不太容易被注意到。那车子静静地停在那里，乍一看去，好像一头蛰伏在暗处的猛兽，不知什么时候就会跃起噬人。

而在那辆车的驾驶座上坐着霍雅，见沈临风的车子出现，她目光猛然一紧，刚要推门下车，又在看到沈临风打开车门迎出卢玮希时愣住，然后眼睁睁看着沈临风把车子交付给飞机上下来的人，带着卢玮希登机。

直到飞机起飞，车内的霍雅都保持一个姿势，一手搭在车门把手上，一手紧紧地掩唇，倔强地把哭声憋回去。

她不能哭，她要让敢和她抢人的卢玮希哭。

第六十章　吃醋

一周后。卢玮希在明珠的协助下暗中办了几件大事，但自从回国她一直未露面。

接到萧珩电话时，她正和明珠纵横在潘庆武的马场，名为教胡俐骑马，实则核查聂风在马场出事的几个疑点，另外她也想趁此机会，利用潘家逼卢荃彻底与卢老夫人翻脸，逼卢卓和卢老夫人狗急跳墙，因为内耗耗不起，她想以内耗的方式结束，尽快腾出精力去查她和萧珩、霍箐的恩怨，以及她锁定的最大嫌疑人霍心。她收到消息，霍心每年都过两个生日，一阴一阳，阳历在国外过，阴历在江南，也就是后天，霍箐和霍心会来江南。

知道明珠看到了来电显示是萧珩，她仍不避讳，随手就接了起来。有个骑黑马的男人经过她身边时，很绅士地冲她打招呼，卢玮希异常热情地挥挥手。

男人以为她要握手，就跨马上前，一把握住她的手。卢玮希的脸色立刻变了一变，明珠本以为萧珩在电话那边说了什么，谁知看到卢玮希竟然与一个陌生帅哥握着手寒暄起来，就笑着起哄：“希希，这帅哥是谁啊？竟然长得和萧珩有一拼。”

卢玮希知道明珠的用意，一边与男人谈笑风生，一边瞪了明珠一眼。最后电话那头伴随着摔破东西的威胁声挂了电话：“再不露面，卢玮荣就收回去！”

卢玮希挂了电话，跳下马，接过明珠递来的消毒毛巾，面无表情地擦拭着刚才被握过的手，然后扔到一边，转身走了出去。

男人的脸色立刻尴尬起来，明珠趁人不备冲男人挤挤眼，也跟了出去，出去前还难得地安慰道：“别介意，她不是嫌弃你，是她有病！”洁癖也算病，没毛病啊。

她不解释还好，经她一解释男人的脸色更难看了，心说：潘庆武真损，竟然介绍他的病表姐给我追？

几分钟以后，卢玮希换了衣服和明珠站在马场门口说话。

“希希，高科一撤诉你就跑回国，回国搞那么大动静不说，还玩失踪，萧珩用撒手锏逼你现身了吧？”明珠可是消息灵通人士，何况卢玮希的事情向来不瞒她。卢玮希点点头。

“估计联姻的事你误会了萧珩，不然这都一周了，新闻上没动静啊。”

卢玮希心里也怀疑，脸上却不屑：“我又不打算结婚，他和谁联姻关我什么事？”

胡俐换了衣服出来，正好听到这话，立即满脸崇拜地插话进来：“明珠，你看俺卢总多酷，简直就是不婚路上的剩斗士！”

明珠对胡俐这种胸大无脑的马屁精很无语。萧老夫人是卢荣案的嫌疑人，她该说的还是得说：“希希，小不忍则乱大谋，就算你没想结婚，可逢场作戏也要做足，毕竟你还要靠他才能接触霍心呢。”

卢玮希顿时哑火。她爷爷的案子还没查清，聂风被绑案又疑点重重，5G手机X55测试到了紧要阶段，维也纳惹上的麻烦很快就会显现……她知道任性过后还是得面对一地鸡毛，但心里就是憋着口气。从联谊会上的任性离开，到现在，已经整整七天了，她一直在等——虽然连她自己都不明白自己到底在等什么，萧珩一直不承认是萧衍，可她就是想等，是等他的解释，还是在等他和霍雅联姻的消息？

记忆中，她从未有过如此奇怪的情绪——那天，在酒店门前听到霍箐那么介绍，听霍雅那么亲热地叫他三哥，他看向霍雅的表情又是那么的温柔，说她没有吃醋，那就是自欺欺人，甚至连后来的金子都能看出来她的不对劲。其实在那个时候，她是真的想冲过去问清楚，到底是怎么回事。

明明说过是单身的，明明说过对她是认真的，她也说了当年对仲颖许下的诺言她决不食言，他却一边帮她、撩她，让她误以为他就是萧衍，一边又当着她的面和霍雅眉来眼去，她嘴上再说不想恋爱结婚，心里多少有种被欺骗的感觉。可这感觉她耻于说出来，被明珠说得心烦，便拎起背包转身走人。

胡俐在她身后喊：“卢总，这就走了？里面那些马真的不挑一匹？潘家可是特意给你准备的！”

结果卢玮希头也没回地摆了摆手：“潘庆武打伤的是你，你随便挑吧！”

第六十一章　Boss追爱

狡兔三窟，卢玮希怕萧珩在她公寓里守株待兔，天天换地方住，这天去了公司边上她留作念想的旧屋，也就是叶家祖宅。

刚一进门，替萧珩来堵她的卢玮荣就迎上来接过她的背包，边说边抬头看着卧室的方向：“咱妈吃了药在睡觉，我替姐大来传话，他想见你，看样子挺着急的。”

卢玮希听是听见了，但是并未接话，回房间洗完澡换了衣服，又倒了杯红酒品了一会儿，才慢腾腾坐到卢玮荣面前。

朱轶群传话时没说清楚，卢玮荣也不敢问她和萧珩出了一趟国回来怎么变化这么大，直接问：“怎么回复？”

卢玮希靠进沙发里慢条斯理地蘸着红酒在茶几上写了俩字，卢玮荣立刻激起一身冷汗，这俩字他可不敢传回去，想了想还是委婉地劝：“我不知道姐夫做错了什么，但‘去死’这俩字太伤人了……”

卢玮希换了个姿势：“他是你的血库，你要是觉得伤人，你可以让我妈再认回来几个女儿，轮流介绍给他。卢玮荣，我把你留在我妈身边，是真心想当作亲人，而不是留个要挟我的利刃。”

最后几个字说得很随意，却让卢玮荣的衣服又湿了一遍，他心里先前考虑要不要自残的一丝迟疑，在此刻全部消失无踪。

第二天早餐桌上，刚端起牛奶杯，卢玮希忽然才想起似的问：“老弟，你是不是忘记提醒我见萧珩了？”

费尽心思才求得叶敏之让他单独留一晚，卢玮荣苦着一张脸不敢吭声，最后迫于卢玮希的目光才极其委屈地“嗯”了一下。

然后背着黑锅心里却哀叹：这一晚上，姐夫不是哄他说地址，就是哄他传话，可他都冒着被撵出门的危险传话一百零八遍了，姐姐都恍若未闻，这会儿如此问，要闹哪样？

卢玮希似乎就等着这个“嗯”字，很快笑着原谅他：“知道你不想我见他，算了，咱妈通知说今天是家庭聚餐的日子，咱俩回去吃鸿门宴吧！”卢玮荣泪奔。

早餐后出的门，快到中午了还没到，胡俐开着车，跟在几里地之外就要下车散步的卢玮希身后，一步一步地往前挪。

因为消息早就传了出去，坐在后座的卢玮荣只得打开窗户多次提醒：“姐啊，您走快点儿吧，再这么下去，交警来拖车不说，您的皮肤都要被大雪冻裂了。”

穿着一身黑色帅气皮衣的卢玮希倒是一点儿都不介意，敷衍地应了一声，踏着厚厚的积雪，迎着凛冽的冷风，很是应景地哼唱：“寒风萧萧，飞雪飘零，长路漫漫，踏歌而行。”

被卢玮希从公司拉来做司机的胡俐缩着脖子坐回车里默默哀叹，手握方向盘继续沿着路边龟速地行驶。

就在距离卢家不到一千米的时候，她突然听到自己的电话响起，于是就踩了刹车，刚想去接电话，就觉车身一震，耳听砰的一声，她所驾驶的保时捷被后面一辆车子撞得滑行了老远。

踏歌而行的卢玮希，被这一幕惊得歌声一顿。因为她看到胡俐的车是被后面的一辆车刻意追尾。这里离卢家有两站距离，路上人少车稀，若想谋杀，正是作案的好时机。卢玮希犀利的目光看向那辆忽然撞上来的越野车，然后看到驾驶座的车门被打开——顾金的身影，就那么惊喜地映入她的视野。

顾金垮着脸扫过两车相撞的地方，然后将视线转移到了卢玮希的身上，一脸又惊又喜又尴尬的表情。

胡俐惊魂未定地停了车就捂着胸口骂骂咧咧："哪个不要脸的故意撞我们车的？也不看看是谁的车！不要命了吗！"

顾金挨骂，目光立即从卢玮希身上转移向前，一看司机是个美得不像话的美人，他不但不生气反而心尖酥麻、两眼看呆……直到头上被不明物砸了一下，才挠了挠头："是是是，是我不要脸，你别生气，我赔。"

第六十二章　美人关

卢玮希知道车里肯定不只是顾金，果然，越野车的后门缓缓打开，先是露出一条穿黑亮皮鞋的长腿，继而走下来一人，正是一周没见的萧珩。

萧珩的视线落在两车相撞的地方，不过几秒就嘴角轻扬，脸上挂着淡淡的笑容。在外人看来，确有几分温文尔雅的风度；可是在卢玮希看来，却隐约觉得有种说不出的莫名情绪，在他看似带笑的眼底流淌。

“真巧。”他缓缓开口，语调沉稳。

看见车里出来的人是萧珩，胡俐一下子被噎住，想到刚骂过撞车人，她以最快的反应速度拍马屁：“嘿！萧总真厉害，撞车都拣熟人！可是萧总……您不是联姻去了吗？”

萧珩看着卢玮希，眉眼微扬：“这话谁说的？”

卢玮希快速编个短信发给明珠，在她一本正经的目光中，胡俐硬生生地把本来指向卢玮希的手转了180度指向了自己，大义凛然地回答：“我，听沈总说的。”

萧珩若有所思地看了卢玮希一眼，他虽然神情平淡，嘴角带着惯有的淡笑，眼底却掠过一抹极浅的讥色：“沈总培养你，又派你到卢玮希身边，你就是这么回报他的推荐之恩？”

这话里的内容，脑洞大开得让卢玮希面色一变。

胡俐直接吓糊涂了，直到卢玮荣躲在后面小声提醒，她才明白这不是她出了错，而是神仙打架小鬼遭殃。见卢玮希一直不开腔，她只得小声试探：“卢总，来者不善哪，刚被撞的时候，咱的车子根本就没有启动。您看，现在要不要报警？”

“车是你开的，你看着处理。”卢玮希说完这句话，笑着说了声“有事先走一步”。不料才走了一步，便被萧珩揽着肩并行。

“那晚你想离开，怎么不告诉我一声？”

她没有挣扎，只是反问：“我不是给你发了个短消息吗？你没看到？”

萧珩对她的问话没有回答，也不想回答，他正是因为看了她发的那个短消息，才会放弃布好的局匆匆赶到了门口，却只看到她坐在沈临风车上远去的背影。

他开了车追去机场，只是没想到，他并未在机场看到他们，等查到沈临风的私人飞机所处位置时，也只看到了飞机起飞的影子。本想立即抛下一切飞回江南，却被家事羁绊住，好不容易处理完家事回国了，她竟玩起了失踪，今天终于联系上了，她竟敢和他通着话就和陌生男人谈笑风生。

她这是在赌气，说明她已经动心，只是她自己还没意识到。不错，发展良好。

想到这里，萧珩的目光明亮了几分，语气却懒洋洋的：“要是心里觉得不痛快，或者有疑问，可以问我，只要是你想知道的，我有问必答。”听他这么说，卢玮希眉头略微动了动，脚步却没有停——维也纳所发生的事情，她不会先问，问就是输了。

“不好意思，我赶时间并且没什么想问的。如果你这会儿很想被人问，我想卢玮荣和胡俐会感兴趣，毕竟他俩一个是你的吸血虫，一个被你揭了底！”

萧珩以为是他揭破胡俐是沈临风的人才惹卢玮希不高兴，及时道歉：“对不起，刚才是我担心沈临风误导你，才揭破胡俐身份。”

这理由勉强，卢玮希冷哼一声：“那撞车呢？”

“车是顾金突然看到你，开心激动，错把油门当作刹车了。”

这理由也勉强，然后呢？然后没听到萧珩解释她真正想问的内容，卢玮希强压的火气噌噌蹿上来，猛地甩开他揽在脖颈上的胳膊：“既然是顾金看到我激动，那我去问问他激动什么！”

萧珩无奈：“其实我……卢苇……”

“请叫我卢玮希！”话音未落，她转身就走。

谁知，还没走出几步，就被人从背后一把抱住，更诡异的是，她的本能反应竟好似熟悉这怀抱，所以她的身体在最初的紧张之后便轻松了下来。随即，她听到萧珩低沉仿若耳语般的嗓音：“关于霍雅，我们谈谈。”

七天了才想起来和她谈霍雅，他谈她就得乖乖地听？当她是什么了？就算她有求于他，她也不是捏在他手心里没有脾气和尊严的泥巴！

“霍雅又不是我什么人，我现在要回家一趟……改天再谈吧。”

“不，就现在。”萧珩略微低了头，语气坚定。卢玮希只感到他灼热的呼吸喷在她的颈后耳边，似乎还带了一股隐约熟悉的味道。同时，她觉得圈住自己腰间的双臂力道越来越紧，紧得她变了腔调："你先放手……"

萧珩听了她的话，双臂略微放松，但仍是犹如铁钳让她动弹不得，然后脚步微动，竟是打算就这么将她抱着带走。卢玮希顿时恼了："我说明天就明天！再不停下，狐狸，报警！"

坐在车里的胡俐和卢玮荣突然被卢玮希说的"报警"两字惊得面面相觑。卢玮荣知道姐姐是色厉内荏，为了帮她挽住面子，就指了指对面的顾金，自己则躺在后座上为降低存在感而戴上耳机装死。

全神贯注盯着胡俐的顾金，一看胡俐冲他招手，忙小跑上前，搓着手结结巴巴："美女，你，你叫我干啥？"

胡俐怕萧珩真的把卢玮希带走了她没法对沈临风交代，就一把抓住顾金的手："我东西丢了，你可不可以帮我报警？"

被美人一握，没谈过恋爱的顾金好似没了脑子，立即掏出手机，快速按了三个数字键，等接通之后，就看着胡俐，鹦鹉学舌。

做完这一切，他才发现身后变得安静极了，回头一看，原来两位主子正肩并肩，齐齐看着他。顾金心头一惊，才醒悟自己是谁的人，看着萧珩似笑非笑的表情，他不由心头哀叹：完了完了，这下不死也得被打残。

顾金听到萧珩低低的笑声，并用亲切得无法想象的声音问："是你报的警？"

"三哥，你听我说，是胡小姐吓坏了才让我打110，这是误会……"顾金说这话时本意想保护胡俐，把错全揽在自己身上，偏生听在胡俐耳里，就成了拉她垫背！

"放屁！手机是你的，号是你拨的，话是你说的，竟敢赖我？"胡俐表现得要多冤枉有多冤枉，为了甩锅，她张口就对顾金进行人身攻击，“瞧你身高似铁塔，脑瓜蠢得却像地瓜……”

“闭嘴！”卢玮希突然开口。

胡俐瞪大眼睛模糊不清地小声嘀咕：“我又没说错。”

见胡俐挨骂后委屈的样子，顾金一脸护短：“卢小姐别骂她，撞车报警都是我的错，警察快来了，你和三哥带她走，我留下善后。”

他的话不但没换来胡俐的感激，反而又是一顿喷：“我家卢总都说让你闭嘴了，你还想让她带我去自首？”

自首？顾金吓得两手乱舞：“不不……胡小姐你误会了，咦，你怕警察吗？”

胡俐脸色铁青：“怕你妹！”说完气鼓鼓地背过身。

顾金哭丧着脸：“卢小姐，胡小姐骂我。”

卢玮希叹了口气：“狐狸年幼，没见过世面，让你见笑了，不过，”她的话锋一转，“你比狐狸年纪大，既然你承认撞车和报警的都是你，那这事就麻烦你了，我还有事，狐狸留下。”

卢玮希其实最是护短，虽然她知道了胡俐是沈临风的卧底，但还是把胡俐择得干干净净，胡俐闻弦音知雅意，立即用狐狸般的大眼睛可怜巴巴地看顾金。

萧珩自然不知她们之间的默契，加上刚才卢玮希同意谈谈了，就心情不错地招手叫顾金过来。

顾金噔噔噔地跑到卢玮希面前：“对不起卢小姐，今天的事都怪我。胡小姐和车，你放心。”说完又一脸肃穆地补充了四个字，“我负全责。”

卢玮希被他的样子逗乐，心里叹息：英雄难过美人关哪。

萧珩看她笑了，以为雨过天晴终于可以谈他俩之间的事，刚叫了一声“玮希”，不料从后面突然驶来一辆军车，停在了卢玮希的身边。车窗降下，露出一张嘚瑟的脸庞，竟是接到卢玮希短信的明珠："搭车不？"卢玮希二话不说就上了车，并让明珠立即开走。

望着绝尘而去的车子，反应过来的萧珩转身就往自己车子走去，只是刚走两步，就被胡俐拽住衣摆："萧总，俺家卢总说了，撞车这事交由我来处理。"

"胡小姐，我马上会请人送这辆车去维修，至于各项费用，你放心，三哥不是小气人，这场意外他会负全责，所有维修费用也是由他来支付，如果你不满意，他会赔偿给你一辆新车……"

"我说过我要负全责？维修费全部我来出，还赔偿新车？"讥诮的反问打断了顾金正借机跟胡俐的示好，顾金吓得立即闭嘴。

嘿嘿，萧总这是才发现被卢总摆了一道？胡俐功成身退，主动松手。萧珩抢白完顾金，就要朝着越野车走去。

"三哥，"顾金想拦萧珩又不敢，急得抓耳挠腮，"那胡小姐的车……"

是，车子是他撞的，可当时的方向盘不归他掌握啊。眼下虽然卢玮希跟人跑了，可胡俐还在，瞧那美得不像话的小脸被冷风吹得惨白的样了，他的心竟抽抽地疼。所以，就算被三哥关禁闭，也得冒死帮胡俐一把。

萧珩扭头笑吟吟地看着顾金，反倒是弄得他心虚，结结巴巴："三哥，撞了车，是不是得赔偿？"

"当然得赔偿。"萧珩一手扶着车门，一手拍了拍刚才被胡俐抓过的衣摆，"限量版保时捷那么贵，胡小姐就算拿双份工资也赔不起，你说你撞她车不赔偿，还是男人吗？"说完他没再看他一眼，闪身坐进了车里。车子飞驰而去时，车头的车牌哐当一声掉下，被响声惊醒的顾金扭头看了看一脸不善的胡俐，再看看那辆撞坏车尾的限量版保时捷，顿时泪奔。

第六十三章　豪门宅斗

不过一脚油的工夫，车子停在了卢家大门口，卢玮希知道进去后少不得要经历一场暴风雨，但她早有准备。让明珠继续往前开引萧珩去追，她快速下车，走上前伸手以指纹打开了大门。

一只脚刚迈进门内，就看到从小带大她的叶家老管家柳妈激动地迎上来。打了招呼后，柳妈一边絮絮叨叨地说着林岚来后卢家人的各自情况，一边为卢玮希撑着伞引着她在这栋别墅里穿堂过户。

说起这别墅，那可是当年的青年才俊叶敏德亲手设计筹建的婚房，历经五年才建好，可惜建好的时候他已经死在国外四年。交付后就被叶敏之做主让卢卓变成了户主，这也是卢玮希知道叶敏德死因后不想住在这别墅里的原因。

快进正厅的时候，一路安静听柳妈讲话的卢玮希忽然停住，扬起下巴指了指不远处站着的一个身形有几分眼熟的男人问："那是谁？"

那个男人似乎也听到了声响，转过头看了卢玮希一眼，又极快地把头转了回去，似乎根本没看到她。

柳妈扭头看了看，撇了撇嘴："那人长得挺好，我也不知道叫啥名字，就知道他是卢荃带来的。"

卢玮希意味不明地笑了声："不会是卢荃和我奶奶的沧海遗珠吧？"声音不大不小，刚好够三个人听见。

柳妈差点儿喷笑，不过碍于她在卢家是养老的身份，就提醒地咳嗽一声，心里却很高兴：寄予厚望的小小姐越来越出色，按这个节奏，敏德少爷大仇得报的日子还会远吗？

卢玮希又站在走廊上欣赏了一下阔别大半个月的庭院，直到厅里传来不轻不重的咳嗽声，而这咳嗽声的主人又是叶敏之，她才进了正厅。正厅里除了叶敏之，站着或坐着的人都面目可憎。但她丝毫不惧，环视了一圈，最后漫不经心地把视线投到了主位上的卢老夫人脸上。

卢老夫人懒得客气，直接伸拐杖指着她："高科诉讼的事能这么快解决，多亏雁儿从中斡旋，作为补偿，先前我说的那件事……"

卢玮希心里明白是什么事，也不解释高科撤诉不是因为林榆雁而是因为她，只故意岔听岔接："奶奶想过问潘庆武那件事吧？不错，胡俐是出院了，但她落了个脑震荡后遗症，这病可大可小，就算我看在你面上压着她不告上法庭，潘家赔一笔钱还是必需的。"

"随便摔一下就脑震荡了？听说胡俐昨天还驰骋在马场又牵走一匹马，她这生龙活虎的样子，像脑震荡吗？你现在这样吃里爬外，简直是……"卢老夫人气急了，一时不知该怎么形容这个浑身是毒的孙女。

作为和聂风一起被绑却变成卢玮希怀疑对象的卢荃，这一周被卢玮希整得苦不堪言又有苦难言，就算来前被女儿和外孙嘱咐过，依然忍不住吐槽："六亲不认。"

"对！就是六亲不认。"

卢玮希笑了笑，六亲不认也没冤枉她。从卢荣死的那天起，除了叶敏之，她对卢家其他人，的确再没有亲情可言。

卢老夫人喘了几口粗气后，转头看向卢玮希。众目睽睽之下，卢玮希咧嘴一笑，憨态可掬，但说出口的话却越发地犀利："既然你们知道我六亲不认，那么闲话少说，直接讲重点吧，我还有事。"

"我可不能让你这么快走。"林榆雁走过来，拉着卢玮希坐下，"一周不见，我有很多话想和你聊聊，姐姐你很赶时间吗？"

"也不是很赶，"既然演戏，卢玮希比她笑得更灿烂，说出的话却字字如刀，"不过我约了遗传学专家，一会儿来家里给大家抽血。"

林榆雁一怔："抽血干吗？"

"你还记得我出过两次车祸吧？"卢玮希一脸不好意思，"不瞒你说，车祸后遗症让我的记忆受损严重，有时候连你是我妹还是我姑都搞不清，免得六亲不认的事层出不穷，我想给全家验个DNA。"

林榆雁果然被这几个字的刀锋伤到浑身一颤："我不同意！抽血太伤身体了，我妈病那么重。"

在座的都听过卢玮希污蔑林榆雁是卢老夫人和卢荃的孩子，现在卢玮希提出验DNA……如果林榆雁和卢卓的DNA不合……坐在卢老夫人身后的林岚似乎想到什么，怯生生开口："几天不见，玮希竟这么长袖善舞，一进门就舞到DNA上了。"

"哦？"卢玮希两胳膊一抬，"那找人把我的两只袖子截下来送给林阿姨解恨可好？”

这句话刚落，知情人都是表情一僵，林岚更是红了眼圈。

其实，也不怪林岚的反应这么大，要知道叶敏之怀孕时孕吐严重，陪她的林岚曾被人绑走过，卢老夫人想让叶敏之出赎金，叶家二老正怀疑叶敏德的死与林岚有关，就瞒着叶敏之坚决不出钱。后来绑匪割下林岚两只袖子送给卢卓示威，卢卓才不顾卢荣的阻挡，偷卖了叶敏之名下的一块地皮筹够了赎金。

这事过后，如果林岚做了卢夫人，那这段历史可以作为小三上位的逆袭，可大家万万没想到，曾信誓旦旦要离婚娶林岚的卢卓，却在救回林岚的第二天就为解除岳父母的怀疑，把林岚嫁给了叶敏德的司机。

虽然那司机后来做了他的司机，只活了几个月又当祖宗一样供养林岚，但那段经历成了林岚心底永远的耻辱。多年过去，知道这秘密的人均被悉数封口，但谁也没想到卢玮希不但知道还挥刀戳破。林岚含泪看着卢卓，泪眼仿佛在说：“卢卓，你给我的承诺，可还记得？”

卢卓被引起回忆，不知回忆到什么，面色酱紫得让人害怕。

而卢玮希却一脸无辜地眨巴着眼睛望着林岚，很是关心地问：“林阿姨，您哭什么？难道这才几天不见，您的癌细胞又扩散了一圈？”

“够了！”一直沉默的叶敏之虽然对那个秘密知道得不比卢玮希少，但她现在是双重人格，此刻的人格最在意的就是丈夫的脸面和情绪。见丈夫一脸痛苦而女儿如此咄咄逼人，再看林岚被欺负得楚楚可怜，就颤巍巍地对女儿怒喝：“你林阿姨经过专家治疗身上的癌细胞才被遏制住，你一回来就这么放肆地想逼死她，你的教养呢？你的善良呢？你什么都没有！不配做人！”

若是别人这么说，卢玮希肯定会回之毒舌，但叶敏之是她亲妈，所以这话无论多诛心，她都得听着并试图解释：“妈……”

卢卓却突然开口打断她：“你妈没说错，我有话问你。”

这时候柳妈来送茶水，卢玮希接了一杯，边道谢边端起茶杯却并未送到嘴边，看了眼卢卓一时并未回答。坦白说，自从维也纳差点被枪击中后，她就怀疑上了卢卓。卢卓既然敢杀她，那卢荣说不定也是卢卓杀的。这怀疑，比怀疑沈屠的念头更强烈。

萧珩虽忽远忽近，但好在是让高科的诉讼暂时告一段落，奇迅的X55手机测试已经到了收官阶段，来年开春就要去西班牙参加巴塞罗那的世界移动大会，聂风作为奇迅研发组的通信专家肯定得出席，但随着明珠调查的深入，发现聂风被绑架案的幕后嫌疑人竟指向卢卓。时间紧迫，她没有千日防贼的精力，所以她准备——除外先攘内。

想到这里，她的目光扫向林榆雁。而林榆雁也恰好在看她。不得不说，林榆雁的确是个美人，锥子脸，高鼻梁，小嘴巴……但这些五官都是整出来的，和她的天然五官对比，恐怕拿放大镜都找不出彼此相似的痕迹。

抿了一口茶水，她慵懒地歪在沙发上：“你问啊，我听着呢。”

卢卓知道她想验DNA的用意不善，可惜他却看不出什么，这个逆女被卢荣亲自教导了十几年，早练就了心有惊涛而面无波澜的本领，难缠又命硬。

“你是个聪明人，有些事即使不为雁儿和你林阿姨考虑，也该为你妈和卢玮荣想想。”

“她眼里哪还有我啊！”双重人格的叶敏之表情到位，委屈地拉着卢卓的手，“老公你也看到了，每次我一问她拿钱她就哭穷，如果不是雁儿求咱俩替她还沈家的一千万，我都不知道她作恶作到维也纳去了！”

维也纳那一千万明明是沈临风为显清白砸出去的，林榆雁竟颠倒黑白骗叶敏之！而叶敏之竟然真的筹钱给林榆雁！叶敏之前面被林榆雁骗的五百万她还塌窟窿欠着萧珩呢，这次又是一千万，她要去哪儿筹钱？难道……叶敏之疯得对钱没概念了，还是当她会印钱？

第六十四章　为爱赌命

卢玮希悲哀得无话可说，可又无可奈何！叶敏之精神分裂、双重人格，一个人格是暴躁的怨妇，世间只信林岚、林榆雁，被林家母女多年玩弄于股掌之上；另一个人格是温柔的贤妻，以卢卓为天对婆婆孝顺，总在紧要关头当作卢卓娘俩刺向她的利刃。

正当卢玮希觉得自己要被叶敏之伤得崩溃时，卢老夫人假惺惺的声音适时响起："毕竟是一家人，维也纳的事，玮希把钱凑齐还给沈家，再给雁儿一个交代就算过去了。"

卢玮希毫不领情地回了句："钱不钱的先不说，至于是不是一家人，得验个DNA先。"

卢老夫人冷笑："玮希，虽然萧家的高科不起诉你和聂风了，但你惹上了霍家的箐公主和烈顿的二少爷，他们哪个是善茬？现在大家没嫌你惹祸，你倒来消遣大家，你觉得验DNA你能占到什么便宜？"

卢玮希看着天花板一脸居安思危："至少能不被别人占我便宜啊。"

"嗯，说得有理，"叶敏之难得赞同地点了点头，突然拔高了音量，"那我抵押老宅的一千万被谁占便宜了？"

卢卓没想到叶敏之会这么说，怕卢玮希怀疑什么，刚想开口，占了一千万便宜的林榆雁怕露馅，抢先岔开话题："好了叶妈妈，维也纳的事谁对谁错一时也说不清，别怪姐姐了，还是让姐姐打消抽大家血的念头吧，不然全家一起抽血验DNA的事被媒体知道了，您和奶奶的光辉形象肯定受损啊。"

她这一提醒，边上的卢老夫人才想起卢玮希曾污蔑林榆雁是她和卢荃私生女的事，气得砰一下摔了个茶杯："敏之你看看，玮希就是任性胡来，玮希万一惹到厉害人被打死了，你和阿卓靠谁养老？咱卢家谁来挑起大梁？"

打死她的话都说出来了，原来卢卓母子真的急等她死……卢玮希支着额头闷闷地笑出来："既然奶奶有此忧虑，我回头就找律师写个遗嘱，这样就算我被打死了，卢家还有卢玮荣挑大梁不是？"

卢老夫人沉默着靠在椅背上，手揉了揉太阳穴。这一动作，通常是她要与卢玮希单打独斗的暗示，而多年来一直对她观察细致的叶敏之立即展现好媳妇本色，起身拉着卢卓，叫上林岚、林榆雁出了门。

见屋内只剩她们两个人，卢老夫人冷笑几声，再度开口："既然你先提卢玮荣，那我也不瞒你，雁儿才是真的卢玮荣。你这些年之所以阻挡雁儿认祖归宗，不过是道听途说一些不实传闻罢了。"

"道听途说？您指的是……我爸害死我舅呢，还是我妈怀卢玮荣时吃林榆雁送的甜品大出血？要么，是我妈大出血时我爸和林岚在咱家门口玩车震？更或者，是我之前出两次车祸的真相传闻？还有我爷爷的死，传闻里您可是当仁不让的主角哟……”

卢老夫人不由羞恼起来，她是对不起卢荣，对不起媳妇和孙女，可是她也不能容忍卢玮希这样跟她说话：“我是你奶奶！”她冷冷地看着卢玮希，“你当你在跟谁说话？”

“奶奶？”卢玮希嘴角一撇，“我还有奶奶？你认了我这个孙女，刚才出去的林榆雁又要怎么办？”

“你！”

“我知道外面那四个人里有三个无时无刻不想我死，那你呢？是不是也觉得我该死？”卢玮希眼里夹着讥讽。

卢老夫人不知道自己该怎么回答，从内心来说，她真的觉得日益强大的卢玮希不应该再活着，因为这个孙女活得越久，她的命就越短。卢玮希调整了一下自己的坐姿，眼角不曾忽略卢老夫人面上的细小表情，抿了口凉茶，又慢条斯理道：“我一直很好奇，不知今天奶奶可不可以告诉我，当年你是怎么让卢卓……”

“他是你亲爹，你不能直呼他的姓名！”卢老夫人的老眼内怒火翻腾，她打断卢玮希的话。

“亲爹？”卢玮希平静无波的脸也出现了一丝丝裂痕，“他不过就是一个为了谋我舅名下的一切，才给我妈提供一个祖传染色体的渣男而已。”

“你这个臭丫头！”卢老夫人腾地站起身来，举起拐杖就要砸卢玮希的头。

卢玮希倏然抬首：“爷爷临死前留了东西，我才是主宰卢氏兴衰的人，要打，最好先想想后果。”

“威胁我？”把卢氏兴衰看得比命都重要的卢老夫人收回拐杖，无法置信，“你竟然这么幼稚？你爷爷要是有用就不会那么早死了，你竟然以为没有你这个惹祸精，榆雁就玩不转卢氏？”

“真正惹祸上身的是你和林榆雁，你们现在自身都难保，有什么本钱玩转卢氏？”卢玮希反问卢老夫人，“你现在求我，我或者会考虑看在爷爷求我不动你的分儿上，不计较我十二岁那年出车祸的内幕。”

卢老夫人身子一僵，顿时哑火。

“这些年，家里总有人想我和我妈死，只要让我查出他是谁，我有的是手段让他寿终正寝。”

卢老夫人突然就慌了神，颤声说：“你，暗示什么？”

“我不是暗示，是明说。你跟卢卓都看不上我和我妈，不过一个从十二岁起就懂得在卢氏培植嫡系、运筹帷幄的我，和一个到了二十七岁还被我拒之门外的私生女相比，你觉得谁更能让卢氏代代富贵？”

“培植嫡系？”卢老夫人突然抓住她话里的关键词，“你知不知道你到底在说什么？”

“帮我去做一件事，”卢玮希没有理她，径直顺着自己的原意说，“事成之后，我会暂时忘了十二岁的车祸内幕。”

“帮你？你要我帮你做什么？”

“萧家和沈家，你把他们三代之内的人员资料给我提供一份。”

萧家和沈家？卢老夫人惊圆了嘴，被卢玮希弄得莫名其妙：“你是不是和你妈一样疯了？”

“林岚之所以一直说她比我妈先怀孕，是因为她当年被绑时曾委身于绑匪过。”卢玮希弯了弯唇角，毫不掩饰讥诮之意，“这事你知道吗？”

“你，你真是疯了！”卢老夫人慌乱得起身就要走。

“那你跟我赌一回好了，”卢玮希不慌不忙地继续道，“我会把这事跟卢卓说。如果林榆雁是卢卓的，那么林岚刚才就不会害怕让大家一起验DNA的提议。我告诉你，抽血验DNA是卢家人都得配合的义务，如若到时真验出点儿什么，你别怪我真的六亲不认。”

卢老夫人脸色微变，没能再迈步往前走。

“当年那四个绑匪是怎么死的，奶奶有机会不如去问问林岚。”卢玮希伸指轻叩着桌面，“都说林岚弱不禁风，其实在经历绑架、逼嫁之后，谁又敢说她林岚不是一个伺机而响的定时炸弹？”卢老夫人转身看向卢玮希，突然发现这个孙女她竟然从来就没有真正认识过。

卢玮希这时也起身：“我给奶奶三天的时间，到时候我见不到萧沈两家三代人的资料，那么奶奶就等着看卢家全部验DNA吧。”

望着卢玮希往门口走去，卢老夫人叫住了她：“你为何要他们两家三代人的资料？”

“这个奶奶你没必要知道。”

“沈家人口简单资料好拿，你以为查萧家三代人是很容易的事？”

“不容易，不过奶奶有办法不是吗？这些年您也没少往那些邪门歪道的人手里塞钱，该用那些人的时候，奶奶不如就用上吧。”

“你怎么会知道？”

“我知道很多事，比如林岚被绑匪撕掉衣袖后有没有被玷污，”卢玮希的眸内闪过诡光，“奶奶可以跟我赌这一回，我们都拿命来赌，看看最后是谁的命比较硬。”

“你怎么长成了这样？”

“我妈丢一个儿子，我两次差点儿被车撞死，奶奶你可关心过我们母女是怎么活的？”卢玮希回头看着卢老夫人笑道，“我是你的孙女，所以你觉得我会是多良善的一个人？六亲不认，是你们逼的，所以现在我无论怎么做，都只是还你们的利息而已。”

卢老夫人望着卢玮希，目露杀意。

“现在想杀我已经晚了。”卢玮希转身就走，“记住，三天，我只给奶奶三天的时间。”

卢老夫人深吸了一口气，追上卢玮希问道：“我为你弄来萧沈两家的资料，之后呢？你要做什么？”

卢玮希没说为卢荣翻案，只笑吟吟说：“我会做让自己获利而别人痛苦的事情。”

“你不会是想搞沈家和萧家的钱吧？太可笑了，你真是和你爷爷一样穷疯了，竟敢拿卢氏前途去不自量力？”

“这也是一个赌啊，”卢玮希从卢老夫人的身边走过，“你对林榆雁还不是一个赌？赌她有朝一日不管嫁给谁都能卖个好价钱？既然奶奶愿意在林榆雁身上赌一回，那我明白告诉你，仲兴新掌门萧珩是萧家第三代继承人，他喜欢我，奶奶不如在我身上也赌一回好了。”

“你说萧珩喜欢你？你是不是查到什么了？”卢老夫人突然反问。

“哪能啊，这所有的疑问，不都是奶奶你帮我解答的吗？”

卢老夫人站在门口，看着卢玮希慢慢地走远。冬日的穿堂风将卢玮希的长发吹得翻飞，光看挺直的背影，就能看出这是一个心狠手辣的女人。外面的雪花，加上刚才的一席谈话，让又打了次败仗的卢老夫人却如同一下进了冰窟窿，苍老了十岁。

两个孙女，从小小一团的婴儿到花容月貌的少女，她看着她们一点点长大，唆使她们为了手里的东西斗法，只是她没有想到，这两个各有千秋的孙女竟都变成了她控制不住的狠人。尤其是今天，她才看清，这俩孙女，竟都是性属蛇蝎。

第六十五章　男特助

卢玮希走出大厅，本想穿过厅外的花园去后院找叶敏之谈谈，却不想在花园里与卢卓相遇。她知道卢卓是故意堵她。为压住卢卓的气势，她故意不主动招呼。

三分钟过去，端着长辈架子的卢卓等不到她招呼，脸上的气势开始挂不住，卢玮希只当看不见。这期间，她的手机不停响起，掏出来看了看，来电号码从明珠到胡俐再到明珠……

卢玮希一直未接听，只等到手机快要被明珠打爆的时候终于接通说了句“你看着办”，挂了电话才对着卢卓开口：“您站在道中间是赏雪呢，还是找我有事儿？”

卢卓心里再恨她，一开口依旧是亲爹的语气：“你这次过分了。”

卢玮希轻笑了一声，越发诚恳地嘲讽：“您这是变相自夸吗？因为我做的这一切都是您不遗余力逼出来的呀。”

被戳破伪亲情的最后一层遮羞布，卢卓有点儿恼羞成怒：“那还有我没逼你的时候，你怎么还不停手？动你叔爷爷，打击潘家，在东欧惹霍家挑衅烈顿家，挑唆沈临风不娶雁儿，还拿钱破坏雁儿和Henry先生的好事，现在还想胁迫你奶奶臣服于你！你说，你究竟想干什么？”

卢玮希笑了，漫不经心地和卢卓对视：“我都九死一生了，您还不许我为求自保做点儿反击？”

“你少强词夺理！你明知道我逼你的真正意思，为什么非要曲解？”因为聂风被绑一事触到了她的底线，所以她就想给全家验血，再召开记者招待会毁掉卢家，这个逆女真是狠辣，卢卓真心后悔没有早点儿掐死她。

“您的真正意思我一直揣摩，可就是揣摩不透啊，不说我这次在维也纳差点儿被人打死，就拿您利用叔爷爷设计聂风的事来说吧，我一直不明白，您和聂风本来素不相识，为什么十年来一直费尽心思想挖他？挖他不成就想毁了他。您和他究竟有什么深仇大恨呢？”

卢卓勃然大怒地训责：“胡扯什么？卢家这些年教导给你的，就是这种目无尊长的说话态度？”

“呀，卢董事长您是不是忘了，我被车撞得脑袋开瓢两次，早忘了卢家都对我做过什么好事啊。”卢玮希说这话时脸上无限委屈和真诚。天空的雪花密集了很多，她用手扯了扯皮衣领子，仿佛被自己恶寒到了。

卢卓知道卢玮希的口才绝不是自己能比的，更何况那些事她做得滴水不漏，他也就不再做无用功了。

“既然你忘了那就不要去胡思乱想。你出国期间我把公司的人事做了调整。聂风名声坏了，再给你用不合适，今日起调到集团做我的特助。胡俐这个秘书不适合照顾你的生活，工作上又粗心大意总惹祸，念在你喜欢她的分儿上我才没开除她，但是只她一人帮你我不放心，就找了个工作生活都能照顾你的男人。”说到这里，仿佛怕卢玮希听人乱嚼舌头起疑心，难得一本正经地解释，“这男人是猎头介绍的精英，但他和你叔爷爷不认识，只是今天他们前后进入咱家而已，他非常优秀又是不婚主义者。虽然我知道你为了照顾你妈是不准备结婚的，但你都二十七了，总有需求，他很适合你，以后就跟在你身边吧！”说完抬手指了指站在花园走廊上的人。

卢玮希顺着他指的方向看了一眼，看清是来时见过的那个男人时，她夸张地笑出声：“他啊，我刚才路过时看到了，还以为他是您刚找回来的私生子呢，真没想到他是您给我找来解决我工作和生理需要的精英。可是，爸，您突然这样关心我的工作和生活，我一下子接受不了……”

卢卓知道她为什么受不了，不等卢玮希说完，就招手唤那个男人过来。那个男人可能因为在外面久站的缘故，一身卡其色的风衣已经湿透，黑短碎发上因飞雪融化而成的水珠沿着眉宇滴落在他的脸颊上，久冻后的黑眸不但看不到狼狈反而愈显狂野，唇边更是漾起引人好奇的浅笑。那瞬间，竟令她有种熟悉的感觉。

等那个男人走过来，卢卓却连基本的介绍都没有，就拿父权强压：“玮希，你们都是国外留学过的年轻人，虚头巴脑的介绍就不用了，以后你俩要一起生活一起工作，你带他回去熟悉熟悉。家里被你搅得一团糟，我就不留你们吃饭了。”撂下这句话，他不等卢玮希表态，就急匆匆离开。

卢玮希早就习惯了被卢卓算计，也就没表现出多余的情绪，只是看了那男人一眼，就径直向前走去。

大门口，卢玮希给胡俐打电话，胡俐说她送走卢玮荣就跟顾金去修车了。打给明珠，明珠说萧珩压根儿没有追她的车子，反而是她追着萧珩的车子，被七绕八绕地迷了路，现在靠导航才发现她竟然绕到一个名为废园的私家花园，一时半会儿回不来。

俩人都指不上，她准备打车回公寓，而那男人则没有跟上来。正当她以为对方有自知之明时，就见一辆半新不旧的吉普车开了出来，车窗落下，露出那男人的模样。他礼貌地打开副驾驶门，却没有开口招呼卢玮希上车，只是无声地等着。

卢家周围很空旷，所以来往的出租车极少，等了有十分钟，还是不见一辆出租。饥肠辘辘的，卢玮希就不客气地坐上了吉普车。而男人也未表现出受宠若惊，只是轻轻关上车门，不用卢玮希开口，竟熟门熟路地把车子开到了她公寓的楼下。

这厮有心机，原来是踩好点儿了啊。卢玮希以为卢卓想拿美男计对付她，就冷笑着静观其变。

下了车，男人依旧不紧不慢地跟着卢玮希。出奇地，卢玮希竟未撵人，只是进入公寓后，她伸手指了指通往露天阳台的玻璃门。

那男人笑了笑，极默契地领会了她的意图，推门出去，任颀长的身躯被漫天飞雪笼罩。

胡俐来了，对于从天而降的男特助抢她饭碗这行为，十分不爽，夹枪带棒地说了很多关于奸细的例子，又眉飞色舞地说了顾金对她有求必应的战斗结果。

卢玮希一直未接话，直听到萧珩把赔偿责任推给顾金时，才觉得哪里不对劲，倏然抬首，但看胡俐似乎没发觉萧珩的用意，满口顾金仗义、豪气、人挺好之类的。她抿抿唇，继续低头用餐。

午餐后，收拾干净的胡俐看男特助还在，竟动了同类的恻隐之心，在卢玮希身边走来走去："卢总，我哪里不合格了？这分明是董事长怪我太听你话嘛，分明是怪我陷害了潘庆武就对我打击报复。"说完还一脸幽怨地瞥了眼站在阳台上赏雪的男特助。

第六十六章　宗九

吃饱肚子的卢玮希听着胡俐的碎碎念，眼角余光却瞟向门外。

她坐在温暖如春的屋里，他站在冰天雪地的屋外。他似乎很喜欢受虐，或者说喜欢自虐，不然这冰天雪地的，他都被罚站那么久了，面上竟能不急不躁，不羞不恼，那么安静地与飞雪融为一景，好似一幅名家山水画。

卖相不错，耐力也不错，身形似乎有点儿熟悉，可就是这样的一个人，怎么会落魄到要做卢卓的一颗棋子？一想到他是卢卓硬塞给她，以后要生活在她屋里的人，卢玮希心里连半丝恻隐都生不起来。既然想做卢卓的眼睛盯着她，那就等冻成冰雕了再审问他底细吧。

安慰了胡俐几句，卢玮希回书房翻看明珠发在她邮箱里的资料，资料里多次出现霍心的名字。霍心的个人资料她了解得不多，只知道是个长住欧洲，从年轻一直美到老的名流圈焦点，可她爷爷长住江南又朴素低调不喜交际，这两人之间怎么看也不像有交集，可证据……想不通，她漂亮的眉毛紧紧皱在一起，大脑高速运转。

同样大脑高速运转的还有胡俐，作为小秘书，她这会儿巴巴地坐在客厅里，看着落地窗外的男特助，怕他抢饭碗有点儿幸灾乐祸，作为同类又有点儿同病相怜。

时间一分分地过去，不停换位思考的胡俐被男特助不低头的英雄气概所折服，就反复去敲书房的门。

"卢总，就算他是奸细，肯定也是不得已才沦为奸细的。"

"奸细也分好坏的，卢总你先审问审问，别一直罚站啊。"

"我看他要被冻僵了，不要闹出人命啊。"

卢玮希任胡俐把门敲得山响，眼睛就是盯在资料上挪不动半分。她万万没想到，她离开江南那段时间，明珠还顺便查到一些奇闻逸事。比如，卢老夫人从叶敏之手里骗走了叶家在郊区的地皮，林岚给叶敏之做了催眠治疗，卢玮荣出院后逢人就说他之所以跌落楼梯是有人推的，卢卓曾在她回来前一天带着沈屠见了聂风，聂风竟然和霍心认识……等她终于看完这些，已是傍晚时分。

胡俐席地坐在落地窗边，脑子里魔魔怔怔的都是兔死狐悲的典范，自哀自怜地把自己比作人微言轻的狐，却无法帮到屋外快被冻僵的兔，无意识地把自己的一头漂亮卷发抓成了鸡窝。

她打开书房的窗户，冷眼看着外面，阳台与屋子连接处本撑着一把大遮阳伞，伞下有个摇椅，离他不过是几步的距离，而他竟然不坐，就那么在雪中站了五个小时。

听到开窗的声音，男人转身看过来，一双黑瞳却如佛系修仙者，丝毫不见怨恨和不耐，和卢玮希对视的几秒钟里，让卢玮希败下阵来，抑制不住回忆。回忆内容太震撼，她不敢再继续。

抿唇想了想，卢玮希泡了一大杯热咖啡，打开书房的门，站在门口对着胡俐随意说了句：“让他进来。”

“啊？进……来？”胡俐的十根纤指又胡乱地抓了抓卷发，由于力道过大，漂亮的头发愣被她抓下来不少。头皮的疼痛让她才反应过来一旦开门后对自己意味着什么，就苦巴着脸问：“卢总，您让他进来，算是同意让他跟着您了吧？可是以后不管他多能干，您都不会再把我退回去吧？”

卢玮希这才明白胡俐的心思，摇摇头，表示不会把她退还给沈临风。胡俐不由拍拍胸口，暗松了一口气，激动地喊：“……兔子，狐狸我终于求到卢总让你进来了。”

男人正好转身，脸孔就在她眼前，一贯淡定的眼眸反常地拉展成两泓弯月，冲她礼貌地笑了一下：“狐而不媚，谢谢。”

胡俐竟然因为男特助的评语而瞬间愣住，引起共鸣的心中冉冉开了一朵盛大的红花。她突然红了脸，连说声不客气都觉得是亵渎了人家。

书房里，卢玮希并未坐在书桌边，而是端着一杯咖啡，站在透明的玻璃幕墙前。这个城市在多年前已经失去星光，旷阔无比的黑夜里只剩下忽明忽暗的霓虹。这样居高临下地看去，她好似身在云端的孤魂野鬼，孤零零地凝视着人间。而男人进入书房后只是把快要冻僵的双手插在裤袋里，目光扫过书桌上随意摆着的资料和手机，最后定格在面前的热咖啡上。见她没有回头看自己的意思，就笑了笑，自觉端着热咖啡不急不缓地喝着，并未出声。

约莫五分钟，卢玮希从遥远的夜空收回视线，缓缓转头，冷冷的视线迎上一双无波眼眸。两人相视了足有三秒。

卢玮希看他端杯子的姿势像极了一个人，突然开口：“你是？”

“故人，宗九。”

第六十七章　报恩

卢玮希微愣。说实话，她是曾经有个故人叫宗九。而沈临风的话也突然在耳畔响起："萧珩接近你之前，曾让宗九查过你！"

此宗九，彼宗九？目光定在宗九面上，卢玮希心思快速翻转，片刻后好像又想起了什么，身形一晃，哎哟一声，继而惊讶地睁大了眼："竟然，是你？"

竟然是他，她五年前救过的人！这二十多年，她统共救过两次此人，一个是十年前的暗夜，一个是五年前的清晨。

十年前暗夜里救的那个人，虽然只知道是萧衍的朋友而不知道真正的姓名，但她一直怀疑是萧珩；而五年前所救的人，她知道那人叫宗九，但就是不知道此宗九和沈临风说的宗九是不是同一人。

如果是同一人，那么是不是可以理解为：萧衍、萧珩、宗九根本就是一伙的？

说到五年前的救人经过，有点儿匪夷所思。

那时候奇迅的研发资金严重短缺，卢荣也正遭受资金困扰，为了减轻卢荣的负担，她应约去参加了芝加哥大学的同学会，想趁机看看有没有同学或者校友对研发5G芯片感兴趣。席间遇到了金子，金子说传奇人物萧衍现在在金融市场捞得盆满钵满，正打算投资芯片行业，她当时很激动，问了萧衍公司的地址就跑了去。

按照导航，金子给她的地址竟然是美国大雾山国家公园附近。抱着碰运气的想法，她在那边找了整整一天，没找到萧衍。

第二天一早，继续寻找，有人给她发短信指路，她以为但凡跟传奇沾边的人都会有怪癖，就按照短信指引不知不觉找到了大雾山瀑布附近。瀑布很壮观，吸引她驻足观看，刚抬起头，突然由空中坠下一人。她本以为是个立志寻死的人，因为悲观失望到极点时她也寻死过，本着生死自由的原则，她静悄悄蹲在一边旁观——看那人四肢扭曲，头破血流，血流到什么时候殆尽了才回归寂静……那场由生到死的现场直播，让她发誓就算以后寻死，也绝不跳崖。

奇怪的是那人睁开眼发现自己依然存活后，竟没有呻吟，没有呼叫，只是咬牙从地上爬起来，一步一步向前移动，那情形，完全将她对他自杀的设定打破。

“先生，你是从瀑布顶上跳下来自杀的？”她操着流利的美式英语问。

那移动中一身白色运动装大半被鲜血染红的人，脚步一顿，回头掠她一眼，并未说话。当时，那个眼神太深入人心，冷冷清清，就算她踏着阴谋陷阱一路被人算计着走来，都没见过有一个人临近死神的威胁时，眼神犹能射出如此的清冷。她突然很想救此人。

“先生你好勇敢，容我再八卦一句，你立志寻短见是为情所困，还是为家事所扰？”

那人闭着眼转回头不再看她，脚下步伐却加快不少。

“别走那么快啊，你的胳膊断了怎么不求我给你包扎一下？难道你死意已决，见跳瀑布死不掉，想利用断臂将一身的血液流光光？太可惜了……”

那人倏地抬起了半边染血的脸颜，一对哀怨的黑眸扫来，竟然挤出一句中文：“扫把星……”

撂完这句骂人的话，那人神志突然昏迷了，嘴上叫着“小三……小三……”黑眸却呈现放大的虚无。但神奇的是，那人的一双脚，仍在坚定地迈动。

这是死也不放过小三，看来他骂的扫把星不是她，是那个小三！卢玮希被震撼到。要是她处在那样的境地，能不能将爱和生命力诠释得如此强悍？本着对那份强悍的尊重，她义无反顾地救了他。

后来她才了解到，被她救的人叫宗九，母亲是父亲订婚后疯狂爱上的女人，父亲为了亲情和爱情娶了两个妻子。母亲不争不抢还是被父亲另一个妻子借醉酒而开枪打死。虽然后来把他带回家视为己出，可大家族后院里的事谁又能知道到底是怎么回事儿呢。宗九虽然有父亲如命一般的疼爱，可血统里的“不尊贵”，永远无法抹杀。后来他被原配抚养也对外宣称是亲生孩子，只是在家族内他却被人处处暗示须感恩戴德。好像他的存在，首先是为衬托前面那几个由原配所出子女尊贵血统的小丑；然后，则荣升为替八个或亲或堂的哥哥姐姐保家守产的高贵奴才。

宗九若有野心或者追逐名利的话，这样下去难保不咸鱼翻身。可惜宗九毫无争权夺利之心又看淡生死，生活过得日日如炼狱。他周游世界志在游戏人生，玩各式死亡游戏，以此来试验上天的好生之德有多少。

被卢玮希所救时，他已经玩了九十九次死亡挑战，也就是那一次，他觉得既然死不了，就做个百变的人也算不枉此生。

望着卢玮希好似陷入过往里的震惊表情，宗九的眼神渐渐深沉，嘴角挂着平淡的笑容，却忽然问出了一句让卢玮希始料不及的话来：“见到萧三了吗？”

萧三？卢玮希目瞪口呆。继而合上眼，努力晃了晃脑袋后再睁开，窗外不知何时雪停了，有月光从窗台打进来，斜洒在宗九身上，一切在记忆中慢慢归位——

“你是维也纳联谊会上的那个鬼魅男？”天啊，卢玮希好想大声尖叫！她曾经救过的宗九竟然就是那个鬼魅宗九！

原本以为甩掉了他，没想到他竟然神通广大，通过卢卓混到她身边，关键是他还警告过她不要对不起萧珩，难道萧珩就是他的小三？天哪，这是什么惊人的发现！

“那个鬼魅男是你扮的？”

宗九低低地发笑，先前清冷的形象荡然无存，完全恢复了在联谊会上的邪魅样子：“你才发现啊。”

卢玮希不再说话，借着月光，打量着面前的宗九，缓缓走近，指尖在他颈处轻滑，摘下了那张精致面具。这是什么材质呢？竟然比韩国的整容还要栩栩如生，且触手生温，当真如人的肌肤一般。

看着和萧珩非常近似的面容，被惊住的卢玮希把脸埋在双手掌心，完全不明白她的生活怎么会突然变得这么狗血。

宗九拍拍她的肩：“别担心。我到中国来，一是为了告诉你，在你走后维也纳发生了什么；二是我的良心提醒我报恩。恩人，我收到情报，你最近会遭遇暴风骤雨般的麻烦。”

什么恩不恩的，卢玮希避开他的手，不，不，有些什么地方不对，让她好好想一想。片刻后她抬起头，盯着他，慢声道：“你说的话能在高科有用，名气和亚通九少爷一样大，长得又和萧珩很像，那你是萧家的私生子？”

宗九勾着嘴角邪邪地笑起来：“很多人见了我都会和你说的一样。”

她点点头，像似有所悟：“不对啊，百科显示萧珩是独生子，难道你和萧珩是双胞胎？”

宗九喝完咖啡，又自己续了杯热水，喝了一半才挑眉：“你这是打探我和萧三的关系？”

卢玮希斜睨他一眼：“你们这么神神秘秘……我还不能问问了？”

“问什么？”宗九忽然来了兴趣，“你心里不是已经认定我是萧家的私生子了？”

“如果你不是，那就告诉我你和萧珩到底是什么关系，你们……”

“我们是出自同宗。”宗九打断她的话，抬眸坦荡地和她对视，“就是你想的那样。”

原本笃定他们是兄弟，现在听他爽快承认，卢玮希倒不信了：“既然你们是兄弟，那在维也纳联谊会上，你明明知道我是萧珩带去的人，为什么三番两次地作弄我？”

“因为你得罪过我啊！我这人恩怨分明，你救了我，我把你当作报恩的人，你给我的资料却是假的，直到维也纳联谊会上才看到你，我才知道你就是想求我放过的人。我给你各种暗示，你愣没认出我，你说你多眼瞎啊。为了让你想起我，我当然要作弄你、虐待你，然后再狠狠地报答你。”

这胡说八道的谬论绝了，卢玮希哑口无言。

门外的胡俐好似有什么急事，就在外面敲门说她先走了。

卢玮希应了一声，直到门外响起大门开关声后，才指了指门口："你走吧，无论你是谁，我既不需要你来报恩，也不需要你做我的特助。"

"你不需要有人说你需要啊。"宗九一把扣住她手腕拖向门口，"卢玮希，故人重逢，为表谢意我带你去个地方，我们住在那里一晚，你就知道你有多需要我了。"

第六十八章　减爱

原本卢玮希以为，宗九带她去的地方，不是萧家老宅就是萧家的隐蔽场所，没想到他却径直把车开到了Asever会所。

Asever会所，位于江南市中心的景区里面。据说，这“Asever”的意思，是指依然、如初，而同一类以Asever命名的私家会所，在全世界共有二十五座之多，隶属于客新妆的Asever公司名下。

从外头看，这座Asever会所十分不起眼，约莫两人高的围墙灰扑扑的，上面还挂着几十年前才会用的安保措施——三排带着尖刺的铁丝，七弯八绕，还时不时有树枝挂出来。入口处，两扇雕花铁门敞开着，从外向里看去，那是一条长长的四季常青的林荫道，每隔几米就有一盏路灯孤零零地矗立在那里，散发着昏黄的光芒。

沿着林荫道到底，再拐一个弯，眼前却豁然开朗了起来，一幢五层楼的洋房大气恢宏地矗立在那里。明亮的灯光从落地窗帘的缝隙透出来，隐约可见人影绰绰。

两人下了车，一路暗中筹谋的卢玮希突然对宗九开口："如果我在此找到一些我想要的答案，那么，你那个挂在嘴边的救命之恩就算抵消，也就是我不需要你了，明白？"

宗九点点头，表示明白。

"其实，"卢玮希侧首，打量着月光下的宗九，"我仔细看了，你虽然有几分姿色，但是和萧珩比，形似神不似，尤其是眼睛，差别太大了。"

宗九有些无语，这审美也太偏心了……他都做到这份儿上了，她还是踩着他去捧萧三？

"别不服气，你这人说文艺点儿是自虐追求人生真谛，说白话点儿就是吃饱撑得没事干。看在你当年间接帮我找到投资人的分儿上，你有没兴趣跟我师父聂风学点儿技术傍身？"

投资人？宗九一怔，继而笑了笑，其实给卢玮希找投资人的功劳不是他的，但他答应过某人不对卢玮希说，所以只能厚着脸皮居功。

"嗯，跟聂风有前途吗？"

他的前途不归她考虑，她只是没话找话套点儿她想要的信息而已："前途必须有啊，我师父是业内著名的通信专家，跟他学习的助手名额紧俏，我可以为你保留名额，不用客气。"

"我不是客气，因为我和聂风……"

"你和聂风认识才帮他解决诉讼的吧？"

"嘘！"宗九漂亮的食指突然竖在唇前，黑眸落处，兴味光芒浮起。卢玮希顺着宗九的目光望去，只见身后驶来三辆车，到了会所门前，前后两辆车上利索地跳下几名穿黑色衣服的精悍男人。然后中间的车门缓缓打开，而率先下车的那个人，卢玮希恰巧认识，正是在维也纳见过的蒙奇。在他身后，紧接着下来一名身着黑色长大衣的男人，可惜男人的脸被蒙奇挡着，无法窥见。

“看到最后下车的人了吗？”宗九幽邃的深眸落在男人身上，语气里带着一丝玩味。

卢玮希终于看清了男人的面貌，她无法控制地张圆了嘴：“九——少爷？！”

“快闭上你的嘴，小心苍蝇飞进去。”

卢玮希捂着嘴，愕然转头望向调侃她的宗九。他淡淡地弯了弯唇角：“这里虽然不起眼，却是Asever公司在中国区的总部，而九少爷才是Asever的真正老板。”

Asever竟然不是客新妆的？难怪她威逼利诱都不能让客新妆同意她入股！原来Asever的老板是九少爷！那么萧珩带她在Asever享受的顶级服务，是因为他是九少爷的好友？卢玮希仍反应不过来这难以消化的信息，脚下如踩在云端雾里，茫然地看着那群人。

第六十九章　情敌何处不相逢

与此同时，蒙奇也看见了卢玮希和宗九，不由惊讶地鬼叫："楚公子？卢小姐……"

那边，九少爷听到蒙奇的鬼叫，停下了正在同助手交代的事情。他先是看到了卢玮希，但视线并未停留，随即就转到了宗九身上，脸上神色如常，嘴角挂着从容的笑："楚策，好久不见了！"

卢玮希原本不想看宗九冒充楚策和九少爷攀什么交情，可目光就是不受控制，也不知是为什么，门口明明站着数人，她却一眼就看到了站在人群中的九少爷，哦不，是烈顿家族新选出的继承人——那的确是个和萧珩一样出色的男人，除了发型和肤色不同，身形同样挺拔，眉目同样俊朗，目光同样深沉，同样有一股王者的气势，难道这是……近朱者赤？似是发现了她的注目，九少爷的视线从宗九身上忽然移开，两人目光相对，他只是微微一顿，便又移开了。

卢玮希却觉得一愣，或许是她多心，他方才望来的眼神看似平淡无奇，但寒暄过后临离去的一瞥，又隐约带了一分奇异的情绪。

“你确定，你要进入会所？”目送九少爷一行人进入会所，宗九靠近卢玮希低问。其实不怪蒙奇叫他楚策，因为他为了不让人瞩目，半路上从随身携带的包包里取出一张酷似楚策的精致面具戴上，这样也是为了与萧珩的脸区分开来。

卢玮希挑眉反问：“怎么，是你带我来的，现在你怕了？”

“不是怕，是我收到情报说今晚霍箐也在这里，以你和她的恩怨，她或者会一见面就干掉你。但你却干不掉她，因为按烈顿家族规定，九少爷有责任保护他这位即将联姻的对象。”

有联姻对象真是好啊。“我想知道九少爷对霍箐的保护，会到什么程度？”卢玮希想到她通过沈临风得到的消息，唇边绽出狡黠的笑，“如果从你这个九少爷好友萧珩的表弟口中说出，霍箐和二少爷私下密谋九少爷的身家性命，你说九少爷会是什么反应？”

原来卢玮希也知道霍箐和亨瑞穿一条裤子？宗九摸颌不语，似乎在斟酌这事的可行性。

“先前，我和霍箐有没有恩怨我不记得了，可联谊会上她对我所做的一切让我明白，我和她，是有着我目前虽然不知但一定是不可和平共存的仇恨。”

顿了顿，卢玮希也学他，摸了摸下颌：“我不管你是不是萧家的人，但你今晚是以楚策的面目出现的，我想就算楚策真人在此，他也会同意帮我。”

宗九听着她的话，时而轻锁眉头，时而挑起一边的浓眉，仍是不语。

“我知道你和楚策之间肯定交情不浅，先前他宁愿对我说谎也不愿透露你的身份。现在你虽然欠着我的救命之恩，但你不利用他，够义气！那我利用他，行不？”

话是这么说，可结果还不是一样吗？宗九沉默，依旧是沉默。

“听好，是利用，不是陷害，相比较起来，我和楚策的友情不比你们浅，我对他的关心也不比你少。”

“被人利用，多多少少都会受伤。”

这是卢玮希第一次看到宗九认真的模样，没有唇边轻佻的笑，没有眼中邪恶的光，她却觉得此刻的宗九很有良心……

“那我不利用，拜托如何？”

“拜托？”

“对，楚策是我为数不多的哥们儿，这么好的哥们儿我不会随便伤害他。”

宗九竟然对楚策如此在意，那么楚策就是她解密的线索，真是一个惊喜的发现。

宗九自然明白她想干什么，抬眸和她对视了几秒后勾唇：“你确定要让我帮你设计九少爷放弃对霍箐的保护？”

卢玮希有点儿火，但求人的时候她还得压着火，语气诚恳：“你是不是非得要我承认，我现在很需要你这个特助的帮忙？好吧，我承认并保证，你特助的薪水从今晚开始算，这下你满意了吧？”

宗九终于听到自己想要的结果，心满意足地笑了。

“Boss，我真没想到宗九会冒充楚策出现在您面前。”

Asever会所顶楼的专用包厢里，一身黑色职业装的客新妆说完这话，拿出特意醒好送过来的红酒，倒了两杯，将其中一杯交到九少爷手上。

“估计宗九压根儿不知道，远在东欧养病的楚策不但已回到江南，还正在赶来会所的路上，等下要是真假楚策碰面了，那场面真不知是何等震撼。”

九少爷任由客新妆在那里小声嘀咕，然后挥退近身保护他的保镖，径直走到旁边的沙发旁坐下。修长的双腿随意地交叠，他懒散地往后靠在沙发背上，微微敞开的衬衫露出里面肌理分明的胸膛。他扬起下颌，轻轻地呷了一口红酒。

客新妆一怔，正想着自己是不是说得不够清楚，就突然听到九少爷的声音响起：“卢玮希……移情别恋了？”

客新妆被九少爷没头没尾的一句话怔在那里，很久才回过神：“谁说卢玮希移情别恋了？她压根就没恋过。”

九少爷没有回答这个问句，而是起身走向套房的阳台。月光洒进来，阳台上一地亮白。落地窗上的白色双层纱帘半掩着，随着夜风在屋内淡黄的光晕中浮光掠影。

九少爷背身轻轻地靠在阳台的栏杆上，一只脚随意地从后踩在一条横栏上，他偏转着侧脸，视线落在Asever会所一楼的入口。此时已到了晚上客流高峰，所以入口处人来人往，而他却一眼就看到了卢玮希，以及站在卢玮希身边的宗九。

他们两人站在一起，宗九微微低下头，卢玮希则仰起了头，彼此之间的距离靠得很近。当他们说话的时候，宗九的嘴唇几乎就要贴到了卢玮希的耳朵上，举止亲昵，仿若情侣之间在窃窃私语。

随后，卢玮希露出了满意的笑容，一双眼弯成了两轮月牙。宗九望着她，嘴角也扬起了一道弧度，抬起手来为她理了理耳边的头发，又笑着对她不知说了些什么，这才挽着她的手臂走进了会所。

九少爷将一切都看在眼里，望着那两人远去的背影，忽然露出一丝极淡的笑意来。

楚策，沈临风，宗九，真是情敌何处不相逢啊！

第七十章　萧衍

想到这里，他忽然转身："楚策那边你来应对，这边……"他对着门口叫了一声，"蒙奇，让鄢挚化化装进来。"

宗九带着卢玮希进了会所的大门，早有人迎了上来，面带殷勤笑容，向着宗九道："楚少，包厢给您预留了二楼带露台的和顶楼多功能的，您看哪个比较好？"

宗九学着楚策的表情，蹙眉"嗯"了一声，转而向着卢玮希问道："今晚你是主角，你选哪个？"

卢玮希是第一次进来，所以她一进来就目光四下乱窜，一边默记这里面的路形，一边随口答道："顶楼吧。"

她话音刚落，宗九就突然揽住她的肩，不死心地附耳低问："你真要用计让九少爷放弃对霍箐的保护？"

卢玮希看了前面带路的侍者一眼，用只有他们两人才听到的声音回道："你都问我十八遍了，我告诉你，没有男人会容忍自己的联姻对象和自己的竞争对手明修栈道，暗度陈仓，何况那个竞争对手还是自己的哥哥。所以，让霍箐失去九少爷的保护，便于弄清她和我之间究竟有什么恩怨。我一次回答完毕，别一会儿一问的行不？”根据这一周所查的资料显示，她当年出的那场车祸虽然和箐公主的助手叶无双有关，但谁敢说里面没有箐公主的功劳？尤其是箐公主之前在萧珩公寓里逼迫胭脂帮助林榆雁的那一席话，更加让卢玮希相信，她和箐公主之间，绝对有着非一般的恩怨！

想到这里，卢玮希见宗九一脸受伤，又安慰地拍拍他的肩膀："我知道你一心修行，人都修傻了，但箐公主想杀我，我不能坐以待毙，必须得进去揭发她，弄清她的真面目。如果你怕我报错仇把九少爷的婚事搅黄了，大不了……我出钱，你多介绍几个美女给他。”

他敢给九少爷介绍美女，那不得当场被溅一身血！想到九少爷为某人守身如玉的那令人发指的洁癖，宗九头皮一麻，卢玮希虽是他的救命恩人不假，可他也不敢以美女试九少爷啊。手插裤袋里捏着手机按键，一脸愁眉苦脸地问："那万一我介绍的美女他都看不上就看上你怎么办？你能为了不牵连楚策把自己赔给他吗？”

卢玮希斜睨他一眼："你看我像不讲义气的人吗？今儿个我以人格担保，如果出现你说的情况，我卢玮希肯定把自己赔给九少爷！”

事实俱在，她相信她自己的直觉，她和箐公主之间一定有不可化解的仇恨。所以报错仇是不存在的，自然敢背着萧珩说把自己赔给九少爷。

至此，宗九放心地按了口袋里的录音发射键，落在她身上的目光闪烁无比，却又带着几丝看好戏的成分："那九少爷就在楼上，你想好如何结识他了吗？”

还未等卢玮希回答，就有人在他们头顶上方出声请人：“少爷，原来真的是您来了，九少爷刚开了好酒，我替他请您楼上一聚。”卢玮希一怔，感觉这招呼声透着一丝丝不对劲。

正发愣间，一位三十岁左右、身材中等却五官精悍的男人走上来，对着他们微微点头致意：“楚少，我家九少爷与您表哥萧先生是莫逆之交，平时常听萧先生提起您，我太激动了，您拍的电影我全部看了，真是太有意义了，一直想和您把酒言欢。今儿个既然碰面了，不如赏脸到楼上九少爷的私人包厢里面，大家聚聚？”

卢玮希不待宗九接话，就抢先答应：“好啊好啊，九少爷是东欧的传奇人物，楚少早就有意高攀，既然你们诚心相邀，那恭敬不如从命。楚策，我们走快点儿，不要让九少爷等急了。”

那男人稍一愣，好似才认出面前这个不请自去的女人是谁：“这位小姐就是楚少的……Gillian小姐？”

没想到这人知道自己的英文名，卢玮希心里诧异，面上笑着点头：“对，如假包换，我中文名叫卢玮希，英文名就是Gillian，你可以叫我卢小姐。”

男人目内泻出一丝戏谑，立即哈哈大笑地自我介绍：“卢小姐真是个直爽人，我是九少爷的私人管家鄢挚，很高兴认识您。”

卢玮希一听眼前的人就是胭脂，她有点儿不敢相信，因为这声音怎么又不太像她公寓楼下的鄢保安了？再说眼前的胭脂一看就是身手不凡又知眉识眼的大管家，和她公寓楼下那天天缩脖斜眼看抖音的鄢保安，简直是天差地别。

“你说你叫胭脂？胭脂水粉的胭脂？”

“不不不，不是胭脂水粉的胭脂，是姓鄢，单名一个挚，诚挚的挚。”鄢挚详细解释了名字，随后微微转身，边在前面引路，边朝十步外那个门上用小篆刻着“若初”两字的包厢，兴奋地喊，

“少爷，和楚少一起上来的还有卢氏集团的卢小姐。”

“快请进来。”包厢里传出的男人嗓音略显起伏。

宗九听了里面人的声音，就忍不住笑了一下，落在卢玮希身上的目光突然变得促狭了几分。

鄢挚也是恍了一下神，但很快就躬身作请：“卢小姐，您先请。”卢玮希似乎没有注意到面前两人的表情变化，也不谦让，软皮短靴嗒嗒响着踩上楼梯。

当他们一踏入门口，就已经有人在那里候着了，态度极其恭敬：“卢小姐、楚少，我们九少爷在里面，我来带路。”

卢玮希点点头，宗九“嗯”了一声，两人就跟着进了门。这包厢其实是一个套间，里间的光线暗淡门虚掩着，外面的灯光反倒不像里面那么淡柔，一盏小型水晶吊灯灯光璀璨，把房间内的各种摆设照得熠熠生辉。靠墙角边则放置了一整套的意大利进口黑色真皮沙发，房间里正中的茶几上开了一瓶红酒，蒙奇在给九少爷斟酒。见楚策和卢玮希走进来，蒙奇立即对他们点头致意，互相打了招呼之后，卢玮希的视线就落到端坐不动的九少爷身上。

九少爷迎着卢玮希探究的目光，坦然从容，指了指对面的沙发：“请坐。”宗九和卢玮希依言坐下。

“刚才来不及介绍，现在介绍一下，这是卢玮希，我哥们儿。”落座后，宗九对卢玮希的介绍简单明了，然后又指着九少爷对卢玮希介绍——

“烈顿家族的九少爷，我表哥的好友亨利，烈顿家族的下任继承人，烈顿家族虽低调却是欧洲有名的财阀。尤其是亨利，他不但是金融大亨还是经商奇才，东欧数得上的电信业基本上都有他的股份。玮希，你们奇迅要是想在东欧有所发展，必须要和亨利多多交流，没准他会关照你。”

据传烈顿家族名下，控股公司遍布全球，庄园不下五百，金融、电信、牧场、矿产、金石、服装、餐饮等产业不胜枚举，以欧洲财阀之首称之，绝非虚话。正因如此盛名，烈顿历届继承人皆被人传成神般人物。而不管哪任继承人，均罕现于自己家族所在地，一般会选择别国首都或者风景绝佳的城市居住，遥控管理自己的家族，这也是烈顿继承人最神秘的存在。

想到这里，卢玮希一脸崇拜地看向九少爷："那我们奇迅在东欧的5G项目，可要向九少爷多多请教了。"略一顿，她又语出惊人，"原来大名鼎鼎的九少爷也是喜欢交游广阔的。"

九少爷专注地听着："不然呢？"

"外人都把九少爷传得如神似仙，我还以为您高高在上不食人间烟火呢。"

"哦？"九少爷悄悄深呼吸镇定心弦，"现在让你失望了吗？"

卢玮希摇摇头："只是怀疑而已。"

"怀疑什么？"

"怀疑这场景是不是梦中，神秘高贵的烈顿家族九少爷竟然坐在我对面！"

听她说得这么可爱，宗九"噗"一声笑出来。卢玮希突然伸手在宗九手背上拧了一下，耳听得"嘶"一声痛呼后，她存疑的眼瞳内才释然："看来这不是梦。"

"你真的很有趣。"

卢玮希一怔，忽听到九少爷低低的笑声，压得很轻很轻，就像是天使手中的竖琴，发出那种撩拨人心弦的声音。奇怪的是，竟和萧珩有几分雷同，就连眉目神韵，亦有些许近似……这是错觉还是他们两人关系太好，导致言行举止同化了？

"怎么，我脸上有东西？"九少爷的目光深沉，嘴角噙着一抹若有似无的浅笑。

卢玮希一愣，才知自己竟盯着九少爷看了良久，抿抿唇，迅速收回目光："哦不，我在想……"

"她在想，"宗九黑瞳闪过魅异，懒洋洋地接口，"你和我表哥是不是一人？因为你刚才的表情、动作、笑声都明显和我表哥雷同。"

卢玮希嘴角抽了抽，刚想解释，就听到九少爷的声音缓缓响起："我和萧珩认识二十多年了，太过熟悉又太过佩服彼此，偶有相似之处也不奇怪。"

宗九听完他的解释，一脸动容，但看向卢玮希的目光却别有深意。卢玮希咬牙，只得再为自己遮掩一下："呃，我不是那个意思，是楚策一直在国外，不谙汉语的精髓，九少爷可以忽略他的玩笑。"

九少爷点点头，盯着卢玮希笑了笑，突然说出一段让她始料未及的话来："既然都是朋友，就不要叫我'九少爷'了，我的中文名字叫萧衍，朋友间直呼我的名字就好。"

正进门的安德鲁听到屋内的萧衍这么说，不由一怔：虽说烈顿和萧氏本是一分为二各自壮大的同宗财阀，但少爷很少以萧衍这个中文名示人，难道这位卢小姐真有什么不同？

卢玮希霍地站起来，无法置信："你说你叫萧衍？我能问问是哪两个字吗？"

萧衍抬手指向安德鲁："去把我的护照拿过来。"

安德鲁飞快地出去，又很快进来把护照递给卢玮希。

第七十一章　如初

卢玮希打开，护照里的资料显示，这个萧衍的年龄以及国籍都与她认识的萧衍赫然不同。此时她已经再没有任何疑问，已彻底明白，当年与她柏拉图的萧衍，以及那个受伤男，根本就是萧珩，整个计划做得天衣无缝，令她蒙在鼓里至今。

“原来九少爷是英国国籍，我还以为你和萧珩一样是中国国籍呢。”

“不好意思，让卢小姐失望了。”萧衍对着卢玮希歉意地笑笑，继而抬眸看向安德鲁，“事情办好了？”

“是的，我已经打发她走了，说您此次来江南是为了办正事，拜访之类的繁文缛节都不必遵守，如果她主子坚持要见您，也得等到三日之后，再看您的行程能不能挤出时间见她主子一面。”

萧衍想也不想就直接摇头：“三日之后的行程也满了，你去让她们别等了。”

“说了，少爷，我也已经把您的意思表达清楚了，可叶无双坚持说您本月就要和箐公主订婚，中国行就当提前度蜜月了。”

霍箐明知她已经认出叶无双，还敢让叶无双来找九少爷逼婚，就不怕她把当年目睹的惨案说出来吗？还是霍箐仗着联姻有恃无恐，已安排好人来灭她的口？原本正激动得小脸发热的卢玮希慢慢地冷静下来，高智商的大脑高速运转，面上力持镇定。

安德鲁出去之后，侍者端来了几杯咖啡，恰好是卢玮希平素爱喝的那种。宗九的目光却落在萧衍面前的酒瓶上，见萧衍没有给他倒酒的意思，他撇撇嘴，嫌弃地推开自己面前的咖啡杯，不待人家招呼，就起身拿了一只酒杯，抓起酒瓶给自己斟上。

嗅了嗅，晃了晃，呷了一口后，咋舌称赞：“这酒竟是拉菲中的珍品，玮希，来品尝一下。”说话间，他毫不见外地把杯子递到她唇边。

卢玮希本想拒绝，见宗九冲她使眼色，她只得就着宗九的手假装抿了一口。她对宗九有救命之恩，宗九对她有解疑之义，加上两人来此的目的相同，所以演戏就格外逼真，但看在旁观者眼里，就是另一种解读了。

萧衍看上去和刚才一样，淡然的神色实际上已起了细微变化，浓眉几不可察地薄蹙，唇角也微微轻抿：“两位热恋的模样，看上去真是令人羡慕。”

和佛系修仙人宗九热恋？卢玮希差点儿把口中的红酒喷出唇外：“九少爷，您太幽默了吧？”

这就幽默了？萧衍正想更幽默些，忽然，一阵怪异的声音很有节奏地在安静空间里响了起来。

顿时，鄢挚和蒙奇的表情有些扭曲。

卢玮希也是一怔，下意识地看向身边的宗九。而这时，宗九身上又发出一个这样的声音，比刚才响得还要惊天动地。鄢挚死死咬唇忍笑，而蒙奇本想忍住，最后还是"扑哧"一声笑出声来。宗九捂着自己的小肚子，一本正经地呵斥："笑什么笑？从早上到现在，我只喝了一杯咖啡，我也是人啊。"

萧衍没有笑，似乎想到了什么，摇摇头，微带歉意地拿起一盒点心给他："是我疏忽了。你先吃点儿点心垫底，我马上让人给你们准备晚餐。"他的话音刚落，鄢挚已经拿了菜单过来。

萧衍征询着卢玮希和宗九的意见，点了菜。

大家坐到餐桌边的时候，卢玮希的目光开始四下打量。这家会所外表看来很普通，不过包厢内在装修倒是很有几分怀旧的特色，用了怀旧的墙纸作为装饰，到处挂满了黑白老照片。靠近墙壁的架子上放着各种古董，背景音乐是舒缓的钢琴曲，演绎的曲子正是那首在萧珩车上听过几次的《如初》。她一时间只觉得眼前这幅景象有几分眼熟，却又想不起来到底是哪里熟悉。

"你觉得这里如何？"萧衍见她游移的目光终于停下，这才开口问道。

"布置得有腔调。"卢玮希顿了顿，又多补充了一句，"背景乐也有腔调。"

"哦？"黄色灯光下，萧衍嘴角含笑，立体的五官线条因此而柔化了不少，"这首曲子，是多年前为一个朋友创作的，所以Asever公司旗下所有会所的背景乐都会循环播放。"

卢玮希收回有些飘移的心思："是吗？怪不得我觉得很好听，想来你那位朋友也会觉得好听吧。"

萧衍盯着她看了许久，眯着眼睛又问："你真的觉得音乐和歌词都好听？"

卢玮希是真的很喜欢这首歌，初听很惊艳，再听很心酸，听多了觉得内容包含万千："九少爷，我是真觉得都挺好，只是我习惯曲终人散，不会为谁独享悲欢，不然早就柔肠百结地想人生若只如初见了。"

萧衍听了，不由低笑出声："你的回答很有趣……"顿了顿，不等她接话，又看似漫不经心地说，"对了，都说要你别老叫我'九少爷'，不介意的话，就直接叫萧衍吧。"

卢玮希本来也不是很喜欢先生、少爷、小姐这类官方称呼，听到他这么说，想到他就算不是她以为的那个萧衍，但他的确是萧珩的朋友，就点头答应了。正在这时，饭菜也开始陆陆续续上来了，萧衍不再说话，只是意思性地尝了尝，卢玮希也是浅尝即止。而宗九则因先前被卢玮希罚站没吃午餐，又觉得味道不错，所以就放开了肚子。

席间，卢玮希几次想把话题引到霍箐身上都没成功，吃到一半时，心急的她放下餐具，刚一抬起头来，看见萧衍也正在望着她，嘴角含笑，眼神中似乎带着几分亲昵，但转瞬就消失不见，让她以为自己不过是看花了眼。

"怎么，这里的饭菜不合口味？"

卢玮希摇摇头："不……饭菜很好，只是来之前吃过晚餐了。"萧衍挑挑眉，露出一个理解的笑容来，转而去和嘴巴塞满食物的宗九寒暄。

晚餐后，宗九和萧衍寒暄得颇为投机，大有相见恨晚之势。

萧衍得知宗九和卢玮希来会所的主要目的，竟是想听会所后面寺院的钟声，遂力邀他们留宿会所，等候夜半钟声。

盛情难却，卢玮希和宗九婉拒不下，遂从善如流，欣然留下。

回到客房，卢玮希这才想起来，刚才在席间似乎没有从宗九口中听到任何与霍箐有关的内容。又或者是她多心了，宗九是想时机成熟再说？那么宗九认为合适的时机是不是半夜时分呢？半夜鬼敲门，这实在是太令人期待了。可这鬼……她的眼光转了下，突然想到件事情，不由拿起电话拨到了宗九的手机上。

两人通过话，毫无睡意的卢玮希穿戴整齐地去叩响宗九的门，然后拖着睡眼蒙眬的宗九一起来到会所听钟声最佳的房间——萧衍的书房。因着晚餐时候萧衍交代了，要为大家准备消夜，是以等卢玮希和宗九进来时，各种消夜摆满了他书房内的一张临时餐桌，而换了身休闲装的萧衍只挑了一颗樱桃，然后就转为喝茶。

宗九吃得欢快，卢玮希也表现得很是没心没肺，两人合作无间之下，满桌子美味消夜十去七八。

"萧衍，你怎么不吃呢，难道你怕胖？"卢玮希第一次称九少爷为萧衍，竟顺溜得好似叫了很多年。

萧衍坦然看着她："我今天胃不舒服，这些美味你替我吃了也一样。"卢玮希一怔，她替他吃也一样，什么时候他和她这么熟了？

诱婚

Induce Marriage (下)

期海飞鱼 著

新世界出版社
NEW WORLD PRESS

第七十二章 告状

边上的宗九却偏偏喜欢节外生枝，人生苦短又枯燥，不乱，哪来好戏看。

“玮希，这是我最喜欢的老婆饼，给你尝尝？”

“为什么？”卢玮希很是配合地接口。

宗九挑衅的大眼内多出一丝丝甜蜜：“我们不是在热恋中嘛，当然是你吃我吃都一样。”

卢玮希张了张口，还未说出话，耳畔就响起悠扬的寺院钟声，而在这钟声里，萧衍望着她那恍神的模样，眼神渐渐深沉，露出一丝意味深长的笑：“既然两位有默契，正好我们会所后天有个形象代言人选拔赛，要是有兴趣，你们不妨一起参加？”

“选上了有代言费和奖金吗？”宗九挑起一边的浓眉，唇边勾起一丝玩味，“或者，参选的都是什么人？”

鄢挚善解人意地接过话头：“代言费七位数起步，奖金是会所钻石卡一张外加巴黎七日游，报名参选的都是美女……”

“哦，江南出美女，从美女里再选美女，那肯定美得惊心动魄……”

卢玮希嗤笑一声：“楚策你真是孤陋寡闻，就知道江南出美女，难道不知维也纳的箐公主是美女中的美女吗？哎，要是她来参赛，江南美女指定靠边站。”

鄢挚心里激叹：卢玮希果然是冲箐公主来的！

萧衍看了她一眼，换了个坐姿，一脸事不关己高高挂起的坦然。宗九则眼睛一亮：“箐公主？哈，知道知道，霍氏家族的掌上明珠，人美钱多、交游广阔，我刚筹划个豪门恩怨片，她来了正好，是吧，鄢管家？”

鄢挚敷衍地笑了笑，不发表任何看法。

蓦地，书房窗外有一爬墙的利索身影进入卢玮希的视线之内。

饶是叶无双闪的速度够快，还是被卢玮希擒住她看过来的目光，充满怨毒、焦虑、恨意、惶恐。即便叶无双的身形很快消失，卢玮希仍觉得叶无双肯定会潜伏书房周围监听他们的谈话，并且她怀疑，萧衍的身边，除了鄢挚，还有箐公主别的眼线。用别人的耳朵，听她借别人嘴巴说出自己想表达的内容，是不是很爽？

“你找箐公主，是找她投资你的新电影吧？如果是，那还是算了，我听说她已经和烈顿二少爷联手投资了大生意，应该没钱投给你了。”

宗九瞪大眼睛模糊不清地嘀咕：“什么时候的事？我没听说过她和亨瑞投资啥啊。唉，这个霍箐，她要联姻的是老九，找老二合伙算怎么回事？他俩可是叔嫂，哦不，未来的大伯弟媳。”

唱作俱佳，真不愧是……萧衍的眸底闪现丝丝惊讶，遂以拳抵唇，轻咳掩饰自己的感慨。

鄢挚则呆滞地望了望宗九，然后很是委婉地驳斥卢玮希："卢小姐有所不知，箐公主和我们二少爷是姑表兄妹，何况烈顿家族有规定不允许她和九少爷联姻但却和二少爷联手做生意。"

霍箐和亨瑞是姑表兄妹？卢玮希一脸莫名地眨眨眼睛："萧衍和亨瑞是兄弟，那萧衍和霍箐也是姑表兄妹喽？啧啧啧，原来是传说中的表兄妹联姻啊。"

"这个……"鄢挚偷偷看了主子一眼，获得主子的默许后，才清了清嗓子，"我们少爷可没对外说同意联姻，据我所知，我们少爷早就心有所属。"

卢玮希心里嘀咕，面上却笑得一双眼成了月牙："既然你这么了解，那冒昧问一下，你们少爷喜欢的人与箐公主相比，谁更美呢？"

"这……每个人对美的定义不同，当然是仁者见仁，智者见智了。"鄢挚回答得很圆滑。

"这会儿仁者、智者都不在这里，"卢玮希看了萧衍几眼，那眼神怎么都不像是客人看主人的眼神，转头又去问鄢挚，"鄢管家，你按照抖音的水平来说，她们两位哪个更符合你的审美？"

抖音的骨灰粉鄢挚在心里激叹了一下，难怪少爷让他化化装再出来，原来卢玮希怀疑上了他："我……"

"你不要为难鄢挚了，他只是我的管家又不是我爹，你借他胆子他也不敢回答你。"一直沉默观战的萧衍突然笑着为鄢挚解围，"你要是真那么好奇，不如留下来亲自看看。"

"真的吗？箐公主身份尊贵，你心有所属之人肯定和她身份差不离……真能轻易让我一次见俩贵人？"

萧衍靠在沙发上，右手食指微微弯起，看上去心情很好："Asever会所虽是实名制私人会所，但这次活动的立足点是寻找真善美，并不是谁出身贵族就选谁。霍箐参加不参加不一定，但她应该会来，而我属意的人，你也认识，她一定会来的。”

他属意的人她认识，她认识的女人，数得上的不外是：明珠、金子、胡俐，甚至林榆雁、客新妆，可这几个女人，看着哪个都不像啊。难道是一面之缘的？

霍箐、霍雅……不知怎么的，卢玮希的思路一岔道，脑中忽然闪过一行泛黄的字：箐雅丽姿舞翩翩……可这行字，是在什么地方看到的？她却一下子想不起来。

“玮希！”看热闹不嫌事大的宗九见她发呆，就碰了她胳膊一下，“就算你见到萧衍喜欢的人，人家霍箐来不来不一定，你又没见过霍箐，怎么评判她们的容貌？”

卢玮希眉一挑，扬唇淡笑：“你忘了？我见过霍箐。”

萧衍黑眸微闪。

鄢挚突然想到维也纳公寓的事，心里一咯噔：“卢小姐……见过箐公主？”

卢玮希忽然笑了，连声音都轻快了许多：“上周我陪萧珩去维也纳出席了一个联谊会，会上遇见了霍箐。”顿了顿，她话锋一转，“别看她顶着公主的名号，我却很不喜欢她。”

呃……鄢挚完全没料她如此直白，一时接不上了。偷眼向萧衍望去。萧衍正垂眸品酒，看不到半丝真实情绪。

卢玮希一副受害者忍无可忍的样子：“如果霍箐只是拉着人出场给林榆雁撑腰也就算了，可是她不该插手我们卢家的事。”

宗九喝了口茶：“清官难断家务事，霍箐估计是不懂这话的意思。”

“不懂就能面对面地给我一枪？幸亏当时人多她失了准头，不然今儿个就是我的头七！你们说，这口气搁在你们身上，能咽得下吗？”

宗九把手里的杯子重重地放到桌上，杯中的茶水溅了出来：“咽不下！”

萧衍摩挲着杯子，宗九义愤填膺。鄢挚作为随机应变的管家不能让聊天变成批斗会，于是他说：“联谊会我和少爷没有参加，所以情况不是很清楚，不过东欧遍地都是持枪分子，箐公主没准是被人陷害的……”

第七十三章　绿帽子

“陷害她？这话说出来，是你信还是我信？”卢玮希以为鄢挚在偏袒他的真正主子霍箐，语气就开始不客气了，“不瞒你说，就算没有今晚的偶遇，我和楚策也是要找萧衍的，现在遇上了，我想问问萧衍。”

鄢挚有些惊讶，不明所以地看向对面的宗九，以眼神询问，后者啧啧两声：“必须问。”

鄢挚听得一头雾水，又转眸看向好整以暇地坐在沙发里的萧衍，只见他不知何时放下了酒杯，指尖夹着香烟，微不可察地弯了弯唇角。见此，鄢挚惊得目瞪口呆。

“问我什么？”萧衍突然开口。

卢玮希抬眼和他对视：“问你，我和霍箐算总账的话，你会不会戴着绿帽子也要护她？”

绿帽子……鄢挚拍桌子：“你放肆！”

“鄢挚。”萧衍淡淡的声线平稳低沉，鄢挚就像是被针扎了一下的气球，瞬间瘪了下去。萧衍看着卢玮希，仍是一派不急不躁的清雅：“你说霍箐和我二哥暗中合伙又插手你的家务事，还对你开枪，你有证据证明是她做的吗？”

卢玮希立即拿出手机，在他面前晃了晃：“这里有霍箐和林榆雁谈话的录音，以及她对我开枪的视频，算不算证据？”

萧衍迎着她的视线，一派坦然：“如果证据确凿，我不会护短。”

谁知卢玮希并不打算见好就收，似乎非要逼着萧衍说出“我会怎么怎么处理”之类的话才算安心：“会公开取消联姻，然后对媒体说出原因吗？”

蒙奇只当卢玮希以为他们主子是软柿子使劲捏却不知道他的脾气，就跳出来指着卢玮希：“己所不欲勿施于人，卢小姐这是想干涉别人的家事？”

卢玮希似乎才想起来自己在干涉萧衍的家务事，一脸羞答答的不好意思：“我……我不是那个意思……萧衍是萧珩的朋友，我就是觉得他这个人不错……”

萧衍看她一眼：“哦，我人不错？那你倒说说，我是什么人？”

卢玮希刚才不过是随便找了个恭维的原因，大概没想过萧衍会这么刨根问底问下去，这下真的词穷了，支支吾吾了半天：“你……你是个比萧珩好的好人……”

萧衍听了先是一愣，然后哼笑了一声，继而真的笑出声来。

卢玮希进门之后没见过他这么笑过，笑得太像萧珩欣赏她出糗时候的样子了，她有些怔然地看着他。

“你放心……如果她真做了那些事，就算家里长辈再喜欢她，我也不会姑息养奸。”

“你不会姑息养奸，那你们家族会不会护短？毕竟她是你……”

卢玮希话未说完，就听到蒙奇的怒喝声突兀地响起：“放肆！你就这么对我们少爷说话？就算是你们市长，也是对我们少爷客气得尊如贵宾的。”

“蒙奇你这话就不对了啊，市长要招商引资，讲究的是礼待外商，对萧衍的态度自然温如春风啊。”宗九停止吃喝，走到蒙奇身边，在他背上揩了揩手上的食物渣，“而卢小姐是苦主，你不会以为苦主得柔情似水地向萧衍诉说自己被欺负的惨状吧？”

“你——”蒙奇可以容忍别人对自己不敬，却无法任人对他家少爷不恭。他甩开宗九在他背上来回滑动的手，然后瞪着宗九怒声道：“你可是萧先生的表弟，该站哪一边不会选吗？”

“蒙奇。”萧衍抬指示意他闭嘴。

蒙奇虽心有不甘，不过还是立即噤声。

卢玮希则不受任何影响，继续顺着自己的原意说：“外界都说霍家有两个如花似玉的孙女，小孙女霍雅即将和萧珩联姻，大孙女霍箐即将和你联姻，你和萧珩既是朋友又即将是连襟，你们的实力单个论我都望尘莫及，更不用说加起来了。所以，和霍箐相比，我就是弱势群体，我说那些不是放肆，就是求个心安而已。”

“如果是求心安，那我可以坦白告诉你，传言总归是某些人的一厢情愿，不会变成现实！至于我二哥和霍箐之间的事，我这个做弟弟的不想妄断，不过……”

萧衍的目光专注地盯着卢玮希的面庞，不知想到什么，语气轻缓却坚定：“若霍箐真的对你开枪，那么请你相信，我会代表家族给你个合理的交代。”

合理交代的说辞，卢玮希不信有多合理。软的不行开始来硬的："我明白你的话外之音，也知道我和霍箐身份悬殊，在你们眼里是小人物。不过这里是江南，如果你不让我满意，我真想做点什么事出来，你和萧珩再厉害，也不一定拦得住。"

"当然拦不住啊，强龙不压地头蛇，地球人都知道！"宗九幸灾乐祸的表情像打了鸡血一样。

卢玮希瞪了宗九一眼，宗九只当没看见，继续不紧不慢煽风点火："玮希是小人物，卢家也根基浅，不过，据我所知，玮希奶奶卢老夫人可是个人物。她合作的布亚诺家族你们应该不陌生吧？呵呵，双方合作的第一条就是主动为对方排除异己。玮希只要把这些资料传过去，那后面的事，她就不管了。"

扔下这一席话，宗九自觉成功完成任务，就仙飘飘地走出了书房。

一听宗九把卢老夫人说成个实力派的黑帮老太婆，卢玮希真是哭笑不得，张口想解释，结果见宗九转眼就不见了，她连声再见都来不及说，就追了出去。

第七十四章　心战

书房内，蒙奇不断地偷瞄坐在椅子上闭目沉思的萧衍，良久之后终于忍不住开口：“少爷，我真不明白，您为何要对他们如此纵容？您看那个楚策，太不知深浅了。还有那个卢小姐，就算有个黑道背景的奶奶，也太嚣张了吧？”

萧衍睁开眼睛，黑眸中满是清明：“你没看出来，他们是故意的吗？”

故意出言挑衅亚通新任总裁，他们还想不想在通信界混了？

“‘楚策’是在试探我对卢小姐的态度，而卢小姐在试探我对霍箐的底线。”萧衍起身走到窗前，双手插在裤袋，“她啊，也越来越鬼精了。”

“呃，哪里鬼精了？依我看，她只是没见过世面，不知天高地厚。”因刚才被挤对，所以蒙奇对卢玮希的印象真是坏透了，“要不是少爷您包容她，她能有命说那话？”窗外埋伏的狙击手又不是摆设。

“你错了！”萧衍从遥远的夜空收回视线，转头看向他，“她既然敢说，就说明她必然确定自己可以全身而退，你忘了，这里是江南，她倚仗的不是她的黑道奶奶，是明家。明家在军界政界都混得风生水起，市长都是明将军的门生，江南是明家的天下。何况那个‘楚策’在边上推波助澜，话说，你当真没认出‘楚策’是谁？”

蒙奇听得一头雾水：“他是谁啊，不就是楚策吗？”

鄢挚白了他一眼，没好气地呛声问：“你说他是楚策？你不记得楚策昨天预订包厢说要请少爷吃晚饭？”

蒙奇被呛得抓了抓头发：“……我记得啊，客新妆刚才不是去老宅……”

“新妆去老宅就是替少爷见楚策，刚发了与楚策在老宅见面的视频，这边楚策刚出门，老宅离这里少说也得二十分钟车程，你说楚策用了什么分身术？”

蒙奇愕然地张大了嘴：“天，刚出去那个楚策是假的？”

鄢挚点了点头，又白了他一眼：“要是真的，新妆见鬼了不成？”

蒙奇摸不着头脑了：“那刚出去的楚策是谁？”

萧衍回到座位，抿了口水：“小九。”

小九……蒙奇面容僵滞，想到刚才他对宗九态度不够尊重，以及宗九睚眦必报的个性，他的脊背立即泛出凉意，止不住哀号：“少爷你得救我啊。”

萧衍没有接话，迅速打开会所走廊的监控，目光落在显示屏上，看卢玮希并未走出会所，只是和宗九说了几句话就进了他给她安排的客房，薄唇浅浅地勾出一抹弧度。

“对霍箐，少爷想怎么处置？”

萧衍转过头，淡冷的视线迎上一双鄢挚询问的眼眸。

“如果她不能证明不是她做的，那就通知这边的人，遣送她回维也纳，通知威廉，按照毁约待遇惩罚。”

“可是……”鄢挚踟蹰半晌，“少爷，老爷子曾说威廉是烈顿的恩人。”

“鄢大管家，”一直抱着狙击枪潜伏书房外，又在维也纳目睹霍箐对卢玮希开枪经过的安德鲁突然跃入窗内，“威廉为烈顿立下汗马功劳，霍箐又没为烈顿做过什么。何况霍箐和二少爷一直过从甚密，其心可诛！再说了，就算卢小姐出身不如霍箐，可她背后有个布亚诺家族啊。哎，布亚诺家族可是北美五大黑手党家族之一，难不成你想让少爷为一个不喜欢的霍箐，惹上后患无穷的黑手党？”

“……”鄢挚被呛得张口结舌。

眼见鄢大管家接连受挫，萧衍不但没安慰，笑又染上唇：“安德鲁，一会儿通知厨房文火熬上红豆粥。”

“好的，少爷。”安德鲁恭谨立答，转身走了出去。

蒙奇下意识地多嘴一问：“是给卢小姐吃的？”

萧衍点头，难得耐心地解释：“她每次像刺猬一样逞强都会整夜失眠，第二天早上又后悔得猛喝红豆粥美容了。”

卢小姐这么私密的习惯少爷咋知道的？蒙奇听得一脸蒙圈：难道自家这不喜露面于人前的少爷，厉害得变成读心神探……一见面就读出人家卢小姐的习惯了？

第七十五章　危机

回到房间，卢玮希这才想起来，今天自从撞车后萧珩似乎销声匿迹了——又或者，是她错怪了他，今天顾金撞她的车真不是他授意的？可顾金不会也不敢无缘无故撞她的车，更加不会对胡俐一见钟情，搞那么多花头，是想提醒她胡俐是沈临风的人呢，还是想通过胡俐过招沈临风？

想到沈临风，她不由想起沈临风轻轻松松就能让金子安排霍箐带霍雅出现在她面前的情形，也不是省油的灯啊。斟酌一下，拿起电话拨到了沈临风的手机上。

“这么晚了还不睡？有什么事情吗？”沈临风的嗓音似乎永远是那么温柔。

卢玮希懒洋洋地笑笑：“你还记得上次你说带我去试菜的Asever会所吗？”

“当然记得，怎么了？”

“上次我觉得那边外表看着不怎么样，今天居然发现这里面别有洞天，尤其是可以听到禅院钟声。”

沈临风听到她孩子气的口吻，不由失笑：“你今天不是回家舌战群雄吗，难道大获全胜后就一个人跑Asever会所听钟声了？”

“不，来这里是和一个客户谈事，家里的事也算暂时平息了。”卢玮希想起刚才在萧衍书房听到的禅院钟声，就显得心情很不错，“要是今晚事情比较顺利的话，一周后我请你来这里夜听钟声。”

“好啊，我会记得提前让人去预订房间，保证你能住到听钟声最佳的房间。”

挂了电话，沈临风却不由皱起了眉头：Asever会所是纯实名制消费的顶级会所，里面有两大最吸引人的地方：一是周围的建筑物里都听不到动静的时候，会所里面仅有的几个客房能听到若有似无的禅院钟声；二是会所里面不定期举办活动都很别出心裁，比如即将举行的代言人选拔赛。可是，就这两大亮点而言，就算是会员若不是白金级别的。想随时订到听钟声的客房或者参加活动，都是不可能的！怎么可能随便一个普通客户就给不是会员的卢玮希订到房间？恐怕只有玮希这个对感情迟钝的人才这么想吧？

他思忖了一下，又拨了个电话出去：“是我，去查一下，今天晚上都有谁是非会员而在Asever会所留宿的。”

消息很快就过来了，今天晚上只有三个非会员在那里留宿。

沈临风看着除卢玮希之外的那两个人的名字，脸上的表情瞬间沉下。

凌晨一点，书房里，汇报完情报的叶无双站在书桌前低着头，目不斜视。

“无双，你跟着姐姐也有十来年了，你是什么样的人我们也都清楚。这些年不是你护着，姐姐也不可能安然无恙地坐在这儿。”

霍雅先将好话说尽，然后话锋一转：“可是你也知道，姐姐不只是霍氏家族的大小姐，还是即将和九少爷联姻的对象，多少人盯着她，等着挑她的疏漏。你这次失误幸亏我父亲能努力挽回，否则我父亲那里你要怎么交代？”

“我出了错，任凭先生处罚。”叶无双回答。

霍雅安慰地拍了拍叶无双的肩：“什么处罚不处罚的，虽说上次你中卢玮希的算计让我哥哥差点儿暴露，但我父亲念你跟了我姐这么多年，只是让你回我爷爷那边去。”言下之意，江南乃至霍箐身边已经没有她叶无双的容身之处了。

叶无双定了会儿神，弯腰向办公桌后面始终沉默不语的霍箐鞠了个躬，又对霍雅点点头，这才离开。

待书房只剩下她们两人，霍雅才问：“这到底是怎么回事？无双做事一向谨小慎微，怎么会上次中了卢玮希的计，这次又被卢玮希利用，还惹得九少爷怀疑你，怀疑到否认联姻。”

霍箐从书桌上拿起手机，点开图片，一张张浏览，却默不作声。

这时，有人敲了敲书房的门，是霍箐的司机：“大小姐，柳妈问您明早在不在这里用餐？”

霍雅接过话茬：“当然在！让柳妈做那个桂花圆子，父亲明早会过来，他最喜欢吃这个老味道，我们姐妹俩陪他一起吃。”

司机接到命令，刚想离开，忽然听到霍箐问：“昨晚你和无双跟踪卢玮希去Asever会所，九少爷请他们去包厢前见过卢玮希没有？”

司机回想一下：“见过，在会所门口见到还打了招呼。”

霍箐点点头：“没你事了，出去吧。”

书房的门再次关上，霍雅这才恍然大悟："卢玮希……认出了萧衍？"

霍箐瞥她一眼，从书桌抽屉里摸出Treasurer牌香烟，抽出一支，点燃吸了一口，透过泛白的烟雾，显得漫不经心。霍雅倒是一副如临大敌的样子："那卢玮希也认出萧珩了吧？幸亏目前卢玮希还摸不清咱们的底细，否则这次不出大乱子才怪。姐，我看你还是把她绑起来或者干掉吧，免得她搞事抢萧衍、萧珩。"

霍箐自负地一笑："有姑婆在，萧衍和萧珩只能是咱们的。"

"姑婆？姑婆捏住萧衍的把柄……当然会让萧衍娶你，可萧珩呢？"霍雅还是担心，"萧衍那么高不可攀，竟然一遇到卢玮希都像变了个人似的。这里面要没有我不知道的利益牵扯，就是卢玮希迷惑男人方面的确有手段。姐，你和父亲要是下不去手，我来做。"

"不是我下不了手，"霍箐叹了口气，"是萧衍。萧衍拿咱家的秘密要挟我别动她。不然当年我就让无双倒车碾死她了。"

闻言，霍雅一副见了鬼的样子。她没听错吧，她姐要联姻的萧衍，竟拿她家秘密要挟她姐别动卢玮希？她就不信了，卢玮希何德何能让萧衍如此？她倒要试试，借别人之手动卢玮希，萧衍就算查了出来，敢不敢动她！

第七十六章　证据

与此同时，Asever会所里灯光次第熄灭。

萧衍回他的房间时，路过一座人造的古风茅草亭。他看到卢玮希坐在茅草亭里打电话，灯光洒在她的身上，让她的表情隐在暗影里。冷风拂过，吹起她的长发，远远看去，像是虚无的幻觉。

“谁的电话？”不知不觉，他已经走到她的身边。

卢玮希挂了电话，注意力还在电话里，只是下意识地回答：“我师父。”

没想到她会对聂风如此重视，萧衍微微挑眉：“哦，听说你很信任你师父，那你有没有告诉你师父你手里有霍箐的罪证？或者，聂风有没有问你今晚在会所都看到了谁，甚至问你有没有见到我和萧珩？”

这一连串的问题问出来，每个问题都问到点子上。卢玮希捏住电话的手微微 僵，心里飙起惊涛骇浪，面上却似乎这时候才回过神：“什么？”

萧衍站在光里，所以看不太清他的表情。卢玮希被他造成的巨大阴影笼罩着，越发显得她娇小纤细。

揣测不出他怎么会知道聂风的问话，卢玮希干脆不说话。

萧衍也并未在这个话题上纠缠，好似真的只是随口那么一问。

“拿来。”他忽然道。

卢玮希疑惑：“什么？”

“你录证据的手机。”

卢玮希抿了抿唇，把手机放进口袋，想从茅草亭里出来，萧衍却整个人挡在那里。她抬头看了看他，萧衍面无表情地望着她，终于向后退了一步。

卢玮希走到茅草亭外面的花丛边，从花丛摸出一只厚实的铁皮盒，打开后，她之前给他看过的手机躺在盒子里。

她有些犹豫不决，所以递给他的时候有些迟疑。

萧衍看她一眼，那里面的内容一旦公布于众，势必要引起三大财阀世家的内部地震，甚至会波及通信乃至电信行业。可在她手里，今晚之后的杀身之祸是如影随形，因为叶无双听到也看到她以此为证向他告状，霍箐很快就会知道。

“叶无双把霍箐的安危看得比命还重，你竟然也能从她眼皮子底下神不知鬼不觉地录下霍箐的罪证。卢玮希，你总有办法让人惊讶。”

他弯腰凑近，直直望进她的眼底：“不过我更好奇的是，当你拿到这东西时，外界都在传我和霍箐即将联姻，你有没有那么一瞬间，想用它要挟我把亚通的代理权给你？”

当时还真是这样想的，可他怎么猜什么都能一猜就中……她的脸上浮现出淡淡的错愕，以至于忘记立刻回答他。

萧衍神情未变，但脸庞却缓缓靠近。她被吓到，立刻摇头。

萧衍勾唇一笑，俯身贴在她的耳旁，热热的呼气拂过卢玮希的脸颊：“就算有，我劝你最好想清楚再动手。因为你最大的危险来自哪里，你好像一直都防错了方向。”

说完，他侧过头，凉薄的唇几乎要触到她耳朵，嗓音粗哑：“不明白的事，去找萧珩。”

第七十七章　闹剧

“阿妆，你看到少爷和卢玮希亲上了吗？”伏在茅草亭后面树丛里的蒙奇瞪大了眼，怀疑自己的眼睛是否出了故障，不然，怎么会花痴成这样？

“我和你看到的一样。”目送萧衍和卢玮希一前一后离开，客新妆拍拍蒙奇的肩膀，“鄢挚发信息叫我们过去商量事，快起来，别趴在这里装雪人了。”

蒙奇委屈地挪动发麻的四肢，要不是好久没见想哄客新妆开心，当他愿意冰天雪地里趴着装雪人？

“你说，宗九劳师动众地帮卢玮希，是不是和霍箐有仇呢？”

“我不是告诉你了，卢玮希救过宗九的命。”客新妆说完，转身就走。

她的步子有些大，蒙奇小跑跟上：“所以，宗九是想撮合少爷和卢玮希？”

客新妆被他蠢得脚步一顿，斜睨着他，有心不理他，又怕他的蠢给Boss惹麻烦，只得耐着性子循循善诱：“少爷的心思你还看不出来吗？要是换了别人，早就把宗九撵出去了。”

“哦，你的意思是少爷在欲擒故纵？”蒙奇愣了愣，“可是，他怎么能喜欢卢玮希呢？他要是喜欢了，那个角的戏怎么演？分饰两角……穿帮了怎么办？”

两人大眼瞪小眼地对视了半天，刚才的知性优雅女神瞬间奓毛：“警告你多少遍了！那个秘密只有我们几个知道不许说出口！”蒙奇才醒悟说错话，立即捂住嘴。

客新妆冷哼一声，大步向前，再不理他。

蒙奇天不怕地不怕就怕客新妆不理他，一路道歉，直到进入集合地的房间了还在小心赔罪：“我错了……我记吃不记打，阿妆你别生气，其实这事宗九也有错……”

“宗九怎么错了？”

寂静的房间里，安德鲁突然蹿过来接话。

“宗九错大发了，别看他肤白腿长、细腰窄背，可他恣意妄为心狠手辣。哦，还有那脸，除了少爷，谁见过他真容？恐怕咱们看到的，就是随他喜好的一张张面具。这样的人连我都怕，安德鲁你还敢说他不错？”

蒙奇越说越激动，像打机关枪似的突突突了半晌，蓦觉屋内三个人正牢牢地盯着自己，才警觉自己又说错了，不但说错，貌似还惹了祸，心里一慌：“哎……你们为啥这样看我？”

安德鲁是老实人，只会实话实说：“宗九在你眼里既然是这样的形象，那你还敢对他那么观察细致？他就在会所，你不怕犯他忌讳惹祸上身？”

“不是，谁观察……”

鄢挚凑热闹："你要是没观察他，你怎么会说得这么顺嘴？"

"我……"

客新妆对蒙奇一贯是恨铁不成钢，开口就是猛锤："你就是忌妒，妒忌宗九长得比你好，比你有女人缘，比你得我喜欢，是不是？"

蒙奇被暗恋之人锤得面皮紫涨，颤巍巍指着客新妆："你个没良心的，竟然喜欢野孩子也不喜欢我，你……"

客新妆怕他口无遮拦，赶紧截断他话："我只是实话实说，我见过他真容，他的确长得比很多人都要好，你……"

"我不干了！都是少爷的手下，你们这么喜欢他，找他来开会吧……"四大金刚里的另外三人竟合伙排斥他，蒙奇气得梗起脖子，犯了倔脾气，"我回去睡觉了。"

屋内剩下的三人一愣，都没想到平时很能开玩笑的蒙奇，就这么负气跑了。

气呼呼跑回住处，蒙奇沐浴完毕换上干净衣裤……口里突传来一声凄厉痛吼："楚策！"

这变调的吼声让正在会所各个隐蔽位置执勤的保镖们纷纷探头。

"哎哟，苏哥，您有没有听见什么响动？"正躲在会所后花园里查岗的保镖头子苏明，听新来的手下问自己，就扬起脸，倾耳聆听了一下："听见了，估计是哪个客人喝多做噩梦了吧。"

"客人？"一根筋的保镖茫然地眨眼，"我听着像是蒙奇叫楚少的声音？"

苏明私下里瞅了瞅："那就是蒙奇喝高了，估计是和楚少一起喝吧。"

"可是……"保镖被苏明说糊涂了，"少爷严令禁止咱们这些近身保镖饮酒的啊。”

“蒙奇可不是保镖……他……”差点说漏嘴，苏明在身后擦了擦手心里的冷汗，“他的眼里只有客新妆，做保镖不合适，估计又被客新妆拒绝了，想喝酒怕被罚，就跑去找楚少借酒浇愁了呗。”

“苏哥不愧是顾金从特种部队选出来的，分析得不错，就是……咦，那不是蒙奇？”

一道矫健的身影从苏明眼前倏地蹿过，紧追其后的是一脸悲愤的蒙奇。

苏明盯着蒙奇的背影，鼻子一痒，连打三个喷嚏。保镖有点蒙：“苏哥，你看到楚策了吗？”

“看到了。”苏明一边打喷嚏一边点头。

两人好不容易止住喷嚏，背起狙击枪，悄悄跟上。

“楚策，你别跑——”假楚策真宗九可是常年训练荒野求生技能，早练得体格健硕轻盈，跑起来脚底生风，以至于周身不适四肢虚软的蒙奇总也追不上，所以这叫声越来越嘶哑。相应地，他所过之处因他怪异叫声而招来的“看客”也就越聚越多。

会所最有格调的那栋小楼，是萧衍不对外开放的私人场地。此时，他刚洗漱完毕准备上床睡觉，客新妆在外面不住地敲门：“Boss，宗九他……又搞事了。”

“这次搞的是谁？”

“蒙奇。”

“原因呢？”

“初步估计，是宗九听到蒙奇背后骂他是野孩子，然后……潜入蒙奇房间，用了非常手段……”客新妆叙述完毕，又低声询问，“我们都在下注，宗九会诈出几个奸细，Boss您要下注吗？”

“嗯。”宗九是众口交赞的实力派，他搞的事向来不负他望，发小财的机会难得，绝对不能错过。

“别跑——”想他蒙奇好歹也是出身贵族自小陪少爷长大、成年后稳坐少爷身边四大金刚里的老三，现在竟落得上蹿下跳、搔首挠腮，这仇怎可不报？

他甩着两眼热泪，悲愤交集地盯着宗九：“你对我做了什么，你给我说清楚！”

宗九脚步微顿：“激动什么啊，我不过是举手之劳替你撒点料，怎么，你的小裤裤被辣粉粉熏得够辣吗？看看你那眼泪鼻涕一起来的悲壮样，知道的以为你欺客，不知道的以为你是‘Gay’觊觎楚策美色。哎，其实你只是妒忌小妆暗恋我罢了！”

这话无异于火上浇油，蒙奇用袖子抹了把鼻涕，急怒攻心：“我知道你不是楚策，别逼我撕破你的面具！宗九！”

被蒙奇戳破身份，宗九不再废话，但他急速奔跑的身形因前面突然出现的人影挡住，脚下不由一顿：“哈，你来得真及时，快看看，你家蒙奇看上我了，想霸王硬上弓，呜呼，救命哪。”

宗九有意而为之的呼叫没让萧衍动容，倒是招来了卢玮希。

“萧衍，你这是会所还是黑店？”说话间，卢玮希的身子已隔开蒙奇对宗九的追逐，“我们是你留下的客人，你家蒙奇却对楚策喊打喊杀，你管不管？”

萧衍见宗九躲在卢玮希背后冲他做出幸灾乐祸的鬼脸，身子不由也旋进了卢玮希和宗九的身形之间，看着卢玮希愠怒的眼睛，微笑道：“你想让我怎么管？”

热气吹在脖颈，卢玮希后退一步：“楚策是你邀请留下的客人，蒙奇半夜追赶客人的恶行，该不该管？”

“该。”

“蒙奇意图染指客人，该不该罚？”

“该。”

“那，”卢玮希转身指着像猴子一样上抓下挠的蒙奇，“人证物证俱在，你想怎么管、怎么罚？”

“这个……”萧衍话还未说完，蒙奇已隔着卢玮希向宗九伸出一条被抓得血红的手臂，“这是我和他的私事，别难为我们少爷，我今天一定要他……”

“哇靠——”宗九大叫着蹿出去，双臂一环，抱着卢玮希闪身躲过，然后看了看萧衍黑如墨汁的脸，又把卢玮希往身前一挡，“蒙奇不要饥不择食啊，你看你们少爷比我还帅，你真有需要，不如要你们少爷就近解渴去。”

这言谈举止，瞬间刷爆跑出来看大戏的人对萧先生那温文尔雅的楚表弟的认知。不是自己的脸面，宗九毫不在乎，拉着卢玮希左臂转身想走，萧衍迅疾伸手抓向卢玮希右手腕。

同一瞬间，蒙奇袭向宗九，抓住卢玮希的左手臂，宗九眼前一花，只得松开卢玮希的手臂，往后一闪身避开蒙奇的攻击。卢玮希还没反应过来已被萧衍疾扯入怀，一股柔力使她双肩闪电般一百八十度大转。

萧衍挡在了她身后，而蒙奇那只收不住的手，眼看要触上萧衍后背。戴了大口罩和宽边墨镜的客新妆，顾不得被卢玮希认出而身形如电地出手，将蒙奇这迅猛一势化为乌有。

看着被自己当胸击中的蒙奇，客新妆又气又怒地压低音呵斥：“一点儿小事就闹成这样，你算什么男人！”

蒙奇被怒火冲昏了头，见客新妆不但不帮他还否定他，悲愤得口不择言：“你还真是女人。”仗着他对她的爱意反过来伤害他的女人。

包含万千的一句话让客新妆一愣，明白过来刚要解释，就见蒙奇又要去追宗九。她顾不得被误会，一把拉住他："蒙奇，我一直没告诉你，其实他是……"

"我知道他是少爷的替身。"蒙奇打断她的话，一脸悲愤，"我他妈还是少爷的贴身保镖呢，都是跟着少爷混的，他这么对我，我不打服他还怎么混！"

宗九是少爷的替身，这是什么脑回路才能说出的话？

客新妆被蒙奇蠢得翻白眼："你为什么……"

蒙奇又一次打断她："为什么？你没眼睛看、没鼻子闻吗？就因为他长得好，你……就这么偏心？"

客新妆今天连着被蒙奇误会，已经到了忍耐的极限，不管不顾地去推蒙奇："我怎么偏心了？"

哼，蒙奇被推得趔趄，就和客新妆纠缠在一起，眼睛里都是悲愤："他给我衣服上面撒了辣椒粉，浴缸里放了辣椒精，你要是不偏心咋不帮我追他！"吼完挣脱客新妆的手，转身去追宗九。

辣椒粉，辣椒精？客新妆哭笑不得。

"小妆。"

"Boss，我在。"被点到名字，客新妆恭谨立答。

"宗九贪玩，蒙奇心思单纯又一根筋，他们俩就交给你了。"

"……好。"被Boss点破隐秘的关系，客新妆脸上一阵红一阵白。

"玮希！"七拐八拐跑了一圈又绕回来的宗九，见萧衍要带卢玮希离开，就追上去想把萧衍握在卢玮希手腕上的手给拿掉。

"少爷……"客新妆反应过来，凌空握住宗九伸到一半的手，"我们谈谈……"

安德鲁和鄢挚怕三角狗血溅自己身上，早就躲在一旁作壁上观，看萧衍带着卢玮希离去，而蒙奇不见了踪影，客新妆要出面找宗九谈谈……两人面面相觑，今晚的狗血，怎么如此之多？

鄢挚竟难得地小声八卦：“这里都乱成一团了，少爷还那么急地带卢小姐离开，这知道的说少爷要审问卢小姐，不知道的，还以为少爷……”

安德鲁则不甘落后地幽幽接腔：“长夜漫漫，孤枕难眠……难得遇见。”

耳听八方的萧衍突然脚步一顿，回身冷笑了一声：“你俩看起来很闲？那正好，明天有个会要开，安德鲁去替我主持，胭脂记录。”

被客新妆拦着的宗九突然开口学鄢挚的声音哀号：“别啊，少爷，你让我这只狗爪去摆弄笔杆子，还不如杀了我比较仁慈……”

萧衍好似没有听出异常，没有回头，径直带着卢玮希离开。

鄢挚则表情复杂地看了眼宗九，拽住安德鲁迅速消失。

宗九仰头望天，感觉到一道视线始终跟着自己，转回头，恰好对上客新妆避之不及的目光。

“好久不见了，小妆。”一声小妆，让客新妆不由自主地松开手，张张嘴，又一时间没想好怎么说。

宗九变了副腔调：“真是没想到，当年跟在我身后胆小懦弱的客家小妆，今日竟成了萧三麾下能文能武的干将。”

客新妆心口忽然毫无来由地一酸：“当年的熟人都这么说。”也许因为有了先入为主的印象，大家只记得她是一流的造型师，却忽略了她曾是一流的武者。想到这里，她苦笑：“其实我早知道站在我面前的是您，而不是楚策。”

“是吗？”宗九伸指抚了抚脸上的皮肤，“我还以为没人能窥破这张皮呢。”

客新妆咬了咬唇：“听说您现在……”

仿佛知道她想问什么，宗九试探地问一句：“做了卢玮希的特助？”问完见她点头，宗九笑了笑，“生而为人，我做她特助是为了报恩。对了，你现在是替谁拦住我？萧衍、萧珩还是你自己？”

客新妆有些不知所措，看了看宗九，急着解释：“都不是。卢玮希现在的处境您很清楚，Boss这样是为她好，如果您想报恩，把她交给Boss不是最好的报恩吗？”

宗九丝毫不见收敛，继续挑衅：“卢玮希的处境是很危险，可我看你家Boss的布局似乎都没考虑周全，所以才想亲自报恩。”

客新妆被逼不过，只得交底：“萧珩没考虑周全的，萧衍会弥补！”

“既然是这样，”宗九抬头瞟了她一眼，嘴角噙着一抹奸计得逞的坏笑，慢慢悠悠地转身，“我是浪子，别暗地里迷恋我了……”

客新妆顿时惊得面无人色。她隐秘的心事，他竟然全部知道。

第七十八章　闷骚男

萧衍拉着卢玮希进了独栋小楼，走到他房门前时，他裤袋里的手机响起，他掏出来看了看来电号码，就随口对卢玮希说："开门。"

卢玮希一愣，看了看房门，又看了看萧衍，就是不动。

萧衍微微歪头扫了她一眼："没见过指纹锁？"

一般人被这么一激，多半都会扯着脖子红着脸反驳。

可萧衍没想到，卢玮希缩了缩脖子，一本正经地思忖了半晌："指纹锁见过不少，就是……我没长你的指纹啊。"

萧衍低笑一声："对对对，你是没长我的指纹，但是你不试试怎么知道非得我的指纹才能开呢。"

这是什么话？卢玮希很奇怪地看了他一眼，见他走到窗口接电话，她只得望向眼前那扇精雕木门，迟疑着抬手推了一下，听到轻微的一声"咔嗒"，她掌上再用力试着推去，门应手而开，门后视野非常开阔，感觉上像一眼望不到尽头。

仔细一看，才明白那奇特感原来来自于设计，舒适空间内没有任何做间隔用的白墙，全是以幻彩璀璨的琉璃砖艺术造型巧妙地分隔出完整区域，半开放式的卧室里一张大床倚着玻璃幕墙放置，入门瞬间视线穿透玻幕融入夜空，灯亮后玻幕如镜，更把房中一切原形折射使空间放大不止一倍，使人觉得看不到尽头。

门口鞋架上面有一对扛着扫把的魔女人偶摆件，那别致的造型让被卢卓称为扫把星的卢玮希心里一动，视觉受到不小的冲击。她下意识地拿在手里反复观摩。

“你喜欢？”不知何时已打完电话的萧衍站在她身后低沉出声。

“喜欢就能送我吗？”卢玮希偏头看他。

屋子里安静得不闻人声，只有一盏水晶壁灯将两人的影子叠映在墙，浅浅橙光落在她如玉的脸上，从精致额头沿眉心而下，娇俏鼻梁和着潋滟唇色半暗半明，长睫每眨一眨便在眼底下颤出浓密阴影。那模样，男人见了想不动心都难。

萧衍前踏一步，身挡水晶灯光，光线将他颀长身形投射拉长，恰好将她身影笼罩。目光落在她轻抿的唇上，轻笑道：“当然，这屋里的东西，只要你喜欢，都可以送你。”

只要她喜欢，他就送……这熟悉的说辞，无意间暴露他的身份。卢玮希立即摆出一副正人君子样：“君子不夺人所好，这话我在维也纳对客新妆说过，不信……”说到这里，她忽觉头顶多了一物——是萧衍的手掌。

“你……”

萧衍摸向她头上那个曾因车祸而留下的疤痕，长指在那寸发不生的地方来回摩挲：“我摸到一道疤。”

卢玮希哭笑不得，“老兄，你是不是和蒙奇一样受刺激了？”

“叫我萧衍！”萧衍的掌心忍不住从发上滑下贴向她的脸颊，她侧了侧头，让自己脱离他的气息，感觉到脑中有什么一闪而过，但又怎么也抓不住。

萧衍收回落空的手，目光落在她微蹙的眉心：“你怎么会和宗九一起出现？”

“谁是宗九？我不认识他。”

卢玮希脸上无辜的表情要多逼真有多逼真，连原本垂视他胸前的黑眸也抬了起来。萧衍的唇由着大脑指令就那样贴向她……

卢玮希满眼错愕，一呆一怔之间，温软绵柔的身体就被拉入他的怀里，他微凉的唇瓣厮磨着她，舌尖却在下一瞬全然进入……

直到异性气息充溢她的口鼻，卢玮希这才意识到自己身陷的是怎样的境地……膝盖奋力蜷起，向上一顶——

“唔！”沉醉于柔情蜜意里的男人发出一声闷哼，不自觉地松开了怀抱。

“混蛋！坏蛋！”卢玮希好似忘了自己所在的是谁的地盘，她向屋内倒退了五六步，用衣袖使劲擦拭着红艳艳的唇，“滚出去！”

“小希……”

“闭嘴！谁允许你个混蛋这样叫我！”卢玮希又用力抹了几下嘴，但唇舌间尽是他的味道，这样怎么可能抹得去？这个闷骚男！

“玮希！”萧衍不但不滚，反紧跟上前，“你……不会连夜离开吧？”

“不离开还等着被你欺负？！”

“不，我道歉！”话虽这么说，可看着她那因自己而殷红的唇，心里仍有“亲她、亲她”的声音在叫嚣……“这是意外，你要不喜欢，我换个……”

“喜欢你个鬼！”卢玮希从口袋里掏出丝巾，在唇上努力地一擦，“你不是要和霍箐联姻吗，饥渴难耐的话，可以先把她召来解渴，别把主意打到我头上……”

“我没有要和霍箐联姻，也没召人解过渴。”萧衍绝对不愿意告诉卢玮希，早在多年前他就往自己脖子上套了个绳，还是个打了死结的绳，而绳子的另一头，好巧不巧就系在了她这一棵树上。其实连他自己都不明白为什么会变成这样子。

这些年里，以他的身份、地位和长相，投怀送抱的女人何其之多，然而事实证明，他是个异类，彻底打破了男人是下半身思考的动物的论调。他对那些各种肤色的女人并不冲动，即便喝醉酒也没有任何想法，更别提是在清醒的情况下。然而他又不得不承认一个令他感到羞耻的真相：只有她这棵歪脖子树，让他听听名字就有冲动。

“你以前没解渴不代表以后也不解渴，你……”

“我的心太小了，只够种一棵歪脖子树，根本容不下别的树。”

说得比唱得都好听，真相谁知道呢。卢玮希不屑地撇撇嘴：“我爸在和我妈结婚前也说他要的是一叶障目，发誓一生只爱我妈那一叶，可在我妈妈怀我的时候，还不是和我妈妈的同学滚了床单！”

萧衍笑了笑，语气轻柔得让人难以置信：“小希……我不是你爸。”

“你当然不是我爸！你就是……”

卢玮希话未说完，就见屋子的的窗子被人用利器从外击破，随着哗啦声进入了一个人。

第七十九章　单相思

来人不是别人，正是宗九。

“难怪热心留我俩住这儿听钟声，原来你的目的是……”

宗九顶着楚策的模样，怒气冲冲地踩着一地玻璃碴子刚要靠近卢玮希，就被紧跟而来的客新妆拽住：“楚少，Boss的目的您知道就好。”

咦，都到这时候了还不想让卢玮希知道？宗九毫不客气地扬声给出高度评价：“你们这群人简直是有病！”说完反手拖着客新妆就往卢玮希面前走，等客新妆挣扎出来的时候，已经离卢玮希很近了。

说实话，客新妆怕被卢玮希认出，她顾不得再拦宗九，仓皇转身，准备跑出去。

宗九这次倒是没有任何阻拦的动作，一脸无辜地提醒：“卢玮希可是眼毒得很，你跑了和尚跑不了庙。我就算不说，也不保证她会不拆你的庙啊。”

客新妆果真不跑了，她在维也纳的会所亲眼见过卢玮希算计人的样子，她是真的不想惹卢玮希。相对于客新妆的紧张，听出玄机的卢玮希表情一顿，继而字正腔圆地招呼：“原来是故人重逢，怎么，故人不给我来点儿欢迎致辞吗？”

天哪，隔着口罩墨镜都能认出她？客新妆不可思议地瞥了卢玮希一眼，也不记得否认身份了，取下墨镜、口罩，尴尬地给出三个字：“欢迎你！”

卢玮希似乎才认出她：“原来是客老板！”

客新妆愣住：“呃……你刚才没认出我？”

萧衍叹气，脸上倒也不见不屑和嘲讽：“你第一天认识她吗？她就是诈你！”

卢玮希凑近客新妆耳畔，捂着嘴，笑声从指缝里泄出：“我怎么会诈你呢，我只是……”声音越来越小得几不可闻。

趴在窗外无召唤不敢入内的鄢挚心里暗叫不好，正考虑要不要出声提醒客新妆小心，就见卢玮希突然对着客新妆扬起手，看似不经意的一个动作，但身手不凡的客新妆却软绵绵地倒下，放大的瞳孔眼睁睁看着卢玮希和宗九越窗而去。

“少爷？”等人走远了，鄢挚才敢进来，一挥手让随后进来的安德鲁把客新妆背走，然后才发现少爷的眸色深不可见。

少爷心情不好！与少爷共事多年，这一点眼力见儿他还是有的。

“客新妆的心究竟向着谁？这点事是做不好，还是不想做好？”

这点事？少爷不爽的是客新妆没拦着宗九？还是宗九破窗而入带走卢玮希？

“少爷，阿妆和宗九毕竟主仆一场。不如我替阿妆去做这件事？”

“她的年薪和股份要不要你也替她花了？你进来我有话问你。”萧衍转了身，大步进入未被打破窗户的内室。鄢挚摸摸鼻子，紧跟其后。

“卢家老夫人的底细你知道多少？”

“卢家老夫人……”鄢挚下意识重复了一句，很快就蹙了眉，“她是小人物，平时和咱没有利益冲突，所以我知道得并不是很多。”

萧衍进来后却没有坐下，而是往前几步站在透明的玻璃幕墙前，双手环胸，沉声道：“把你知道的说出来。”

“哦，卢老夫人全名夏柳，早年跟着父母留学美国，与林岚父母还有咱家老夫人相识于纽约，后因家变回国，途中结识沈婷。沈婷是叶坎的未婚妻，叶坎与卢荣是同学，夏柳通过叶坎认识卢荣并嫁给了卢荣，次年生下卢卓。卢卓读大学时与沈婷儿子叶敏德、侄儿沈屠是号称‘三剑客’的同窗好友，卢卓用计娶了叶敏德的妹妹叶敏之并生下卢玮希……剩下的，就是之前给您资料上的内容。”

这鄢挚，不愧是当年精挑细选出来的全能管家。

“东西呢？”萧衍问得模糊不清，偏偏鄢挚就能领会萧衍想要知道什么。

“卢荣留下的东西应该还在卢小姐手上。据夏柳身边人透露，卢荣早就不相信夏柳了。这也是卢荣出事，夏柳不但见死不救还落井下石的原因。”

“嗯，卢荣出事前曾去过废园，找机会，你把废园的底细透出去。”

“我马上安排，可是……”鄢挚欲言又止。

能叫这足智多谋的管家为难的事不多。萧衍从窗外收回视线，转头看向他：“你确定不说吗？”

“我刚得到消息，说霍箐让人查了今晚留住会所的非会员名单，得知卢小姐留宿她既没有发脾气，也罕见地没有威胁我。”

萧衍眉一挑，眼内有戾气划过：“叶无双不是已经走了吗？”

“她起用了另一枚棋子，这棋子和上次在维也纳那个伏击少爷的棋子同一级别。哦，那棋子已经被顾金用榴莲给解决了，没想到她还敢轻举妄动。”

“你准备怎么做？”

“她轻举妄动，说明查客人名单的动机不是争风吃醋而是受人指使。在江南能支使得动她的人屈指可数，不如明天一早我派人接她过来，您抽空见她一面，然后就找理由激她自己露出破绽。这样一来，我们既能引明珠查她这条线，也能让老爷子看清她以及她背后人的野心。”

“嗯，就这么办。另外，会所里面你再洗一次牌，查出那个为霍箐提供资料的棋子，不要惊动他，只悄悄告诉我就行。”说完，萧衍的长指揉揉眉心，但眼角却瞟向窗外，他似乎看到那边有道人影。

“那目前还由苏明带的人做安保？”

“没查出真相之前不用把他们当贼防着，否则只会妨碍到我的工作。”

“明白，对事不对人，我会告诉安德鲁。”

萧衍没再说话，鄢挚出去后，他又看了眼屏幕，卢玮希与宗九分开后接到个电话，然后就看到她咬着唇，眼泪大颗大颗地掉。

也只有叶敏之能通过电话就把卢玮希虐成这样。

萧衍一脸恨铁不成钢地把手机扔到一边，关灯睡觉。

房间里的黑暗只保持了几秒钟又重新恢复光明，萧衍坐起来颇为无奈地抚了抚额头，叹了口气：“卢玮希、卢玮希，你真是愚孝得可气！”

四处点完邪火的宗九正好推门进来：“我早说了卢玮希对叶敏之愚孝得不可救药，你上次不信还乱砸钱，这下信了吧？”

萧衍也很认真地想了会儿，似乎颇为纠结：“以前以为她双商高，现在看，似乎只是智商高，情商这块儿，有待开发。”

宗九憋着笑轻咳一声继续建议：“那我明天带她去废园开发开发情商？”

萧衍一脸莫名：“你去废园干什么？”

宗九摸摸鼻子想：不是你要鄢挚把废园底细通过明珠透给卢玮希的吗？

可是这话他不能说，说了就显得他偷听墙角，只能干笑：“我听到明珠打电话给卢玮希，说她发现距离潘家马场不足一公里的地方有个废园，并且在废园外面发现了Treasurer牌香烟的烟头。”

萧衍对这个台阶颇为满意，顺着就下来了：“江南抽Treasurer牌香烟的人屈指可数，你建议她顺着这线索查，应该会有惊人的发现。”

“所见略同！”宗九立刻喜笑颜开地跑了出去。

萧衍看着宗九欢快蹦跶着的背影状似无意地开口：“真不知道你是跟谁一伙的……”

宗九顿住，立刻转身扑过去抱着萧衍的大腿表忠心：“我当然是跟你一伙的啊。别看我帮卢玮希，其实一方面是看你面子，一方面是同病相怜，她毕竟是个女孩子，不想她被人算计得那么难看！”

“行了行了……”萧衍不耐烦地打断他，“只要不耽搁后天的计划，明天就按你的意思做，快去睡觉吧！”

等宗九出了房间，萧衍才抵着额头笑出来：“女孩子？她这个扮猪吃老虎的女孩子怕是你都斗不过，还要你帮她……”

第八十章　偷拍

大半夜被叶敏之打电话逼骂，卢玮希有口难辩只剩无声的哭泣，哭累了洗漱一下，回到床上依然睡不着。她干脆也不睡了，从脖颈上的吊坠里取出一个小巧的芯片，装在她内部专用的手机上研究。这芯片是她爷爷在出事前一天给她的，也是卢老夫人和卢卓唯一不知道的东西。里面的内容晦涩难懂，但对她这个研发芯片已十来年的高级工程师来说，就像解谜一样吸引着她去研究，不知不觉竟然研究到了第二天早上。

会所服务生敲门过来询问她是否在房间里用餐，卢玮希倒是觉着会所的服务真是好，不过她什么都不想吃，摇了摇头，最后看人家热情地推荐会所特色红豆粥，就同意送点小菜和粥过来。不是她想吃白食，实在是红豆粥对她意义非凡。

世间的粥有几百种，唯有红豆粥是叶敏之为她熬过的，坦白说，叶敏之没有双重人格之前，还是像正常妈妈一样爱过她的。妈妈的爱，她想回味。喝了一口下去，才发现这粥看着不起眼，但是味道很熟悉，一口接一口，她就这么喝着、品着、回忆着。直喝了一个小时，她才恢复正常。

刚想叫服务生进来收走碗碟，就听到房门被人敲响。抬头看了一下墙壁上的时钟，八点整。卢玮希以为是服务员，就扬声问了句："谁在外面？"

对方没有回答。她望着房门半晌，正想站起来去开门。就听到窗子咯吱咯吱地响，然后是"扑通"一下，宗九跳了进来。

"你不会等开门了再从门口进来吗？"

"门口？"宗九失笑，"你忘了我是不走寻常路的！"说完径直在卢玮希对面落座，端起坛子里剩下的红豆粥闻了闻，又嫌弃地放下。

"不瞒你说，我曾在一个地方喝过比这个好太多的红豆粥，主人是抽着Treasurer香烟的英籍华裔，身份尊贵又特别美丽且好客，你要是感兴趣，我带你蹭粥去？"

一听他话里有话地提到"聂风案"现场发现的Treasurer香烟，卢玮希立即推开碗站了起来。

他们前脚离开会所，会所后脚就来了一场大清洗。会所管理部门多名管理者被鄢挚和客新妆分别请去喝茶。

萧衍静静地坐在沙发上，看着监控视频里他的车子消失在会所门口，他同意宗九带卢玮希出去吸引对方的视线，换来时间出其不意地清洗会所。这一仗怎么看他都赢得漂亮。只是废园这张底牌就这么打出来，是他成全卢玮希，也是他想诱她入局，萧衍说不清自己到底是什么心情。

眼看她识人不清受人摆布，眼看她愚忠愚孝泥足深陷，他耐不住地出手，指点她迷途知返拨云见日，那么接下来，他和她要赤诚相见了。萧衍关了监控画面走到阳台上往外看，看着太阳一点点冲出雾霭，光芒一点点涌上来，良久之后，勾唇一笑。

鄢挚悄悄推门进来："少爷，查出来了，他想见您，您见吗？"

萧衍转身，脸上的笑容早已消失，被晦暗不明替代，连语气都有些难以捉摸："为什么不见？"

鄢挚踟蹰半晌还是问出来："少爷，您为什么要在这个时候拆穿呢，您拆穿了这一个，她有老夫人撑腰，老夫人还会通过老爷子派新的过来，我们还要费时费力地去防新人。"

萧衍瞪他一眼："废话那么多！你是怕霍箐威胁你吗？"

鄢挚缩了缩脑袋，小声嘀咕着关上门："威胁我啥啊……我妈已被您安排人救出十来天了，不是为稳住奸细我早让她出来引鱼上钩了……真是憋屈死我了……"

鄢挚的话不是没有道理，霍箐通过霍心在他身边安排的人他全部知道是谁，也一直没有动作。他知道除了这一批，还会有下一批补来，可是卢玮希太愚孝迟钝了，他和卢玮希的关系进展太慢太慢，他等不及了……只能牺牲一下。

很快有人敲门进来，站在萧衍面前。萧衍懒懒地坐在书桌后淡淡开口——

"苏明，今年二十八岁，和苏黎是亲兄弟。当年你父母跟着沈屠合伙做生意，一次意外中你父母和沈屠的夫人一起丧命。沈屠把你们兄弟先后送进了特种部队，这事没几个人知道。三年前苏黎被沈屠召回沈家又派去非洲，近期突然召回来近身保护沈临风。

"是霍箐举荐你到我这里做内应，你表面听从霍箐，实则听命沈临风，昨晚也是你把会所留宿客人名单提供给沈临风，又引鄢挚怀疑霍箐。苏明，我说得没错吧？"

人证物证俱在，虽然苏明一向谨慎不知道什么地方露出了马脚，可他知道对萧衍抵赖只会换来生不如死，不如认栽求饶：“没有了，栽在九少爷手里我心服口服，但九少爷是我尊重的人，处理我之前，我想说件事将功补过。”

萧衍耐性极好地点点头：“你说。”

苏明踌躇一会儿，似乎下了很大的决心：“之前是我的人生被沈家安排没的选择，现在既然暴露，我想另投明主。沈临风扶持亨瑞和您抢继承人位置是他异想天开，明眼人都看得出来，亨瑞的手段谋略和您比是云泥之分，我想今后跟着您。”

旁边一直站着的鄢挚看了萧衍一眼，极快地插话：“我们少爷已坐稳烈顿继承人位置，你想跟，也得让我们看看你的诚意。”

苏明立即拿出一沓照片：“这是我在维也纳偷拍还没交给沈临风的，上面的人是谁，九少爷一看便知。也许，九少爷是信错了人。”萧衍瞟了一眼，照片上的男女是卢玮希和萧珩，牵手的、拥抱的、亲吻的、深情凝视的，一张张抓拍得比真实情景还美妙。

萧衍随即唇边绽出抹意味不明的笑，漫不经心地开口：“你是想告诉我，卢玮希在和我的好兄弟萧珩交往？”

聪明人面前点到为止，苏明不再往下说，只含含糊糊道：“照片都是高清正面，是不是的，九少爷说了算。”

萧衍笑了笑，眸光明灭变幻，心意难测。

良久之后，萧衍神色淡然地看向苏明：“想要继续跟着我也不是不行，就是……叶一怎么死的你听说了吗？”

叶一是想杀卢玮希才走在路上被天降榴梿给砸死的，这死法大家心里都明白是怎么回事。但萧衍突然这样问出来，难道是为了替卢玮希遮丑也想用榴梿解决他？看来揭发萧珩和卢玮希的这步棋走错了，得赶紧补救！

苏明身形一顿，看向萧衍："九少爷，您知道的，这些年我和叶一一直不同，不然维也纳那一枪，子弹就不是擦着卢小姐衣袖而过了。"

萧衍语气温和："我知道，你在奉命而行时对卢小姐手下留了情，所以你就算被查出来，命运和叶一也会不同。作为主子，我理解沈临风培养你多年的不容易，免得你出事了他心疼，维也纳的人情今天还给你。"

眼前的命是保住了。但以后呢？苏明跟着沈临风多年，自然知道沈临风的真实作风，表面看上去爱惜人才、宽宏大量，可对失手的人，那是绝不会心慈手软。他眼底渐渐浮起几丝绝望："九少爷既然不要我的命，那么能不能看在我对卢小姐心存善意的分儿上，指条活路给我？"

萧衍的耐心终于用尽，极不耐烦地开口："回去吧！"

这就放他走？苏明不可置信地看向萧衍。

萧衍站起来抚了抚衣服上的褶皱："回沈家跟沈临风说，让他给我回电话。"

苏明没敢动，他心里清楚这里不止他一个奸细，现在这样回沈家，沈临风要是从其他奸细嘴里知道他今天对萧衍说的一番话，肯定不会轻易放过他。

萧衍走到苏明面前："今天这里大扫除，你可以放心回去。我会跟沈临风说，是我自己不想收你，和你没有半分关系。作为交换条件，这件事……"

萧衍捏着手中的一沓照片缓缓开口，眸中尽然是凌厉狠绝："如果有第三个人看到，我会让你知道什么是真正的绝路。"

苏明离开之后，鄢挚有些不放心："少爷，就这么放了他，您就不怕……"

萧衍怎么会不明白斩草不除根后患无穷的道理，可是他不卖这个人情给沈临风，那条披着竹马外衣的毒蛇怎么肯放过对卢玮希的监视？想起那个跟着宗九乱窜似乎不记得还有萧珩的卢玮希，萧衍又皱起了眉头，有些不悦地轰鄢挚："你也出去。"

鄢挚离开后萧衍又坐回书桌前。他承认，在看到照片的那一刻，他确实有些震惊，又有些隐私被窥探的恼怒，情绪纷杂，一口气憋在胸口竟让他说不出话来。

他知道这些年沈临风暗中扶持亨瑞，也知道沈临风通过霍箐派了奸细过来，为了让奸细传假消息，又利用亨瑞转移注意力牵制威廉和霍箐，他乐得推波助澜假装不知，可现在沈临风的手伸得太长，竟然派人监视卢玮希，影响了他的布局，那他只能亲手除掉这个用了很久的遮蔽。

裤袋里的手机突然一震，他拿起来打开，看到宗九发来视频，点开一看，是面色苍白的卢玮希蜷坐在副驾驶座昏昏欲睡，第一个反应居然不是让宗九察看她脖颈上的吊坠有没有玄机，而是想要去打卢玮希的手机。

拿起私线手机，他原本以为自己是背不出那个号码的，谁知手指移动之间，那串数字仿佛早就烙在脑海中般，完全无须刻意去回忆。按完最后一个数字，他把话筒贴近脸颊，不知为什么，忽然有些期待听到她的声音——可电话那头在经过数秒的沉静之后，传来的却是："对不起，您所拨打的电话已关机……"

萧衍面无表情地又听一次，直觉地以为自己拨错号码，他挂断电话，从资料上翻出卢玮希的电话号码，再次拨过去，谁知传来的仍是那句话。扔掉手机，他的目光又停在那些照片上，越看越觉得憋闷。

第八十一章　男男

直到临近中午，萧衍才接到了沈临风的电话，他看着屏幕闪了半天才接起来，语气散漫中带着不客气："你真是小家子气不懂规矩，不知道我业务繁忙这个点有应酬吗？"

沈临风在电话那头笑了一声，埋的钉子被人拔掉还把钉子送了回来，他也没必要再伪装："放出去的本没带利息收回来，九少爷怎么有心情应酬别人？我见到苏明了，浑身上下清爽干净没有半点儿榴梿味儿，九少爷这次真仁慈，菩萨心肠。"

菩萨心肠？萧衍淡幽的薄唇弯出浅弧："你这样想，是不是傻了？"

沈临风自然是知道天底下没有那么便宜的事情："不知道九少爷是什么意思？"

萧衍坐在书桌前，目光落在萧珩与卢玮希拥抱的照片上，语气不容置疑："我忙得很，就不跟你废话了。苏明、苏黎是你的左右手，拿苏明、苏黎的命换卢玮希的清静，你不吃亏。”

沈临风沉默了几秒，再开口语气急促：“你喜欢卢玮希？”

萧衍有些好笑地回答：“你觉得可能吗？”

沈临风也觉得不可能。外界都说萧衍和萧珩是换命的哥们儿，他却觉得萧衍和萧珩更像是换命的情侣。是，男人和男人之间的爱情他不懂。把这两个顶尖优秀的男人分开来做个全方位的分析，他还是不懂。

十年前，他一直琢磨不透这哥俩，现在就更加糊涂了：萧衍明知卢玮希是萧珩看上的女人，而且萧珩不但帮卢家找回儿子，还拿五百万给叶敏之，更是带着卢玮希在商界公开亮相，这都等于是官宣了。现在萧衍竟然跳出来让他不要再派人盯着卢玮希，萧衍想干什么？这其中又有什么阴谋？可是，要让他相信各方面都表现得不喜欢女人的萧衍会看上卢玮希，那更是难上加难，刚才虽然那么本能地问一句，问完之后他自己都觉得这个想法荒唐可笑。

“就是觉得不可能才会问。”

萧衍懒得和他废话下去：“既然知道不可能就不要废话。”

其实派人盯着卢玮希并不只是为了监视卢玮希，他爱卢玮希，从小爱到了现在。卢玮希太迟钝，他耐心地等啊等，一年两年三年……二十年，眼看他要等到卢玮希开窍了，没想到半路杀出一个萧珩。

沈临风想了想：“这事儿就这么办了。我一直以为，九少爷不想和箐公主联姻不是不喜欢箐公主，而是所有的女人都不喜欢。”

萧衍回了一句“我不喜欢女人，萧珩喜欢啊”，就挂了电话。刚撂下手机，鄢挚就走了进来。

“少爷，顾金打来电话，说那边已经安排好，您可以出发了。”

萧衍挑挑眉："顾金有说他撞车的事处理好了吗？"

鄢挚撇嘴："电话里我问了，他说撞车的事处理好了，就是撞心的事还在升级，刚在电话里问我借五十万，似乎……要拿钱收买一只狐狸。"

狐狸？萧衍听到这句话，右手食指就轻轻敲下桌面，好一会儿才开口："你不用个人借他，用公费给顾金划过去一百万，就说是给他泡狐狸的活动经费。"

"好的，少爷。"鄢挚说完转身出去。心里却羡慕起顾金：这财色双收的好事咋没落在自己头上啊。

距废园五百米处的梅林边，卢玮希见宗九不但不按商量好的装病去蹭粥，还取下面具，就疑惑地问："你要干吗？"

宗九食指抵在唇边："嘘，别说话，他来了。"

卢玮希一头雾水，眨了眨眼睛，视线越过宗九的肩头，看向废园门口，这才明白宗九突然停车变脸的原因。废园门外，停下一辆白色越野车，车里出来的人，竟然是聂风。从来不吸烟的聂风，此时指间夹着一支点燃的香烟。

不消片刻，废园门内小跑出来一个穿着米色羽绒服、戴着绯色帽子的女人。聂风见到那个女人，立即丢掉香烟，微笑着迎上去。

女人跑过来先是伸臂搂住聂风的脖子，聂风回应地摸摸头。她咯咯笑着头一歪，帽子落地，露出一张巧笑倩兮的脸容，竟是霍箐。聂风、霍箐，这两个平时八竿子都打不到一起的人，怎么会在这里拥抱？看他们亲密相拥着走进门的情形，应该关系匪浅。

"从平民到公主，聂风迷倒这么多女人，真是风一样的男人啊。"宗九的声音让卢玮希回过神，这才发现自己的注意力都放在了聂风和霍箐身上。回国后她私下几次约聂风见面，都被聂风以各种理由推了，算起来她有半个月没见他了。

虽然昨天卢卓说今天开始正式调聂风去集团帮他，但她明白，这人事变动的背后，肯定有她不知道的事情发生。还有霍箐，霍箐可是一心想要和萧衍联姻的骄傲公主，就算在订婚前偷吃，也不可能偷吃到已五十出头的聂风身上吧？更何况，聂风十年来一直在各种场合说他和爱人是同窗，他很爱他的爱人。同窗就算不是同龄人也得年纪差不多，总之不可能是霍箐。

她开始看不懂，正如宗九说的那样，聂风是风一样的男人。聂风和霍箐究竟是什么关系？

“你听说过吗？”

“听说什么？”卢玮希的视线仍停留在废园门口，下意识地问。

“聂风离开高科不是因为你挖墙脚，而是因为他拒绝了霍心的纳贤之意。”

卢玮希看向宗九，脸上出现错愕：“霍心也看上他了？”

宗九肯定地点头：“当然。虽然这件事被萧家压了下去，但我也算是半个萧家人，多少有些耳闻。霍心很得萧老爷子的宠爱，本人又是出身名门的商界女强人，嫁进萧家就手握财政大权，不但到处投资还到处认干儿子。在一次高科高层聚会上认识了聂风，当场就想聘请聂风为她的私人投资顾问，聂风不同意，她就各种捧，提拔、颁奖，赠送房产，无所不用其极。不过聂风是谁，他是醉心于研发芯片的通信专家，不感兴趣的事谁也强迫不了他。霍心的秘书也求过聂风，让他试着接受霍心的聘书，哪怕是兼职，还是被聂风拒绝了，惹得霍心当场给高科的大股东宗源打电话，要开除聂风，没多久，就传来聂风被你挖走的消息。”

“天……”卢玮希惊愕地捂住唇。在这之前，她心里可是一直对当年冲动去挖聂风，导致聂风跟着她受苦而心存歉疚的，没想到就算她不挖墙脚，聂风的墙脚也早已不复存在。

“你挖聂风之前有很多公司去挖他，可就算挖他的公司在通信界再有名、出再高的年薪，他都是一口拒绝。只有你的奇迅，让他毫不犹豫地选择。”

卢玮希敏感地嗅出一丝不对劲：“你的意思是，在聂风眼里，世界五百强的公司都不如我们奇迅这个小公司对他有吸引力？”

宗九刚想回答就接到个电话，也不知对方说了什么，挂上电话，他笑了笑：“是不是的，再去个地方你就知道了。”

卢玮希还没来得及问去哪里，宗九已经发动车子。十分钟后，车子在潘庆武的马场门口停下。两人刚要下车，宗九又收到一个短信，也不知短信内容是什么，但见宗九眸内现出少有的凝重，随后就让卢玮希下车先去订好包厢等他。

卢玮希只好下车一个人先进马场，边走边打开手机，关机几个小时，不出意外地跳出很多漏接电话和短消息，其他的她都不看，只点开明珠的。

明珠发来的内容不但和宗九带她看到的惊人一致，还有很多令她触目惊心的图片。抑制着复杂又激动的心情，卢玮希打通明珠电话，得知为拍这些图片伤了一个明珠的手下，她的心情低落到了谷底。挂了电话，连负责带路的服务员说了什么都浑然未闻，只机械地跟在服务员后面来到预订的包厢。

推开门进去，在落地窗前看到一个熟悉的身影。她脑海里闪过的第一个念头不是激动地迎上去，而是转身离开。但没来得及打开包厢的大门，那人已经转身快步走到她身后，一只手扣住她的手腕，另一只手猛地合上被她开启的房门，只听砰的一声。

第八十二章　怀抱

身后的人带着一股熟悉的烟草味道，还有一丝酒气萦绕在她的鼻端。萧珩俯下身来，灼热的呼气喷在她的脸颊：“从维也纳不辞而别，回国后躲着我不见，昨天借口我撞了你的车赌气，今天看到我还想逃。卢玮希，要脾气也要有个度你不知道吗？”

她向身旁移了一步，离开他的怀抱，烦躁地看着他黑不见底的眼睛：“所以你就打电话让宗九骗我来这里？”

“我只是给宗九打电话说有空了聚聚，并不知道你们在一起。”萧珩无辜地耸肩，“不信等宗九上来了我们当面对质。”

卢玮希早被明珠发来的内容搞得心神不宁，现在哪还有什么心情等宗九上来对质，不可思议地瞥了萧珩一眼，也不记得要对萧珩假装恭敬了，恶狠狠地给出四个字：“猪头猪脑！”

第一次听到卢玮希恶狠狠骂人，萧珩似乎很新鲜：“不许骂人！”

卢玮希绷着脸："我没骂人，我骂的是猪！"

萧珩抿着唇忍着笑看了卢玮希一眼："我好像记得咱俩之中有个人正好是属猪的吧？"

卢玮希顿时哑火。没错，她的确是属猪的，属猪的怎么了？又没吃他家白面。趁她低头，萧珩忽然伸手去脱她身上大衣。

她惊得手臂一甩，差点甩到他的脸上："你干什么？"

萧珩没有解释，却出手如电箍住她的腰，半抱着她就近坐下，得空的手撸起她袖子，露出她细白的手臂。

"看来开枪的人确是手下留情。"顿了顿，他抬起头看她，额前的黑色碎发因为这个动作而左右摆动。

卢玮希从没有在这个角度看过萧珩，此刻才发现不用仰视他的感觉竟然这么好。他的睫毛长长的，像是两排黑色的扇子，所以衬得那双眼睛也格外有神。

"看够了没？"萧珩嗓子微微沙哑，摩挲了一下她的手臂，"皮肤质感不错。"

卢玮希脸一红："放开。"她想把手臂挣脱出来，却不想被他握得更紧。

她自知今天是百战百败的命，便不再挣扎，皱着眉驳斥他："以霍箐对我的敌意，怎么可能手下留情？她不过是失了准头而已。"

都到这时候了还咬死开枪的是霍箐，看来她是真的想破坏联姻，不过正合他意。

"我查过了，开枪的另有其人，相信你也清楚不是霍箐吧？"

卢玮希当时就知道不是霍箐，虽然他的口气用了征询，但她心里酸酸的，特别反感为霍箐开脱的人是他。更何况，她满肚子的疑问还没有得到解答。

双手压在他肩上，刚叫了声“萧总”，包厢的门突然被人打开，顾金和傅斯年带着几个人走进来，那画面正好是萧珩坐着，卢玮希站在他两腿间，双手勾住他肩……

哇，真火辣。傅斯年挑起眼角，似笑非笑地看了一眼萧珩。

顾金却看着卢玮希，拊掌笑叹：“三哥，是不是得改口叫三嫂了？”

紧跟着，门口的其他人也都齐刷刷地看过来，好像卢玮希是什么稀有动物一样。

顾金继续发挥他的二货本色：“难怪老话说小别胜新婚，三哥都一周没见三嫂了，指定得干柴烈火啊。”

听他一口一个三嫂地叫，傅斯年怕卢玮希尴尬，就轻咳一声提醒他。顾金却理解错误，立即一脸崇拜地冲卢玮希竖起大拇指：“第一个吃到了三哥，三嫂真牛！”

他看上的女人能不牛嘛！萧珩忍不住弯起薄唇偷笑。

卢玮希无语又无辜，狠狠地瞪向坐在椅子上十分惬意的男人：“我想去下洗手间。”

萧珩知道她不善于应付这种暧昧的话题，就目送她走出包厢的门，叫了声“斯年”。

第八十三章　调情

傅斯年心领神会，对身后的人一挥手，有保镖立刻跟上。

顾金满不在乎地说：“放心吧三哥，就算是老夫人也不敢随便动你的人。沈屠刚接了老夫人的几单生意就以为自己成大佬了，竟把心思动到三嫂头上，就算咱们剁了他，老夫人也说不出什么来。”

傅斯年皱眉：“你不要冲动，这马场表面上是卢荃买给潘庆武的，实际上的控股人却是沈屠。在沈屠的地盘上闹事你能得到什么好？何况沈屠是老夫人的干儿子，现在还不能闹太僵。”

“冲动？那也比你畏首畏尾的好！要我说，既然沈临风敢在三哥跟前安插奸细，沈屠敢让奸细对三嫂开枪，咱们直接带几个人冲过去，灭了他们父子，以绝后患！”

傅斯年白了他一眼，真是秀才遇到兵。

萧珩这时慢悠悠地开口：“东西还没拿到手，就听斯年的，先给老夫人个面子，留他们父子一阵子。”

顾金不甘心：“三哥！”

萧珩挑眉：“怎么，你有意见？对了，刚刚你说我和卢玮希什么来着？”

“嘿嘿，我说你俩干柴烈……唔唔……”傅斯年捂住顾金的嘴，见卢玮希出去一会儿就很快进来了，连忙对萧珩笑着说，“三哥，我上来时候听说马场里空运来一批秋刀，你和卢小姐先坐会儿，我们下去选几样。”

萧珩瞥了顾金一眼，淡淡地应了一声：“选完你监督顾金写个年度总结给我。”

“知道了，三哥。”傅斯年应道。

年度总结？他一介武夫会写什么年度总结？顾金哀号：“三哥，我错了，三嫂，救命啊。”

才进门的卢玮希无力地扶额，刚想义正词严地驳斥顾金，就听到门外有一道软糯糯的女声响起：“顾金，你叫谁三嫂？”

卢玮希循声望过去，这才注意到门口站着精致如洋娃娃的霍雅。顾金一下子被噎住，然后睁大眼睛猛地摇头，以最快的反应速度拍马屁：“我叫谁三哥知道，来来来，我给你们介绍一下，这是奇迅的卢小姐，这是霍家的雅公主。”

“难怪看着眼熟，”霍雅捂着嘴笑了笑，继而看向卢玮希，“卢小姐，我们有过一面之缘的，你还记得我吗？”

何止是记得啊。卢玮希点点头，笑着伸出礼貌之手：“霍小姐，你好。”

两人的手一触即闪，霍雅虽始终微笑着，但卢玮希仍是能察觉到她充满打量的视线。

“萧大哥，宗九打电话给我，说亚通要选形象代言人，你能推荐我去试试吗？”

顾金知道她是醉翁之意不在酒，所以不等萧珩回答，就抢先道：“雅公主说晚了，三哥已推荐了卢小姐……的秘书。”

推胡俐出去？卢玮希看萧珩默许顾金撒谎，顿时知道他们主仆俩没安好心。霍雅知道胡俐的底细，也知道顾金在花式追胡俐，更知道萧珩对胡俐无感，所以现在恨不得让萧珩忘了有胡俐这个人，免得他顺胡俐这根藤摸出大瓜，只能尽量把萧珩的注意力引到卢玮希身上去：“卢小姐的秘书都这么厉害，真是强将手下无弱兵。对了，最近怎么没看到小朱？”

傅斯年见她要扯到朱轶群，立即笑着打断：“来来来，都别站着说话了，我快饿死了，先坐下点菜吧。”

说好一会儿就来的宗九一直没有出现。若是这顿饭只有她和萧珩，卢玮希还能明白宗九不出现的用意。可现在宗九不出现却叫来了霍雅，他想做什么？越想越不对劲，卢玮希正想找理由离开，萧珩忽然隔着霍雅伸出长臂拉住她的手腕，将她拉到他的身边坐下：“待会儿吃完饭，跟我一起走。”

在霍雅明显期待的眼神里，卢玮希本能地拒绝：“我们不顺路。”

傅斯年最会察言观色，立刻说：“卢小姐住在Asever会所306室，三哥住Asever会所307室，怎么会不顺路呢？”

萧珩昨晚与她毗邻却不出现，难道他察觉了她的动机而想暗中观察？卢玮希吓了一跳，硬生生问：“萧总，昨晚听到什么动静了吗？”

萧珩瞟了眼卢玮希，声线低沉清冽：“磨牙声算吗？”

卢玮希一下子被噎住，她昨晚一夜未眠，怎么可能磨牙，要磨也是磨刀。

“《柳叶刀》上说，磨牙不是肚子里有虫就是饿的，我都饿得要磨牙了。三哥，可以上菜了吗？”傅斯年说饿了其实是帮卢玮希解围。

酒饮饭菜点好后很快就一样样上来了。宗九一直没有过来，直到大家开吃，他都没有露面。

用餐过程中，卢玮希一直沉默，萧珩的话不多，顾金只顾着吃，只有霍雅身子前倾看向萧珩，盈盈笑语间回忆着小时候。偶尔傅斯年怕冷场而穿插些应景的话语。饭菜吃到一半，在霍雅和萧珩中间如坐针毡的卢玮希站了起来，借口去洗手间，走了出去。

第八十四章　娃娃亲

卢玮希正洗手的时候，身后突然有人推门进来。她从镜中看到来人是霍雅，礼貌地点了下头。

霍雅站在她身后一步的距离，没有回应，只是透过镜子望着她的脸，突然开口："原来是你！"

卢玮希回过头，疑惑地看向霍雅。

霍雅迎着她的目光，笑了笑："听说有个扫把星缠上了萧大哥，我当时不信，毕竟萧大哥的身份……"她抿了抿唇，语气骤变，"真是没想到，传说中的扫把星会是你。"

抑扬顿挫的说辞丝毫未引起卢玮希的怒意，她继续低头洗手，不置可否。霍雅啪一下替卢玮希关掉水龙头，拉起她的手，笑着缓缓开口，声音里透着股阴冷："卢小姐，我萧大哥是不是很迷人？"

卢玮希敷衍地笑了笑，不发表任何看法。

霍雅似乎不打算放过她，歪着脑袋问："卢小姐能被人传成那样，肯定是非常喜欢我萧大哥吧？"

发现心心念念惦记的萧衍才是平行线时，卢玮希已基本肯定萧珩就是在芝大与她柏拉图的人，他那双独一无二的眼睛早就出卖了他。但是她命太硬，动心了也得守住心。更何况卢玮希心里清楚霍雅问这话的目的。在霍雅眼里卢玮希就是个扫把星，所以她不关心卢玮希喜不喜欢萧珩，她不过是想借此提醒卢玮希，你卢玮希和我们不是一路人。

卢玮希总觉得此时的霍雅和上次在维也纳见到时不一样，尤其是态度起了变化，却不知道她是哪里得罪她了，只能笑了笑："外界怎么传我管不着，但我这人傲骨还是有的。"

"我说真的啊，如果你喜欢，我可以成全你……"

"霍小姐为什么会觉得我喜欢萧珩还得你来成全？"

"你不知道？"霍雅俏生生地歪头，咯咯笑起来，"看来你平时不怎么看新闻，竟然连这个都不知道。好吧，坦白告诉你，我和萧大哥早就定了娃娃亲的。"

卢玮希听了先是一愣，然后哼笑了一声，继而真的笑出声来。霍雅没见过她这么笑过，后退一步，警惕地看着她。

卢玮希没有别的意思，她是真的觉得好笑，都什么年代了，还有定娃娃亲的？这下她基本可以确信，霍雅是冲她而来。霍箐想杀她，霍雅想辱她，她就这么好欺负？

卢玮希笑完才沉着一张脸盯着霍雅，一字一顿地开口："霍雅，你要搞清楚，我卢玮希从来就不是什么善茬。如果你觉得我可以任你捏扁搓圆，那你真的是找错人了。"

大概是没有人敢这么忤逆她，霍雅面上有些挂不住，想要发火，却又突然想到了什么而忍住，扑哧一笑："卢小姐不是善茬，那么你看看我像善茬吗？哎呀，我好心想要成全你，你却无知者无畏。对了，你知道我爷爷吗？我爷爷不只是掌管烈顿的财政大权，他还能左右萧家的继承人人选，江山美人，你说萧大哥会怎么选？”

“你真想知道？”卢玮希斜着眼看她。

霍雅笑吟吟反问：“你不想知道吗？”

卢玮希摇了摇头，决定不走寻常路地回答：“我俩本无缘，全靠他有钱。既然你是他的娃娃亲，那么拜托你告诉他，我对他真没想法，让他不要再费钱费心费力气地纠缠我了。”

听卢玮希把萧珩贬得如同死缠烂打的二皮脸，霍雅脸上的骄傲表情终于寸寸龟裂：“呵，与卢小姐谈话真是让我长知识。坦白说，原本我没把你当作对手，因为你不够资格。但是现在看来，我对你的认知要刷新重启了。”说完也不等卢玮希接话，就头也不回地离开。

卢玮希抿了抿唇，目送霍雅的背影渐行渐远，她拿出手机拨了个号码。

“……是我……我要霍心家族三代之内的人员资料！”说完也不给卢老夫人讨价还价的机会，她果断地挂上电话。

第八十五章　在劫难逃

镜子前又站了一会儿，卢玮希等心平气静了才走出去。

刚打开化妆间的大门，就在走廊的对面看到倚墙而立的萧珩。

他两指间夹着香烟，抬起头看到她，嘴里缓缓吐出一口白雾，烟雾模糊了他锋利的棱角，却更加显得那双独一无二的黑眸深而亮。这个男人，无论从身份、地位还是相貌，都是顶好的，可惜她没资格。卢玮希只看了他半分钟，或者更短的时间就转过头再也不看他，大步向霍雅离开的反方向走去。虽然她的步履很快，但还是能感觉出有人跟在身后。

出了马场，走在冬日暖阳下，她的身影被阳光拉得很长，越发孤独。终于，身后的人耐不住性子，上前一把拉住她的手腕，止住她的脚步。

“卢玮希！”萧珩的语气低沉，“什么叫咱俩本无缘全靠我有钱？如果你不懂如何做我的女友，那么我不介意换个方法让你明白。”

卢玮希差点不厚道地笑出声："萧珩，我要是你的女友，那你的娃娃亲怎么办？"

萧珩一怔，不过几秒，他就微微眯起眼睛："霍雅都跟你说了什么？"

卢玮希别过头，一副你自己的事自己心里有数的模样。

虽然她不回答，但萧珩多少也能猜到些："霍雅的事比较复杂，稍后我会给你详说。但是我拜托你智商在线点，不要把什么人都栽在我头上。"

卢玮希早已恢复了犀利，嘴角噙着笑问："霍雅说她是你的娃娃亲，不栽在你头上能栽在我头上吗？"

娃娃亲？她这样是在吃醋？萧珩的眼中散发出一种异样、炽热的光彩："你是不信我，还是不信你自己？"

他说得郑重缓慢，却字字敲在她心上，让她坚定的心溃不成军。

"我……"她根本就不知道该如何回答。

萧珩叹了口气，颇为无奈地低语："愚孝愚忠，瞻前顾后，卢玮希啊卢玮希，你终究是不够狠啊……"

萧珩说完最后一个字的时候，他已缓缓转过身，看着一脸动容的卢玮希，示意她看手机。

卢玮希机械地掏出手机，不知什么时候她的手机竟然调了静音，未接电话和未读微信一堆，随便点一条明珠微信上的语音转化为文字，内容都让她心惊肉跳。

连读几条，卢玮希幡然醒悟，难怪萧珩一天一夜没联系她，没想到他竟然是……天哪，还以为她欲擒故纵成功，快要一步步诱他入瓮，原来她毫无察觉，螳螂捕蝉黄雀在后。他才是个中高手！看似派傅斯年帮卢卓解答法律问题，实则是诱卢卓自曝漏洞！看似用顾金诱导胡俐暴露来转移她的注意力，可一转眼就找上卢玮荣，来个釜底抽薪！难怪宗九突发好心带她去蹭粥，她还以为是宗九发现了抽Treasurer香烟的嫌疑人，宗九不过是想让她目睹聂风认识霍箐。口口声声说费尽周折通过卢卓来到她身边想报恩的宗九，根本就是他的人！

明珠发那么多信息，中心思想有三个——

一、卢荣出事的前一天，在废园见过霍箐；二、卢玮荣跟踪霍箐被发现已受伤入院，叶敏之以死相逼她求萧珩捐血；三、卢氏因卢卓虚假交易又抛售股票涉嫌欺骗股民，已被证监会调查。

恐惧和懊悔从卢玮希的心底冒出来，在这一刻她不得不承认，她不是萧珩的对手。她在一开始就不该和萧珩合作，别说一本万利了，她怕是会血本无归。他心计深沉至此，不疾不徐地布了那么久的网，只等这一刻的收网。她，在劫难逃。

第八十六章　哥哥

她早就明白，她现在不是一个人，就算不提她研发中国芯的梦想，她肩上还背负着为卢荣洗冤、为叶敏德平恨的巨任。还有卢家，就算再不管卢卓和卢老夫人，叶敏之她得管吧？卢荣辛辛苦苦创下的卢氏集团她得管吧？她现在就像是一个工匠，疲于奔命在千疮百孔的破船上，可惜她补得再快，也抵不住亲奶打压、亲爹败家、亲妈拆台的速度，根子上出了问题，今天的这一切，只不过是时间早晚罢了。

收起手机，卢玮希倒不怕萧珩了，她的大脑高速运转——

以前从未听说过卢荣认识霍家的人，那卢荣为什么会去废园见霍箐？卢玮荣跟踪霍箐被人从后面暗算，聂风也去了废园，那么暗算卢玮荣的人是聂风吗？聂风为什么要去见霍箐？他和霍箐究竟是什么关系？还有卢卓，卢卓搞虚假交易是为林榆雁套现，还是被沈屠欺骗？证监会那边，她又该怎么办？

一支烟抽完，萧珩扔掉烟头，满有兴味地看着卢玮希。

卢玮希一动不动地站在那里，身上落了一层灯光，就如同他第一次见她的那个夜晚，他一身是血，她白裙胜雪，虽然他的血染红了她的裙摆，她却异常镇定地为他止血，怕他昏过去一睡不醒，一直在耳畔亲切地叫着她以为的名字："萧衍、萧衍，你醒醒——"

十年了。外界都说上过战场打过仗的萧三心狠手辣，今时今地若是换了别人，怕是没有卢玮希这么淡定。

良久之后，萧珩心绪恢复平静，打破沉寂，认真地看着卢玮希的眼睛："那个，我并不想催你，但是我收到的消息得提醒你，证监会派去查你爸的那帮人不是吃闲饭的，你爸撑不了多久。如果你动作快点儿，我还能拉你一把；如果你拖泥带水，今天之后，我就算想拉你，都不知道该拉你哪只手。"

卢玮希苦笑，她终于明白了，因为她对萧珩的暗示一直没反应，萧珩就用这种方式让她明白——他所谓的"拖泥带水"并不是指她对卢卓、聂风、金子、胡俐的优柔寡断，而是指她对他感情的回应。

技不如人，她纠结中带着为难地看了眼萧珩："算命的说我八字特殊，日干五行太旺，日主自身太强，经常遭受坎坷挫折，虽然多半大难不死……"

萧珩挑眉示意她继续。

卢玮希顿了顿："但坎坷灾难是家常便饭，通俗地讲，就是命硬，克人，多灾多难，适合独身。"

萧珩一点儿也不在意："命硬？有多硬？能硬过人心吗？能天崩地裂吗？"这是嫌她还不够多灾多难？

卢玮希皱着眉很无语地看他："我奶和我爸说我是扫把星，有了我，他们才一直走霉运；我妈说我命硬克人，我舅舅和外公、外婆以及我爷爷，都是被我克死的，你说这些对一个女人来说，算不算天崩地裂？”

“说到命硬克人，我也不遑多让，我阿姨被我一句玩笑话带进了情敌的枪下，我妈妈死在了我的成人礼上，我外婆因为我至今被人软禁，我奶奶也一直看我不顺眼，所以我今生要找的女人一定要八字硬！正好你答应过仲董要爱她选中的继承人一辈子，我也愿意爱你一辈子，只是不知道你怕不怕我克你？”

萧珩说着就凑了上来，认认真真地看着卢玮希，似乎真的在和她讨论八字和胆量。

没想到他和她的遭遇大致雷同，卢玮希似乎找到了两人之间的共鸣，看向他的目光瞬间亲切了不少。

“这么说，我们还真是硬得天造地设？”

“嗯，前面的路还很长，天造地设的我们一起走吧？”

一个“路”字包含万千，卢玮希听懂了，终于伸出了手。

包厢里久等不见萧珩和卢玮希回来，顾金闷得慌，就拿手机和胡俐私聊。傅斯年打了个电话给保镖，保镖说刚看到萧珩带卢玮希开车走了。收起电话，他顿时明白萧珩和卢玮希的关系肯定是又进了一步，可霍雅还坐在这里守株待兔，他得沉住气好好应付。

就在顾金聊得喝干了五壶茶水的时候，终于有人来接霍雅。

霍雅临走前，傅斯年送到门口。她知道傅斯年在萧珩身边的地位，犹犹豫豫了半天看着傅斯年不说话，也不挪动脚。傅斯年最善解人意，主动问：“雅公主有事？”

霍雅嗯了一声，有些不好意思开口：“我真不是有意的，是卢小姐问，我才不小心把萧奶奶的话说了出去……”

傅斯年已听她回来说过娃娃亲的梗了，就笑了一下：“既然是老夫人的意思，回头我告诉三哥一声，三哥不会怪你的。”

霍雅点点头却还是不肯挪脚。

傅斯年好脾气地问："雅公主还有事？"

霍雅瞟了眼顾金，见他背过身聊得热火朝天并没有注意这边，才小声道："我听说……听说我姐夫昨天大半夜还和卢小姐幽会……"

这个话题傅斯年觉得以自己的身份并不适合发表看法，可眼前这个女人却是萧老夫人面前的红人，为了不给三哥惹事，他想了想才开口："九少爷现在还不是你姐夫，钻石王老五嘛，看上哪个女人去追一追很正常，你要是想把他变成你姐夫，就看你姐的本事了。"

这是护着卢玮希是吧？霍雅心里憋气，面上却不动声色地点点头，却还是不走。

傅斯年一思索便明白了她最隐秘的心思，主动开口："哦，老夫人给我打过电话，我本来想安排你住老宅的，可三哥最近事多根本不去老宅，等过了这阵吧，我一定会安排你和三哥单独见面，你回去等我消息。"

有了傅斯年的这句话，霍雅觉得针对卢玮希的反击，终于打响第一枪，就满意地离开了。送走个烫手山芋，傅斯年也松了口气。

霍雅并没有回废园，她不是不信傅斯年，而是不信卢玮希的人品。她现在认定卢玮希在萧衍和萧珩之间脚踏两只船，为了让卢玮希摔得很惨，她让司机把车子开去一栋私人别墅。

别墅离这里并不远，霍雅到的时候沈临风正在吃饭，然后就看到她风一样地走了进来，坐到他面前一言不发地掉眼泪。

沈临风继续淡定地吃饭，霍雅自己憋不住了才撒娇着开口："哥！"

沈临风猛然抬头，啪一下放下筷子："我说了多少遍了！无论在任何地方都不许叫我哥！"

第八十七章　双贱合璧

“拍到了吧？我没骗你吧？”别墅外面五百米开外的车里，驾驶座上坐着放了卢玮希鸽子的宗九。副驾驶座上，是拿摄像机调焦距对着别墅门口狂拍的明珠。

相比宗九的从容悠闲，明珠却急出了一头汗：“骗子，你就别再邀功了，快告诉我刚才进去的女人叫什么？”

宗九气鼓鼓地回了句：“骗子嘴里有实话吗？”

骗子还矫情上了是吧？明珠强压小脾气：“我收回说你骗子那句话，行了吧？”

“你还说我找你爆料是假，癞蛤蟆想吃天鹅肉是真呢？”

“咳，玩笑话嘛，收回，收回。”

“你还说了我是一群人面兽心中最无耻最卑鄙、最禽兽的呢。”

明珠哑口。这话……是她一见面就说的，一个字都不差，从这件事不仅可以看出骗子绝佳的记忆力，还可以看出骗子是个很记仇的人。不是她出口伤人或者小人之心，实在遇到骗子时，她身边还有等120的卢玮荣。卢玮荣被120带走时拽着她的衣袖小声提醒她人外有人，可她傲骨里面的优越感，也有压不住的时候。

所以当她一听骗子自我介绍说“我出身贵族，为报卢玮希的救命之恩才做卢玮希工作和生活上的特助。今天过来是我自降身份与你合作”时，二话不说就是一顿惨绝人寰的损骂。

没想到现世报来得这样快。此刻明珠除了尴尬，还很焦急。焦急的原因是她怕自己看走眼。

这些年来她一直看好沈临风，见卢玮希对沈临风的深情一直装傻充愣，她以为卢玮希是想再挑挑，就天天介绍各种钻石王老五给卢玮希挑。卢玮希每次都是敷衍了事，这一挑就挑到了二十七岁。二十七岁啊，一不留神就会剩下的年纪。自私自利的卢卓和叶敏之压根不想让卢玮希成家立业，她作为卢玮希的闺蜜自然着急。怕卢玮希孤独终老，她不是加紧地给卢玮希介绍各式各样好男人，就是时不时地在卢玮希面前替沈临风说好话，还给他们制造独处的机会。

就好比上次卢玮希让她包机出差的事，她明明可以自己包机的，最终却经不住沈临风的请求，安排卢玮希搭乘了沈临风的私人飞机。眼前的这套别墅，她早就通过非常手段查出是沈临风购买来挂在卢玮希名下的，之前她还以为是沈临风为卢玮希建造的婚房，可刚才看到沈临风的心腹苏黎亲自接了个年轻貌美的女人进去，她顿时就怒了。第一反应是卢玮希被绿了。第二反应是沈临风有秘密瞒着她和卢玮希。但是带她来揭密的人是谁不好，偏偏是她先前看不上的骗子。偏偏这个骗子还比她这个号称女版007的侦探还要消息灵通。

一时间明珠有些尴尬，她当面骂人的狠话被人用事实洗白，倒显得她有眼无珠了。可她是谁！灵光一闪，明珠很是镇定地转移话题："你来的路上不是问我是不是单身吗，当时没空回答，现在你还想知道吗？"

哟，明家小妞想对他玩美人计哪？宗九抬眸静静地看了她半晌，面无表情地摇头："之前你让我惊艳，现在你……我不想知道了。"画外音就是：之前你惊艳了我的心，我想追你，现在知道了你的蠢，我闪！

明珠听懂了，也不生气，放下摄像机，很真诚地劝解宗九："骗……九啊，不要赌气，虽然我……我们初见的气氛不是很和谐，但我吧，还算是个知错就改的好孩子，为了共同的目的，来，握个爪，咱俩做好朋友吧。"

宗九瞟她一眼："你都不了解我，就决定与我做朋友？"

明珠直接握上宗九的手，继续镇定地挽回残局："我天生慧眼如炬，不用了解就知道你是披着骗子外衣的……好人。好人都有颗好心，快告诉我那个女人是谁？"

宗九抽出手，斜睨她一眼："明珠，交朋友贵在交心，如果你心里还认为我是骗子，不用勉强。你可以闯进去，以你的身份，门口的人不敢拦你，你进去看到那女人就当面问她，不就知道她姓甚名谁了！不过你要小心点，这里是郊区，别闯进去看到不该看的。你也知道，为个秘密就杀人灭口的事多得是，偷情啊、吸毒啊，没准还有亲兄妹密谋图财害命的呢。"

明珠早就领教了骗子的伶牙俐齿，被挤对了也不生气，面不改色地翻案："我不是怕被灭口才不敢闯进去，我是怕我死了就再没人帮玮希了。玮希挺不容易的，周围遍布魑魅魍魉，我这个钟馗，得屹立不倒。"

宗九哑口无言。

明珠在心里给自己点了个赞。几个小时了，她终于在最后一个回合上扳回一局。虽然总体上她是输给了骗子，可也有可圈可点的地方啊，比如现在，骗子要是不说出刚进门那女人的身份，就不是人面兽心了，而是魑魅魍魉。

“她叫霍雅，心机和美貌都不输卢玮希，出身更是高出卢玮希一大截，是霍家的二小姐。她上面还有个姐姐，叫霍箐，这姐妹俩在国外名流圈里很有名，别人见了她们，都会恭恭敬敬叫一声箐公主、雅公主。”

哇塞，公主啊！明珠听得目瞪口呆，继而皱眉：“她们姐妹俩再有名，和玮希有什么关系呢？据我所知，玮希和霍家根本就是往日无冤、近日无仇啊，这俩公主凭啥要出手对付玮希？”

“你连这个都想不通？”宗九吊着眼角挑衅地看了明珠一眼，“难怪你家人给你取名为明猪，是猪头的猪。女人对付女人，不为情为钱还能为啥？”

明珠也是很聪明的，一点就懂。她熟知卢玮希的为人，再穷也不可能欠霍家姐妹的钱，那就是为情了。

毕竟眼前这别墅，是沈临风私下买来挂在卢玮希名下的，有没有一种可能，霍雅喜欢沈临风，得知沈临风私下给卢玮希买了别墅，就生气妒忌，继而对卢玮希出手？

“你的意思是霍雅喜欢沈临风？”

“目前看来，有点儿可能。”说完见明珠一脸愤慨，宗九支着额头闷闷地笑出来，“我是说可能，具体的，有待咱俩并肩携手去查。”

骗子这说一半留一半的劲头，是想缠着她了呗？明珠娇笑，带着诱哄：“好啊，我们先携手把已知内容发给玮希，免得她毫不知情再被人骗。”

宗九似乎受了她笑声的蛊惑，竟然真的摒弃杂念接过明珠递来的手机，开始编辑内容。

编着编着，宗九突然想到什么，就看向窗外……目光一怔，很快就想明白：“明小猪，幸亏你遇到了我，幸亏我带你来守株待兔……”后面的话宗九没有说下去，只是指了指窗外。

明珠顺着他指的方向看去，只见别墅门口又停了一辆车，车门打开，走出两个人，一男，一女。男的是穿着黑色大衣戴着黑帽子的聂风，女的是穿着紫貂皮大衣的霍箐。

“聂风竟然和霍箐在一起？”明珠惊得瞪大眼像看外星人，继而咬牙，“我早就猜到，早晚玮希要因为他出点什么事儿。”

宗九笑了：“这不是有咱俩嘛，双贱合璧，威力无比，大不了，你花钱我雇人多盯着姓聂的。”

明珠叹口气：“也只能这样了。”

第八十八章　赏脸

与此同时，被明珠担心的卢玮希和萧珩分开后刚到会所门口，就与准备出门的蒙奇迎面遇上。

吃足苦头的蒙奇眯起眼睛，没好气地看着她："都快把我们家少爷吃穷了还来，我就想着我认识的人当中没有这么吃白食的啊，原来是卢小姐。"

卢玮希知道蒙奇这样对她，是她沾了宗九作恶的光。所以也不生气，刚要开口，身后突然传来熟悉的声音："蒙奇，你不敢惹宗九就迁怒卢小姐？你家少爷这么容易就被吃穷的话，还敢养你这资深吃白食的？"

什么叫不敢惹？他是找不到宗九好不好？什么叫资深吃白食的？他是没有像别的人那样驰骋各个行业，可他替少爷逮的坏人少吗？蒙奇一双不服气的眸子，左看看卢玮希，右看看突然走过来的楚策，他知道眼前人是真楚策，他惹不起；也知道卢玮希是祸水，他更惹不起。

“哼，你们中国人除了牙尖嘴利就是歪理邪说，我现在急着去接贵客，懒得和你们辩了。”扔下这句话，蒙奇转身往外走去。

“你怎么会来这里？”目送蒙奇离去的背影，卢玮希心里有点儿担心：这真楚策现身了，假楚策真宗九再顶着楚策的面目出现，岂不露馅？不过她担心的倒不是宗九被戳穿身份的尴尬或者险境，她担心的是她想通过宗九得到的那些信息，还能得到吗？还有明珠，明珠和宗九什么时候过来？

楚策有些受伤，自嘲地笑了笑：“这话正是我想问你的。”

“我？哦……听说这里有几个网红菜，一时嘴馋就过来了。你呢，与萧珩聚会，还是拜访萧衍？”

楚策勾起唇，只是微笑，却不接话。

卢玮希摆明着是来套楚策的话，只可惜楚策知道一些内幕后不敢随便告诉她，怕她沉不住气轻举妄动，就嘴紧得很。

与此同时，与别墅相距不足十公里的加油站里，胡俐驾车等着加油。她的态度略显急躁，手中电话连着拨打了好久，卢玮希的电话始终显示无人接听。事情紧急，她打算加完油去找沈临风，因为她刚刚收到一个匿名短信，对方说卢玮希要是今天还敢在Asever会所出现，会让她后悔终生。是，她是沈临风培养并派到卢玮希身边的，可她对卢玮希是用了真心的。

今天这加油站出奇地拥堵，排几分钟了，前面还有三辆车。突然，一道熟悉的身影攫住了她所有的注意力。苏明？他不是被派去亚通做商业间谍了吗？听说亚通的总裁双商奇高又心狠手辣，苏明怎么敢单独出现在这里？这里可是离荣风通讯不远的，万一碰到个当年的老熟人打招呼，他就不怕身份败露？

穿卡其色风衣蓝色牛仔裤的苏明也同时看到了胡俐，他将原本叼在嘴上的烟随手一扔，大步走过来。如果说身份败露后不跑还存一丝东山再起希望的，那也只有她了。他和她自小被人选中，一起接受魔鬼训练，先后被分到奇迅和亚通，相同的任务和命运，相互帮点忙是应该的。

胡俐可不这么想，她一贯的做法就是公私划分得很清楚："执行任务？"

苏明点点头，见四顾无人，他压低音问："你呢？"

胡俐指了指车子："我车子没油了，等着加油。"

"听说你和顾金好上了？"

胡俐脸一红，急急地辩解："不是好上了，是……"

苏明打断她的话："是为了任务才对他使美人计对吧？我知道。刚和少爷通过电话，少爷说很满意你能让顾金拜倒在你的石榴裙下。"

满意？胡俐一怔。少爷昨晚刚叫她回去，警告她离顾金远一点儿，怎么转头对苏明说这些？该不会是……她猛地想到什么，心里一咯噔，正好前面的车子开走了，便转身回到车内，想启动车子。

"带我去见卢玮希。"苏明伸臂压着她想升起的车窗玻璃，盯着她的眼睛，"我知道卢玮希在找向她开枪的人，带我去见她，我有秘密想卖给她……"

这边，楚策通过聊天得知此刻的会所里不只萧衍来了，霍箐霍雅来了，宗九来了，甚至还有他的表哥萧珩……一想到那个牵连甚广的秘密，他越来越沉不住气，急得想把他刚刚得知的秘密告诉卢玮希。

"Gillian，其实有件事，我一直在犹豫要不要告诉你。"

卢玮希敏感地察觉他语气不对，不动声色地问："什么事？"

"就是，对了，这里的网红菜并不好，我知道江南新开了一家法国菜，不如我们去那边边试菜边谈？”

卢玮希哪里会知道楚策的心思：“都到门口了，不好吃的话，下次不听他推荐。”

他？他是谁？楚策问：“向你推荐网红菜的人，是不是我表哥……”

卢玮希极快地打断他：“当然不是，你表哥的话我一直是反着听的。”

“哦？”楚策着实一愣，“你不相信我表哥的话？”

“也不是不相信，就是……”想起靠“命硬”荣升为她男友的萧珩，卢玮希突然想恶狠狠地吐槽一下，“你表哥不是装优雅，就是装冷酷，说话更是处处设伏笔，让人一不小心就掉他坑里。选朋友还是你这样的好，豁达通透。”

“真的？”楚策幸福得差点儿站立不稳。

“咳咳……”有干咳声很突兀地在两人身后响起，紧接其后的是一个突兀的招呼声，“楚少？”

这声音，让楚策立即转身：“我当是谁，这不是亚通新任总裁九少爷吗？”

楚策这一嗓子，叫得的确有些高而变调，以至于会所门前经过的人们纷纷驻足，尤其是那些报名参选亚通形象代言人的佳丽，看到亚通的总裁不但不是糟老头子，反而帅出天际，呼啦一下全围上来，要签名的，寒暄的，拍照的，想合影怕被拒而站在萧衍四周迅速取景的……

一时间人声鼎沸，快门噼里啪啦，卢玮希怕被人拍到惹来不必要的麻烦，迅速低头，让楚策掩护她离开。

这要求对本不想让卢玮希和萧衍碰面的楚策来说，自是求之不得。颤抖的手臂紧紧拥着梦想已久的身躯，不顾萧衍凌厉的眼刀，护住卢玮希就往人群外面突围。

“楚少，你要把卢小姐带哪里去？”遭暗算后睡足八小时的客新妆一把扯住卢玮希的手臂，用力将她拉出楚策的怀抱，“卢小姐，昨晚你给我用的是什么香薰？竟让我难得酣眠，来来来，为了对你表示感谢，我给你准备了一份超级谢礼，你随我回客房去看看。”

卢玮希看得真切，客新妆见到她的一瞬间，目内的愤懑要远远多于感谢：“客老板，我们之间不必客气，谢礼不用了吧……”

“治病之恩哪能不谢啊。”客新妆亲切揽住卢玮希的肩膀，附耳低语，“今天若是你不赏我脸，那我不介意赏你脸，为了卢氏的发展，我劝你……”话锋一转，她的语调又转亲昵，“卢小姐一定不能和我见外。”

知道躲不开了，卢玮希笑着给了客新妆一个媚眼：“既然客总这么热忱相邀，那我恭敬不如从命了。”

客新妆被她媚眼一电，顺嘴而出：“你长得真美。”

卢玮希一愣，小时候叶敏之带她出去，经常听到“长得真美”“好漂亮”“像小公主”这样的称赞，但是随着家里接二连三出事，耳边听到更多的是“可怜的孩子”以及背后关于她“命硬”“扫把星”的议论。

称呼上唯一对她没有变过的，是沈临风。小时候沈临风会为了她跟别人打架；成年后，更是用尽心机想将她拢入他的羽翼下，只是方式越来越偏激。

客新妆见卢玮希发呆，只当她被夸得不好意思，故意再接再厉：“你皮肤晶莹剔透好似一只水晶梨，傲人的资本不用多可惜，走走走，我带你去看礼物。”一边将脸贴过来，“别拒绝也别说话，咱俩就这样出去。”

见客新妆如此神秘，卢玮希也开始好奇她想做什么，伸臂勾住客新妆的腰："那就走呗。"

楚策懵然看着这副亲热的画面，直到卢玮希和客新妆勾肩搭背走远了，他才转头，向脱离佳丽包围的萧衍问："哥，她知道客新妆是你手下吗？"

萧衍不答反问："你不在老宅待着，到这里来干吗？"

"咳……"楚策差点儿被自己口水呛到，"哥你这是……不欢迎我？"

"不是不欢迎，是还不够真心。"

这下楚策好似真被自己口水给呛着了，一路咳着进了萧衍的书房。

"刚收到消息，外婆回来了。"

萧衍面无表情，专心地品茶。

"不是金子拉着舅舅搞绯闻，外婆十天前就想让我妈带她回来。"楚策边说边看着萧衍脸上的细微表情，"我也是今天才从我妈嘴里得知，外婆回来是想去灵隐寺还愿。"

萧衍奇怪地看了眼楚策："你外婆想去灵隐寺你来找我有什么用？我和你外婆又没有关系，灵隐寺也不在我的管辖范围内。"

有些事大家心知肚明却不好说穿，楚策一时也不知道该怎么解释，干脆来赖的："反正我妈给我打了电话，你得帮我！"

"你想我怎么帮？"

楚策一开口就是一颗炸弹："霍箐、霍雅，二选一娶一个。"

萧衍抿了口水："霍箐、霍雅私底下做的事你不知道吗？她俩仗着有你外婆撑腰，与沈临风私下勾结，多少人折在她俩手里？我让你二选一娶一个回去，你愿意吗？"

楚策当然不愿意，可他更不愿意牵连到卢玮希。斟酌半晌开口：“哥，霍家毕竟是你要联姻的家族……”

萧衍一脸无辜地回答：“有法律规定联姻一定要固定一家的吗？”

楚策艰难地看着萧衍，艰难地开口：“没有……”

“那不就得了。”萧衍瞟了他一眼，“你这忙我帮不了，请回吧。”

“帮不了也得帮，谁让你招惹Gillian了？”楚策越说越激动，“如果不是你一会儿玩官宣，一会带她出席联谊会，外婆根本不会注意到她，现在外婆来了，你想躲清闲？”

萧衍不答反问：“你外婆突然过来，我不信你没去推波助澜。”

楚策也不再兜圈子，直言不讳：“为了Gillian后半生高枕无忧，我必须推波助澜，不然怎么一网打尽？”

萧衍笑了笑，手指轻叩着桌面，似讥还赞：“别人都以为像宗九这样风格奇葩的不能惹，其实他们都错了，表面通透心如阎罗的文青才最可怕。”

楚策被挤对得一口茶水喷出唇外，刚要大呼冤枉，只听书房的门被人敲响，萧衍刚说了声“进来”，门外的顾金就扑了进来，快步上前俯在他耳边说了几句耳语。

听完之后，萧衍淡淡地朝楚策瞥一眼：“楚少。”

有了顾金在，楚策的面部表情迅速调整到位，恢复了文青楚导的模样：“九少爷请讲。”

“我这边有点儿忙，能不能请你替我把一个人送回市区？”

一个人？肯定是Gillian！“说什么请字啊，她是我哥们儿，我很乐意送她……”楚策忽地站起来捂着又烫又痒的脸颊，“顾金，你刚对着我洒了什么？”

“我……”被少爷不着痕迹撞一下的顾金，看着自己僵在半空的手，心头却是茫然：手中为某人准备的药粉，怎么就全洒到楚少脸上了？

卢玮希跟着客新妆还在走，她疑惑道：“客老板，你到底想把我带去哪儿？”

“快了，”客新妆头也不回，继续在前面带路，“就前面。”

“前面就是湖，莫非客老板送我的礼物是投湖自尽？”

“这么小人之心，”客新妆没好气地嘟囔，“我真不想把东西交给你。”

卢玮希敏感地察觉她话里有话：“什么东西？”

客新妆忽然转身：“你害我出那么大的糗，诚恳道个歉来，我就告诉你。”

卢玮希看着她半晌，竟然真乖乖地说了声“对不起”。

“我不会说没关系的。”客新妆翘起嘴角，心里总算舒服了点儿。

卢玮希点点头，一脸歉意：“我知道昨晚得罪了你，等见到我那特助宗九了，我告诉他，让他也给你道个歉。”

客新妆翘起的嘴角僵在脸上，手指颤颤巍巍地指着她：“你，小人！”

这下轮到卢玮希心情舒畅：“怎么？要不要我再道一声歉？”

“真是的，跟着少爷什么都没学会，就学会欺负人了。”客新妆哪敢让宗九给她道歉啊，哀怨地嘟囔，“算了，给你吧。”说完她从口袋里掏出一个大信封扔过来。

卢玮希下意识地接住，没急着打开，只是问：“这是什么？”

“少爷叫我给你的东西，说是看完你就不用像没头苍蝇了。”

什么叫她像没头苍蝇？卢玮希一脸蒙，疑惑地将信封打开，看到里面有几张照片和文件，还有一只优盘。照片上的人，让她的眼底闪过一抹惊讶。

客新妆也好奇地看过来，见到照片里的人后，不由惊呼："咦，这不是聂风吗？"卢玮希连忙把东西都塞回信封，手指发抖。

"听说聂风最近霉运缠身，原来是真的。怎么，聂风不是你最信任、最尊重的人吗？少爷帮你查聂风在高科的资料做什么？难道是……"客新妆本就是文武全才的女中豪杰，一惊之后很快就想通了，用一副看外星人的眼神盯着卢玮希。

卢玮希被她看得发毛："干吗这样看我？"

"看看你有什么特殊地方能让少爷这么对你。聂风入股德兴的事连我都不知道，我只知道德兴的幕后老板是霍箐。按约定，霍箐就算嫁不成我们少爷也会成为少爷的嫂嫂，少爷竟然肯为你揭霍箐的老底。"客新妆忽然凑过来，"卢玮希，你利用宗九接近我们少爷，是不是想借我们少爷的手查你爷爷出事的真相？"

猜得真准！卢玮希白了她一眼，转身就要走，却被客新妆拉住了："喂，我帮你传递这么重要的东西，又七绕八绕帮你甩掉盯梢的人，你连个谢字都不说，有点儿不厚道吧。"

"你想我怎么谢？"

客新妆想了想："替我向少爷请个假，就说我要和蒙奇去找宗九办点儿事。"

这太容易了吧？不过看客新妆的表情，再结合曾在会所门口遇见过蒙奇，应该是真的因为蒙奇才要出去，卢玮希一口答应。

第八十九章　女人的战争

两人分手后，卢玮希立即给明珠打了电话，说有重大发现让她马上过来。明珠在电话里也说了她的重大发现，还说已经发到她们约定的秘密邮箱，让她尽快抽空去看。

挂了电话，卢玮希立即打开邮箱，一看里面的图片，她眼前一黑。良久之后才回过神，快速梳理一下思路，急匆匆回到昨晚所住的306室门口。

在身上摸了一遍，才想起她早上跟着宗九出去时忘了带房卡，摸出电话正想给前台打电话，就听到身后传来细细的脚步声和德语的交谈声。

卢玮希下意识地回头，目光竟与来人的目光相撞。

“卢玮希？”三步开外，穿着奢华紫貂皮长筒靴的霍箐挥退随从，美眸如刀般瞪着卢玮希：“你站在这里干吗？”

卢玮希懒洋洋地回答：“站在这里自然是要进房间啊。”答完招手，示意拿着门卡的服务生上前帮她开门。

这服务生正是昨晚为卢玮希开门带路的那位，他一眼就认出卢玮希是上头交代要特殊照顾的贵客，正要上前，霍箐却挥手制止：“你究竟是来帮谁开门的？”

服务生背后冒出一阵冷汗，但还是不得不回答：“我是帮……帮……”话没说完，卢玮希突然咳嗽了一声。

好吧，两个女人他都得罪不起，只能实话实说了。

“我是会所的人，自然帮会所邀请来的客人开门。”话音未落，服务生拿起卡一刷，“咔嗒”一声，门应声而开。

服务生对着卢玮希一躬身，也不敢看霍箐的脸色，就低头退了出去。霍箐的眼底迅速跃上两簇火苗，为了扳回一局，她率先进了房间，一屁股坐在正中间的沙发上，斜睨着在她对面落座的卢玮希。

“昨晚我听说Asever会所来了一个……”不是贵宾，排场却比贵宾还大的女人，这话，她当然不会说出口，“没想到竟然是你，你家不是资金链出问题了吗，怎么还有心思跑这里奢侈消费？”

卢玮希把玩着手中的信封，一脸好笑：“和你有关系吗……我凭什么要告诉你？”

“就凭我没要你的命！”霍箐傲然冷笑，“真没想到你不但不感激我，还敢恩将仇报，妄想我的未婚夫，你太不知羞耻了！”

对霍箐讥讽鄙夷又带威胁的话，卢玮希只抓住了一个重点：“你说我妄想你的未婚夫，你有证据吗？”

“证据就在你脚下，”霍箐鄙夷地瞪着她，“这屋子是我未婚夫的，你进来还不是想投怀送抱？”

“你未婚夫是谁？”卢玮希一脸无辜中带着莫名，“我刚和客新妆抱过，难道你的未婚夫是客新妆？”

霍箐一怔，很快脸上掠过恼羞成怒：“你敢污蔑我的性取向？我打死你个……”

啪！霍箐的精妆丽颜上，被人狠狠扇了一耳光。

“你打我？”霍箐捂着半边刺痛的脸颊，不敢相信地瞪大了眼。卢玮希甩着火辣辣的手掌，一副脑洞大开又财迷的样子：“我可以打你，就是得提前讲好价，一耳光一百万，一嘴巴五十万，一拳头十万。”

“你……”

“我的手好麻啊，”卢玮希夸张地揉着手掌，“你脸皮太厚了，得加钱。”

打了她还敢奚落着和她谈钱？霍箐被激怒，霍地起身，抬脚踢向卢玮希的胸口：“我杀了你！”

卢玮希侧身一闪，一脸嫌弃地睨她一眼：“价格一谈不拢就想杀人，杀了人，你还能活？”

一脚踢空，霍箐身子一个趔趄险些摔倒，这下公主脾气出来，更加怒得口不择言：“我杀你全家都是天经地义，谁让你先打我……”

卢玮希却慢悠悠地掏出早就放在口袋里的Treasurer香烟，打火机发出“叮”的一声脆响，火光乍现：“谁看见我打你了？”她坐回来，吐出一口白雾，把香烟扔在茶几上。

卢玮希竟然抽烟？抽的还是Treasurer牌香烟？

霍箐看了先是心里一“咯噔”，继而嗅到熟悉的烟味儿，喉头一紧，鬼使神差地伸手去茶几上取了支烟，捏着烟指向自己的脸：“这上面的掌印说明什么？”

卢玮希把香烟夹在指间，侧目想了一会儿，嘴角露出一抹狡黠的笑：“说明你太想陷害我而自扇耳光呗。”

霍箐点烟的动作一顿，冷笑着问：“你有啥值得我自扇耳光陷害的？”

“我爷爷出事前一天的会客视频够不够？”卢玮希靠回椅背，吐了一口白雾，“十月九号晚上，他去废园见过你。”

霍箐一怔之后大口大口地吸着烟：“你确定你爷爷去废园是见我？”

卢玮希没有否认：“想要查清一件事的真相，自然要对那件事的所有细节有所了解。否则一不小心查错了对象，可就是我的损失了。”

她的语意分明，霍箐根本用不着再明知故问：“你接近萧衍就是为了引我出手？”

卢玮希嘴角噙着笑，摇了摇头，站起身来，语气中带着挑衅：“不只是萧衍，还有萧珩，我看上了他们俩。但是呢，最终选谁做男友，要取决于你告诉我的内容，让不让我满意。”

“看上了他们俩？卢玮希，你以为你是谁啊？你简直……简直……”霍箐气得扔掉香烟，嘴唇发抖却说不出完整的话来。

长这么大，从没遇到过敢打她的人，也没遇到过威胁她的人，更没人敢当她的面口出狂言和她姐妹俩抢男人，并且那俩男人还是萧珩和萧衍。二十多年来一举创下几个纪录的，只有眼前这个该死的卢玮希！

“简直疯了！冲你这段话，我不会放过你，萧衍、萧珩也……也……”也许是气急了，霍箐突然脑中空白，词穷了。

卢玮希慢悠悠地替她往下接：“不、会、放、过、我。”

“对！你打了我，又癞蛤蟆想吃天鹅肉，他们俩都有洁癖，嫌你恶心，绝不会放过你！”

从客新妆手里接到萧衍给她信封的那一刻，卢玮希就知道她和萧衍、萧珩要从此羁绊，羁绊就羁绊吧，反正能被这样的男人不怕死地羁绊住也是她的荣幸。侧面看，这也算是对她扫把星称谓的一种否定吧。

“不放过我，我就和他俩在一起呗。反正我们仨男未婚、女未嫁。”

霍箐“啪”一拍茶几，冲口而出：“你个姓卢的渣滓，还敢做梦嫁给萧衍、萧珩？！”

卢玮希心里憋笑，嘴上继续挑衅：“萧衍、萧珩不就是俩男人么，姓卢的为什么不能做梦嫁他俩？”

“其他姓卢的我不管，但你们这一家姓卢的太坏了……”

“我家怎么坏了？”

霍箐霍地起身，一步步逼近卢玮希：“你家怎么坏了，你是真不知道还是装不知道？”

卢玮希也站起来，两手插在裤袋里捏着一个小药包，目光不躲不闪地迎着霍箐的眼睛：“我真不知道。”

“你不知道我告诉你，你奶奶夏柳口蜜腹剑，暗箭害人；你爸卢卓人面兽心，谋财害命；你妈叶敏之人头猪脑又精神分裂；你爷爷卢荣治家不严，放任家人为非作歹，死于非命是他的报应；还有你妄想癞蛤蟆吃天鹅肉，也不是好东西！你们一家统统都该下地狱，你们一家……”

卢玮希见她越说越慷慨激昂，突然出声打断她：“我们一家该不该下地狱是你们霍家该管的吗？”

“霍家才懒得管你们渣滓，是我看不过……”

卢玮希冷冷道：“所以你就伙同沈屠设局害我爷爷？”

霍箐显然颤了一下，说话语气色厉内荏起来：“你少套我话了，冲你打我那一耳光，我就能要你命……”没等她说完，就眼前一花，卢玮希插在口袋里的右手伸过来打了个响指，顿时有异物飞进她嘴里。

“霍箐，你真以为我的命是你想要就能要的？”

霍箐一时嘴巴发麻，身子软绵绵地向后倒去，目光扫过天花板，似乎影影绰绰瞥见了卢荣七窍出血的面容。

与此同时，门外传来断断续续的敲门声：“卢总，你在里面吗？我来了！”

胡俐小心翼翼地敲门。她是借上厕所机会才甩掉苏明跑来的，因为车子停得远，加上是小跑着上来，所以有些气喘吁吁的。敲了敲，见里面没动静，正准备去敲隔壁的，眼前的门忽然打开，门内露出卢玮希的半边脸。

“哎哟卢总，这地方真邪门，左右客房都挂着306，害我犹豫半天不敢敲哪。”

两个306？卢玮希一愣。立即走出门，左右看了看，发现真是这样。难怪她先前觉得哪里不对。

这会儿没了霍箐的聒噪，她认真打量四周，发现真不是她昨晚住的那间。虽然装饰摆设都差不多，但她住过的那间，好似比这个房间里多了什么，至于多了什么，她一下子又记不清。

306、307，脑中有什么一闪而过，她立即走出去，站在另一间306室的门前。鼓足勇气，伸手一推，只听“嗒”一声，门扇应声微开。透过半开的门，她看了看，室内茶几上还放着她早上离开时未让服务生收走的红豆粥。

昨晚她是住这里没错了。“狐狸，你怎么找到这里来了？”一进入室内，她就问胡俐。

“你昨晚夜不归宿，我担心出事就逼顾金，顾金找人查出你在这里，我就来了。”胡俐端的是忠心耿耿又憨态可掬的贴心小秘书的派头，顿了顿，目光四下环顾，“咦，男特助呢？”

卢玮希无语。宗九怎么可能和她住一屋？

“少爷，胡俐都求到我这儿了，您真的不去看看吗？”送走楚策又帮过胡俐的顾金回到书房，见萧衍还坐在那儿没动，就忍不住说出自己的担心，“说不定霍箐以为这里是烈顿的产业，而她是烈顿看中的联姻对象，会给卢小姐难堪或者苦头吃呢。”

“你放心。”萧衍关掉监控视频，站起身来，语气中似乎带着骄傲，“吃苦头的一定不会是她。”

既然少爷这么肯定，顾金也不好再说什么。退出书房后，他心里却很是期待：一山不能容二虎，何况这次还是两只母老虎，那场面，肯定是火花带闪电。

306房间里，胡俐与卢玮希足足密谈了一小时，直到卢玮希反复保证相信她，并且来这里只是为了散散心，绝不会有了宗九就撵她回沈临风那儿，胡俐才一步三回头地被她硬撵了回去。

送走胡俐，卢玮希接到明珠的电话，明珠说她遇到个骗子，和骗子斗智斗勇浪费不少时间，还要一个小时才能赶到。卢玮希以为她遇到碰瓷的，连声说不急，让她路上慢慢开好了。

放下手机，看着眼前的红豆粥，她叹了口气，打开从客新妆那里拿回来的信封，里面不只是照片，还有一枚优盘，把优盘连上有OTG接口的手机。优盘里的内容不是很清楚，应该是偷拍，看着既像婚礼又像Cosplay……反复看了几遍，没看懂，但她知道萧衍既然让客新妆给她这个优盘，肯定是拍到的内容对她有用，为了不被人发现，她没有拷贝内容。

目光四下搜寻可以藏东西的地方，意外看到个巨大的行李箱，她以为是宗九的行李箱送错到了她屋里，也没多想，就把照片藏在行李箱对面的地毯下，优盘则揣进她的贴身口袋。

做完这一切，她仔细听了听门外，门外静悄悄。看来霍箐在这里说话很管用，不逊萧衍多少。

想到萧衍，就不能不想萧珩，萧衍、萧珩，她心里一“咯噔”，认识以来的各种场景细节被放大，意外收获让她坐立不安。

悄悄开门，由左边的306快速闪进右边的306，关上门转身的一刹，突然被人从后面抱住。

第九十章　爱上就上

她吓得要尖叫出声，却在抬眸的瞬间蓦然愣住："萧珩？"

"我说过我住307的。"萧珩的下巴搁在她肩上，低沉的嗓音在她耳畔回荡。

307？门上明明写着306好不好？

卢玮希没有挣扎，黑眸迅速浏览过整个室内，发现衣柜的门依旧关闭，她才放心地把目光落在他脸上："你……进来多久了？"

"进来多久我也忘了，屋里暖气不足，冻死我了，记得顾金之前给我送了行李，找找放哪儿了。"边说边拥着她往前走。

卢玮希似乎已经听不到他在说什么，牙根发紧手心发麻，眼看离衣柜越来越近，只能出声制止他："别找了，箱子在我房间里！"

"在你房间里？哦……你趁我上洗手间时偷跑回来，就是为了把咱俩的东西搬到一起给我惊喜？"

虽说同意做他女朋友了，卢玮希脸上还是不可遏制地微微泛红，却不敢否认，只能硬着头皮回了一个“是”字。

话音一落，就觉得下颌一紧，脸被迫扬起，萧珩毫无预兆地低下头，精准地攫住她的唇：“我很喜欢。”

“唔……屋里……”

“接吻的时候专心点儿。”萧珩的一只手下滑到卢玮希的腰间，箍住她的腰线，使她动弹不得，而另一只手则扣住她的后脑，五指缠绕着发丝……他结实的胸膛严丝合缝地压着她，卢玮希只觉得鼻端满满的都是他男性阳刚的气味。

这个吻太过突然，也太过激烈，有那么短暂的一瞬，她几乎不知所措。萧珩熟练地撬开她的唇，舌尖探了进来，细密乌黑的碎发扫过她的脸颊，引起她的本能反应，她伸手拥抱他的腰……他的身体明显一僵：“玮希……玮希！”他略带沙哑的嗓音连续喊她名字，仿佛要将这俩字，以及这俩字所代表的一切，从此刻起，融进自己的骨血里。

卢玮希猫儿似的贴在他怀内，蒙眬的目光突然触到一道眼刀，大脑瞬间清醒，她突然改变主意，软软地叫了一声：“萧珩。”

“嗯？”萧珩慵懒地应着，鼻尖在她颈间嗅巡。

“我爱上了你，”迎住一双恶毒眼刀，她又补了一句，“也爱上了萧衍。”

“萧衍？”萧珩的惊讶溢过黑瞳，双掌撑住她的肩头，四目相对，“你说你爱上了我和萧衍？”

卢玮希假装害羞地别开眼：“好像是哦……怎么办呢？”

萧珩长长叹息：“只能……这么办了……”他倏地把她扳直，将她的身子紧压在墙，双臂擒住她的腰肢，唇舌卷没她所有的惊和叫……他的吻渐渐变得越来越深，越来越专注，也越来越诱人。

无法形容在心田不断回荡的酸甜麻涩，既微弱又激荡，潜藏的情愫变得让她惊慌，以致软绵无力。在他炽热如火的怀抱里使不出一点儿力气抗逆，晕眩地觉得全身上下每一个细胞都充盈着难以言喻的感觉。心跳声夹着他们彼此粗重的喘气声，回荡在彼此耳畔。

突然有人敲门。卢玮希还未完全恢复理智，萧珩却在那一刹那绷直了身体，像是充满戒备，又蓄势待发。

"谁在外面？"

"三哥，老夫人的车子在半道出了故障，正好遇到明珠开车就捎上了老夫人，她们已经快到会所门口了。"顾金的声音隔着门板清晰地响起。

萧珩笑了笑，看向卢玮希的眼神，多了一丝意味不明的光芒。

"我马上出去。"

"好的少爷，我先下去了。"顾金的脚步声越来越远，直至听闻不到。

萧珩轻啄她唇角："在房里等我回来，我们好好谈谈，嗯？"

卢玮希也听到了顾金说明珠把萧老夫人送来会所的事，直觉上很奇怪，就闭着眼没说话，只是胡乱地点头。

萧珩再度看了她一眼，嘴角轻勾，就要打开房间的门离开。刚碰触到门把手的时候，卢玮希忽然睁开眼："你……嘴上，有我的唇彩。"

卢玮希长睫半垂，避开他的视线，很轻柔地用手背擦去他唇上的唇彩。

而此刻在萧珩的眼里，卢玮希的一举一动都像是无声勾逗久远记忆的线索。记忆中的滋味在胸腹一荡，他的眸内一瞬间火花四溅。用指腹一点点地帮他擦干净了，卢玮希才低着头蚊子一样哼哼："好了，你可以出去了。"

“……”他长久没有作声，久到她只好抬起头来。

入目的眸光漾过浅浅水波，有种动人的迷蒙。她以为萧珩想什么事情出了神，就伸手想推他一下，谁知她的手刚伸到半空，就被他握住拉她入怀，密密麻麻的吻落在她的唇上、脖颈上，另一只手竟顺着她的衣领探了进去。她猛地按住他的手，却因四肢虚软，力道按不住。

他的手继续下探……门外突然有人在奔跑，重重的皮鞋踩在大理石地板上的声音拉回她的理智。胡乱抓住他的手，就听到隔壁房门被拍得啪啪啪响。她猛地想起隔壁是她的房间，刚要开口，隔壁的敲门声停住。

“卢玮希，你在吗？卢玮希！”宗九的声音在安静的走廊上炸开，“怎么两个306啊，你到底在哪个306里面？”

她偏过头，边躲避萧珩的触碰，边回应宗九：“我在这里，你有事吗？”

“我刚接到消息说霍箐来了，你们有没有碰面？她有没有找你麻烦？”

“没有，见了面说了几句话，她已经走了。”推开萧珩，她想去开门。

萧珩却不让她如意，直接勾腰搂回来，大掌扣住她后脑，薄唇紧跟着覆在她脖颈……

卢玮希气不忿，趁萧珩松嘴之际，她瞄准萧珩锁骨处，恶狠狠咬了下去。直咬得萧珩“哎呀”一声才松口：“宗九是不走寻常路的，你再不开门，他会破窗而入。”

萧珩揉着锁骨，冷哼一声：“你倒是了解他。”

门外的宗九耳尖得很，紧着就问：“屋里还有人吗？卢玮希，你没事吧？”

“我没事。不过，萧三找你有事。”

“萧三？”宗九顿觉乌云罩顶，连嗓音都走了调，“你是说萧……在里面？”

一声惊呼之后，门里就是一些不寻常的动静。

碍于明珠在身边，宗九心急却不好破窗，只得拉着明珠扒在门口听了半天，无奈这门隔音效果太好，什么也听不到。明珠转头问宗九：“骗子，萧珩不会打玮希吧？”

宗九也是一脸担忧：“按理说应该不会，萧珩虽然不如我温柔，不如我绅士，不如我疼女人，但他一向不打女人啊。”

“有你这么无耻自夸的吗？”明珠瞪他一眼，又把耳朵贴在门上听了听，小声嘀咕，“唉，听里面的动静，我怕萧珩不把玮希当女人看啊……”两人正说着就看到萧珩冷着一张脸打开门走了出来。

宗九吓了一跳，硬生生地逼出话题来掩饰自己在自夸和偷听：“萧，累坏了吧？”

萧珩斜睨他：“累你妹！”说完甩袖而去。

第一次听到萧珩这么骂他，宗九很新鲜：“明小猪，他骂我妹。”

明珠最擅长刺激人，百无禁忌地问出来：“他为什么骂你妹不骂我妹呢？”

宗九摸着下巴想了想：“可能我敲门的时机不对，他俩正在里面……”

“打架？”明珠想当然以为在打架，这还了得？她猛地推了宗九一下，“那你还不快去问问为啥打架？”

暧昧期的孤男寡女共处一室里……打架？宗九别有深意地看了眼明珠：“嗯，问完了我也想和你这么打一架。”

明珠一听，立即摆出实战准备的架势：“要打就现在打，谁怕谁啊。”

宗九摇摇头，转身去追萧珩，一路笑。

明珠撇嘴，刚要去敲门，突然接到一个电话，也不知电话里说了什么，她来不及敲门见卢玮希，就匆匆跑了下去。

前后不过几分钟的时间，热闹的门外就恢复了清静。

第九十一章　现场直播

卢玮希缓缓打开柜门，那里面的女人面色铁青。

“箐公主，我和萧珩的现场直播还行吧？”

霍箐看外星人一样看着卢玮希，嗡嗡嗡的耳畔响起来之前听到的一句话：你别看卢玮希表面像羊，其实她骨子里狠着呢！

提醒她的人早就看透了卢玮希，偏偏她不信还越发轻视卢玮希，才会被卢玮希算计得这么惨。她更没想到的是——萧珩放着可人儿霍雅不要，竟对没有女人味的卢玮希上下其手！

“你在找死！”

卢玮希倒是一丁点儿也没被吓住：“这就找死了？我们在床上的直播可比这激情多了。当然你肯定是没看过的，你不是说我癞蛤蟆想吃天鹅肉吗，要不你继续躲在柜子里，等萧珩回来我们再当你面直播一下，让你清醒认识到谁是癞蛤蟆？”

之前胡俐敲门时，她顺手将被她迷昏的霍箐塞进衣柜，可谁能想到胡俐走了萧珩又来？来就来吧，还对她一见面就是拥抱、亲吻……等她发现霍箐醒来从衣柜里恶狠狠看她时，她临时起意，就有了先前直播的郎情妾意。

霍箐暴怒得说不出话，直到走出门口了才蹦出四个字：“我成全你。”

多年来，她和霍雅引以为傲的就是萧衍、萧珩的未婚妻身份。可惜今天目睹了一场直播，她分辨得出来，那不是逢场作戏，而是身心投入。想起之前叶一只是碰了卢玮希的车子就死于非命，叶无双被卢玮希算计着调离她身边，她越来越觉得不能再等。为了霍雅，也为了她自己，她得尽快毁了卢玮希。

为了激怒霍箐，引蛇出洞，卢玮希漫不经心地回了句：“真巧，昨天你妹也这样说呢。”

霍箐罕见地没有还嘴，只快步走出门。

卢玮希看了看表，不过才下午四点，想到之前听顾金说霍心来会所的事，拿出手机刚要给明珠打电话，就收到明珠发给她的微信。点开来，是四张照片。

第一张是霍心与萧珩遥遥相望，第二张是霍心打电话的侧影，第三张是弯腰落座照，第四张是喝茶照。四张都没拍到正面，她的心忽然没来由地警惕起来，想了想，她决定去会会这个集所有疑点于一身的老太太。

刚踏出门口，就看到亨瑞往这边走。卢玮希知道这段时间亨瑞和林榆雁打得火热，不是一路人，她也没必要和他客套，微颔首便打算擦肩而过。

谁知亨瑞却挡住她的去路：“哟，这不是卢小姐吗？萧珩呢，他是不是还在屋里？”

“他不在。”卢玮希不想和他纠缠，就盼着快点儿结束对话。

亨瑞拿着手里的报纸和杂志在卢玮希眼前晃来晃去："看看，萧珩要订婚的消息登出来了，头条哟！我一收到就特地拿来给萧珩看。对了，我听小道消息说你之前和萧珩在媒体面前官宣过了，可这订婚消息里面怎么没写新娘的名字啊，你要不要问问萧珩怎么回事？"

他晃得卢玮希头晕，她拨开那些杂志和报纸，声音轻缓："亨瑞先生，我和萧珩的事不是你能插手的范围！至于你想让萧珩知道的事情，大概他没等刊发出报纸就知道了；你不想让他知道的事情，大概他也已经知道了！另外冒昧地提醒你一句：心软是病，骨软致命。"

亨瑞听到这话后脸色立刻变了："你……什么意思？"就算他不精通汉语的精髓，也听出卢玮希是在嘲讽他。

攻人软肋是卢玮希从卢卓身上学到的第一课。卢卓拿叶敏之威胁她多年，切身之痛让她知道掌握每个人弱点的重要性。残忍，却是最好用的。

看到亨瑞的反应，卢玮希很满意，收起了刚才的犀利，语调稍微带点礼貌地问："请问，你还有事吗？没事的话我先告辞。"

这次她没等亨瑞回神便抬脚走了。她没有乘电梯下楼，而是选择步梯，才走到了楼梯拐角，便看到顾金站在角落里竖着大拇指，一脸敬佩："三嫂的犀利真是令人佩服。"

卢玮希知道他装痴卖傻接近胡俐的目的，就算被他称呼为三嫂，也不点破，笑了笑却没说话。

顾金立刻走过来，一脸讨好地笑道："三嫂，您听说我们老夫人来了吗？"卢玮希心想你敲门告诉萧珩时候那么大声我能听不到？就点点头。

顾金四顾一下见没人，缩了缩脑袋，小声嘀咕着："既然您知道了，那我就实话实说吧。唉，这一趟我不愿意跑的……可是您也知道，按身份呢，我就是萧家的包身工，老夫人让我宣传……我不能说不啊，可要说霍雅和我们少爷定过娃娃亲，我都觉得不可思议。三嫂您说，老夫人……是不是老糊涂了？”

真定娃娃亲了还用四处宣传来造势？卢玮希倒是来了兴趣，兴致盎然地看了半天顾金的表演，但依旧没说话。

顾金自顾自地说了半天，好像突然又想起了什么：“哦，对了，胡俐的车子我已经让4S店给弄好了，有空让她去看看，要是她不满意，我割肾卖肝也要让她满意。”

卢玮希点点头便离开了，边走还边听着顾金在她身后小声嘀咕：“娃娃亲都没反应，看看那位……Merlin都火烧眉毛了，三嫂呀，您到底爱不爱我们少爷啊……”

嘀嘀咕咕见没效果，顾金傲娇地走在卢玮希前面，继续嘀咕。

你们少爷都不急你急什么呢？卢玮希边走边心里感叹，Merlin是霍雅的英文名吧？霍雅火烧眉毛应该是想坐实娃娃亲。而萧老夫人还没见到她就让顾金来传话，这下马威，她接，还是不接？

不知不觉，她已被顾金带偏路，走到了会所后门。

后门有棵造型别致的青松，枝干上积满了雪，却依旧挺拔坚韧。她觉得自己走错路了，就在后门边上的花园里绕来绕去，绕到一片梅林，远远看去，梅林里有两道人影，便紧退了两步，躲到了一棵参天古树后面。

难怪顾金嘀嘀咕咕说Merlin，她当时还以为Merlin是霍雅的英文名，原来是梅花林。霍雅正笑着和萧珩说着什么，刚刚见过面的顾金已经跑到了这边，站在离他们不远不近的地方做透明状。萧珩帅气的眉眼在冬日暖阳下柔和了许多，连带着那五官都带着温和，有那么一瞬间卢玮希觉得大概萧珩对霍雅也不是毫无感情的。

“这脚踏两只船的戏码，演得真感人，是不是？”

卢玮希正看得出神，耳边忽然响起一道男声，滚烫的热气喷在她的耳朵上，陌生而危险的男性气息把她吓了一跳，猛地躲开转头去看，是阴魂不散的亨瑞。

她皱眉，不动声色地向后退了一步，但亨瑞仍旧察觉了：“咦，卢小姐刚才不还很理直气壮地讥讽我骨软吗，这会儿我想骨头硬些了，你又怕什么？”

卢玮希看着他的眼睛，笑了笑：“怕？只要我叫一声，萧珩马上就会过来，而且这光天化日的，你敢杀我吗？”

谁知亨瑞竟然不依不饶地继续凑上来，眯着眼睛上上下下打量着她：“我还以为你这么硬气仗的是沈临风，但如果是萧珩，看来你是不了解霍雅的手段。”

卢玮希冷着脸看向梅林，也不知梅林里的霍雅是不是发现了她，或者是故意通过顾金引她来。只这么一会儿工夫，梅林里空空如也，萧珩、霍雅、顾金早不知去向。

“就算萧珩不在，会所里还有很多安保人员，只要我大喊一声，他们不会见死不救。”

亨瑞没想到卢玮希这么临危不惧，就阴恻恻地笑笑：“卢小姐真是镇定自若。没错，这会所平时是有不少安保人员巡逻，不过今天情况不同，萧老夫人来了，他们都被集中到前门迎接萧老夫人去了，卢小姐以为这样也能唬住我？不过卢小姐倒是有一点说对了，我的确不会杀你，对我没有好处的事，我做来干吗？”

“既然这样，那我不耽误你的时间了。”

卢玮希转过身，亨瑞身边的两个侍卫忽然挡住她的去路，她没有回头。身后响起亨瑞的阴阳怪气：“我都说过了，对我没有好处的事我不做，你还急什么？是这样的，刚才我上去是找萧珩，这会儿是专门来找你的。我有个主意，想和你一起分享，就不知你要不要听？”

卢玮希没有回过身，一动不动地站着。

亨瑞以为她听进去了，就继续说：“据我所知，卢小姐和萧珩合作并不是出于真心。当初他用为令弟罕见血型提供血来做交换条件，逼让卢小姐低头，而当时卢小姐心里的合作目标本来是沈临风的荣风公司。我还知道沈临风对卢小姐一往情深，哎，可惜了，骗了你的资源不说，现在还要骗你的心。这样的事，也就只有心狠手辣的萧珩才能做得出来。”

听他一口气说出几个关键人物，卢玮希瞬间明白他是说客，转头看他：“你到底想说什么？”

亨瑞耸肩摊手，装作吃惊的样子：“怎么，卢小姐还不知道吗？萧老夫人来了，萧家和我们家都是要和霍家联姻的呀！”

卢玮希一脸莫名：“这些和我有什么关系？”

“和你有什么关系？”见卢玮希始终不上道，亨瑞也有些着急，就索性直接引入主题，“这联姻的消息都传开了，萧珩为了骗你，竟然也能把你瞒得滴水不漏，真是让人看不过去。”

谁知卢玮希却忽然笑了，看了他一眼。

亨瑞似乎没有看懂她笑容里的讥讽，继续撩拨：“卢小姐这么聪明不会想不透是谁和谁联姻吧？萧衍萧珩和霍箐霍雅，这些人之间的关系卢小姐不想了解吗？”

卢玮希觉得可笑，轻飘飘地看了他一眼，连声音都听不出任何波澜：“我不想了解！

“就算你不想了解，我的满腔正义也不允许眼看着你被骗。卢小姐，我想帮你。”

“怎么帮？”

“做我们亚通全线产品的国内包销商，我是这次招商的负责人，我们强强联手打开国内的5G市场。我要业绩，你要利润。只要我能坐上烈顿继承人之位，我会答应卢小姐任何分成条件，这样卢小姐不仅能摆脱萧珩，还能与沈临风合作，何乐而不为呢？”

卢玮希面上笑笑，心里暗忖：亨瑞主动提到沈临风，是欣赏沈临风呢，还是被沈临风欣赏？

亨瑞这时看了出口处一眼，低声说：“卢小姐考虑一下，不必现在给我答复。”

卢玮希不置可否，既不说行，也不说不行。

亨瑞带着保镖刚要离开，不过转身之际好像看到前方有个物件，弯腰捡起来看了看，很快就转交给卢玮希：“这手链看着好眼熟，如果我没记错的话，不是你的就是雁儿的吧？”

卢玮希的目光落在那手链上，本能地一摸自己手腕，空空的，应该是她的。接过来的同时她说了声“谢谢”。

“自己人客气什么。”亨瑞语气热络，好似他们已经站在同一战壕的模样，“我听雁儿说过，卢董送你俩的成人礼是一模一样的钻石手链。卢小姐好好看看，有没有掉落钻石，有的话我马上让人给找找。”

卢玮希只得象征性地看了看躺在掌心的那串手链，指尖摸向搭扣处，凹凸的“LYY”字母触感让她马上知道这是林榆雁的手链。她那串的搭扣处刻着“LWX”，她几乎没戴过，正想抛还回去，搭扣处好似有固体东西经由她指尖摸索而升温软化，鼻翼四周突然还出一阵淡淡的幽香。钻石怎么会这么香？她闻了闻，又捏了捏，手心发热。

见卢玮希翻来覆去研究手链，研究得脸色渐渐绯红，亨瑞想当然以为是他卖了她人情，她不好意思，就连忙带着保镖告辞而去。

眼见亨瑞的背影消失不见，卢玮希摸出手机拨打给明珠，明珠电话无法接通，又改打给胡俐。诡异的香气，记事以来统共闻过两次：一次是十五年前的医院，一次是八年前的芝加哥公寓门前。只是她没想到，谨慎多年，她也曾暗中研究香料混搭麻醉剂，今日竟一时大意，再被这吸入性麻醉剂算计。

“吸入性麻醉剂混魅香，还熟悉吗？”背后有声音阴恻恻响起。卢玮希猛地回头：“是你？”

“可不就是我么？”才短短几个时辰就憔悴得仿佛大病一场的霍箐款款走来。真是小看了霍箐，没想到霍箐不但与卢荣的死因有关，还与她和萧珩的车祸有关！

难怪顾金会对她说那番话，看来霍雅骗萧珩去梅林幽会只是降低她警惕性的障眼法，真正的危险是霍箐！

卢玮希咬破舌尖努力让自己保持清醒，努力让语气听起来稀松平常：“一报还一报很公平，说说看，你给我安排的惨法有几种？”

“怎么，怕了？还是这改良版秘药让你熬不住，渴望有男人要你了？”霍箐冷笑，“我提醒你不要找死，你却辜负我的提醒，说让我看看咱们谁才是癞蛤蟆，好啊，我成全你！”

“霍箐，”卢玮希猛地抓着霍箐的手臂，那双美丽的眼睛里此刻满是春水，似乎要顺着那微扬的眼尾飞溅出来，“你想怎么成全我？”

手臂上的热度越来越高，霍箐忍不住掰开卢玮希的手，一把将她甩到大树上，“本来，我想把你赏给我的保镖们，可又一想，上天有好生之德，我不能白送他们的性命啊。”

之前她最直接的想法，是让自己随身带来的四个保镖轮奸了卢玮希，这毁灭的力度，单是想想就很解恨，但再一想，以卢玮希背后那股神秘势力的强大，掩盖这些丑事很容易。而且以沈临风对卢玮希的痴，恐怕不管卢玮希变成什么样，他都不会嫌弃她。那她冒着得罪萧珩的风险，就很不划算了。

“想来想去，我给你找了个不同寻常的男人。按照这个男人的性格以及对朋友的义气，只要碰了你，就肯定会负责。到时候，你们一个不得不娶，一个不得不嫁。萧珩碍于面子和情分，还能和那个人抢吗？就算他抢，那两虎相争，得利的不还是我吗？”

卢玮希背靠大树，捞点树下的雪，冰自己脸颊以保持头脑清醒：“我真的很期待你的安排，但愿你不会后悔。”雪块只冰得了她的脸庞，但身上的燥热，已延伸到周身脉络。

“我才不会后悔呢。看在你即将成为癞蛤蟆的分儿上，我告诉个你还不知道的秘密。”霍箐弯腰凑到卢玮希耳边，“用手链诱你上钩这主意，是你爸想出来的，他本来想让你在高科诉讼案中坐牢，结果宗九帮了你……”

原以为是林榆雁和霍箐同流合污，没想到卢卓更想让她死，举报、枪击、下药，一计不成又生一计……卢玮希咬住唇，一脸悲愤。见卢玮希被气成这样，霍箐仍然不肯放过她：“怎么，是不是觉得生无可恋？”

体内热浪乱窜，卢玮希紧紧咬住唇不发出声音。在霍箐看来，似乎默认了她的话。

“抱歉，一时高兴就忘了你此刻的身体需要，对了，香脂顺着毛孔进入你血液的感觉是什么样的？”

卢玮希斜睨她，媚眼如丝：“感觉很想很想……杀了你！”

“看你那不要脸的样儿，我想想要不要现在就告诉你人名，让你先意淫一下下，我想想，想想……”霍箐煞有其事地想了一会儿，“好吧，反正你们一会儿就要赤诚相见了，那我现在就把他的名字告诉你。”

卢玮希察觉霍箐的报复心已经到了近乎无药可救的地步了。霍箐捂着嘴：“那人就是在诉讼案中帮你逃脱的宗九，不算辱没你吧？”

宗九？卢玮希心里冷笑，脸上却露出迷惑的表情：“为什么是宗九呢？”

“为什么是宗九？你个土鳖，听我给你讲……”

与此同时，会所大宴会厅里那张巨大的长椭圆餐桌边，坐满了够得上分量的嘉宾，东道主是会所老板萧衍。萧衍左边是宗九，右边是一个空位置，对面贵宾席上端坐着萧老夫人霍心。霍雅和楚策分左右作陪，而本该到场的萧珩，至今还不知去向。

宾主热情寒暄过，萧衍刚要招呼萧老夫人喝茶，就见鄢挚小跑进来，俯首在他耳边低语。萧衍的表情在一刹那微愕，继而沉声问：“他亲眼看到的？”

鄢挚点头弯腰，用只有两人才听到的声音道：“顾金发誓是亲眼看到的，还说卢小姐被带走的时候情况看着不妙。”

“情况不妙他还能任她被带走？他当时是死人吗？”

鄢挚不得不赶紧替顾金开脱：“他说当时见卢小姐一直面带微笑，箐公主也是一脸笑容，他不敢贸然过去，怕万一卢小姐和箐公主是谈正事而被他打扰……”

笑话，霍箐和卢玮希能谈什么正事？萧衍的薄唇已抿成微微泛白的一线，下颌紧凝出棱角僵硬的线条。

鄢挚清楚这是少爷发脾气前的征兆，吓得差点儿要伸手去额头抹一把细汗：“是我疏忽了，我这就跟过去……”

只是他话未说完，就见少爷缓慢地拉开椅子站起来：“我去吧。”

“嗯？”

“……现在正给萧老夫人接风洗尘，明天的大赛还有很多细节需要敲定，你是总管，做你的正事去，我去看看。”

什么时候变成少爷替他这个总管跑腿了？鄢挚整个人愣住。

306隔壁的306室。保镖把卢玮希扔在床上离开后，霍箐在床前转了个身，正打算离去，视线一转就看到了卢玮希的手正摸向电话，就不由露出一个讥讽的笑容，走了过去：“你想干吗？”

手机被搜走了，卢玮希摸起电话继续拨号。

霍箐果断拔掉电话线，然后以胜利者的姿态坐在床沿上：“这么说你是不了解宗九，才想让人救你出去咯？”

卢玮希叹着气看向霍箐：“你确定，你给我找的人是宗九？”

“确定、肯定以及一定。”霍箐隆重保证，“本来我还发愁给你找什么样的男人才能让你不得不嫁，正好我在衣柜里听到宗九在门外大喊大叫，问你有没有被我伤害。得，送上门的男主角，舍他其谁？不过我不得不佩服，你虽然命硬克人，但男人缘还是挺爆棚的。”

“这不都是拜你所赐吗？对了，”卢玮希表现得不胜药效折磨的样子，“你怎么才能找到他呢？”

“别急，把你带回来时，我已用你手机给他发了短信说你需要他，相信以他对你的热情程度，肯定会见信就跑来的。”霍箐边说边低头看表，估摸着时辰差不多了，就站起来准备往外走。

“霍箐，你都这么费心安排了，就不想留下来观看现场直播吗？”卢玮希在背后叫住她。

霍箐笑得前仰后合，看着卢玮希问：“卢玮希，你平时也喜欢被人观摩吗？”

卢玮希扯了扯嘴角：“呃，我实在不知道我平时有啥值得被人观摩啊。”说完还一脸无辜地反问，“你不想留下？”

卢玮希的答案和演技都无懈可击，霍箐看了她几秒钟，忽然勾起唇，对着她笑了一下，只是那笑容有些狰狞。

“我当然想留下，等你们进入佳境时，打开这屋内的闭路监控，让整个会所的人都能欣赏你们的激情。哦，免得宗九提上裤子不娶你，留下这录像为证。证据在手，宗九不得不娶，你不得不嫁，萧衍萧珩依然是我们姐妹俩的，林榆雁也能认祖归宗了。哈哈哈，卢玮希，我这一箭三雕不错吧？”

“嗯，我很佩服你的贱，所以必须请你贱到底。”卢玮希一巴掌扇过去。

“嘎……”霍箐无法控制地张圆了嘴，想不通到了这会儿卢玮希怎么还有力气对她出手？

“别嘎嘎了，为了不辜负你这一贱，我决定好好回报你。”卢玮希从枕下摸出一只精致小瓶，一边打开，一边斜睨着缓缓倒下的霍箐，“你一定要用心看……”

贴着墙壁挂在窗台外的胡俐，忽地手一松，身子轻飘坠地。

卢玮希不愧是从小踏着阴谋陷阱一路被人算计着长大的，其城府之深心计之多手腕之狠，竟让年纪和资历都大过她的霍箐接连受挫。

霍箐打电话叫林榆雁来密谋、送手链以及给手链上做手脚的过程，胡俐都看到了，就连亨瑞拦住卢玮希说的那些话她也偷听到了。当时亨瑞捡起手链递给卢玮希时，她本想出面制止，是卢玮希背着手做暗号不许她近前。她当时就明白，卢玮希这是要以身为饵。

随后又看到躲在暗处的顾金，她叹服：一石三鸟这招，卢玮希才是玩得最溜的那一个。当然了，看到霍箐让保镖把卢玮希往306抬，她有些沉不住气，所以才提前潜入306室内，在枕下为卢玮希留了醒神药，药物出自沈临风的生物公司，效果立竿见影。

第九十二章　鱼水之欢

用了药，卢玮希才觉得体温不再继续飙升，心脏跳动得也不那么激烈了，就听到门外传来敲门声。

隔着门，她颤巍巍地问：“谁？”

“你希望是谁？”

随着虚掩的门被推开，卢玮希在被子下的身体微微一僵……脚步声越行越近，她抑制住惊慌，保持原有姿势，眸光落在盖住身体的被褥上如定了形一动不动。室内窗帘都拉得严丝合缝，只开了一盏夜灯，萧衍站在背光里，所以看不太清他的表情，半卧在床上的卢玮希被他造成的巨大阴影笼罩着，越发显得她娇小纤细。

“路过你门口，见你房门没关，就进来看看，”萧衍嗅着空气中若有似无的香气走到床边，与她隔着一臂的距离，弯下腰来，“怎么这么早就睡了？”

妥妥的交浅言深，卢玮希一时没想好怎么回答，干脆沉默。

“不舒服？”见她沉默不语视自己为透明人，萧衍下意识就抚向她额头，只是他的手刚抬起就被卢玮希抓住，“咦？你的手……”

就在卢玮希一惊之后，想甩开他的手时，却被他反手握住：“怎么烫成这样？是不是去外面冻感冒了？”

萧衍只是听鄢挚说顾金看到卢玮希和霍箐在梅林那边聊得不对劲，却不知道后面的事，想当然以为她冻感冒了。

卢玮希的第一反应是他带霍雅去过梅林才害她落入霍箐手里。为了验证这一想法，她问萧衍：“霍雅来了吧？”

萧衍点点头：“嗯，她现在在大厅里陪萧老夫人……”

“所以你才有空来英雄救美。”

英雄救美？萧衍一怔，敏感的鼻翼嗅着空气中若有似无的淡香，再结合卢玮希面红手热的情况，本就极为聪明的他立刻明白过来：“你这是遭人暗算了？”难怪一进来时就觉得那香气似乎熟悉，原来真是萧家香料公司研制的魅香。那魅香本来是香水的原料，若要混着麻醉剂，就成了欢场畅销佳品。

“不用假惺惺了，”卢玮希用尽全力挣开他的手，“把萧珩给我叫来。”

萧衍轻咳一声，避重就轻：“我想知道是谁下的手，霍箐？还是亨瑞？”

“告诉你是谁有用吗？”卢玮希定睛看他，见他满眼关心，她心里那个疑窦越来越大，为了印证，她翘起唇，微微地喘，“我现在很难受，需要萧珩做解药。”

怎么会没用呢？幸亏是他来了，如果来的是顾金、鄢挚，甚至是宗九，那后果……不敢再延伸去想。萧衍突然弯腰抱住她：“告诉我是谁这么大胆，连我的女人都敢动……”

他说她是他的女人？卢玮希嘤咛一声，一手勾住他脖颈，一手去扒拉他的领口："那你先告诉我，你究竟是萧衍还是萧珩？"

萧衍没有立即回答，只似笑非笑地睨着她，似乎等待着什么。

卢玮希越发不客气地去扒拉。两小时前，她不仅在萧珩脖颈上吮出个吻痕，还在他锁骨上咬过一口，那些痕迹就是解疑的铁证。

心慌手抖，一下子扒拉不开，她开始解他衬衣纽扣，在萧衍强烈目光的注视下，手更抖了，她抬眼，故作镇定地瞪了他一眼，惹来他低低的轻笑，又附过身吻了吻她，这才让她继续。

好不容易解开他的衬衫，近乡情怯，她突然闭上眼傻乎乎地伸手去摸，却在同一时间听到了萧衍粗粗的低喘声。

他的呼吸灼热，全部萦绕在她脸部的肌肤，似乎能烫到她一样。

"摸到了吗？"

卢玮希刚睁开眼，萧珩不由分说将她放倒在床上。相比卢玮希的青涩，萧衍脱衣的技术真是出神入化，几下就将卢玮希的上衣扔到了一旁。身上一凉，卢玮希醒过神，连忙拉被子盖住胸口，同时指着他锁骨结结巴巴："这，这，这……"

萧衍邪笑着看她："小狗咬的。"

听他挤对她是小狗，卢玮希本能地怼回去："你才是小狗！"怼完才想起自己这是配合着打情骂俏，只觉得脸一下烧了起来，"你还要瞒我到什么时候？"

萧衍蓄在唇边的笑容终于绽开，这个笑使他的五官变得异常明亮深邃，连这个昏暗的房间在刹那间都增色不少。

"我就知道，哪怕我瞒过了这世上所有人，也瞒不过你。"低沉声音立即变换回萧珩的磁性频道。

卢玮希撇嘴，才哼哼唧唧说了句"没有不透风的墙"就被重重压倒。萧珩很重，他覆上来的时候卢玮希甚至感觉到了床迅速向下凹陷，而她则毫无缝隙地被禁锢在他的身下。

“什么时候发现的？”萧珩邪魅一笑，勾起她的下巴，手指在她柔软嫣红的唇上暧昧地摩擦，热气扑洒在卢玮希眼前，她只觉得周身电流乱窜。活了二十七年，还从来没有一个男人，能挑起她这么强烈的欲望。

身上出了汗，体内升腾起一股燥热，蠢蠢欲动，卢玮希心里叫苦不迭，面上还得努力忍着，颤巍巍地拉起他一只手：“会所门口……那帮人争前恐后地围住你握手，我看到你腕上……”

还没说完就被萧珩打断，声音里透着一股慵懒调侃：“我腕上针眼被你抹了药，会留下很难褪去的紫点，是吗？”

原来他早就知道她在他针眼上做过手脚，亏她还以为瞒天过海得逞了！

“怎么，我猜错了？你不是想说这个？”

卢玮希早就知道，自己心里想什么，萧珩一眼就看得出来，怎么会猜错，他就是故意调戏她，思索片刻到底鼓起了勇气非常认真地问了一句：“那你当时怎么不揭穿我？”

萧珩突然笑了出来，松开手，转而轻拍她的脸颊，看似十分郑重地下保证：“你想知道啊，等咱们做完重要的事之后告诉你啊。你放心，保准让你惊喜。”说罢，他就低头攫住她的唇，结结实实的一个法式舌吻。

卢玮希终于明白他口中重要的事是什么，一边被动地承受他的吻，一面不忘用拳头插着男人的胸膛，本来只想做戏击溃霍箐的心理防线，引出霍箐背后的人，可萧珩明显不知道她的想法，再这样下去，他们可真成现场直播了。

“不不，你先听我解释，我当时只是……”u–色姆别伊型血，全世界才几十个人有，她一下子就遇到萧珩和卢玮荣两个，卢玮荣还时不时地失血过多，叶敏之爱子心切，每次都不分青红皂白地逼她找萧珩。这样一来，只要叶敏之拿卢玮荣当儿子，她就得被萧珩扼住命门，除非她不管叶敏之，否则，萧珩吃定了她。她必须尽快查明血型真相，所以就咨询名医，撒药观察。

“解释就是掩饰，我知道你害羞，没指望你主动。”

“我没有害羞，我就是……”话没说完就被他打断，“你就是想要我主动。”然后又见他粲然一笑。

萧珩的吻有些狂热，舌尖伸进卢玮希的口中，临摹画作一样的认真。属于男人的气息瞬间包围了她，那样强势而霸道。从没有体会到这样的感觉，只是一个吻，强烈到好像要吸尽她的全部灵魂。

卢玮希觉得自己就要窒息，胸口因缺氧而剧烈起伏，碰触到他衬衣上冰凉的扣子让她的理智迅速回归。

“是……我想你主动，那你为什么不但不主动，还一人分饰两角骗我？”卢玮希觉得她和他根本不是一个级别的，他一出手，她根本招架不住，为了激怒柜子里的霍箐，只能拿出演技。

果然下一秒就听到萧珩解释的声音：“我那不是骗你。”

这个时候，竟然还在和她打太极。

卢玮希气不忿，手指在他胸前无意识地画着圈圈，嘴上拿卢老夫人提供的部分资料原他：“我查过了，萧氏和烈顿家族里根本没有人是u-色姆别伊型血，你送个u-色姆别伊型血的卢玮荣给我妈，还不是骗我？你一会儿是萧衍，一会儿是萧珩，还不是骗我？”

萧珩捉住她四处作祟的手，将她的手腕扣在头顶，唇一路向下，短发在她的颈子上搔痒，而更让她难耐的是他的吻所到之处，都像是被烙上了专属他的印记，使她的每一根神经都弥散起酥麻，她受不了地发出变了调的声音：“萧珩……”

萧珩的唇突然离开她的皮肤："我姐说你和我外甥的八字极合，小希，你要走好运了。"

"什么？"

望着愕然的卢玮希，萧珩嘴角挂着魅惑的笑容，却忽然问出了一句让她始料不及的话来："还记得十年前，被你说动心要投资你公司的那俩阿姨吗？"

那俩身高长相一模一样，赞同她研发理念，要做天使投资投资她公司的阿姨？卢玮希一怔，随后有些惊讶地睁大了眼——对于那俩阿姨、对于那俩阿姨的儿子，她曾经有过无数的感激，但每个感激之中，都绝对不包括眼前这个男人。

"当然记得，眉心有痣的是仲颖阿姨，下颌有痣的是仲媛阿姨，当时合作愉快也取得了初步成绩，仲颖阿姨在我生日时送了只镯子给我，仲媛阿姨就说我要走运了，我还不理解，后来……"顿了顿，有些碍口，但她还是实话实说，"仲颖阿姨说我和她儿子的八字绝配，送我那镯子是祖传的……我当时喝多了，你上次在电梯里给我看的那段话，应该也是那时候写的。我一直以为她是想把我介绍给她儿子，没想到她选了你……"

萧珩打断她，又说出一句她万万没想到的话："我就是她儿子。"

"你？这怎么可能？我记得很清楚，仲颖阿姨明明说她儿子叫仲恺！"

萧珩挑挑眉，表情淡淡的："小时候外公说我八字太硬，为了让两家分担我的硬度，就给我取了个随他姓的仲恺做小名，知道的人屈指可数。"

卢玮希傻眼："这么巧？"一切都好像剧本一样。

"嗯，命中注定的事，往往就是这么巧。"

没有早，也没有晚，在她最需要的时候，他们母子就先后出现，也许真的有命中注定。

“可是，第一次见面的时候，你为什么不说你是仲颖阿姨的儿子？还有，你为什么要装萧衍来骗我？”

她娇嗔地瞪了他一眼，惹来他低低的轻笑，又附过身吻了吻她的唇：“不是骗你，萧衍是我另一个身份的存在……这中间牵扯太多，还有读书时候的事，我会慢慢告诉你。”

他吻她的时候，她瞟着衣柜：“那你对霍箐……”

“到了现在你还提不相干的人。”粗哑的嗓音在她耳畔响起，惩罚似的轻咬她的耳垂。

“哎，”酥麻的感觉瞬间袭遍全身，卢玮希嘟囔，“怎么不相干呢，霍箐、霍雅，一个是萧衍的联姻对象，一个是你的娃娃亲，你……”

“我要你！”

这么露骨的话也能说出来？卢玮希听了只想瞪他，可眼下她双颊潮红，眼波莹亮，双唇被吸吮得微微红肿，这样的她在萧珩眼里，只有邀请般的娇嗔。

“之前怕你把意外都归咎于你的八字，才会面对你多次试探，一直不敢承认自己的身份。现在情况特殊，我不想再瞒你。玮希，我就是芝大的萧衍，也是你救过的受伤男。这八年我一直以各种客户的身份与你合作，可惜你每次都让手下应酬我。现在我等不了了，聘礼你早收下了，今晚就嫁给我，好吗？”

兜兜转转，原来他一直在她身边！她的确收了聘礼，听起来顺理成章，卢玮希被绕得下意识点头。

萧珩立即将全部重量都压在她的身上，她的背部紧贴着柔软的床，密密的汗沁出，陌生而又隐秘的快感一寸寸吞噬她的理智，她只能无助地抓扯两侧的床单：“可是……”

他褪尽彼此的衣服，她在迷迷糊糊中不由自主地弓起身体迎合着他，两具身体严丝合缝地密合在一起，她被折磨得大汗淋漓，乌黑的长发凌乱地铺陈在床单上，形成鲜明的视觉冲击。经他润泽过的红唇宛若初开的桃花，娇艳妩媚，美得近乎不真实。

萧珩的眼神越发狂野起来，更加深谙的情绪在眼底凝聚成狂风暴雨。“萧珩……”卢玮希在他的瞳孔中看到仓皇的自己，她突然想到了霍箐安装的监控，“有……监控……”但她还未完整地说出自己的意愿，就已听到他浓重的呼吸伴随着掌控一切的霸气语气，“这里除了我没人能监控你。”

看吧，贼不打三年自招，原来他监控过她。但卢玮希没有再出声，也许因为此时同她做着最亲密的事的人，是仲颖阿姨的儿子，是她救过的男人，是她不知不觉爱上的萧珩，所以他吻她的时候，她本能地伸出双臂缠绕上他的颈子。

随后她听到了拉链拉开的声音，紧跟着扣在腰身上的大掌将她提高，迎合。在他终于冲破那一层阻碍，进入的刹那，萧珩黢黑的眸底闪过淡淡的讶异，感觉到她在那一瞬间身体明显的颤抖和痉挛，他知道她是因为疼痛。

“我爱你，卢玮希。”他低低的嗓音在房间里回荡，三个字重击着卢玮希的胸口，“我也爱你”某处，实在太疼了，她爱他的方式就想表达得与众不同，眼瞅着他锁骨上的牙印，一口咬了下去。

大床上，是水乳交融后的呢语低喃。监控画面后，是如梦初醒后的魂飞魄散。在听见萧衍变成萧珩的本色声音后，霍箐就觉得明明有呼吸的自己，却好似被人凌迟处死了。这些年，她耳目众多，消息灵通，不是不知道萧衍一直在暗中帮助卢玮希。

她之所以对卢玮希不放在眼里，是她一直以为像萧衍那样的男人，应该是胸怀大志的，绝不会为一个家庭人物关系混乱又命硬克人的扫把星，弃掉她这个霍家的掌上明珠。因为在烈顿家族，没有霍威廉的点头，就算烈顿族长的命令，也出不了烈顿家族的大门口！所以，她才和烈顿二少爷亨瑞，联手击溃其他妄想夺位的叔伯兄弟们。她一直以为，就算萧衍不能给她同等的爱情，但至少为了继承人之位，也会给她妻子的名分。

她是霍箐，她有她的责任，她有她不得不做的事，他妻子的位置对她来说是护身符，她势在必得。只是，她从来不知道，她一直苦恋并希望能娶她的萧衍，竟然是她一直敬畏的萧珩的另一个存在！

记忆中，自从十五岁那年冬季，她在烈顿家族成员聚会上，一见惊艳并爱上的那个十七岁的萧衍，好似十三年来从没有和萧珩一起出现过！

这十三年，萧衍除了眼神变幻莫测，面部表情一直都是一成不变，也正因为如此，立志要嫁个与众不同男人的她，才义无反顾地陷了进去，直至越陷越深，深到她对他的爱，早就成为了习惯。

为什么他偏偏爱上个蠢猪生的卢玮希？

天啊……多么希望这是噩梦，是她二十八年来做过的最恶的噩梦，可是这梦，怎么会如此逼真漫长？

不知过了多久，卢玮希只感觉自己像是在大海中一叶飘摇的小舟，而萧珩是她此刻唯一的依靠，紧紧抓住他，贴近他，却总觉得不够，好像随时都会落进海中。被他充满的那一刻，她几乎想要哭出来。

因为她这个从小就被爹算计、亲妈嫌弃的天煞孤星终于有了不再孤单的幸福感。这样任性，没有面具，没有逼迫，将完完全全的自己交给他。灵魂与身体的相融，让她幸福到有一瞬间想要抛却所有的责任只做他的女人。但是，幸福只不过一瞬间，她又想起了责任。

“你不专心。”萧珩一挺腰身。

卢玮希闷哼出声，却将他揽得更紧。

在萧珩爆发的时候，卢玮希的大脑一片空白，耳边似乎响起他的声音，又好似幻觉。他说：“我爱你，卢玮希。”

卢玮希似乎累极了，用手臂搭在眼上，遮住了光线，也遮掩了她的泪眼。

“我听到了，萧珩。”

“萧珩，我也爱上了你。”

萧珩觉得，完美契合后他又重新认识了卢玮希。不再是清心寡欲、高智商低情商的工作机器，而是一块感情上未经雕琢的浑金璞玉。天生丽质，懂感恩，负责任，情感内敛。这是他妈仲颖生前对卢玮希的评价，一段时间相处下来，他似乎越来越想娶她，无关初衷地想娶她。

第九十三章　我们结婚吧

指针刚刚指向了七点，萧珩小心翼翼地将熟睡中的卢玮希从自己的手臂中放回到枕头上，低下头吻了她一下，才蹑手蹑脚地下了床。

隔壁306室内，抱着手机与傅斯年视频的顾金早就一脸不耐烦，见到萧珩进来，先叫了声“三哥”，随之递上手机。

萧珩应了声，接过手机，看向视频里的傅斯年：“那两边的情况怎么样了？”

傅斯年已从顾金嘴里得知刚刚发生的情况，先笑着说了声“恭喜三哥”，然后才一本正经地回话：“教堂那边还是老样子，我已经留了人在他身边贴身看护，应该无人能找到他；证监会这边，还在查卢卓的违规合同，牵扯到了林榆雁，挖下去就是沈临风。老夫人却给我打了电话，说只能查到林榆雁为止。听说聂风才做了卢卓的特助就被卢卓牵扯了进去。我给他打电话，他还是老样子，三缄其口，什么都不说。我让朱铁群问他，谁绑架的他又把他搞成这样的，他就是不说，真是能忍得很。”

萧珩笑了笑：“聂风是老江湖了，你以为他看不出朱铁群是我的人吗？而且能把他绑了，又能让他不惜坑玮希也要封口的人，肯定有他的把柄在手上，防止他怨念太深再坑玮希，卢卓东窗事发那天，让他陪卢卓去牢里安度晚年吧。至于沈临风，斯年，你去安排下，引证监会去查他，我要在卢卓坐牢前和玮希结婚。”

“我知道了，三哥。”傅斯年又说，“老夫人让我安排霍雅去老宅和你约会，我说你最近忙，不在老宅在会所，老夫人似乎生我气了，亲自带霍雅去会所堵你，估计是见你对娃娃亲没反应，又布好网等着你呢。不过我还查到线索，有人在暗中收集萧家和烈顿以及霍家的所有人员资料。”

萧珩笑了笑，傅斯年刚要开口问，就听萧珩嘱咐：“别查了，反正能被收集到的都是些无关紧要的资料，影响不了我。”

“可是你和霍雅……”

“别说了，就这么决定。”萧珩有些急躁地打断傅斯年的话。

傅斯年虽然心里疑惑，但还不敢忤逆萧珩，只好又点头。两人又谈了一些工作，才结束视频。

萧珩没有立刻回到隔壁，而是掏出从卢玮希那边摸到的香烟，点燃了一支。薄唇缓缓轻启，吐出白色的烟雾，烟雾模糊了他过于深刻的棱角，在夜幕下渐行渐灭。

“少爷，鄢挚刚才来过电话，说老夫人都追问好几次了，问您和萧衍都跑哪儿去了，是不欢迎她来呢，还是怕见面了被她催婚……”

催婚？萧珩微微眯起眼睛，若有所思。

他招手让顾金靠前。顾金伸脖子过来。萧珩低声吩咐。内容只听得他先是目瞪口呆，继而恍然大悟，最后兴奋得两眼放光跑了出去。

一支烟抽完，萧珩怕卢玮希醒来看不到他，掐灭烟头，起身走回隔壁。

刚走进门，就听到一道带着睡意的慵懒嗓音在屋里响起：“萧珩？”萧珩转过身，就看到拥被坐起的卢玮希，睡眼蒙眬地望着他。

萧珩回她一个安慰的笑：“嘴里有点干，起来喝点水。”

说完去洗手间快速洗漱一下，身上没烟味了才走出来，脱去外套走到床边。卢玮希也很乖顺地躺下来，被萧珩连被子一起抱住，放在腿上。

浑身酸痛困乏，她还有些迷糊，觉得像做梦一样不真实，醒来摸不到人，心里一惊，睁开眼，又看到了萧珩。

怀抱如此温暖又舒服，原来他们是真真切切地拥有彼此，这不是梦，这是真的。朦朦胧胧地就又枕在萧珩的胸膛前，闭上眼睛，想续上刚刚被惊醒的梦。

萧珩的大掌温柔理顺她的长发，继而拨弄着她脖颈上的项链吊坠，过了许久，低低地开了口：“我们结婚吧，玮希。”

不知道她有没有听到，很长一段时间都没有出声，萧珩面色如常，只是捏着她吊坠的大掌渐渐握紧。

就在萧珩以为卢玮希睡着的时候，突然听她轻声问：“那你的娃娃亲怎么办？”

萧珩轻勾了一下唇角：“你相信那个娃娃亲吗？”

她不相信，但是无风不起浪。卢玮希抿唇，窝在他的胸口，却已经睡意全消，他没主动说霍雅，她只好一动不动。

“如果硬要说我有娃娃亲，也是和你。你忘了吗，我妈十年前就定下了你。玮希，我们结婚吧。”他低低的嗓音在她耳边回荡。

结婚，太快了！想都不敢想！她咬咬唇，懒散地问：“为什么？”

为什么？萧珩低头吻了吻她的唇角：“遇到真正喜欢的人，就想要安定下来，这是所有男人都会做的事，我当然也不例外。我爱你，想给你一个家，也给自己一个家，你考虑一下。”

听他完全不提霍雅，卢玮希有点儿沉不住气：“那我考虑之前你得先告诉我，你和霍箐、霍雅究竟是怎么回事？”

话一出口，她就看到萧珩的眉头略微一紧，脸上露出了复杂的表情。她心里突然就不舒服了，想起霍箐以箐公主身份为萧衍做的所有事，想到霍雅对萧珩不加掩饰的崇拜与爱。尤其是在维也纳，她居高临下看到的萧珩和霍雅彼此相望的那个暧昧画面，她越来越沉不住气，干脆卷着被子猛地一滚，滚到床边，七手八脚地把被子卷在身上，就打算下床。

萧珩当然不会让她就这么离开，发脾气的卢玮希就像是一只奓了毛的小猫，怎么看怎么可爱——他发现自己越来越喜欢看她这副样子，可是又舍不得她发脾气后自卑自虐，就从后面又把她抱了回来，手指轻轻抚着她背后的长发，明知故问：“吃醋了？”

卢玮希对于此人顾左右而言他的行径实在是气恨，但是又挣不开他的手。

“她们比我先认识你，又是你的官方联姻对象，就算你姐妹通吃了，我又有什么好吃醋的？时间不早了，我还约了人，你呢，也别让你奶奶和霍雅等急了，请吧，我就不留你了……”

萧珩听她这么说，就叹了口气，可眼底却有掩不住的笑意：“我都向你求婚了，我们也已经有了夫妻之实，你还不相信我？”顿了顿，不等她回答，又接着说，“霍箐，我连她的手都没牵过；

霍雅，她是在我家长大的。”

话虽然这么说，可总有种意犹未尽的意思，似乎还留了半截话没有说完，卢玮希当然能够听出来，但是她并没有马上追问，只是静静地看着他。

霍箐表面骄横但骨子里矜持，不会亲自出面死缠烂打，只会派人盯梢打探、讨好萧衍。霍雅表面谦恭但骨子里阴狠，几次三番掐着点在卢玮希面前出现，目的不言而喻，只是这目的是霍雅自己的，还是霍雅背后之人的，萧珩一时间还摸不透。而且，霍雅这件事情，一旦处理不好，影响他在烈顿和萧氏的布局不说，恐怕卢玮希就要立即翻脸了。回国后这一周，他算是领教了，卢玮希真正翻脸起来，居然狠到不顾卢卓死活地消失。虽然她消失这一周里他并不是不知道她的一举一动，可因为她背后有个沈临风虎视眈眈，他心里到底是不安的。

宗九在知道事情的来龙去脉后，更是特地在凌晨两点打电话过来一通狂笑，直言卢玮希很对他的脾气，坚持要到卢家通过卢卓做她特助。不得已，他不得不调整部分布局，让人把废园曝给明珠，又让客新妆把证据送给卢玮希。

话说回来，霍雅此人与其让她日后又在卢玮希面前说些什么不该说的话，还不如他自己先把话对卢玮希挑明了……萧珩略微沉思了一下，就慢慢开口：“霍雅的事情，我不想瞒你。”

不想瞒她，然后呢？卢玮希挑眉，摆出一副有耳在听的样子。

萧珩搂住她的双臂紧了紧，轻声道：“她应该算是我第二个女朋友。”

第二个女朋友，那就是还有第一个？甚至还有第三、第四……卢玮希脑洞大开的同时，心头冒出一股浓烈的酸气，但面上却撑着笑：“那我在你的经历中，算是女朋友呢还是女性朋友？如果是女朋友，我又排在多少位？”

萧珩的下巴搁在她肩窝，哧哧笑：“我想想啊，应该是排在第一吧……”

卢玮希强撑的笑容还未完全绽放，就惊掉了下巴：“一百开外？”说完一脚踢在萧珩的小腿上。她光着脚，这一脚下来完全没反应，她开始挣扎，想要甩开他的怀抱，可偏偏他早就知道她会有这种反应，整个人都贴了过来，双臂搂得她纹丝不动，将她的双手都圈住，任她怎么折腾都没有用。

“我说的是第一吧，不是第一百！”

不对啊，她才上任还没下岗呢，怎么早就认识他的霍雅却成他第二个女友了？她只能在他怀中转了个圈，面对面地啧他：“你这是倒叙算法？”

萧珩摇摇头，沉吟了半晌，忽然说道：“我从没和你说过吧，我妈杀了霍雅的妈妈。”

“什么？”他妈仲颖高贵典雅又和蔼可亲，怎么会杀人？卢玮希吃惊地看着他，神情显得十分惊讶。

萧珩轻笑了笑，似乎并不在意亲妈杀过人，伸出手揉了揉她的脸颊，让他舍不得离开：“是霍雅妈妈私自闯进我家的猎场，被我妈误打死的。这件事在欧洲是合法的，在萧家也是一个公开的秘密，只是碍于我和我爸爸的身份，没人有那个胆子敢提起此事。

“但我奶奶是霍雅的亲姑婆，她明里不敢让我妈为霍雅妈抵命，就借口霍雅可怜把霍雅养在我家，一是想提醒我妈欠了霍家一条命，二是想逼我和霍家联姻。目前我家在选拔继承人，如果我娶了霍雅，再生下一个有霍家血统的孩子，那我可能就会和我妈一样不明不白地死去了。”

卢玮希几乎不敢相信自己的耳朵！只能说，萧家在掩盖这件事上的确下了功夫。

回国后沈临风帮她弄到的霍家资料上，也的确显示霍雅是丧母后被霍心带在身边养，但那是因为外界都传萧家、烈顿家都要和霍家联姻，霍家只有霍箐、霍雅两个女孩子，烈顿分得一个霍箐，剩下的霍雅就被萧家提前接走当娃娃亲养了。可现在，萧珩却说他和霍雅是他妈杀了她妈的关系。

“霍家原本人丁旺盛，威廉这一代有三男二女，几十年前因为内斗，斗死了两个哥哥，现在只剩威廉和两个妹妹，两个妹妹分别嫁给了烈顿和萧家，威廉只生了一个儿子，听说在当年内斗中受了刺激，娶妻生女后很少露面。他妻子被我妈打死后，他更是不知所踪。威廉和两个妹妹为了振兴家族，只能全力扶持霍箐、霍雅。霍箐、霍雅又不能独挑大梁，威廉找到我爷爷和烈顿族长，想让聂、萧联姻，三家变成一家。以我爷爷的想法，就算我不娶霍雅，也会有别家小姐嫁给我。只是不知道威廉和我奶奶哪点说动了他，我爷爷竟然真的会答应他们，这才有了娃娃亲的传闻。”萧珩轻叹一声，“我爷爷对我情深恩重，从未要求我做过我不愿意做的事。如果没有你，娃娃亲有可能就成真了。”

反正为了权斗，娶谁对他来说根本无关紧要，所有女人在他的眼中都只是一枚棋子。无论这枚棋子可以帮助他的事业，或是能帮他成全长辈心愿，都无所谓。但人算不如天算，他遇到了卢玮希。

这话说的，没有她，他或许就娶霍雅了？酸味从心里蹿到嘴里，卢玮希忍了忍，还是忍不住。手缓缓碰了碰萧珩的脸颊，他笑着偏过头，薄唇吻上她的指腹。

“你的意思是，如果没有我，你也会和霍雅做你和我刚刚做过的事？”

萧珩正色吐出几个字：“可以卖名，绝不卖身。”

卢玮希深呼吸，压制住胸口不断上涌的激动，一心想找地方表达，视线四下转了一圈，最后发现萧珩锁骨上的牙印似乎淡了，她脑子一热，又低头咬了下去……

第九十四章　甲之蜜糖　乙之砒霜

憋着一肚子尿，宗九站在306室的门外，用尽最后一分耐心，一遍又一遍地敲着门。他从宴会厅跑来，喝了一肚子茶水，连去趟洗手间的工夫都没有，就跑到这里来了。原本是想着进门先上个洗手间，现在敲了许久门都没人回应。卢玮希搞什么？

明明发短信说急需他来帮忙，他是迟了一小时才看到，她不开门也不接电话，什么情况？偏偏在这种紧要关头，他多年来从不离身的面具包落在了明珠汽车里，不然他敲什么门啊，早就化个装破门而入了。

就在他考虑这么做的可行性和可能引起的后果的时候，门里面总算传出了一个略带沙哑的女子嗓音来：“谁呀？”

宗九一听是卢玮希的声音，立即笑露八颗牙齿：“是我是我，卢玮希，你不是有急事找我吗？怎么睡了？快开门啊！”

门里面又陷入安静，足足过了一分钟，卢玮希的声音才再次传了出来："你等下。"

又等了几分钟，门终于开了。宗九立即蹿了进去，直奔洗手间。从厕所出来，他嚷嚷："卢玮希，你让我过来帮忙，自己怎么睡了？你不知道今晚有好戏看吗？中午让你在那家酒店等我，你也没等，现在你又发个短信消遣我，你还想不想从我嘴里知道秘密了？你知道不知道单单萧三的秘密，就够我说上一天一夜了？"

"小九。"

魔性的称呼，宗九扶额，下一秒，瞬间奓毛："我最讨厌人叫我萧九！卢玮希，请叫我宗九！"

"呃……"卢玮希愣了愣，眨了眨眼睛，"又不是我叫的。"

她身后的大床上，萧珩正半卧半躺，好整以暇地看着宗九。

宗九像突然被人在嘴里塞了半个鸡蛋一样无法反应。萧珩勾着唇忽然笑了，侧脸的轮廓在昏暗的灯光下泛着朦胧的温柔，眉宇间尽是风流，冲着宗九眨了眨眼："你今晚不是说寸步不离老夫人的吗？"说完还故意抬手看了眼时间，继续调侃，"这个点儿老夫人早该发号施令了啊。"

宗九被他呛得满脸通红，跳着脚吼他："你以为老子愿意来啊！老子是找不到你才来的！"

萧珩一脸看不起他的模样："找我你打我手机不就得了？想来讨好我家玮希就直说嘛，何必拿我当借口。"

宗九对于这个结果似乎有些接受不了，愣了几秒钟才反应过来："萧三，合着我收到卢玮希的求救短信不该当真是吧。"

卢玮希试探地问了句："你收到我发的内容是什么？"

宗九仰头看着天花板："突发状况，请速来306帮忙。"复述完毕，他一低头，赫然看到萧珩欠身替卢玮希整理衣领，他顿时猜到这两人有奸情。摸了支烟出来点上，痞痞地叼在嘴里，似笑非笑地看了他们半天，继而有些疑惑地问："我是不是来晚了？哎，卢玮希，你到底让我来帮你什么？"

冤家路窄格外振奋人心，刚才还懒洋洋的卢玮希立刻神采飞扬地进入战斗状态："听说萧老夫人今晚在会所，我曾在仲颖阿姨的寓所与她有过一面之缘，时隔八年后再次遇上，我想让你帮我送她份欢迎礼物。"

萧珩深吸了一口气："你在我妈的寓所见过我奶奶？"

卢玮希点点头，这件事情她不准备再隐瞒，反正一会儿到楼下就能见到霍心，就算她想瞒，也不一定瞒得住。

"咦，这事我咋不知道？"宗九号称"百事通"，但这事他却是闻所未闻。

"你不知道的多了，我不但见过萧老夫人，我还见过萧老先生……"上次新闻播出霍心大寿的场景，卢玮希看到当年打了仲颖一耳光的人被霍心称为老公。今天听萧珩自报家门说他是仲颖的儿子，又得知仲颖离奇死亡的时间，她才把几起疑惑的事给串联起来，并且做了个大胆的决定。但这些，她是不可能告诉宗九的。

原来八年前他爷爷奶奶都到过他妈在江南的寓所！萧珩幽深的瞳孔中闪过一丝莫名的情绪：这些年，几乎所有人都以为，霍心对仲颖很好，婆媳亲如母女，仲颖意外身亡后霍心大病一场。可真相，何止是病了那么简单？

宗九望着卢玮希，更是震惊得说不出话来："你还……见过萧老先生？八年前……萧……出入境记录被做了手脚……"

萧珩似乎想到了什么，却没接宗九的话，只看着卢玮希问："你准备送什么礼物？"卢玮希能巧遇霍心，应该是他母亲看不上霍家，为了替他对抗霍心安排的娃娃亲，暗中选定了卢玮希。不然，国内外的有志青年那么多，他母亲为什么非得做卢玮希的天使投资人？

卢玮希不怕事情泄露，轻描淡写地将计划讲述了一遍，宗九听得目瞪口呆，萧珩却立马打电话安排。

宗九醒过神，赶忙说：“萧三，你盯着礼物，我和玮希……”

他话未说完就被萧珩打断：“你的身份不方便和玮希一起出现。玮希这次除了送礼物，还有更重要的事情要做，我陪她。”

“你怎么知道我还有更重要的事？”卢玮希诧异，那件事情她只在心里想过，没有告诉过任何人，萧珩怎么会知道？

萧珩没再言语，对着镜子，窸窸窣窣地整理自己的衣服。一系列的动作，无声地告诉卢玮希，想知道答案就随他一起去；如果不想知道，就随宗九走吧！

“好好好，宗九在这里人微言轻，那我就做萧衍。”萧三赶他走，无非是想和卢玮希独处，如果他真的离开了，岂不是如了他的意？不行，成人之美不是宗九的作风，他想让一切乱起来，不乱，哪有好戏看？

“你要扮萧衍？”卢玮希无奈叹气，为了牵制萧珩，比萧珩略低一点儿的宗九居然挑战高难度，看来他和萧珩之间的矛盾，不是一般的深。

“嗯，我生来血统不高贵没被人尊重过，有机会做人上人，感觉肯定爽爆了！”宗九忽地抢过萧珩准备披上的外套，转身进了洗手间。不过半分钟，他就走了出来。

意外地，他扮演的萧衍，无论神韵还是气度，竟都和卢玮希在维也纳酒店门前大屏幕上看到的那个意气风发的萧衍一模一样。

卢玮希被宗九的扮相惊得瞪大了眼，不过，从进入会所到现在，萧珩和宗九给她的惊讶太多了，她都快见怪不怪了。

萧珩却看着宗九没有说话，良久，他“扑哧”一声笑了。

宗九回头，两兄弟情深意长地对视了半天，新“萧衍”迫不及待地打开门，推着卢玮希走了出去。

只穿了一件衬衣的萧珩紧跟到了门口，门外有冷风吹来，他正犹豫要不要带件外套再出去，宗九就坏心地把门给关上了。

萧珩摇摇头，手指搭上门把手刚要拉开门，就听到一个仿若来自幽冥的声音，响自他的身后：“萧衍——”

萧珩搭在门把手上的手稍顿，却没有转身。

“你怎么不回头看我……”

萧珩的手指由拉门变成锁门，语气淡淡的：“你一直在这屋子里？”他就知道，以卢玮希的狡猾，怎会轻易放过暗算了她的人？

霍箐忽然从衣柜里气场十足地走出来，可双脚发麻不听大脑指令，努力挪动仍似踩在云朵上一般虚浮。她只得狼狈地抓紧衣柜门，胸腔内堵得几乎无法呼吸。

“你回头看看我不就知道了吗，我的九少爷，你怎么不回头？是不敢，还是不愿？”

“玮希身上的魅香和麻醉剂是你下的？”

霍箐张了张口，然而肺腑内酸楚泛滥，满盈得让她发不出任何声音。

“卢荣当年出事也是如此吧？知道吗，单凭这个发现，我就可以让你消失！”

“你不能！卢荣本就该死，我家帮了你这么多，萧衍你不能这么对我！”

萧珩打开大灯，缓缓转过身来，修长的手指指向自己的脸：“你看好，这张脸是谁的？”

“萧珩？”霍箐瞪圆了眼，“这怎么可能！”

“没有什么是不可能的！现在你看到的，就是萧衍的挚友，萧珩！”萧珩望着她，眸中冷星淡寒，隔陌如疏，“但是，萧珩只是萧衍的挚友，关系再好，他也不会为萧衍亲妈和霍家之间的协议买账。萧衍亲妈答应过霍家的，与萧珩毫无关系。”

“你……你……怎么会这样？怎么可以这样？”

萧衍是萧问心爱之人生的孩子，大家族不讲爱情只讲利益，所以萧衍母亲再得萧问宠爱也只能算二房，这个秘密她早就知道。后来萧问为了不委屈萧衍母亲要和联姻的妻子霍娉离婚，霍家自然不同意，尤其是霍娉的姑姑，也就是烈顿族长的夫人霍澎，见继子想抛弃侄女，联合兄长威廉给丈夫施压，不得已，身为烈顿族长的萧冀出手镇压萧问。

萧问也不是吃素的，为了和心爱之人在一起，联合堂兄，也就是萧珩父亲萧峰，一起对抗亲爹和继母。

萧峰和萧问在感情和亲情上称得上难兄难弟，当时是倾力相助。几方博弈的过程至今算是秘密，但结果是各有死伤。所以，萧衍能在亲妈猝死后被接回烈顿，她爷爷霍威廉居功至伟。萧衍能以烈顿嫡亲九少爷的身份出现在公众视野，她爷爷霍威廉功不可没。现在萧衍想过河拆桥，有这么便宜的事？

回忆到此结束，霍箐哆嗦着嘴，想吼问萧衍有没有契约精神，却找不到自己的声音。她不会就这么算了，萧衍亲妈与她爷爷当年立有契约的，萧衍回烈顿的这十年，她对他的情况了如指掌。

萧衍不喜欢女人，甚至到了清心寡欲的地步，她父亲提醒说萧衍是做戏给她看，她一直不信，只当萧衍是爱江山不爱美人。直到最近她父亲把萧衍、萧珩私下让人帮助卢玮希的证据放到她面前，她都没有惊慌，慌什么呢，她手里有契约的。

她妹妹霍雅也和她一样不慌不忙，她们觉得无论从哪一方面讲，卢玮希都不是她们姐妹的对手。可是，她刚刚偷听到的内容，以及他刚刚的话……粉碎了她的自信，她有些傻了，不知这十年里她所熟悉的他，究竟是萧衍还是萧珩？而萧珩和萧衍在这十年里到底发生了什么？为什么他们明明是两个人，却突然间变成一个？

还有一直看她不顺眼处处给她难堪的宗九，为什么要那么仇视她？她和宗九之间有什么仇恨？或者说，宗九究竟是谁的人？

萧珩掉转视线看向窗外，声线极其轻凉："你要是不再兴风作浪，萧衍答应过霍家要保你一生富贵的话依旧算数，但你应该明白，这世上，不是只有失去荣华富贵最可怕。"

的确不是失去荣华富贵最可怕，就像刚才那场总也醒不来的噩梦，比所有可怕的事都可怕！

"你接连以车祸、暗杀、香毒害人，这样的行为是律法不允许、我也不允许的。从今天开始，你将被送回去，有生之年都不允许再踏足烈顿之外的任何地方。"

他这是要囚禁她？霍箐惊得四肢虚软，一颗心霎时恨到无以复加。她不知道有没有人和他说过，他大概是这个世界上最懂得如何打击她的人。

"还有，烈顿的萧家取消当年与霍家的约定，至今天起，任何一位家族子弟都不会与你联姻。"

"你……"霍箐突然声嘶力竭地吼出，"我要召开记者招待会！"

"放肆！"萧珩骤然逼近出手，捏住她的下巴，力道之重让她觉得都快碎了，他的眼眸如同寒光利刃，薄唇内吐字如冰，"这世间只有一个人可以威胁我。"很显然，那个人不是霍箐。说完甩开她，冲门外扬声，"顾金！"

"三哥！"声音一落，顾金已推门而入。

"让客新妆立即遣送她回烈顿，把她交给袁妈妈关起来！"

顾金嘴角抽搐：烈顿萧家的人大都知道，萧衍回来时带了个男人婆一样的保姆袁妈妈，风趣幽默的袁妈妈喜欢研究药理和制香，而被袁妈妈关起来的人，据说，都会被试药或者试香。

“好的，少爷，我一定交代客新妆！”

霍箐由愕然到恐惧，再到愤怒：“萧衍，我对你那么好，你对不起我，仲媛对不起我爷爷。你们母子一直利用我们家，我姑婆……”

顾金听得心头厌烦，毫无怜香惜玉之心地拿帽子捂着霍箐的口，快速拖着她出去。

第九十五章　计中计

去而复返的卢玮希跨入室内盯着萧珩，歪着头似笑非笑："你是不是早就知道，我爷爷不是自杀而是死于霍箐之手？还有，为什么萧衍的欠账，萧珩不会代偿？"

萧珩没有立刻答话，而是静默片刻。

卢玮希快步走进室内，从床下取出一只一直在通话中的手机，然后再从口袋里取出同样显示正在通话中的手机，笑了笑，点了挂断。见自己被卢玮希用手机录音，萧珩转过头，了然的视线迎上一双狡黠眼眸。两人相视了有三秒。

萧珩转回头去伸手自衣柜里取出一件深色西服，一边穿一边笑道："先去参加宴会，宴会结束后，我全部告诉你。"

"不怕我在宴会上见到霍心再说一些不合时宜的话吗？"她走到他面前，略微仰头问。

萧珩穿好了衣服，笑着低头看她，两人视线才一触上，卢玮希就不由想起了他在她上面的情形，脸上微微一热，就别开了眼去。

萧珩见了，脸上笑意更浓，俯下身去凑在她耳边："说起来，你那些不合时宜的话我也很期待。不过……"略微顿了一下，他以手臂勾住她的腰，不让她退开，"我想让你再不合时宜一些，怎么办？"

卢玮希挑眉，两人的话里都是暗藏玄机，却又都能明白对方的心思，这算不算邪恶得心有灵犀？

不过在这种时候还能这么想的，也就是她一人了吧？

抿紧唇没有答话，视线一转，看到他没有扣住衬衫领口的扣子，露出锁骨上那个清晰的牙印，她的脸唰地红了——刚才明明是她想表达激动，那一口下去，两个人纠缠到一起……现在想起来，假如不是宗九来了在外头敲门，恐怕接着又会……

萧珩见她盯着自己的锁骨不说话，很快就明白她在想什么，也就没有继续多说，只是笑了一下，握住了她的手："走吧，不要导演未到好戏就开场了。"话音未落，就觉得卢玮希甩开了他的手，便不解地问，"怎么了？"

卢玮希也不回答，略微踮起了脚尖，伸出手去，快速把他衬衫领口处的两粒扣子给扣好了，这才转身向外走去。

萧珩望着她的背影，心里有种说不出的感觉，仿佛是被什么东西给塞得满满的。虽然今晚只是小范围的欢迎宴，但事实上有份儿前来的贵宾，皆有可能成为第二天报纸财经版的头条。

站在宴会厅入口，卢玮希没有自卑，目光迅速流转，像是在寻找着什么，又好似不过是不经意地瞟上一两眼。

先来一步的宗九端的是烈顿继承人的风范，手握酒杯与萧老夫人寒暄。楚策也来了，正低头听霍雅在说着什么。

亨瑞的身旁坐着林榆雁。林榆雁今晚打扮得异常朴素，衬托得霍雅如明珠一样耀眼。卢玮希突然觉得，就五官方面，霍雅似乎和她所认识的一个人很像，可究竟是和谁像，她一下子又想不起来。

“站在门口干吗？随我进去。”紧跟其后的萧珩见她呆立门口，就拉着她的手往里走去。

宴会厅的人见到萧珩走进来，除了萧老夫人，都不约而同地站起身来，互相打了招呼之后，视线就全部集中到了站在萧珩左手边的卢玮希身上。

“我家卢玮希。”萧珩的介绍简单明了，就说了几个字而已。

然而那些站着的人一个个都露出了恍然大悟的表情，有两个萧家的人干脆就很爽快地对着卢玮希叫了一声“三嫂”。

卢玮希抿唇，见萧珩也不解释，就只好装作没有听到，不过面上倒是平静如常。在萧珩的介绍下，同宗九在内的各人都打了招呼，虽然这些人都有不同的背景和来历，但她也不见局促或是紧张，就像是在与普通人打招呼。

萧珩和卢玮希走到座位前，萧老夫人便转头看向卢玮希：“卢小姐，真是抱歉，我那两个侄子年幼没见过世面，一时口误你可别放在心上！”

口误，是指他们叫她为三嫂是叫错了？看来这老夫人是想撇清萧珩与她的关系，先来个下马威啊！卢玮希宠辱不惊地笑了笑：“老夫人放心，我不会妄想不属于我的名分。”

萧珩似乎没听到她们的问答，手里拿起温热的湿巾，转头问卢玮希：“刚从床上下来时我洗手了，你洗了吗？”

这脸打得有点蒙，卢玮希睁大眼睛看着他，他这是唯恐别人不知他俩上床了？“你……”

楚策虽然听着大家叫卢玮希为三嫂很刺耳，但还是立即对卢玮希出声支援：“Gillian是有洁癖的人，看她衣着整洁妆容得体就知道是出门前洗过的，哪像表哥你啊，发型乱了，衣衫皱了，一看就是才起床懒得收拾。”

“听见了吗，我表弟夸你比我勤快呢。”萧珩放下湿巾笑看着她，卢玮希没有理他，又听他对楚策说：“其实她也就表面上装装勤快罢了，表弟你不知道她有多懒，午睡睡到现在。我哄了半天，她起床气大得咬我一口，疼一路了。”说完，萧珩就要解开领口的扣子，将伤口展示给众人看。

卢玮希只觉得自己的脸一下烧了起来，这么私密的事他竟当作笑话说给外人听。一旁聊天的两人，“扑哧”笑出声来，卢玮希恨不得找个地洞藏起来才好。

卢玮希急急忙忙地抓住他的手，眼带恳求地看他。萧珩似笑非笑地睨着她，眉峰微扬，似等待着什么。

卢玮希知道他想公布两人的关系，虽然觉得此时公布有点儿早，可已经被架到了火上，只能暗暗咬牙轻声说：“刚才忘说一句，属于我的我也不会轻易放弃。”

萧珩蓄在唇边的笑容终于绽开，这个笑使他的五官变得异常明亮深邃。

萧老夫人只当这两人妄想先斩后奏，心里震怒，脸上立刻堆满了笑容，看上去像个慈祥平和的长辈，说出口的话却是完全不接茬的打岔：“好好好，这秉性和气度，不愧是夏柳的孙女。”

卢玮希刚要接话，就见霍雅起身朝她这边走来。

大概是走得太急，霍雅想绕过去，却脚下一歪，身子险险欲倒。萧珩很快出手扶住她，她便顺势靠在了萧珩的怀里，从卢玮希这个角度看过去，真是暧昧又默契。

萧珩选了最恰当的时机不动声色地推开霍雅，看似关心地嘱咐了一句：“小心。”

霍雅当即红了脸，对萧珩娇羞地眨眨眼。卢玮希意味不明地笑笑，也冲萧珩眨眨眼。萧珩便收了笑容，脱下身上的外套嫌弃地扔给刚走进来的顾金，拿起消毒手帕擦了擦碰过霍雅的手，最后把手帕塞进了旁边的垃圾桶里。顾金捧着外套说了句“这外套太薄了，我去给少爷换一件去”，就快步走出宴会厅。

霍雅与卢玮希擦肩而过，一脸委屈地走到萧老夫人身边，脚步慌乱。

卢玮希睁着一双无辜的眼睛看向萧老夫人，脆生生地问：“不会是我站的位置不对挡了雅公主的路吧？”

声音不大不小，刚好够在座的人听见。

萧老夫人没有回答，笑眯眯地在霍雅身上环视了一圈，最后把视线投到了卢玮希的脸上，心说：你站的是萧珩身边位置，萧珩身边的位置该是谁的，你心里没数？

霍雅拉了拉萧老夫人，似乎有话想对她说。萧老夫人低下头去，听她说完才一脸赞赏地给出结论：“雅雅宽宏大量，你不必惶恐。”

被萧珩带着坐下的卢玮希一脸莫名，她真不知道她哪里惶恐了？扮演萧衍的宗九看戏看得心里腹诽，得，萧珩一进来就想撒糖，也不怕霍雅砸场让卢玮希的礼物送不出去？看了眼霍雅，显然霍雅早有准备，小脸微红地盯着萧珩，一副单纯无辜又委曲求全的模样。

宗九又看了萧老夫人一眼，却看不出什么。萧老夫人在名流圈沉浮几十年，早练就了心有惊涛而面无波澜的本领，就算她要揭卢玮希的底让卢玮希知难而退，脸上也不会表现出一丝一毫。

但今时今日的卢玮希本就有备而来，岂会知难而退？恐怕不但不退，还会趁势进攻，素手搅乱三大财阀世家辛苦维持的平静。

哈，乱了好，不乱，怎能让世家的肮脏丑恶现眼呢？

萧老夫人当然不知宗九这些想法，她收回视线，端起茶杯却未送到嘴边，笑着对霍雅介绍：“这是我跟你说过的夏柳孙女卢小姐，卢小姐，这是……”

卢玮希声音里带着笑意极快地接口：“我知道，她是箐公主的妹妹雅公主。雅公主好，我们又见面了，算起来，这是第五次见面了吧？”

第五次？霍雅一愣。维也纳一次，餐厅一次，洗手间一次，算上这次，也不过是四次吧？卢玮希却说五次，是卢玮希记忆出了错呢，还是……

与此同时，宴会厅门口忽然热闹起来，正想与卢玮希客套的霍雅抿了抿唇，她的心底竟隐约升腾起不好的预感。

偏脸看去，事实证明女人的直觉有时候真的很准，只见鄢挚悄然走到萧珩身旁，恭敬地躬身：“萧先生，豆丁话剧社的人到了。”

豆丁话剧社，以人少艺精而活跃于名流圈的宴会上。这两年，尤其以帮主办方演绎短小精悍的情景剧而出名。

“我们来晚了，还请萧先生见谅。”身后响起一道熟悉的女声。卢玮希闻声回头，就看到一道眼熟的人影闯入视野中。

银紫色的拖地晚礼裙，深V字领露出好看的胸线，纤长白皙的手里拿着一只金色的长款钱包，银丝镶边的亮黑色高跟鞋在裙摆下若隐若现。卢玮希迎着灯光抬眼看向来人，眼底有一丝情绪一闪而过。

这是她第一次见这个女人，但这女人的声音和装扮，却是那么熟悉，熟悉得好似十年前初次亮相晚会的她自己。

萧珩轻轻碰了发呆的她一下，指着宴会厅正中央临时搭起的舞台，声音低沉："人家问你《夙缘》可以开始了吗？"

卢玮希怔怔地抬头，灯光下，萧珩的目光内敛，双唇轻轻抿起，仿佛能蛊惑人心般，她不由就有了片刻的恍惚。

说起来，《夙缘》是她安排的话剧，要当作礼物送给萧老夫人，可她不过是临时起意说了个大概，而萧珩竟然在这么短的时间内精编了剧本，又给她凑齐了一票演员，尤其是主演，模仿起她来，惟妙惟肖。这说明了什么？

萧珩见她一脸震撼地看着他也不说话，知道她又犯了多疑的毛病，也不再问，擅自替她做了决定。

卢玮希微微抬眼和他对视了几秒钟，神色复杂，倒也没说什么。萧珩勾唇，竟以口型对她说"勇敢看戏"。看懂这四个字，卢玮希低头。但那四个字就像是一颗石子打破了原本平静的心海，饶是努力控制，记忆还似繁华盛世过后倒塌了的废壁残垣，一想起就满目苍凉，甚至直到灯光渐暗，话剧开始，卢玮希都仍有些心不在焉，眼神飘飘忽忽的，不知落在何处。

时间一分一秒地过去，卢玮希第一次觉得，原来看自己导的戏也是这么一件折磨人的事情。正在她思绪游移的时候，音乐声忽然趋向悲壮，竟带了几分诡异，最后定格在一曲《十面埋伏》上，而整个宴会大厅的灯光却慢慢地亮了起来。

不知什么时候，演出话剧的演员都已经离开，连那个与她装扮一致的女人也不见踪影，在现场宾客尚未反应过来的时候，萧老夫人突然开口："这是什么戏？"

搞什么搞啊，居然将样板戏唱到她面前来了，够大胆，只是那戏里的公寓偶见、撞破奸情、狙杀……怎么可能？

卢玮希似乎正等着她问，极快地回答："这是我根据自身经历加以改编的豪门夙缘，老夫人，您觉得熟悉吗？"

“初次见面，我怎么会熟悉你的夙缘呢？”萧老夫人寥寥数语，就将问题给挡了回去。

卢玮希倒是丝毫没有被打脸的尴尬，笑了笑：“不熟悉也正常，我当年见的那位长辈和您一样，说她是我奶奶的朋友，对我各种夸，力邀我搭她车去我家。我很相信她，只是没等我向我奶奶求证，就遭遇了车祸。我一直不明白她为什么要害我，直到今天我得知仲阿姨死讯才明白对方想灭我口。以此类推，我突然想到我爷爷。您说，我爷爷是不是也知道了不该知道的才被灭口的？”

在座的嘉宾们都是人精中的人精，之前萧衍离场再诡异归位，萧珩带卢玮希一出现就撒糖，宴会上突然出现的话剧节目，如今卢玮希和萧老夫人打哑谜一样的对话，恐怕又有豪门秘闻哪。

“这问题你不该问我一个老太婆，你该去找警察。好了，今晚是萧衍欢迎我的宴会，卢小姐如果没有重要的事想说，不如先坐下吃饭可好？”萧老夫人笑得慈祥，问得和善。

“我吃不下，不好意思啊。难得遇到您，我想自不量力地拜托您一件事，就是……我曾因车祸记混一些事，最近才想清楚，听您说您认识我奶奶，而您又是霍雅霍箐的姑婆，有些事就想求您主持公道……”话音一落，卢玮希不由分说就往宴会厅门口一挥手，早就待命的胡俐立即拿着一个牛皮袋走了进来。

萧老夫人力持让脸上的笑意不减，看了霍雅一眼。霍雅似乎没看到她的暗示，她的注意力都集中在胡俐手里的牛皮袋上。

卢玮希接过袋子，冲萧老夫人眼前扬了扬，似提醒又似乎自证所言非虚。楚策和宗九俱神色凝重地坐在那里，坐在卢玮希身边的萧珩摇晃着透明的酒杯，抿唇浅尝了一口，才压低音问：“准备好了？”

“万事俱备，只欠……”

“有我在你身边坐着，你还怕欠什么？”

看，有人撑腰就是好。卢玮希心里热乎乎，面上却抿了抿唇，不再说话。

原本握在手里的牛皮袋被她打开口子倒在萧老夫人面前。

袋子里是一大叠照片，有几张翻飞到霍雅面前。

霍雅拿起来，越看越惊，其中一叠是霍箐被带出会所的照片，看日期和时间，是今天，一小时前。另一叠拍的是她在沈临风别墅门口的，包括苏明打开车门让她下车时的侧影，一股气往上涌，她冲卢玮希惊叫：“你敢跟踪我们？哦不，你敢伪造照片！”

卢玮希一脸莫名和无辜：“雅公主觉得我有这造假的时间和本事吗？”

“不是你还能有谁？”霍雅刚才气恨卢玮希不知廉耻勾引萧珩，为了打击卢玮希的气焰，才走到卢玮希身边的时候故意踉跄，没想到她是憋了大招等着她。霍雅半天才憋出一个问题：“这里是江南，拍的又是你的青梅竹马沈临风家附近，江南谁不知道你能自由出入沈临风家？要想我不怀疑你，除非你能找到证人证明你一下午没出门！”

顾金不知什么时候已经回来了，怀里抱着件新大衣，他早就摸清了萧珩的脾气，也不上去劝架，只是安安静静地把大衣给萧珩披上。结局就如同他预想的一样，卢玮希有备而来。

“证人？”卢玮希皱眉，似乎有点羞于启齿，“我不想说。”

“为什么不说呢？”萧珩突然插进话来，“我们在房间里独处了七八个小时，难道我就这么见不得人？”

得，这是继撒糖后的又一波虐狗啊。宴会厅里响起啧啧赞叹声。

霍雅的俏脸瞬间变了几十种颜色，难堪地咬紧下唇，心里暗忖：姑婆不是说她有把握让萧珩不得不就范吗？怎么会在与她联姻前夕和卢玮希厮混七八个小时？厮混就厮混了，为什么还要高调宣示？胡俐突然插进话来："照片是我在梅林捡到的。"

"我去梅林找雅公主时，看到箐公主掉的东西被胡小姐捡了。"顾金也插嘴，一副亲眼所见的样子，"对，就是这个牛皮信封，只是没想到……"他站在萧珩身后伸出脖子瞥了霍雅一眼，顿了一顿才继续说，"没想到箐公主偷拍雅公主又设计三嫂的原因，竟是因为雅公主喜欢上了三嫂的竹马沈临风。"

"你！"霍雅还没来得及再说什么，顾金已经转了身，看向林榆雁，"啊，不好意思，我忘了，林小姐在沈家长大，要说沈临风有青梅竹马，也不该是三嫂，应该是林小姐吧？对了林小姐，外面有人传九少爷叫过卢先生为岳父是怎么回事？"

看戏到现在，早明白自己被九少爷萧衍利用了的林榆雁睁大眼睛看着顾金，混蛋，顾金这是在帮她拉仇恨吗？她在沈家长大的事人尽皆知，明知故问做什么？

Henry和Henri她也是刚刚才知道，原来前者是九少爷萧衍，后者是二少爷亨瑞，幸好亨瑞对她很好，许诺要娶她，所以她干脆将错就爱了。九少爷是萧珩的朋友，萧珩真正爱的是卢玮希，九少爷当初叫卢卓岳父就是为了帮卢玮希。萧珩故意带着卢玮荣去搅局，还装着是九少爷的手下派去支援她的，也是她眼瞎，竟然信了。萧珩不就是想拿她当卢玮希的挡箭牌吗？现在她都被炸成炮灰了，而卢玮希人就在这里，顾金不问卢玮希消息是怎么传出去的，顾金是准备让霍雅恨死她吗？

林榆雁嘴里噙着茶水，有些不知所措地去看霍雅，见霍雅也看向她，她"咕咚"一声咽下茶水，急忙解释："雅公主你别听他胡说，我是什么人，箐姐姐应该知道。"

霍雅“嗯”了一声，表示不信顾金的挑唆。只是今天连着被顾金冒犯，刷新她忍耐的极限，但她不会和顾金纠缠，她目标明确地看向卢玮希：“卢小姐，我敬你是客人一直对你礼待有加，你却软禁我姐，又让胡俐收买顾金诬陷我，你是不是忘了这里是我姑婆的欢迎宴，不是你骗着萧大哥帮你演戏的舞台！”

林榆雁心里暗赞霍雅说话有水平，卢玮希、萧珩、胡俐、顾金真是一个都没放过。楚策心里却暗叫不好！他知道霍雅这个人最擅长把控风向，对方越是说得明白，她越是能将事情颠倒黑白。萧珩突然撒糖，他都不信是真的，何况铁了心要坐实娃娃亲的他外婆呢？他早就知道，在他外婆眼里卢玮希和霍雅根本不是一个等级，他怕霍雅煽动他外婆的怒火出来，卢玮希根本招架不住。

正考虑要不要开口圆场，就看到卢玮希转头看向霍雅，一脸莫名中又带了些委屈：“雅公主，我都没揭穿你走到我身边时故意假摔对萧珩投怀送抱，你怎么还颠倒黑白给我扣这么多帽子？”

霍雅被卢玮希讽刺得脸色微微发白，咬了咬唇，一时不知该怎么驳斥。扮演萧衍的宗九慢悠悠地叫了声霍雅：“你不要乱给卢小姐扣帽子了，这事我和鄢挚都知道前因后果。鄢挚，你来说。”

众人听了先是一怔，紧接着都面面相觑起来。

论编故事的能力，鄢挚自认比宗九不差，他清了清嗓子：“是这样，中午我接到老爷子的电话，说是我们家老夫人身体欠安想念箐公主。箐公主得知情况急得想立即返回烈顿，让我带她去找我们少爷，求我们少爷护送她回烈顿。凑巧遇到我们少爷在招待一个朋友，那个朋友的私人飞机要去奥地利，也算顺路嘛，我们少爷就拜托了那位朋友，让他护送一下箐公主。时间太紧，箐公主就没来得及和大家一一告别，但是箐公主心细啊，怕大家担心，尤其是怕雅公主挂念她，她就拍了这些照片让客新妆洗好送来。至于雅公主的照片，应该是客新妆没听懂箐公主的吩咐，就把相机里面的照片都洗了出来，又全部塞进箐公主的行李箱送来给雅公主。”

一口气说到这里，鄢挚顿了顿继续说：“我在会所见到了客新妆，就告诉她雅公主邀请萧先生去梅林了，她急匆匆拖着行李箱就去了梅林，可惜去迟一步没见到人。哎，她最近健忘得很，估计是今天没吃健忘药，就把行李箱给落在梅林了。幸好啊，被卢小姐的助理胡小姐捡到了。胡小姐之前打来过电话，正好是卢小姐接的，她就让胡小姐给送来了。事情经过就是这样，雅公主，说起来，你得感谢人卢小姐的拾金不昧。”

这年头，通信如此发达，告别用得上拍照洗出来再派专人送达？还能再瞎掰得狗血些吗？霍雅心里气得想杀了鄢挚，又恨极了她的准姐夫萧衍。见萧老夫人面沉如水不说话，她努力压了压火，睁着一双无辜的眼睛说：“鄢挚，就算你为了包庇卢小姐，可惜我今天压根就没见过叶无双啊。”

鄢挚摇摇头，指了指照片：“没说是今天啊，我仔细看了照片上的日期，是五年前拍的。”

五年前……霍雅只觉从心底最深的角落冒出一股极冷的寒气，看萧珩岿然不动，她眼睛通红地看着宗九，声泪齐下：“姐夫，自从你回到烈顿，我爷爷和我姐姐就待你如家人一般，今天我姐被人驱逐，我被人陷害，你不但不帮我还任由你的管家鄢挚歪曲事实指控我，你到底什么意思？”

“行了！”一直沉默的萧老夫人若有似无地将视线从卢玮希身上转了一圈落到照片上，“老三，照片上显示的日期里，霍雅有到江南吗？她那天不是和你在奥兰多迪士尼庆生吗？”

五年前的某天都能记得这么清楚，人老心不老说的就是萧老夫人这样的人吧？萧珩眉峰微扬，深眸半敛，既不承认也不否认。

林榆雁正琢磨着如何帮霍雅渡过难关，就觉口袋里的手机突然一震，她悄悄掏出来，打开一看，微信上收到几条短信和几张照片。她立即明白是怎么回事，夸张地一拍脑袋：“我想起来了，照片上的那天是雅公主的生日，箐姐姐约了我们去奥兰多为雅公主庆祝。记得那天的场面特别梦幻，我羡慕得很，就拍了好多照片，不信你们看，我手机上这些就是那天为雅公主庆生的照片。”

卢玮希扬着下巴略带疑惑：“就算你五年来换了很多手机依然保存照片，就算雅公主五年前和现在的脸容一成不变，那这些从箐公主相机里洗出的雅公主去沈家的照片，又怎么解释呢？”

正在玩手机的胡俐收起手机，似乎很好奇地探头看了看，然后大着胆子猜测：“卢总，会不会是有人想陷害雅公主，故意搞些合成照让我捡的呢？”

这句话反击得漂亮，算是把卢玮希所有的质疑都堵了回去。霍雅目露赞赏地看向胡俐。

卢玮希咬牙切齿地扶额，她算计了所有的人和事，唯独算漏了胡俐这个双面人。

“好吧，单凭这些照片不能说明什么，可问题的关键在于，霍雅，你怎么会认识苏明？我也是才知道苏明今天去饭店接你，你知道吗？苏明不仅是当年Gillian出车祸时与叶无双同罪的肇事司机，还是涉嫌在维也纳酒会上枪击Gillian的嫌疑人。”一直沉默的楚策也突然开了口。这句话刚落，所有人又是身形一僵，胡俐头上的冷汗多了一层，却不敢抬手去擦——

据说，卢玮希十年前曾经被两辆车跟踪到家门口撞得九死一生，刚开始林岚把卢玮希拖到她的诊所藏了起来，也不知林岚跟叶敏之说了什么，叶敏之签字授权让林岚负责救治就是不肯送去大医院。后来卢荣发现卢玮希头骨裂开，喷血不止，要报警抓人了，叶敏之才同意送医院。

且不说叶敏之后来被卢荣骂得有多惨，林岚被抓走坐牢多少天，但这段经历被沈临风讲给胡俐听时，胡俐清晰记得沈临风一脸残忍地说过一句话：只要让我查出来是谁撞的卢玮希，我会不计代价地以牙还牙……可现在被怀疑撞卢玮希的人竟然是苏明，还牵扯到霍雅。十年前霍雅才十五岁，能这么心狠手辣？

苏明十年前不是在非洲吗？怎么会涉嫌撞卢玮希？还有这次维也纳的枪击事件，她知道卢玮希被人打黑枪的事，只是没想到打黑枪的人会是苏明。苏明敢枪击卢玮希，谁指使他的？沈临风知道吗？

霍雅知道今天这关要是过不去，就没有以后了。但她更知道萧老夫人很疼楚策这个外孙，她不会和楚策正面冲突，也不辩解，只是红着眼圈委屈地看向楚策。

楚策一脸不解地眨巴着眼睛望着她，半晌还颤颤巍巍地问了句："霍雅，你脸色这么难看，是不是被我问得哑口无言了？"

"行了，阿策！"好不容易缓和了脸色的萧老夫人再次黑了脸，"亏雅雅一直叫你妈为姑姑叫你为表哥，你就这么听信谣言为了个外人去伤害她？你妈犯了心脏病才留在老宅，罚你立即去老宅看她好点儿了没！"

一听亲妈犯了心脏病，楚策似乎猜到什么，立即站了起来，给了卢玮希一个自求多福的眼神后便起身离开了。卢玮希笑着回了个放心的表情。

萧老夫人没有看漏这个表情。此时她已彻底明白，卢玮希是有备而来，整个计划在萧衍、萧珩、楚策的推波助澜下做得天衣无缝，令她在今晚再也无法提起任何有关霍箐、萧衍和萧珩、霍雅联姻的建议。

楚策是她看着长大的，性格内敛、外冷内热，平时最听她的话，今天说出那番质疑霍雅的话，很明显是被卢玮希故意拿照片激起的英雄救美。萧衍表面温文尔雅实则冷酷神秘，做事方法稀奇古怪，有很多不为人知的秘密。但这些年念着她哥威廉助他回归烈顿，又取得继承人位置的恩情，就算对联姻不积极也对霍箐、霍雅不错，这次突然发难遣返霍箐、刁难霍雅，难道是知道了什么？

萧珩善于布局，做事心狠手辣不留情面，以他的手段和魄力不难明白发生了什么事，他应该早预料到卢玮希会这么做，却丝毫不提醒，而只是冷眼旁观看着她这个做长辈的被卢玮希当猴耍，还连累霍雅踩进刀光剑影的陷阱，是为了目的不择手段呢，还是当她人老珠黄在萧氏说话如放屁？

这三股势力配合着卢玮希此起彼伏地接力演戏，她看不懂之前自然岿然不动，现在似乎看出点儿门道，原以为卢玮希是为了卢荣的事，现在看，她是想为仲颖掀开旧案。旧案牵扯的人个个都是她的亲人，她绝不会让卢玮希得逞。

喝了口水，似乎喝呛了咳嗽起来，萧老夫人向对面看了一眼：“雅雅，叶无双去哪儿了？”

“我爷爷说叶无双接连办事不力，今亚通早就召她回国重新培训去了。”

想到叶无双胆敢指使叶一开车撞他和卢玮希乘坐的车，萧珩的戾气还在，转过身来看着霍雅，有种迫人的气势，嘴角却噙着一抹笑：“怎么？叶无双几次没能撞死玮希，这次又没能让叶一撞死我，你爷爷就说她办事不力需要重新培训了？”

萧老夫人听得直皱眉，萧珩为卢玮希出头说话这么难听，不过是因为无法动她这个长辈而已，可动霍箐、霍雅，她能袖手旁观吗？

霍雅却不这么以为，她以为萧珩因为楚策的话怀疑她，又因为萧老夫人与仲颖的恩怨迁怒她，她顿时急了："不是的，萧大哥，我姐姐说，叶无双被我爷爷召回去，是因为她对我姐姐照顾得不好，其他的我什么都不知道。不信你问我姐夫，昨晚我没有过来，真的什么都不知道，也不明白怎么会这样。"

扮演萧衍的宗九被霍雅姐夫长姐夫短地叫得"扑哧"一笑："霍雅，我和你姐八字还没一撇呢，你叫我姐夫，你姐很吃亏，我也怕萧珩误会，这样对大家都不好。哎，也对，你还是个孩子，要你什么都明白很难的，是不是啊，雅妹？"

霍雅只觉从眉上到耳后根都像被火烧过一样辣辣地痛，脸色一阵红一阵白，难堪至极地僵站在原地。

看见霍雅下不来台的狼狈样子，萧老夫人则沉了脸色，扫了一眼在座各怀心事的人，怎么看都不像是欢迎她的氛围，但她为了这次来江南的真正目的，忍了忍怒火，没捅破这层遮羞纸。

"好了，好了，既然卢小姐想让我做主的事是一场误会，那今天的闲话家常就先到这里吧。时间不早了，开席吧。"说话间，萧老夫人把那些照片划拉到一边，示意助手收起来，然后就率先拿起筷子。

林榆雁和始终不发一言的亨瑞紧随其后，只是拿起筷子时，两人均不约而同地看了眼静坐不语的萧珩和不再乘胜追击的卢玮希。

不想就这么放过卢玮希，霍雅张了张嘴，萧老夫人怕事情失控，警告地瞥她一眼，她才忍怒坐下。

这餐饭，吃得宾主尽是如鲠在喉，不过一个小时就散了席。

散席时卢玮希收到了卢老夫人发来的资料，看完之后心事重重。趁着萧珩被宗九缠住说话，撇开人群走到了梅林附近的人工湖边，来回徘徊。

第九十六章　谈谈情

雪早已停了，月亮出来，清冷如水的月色，倾泻在她的身上，给她曼妙的身姿蒙上一层朦朦胧胧的光，让她整个人显得仙飘飘的，甩掉宗九急匆匆赶来的萧珩看得心跳加剧。

借着月光，卢玮希仔细看着身旁的人，突然伸手抚了抚他的脸颊，指尖在他颈处轻滑，并未发现任何面具，这才确信来的不是宗九，而是萧珩。

商场上呼风唤雨的青年才俊萧珩，与烈顿传奇人物萧衍，是怎么做到多年来共用一躯的？

“玮希，”萧珩忽然环住她的腰，“我们谈谈？”

兵荒马乱了一天一夜，要谈的事情多如牛毛，卢玮希低声反问：“谈什么？”

“我们已有夫妻之实很快就要结婚了，你还不知道我要谈什么？”萧珩自从环住她的腰之后，就再也没有放开，她也没有反对。他的手臂，精实而有力，虽然只是松松地环住了她的腰，却有暖意传来，那感觉似乎并不仅仅温暖了她的腰，连着心底某处也一起暖和了起来。结婚需要身份信息，看来，他想主动谈萧衍、萧珩共用一躯的事了。

“那个东西，做得真好。”她在脸上比画了个面具的样子。

“袁妈妈的独门专利，当然很好。”萧珩将下巴搁置在她的肩窝，两人呼吸相换间，他又淡淡冒出一语，“何况是照着视若亲子的外甥的面容制成的。”

“啊？”卢玮希不可遏制地惊圆了口。就在这时，她的手机忽然响了起来，打破了两人之间刚要切入正题的氛围。

屏幕上来电显示跳出的是沈临风的名字，她犹豫了一下接起来。

电话另一头，沈临风的声音听来很是疲倦，但仍是音调温和：“嗯，今天怎么样？你还在那个会所吗？”

“在啊。”

“真是抱歉，原本想下班后去会所找你的，谁知东欧那边有个项目出了点儿问题，只好临时决定加班加点赶出解决方案。今晚我还要飞一趟俄罗斯，估计一周不在江南。荣风和奇迅之间合作的事，你要是不愿意就别勉强，我会亲自和卢叔叔说是我不想合作的，你不用搭理林榆雁。”沈临风一面道歉一面叹息，隐约可以听到那边有此起彼伏的电话铃声、电脑键盘的敲击声和纸张的翻动声，似乎还有人压低的讨论声。

卢玮希听他这么一说，又听到电话那头如此忙乱的背景音，就知道沈临风公司临时出的问题肯定不是小问题，马上就意味不明地笑了笑：“谢谢你的理解，我不是不想合作，实在是我们的5G技术不稳定。我怕万一出事连累你，这次就先不合作了。”想了想，又补充道，“其实我这边也很忙很忙，公事私事都很忙，可能忙完之后我也要飞一趟非洲。”她是去接叶敏德的遗骸。

“哦？”沈临风的声音明显多了几分疑惑的味道，“是高科那边的事情还没完全解决吗？”

卢玮希笑了笑：“不是高科，是我舅舅的事情需要我过去一趟，我会带着胡俐和新助理过去。”宗九刚荣升为她的助理，不用太浪费。

“新助理？”仿佛听到了什么可笑的字眼，沈临风笑得很古怪，“我听说卢叔拿他换走了聂风……”

卢玮希似乎一听换人的事就来气：“别提了！真不知道是谁挑唆我爸，没事儿换什么人。这次证监会调查我爸，没准就把聂风给拖累了。聂风也不知道提前和我通个气，我为了他搭进去很多人力财力，他倒好，风格大变，不但疏远我，跟我爸越走越近，还四处结交人，你说他是不是被什么人给骗了？”埋怨了一通之后又特别认真且真诚地问沈临风，“你知道是哪个该死的挑唆我爸的吗？”

沈临风听得一口气憋在嗓子里，因为他知道又不全知道。

起因是他看聂风被人盯上，麻烦事不断，怕牵连到卢玮希，就让他爸沈屠劝卢卓以董事长的身份解聘聂风。卢卓当时答应得好好的，没想到去见了什么人之后就反其道而行之——把解聘变成了换人，换的还是那样的人。

可这些又不能告诉卢玮希，只能硬生生咽下这口恶气，逼着自己的语气听上去平静无比：“我也不是很清楚……你就不觉得自从你遇到萧珩之后很多事儿都蹊跷？”

卢玮希反问：“什么蹊跷？”

沈临风暗示她：“你不觉得自从周年庆那晚到现在发生了很多莫名其妙的事吗？你撞车入拘留所，聂风遭绑架又被高科起诉，你替聂风去高科跑事，却被萧珩带去联谊会差点儿被人枪杀。逃命回来，你被抢了聂风这个通信专家不说，还被塞了个来历不明的助理。会所那边的事我多少有些耳闻，有些人怕我去找你，给我找了这么多麻烦让我焦头烂额无暇分身，我总觉得不对。你呢，不觉得这一系列怪事中有人蓄意挑事占了咱们的便宜？”

卢玮希故意咬牙切齿：“原来如此！肯定是某个狗东西妒忌聂风深得我信任才挑唆我爸换人！他肯定占了咱们的便宜！”

沈临风无语，继续诱导：“我听说卢叔本来想解聘聂风的，后来听了什么人的话才变成拿你的新助理换走聂风。玮希，你的新助理才上任，业务能力如何咱先抛开不说，心术正不正你了解吗？人心隔肚皮，我不在你身边的时候你要提高警惕，不要轻易相信任何人。”

宗九这个新助理是怎么到的她身边，卢玮希从萧珩之前和他的谈话里猜出了大致，现在听沈临风这么说，叹了口气，语气似乎无奈：“没办法啊，现在人手不够，5G项目马上要试运行，我必须在试运行前接回我舅舅的遗骸。你要是不放心我的新助理，到时候有空的话可以陪我一起去。”

“没问题，你出发前记得同我说一声。”

沈临风恨不得让卢玮希立马辞掉新助理，可他知道那是不现实的，为免她被新助理背后的人诱骗，他只能尽量抽时间陪她。

因为卢玮希每次飞长途都会出事，并且一次比一次严重。这也是他送个训练有素的胡俐去卢玮希身边的原因。可人算不如天算，胡俐正得卢玮希信任呢，突然被人安插个新助理去添乱。关于新助理，他暗中查过了，背景干净，履历中规中矩，重要的是社会关系简单得像是凭空而降。他怀疑新助理是萧珩骗着卢卓安排到卢玮希身边的，可这话他不能说，只能暗示。而且他最担心的一点，就是做过开颅手术的卢玮希会轻信他一直暗中较量的萧珩！

这几天他动用了非常手段，自认很了解萧珩。别看萧珩表面温文尔雅，对女人很绅士，实则冷酷无情，谁都打动不了他。不过论冷酷无情他不认为比萧珩差，他差的是出身。他家虽号称豪门，但比起萧家来说简直是小巫见大巫。萧家的产业大都集中在欧美和亚洲，萧珩联合萧衍打开了东欧市场。他不甘示弱联手亨瑞，可惜亨瑞弱了些，他在东欧的业务一直不如萧珩，导致他连吃暗亏，很被动。现在有了卢玮希的邀约，他要抢在萧珩没打动卢玮希的心之前，化被动为主动。

“我会预留充足的时间陪你去。”

卢玮希大概早已习惯了沈临风的以退为进，笑了笑：“好，我出发前给你发短信。”

“嗯，就这么说定了。”挂了电话，沈临风长长舒出一口气，脸上的表情平静了许多。

今晚会所欢迎宴上发生的一切他早已知晓，可卢玮希却半字未提，他心里总是有股不安的情绪在跃动，先给各司其职的四个心腹拨了电话，然后就打到了卢玮希的手机上，谁知倒是听到了一个好消息。卢玮希第一次邀约他陪着去见客户，这说明卢玮希最信任的人是他。

他就不由在心底笑了一下自己的多疑，然后便努力集中精神去处理障碍。他怀疑证监会从卢卓那边摸查沈氏违规合同的事，是萧珩给他设置的障碍，想让他吃卢卓的瓜落儿，就像上次萧珩反感卢玮希乘坐他的私人飞机一样，出其不意对他俄罗斯的生意出手，让他生生亏了一个亿。

卢玮希这边挂了电话，把手机放回口袋，才转身去看萧珩。

第九十七章　说说爱

萧珩还是站在之前那个位置，没有移动半步，仿佛不好奇是谁给她打的电话。看见她转了身，这才缓缓从原本靠着的树干上直起身来，向着她站着的方向缓缓走来。

“我决定了。”

卢玮希被他这么一句没头没脑的话弄得一头雾水：“决定什么？”

“决定什么？”他反问之后勾了嘴角，一字一句地缓缓道，“结婚！”说话间，他已走到她面前，忽然双臂一展，就把她环在了身前。突如其来的拥抱让卢玮希不由微微仰起头，脑海里有了刹那的空白，他的气息、他的体温，如汹涌而来的海浪将她一点点吞没，恍惚之间，她似乎觉得自己飘了起来。

“和谁结婚？”她仰起头冲口而问。

“你说呢……”萧珩望着她，反问了这三个字，然后笑着低下头去，轻轻地吻住了她的唇。卢玮希羞得想要后退，却反而被他抱得更紧。

他的手臂力道很大，箍得她动都不能动，可偏偏唇上的用力却很轻，如同一股柔风在她唇边来回飘动着，有呵护的味道在里面。

第一次感受到被人呵护，卢玮希喉头哽咽。一时间，她觉得周围所有的声音都仿佛消失了，耳边只有自己急促的心跳声，以及一个颇为熟悉的嗓音在回荡——卢玮希，我决定和你结婚，今夜，我告诉你我的秘密，所有的秘密……他声如魔音，一下一下震撼她耳膜。

“十五岁那年，我和妈妈去赛艇，中途游艇失事我和妈妈被困荒岛，当天夜里妈妈突发高烧。第二天我们遇到了萧衍的保姆袁妈妈，她是上岛祭拜萧衍母亲的，看我妈病得说胡话，她答应救我们回去，条件是回去后我帮萧衍脱离烈顿九少爷的身份。其实我认识萧衍，也知道萧衍在烈顿过得生不如死，以为她说的帮不过是帮萧衍制造个假身份诈死离开，就同意了。

“袁妈妈当即要我拿我妈妈的命去发誓不会反悔。为了尽快离开回到市区给我妈妈治病，我照做不误。后来执行起来才发现，袁妈妈说的帮，是要我在做我自己的基础上帮忙做萧衍。并且，萧珩只能是萧家的三少爷萧珩，萧衍只能是烈顿的九少爷萧衍，两个人虽然是独立的存在，却是可以互帮互助。”

卢玮希几乎不敢相信自己的耳朵，好半天才仰着脸问：“那上周在维也纳被选为烈顿继承人的人，究竟是你，还是真的萧衍？”

“是我！”萧珩轻啄她唇角，“那个时候你突然不告而别，我也很冲动，当时就想撇下一切去追你。袁妈妈却给我打了电话，她说我若离开酒店，她就引爆沈临风的车……”

卢玮希又是惊讶又是后怕，下意识抱紧他的腰身：“她竟然知道我在沈临风的车上，还拿我威胁你？”

“是不是威胁，要取决于我的行为。”说完见她不是很明白，萧珩摩挲着她的发顶，“我要是不管不顾地去追你，真的萧衍就得出面参加第二天的烈顿继承人选拔，袁妈妈好不容易才把萧衍救出来，当然不愿意萧衍再陷进烈顿的纷争。就在我们相持不下时，宗九出面调停了矛盾。”

“宗九没看到我坐沈临风的车走吗？”其实她想知道的是，宗九对萧珩是什么心态。

萧珩轻笑了笑，似乎并不在意她这么问：“宗九就是因为看到了才阻止我追，他说沈临风带走你是为了帮亨瑞才设下的调虎离山之计。我要是去追，正中了沈临风利用你引我离开的奸计。其实宗九也是急了，说博弈十年，继承人的位置就算抢回来放着发霉浪费，他都不能给亨瑞。”宗九戏谑的语气和神态，萧珩学得惟妙惟肖。

心底有个答案呼之欲出，卢玮希几乎肯定，袁妈妈让萧珩帮的萧衍，就是宗九。

记得她五年前救宗九时，宗九的自我介绍是照着萧衍的身份说的。不，五年前她救的宗九，就是萧衍！难怪宗九说继承人位置放着发霉都行，他的确不稀罕烈顿继承人之位！因为他多年来忙着挑战死亡极限呀！

“宗九才是萧衍吧？”这话，纯属于肯定式的疑问。

果然，下一秒就听到萧珩慵懒随性的声音：“你不是已经知道了。”顿了顿，他扯到原来的话题，“我的秘密说完了，那结婚的事，你考虑好了吗？”

卢玮希瞬间哑火。她以为他只是说说，没想到他是认真的。她呢，在她爷爷卢荣墓碑前发过誓，不把操纵股市案查个水落石出，是绝不恋爱结婚，还有她舅舅叶敏德的死因。两起誓言无一实现，她怎么结？尤其是现在，操纵股市案的幕后人身影越来越有雏形……思绪飘移之间，卢老夫人发给她的资料也在脑海里翻腾……她能告诉萧珩，说我在查你家吗？

萧珩见她神情茫然而迟疑，不由轻声叹了口气，伸手搂紧她的肩膀，压抑住心底飞窜的情愫，把她整个人都拥在了怀里，也不说话，只是这么静静地站着。

刹那之间，卢玮希只觉得心里仿佛有什么一直在坚持的东西，慢慢融化了。爱情突如其来，她想爱又惧爱，但他们已经走到了现在，若是拒绝，她甚至有种直觉，以后应该会后悔。

暗吸了一口气，她终于开口，声音有些低哑，却仍是清楚地传到了萧珩的耳中："你说……灰姑娘那么多，王子为什么就看上了辛德瑞拉？"

萧珩脸上的表情先是一怔，然后回过神来，眼角笑纹一点点扩大："真相只有一个，王子喜欢的不是灰姑娘，而是那天晚上的辛德瑞拉。"

"那，辛德瑞拉吸引住王子的都有哪些方面呢？"

萧珩脸上的笑容彻底绽放，凑到她耳边低声问："怎么，需要王子一一说出吗？如果辛德瑞拉想，那么王子愿意当着所有人的面说出辛德瑞拉吸引他的地方。"

当着所有人的面……卢玮希就想起之前在卢家和卢卓的谈话：就算不为卢家也要为叶敏之和她自己考虑，这话里的意思……她心里一堵，即将说出口的话临到了舌尖又转了弯。

"那倒不必，每个人的审美不同，也许王子看上的，正是别人嫌弃或者避之不及的……"

"那当然了，王子爱的就是辛德瑞拉的与众不同。"萧珩用大衣包住她，话锋一转，"有一年我站在大雾山顶俯望瀑布时，你猜我看到了什么？"

卢玮希把脑袋别在他胸口，蹭了蹭：“……看到了什么？总不会是我吧。”

“是你背着宗九！”萧珩以指尖轻轻抚上她的长发，眉头微拧，“知道我当时对宗九有多厌恶吗？多年来比那重到几倍的伤他都没挂掉，怎么可能因为断了手臂就昏死得需要你背着了？”

卢玮希一怔，萧珩那次也在大雾山？

那么她去芝大参加同学会为公司融资的事，萧珩是不是知道了才故意让人放出萧衍要投资芯片行业的消息，引她去大雾山的？引她去的目的是想以萧衍的身份帮她呢，还是想重新遇见？还有他这话的意思……暗指宗九装昏倒骗她同情心，难道是宗九破坏了他安排的遇见？

萧珩似乎猜到她在想什么，哼了一声：“你还不知道，宗九之所以叫宗九并不是他编出来的身世排行，而是因为他像猫一样有九条命总也死不掉吧？你也不知道因为他，我们才推迟到今年才遇见吧？”

卢玮希下意识地问：“为什么？”

“大雾山那次，我本来安排好的用萧衍的身份和你遇见，是宗九偷跟了去，趁我要招呼你的时候，扑通跳了下去。”

平地一声雷，卢玮希吃惊地从他的怀里支起脑袋，神情显得十分惊讶。

萧珩轻笑了笑，似乎并不在意说出前因后果：“那时候我二十五岁，身兼两个身份都在陆军部队，烈顿内部局势紧张，我准备让萧衍这个身份先退役回去掌管基金公司。爸爸怕我一退役回家就会被家族安排娶霍箐，建议我先找个顺眼的女同学占住女朋友的位置，我决定回去找你。正好在芝大发现你参加同学会，又无意中得知你想为奇迅融资，我就放风说萧衍想投资芯片公司，目的是引你去大雾山找我……宗九玩性大，大雾山顶他抢先跳了下去。我看到你救他了，刚要招呼你，就被人推了下去……”

“是谁推的你？”

“一个小角色，已经被顾金给废了。”萧珩说得轻描淡写，顿了顿，又自嘲，“我落下来时你已经拖着宗九走了，部队正好又有事急召我回归。兜兜转转，五年后我们还是以最初的身份遇到了彼此，看来上天注定要我们在一起。”

其实，萧珩没说出口的是：他掉下来时摔伤了腿，瀑布附近没有游人，他就那么昏了一个小时才被傅斯年带人找到。傅斯年怕他的腿落下残疾，当即把他送到奥兰多去找骨科名医救治。萧老夫人说的那次奥兰多之旅，并不是他陪霍雅去庆生，他是去治腿。但这样的糗事他不想被卢玮希知道，所以才在宴会上没有驳斥。

一见钟情，再见倾心，这么可遇不可求的好事措手不及地砸在一直被认为命不好的自己头上，超过预期，卢玮希的脑子有点儿不够用。

“值得吗？为了我，放弃霍箐、霍雅，与你奶奶闹翻，你真的觉得我值得？”

萧珩微笑，缓缓吐出几个字：“如人饮水，冷暖自知。”

卢玮希的脑子里越发乱成一团。

第九十八章　必须结婚

与此同时，被霍雅狠狠警告过的林榆雁心里也乱成一团。

憋了一肚子气回到沈家，却发现沈临风站在门口等着她。林榆雁很心虚，一脸谄媚地笑着跑过去，很亲热地叫了一声："沈大哥，你怎么知道我回来了？外面这么冷，你怎么不进去坐啊？"

沈临风不为所动："我就不问你了，你自己说吧。"

林榆雁的笑容僵在脸上，然后慢慢消失，声音也低了下去："是我爸和沈伯伯让我去的会所，也是沈伯伯让我告诉霍箐那么做的。"

沈临风看她一眼："他们为什么要这么做？"

林榆雁低着头："我也不知道，他们怎么想我怎么会知道呢。"

沈临风带着审视看着她，就是不说话。

"好吧，我说。"林榆雁受不了头顶的压力终于抬起头来，

“就是想让亨瑞以烈顿二少爷的身份去告诉卢玮希，萧珩接近她不是真心爱她，是因为萧珩的联姻对象霍雅暗恋你，萧珩才去破坏她和你的合作。反正沈伯伯说萧珩搞黄你的生意也不是一次两次了，给你加点三角债也没关系。这样卢玮希就不会接受萧珩，失去萧珩的庇护，奇迅很快就是我的了。”

沈临风沉默了半天才面无表情地问：“就是说，我被你们当枪使了？”

林榆雁被沈临风的样子吓到了，睁大眼睛看着他不知道怎么回答。从小到大在她的印象里，沈临风就算没接受她明里暗里的表白，但表面上对她一直很客气。就算她偶尔扯他旗号做事，他也只是让她下不为例。这次，她把他放在受害者的位置，一是为他出气去报复萧珩，二是想打垮卢玮希尽快夺下奇迅。得逞的话她就能与他门当户对了，就算他不要她，她嫁给亨瑞还是会帮他，真不明白他为什么会那么生气。她不知道沈临风不是为自己，而是为卢玮希。

过了半晌，沈临风再次开口：“榆雁，这是最后一次，我希望你分得清什么是自知之明，什么是恪守本分。女孩子要是做不到这些，会让人很讨厌。”说完转身走了。

林榆雁不服气，在他身后嘟囔：“那卢玮希呢？她有自知之明吗？她恪守本分吗？她明知道自己命硬克人不适合恋爱结婚，她还一边吊着你和楚策，一边去勾搭萧珩、攀扯萧衍！她一心钻进钱眼里满肚子阴谋诡计，根本就不是什么好女人！为什么还有那么多人喜欢她？”

沈临风听到这句话停住脚步：“她和你的级数一出生就已经不一样，但是你这么多年来一直不停地咬着她攀比。自不量力之余，你就不能换个人去咬？”

林榆雁大概是没听过这么重的话，有些无措地看着沈临风：

“我……我很快就能……”和卢玮希级数一样，必须一样，尽快一样，不择手段。

沈临风眼底的厌烦愈加明显，转身走了。林榆雁眼里含着委屈的泪跑了出去。

卢玮希眼眶也有点湿润，在她过去的人生设想中没想过恋爱结婚，也不清楚现实中的男女之情到底是一种什么样的感情。但是现在，她不排斥萧珩的吻，也不排斥萧珩的亲近，甚至很喜欢，可说到结婚，她不知道这种感情该如何处理，更不知道结婚后男女之间该如何相处。被萧珩一直拥着，她只觉得心里仿佛有什么一直在坚持的东西，慢慢融化了。她甚至有种直觉，若是放弃眼前这个人，就再没机会懂得如何爱了。

最终，她决定接受他提议的一起面对风雨——也就是求婚。接受了求婚，她不好意思再住在会所，怕萧珩夜里骚扰她，坚持要回卢家。萧珩自然不会让她单独走。送她回家的路上，卢玮希总觉得自己被设计了。

因为萧珩一路都是边开车边认真地说他们即将面对的几起事情，而那些事情，好像和她以为的风雨不搭界。

比如……明天她得带萧珩拜访卢卓和叶敏之；再比如，她得跟萧珩去萧家老宅拜访萧老夫人和楚策的妈妈……更可笑的，竟然还要她和他飞去烈顿拜访萧衍的保姆袁妈妈……

很快地，车子到了卢家附近，应卢玮希的要求，两人提前下了车，步行往卢家走去。才走了没几步，一辆红色的跑车从他们身边掠过，那疾驰的速度掀起一地白雪，萧珩好似浑不在意，而卢玮希则认真看了一眼，是林榆雁的车，她连夜回来了。

她抬头看了眼拉着自己的手目视前方的萧珩，似乎心虚一样，悄悄伸手摸了摸自己的唇，指尖还未离开，就听见萧珩笑着低声问："怎么，怕被人看出来？"

"哪有哪有……"卢玮希故作镇定地放下手指，却发现他停下了脚步，侧身过来看。在他身后，是散发着明亮光芒的路灯，还有偶尔驶过的汽车，忽而靠近忽而远去。

"放心，没有肿，也没有破皮。"萧珩看完之后，慢悠悠地下了结论，然后仿佛自言自语般又开口道，"我当时很小心的，外人绝对看不出有接吻的痕迹……"

"你……"卢玮希想让他闭嘴的话还未说出，又看到一辆车子疾速驶来，如果她没看错，应该是宗九的车。

萧珩心情极佳，所以对那两辆无礼的跑车都未放在心上。卢玮希却忽然停下步伐，她似乎想起了什么重要的事，站在那里望着他。

"怎么不走了？"萧珩不解地转头看她。

卢玮希抬起他们紧握的双手，晃了晃。

"萧珩，你确定要和我结婚，然后与我一起面对所有的风雨吗？"

她把"所有"二字咬得很重，就连手上的力度也随之加大，萧珩却因此而蹙起了眉头。

卢玮希抬头望着夜色中的卢家老宅，嘴角噙着自嘲的笑问："知道吗？这座宅院里藏了太多的秘密，很可能都是见不得人的秘密。也许你日后会因此受到牵连和困扰。也许到时我们并不是你所希望看到的那样和谐，最主要的是卢家人的基因，个个都奇葩，我身上不但有奇葩的基因，还有叶家的宿命。你对我了如指掌，应该也知道叶家人个个不得善终的宿命。我妈能活下来是因为精神分裂，我能活下来，以前是有我爷爷的庇护。现在我爷爷没了，我自己都不相信我能躲过宿命得以善终。"

萧珩的眉头越蹙越紧，卢玮希却自顾自地说着。她转过脸，直视着他若有所思的眼睛："你真的要和我一起面对风雨的话，我估计我带给你的风雨，远比你以为的要强烈。"

这些萧珩其实都清楚，卢玮希说的风暴，他也清楚，放在以前他可能会考虑甚至会避之不及，但现在，爱情参与了进来，选择自然大不同。

卢玮希见萧珩许久都没有说话，微微垂下了眸子，压制住胸口不断上涌的自嘲："我爷爷去世后，外界都说我这样的处境，注定会嫁不出去百年孤独。"

听她又开始自卑，萧珩脸上的笑意也渐渐收敛起来，他声音压得很低："西山教堂收到一份来自非洲的华人骸骨碎片。"

这话题扯得，卢玮希一脸莫名："和我有关系吗？"

"和你无关，但和一个老人有关！"

听出萧珩为表心迹话里的暗示，卢玮希的心跳猛地漏跳一拍，心底有个答案呼之欲出，却被她及时制止。

萧珩轻叹一声，将她搂在怀里，轻吻她唇角："我说了结婚就不会反悔，现在把担子交给我来挑，你什么都别想了，回家好好睡一觉。如果你对骸骨感兴趣，明天一早我来接你去西山教堂拜访神父；如果没空，有些事我就替你做主了，嗯？"

话说到这份儿上，卢玮希再有满腹疑问也只能按下，乖乖地点头。

第九十九章　还我身份

告别萧珩，她在门口调整了一下自己的情绪，推了推门，门没锁，她直接走进院子，隐约听到里面传出的争吵声。

“如果不是因为卢玮希，我妈不会都要死了还住在你的矮檐下，你们不要忘了答应过我什么，我的耐心快被你们耗尽了，把我惹急了，你们五年前、十年前甚至二十多年前干下的那些事，我……”

“够了！”卢老夫人近乎低吼的声音打断了林榆雁抽泣拔高的话语，“看来你和你妈的记性都不太好，我说过，我这辈子都不会让指着鼻子威胁我的人有好下场。”

“我威胁你了吗？我是在提醒你不要健忘好不好！答应我的不给我，还不让我说，你以为我就是好欺负的！”

“你闭嘴！”卢卓的声音不再如以往对待林榆雁那般慈爱。

“为什么，为什么你们一个、两个都因为怕卢玮希背后的萧珩而委屈我？你们有没有想过我的感受？我因你们的造孽才失去了应有身份下的一切，我被沈家收养这些年你们不惭愧吗？你们以为沈临风不向我求婚是因为不爱我吗？不，他非常爱我，爱到为了我硬生生拒绝霍家的雅公主。今晚我发现我最想嫁的还是他，可恨你们把我的卢家大小姐身份给了卢玮希。还给我，快把我的身份还给我……”

林榆雁的声音第一次近乎歇斯底里，伴随着茶杯摔落在地的碎裂声。五年前、十年前、二十多年前的事？卢玮希眉一挑，不由加快了脚下步伐，或许她这些年想知道的答案就在今晚！

突然从旁边响起林岚带来的特护的唤声：“大小姐回来了？”

也因为特护那响亮的一声呼喊，屋内的吵声戛然而止。

卢玮希冷然看着新来的特护，而特护也不卑不亢地望着她：“大小姐吃过晚餐了吗？”

卢玮希点头，但一双眼睛一直看着特护。不知为何，她总觉得这个混血特护就是故意在庭院里守着的，刚才大声喊她就是间接给屋里的人提个醒。不过她不想为难一个忠于自己主子的特护，转身推开门进去，不料迎面飞来一只茶杯，她头一偏躲过，茶杯撞到墙上，应声粉碎。文斗到武斗，这动静大得像撕破脸啊。她有些意外，转身关了门，走进去才发现更意外。

在家中一贯如老佛爷的卢老夫人竟然不要拐杖，面色铁青地站在客厅中央，而林榆雁则叉着腰，整个人如暴怒的母老虎般与卢老夫人对峙，穿着家居服的林岚蜷缩在沙发上，低着头，肩膀不住抽动，地上尽是些乱七八糟的碎片。

与林岚穿情侣款家居服的卢卓沉默地靠在沙发上，手搭在眼睛上，说不出的沧桑疲惫。罕见地，穿戴整齐的叶敏之没有怯生生地依偎在卢卓身边，而是一脸她从没见过的诡异，双手抱胸立在窗前，完全一派陌生的清冷样子。

“这是怎么了？”卢玮希站在客厅入口处，皱着眉率先开口打破了这静得令人窒息的氛围。

叶敏之回过身，脸上早已敛好了神情，恢复了一如既往的淡漠：“这事和你无关，不想我骂你的话，滚回你屋睡觉去。”

简简单单的一句母女对话，竟让卢玮希察觉几分袒护。太意外了，这可是记事以来叶敏之第一次没有对林榆雁怜悯一番就招呼她。只是在刚跨上台阶时，叶敏之蓦然停下，偏过头，但没有去看客厅一眼：“我病了很久很久，但再久也不代表我病成一无所知。如果大家撕破脸不想维持现状了，我也不介意向警察说出我知道的真相！林岚，你到我屋里一趟！”扔下这段条理清晰又颇具威胁的话，叶敏之随即便抬步上楼。

卢玮希回身看了一眼因为震惊于叶敏之突然正常而睁大泪眼的林岚。看来林家母女又逼宫了，只是逼成这样的结局，不知道林岚有没有预料到？

卧室还是她的那个卧室，里面的摆设依旧，满脑子疑问的她却无法入睡，尤其是想到萧珩突然抛出来的话题——与她爷爷有关的麦克卢汉神父，她脑子里各种猜测，干脆拿起手机和明珠通话。

明珠那边似乎被什么人纠缠着，说话支支吾吾不是很方便，只说了几句话就挂掉了。收起手机，卢玮希拧亮台灯，想到明珠说她在沈临风的私人别墅门口不只看到霍雅，还看到了聂风，她更加没有睡意。

霍箐、霍雅、聂风，这三个八竿子打不到一起的人，怎么会同时出现在废园以及沈临风的私人别墅门口？还有德兴公司，聂风入股德兴的时间，是卢荣操纵德兴股票前还是后呢？如果是入股后，那么介绍卢荣认识德兴的，是不是聂风？如果是聂风，卢荣一直对聂风尊崇有加，他为什么要陷害卢荣？难道……因为卢卓对聂风的作践，聂风才想毁掉卢氏？

被自己的想法吓了一跳，卢玮希有点口干舌燥，起床喝了点水。脑子里还在想着：霍箐认识聂风的时间，是早于她呢，还是晚于她？晚于她的话，霍箐十年来不止一次对她下手，可以理解为从她这里挖聂风不成，又佩服聂风的才华而想害死她，可惜她命太硬，害不死她，就转而对她爷爷下手了。早于她的话，霍箐为什么要一而再地想杀她？杀人得有动机，动机不外是为情为利——为利，她可以肯定，卢家和霍家从无合作，谈不上利益纠葛；纠葛是因为聂风的话，那么那次车祸……

用脑过度，头痛欲裂，越想越理不清时间顺序，她不但不放弃这个疑问，转而想下一个。宗九是萧珩换命的兄弟，接近她搞出这么多事情，又引她去郊区，让她目睹霍箐与聂风在废园见面，是无意而为呢，还是被萧珩授意？萧珩携爱而来，直奔结婚，只为了成全当初，不负遇见。不为萧家，甚至她怀疑的萧老夫人霍心考虑吗？

明珠查到的证据越来越多，把现有证据串联起来，再加上卢老夫人给的萧、沈、霍这三家人的人员资料，似乎每家都有人与聂风产生过交集。聂风身上的疑点和霍心一样，越来越多，每个疑点单列出来，很像是一个掩盖另一个，或者说……环环相扣……心底有个答案呼之欲出，又被她及时制止。虽然强行制止，她却不由自主地又想到在维也纳联谊会的那天晚上，宗九对她说，如果她想起来曾对萧珩做过什么，拿命补给萧珩都不为过。车祸撞得她开颅几次，也许她真的忘记过什么重要的事，毕竟人都是趋利避害的，对自己有害的或者自己德行有亏的，都不想记住。但愿亏欠的，不涉及人命。

说到人命，她突然想起萧珩母亲仲颖，十年前偶遇仲颖，两人一见如故，当天就敲定合作。人人都说仲颖是欺行霸市的女魔头，她却觉得仲颖是个知性优雅又心怀慈悲的好人，对她的帮助以及喜爱珍视，她能真真切切地感受到，可惜，好人不长寿，从人员资料上看，仲颖的死因牵扯到霍心，疑点重重又透着诡异。

婆媳是天敌，大家族的婆媳不但是天敌还是各种利益纠葛体，一不小心就死得很惨。仲颖死得那么惨，她嫁给萧珩，就等于跳进萧家那个龙潭虎穴，会不会也死得很惨？

患得患失，疑虑重重，就这么一晚上瞪着眼睛在床上翻来覆去。

第一百章　小三逼宫

天刚亮卢玮希就爬了起来，洗漱完正要给萧珩打电话，却接到聂风的电话。聂风似乎心事重重，很郑重地约她到公司谈谈。

自从那次在拘留所见过被绑获救的聂风后，两人在公事上偶有工作需要也是电邮和电话，甚至助理传话，再未见过面。

她知道聂风在躲着她，十年相扶的恩情，就算霍箐为了挖聂风想杀她，只要聂风不涉及卢荣的案子，她都会给聂风一个选择的机会。所以，她一直在等聂风露面主动找她谈，现在一听聂风说谈，自然是满口答应。

答应完了才想起昨晚答应萧珩的事，叹了口气，怀着歉意给萧珩发短信，说今天无法和他一起去见麦克卢汉了。

收到短信时，载着萧珩的车子已停在卢家门外。鄢挚坐在驾驶员的位置上，偷偷瞄了一眼看完短信就望着窗外的少爷，欲言又止。很快地，卢玮希的车子从卢家大门里驶出，萧珩精致的眉眼微蹙。其实鄢挚看得并不真切，且不说车子用了特殊玻璃导致车内光线在大白天也晦暗不明，最主要的原因是他并不敢仔细去瞧，他待在少爷身边已经十年了，可依旧不敢。

作为财阀萧家、仲家结合的产物，他一出生就是含着金汤匙，属性好，配置高，那种慑人的气势是源源不断地从骨子里往外透。这几年鄢挚亲眼看着他从青涩走向沉稳，可唯一没变的便是这股气势。他心里有话要说，可是又不知道如何开口，只能不时地偷偷扫一眼，寻找合适的时机。因为萧家老宅和沈家别墅里，昨夜都出了新鲜事，他不吐不快……

“胭脂，安排人跟上，我们回去。”萧珩却突然开口。

半小时后，卢玮希停好了车走进办公室的时候，只能用“堆积如山”来形容。办公桌上一边整齐放着半人高的各部门待批的文件，一边摞着厚厚一叠的信函，中间是几份人事任免书。

卢玮希把自己的包扔在椅子上，决定先无视这些东西，正想叫人进来收拾，忽然听见门口有人在那里问：“三嫂，三嫂您在吗？”

卢玮希觉得这个声音有些熟悉，回头去一看，居然是顾金。

顾金穿着骚包的红色西服，左手拎着一个精致水果篮，右手捧着一大束红玫瑰。卢玮希一愣，这大清早的，唱的哪一出？

“三嫂，这是少爷……咳，宗九，宗九见您早上不在会所，就托我来……感谢您，您不是五年前曾救过他的命吗，这水果请品尝。”顾金麻溜地把水果篮放在卢玮希的办公桌上，又低头看着怀里的花，讪笑道，“对了三嫂，你的秘书胡小姐呢？她还没来上班？”

看着顾金手里的花束，卢玮希顿时明白了几分，实在是有些好笑——敢情顾金这小子是假公济私来看胡俐的？

卢玮希对着顾金看了半晌，才拿出手机找到胡俐的电话号码，按下了拨打键。

胡俐气喘吁吁的声音从电话另一头传来："喂，卢总，找我有事吗？我到公司楼下了，三分钟之内就能上来。"

"不是我找你，是顾金，你上来后不用到我办公室了，直接去会客室吧。"

放下电话，还未等她开口，顾金先说了一堆莫名其妙的恭维话，才抱着花颠颠地出去。

卢玮希总觉得哪里不对劲，愣愣地坐在办公桌前，望着那个水果篮，似乎看到宗九在对她狡黠地眨眼。她一激灵，摇摇头，暗笑自己草木皆兵了。转念再一想，觉得宗九送这水果篮也不错。见过聂风之后，若是萧珩再提去教堂拜访麦克卢汉神父，这果篮正好派上用场。

时间分秒走过，过了约定时间，聂风还没到来，办公室外面却来了个不速之客。

"没事找事，这是我们家的公司，我见谁还要你个打工妹通报？！"卢玮希在听到林岚由谨小慎微的病西施突变为骄横的老板娘时，一怔，再看林岚的装扮，只觉得眼前一亮。

说实话，林岚年轻时就长得明艳动人，又会打扮，光鲜亮丽是常事，可今天却别有一番怀旧味道，身上穿着暗玫色的无袖旗袍，过高的开衩露出黑色的丝袜，走路卡着节奏，仿佛连发丝眉梢都透着妩媚风情，弯起的手肘上挎着一只款式过时却很配旗袍的镶钻小手袋。

这打扮，让卢玮希很想问一句：这隆冬季节的，您一个号称癌症晚期的中年大妈，穿成这样是不是太拼了点儿？

卢玮希故意笑着问："林阿姨，您不顾病躯盛装跑来，是想让我帮您写临终遗言吗？”

林岚似笑非笑地看了卢玮希一眼，若有所指地道：“你在某些事情上的判断，还真是同你妈妈没什么区别……”

卢玮希一时间没有听明白她的话，不由皱着眉问：“你什么意思？”

林岚斜了她一眼，意味不明地笑笑：“报警卢荃绑架聂风……结果聂风不承认被绑架，卢荃绑架罪名不成立，拿委屈说事。你奶奶为了安抚卢荃足足赔出百分之五的股份，这股份可是从你爸爸手上割走的，你没想到会搬起石头砸自己的脚吧？”

卢玮希听了心里飙起怒火，但面上却稀松平常地笑笑：“报警是每个公民看到突发事件后的正常反应。绑没绑架，他们两人心里清楚，何况我爸手里的股份根本不会给我，你凭什么说我搬起石头砸自己的脚？”聂风和林岚素无交集，她穿成这样跑来，是替聂风打抱不平呢，还是替她同一战壕的卢荃喊冤？

林岚一反常态没有吭声，径直走到沙发旁坐下，摆出一副长辈驾到的姿态。

卢玮希自顾自地坐在她的对面，盯着她腕上和卢卓同款的情侣表，有些不确定地问：“你是不是摸错门了？你心痛我爸股份被分割的话，应该去找我爸……”

“你爸在公司接受证监会的调查，我找的不是他！”林岚截断卢玮希的话，话锋一转，“就是想来看看，看你们是怎么把叶敏德的工厂占为己有，再把叶家老宅搞成奇迅办公楼的。”

一听她话里有话，卢玮希抿唇，正想开口问，林岚根本不给她说话的机会：“难怪你把奇迅把得这么牢，原来这里真如你妈说的那样是黄金地段。玮希，按照市值，这里卖掉得值不少钱吧？”

卢玮希对林岚话里有话的行为有点儿看不透，本想继续看林岚表演，可林岚罪无可恕地提到她那死在林岚和卢卓手上的舅舅，她的怒火压不住地蹿上来，也懒得再装什么有素质有礼貌了，直接开火：“林阿姨，我不知道你是因为什么才跑到我这里，但我明白告诉你，这里是我外公外婆和舅舅的遗产，无论卖多少钱，都和我爸无关，和我爸身后贪婪的小三孽种更无关。”

许是卢玮希的话语如刀，扎心了，林岚猛地捂着胸口。

卢玮希装糊涂，一脸真诚地问：“我说贪婪的人又没有说你这个林叔叔的遗孀，林阿姨你哭什么？”说完她叹着气拿起电话，“算了，我还是给卢董事长打电话吧，免得被他看到你这样，以为我欺负他司机的遗孀。”

林岚不是在哭，她是在笑，怕场合不对，捂着脸偷笑，笑得肝肠寸断时听卢玮希真的在拨号，揉揉脸，扑过去，压在电话上：“别找你爸，我今天是特地来找你的。”

卢玮希一脸莫名：“你找我能有什么好谈的？”

图穷匕见的时候到了，林岚懒得再虚与委蛇，一脸义正词严公心护公司的模样：“公司现在被你经营成这个样子，我们可谈的太多了。玮希，你还不知道吧，我也是这里的股东之一。”

平地一声雷，卢玮希不敢置信地掏了掏耳朵：“林阿姨，你这是病得说傻话了呢，还是想钱想疯了？”

林岚摇摇头：“我不疯也不傻，就是股份比你大，你要是不服气，那我只能说抱歉了啊。”

卢玮希听得无语极了，想起聂风之前评价林岚是“斗战胜佛”。她觉得还该在“斗战胜佛”前面加上几个字：得了失心疯的！

林岚见卢玮希被她的底牌堵得无话可说，嘴里啧啧叹息：“玮希，你是我看着长大的，要不是你识人不明，要不是你妒贤嫉能，要不是你经营不善，我其实真不想替你妈出面，毕竟我这身体一日不如一日，指不定能活到哪天。唉，来了之后我才发现，一个人帮你管这么大的奇迅，考验能力啊，回头我跟叶姐姐说一下，让她务必给我加派人手。”

听到这里，卢玮希才算明白林岚的疯是从哪里刮来。原来又是她妈叶敏之给她添的堵！可林岚叫叶敏之叶姐姐，叫得还真亲哪！可要真这么亲切，当年又何必让林榆雁送她叶姐姐一份加料的木瓜雪蛤？

“听话音，林阿姨是受我妈妈委托，拖着晚期癌症的病躯来帮我打理奇迅的？”卢玮希吃足了林岚利用叶敏之这把刀在她身上割肉的苦楚，话说得很尖锐。

“举手之劳，一家人别客气，”刀枪不入的林岚就是有这种坏话当作好话听的本事，她耸了耸肩，斜睨着卢玮希，“谁让我心肠软呢，早上叶姐姐跪在地上苦苦哀求，我能怎么办？”

跪着哀求？卢玮希浑身的血液猛地上涌，气得她浑身发抖。

叶敏之昨晚那番话说得不是很正常的吗？怎么睡了一晚，就变成跪在地上苦苦哀求林岚了？

就在她暗自思量时，林岚继续道：“叶姐姐昨晚吃药过量才导致她表面看像是正常人，其实她那是饮鸩止渴，后果……会像吸毒一样。唉，果然，劝好了雁儿，我刚睡下，叶姐姐就哭着来找我。”

卢玮希的脸上再看不出任何情绪，只是配合般地问：“为什么会哭着找你？”

林岚既然敢来就已经准备好了答案：“因为你啊！你之前不同意和雁儿的公司合作，现在雁儿被荣风解聘、被沈家嫌弃，叶姐姐从小就视雁儿为己出，打小就让雁儿叫她姨妈、姑妈、干妈，做了那么多的妈，能不心疼无业无爹又无爱情的雁儿吗？能不替雁儿撑腰吗？”

卢玮希早就知道林岚一张嘴可以面不改色地把黑的说成白的，不动声色地问：“怎么撑呢？”

“我当时和你一样，也是问她怎么撑，她拿出已经签署好的文件，我当时看了就不答应，可今天早上叶姐姐又找我谈话，说我要是不答应，她就不活了。”说完林岚还一脸无辜地反问，“你说我能不答应吗？”

林岚的答案和演技都无懈可击，卢玮希看了她几秒钟，摇了摇头。拿起一次性纸杯倒了杯水递过去，难得地开口夸奖了她：“我很佩服你，坐下喝点水吧。”

林岚觉得淡定给她倒水的卢玮希格外碍眼，继续挑衅：“我是病人，不能用一次性纸杯，希望我明天上班之前，你给我准备一套专用的紫砂茶具……”

卢玮希倒也不反驳，只是握着纸杯笑吟吟问：“说完了吗？”

一般这种情况，稍微有点自知之明的人都知道这话题应该结束了。

一心想激怒卢玮希的林岚自然不会认清形势：“你想听那我就再说说掏心窝的话……我知道你现在恋爱了，但有人让我提醒你，你要不爱沈临风，爱上楚策甚至朱铁群都没关系，千万别爱萧珩和萧衍，明白吗……”

卢玮希截断她的话：“明白什么？你现在以什么身份来和我说话？我爸的情人？撬我妈墙脚的熟人？我舅舅司机的遗孀？还是想谋夺我公司的敌人？”

林岚有些不可置信：“你怎么这么说我？”

卢玮希毫无预警地说出真相：“因为你害死我舅，害惨我全家，我要报答你？”说完拿起纸杯看了看，忽然勾起唇，对着林岚笑了一下，只是那笑容还未完全绽放，手指就猛然松开，杯子落到了地上，热水溅了林岚一身。

在林岚的惊叫声里，卢玮希淡定地收回手，堂而皇之地对忙着拿纸巾擦拭茶水的林岚开口：“说出去的话如这泼出去的水，收不回来的，林阿姨，你和林榆雁要等着我好好报答。”

林岚一点一点擦干净水，直起身，意味不明地笑了笑：“究竟是谁害死了你舅，害惨了你全家，你应该去问问叶姐姐，错误报答到我和你妹妹身上，你会后悔的。”

这是捏着叶敏之反过来威胁了！卢玮希笑了笑，也没把威胁当回事：“你不要口口声声叶姐姐，如果我没记错的话，你比我妈还大九个月吧？还有，我爸在法律上只有一妻一女，我哪来的妹妹？你口中的‘我妹妹’，该不会是我舅舅的司机林建仁的女儿吧？”

提到林建仁，林岚似乎想到什么不堪回首的噩梦。她放下手包，眼睛通红地走近卢玮希，声泪齐下：“玮希，从你出生到现在，我救了你妈无数次，又救了你两次，你却不了解真相一而再地侮辱我，你到底什么意思？”

林建仁是她情夫卢卓给她找的官配，给林榆雁找的便宜亲爹，说侮辱也该是卢卓侮辱她，怪得到她身上吗？至于无数次地救叶敏之还是害叶敏之，林岚自己心里没点数？还有那几次车祸，真当她一无所知吗？卢玮希冷笑也不屑回答。但看在林岚眼里，那就是一种知错的态度。

“算了，你误会我我只能怪造化弄人，其实我今天过来，不光找你，也想找聂风。”

本来还想看林岚怎么表演，听她直言不讳地说找聂风，卢玮希恍然大悟，难怪林岚打扮成这样跑过来，原来被证监会冻结账户调查的卢卓已经满足不了她，她又四处找金主看上聂风了？

太肮脏无耻了！卢玮希豁然起身，一把抓起林岚的包包，硬塞进她怀里。

林岚被迫抱住手包，一时间还没从卢玮希突然翻脸变得彪悍的状况里反应过来，就见卢玮希的嘴巴一翕一合——

“原本以为你一直骗着我妈，勾着我爸是想转正，没想到你还妄想我师父聂风，做小三做得欲壑难填太无耻了！快走，不要逼我让保安过来轰你出去。”

林岚见惯了为叶敏之隐忍的卢玮希，哪里见过如此彪悍的卢玮希？她心里气急，面上也好不到哪里去，抬手指着卢玮希：“你什么都不懂就这么对我，你会后悔的！”扔下这句话，她怒气冲冲地往外走。

“林阿姨。”卢玮希突然在背后叫了一声。

林岚停下脚步，斜睨着卢玮希：“这么快就后悔了？呵，也不看我给不给你后悔的机会。”

卢玮希摇摇头，一把抓起林岚刚坐过沙发上的那块长绒毯，看着大冬天穿无袖旗袍的林岚，快步走到她面前，弯唇一笑，突然把绒毯当披肩裹住林岚裸露的双臂。

“不好意思，我这人有洁癖，你刚才坐到我新买的羊绒毯上了，我不想再浪费时间去找地方把它丢了，就送给你取暖吧。”

这话说得接近刻薄，外面的员工看似认真工作，实则都低头竖起耳朵听着。林岚嘴唇哆嗦着，却说不出一句完整的话。

与此同时，包包里响起电话声，林岚努力镇定着去打开包，待到看清楚手机上的来电显示名字后，她按掉了电话，拉拢好肩上那件与旗袍极不搭的长绒毯，最后对卢玮希说了句：“你不要后悔！”

世上没有后悔药，后悔没用，所以，她从不后悔！

第一百零一章　狗血男女

目送林岚的背影直到消失不见，卢玮希才仔细回想了林岚进来后所说的每一句话，心里堵得很，按了内线让助理秘书进来，简单吩咐她几句，也不管顾金在会客室与胡俐聊得怎么样，直接抄起车钥匙出了办公室的门。

一小时后，车子驶进了偏僻的巷子。巷子的尽头，是远离烦嚣又很少人知道的叶家祖宅。下了车，她看周围无人关注，就拿钥匙进入宅内，蹑手蹑脚地来到叶敏之为叶家人设置祭奠的房门前，本想伸手推门，不知怎么的，林岚的话让她迟疑了。

后悔，与一个小三翻脸，她会后悔什么呢？连她自己都说不清。正犹豫间，房门突然从里面被打开，开门的是叶敏之。

"你不是去上班了吗？怎么会跑到这里来了？"

"哦，想来这里拿点儿东西，又突然想起今天是外婆的忌日，顺道祭奠一下外公外婆和舅舅，既然遇到您了，正好有点小事想请教您。”卢玮希冲叶敏之笑了笑，就想进入房间。

叶敏之却伸臂拦阻她进入：“有什么事你先去书房，一会儿我过去找你。”

卢玮希一愣，看到叶敏之的表情似乎不在那两个人格的范围，心里一动：“就几句话，在这里说您不方便吗？”

“对，哦不，”叶敏之眼角的余光瞟向祭台上摆放整齐还没来得及点燃的新鲜菊花和香烛，转而看向卢玮希，“我这会儿，其实……”

“妈您真是偏心，是不是提前带着玮荣祭奠外公外婆和舅舅？”卢玮希故意露出吃醋的神情。

看到她这样，叶敏之倒是松了口气，摇摇头：“你弟弟陪着你爸上班去了，”说着关上门，推着她，“走，咱们去书房说话。”

卢玮希笑着点头，心里却笃定这屋里有人。只是，叶家人几乎死得就剩她们娘俩了，卢卓从来不到这里祭拜，会是谁在屋里呢？难道，叶敏之约什么人来这里谈机密的话？

那么，她若是开门见山地问叶敏之约了谁在屋里，或者问叶敏之昨晚乃至今早和林岚说了什么，会不会惹恼她？

叶敏之现在看起来和昨晚无二，林岚说的那些，应该是骗她的吧？就这么想想的工夫，叶敏之已推着她进了屋。

东拉西扯了几句，正当卢玮希想把话题扯到林岚身上时候，叶敏之床头柜上的电话响了，她抢先一步接了起来。

电话是卢氏集团的法律顾问吴安全打来的，卢玮希早就知道，吴安全是卢卓的心腹。

吴安全以为接电话的是叶敏之，没有寒暄，直接在电话接通时就直奔主题：“夫人，您所持有奇迅的股权转让书我已经拟好了，下午您过来确认一下没问题了就签字吧。”

卢玮希在听到奇迅股权转让几个字，顿时心里“咯噔”一下，紧追问了一句：“吴律师，你把我妈持有的奇迅股份转给谁了？”

“啊，卢总？”吴安全显然没料到接电话的是卢玮希，但很快就掩饰了自己的失态，笑着说，“哦，不是别人……那个，是，夫人想给你，嗯，她还没转，先找我咨询一下手续复杂不复杂。”

卢玮希先叫了一声“吴律师”略一顿，再开口时语气就冷冽了几分：“要是你不懂如何回答我的提问，我会考虑请我合作方的法律顾问傅斯年教教你如何遣词造句！”

傅斯年不但是仲兴通讯的法律顾问，还是律师协会的副会长，在法律界可是有名的大状，在商界又是有名的鬼难缠，被他教导，那岂不是小鞋穿到尽头了？吴安全光想想就额头冒出一阵冷汗，可一看到面前支票上那一连串的0字，他又想垂死挣扎：“卢总，你真误会了，夫人真是让我查查她在奇迅有多少股份，算算盈利好……给……你啊！”

“如果卢董事长所看重的法律顾问只擅长满嘴胡诌，那我真要考虑给傅斯年打电话，请他帮忙查查吴律师的账户有没有问题。没问题了再和吴律师解约请他兼职卢氏法律顾问了。”卢玮希笑着说完这话就作势要挂电话。

“等等！”吴安全立即出声阻止，目光最后看了眼支票上那串他爱极了的数字。唉，要是惹上傅斯年甚至仲兴通讯的老板萧珩，他担心自己有钱，都不一定有命花。没办法，只能咬咬牙，忍着肉痛挪开目光。

“卢总，这件事我其实也不赞同夫人这么做，那股份毕竟是你送给夫人傍身的，可她……”得，说了开头，后面的就容易多了，为了撇清关系，表现得忠心护主，他很快就和盘托出。

挂了电话，卢玮希缓缓回首，望着一脸无辜却表情古怪的叶敏之，心痛得快要麻痹了：“妈，你打算欺骗我到什么时候？”

叶敏之无言以对，索性不管不顾地发脾气：“你这话是什么意思，我欺骗你什么了？”

若不是对林岚诡异言行起疑后又听到了法律顾问的电话内容，恐怕卢玮希真会被叶敏之这无辜的模样和理直气壮的反问给糊弄过去。她抿了抿唇，按了电话上的录音回放，寂静空间内，吴安全的话播出一遍后继续循环。卢玮希喉头哽咽，一字一顿地问：“吴安全说的这些，刚好解释了林岚突然跑到我办公室的原因。妈妈，要不是林岚沉不住气地去找我示威，我还不知道我给您用来保您在卢家无忧的奇迅股份，竟然要被您哭着喊着给了林岚。”

叶敏之的谎言虽然被女儿当面拆穿，但她丝毫不觉得尴尬，索性也不再隐瞒了：“给就给了，她都是要死的人了，还能威胁到你什么？我想着毕竟好友一场，大家都是做妈妈的，她想给她女儿留下一点念想，我满足她这小小的愿望有什么错吗？”

百分之三十的股权竟然轻飘飘地送给林岚去成全她的小小愿望？奇迅初建时，卢卓几次三番想插手，被卢玮希拒绝了。奇迅取得小小成就后卢卓更是联合卢氏的股东来闹。知子莫若父，卢荣深知被他插手后，奇迅乃至卢玮希会是什么下场。为了让奇迅健康发展，也为了卢氏的根基考虑，卢荣咬咬牙把投资奇迅的钱都算成了借债，为了替奇迅，也就是卢玮希还债，卢荣拿自己毕生积蓄入了股市。根据目前掌握的资料，卢荣做股票很有一套，基本上十投九赚，听聂风无意中说过，说不少人想找卢荣合作在股市里坐庄，也许，有钱无处投的沈居，甚至是霍箐，就是那个时候被什么人介绍着接近的卢荣。可惜，她竟然一直毫无察觉，当时还想拼了命地四处融资，萧珩妈妈仲颖就是融资过程里认识到的。

卢荣与仲颖见过几次，对仲颖评价很高。后来仲颖出事后，卢荣在股市里也越做越大，大部分资金也拿来投资给了她。奇迅资金充足研发步伐加快，她又请到了聂风这样享誉业界的通信专家加盟，研发产品越做越成功，奇迅也越来越有名气。卢卓的吃相也越来越难看，为了让卢卓谋算奇迅股份的阴谋落空，卢荣建议把股份分化，分别挂在叶敏之、她、卢荣、卢卓的头上。

没想到现在卢荣去世了，卢荣名下的股权没来得及变更就被卢老夫人握住，而本应和她并肩携手、一致对抗卢老夫人的叶敏之，竟然背着她想偷偷把股权转给林岚！她真想问问苍天，她究竟造了几辈子的孽才遇到个这样坑女儿的亲妈！

收敛心神，卢玮希努力逼回眼里的湿意："妈，如果您同情林岚，您给她些首饰房产或者钱都行，为什么非要把我给您的股份送她？"

"将死之人要首饰房产干吗？再说钱和股份有区别吗？"叶敏之振振有词地驳斥卢玮希，都二十七的人了，还这样沉不住气，她非常不满。

"怎么会没有？"

看叶敏之又开始搞不清状况，卢玮希的语气也开始带了气："我给您的股份一是想让您得到我爸的尊重，二是想平衡我爸和我奶奶对我的掌控。您这样突然把您名下的股份转给了林岚，林岚和我爸爸是什么关系您不知道吗？"

叶敏之突然有些烦躁，似乎是被噪音烦的，"啪"一下关上一直循环播放的吴安全录音，堂而皇之地对一脸悲哀的卢玮希开口："我知道啊，林岚是我的同学我的闺蜜，又是我们大学时候的校花，学校里很多男同学都喜欢她、追她，你爸爸也不例外。可你爸爸见到我就转而追求我了呀，大概是追了一个多月吧，我和你爸爸确定了恋爱关系，林岚也有了男朋友。哦，她男朋友就是你舅……

的司机，这些我都给你讲过的。林岚是个好女人，雁儿也是个好孩子，你咋还一直问我们的关系呢？”

看吧，无论怎么说，林岚和林榆雁在叶敏之心目中的地位就是坚如磐石。

卢玮希想让叶敏之认识到林岚是情敌的想法败下阵来，反正卢卓、叶敏之、林岚三人行二十多年，一时半会儿弄不清了。何况现在的燃眉之急是股权，她叹了口气，把话题重心放在股权上。

“好，不说你们三人的关系了，咱们继续说股权。如果股权转让，我爸和林岚联手，我就会被他们否掉执行总裁的职位，这些您是真的不懂，还是对我的处境无所谓？还有，您对林岚如此好，您真的了解她吗？了解您这些年的大灾小难以及我的几次车祸都是谁搞的吗？”

叶敏之怔了怔，被她握在手里的手机突然无声振动了几下，是有新短消息提示，她低头看了看，也不知道短信内容是什么，就见她忽然脖子一梗，对卢玮希指了指门口：“不要挑拨离间了，我相信你爸也相信你林阿姨，没事的话你出去吧。我的性格你应该了解，做出的决定绝不会改变。”

“我挑拨离间？”卢玮希呆看着母亲，似乎不太能够反应过来叶敏之那些话是说她的，好一会儿才嘶哑着嗓子道：“妈，您认真地想想，我的几次车祸都是怎么发生的？您当年的那次早产是怎么引起的？还有，您和爸以及林阿姨的关系，您是想自欺欺人，还是只想欺瞒我一人？”

叶敏之一听就火了：“你这是什么话？不要拿你的黑心去揣度别人。再说了，我是你妈，能欺瞒你什么？我看你才是信了谣言天天欺骗我呢。”

“我欺骗您，妈，您就是这样看我的？”卢玮希的心痛得瞬间麻痹。

叶敏之不再回答，只是专心地在编辑短信，卢玮希也不再继续问下去，她怕再问下去，不知道还有什么话等着她。

敛起受伤的情绪，卢玮希脚步虚软地走到门口又回头望向叶敏之：“都是做妈妈的，林岚为林榆雁不择手段筹谋一切，您又为我做过什么？我真是您的亲生女儿吗？”说完猛地打开房门，却看到了门外赫然站着一个不该出现在这里的人——聂风！

约了她又爽约的聂风、在办公室里她发信息不回的聂风，竟然会出现在叶家祖宅的书房门外偷听她和叶敏之的谈话？

聂风来了多久？都偷听到了什么？又是怎么来的？难道是林岚？以叶敏之对林岚的信任程度，知道叶家祖宅的位置并能找到这里甚至有这里的钥匙，她一点儿也不奇怪。何况林岚刚刚在她办公室里为找聂风受了气！只是，她奇怪的是林岚要来告状，也不该带着聂风吧？

聂风一直看不上林岚。平时说起林岚都是用各种贬义词，比如毒观音、斗战胜佛、摆地摊都嫌占地方的毒妇等，难道被卢卓调去卢氏集团几天经历了非人的折磨就变得饥不择食了？

卢玮希一脸颓败地扶额，不愿也不忍直视聂风。

聂风张了张嘴。卢玮希没有给聂风开口解释的机会，越过他快步下了楼，直奔到自己车子旁快速打开车门坐进去又锁死门窗，才趴伏在方向盘上无声流泪。

黯然寂静的空间突然传来不轻不重的敲击车窗玻璃声，一下两下三下，很有节奏感地锲而不舍。

第一百零二章　股权保卫战

卢玮希以为是聂风追出来了。既然无处可逃，那就勇敢面对好了。

用袖子抹干净泪水，她努力调整表情，慢慢地抬起头，玻璃上映着的脸容，不是聂风，而是一个她更加没想到会找到这里的人……宗九！他怎么会突然出现在这里？

卢玮希打开车门锁，正想落下车窗玻璃出声询问，副驾驶的门却被豁然打开，一阵冷气扑面而来，宗九的身子旋进了副驾驶座位上。屁股一坐稳，就一脸真诚地开始溜须拍马企图蒙混过关："玮希，水果好吃吗？这女孩子啊，要多吃点水果，美容。"

卢玮希似乎很累，并不打算和他兜圈子，阖了阖干涩的眼睛："你怎么会过来？"

"当然是被你家那位派来的啊……哦，我是说卢董事长派我来的。"

卢玮希不为所动："他怎么知道我在这里？又为什么要通知你？"

宗九耸肩摊手："不知道啊，他是啥想法我怎么会知道呢？"

卢玮希不再理他，转头看向窗外。车窗玻璃上映出她的脸，此刻那张精致的脸庞上满是心酸茫然。

宗九似乎受不了她这委屈样，耸耸肩："我去公司报道，卢董事长说我是他为奇迅总经理特聘的总助，现在奇迅股权发生变动，副总是林榆雁，总经理可能会是林岚。林岚对芯片行业不熟悉，我继续跟你的话就得帮他问问你，他要是提拔朱轶群做林岚的总助，你会不会翻脸？"

奇迅股权变动，连宗九都知道的事情，她这个奇迅的总裁却等林岚闹到办公室了才知晓，而造成这一切的始作俑者还是她的亲爹妈，这算不算本年度最冷的笑话！

卢玮希心力交瘁，一脸郁卒。宗九知道卢玮希的郁结在哪儿，叹了口气。

来之前他不忍心地问萧珩："三哥，你这么端着不累吗，网什么时候可以收啊？"

萧珩给他的回复是："该收的时候自然会收。"

他不明白又问："都到结婚环节了，该收的时候是什么时候？"

萧珩反问："你觉得呢？"

当时宗九想问是不是孩子生出来才收，最后看萧珩在纸上勾勾画画地选婚服，知道问了萧珩也不会回答，就没再问了。

其实是他变了，不想再顶着各种面具全世界跑着挑战死亡极限了，在这之前，他是真的想以萧衍的身份成全卢玮希，可他管不住织网的萧珩啊！

“我刚收到消息，说霍箐已经被送到袁妈妈那边了，也不知聂风和她还有联系没。”

他状似无意的一句话却在卢玮希心里激起千层浪，她放在方向盘上的双手悄悄握紧，平日里总是平静无波的脸也出现了一丝丝裂痕：“宗九，聂风和霍箐是怎么回事，你要是知道了就请告诉我。”

宗九一脸莫名：“聂风待在你公司十年了，怎么他的人际关系还需要你来问我？”

卢玮希沉默。曾经，她觉得聂风这个人像是神雕侠侣里的扫地僧，做人宠辱不惊，能力高深莫测，对她根本不像是下属对上司，有一种说不出来的慈爱。按理说卢卓才是她爹，可是她总觉得聂风比卢卓更慈爱更像她爹，业务上十年如一日地保驾护航，生活上嘘寒问暖。最让她感动的是公司资金紧张时，聂风不但不要薪水，还拿出大笔资金助她渡过难关，对她倾注很多心血……似乎比卢卓更望女成凤。

可这一切，都在周年庆的第二天发生了变化。那天，她和聂风还有明珠，三个人在酒店的咖啡馆里谈话，气氛很好，三人的基调也一致，直到电视上出现沈屠为萧老夫人霍心庆生的画面，三人才有了分歧。说是分歧，其实不太恰当，应该说是明珠怀疑沈屠与萧老夫人联手害了卢荣的语气，让聂风生气了。生气的原因不是为他自己，而是为了他的朋友沈屠被明珠怀疑。

从在美国的第一次见面到那天发生不愉快，十年了，在她的印象里聂风一直很温和，对明珠也一直很和气，她不明白一直很和气的聂风，为什么会因为明珠就事论事的一句怀疑就摔门离去。

随后就是：失联，被卢荃绑架，他向她求救，她及时救了他。而求救中不忘提醒她小心卢荃的聂风，却在获救后否认卢荃绑架他，进而保了卢荃。她以为聂风是为了她才与卢荃达成了某种协议，没想到卢荃转头就向聂风的老东家高科举报聂风抄袭高科的芯片技术。聂风对她来说，已经不单单是个下属或者是公司的通信专家，而是她不可或缺的良师益友，她为了聂风不被高科诉讼，不惜答应萧珩的各种条件，结果呢？

换来的却是卢卓突袭搞人事调动，把聂风调到集团跟在卢卓身边，而聂风，不但欣然赴任卢卓给他的职位，还对她避而不见。

避而不见她，却忙着见霍箐、霍雅，现在想来，当初的大笔资金，应该就是聂风入股霍箐的德兴公司赚回来的吧。但在这之前，她从没有怀疑过他，以为他是四处找证据，找到洗清沈屠身上疑点前憋着一股气，就用上所有的耐心在等。终于等到今天早上，聂风主动打电话约她谈了。结果呢，林岚做了不速之客，聂风爽约了。

问题是爽约的聂风，怎么会突然跑到叶家祖宅里，偷听她和叶敏之谈话？知道祖宅位置的人屈指可数，卢卓是其中之一，难道……卢卓派宗九过来了还不放心，又把聂风也派来了？什么时候，聂风这么听卢卓的话了？

宗九见卢玮希一直沉默，似乎知道她心里有很多问题，可惜他不能背着萧珩去一一解答，就笑着摇摇头：“不说无聊的人了，说说你和你妈吧。看你这表情，母女俩又闹别扭了？”

说到她和她妈叶敏之，卢玮希真的不知道她和叶敏之到底是怎么发展到今天这个地步的！也许是她想多了，就算叶敏之站在她面前明明白白地说出爱她，她都辨别不出真假。更何况是她几乎没享受过母爱的滋味。寻常母女相处模式对她来说很陌生，但她也不是白痴，身边的明珠和明妈妈以及林岚和林榆雁就是例子，总归不是她和叶敏之这个样子。这话题没法谈，卢玮希苦笑，脑子里乱成一团。

宗九察觉说错了话，话题再转：“听说萧老夫人要请你明天去赴宴，萧三告诉你了没？”

卢玮希似乎没听到，宗九叹息：“萧家老宅可是龙潭虎穴，你不想去的话，我可以帮你。”

卢玮希又好像听到了，摇摇头：“不，我想去！”前面做了那么多铺垫，她怎么会不去？

“看来你是准备好了。”宗九邪魅一笑，又转了话题，“那走吧，我请你去看场宅斗。”

上午十一点整，与卢玮希不欢而散的叶敏之，刚赶到卢氏集团法律顾问吴安全的办公室里，吴安全先递给她一份股权转让书，继而又递给她一份等待本城最大财经日报社采访的稿子。

稿子的开头，是醒目的一行大字：奇迅第一大股东叶敏之女士因故要将所持有奇迅的所有股份转赠与林岚女士！

通稿里，竟然还有一张当年在她哥叶敏德生日会上，她站在叶敏德和林岚中间扮鬼脸的照片。正当她目光怔怔地看那张照片时，办公室的门被倏地推开，她以为是记者来了，立即调整面部表情抬起了头，入目的却是一脸怒容的林岚。

吴安全在一旁紧张地看看叶敏之，又看看林岚，怕下一秒两个人就拔剑开打，血溅三尺染了他爱惜的羽毛，打了招呼就借口找卢董事长有事跑了出去。

没有外人在，林岚积蓄很久的委屈一下子爆发出来，指责起叶敏之毫无顾忌：“我就那么让你放心不下吗？要你这么费尽心思地糊弄我设计我？”说着，她就将一份文件甩在叶敏之跟前，凌厉的风劲刮过叶敏之的侧颊。

努力收敛心神，叶敏之扫了眼那份文件，继而看向红了眼圈一脸控诉的林岚，表情与气势都和平时的精神分裂症患者完全不搭边：“这里是办公室，刚才还有外人在，你这个样子，连点儿顾忌……都没有？”

委屈让林岚仪态尽失，忍无可忍地爆粗口：“顾忌个屁啊，他们娘俩都已经同意，我也去过奇迅找玮希说过了，你就说你签不签吧？”

叶敏之不说签也不说不签，老僧入定一样地坐在之前吴安全的位置上。过了好一会儿，伸手把照片揣进口袋里，抬头望着林岚，目光清冷，不答反问：“你也去奇迅看了，你觉得自己适合在奇迅上班吗？”

提到奇迅，林岚揪住卢玮希之前披在她肩上的绒毯，一股脑儿扔在叶敏之身上：“这是在奇迅……你女儿羞辱我特意披我身上的，你看看，到底是我不适合还是你们母女在担心什么，你心知肚明。”

叶敏之靠在椅背上，两手把林岚甩来的绒毯卷起来当麻花扭着：“我是心知肚明啊，所以呢，现在你可以离开了……记得关上门。”

林岚听了先是目瞪口呆，紧接着便皱着眉不敢置信地问：“这就让我离开？你疯了！”

叶敏之声音里带着笑意极快地接口：“疯了有小二十八年了。”

林岚微微抬眼和她对视了几秒钟，神色复杂，语气不似刚才激动，但也很冲：“你以为一句疯了就能背着卢卓撵我？你不知道卢卓对我有多迷恋？”

叶敏之一本正经地点点头：“知道啊，所以我才挑了个雏儿让聂风给他送去。他这几天被证监会调查受惊了，我特意嘱咐聂风，就说是送给他的压惊礼，那个姑娘生得斯斯文文又粉嫩嫩，简直和你读书时候一个模样……”

一听她这样侮辱自己，林岚眼睛通红地指着叶敏之打断道：“我……我……”

叶敏之扬着下巴略带倔强：“怎么，又想说当年卢卓是先看上你的？但他最终娶的是我。我现在疯了，疯子要做的事情很多，没空陪他玩了就给他找个玩物，总之，不能累到差点儿成为我嫂子的你啊。”

“你闭嘴！你明明知道我和卢卓是怎么回事，你这样不但羞辱我，还羞辱了你哥，你如果还顾念一点儿手足之情，就应该……”

“应该帮我哥好好保住他死后留给我的股权！”叶敏之一脸赞赏地给出结论，直接把手里的文件扔进身后的碎纸机，“这些年我对你不薄，你的遗愿清单我会酌情成全，你就放心去吧！”

林岚抬眼对上叶敏之那双突然变得陌生的眸子，丝毫没有惧意和退意：“作为同学，你是对我不薄，可作为你知道的关系，你对我有多好？对我女儿又有多好？我已是将死之人，未了的心愿那么多，我怎么放心地去？别把我逼急了，逼急了我能做的，你敢吗？我要做的，你不怕吗？”

听懂林岚话里深藏的内容，叶敏之并未立即接话，只是目露诡光地望着林岚。

“你知道我这个人的，别逼我了，谈好的条件你为什么要反悔？因为雁儿和烈顿二少爷交往吗？其实二少爷资质平庸，影响不到你替玮希筹谋已久的九少爷。”

“你认为我看上了九少爷萧衍？”叶敏之一脸莫名地眨巴着眼睛望着她，辩解道，“我明明看上的是萧珩，不然我能拿萧珩的五百万给雁儿骗？”

林岚的眼底却只是闪过一丝波澜，冷笑道：“你以为你拿萧珩五百万就能骗过我吗？萧衍和萧珩好到穿一条裤子，你那是和萧衍、萧珩商量好的声东击西，骗过了你女儿，也骗了卢卓。卢卓直到昨晚才知道叫他岳父的是九少爷Henry，而不是二少爷Henri，雁儿也已经和二少爷生米煮成熟饭，可怜她到现在都以为她能轻易得到你的五百万，是她拿开天眼找叶敏德蒙住了你！叶敏之，你装疯卖傻，你才是最有心计的！可惜你没想到我在你手机上装了窃听吧？虽然你和萧衍通话后装疯砸掉了那手机，但你那次通话我基本都听到了。十五年了，你假装疼雁儿多过玮希，不过是麻痹我和卢卓，你一直拿雁儿做玮希的挡箭牌……兜兜转转搞那么多烟幕，你不过是想保住卢玮希的命。是，你得逞了，可惜最了解你的人，永远是我！现在该怎么对我，我劝你仔细掂量，否则，哼哼！”

叶敏之似乎早就习惯了林岚的说话风格，不见动怒也不见大惊失色，只是语气平常地问：“说吧，你想要什么？”

林岚“啪”一下拍出一份合同：“你名下所有的奇迅股份。”

叶敏之支着额头闷闷地笑出来：“贪得无厌。”

“谁贪得无厌了？凭良心说，你为了你女儿装疯卖傻了二十七年，外人都以为你是我搞疯的。我替你背了二十七年黑锅，你还不允许我拿点好处当补偿？人为财死，我不能都要死了还穷得一无所有吧？穷生奸计这话你没听过吗？卢玮希嫁给萧衍几辈子吃喝不愁了，你就算给我奇迅的股份又怎样？这是你欠我的、卢玮希欠我的。既然你们母女都欠我，就别再惹我不高兴，否则我不敢保证一个将死之人会做出什么激烈的事情！”

叶敏之霍地从椅子上站起，直视着有些失态的林岚：“岚岚，看来这些年你贪得无厌到了极致，以至于到了现在还没弄明白一件事。”

林岚不明所以地望向叶敏之：“你想过河拆桥？”

“不是我过河拆桥，是你从来就不是我的桥。”叶敏之怜悯一笑，声音强势而响亮，“二十七年前，我哥和卢卓去非洲遇险身亡的消息传来时，我昏倒被你送去医院。在医院里，我爸妈拿出我嫁给卢卓时我哥和卢氏签署的协议，协议内容是我哥曾在我结婚前帮忙盘活卢氏，卢氏必须由我的孩子继承，不然，叶氏将按照当时注入卢氏的资金核算为控股卢氏百分之七十的股份。”顿了顿，她继续说，“玮希从出生就是卢氏唯一的继承人，这就是我公公悉心栽培玮希的原因。还有，卢卓名下的所有资产，早在结婚前就被我哥逼他签到了我名下。你和你女儿得到的那些，我都有据可查，也可依法追回。”

林岚脸色骤变，叶敏之嘴角噙着狡黠的笑。

二十七年前，早产后大出血的她刚从昏迷中醒过来，就看到她爸妈坐在她的病床前，心疼而愤怒。为了责罚卢卓涉嫌害死他们引以为傲的儿子，又对她们的女儿保护不力，他们拿出结婚前卢家签署的协议，逼卢荣以家主的身份做出书面承诺：卢卓终生不得离婚，卢氏集团的继承人只能是叶敏之的孩子。

叶敏之的二胎如果生下来，那就是一儿一女，家业无论谁继承，都会保护另一个富贵，可惜事与愿违，二胎被人为害得早产失踪。血亲又一个个死去，只剩下她和卢玮希。也就是从那天起，叶敏之成了想子成灾的精神分裂症患者。

贪恋她名下财产的卢老夫人生怕卢卓为了林岚而和她离婚，当年也是赞同卢荣决定的，可背地里为了弥补林岚也为了逼死她，怂恿卢卓欺负她们弱女疯母。

现在这些人都迫不及待地想要逼迫她和卢玮希交出继承权，也不先问问她是不是真如表面那么疯癫！

林岚的脸色不是很好看，却依然强撑着轻笑：“你以为这么说我就会被你恐吓住？”

叶敏之淡淡掠她一眼，林岚毫不掩饰讥诮之意："老夫人当初就说了，只要雁儿被烈顿家族认可，就可以不用和潘庆武联姻也能做卢家二小姐，做了卢家二小姐，拥有的一切都是合法……"

"二十七年前，我哥和卢卓去非洲遇险身亡的消息传来时，我昏倒被你送去医院，在医院里，我爸妈拿出我嫁给卢卓时我哥和卢氏签署的协议……协议内容是我哥曾在我结婚前帮忙盘活卢氏……卢氏必须由我的孩子继承，不然叶氏将按照当时注入卢氏的资金核算为控股卢氏百分之七十的股份……卢卓名下的所有资产，也早在结婚前就被我哥逼他签到了我名下，你和你女儿得到的那些，我都有据可查，也可依法追回……二十七年前……"

这是疯子牌复读机吗？既然疯了，那干脆疯个彻底好了！

林岚见叶敏之神志又不清了，赶紧从包里拿出一支药水，缓缓靠近，目露杀机……

第一百零三章　假凤虚凰

叶敏之嘴上念念有词，林岚手里的东西她却没看漏，随手抄起办公桌上的采访稿丢向林岚：“重要的话说三遍，好了，三遍已过，你看看这个，就知道我对你究竟咋样了。”

林岚只得抓住采访稿，翻了翻，似乎内容对她很有利，那叶敏之刚才……

叶敏之重新坐回椅子上，一边拢头发，一边开口试探：“股权的事不急于一时，看你穿这么少，冻得像紫茄子似的，为避免你病情恶化就先回去吧，我考虑好了给你打电话。”

林岚以为叶敏之怕她快死了接不住股权，本能地驳斥：“你死了我都不会恶化！”驳完又冷不丁地问，“你出尔反尔是怕阿姨给我的那些对玮希不利吗？”

叶敏之拢头发的手一顿：她婆婆背着她把她那些股权给林岚了？那林岚和卢卓的股权加起来就是百分之二十，玮希知道吗？

“我没怕啊，我疼的是雁儿，又不是玮希。”

林岚见她想维持原状，乐得趁热打铁：“我就知道你疼雁儿，雁儿现在急需提高身份，你还不赶快把股权给我？”

叶敏之顿了一顿，起身倒了杯热茶给林岚：“你这么急，指定不是因为雁儿，原因嘛，我猜一下：你是看上隔壁沈屠想再婚了呢，还是畸恋上沈临风想养小白脸？”

这真是血口喷人！林岚才接过的茶杯又扔了出去：“放屁！”

“也不知道是谁说话如放屁！”叶敏之耸肩扁嘴，人格转换，“一开口就是我名下所有的股权，不属于自己的东西要得这么理直气壮，说你做妈做得无知无畏呢，还是做三做得贪得无厌？”

这番连掩饰都不要的讥讽言辞，把林岚气得“啪”一拍桌子：“叶敏之，你反复无常的，是不是忘了我才是你的债主？叶敏德死了，二十八年的债，我为什么不能贪得无厌？这是你欠我的，你女儿也欠我的！”

说到叶敏德了，以及这二十八年的债，叶敏之拢头发的手缓缓收紧，她努力稳定情绪正想说什么，突然她身后套间里响起一道脆生生的声音：“林阿姨，我妈妈欠你什么了？我又欠你什么了？这事我好奇了很多年，今天不妨一次说个明白？”

咦，这声音……林岚愕然转身，以为看花了眼，揉了揉，的确是卢玮希。卢玮希从套间里面慢慢地踱过来：“林阿姨，快说啊，我和我妈妈到底欠了你什么？”

“玮希，你——怎么在里面？”刚才还斗志昂扬的叶敏之瞬间变成满面震惊，继而看到卢玮希身后跟着宗九，更是惊讶地指着宗九，“咦，你你……你……”

“夫人，我先斩后奏了，抱歉。”宗九为了表达诚挚的歉意，一本正经地对叶敏之抱拳拱手，“夫人莫怪，今天我和吴律师换了办公室，是我请玮希……哦卢总来欣赏我办公室的。”说完看也不看林岚一眼，径直走到叶敏之对面，认认真真地鞠了个躬。

宗九对着办公室某处一眨眼，以眼神问某人：“三，我溜不溜？”可惜某人正用现代化通讯设备遥控各条线，顾不上回他。

卢玮希的手机也不停嗡嗡，拿出来一看，信息很多，有聂风想解释再约她的，有明珠发新情报的，也有萧珩问她要不要一起吃午餐的……她怀着激动的心情一个个看完，一个也没能回复。

不是不想，是太激动了，手抖，抖得她拿不稳手机，最终只能放进口袋里，整个人软绵绵的，看着叶敏之傻笑。

叶敏之装疯卖傻这么久，后面要做的事还要更疯狂，以至于不知道该回女儿什么表情，最终也只能跟着讪笑。这母女俩的笑容灼伤了林岚的眼睛，她转过头去看办公桌上放着吴安全照片的镜框，盯着吴安全那张原本觉得忠诚可靠现在觉得虚伪恶心的脸，暗忖：吴安全竟然蠢得和新特助换办公室，新特助可是卢玮希的特助，肯定是听卢玮希的了。吴安全又不是不知道她和卢玮希的关系，怎么刚才出门前连点暗示都没有呢？难道……吴安全被威胁了？还是新特助发现了她的秘密？

叶敏之笑完了，又觉得很尴尬，卢玮希吐了吐舌头，径直走上前搂着她坐下。千言万语只汇聚成一句话：“妈，我爱你。”

叶敏之咳了一声，拍了拍卢玮希挂在她肩上的手：“你不怪我就好。”得，这么多年来母女俩很少这样亲昵，她竟然不习惯表达爱意了。卢玮希满心欢喜地搂住她的肩膀，一脸娇憨又单纯地问：“怪你什么哦。”

叶敏之抬头，母女俩目光相撞，心照不宣，她又扭头以询问的目光看着宗九。宗九微微点头。

叶敏之“哎”了一声，最后把视线投在林岚身上，谦声道：“都怪我有眼无珠，先养个吃人不吐骨头的恶虎，后养个贪得无厌的白眼狼。”

林岚默默地听着，心里冷笑：什么恶虎白眼狼，不过是为了保住那个死人，想过河拆桥罢了。可桥是那么好拆的吗？她心底压抑多年的秘密几乎要控制不住地冲口而出，就在她正考虑鱼死网破的可行性时，办公室外响起哒哒哒的脚步声。卢卓很快就铁青着脸出现在门口。

不知道卢卓为什么会赶来，但最起码在他第一眼看到被卢玮希逼得面色苍白、摇摇欲坠的林岚时，心疼得呼吸一窒，本能地冲卢玮希低喝了一声：“逆女，你又想逼你妈和你林阿姨干什么？”

卢玮希莫名地挑了挑眉，没有回应卢卓的话。

只对着按捺不住的叶敏之柔声说：“妈，咱们好久没有一起吃饭了，我想请你吃饭，可以吗？”

意外地，叶敏之第一次对丈夫视若无睹，点点头，站起来就跟卢玮希出去，彻底无视了她曾离不开的林岚。

“给我站住！”擦身而过时，卢卓气急败坏地开口。

卢玮希挽着叶敏之继续走。紧跟着走出去的宗九“哦”了一声，捧场地站住。看着神情愠怒的卢卓，一脸抱歉：“卢董事长，我认真考虑过了，您替林岚林总裁给我许的年薪虽高，可忠仆不侍二主，我还是跟着卢小姐比较好，就算一直站着我也是这句话。”

这是站住当面拒绝又公开被背叛了！

看看，连个托人走后门进来的狗奴才都敢背叛他，还不是因为卢玮希忤逆他不给他面子，让他父纲不振的结果？

卢卓越想越脸色黑沉，又提高了音量叫了声：“夫人！”

以前听到“夫人”俩字指定会屁颠屁颠跑过来的叶敏之，现在不但脚步不停，反而步伐加快，好似多年沉疴一扫而空，后背挺得笔直。

第一百零四章　真爱相随

电梯门合上，终于相信不是做梦，卢玮希兴奋得像个孩子，抱着叶敏之的手臂连连摇晃：“妈，想去哪里吃饭？”

叶敏之摸了摸她的头，终于有点当妈的样子：“我老了，随你喜欢吧。”

Asever会所的多功能厅内，亚通形象代言人选拔赛正在如火如荼地进行。临时搭起的舞台对面是一张内外两层巨大的长椭圆会议桌，桌边坐满了够得上分量的嘉宾。主持大赛的是萧衍、亨瑞，在他们旁边坐着五位时尚界的顶尖评委。每个参赛者有十分钟做自我介绍和展示才艺的机会，然后回答会所方面提出的各种近乎刁钻的问题。

第一个美女不过刚刚做完自我介绍就被萧衍打断：“你只需告诉我，在你交往的对象中，有没有不依靠身份、地位和钱财，只是他这个人，就让你一见钟情爱上的？”

这问题一出在场大部分参赛者全都一愣。

大部分参赛者眼里，只有男人的身份地位钱财达到一定的高度才能撑得起她的爱情与野心。比如通信巨头亚通在Asever会所搞的形象代言人选拔赛，如果不是男人给她砸钱砸到了一定程度，能有参赛资格吗？何况她们遇到的男人，都是早就打探好身家背景欲擒故纵得来的，怎么可能是一见钟情？

那个本就是某富豪重金包装的参赛者哑在当场，看上去对这个问题事前没有一点儿准备，沉默数秒后她与富豪互看一眼，一脸尴尬地离开了。这个比赛的规则是，是每个参赛者如十秒之内回答不出任一问题，算自动弃权。

第一轮比赛，十八个参赛者只剩五个，最终由谁问鼎亚通重金特聘的形象代言人，下午即见分晓。结尾陈词时，主持人煽情地解说，现场人员皆专心致志地听着。当然，也不排除有那么一个心不在焉的。譬如……坐在主位置上的老板萧衍。他左手在面前的电脑上滑来滑去，右手从进来就一直握着手机。从九点至今，他的手机无声无息中收到了五十多条短信，均来自署名为顾金的号码——

聂风通知卢卓赶到了办公室；三嫂带着叶敏之离开，宗九随行；卢卓当着林岚的面挽留叶敏之；叶敏之反常，卢卓反常，聂风反常……

萧衍眉峰一敛，迅速地打了一串字出来：你的任务不是刺探卢卓、林岚、叶敏之之间的假凤虚凰，要盯紧聂风，盯紧你三嫂身边的状况！

刚把信息发送出去，顾金和宗九的短信几乎同时间收到——三嫂和卢夫人上了车，应该是要去餐厅。

萧衍脸一沉，刚敲出“跟上去”三个字，就觉眼前一花，冷然抬头，原来是林榆雁越过他，直奔亨瑞跟前。

“亨瑞，大家都在车里等你呢，你怎么还在这里……”略带娇嗔的声音，显示出她与亨瑞非比寻常的关系，不过当她的视线落在了萧衍身上之后，表情一滞，随后立即改了口，“是雅公主想约我们一起吃午饭。”

萧衍似笑非笑，似乎听进去了只当个笑话，又好像只顾看手机压根没注意林榆雁的屁股坐在亨瑞大腿上。

亨瑞的表情反而有些不自然，公开身份，林榆雁是进不了烈顿家门的私生女，林榆雁这样突兀地坐下来影响很坏。他的眉头不由拧了起来，有丝尴尬地推开她：“选拔赛还未结束，一会儿再说吧。”

林榆雁趁势站了起来：“那我们先去找餐厅，找到合适的发定位给你，你要……”

亨瑞做了个噤声的动作，皱着眉压低声音催她：“我知道，你快去吧。”林榆雁以为亨瑞听懂了她的意思，满心欢喜地走了。

萧衍发完最后一个信息，才缓慢地拉开椅子站起来，看向亨瑞的眸光比先前更深了几分：“二哥，肉弹虽好，别忘了检查上面有没有钩子。”

竞争对手突然好心提醒，亨瑞心里一“咯噔”，本能猜到老九是在提醒什么，可他陷得太深，已经回不了头，只面无表情地点头。

萧衍刚想再说什么，又收到一个信息，点开也不知对方发了什么内容，他笑得脸像花儿一样，顾不上再对亨瑞说点什么金玉良言，就风一样离开了。

与此同时，换了第五家餐厅后，做了兼职司机的宗九内心不住惊叹：叶敏之是不是被卢卓虐待得很久没吃过好的了，怎么吃顿午餐竟还要货比五家？

其实真不怪叶敏之，装疯卖傻二十多年，她真是被卢卓和林岚的治疗精神分裂方案给饿惨了，难得出来吃顿好的，她想吃的菜系太多了。哦不，不是为了吃，是为了那口气，拿命等待的人即将把所有对不起叶家的人一网打尽，她第一次扬眉吐气挺起脊梁做自己，太爽了。反应过来后想哭想叫想笑又想任性，无法言表的感觉，只好在午餐地点上发泄——粤菜甜、湘菜辣、浙菜淡、豫菜油、西餐，都没胃口……

这种情绪直延续到叶敏之收了一个短信后才阴转晴，也不知发信人是谁，内容如何，总之在她看完后心情开始大好。宗九再次征询她意见时，她随口敲定宗九指着的那家餐厅。

三人下车走进去，服务员看到宗九，眼前一亮，心领神会地带他们到了一个用绿色植物围起来的包厢。落座后，三人相互征询着意见点了菜，宗九刚想讲点笑话逗乐一下气氛，手机又响了……劳心费力这么久，哎，三啊，你真是陷进爱情里没救了。他只好出门接电话。

卢玮希不以为意地挥挥手，她的注意力此刻都在叶敏之身上。确切说，是在叶敏之的手机上。

叶敏之的手机一路响个不停，之前她看了眼，来电号码显示过聂风，也显示过卢卓。

自从进了餐厅，再响起来的时候，来电铃音变了，叶敏之一改之前的阴郁，激动地掏出来看了眼号码，面上竟不自觉露出小女孩的喜悦。响到第五遍时，她本能地抬头看卢玮希，见卢玮希冲她眨眼，她不好意思地笑笑，竟躲到窗边去接电话。也不知对方说了什么，她接完电话后激动得两眼发亮。

卢玮希有点奇怪：“妈，谁的电话？”

“聂，哦，你……柳妈妈的，没什么事。”叶敏之改口之后说是柳妈妈。

她知道女儿鬼精鬼精的，怕言多必失，干脆说："柳妈妈年纪大了，几十年来服侍了咱们娘俩，我不放心，得回去看看，等会儿帮我跟宗九打个招呼，我先走了。"说完也不等卢玮希回话，就拎着包匆匆跑了。

一颗心像气球一样兴高采烈地飞了一圈，最终被无情刺破跌落尘埃。卢玮希没有表现出意外或者失望，叶敏之这样才是真的叶敏之，她早就看透也习惯了。

正好服务生进来送酒水，她选了一杯柠檬水，轻轻地呷了一口，有点酸酸涩涩，一如她刚幸福得飞上天又突然被打落尘埃的心。去了一趟洗手间，宗九回来后就换成萧珩的面目坐在她的对面，单手摩挲着下巴，像看外星人似的看着她。

终究是她定力不足，放下水杯，没好气地问："换面具像换衣服一样频繁，你不累吗？"

宗九摇摇头，意有所指道："我这是相由心生，自然不累！你呢，再次被亲妈耍弄出卖，你累不累？"继续盯着看，但眸内竟多了几分怜悯。

卢玮希有几分被窥破心思的尴尬，带着羞恼轻骂了他一声："鸡婆！"

"Sorry！"宗九立即道歉，不忘提醒她，"我猜，你妈应该是去见聂风。"

这也是她怀疑的。卢玮希把水杯往边上一推，被他说得胃口全无："不想吃了。"说着就要起身。

"卢玮希，"他却出言唤住了她，"我要收网了。"

卢玮希不解地看向起身走到自己跟前的宗九，还没来得及询问他收什么网，他却倏然俯下身，唇已经覆了上来。

卢玮希错愕地仰望着宗九，哦不，双唇相触时，她才认出来——面前的宗九不是宗九，是萧珩！

萧珩不忿她才认出她，惩罚地在她唇上重重咬了下，然后不等卢玮希做出任何反应，萧珩就坐回了自己的位置上，惬意地交叠着两条修长的腿，冷不丁地问："要是你舅舅杀了你爷爷，你会报警抓他吗？"

她舅舅已死二十多年，她爷爷也死了两年，他却毫无敬意地拿他们来开玩笑，简直丧心病狂……卢玮希袖子一撸，就要动手，却听身后传来招呼声——

第一百零五章　虐狗

“雅公主你看，江南真小，你找的萧总在哪儿呢。咦，玮希，你妈妈呢？”

林岚突兀的声音硬生生地破坏了包厢里偷吻过后的暧昧气氛，而她在对叶敏之的称呼问题上明智地选择了过滤，不然真要再被卢玮希当面挑刺吗？

听到“雅公主”三个字，卢玮希立即转身，果真看到霍雅立在林榆雁和林岚中间。霍雅那洋娃娃般的小脸一如昨晚的苍白，咬唇沉默着，连萧珩也未打招呼，只在走过来的时候，打量卢玮希。

卢玮希站在原地，表情似笑非笑，由着她眼带鄙夷之色地对自己上下打量。

相比较几个小女人，老女人林岚能屈能伸的性格练得炉火纯青，明明都摊牌恶斗了，转脸又没事人一样谈笑风生。

萧珩则转移了阵地，起身挪到卢玮希的身边揽过她的肩。天赐良机，岂可放过？卢玮希扭头看他，他正笑吟吟地望着对面落座的两人："林女士要找我岳母吗，真不巧，我岳母刚被岳父接走了。"

岳母、岳父？平地一声雷，把霍雅、林榆雁、林岚给雷得外焦里嫩。尤其是林榆雁，想到自己之前被岳父梗骗得那么惨，真想上前抽卢玮希几耳光。

放雷的人很满意这效果，笑吟吟地拿筷子夹起服务生端上来的龙井虾仁，宠溺地送到卢玮希唇边："看你最近瘦的，来，张嘴。"

当着这么多人，卢玮希有点儿尴尬却不想给萧珩难堪，只得勉力配合着吃了这个虾仁。

恶气憋得难受，林榆雁故意挽着霍雅的肩膀，皱起鼻子半开玩笑："萧总，我姐就是吃再多也不会胖的体质，不信你看她脸色，唇红齿白多健康。雅公主就不同了，来江南才几天，箐姐姐突然不告而辞又一直联系不上，她都茶饭不思呢。你看看，脸都尖了。看得我这个当朋友的心啊，抽抽地疼。"

萧珩点点头，难得赞同林榆雁的观点："霍雅是瘦了不少。不过她的瘦和霍箐离开无关，应该是近墨者黑，跟着好人学好人，跟着不三不四的攀扯人。"

正好林榆雁拿岳父梗攀扯过萧衍，还骂萧珩是她家奴才，脸被打得啪啪响，却作声不得。林岚接茬："我们也是好心陪雅公主，萧总这是什么意思？"已经有些沉不住气的味道。

察觉到萧珩意有所指，卢玮希心里一动，想到岳父梗，萧珩上次解释说是他故意试探卢卓。结果今天在办公室听林岚和叶敏之的谈话，原来叶敏之一直装疯卖傻，不仅私下和萧衍来往，还表面上装不认识萧珩，还收了他五百万。林岚以为叶敏之的所作所为是为了她，她当时也激动得信以为真。现在冷静下来，她觉得在叶敏之眼里，不仅林榆雁是挡箭牌，她也是挡箭牌。

至于是替谁挡箭，她目前不知。但叶敏之这些年关心爱护的人中卢卓、卢老夫人和林岚、林榆雁，这四个人基本可以排除。卢玮荣才回来，估计也是被叶敏之掩饰真实意图的棋子。那么叶敏之真正想保护的人究竟是谁？

萧珩读懂了她的疑惑，伸臂拥住她的肩膀，扬声道："没什么意思，就是想夸夸你们母女是有心人，不然能巧遇我和玮希吗？"说着低头看着卢玮希，有种迫人的气势，嘴角却噙着一抹笑，"傻瓜，趁着霍雅也在，你再不抓住我认爱，以后别的女人以为我单身追我时，你可没有林小姐这样不三不四的好姐妹替你说话。"

卢玮希差点被逗笑，即刻醒悟场合不对，为了忍笑，她揪着萧珩的手臂。萧珩被她掐得"嘶"了一声，捉住她掐人的手，就是一个吻。

霍雅看得心如刀绞，面上却是若无其事的笑："你误会了，我找你是替姑婆传话的。"这句话刚落，林岚身形一僵，头上的冷汗多了一层，却不敢突兀地抬手去擦。

萧珩嘴角含着一抹若有似无的笑，卢玮希眼角微微上挑，没等她开口，霍雅就又快又急地用烈顿本土语言说了一句话，而这句话，让萧珩的笑意彻底绽放——是讥笑。

听不懂烈顿语又看不懂萧珩为什么讥笑，卢玮希却说："雅公主，做你的同伴也要懂这么多语言吧，不然听不懂你的发号施令啊。"

霍雅似乎早就料到卢玮希会这么说话，不见解释，又语带挑衅地说了句烈顿语。

林榆雁炫耀似的也叽里咕噜回了一句烈顿语。林岚心里顿觉不好，可事情已经到了这地步，她只能寄希望于萧珩没有听到，因为萧珩是肯定懂的。果然，萧珩笑过之后就握紧卢玮希的手，拉她起来："这里有点儿闷，走，我带你换个地方用餐。"

这一突如其来的变况，让林榆雁始料未及地看向霍雅，而霍雅却小声抱怨林榆雁给她出了馊主意，抱怨完了转头看向林岚，一脸莫名中又带了些委屈。

林岚知道霍雅这么装腔作势，不外是提醒她不要试图挽救残局，她苦笑一下，依着萧珩对卢玮希的袒护，对她和林榆雁的厌恶，她若开口，结果只会让她们母女自取其辱。

林榆雁毕竟嫩了点，早已耐不住性子，气急败坏地跳起来，指着萧珩谴责他："你……你怎么能……喜新厌旧？"

萧珩脚步一顿，扬着下巴略带莫名其妙："旧？谁是旧货？如果林小姐以为霍雅喜欢沈临风就是旧货，那你就太恶毒了。"

"谁说她喜欢沈临风了！我说的是你喜新厌旧，这个旧也不是旧货，是指感情。你不要霍雅要卢玮希，简直是……丢了西瓜捡个芝麻。"

一屋四女人，三个女人明里暗里地斗卢玮希一个，卢玮希这个被林榆雁比喻成芝麻的人，正岿然不动地看戏，萧珩却无意再留，拉着她就走。走就走呗，只是她不明白，林岚今天怎么会跟着林榆雁掺和进霍雅和她的恩怨里来？

看林岚的表情，似乎懂烈顿语，难道林岚去过烈顿，和霍雅认识？霍雅认识聂风，林岚突然这么高调地找聂风，莫非作为某种交易的条件，霍雅介绍林岚追求聂风？

想不明白，她一步三回头，意味不明地看看林岚，再看看霍雅。林岚没理会她的目光，侧脸和林榆雁说话。

霍雅一脸纯洁无辜地眨巴着眼睛望着她和萧珩，小样儿要多可人有多可人。奈何萧珩只顾着打电话让司机把车开到餐厅门口，压根没看她。

待他们的身影完全消失在门口，霍雅立即变脸，拉起林榆雁并招呼林岚：“走，我们去沈家和他们碰个头。”

第一百零六章　有缘皆劫

接到萧老先生电话的时候，萧珩刚开车带着卢玮希赶到萧家老宅门口。

萧珩也不忌讳，随手就接了起来。也不知萧老先生在电话里说了什么，萧珩的脸色立刻变了一变，卢玮希正想问怎么了，她的手机也响了起来，屏幕上显示着林榆雁的名字："卢玮希，你现在赶快来江南医院一趟，你妈把我妈打得流产了。"

卢玮希赶到医院的时候，林岚还在手术中。林榆雁坐在走廊的椅子上，神情颓废，叶敏之抽抽搭搭地在一旁掉眼泪。

林岚的主治医生是当年给叶敏之主刀的妇产科专家，卢玮希为了查弟弟的下落，曾多次来这边拜访。一来二去，就和这个叫郝欣的专家成了忘年交。

"郝阿姨，林女士怎么样了？"她急忙走过去。

郝欣取下大口罩，摇摇头："林女士的孩子保不住了，我已经给她做了清宫术，她今年五十岁，以后不太可能再怀上……我希望家属最好能有心理准备。”

和专家了解完情况，卢玮希走到叶敏之身边坐下，叶敏之两手发抖，始终低着头：“林岚从沈家回来就不对劲，一个劲地要我赶紧签股权转让书。都是我虑事不周，当时想逗她，就和雁儿开玩笑说要把股权转给聂风，我是开玩笑的啊，谁知道林岚当真呢，歇斯底里……”卢玮希顿时猜到叶敏之是玩了一把报复。十五年前，林岚通过林榆雁害叶敏之怀胎八月时候大出血早产；十五年后，叶敏之通过林榆雁传谣害得林岚三个月的身孕流产。冤冤相报，唉，她低叹一声，轻轻握住叶敏之的手：“妈你不要担心，林阿姨一定会没事的。”

叶敏之抬起头，充满红血丝的眼睛一瞬不瞬地看着她。她将叶敏之的手紧紧攥在掌心，安慰地笑了笑：“我会给林阿姨请最好的医生。”她一定要留住林岚的命，不是她心好，是她不想叶敏德的骨灰被接回来时，少了个道歉的元凶！

叶敏之将头枕在她的肩上，低声说：“玮希，没有你，我该怎么办……”

是啊，没有她这个挡箭牌，叶敏之该拿什么去保护她心里的人呢？卢玮希自嘲着垂下眼睫，没有回答。

林岚手术后一直是昏迷状态，卢卓得知林岚出事，正要赶来，却被证监会半路截走了。分身乏术的他张口就在电话里恶狠狠地骂了卢玮希一顿，骂完觉得医院里还要卢玮希打点，又缓和了语气拜托她好好照顾林岚。林榆雁如今还有一大堆的感情问题没有解决，得知林岚没有生命危险，就直接离开了医院。卢玮希给萧珩发了短信，简单说了林岚的情况，然后说下午不能和他一起去教堂看那个麦克卢汉神父，要留在医院陪着叶敏之等林岚醒来。

萧珩那边似乎很忙，电话背景音里像在开会，只匆匆叮嘱她小心别被人暗算，有事立即给他打电话，随后挂了电话。

之后的整个下午，林榆雁除了傍晚匆匆打了一个问林岚醒了没有的电话之外，再没消息。而叶敏之这几个小时变得心事重重，卢玮希也只当她是怕林岚死了，没有放在心上。

交完钱，办了住院手续，卢玮希再走过来时，得知林岚已经从重症监护室转到普通病房，她就赶了过去。过来时听到郝专家和叶敏之聊天，郝专家话里的大意是林岚现在的情况比叶敏之当年轻多了。叶敏之唉声叹气。

傍晚时分，卢老夫人也知道了，倒是没有骂，只让人送了煲好的汤到医院。卢玮希自然不会碰卢老夫人的东西，就打电话让附近一家餐厅送了餐。叶敏之没有胃口，胡乱吃了点儿。

“玮希，”叶敏之迟疑地叫了她一声，犹豫了半晌才开口，“不瞒你说，聂风是我介绍到你这边的。我知道你对聂风很好，聂风为你保驾护航十年也当得起你的好。可是……前段时间他被你爸逼着当什么狗屁总裁，估计有些合同文件什么的都不是他本意签的，你爸为了林榆雁做了多少烂账你也不是不知道，现在证监会找上门，你爸是董事长，他躲不掉的，聂风就不同了，只要有人接他位置。玮希，我听说……你爷爷的遗嘱上是让你做执行总裁的，是不是？”

卢玮希不作声，隐隐知道叶敏之接下来会说什么。

“我知道我的要求很过分，但是作为你妈，我也是想让你学会感恩哪……”说着，叶敏之落下泪来。

卢玮希抿了抿唇，从包里摸出纸巾递给叶敏之：“妈，我明白你的意思，我会想办法的。”

除此之外，卢玮希不知道她还能说什么。

叶敏之急忙握住她的双手：“真的吗，玮希，你真的愿意替聂风吗？玮希，你天生命硬，就算坐牢了也会逢凶化吉，等你出来，妈给你熬红豆粥。”

卢玮希扯开唇，却笑不出来。一碗红豆粥就想让她去替聂风坐牢？叶敏之和聂风究竟是什么关系？林岚对聂风突然热心，叶敏之也突然这么热心，这两个女人，前半生抢卢卓，后半生抢聂风，口味这么同步？

VIP病房里只有一张陪护床，卢玮希决定留下，让叶敏之回家。叶敏之却不愿意，执意要留在医院。卢玮希也不多劝，准备走的时候，她给林榆雁发了个短信，让她晚上来医院看看林岚。林榆雁回她一个没空。

打电话让柳妈送了叶敏之惯用的被褥以及洗漱物品，安排妥当了卢玮希才从医院里走出来。抬头看到天空有一轮明月，她决定散步回家。江南夜里的景色十分漂亮，尤其途经一个主题公园，公园里的树上挂着各式各样的霓虹，灯光闪烁，提醒人们圣诞节要到了。记忆中她似乎从未过过圣诞节，因为圣诞节是她外公外婆的忌日，就连她舅舅叶敏德的噩耗，都是圣诞节那天传来的。

第一次加萧珩的Facebook，也是圣诞节，那晚两人聊了很多，萧珩问她要不要出来见个面顺便一起过圣诞节。她当时就眼圈红了，和他说了她的命格，说了她的八字，说了她在圣诞节那天克死了她的外公外婆舅舅。萧珩说他是无神论者，只信科学，让她也不要相信迷信，不要被别有用心的人欺骗利用，还说他闭上眼就能画出她的样子，凭感觉就能知道她是一个与他灵魂契合的女孩。她当时只当他是安慰她，正要让他猜她的模样，他突然发来一张速写头像，她当时就呆了。当时她穿着白毛衣牛仔裤，长发随意绾起，很普通的留学生打扮，可他能凭想象就画得一模一样。

后来萧珩送她一张圣诞卡，上面带着他独有的云淡风轻味道。久而久之，两人渐渐熟稔，萧珩约了她几次，都被她以各种理由婉拒。她信命，又不信命，十字开头的年纪，对爱情懵懂又抗拒，估计是萧珩察觉到她的心结，就提出先柏拉图，也仿佛是顺理成章的一件事。突然，一道强光刺破静谧夜空，一辆红色跑车呼啸着越过花坛冲过来。由于事发突然，陷入过往思绪里的卢玮希完全没有任何反应，怔怔地站在原地。手腕一紧，突如其来的一股大力将她拉入怀中。

卢玮希的鼻子撞上那人坚硬如铁的胸膛，头也撞得晕晕的，只感觉到一阵疾风从背后一闪而逝。

“三哥！”听到顾金焦急的声音，卢玮希才从萧珩的怀里仰起头。

萧珩仍是从容镇定，只是望着那辆车子消失的方向，那双独一无二的黑眸中闪烁着诡光，下巴线条紧绷，抓住她双臂的手有些用力，卢玮希疼得皱眉。

这时候，除了顾金，路上行人也纷纷围上来问有没有撞伤，要不要报警。卢玮希意识到此刻她和萧珩的姿势太过暧昧，想要推开他的手臂。萧珩这时候突然一个甩手，卢玮希微怔，就见手里多了一个衣袖。

顾金显然也看到了她怀中的衣袖，满脸的愤慨：“靠，竟把三哥的袖子剐了下来！我追他们去！”

之前那几个热心的行人这时候也走过来，及时拉住要离开的顾金：“小伙子，车速那么快才只剐破个衣袖，你三哥的运气算顶好啦。”顾金咬牙切齿，难得听劝收住脚。相对于顾金的愤恨，萧珩一脸的云淡风轻。卢玮希抓着半截袖子站在那里，身上落了薄薄的一层月光，就如同他初见她的那个夜晚，披着一身冰凉的夜色，安静，淡漠，还带着点儿不屈，一样没有恐慌和惧怕。

萧珩脱了西装外套，只穿着黑色的衬衣，姿态闲适地走过来，一个公主抱将卢玮希抱起来，附在她耳边笑语："你就是我的好运气，鉴定完毕！"

卢玮希现在哪还有什么心情调情，不可思议地瞥了萧珩一眼："你不认为是我克掉了你的衣袖？"

第一百零七章　吻你

萧珩轻吻一下她的唇，挑眉邪笑：“这算是什么克？再说，就算掉一只胳膊也不影响我做很多事，比如，吻你……”

她连惊叫的机会都没有，便被他抱进车里放在后座，紧跟着，火热紧实的身体也跟着贴上来，薄唇落在她的唇上。

卢玮希说不出话来，因为只要她一开口，他一定会唇舌进驻。

突然他有电话打进来，她才得以喘息，一边阻止他说：“别这样，外面很多人……”

接通后他只说了一句“一会儿回去”就丢掉电话，再度贴上来，灼热的吻密密麻麻地落在她耳后敏感的肌肤上，口齿不甚清晰地说：“我们是合法夫妻，何惧旁人。”

“什么……合法！”感觉到他已经一手托起她的腰，她急急说道，“顾金在叫你！”

顾金真的在叫：“三哥，我查到了，是林榆雁那疯子的车，她现在去了江南医院！”

萧珩停了下来。抬起头，那双眼睛里蕴含着诡异的光芒。

卢玮希突然想到什么，直直地望着他：“刚才车里的人不是林榆雁，送我回医院。”

不消片刻，车子在江南医院门前停下，卢玮希之前在电话里听到萧珩说“一会儿回去”，猜到是萧老先生找他，就坚持叫他先走，她一个人乘坐电梯来到三楼的病房。

病房外，叶敏之正在和主治医生聊林岚的病情，说刚才因为林榆雁带来的一个坏消息，林岚突然惊吓过度中风了，这会儿已经失语，林榆雁吓得捂着脸跑了。

叶敏之无意间抬起头，看到卢玮希时，脸上掠过一丝惊讶。

卢玮希的心瞬间冰凉，但她没有提差点被撞的事，只笑着走近：“妈，你说得对，做人要懂得感恩，林阿姨救过我，我走到半道又特意回来，想问问林阿姨有没有什么想吃的，我明天带来。”

叶敏之听卢玮希这么说，嘴角突然抽了抽：“玮希，没想到你这个时候，想报恩。”

卢玮希笑了笑，拍了拍叶敏之的肩：“做人总要有底线的。对了，林阿姨醒了吗？”

“醒是醒了，就是刚才雁儿来过，也不知雁儿给她说了什么，她嗷一声就说话不利索了。你先进去吧，我和医生谈完就来。”

卢玮希点点头，推开病房的门。

林岚同白天比起来显得憔悴很多，也老了许多。躺在病床上，毫无生气。见到卢玮希，翻了翻眼，歪了歪嘴，却没发出声音。

“林榆雁没来过吧？”卢玮希走过去坐在床边，面无表情地看着她。许是林岚也察觉到什么，皱了皱眉头，难堪地摇摇头表示没来过。

印证了心中猜想，卢玮希如坠冰窟，无声问自己：难过吗？答案是不。她早已习惯，有什么好难过的呢？“林阿姨，你信我妈还是信我？”她轻轻出声问。

林岚纳闷地眨眨眼睛，似乎在问她为什么会问这样的问题。

卢玮希却笑着说：“现在能保你不变成活死人的，只有我。”

林岚目瞪口呆，卢玮希低下头，附在她的耳边，用只有她们两人才能听得到的声音说：“你没有怀孕，早产更是子虚乌有。林阿姨，我知道你和我妈达成了协议，但你也知道，我妈为了保护那个人，是不会相信你的装哑。如果你不把你要挟我妈的东西给我，我敢保证，你今晚之后不但永远哑，还会耳聋、手脚不会动。不信，你试试你的手，还能握紧笔杆子吗？”

倏地，林岚瞠圆了双目，像是看到了极其恐怖的东西一样盯着卢玮希。

“想知道我怎么知道你俩达成协议吗？”她笑了笑，“想一想你在吴安全办公室里都说了什么，你就会知道我怎么知道的。”卢玮希话音刚落，林岚就用尽全力塞给卢玮希一支笔形优盘。卢玮希刚放进包里，叶敏之也同主治医生聊完，走进病房。

卢玮希从病床上站起身，对叶敏之语气寻常地说：“妈，聂风的事我会考虑，我先走了。”

“嗯，你不是要问你林阿姨吃什么吗，她说了吗？”叶敏之出声试探。

卢玮希笑着摇了摇头，从包里拿出一张便笺递给叶敏之。

叶敏之惊讶：“这是她写的？”

“嗯，字虽歪歪扭扭，但仍能看得出是‘木瓜雪蛤’。妈，林阿姨需要休息，你身体也不好，时间不早了，你们早点儿休息，明天我再来。”卢玮希故意顿了顿，目光移到林岚苍白的脸上，微笑着转身出去。

第一百零八章　情两难

此刻聂风正要下班，关了电脑，刚站起来，人事部有人进来报告：“聂总，有人找。”

“哦？”聂风不太感兴趣地问，“是谁？”

“我也不认识，她说是卢夫人给您找的助理。”

“助理？”聂风有些惊讶，转过头看向人事部的人，“为什么给我找助理？”

“难道不知道您最近天天加班吗？卢董不在，卢夫人已准备召开董事会让您做代理副董事长，以后会更忙。卢夫人不放心，说您当年带来的朱铁群只是对敲代码比较在行，所以卢夫人特意从外面挖了一个高端的助理过来。”人事部的人实话实说。

聂风知道自己最近一直在加班，只是他也没感觉有多么累。叶敏之这样做，的确反常又有点儿小题大做了些。更何况，还特意从外面挖人给她。若不是知道自己加班的内容，他都要觉得自己是不是被人怀疑了。

“卢董事长是去配合调查，又不是判刑坐牢，他最多几天就回来了，我用不着高端助理。更何况如果我真的忙不过来的话，内部提一个人上来就好了，根本用不着还去外面挖。”

“哎呀，卢夫人这样做也是看重聂总嘛。卢夫人早就吩咐过我了，让我多挖几个人给您面试。对了，今天那个助理的资料卢夫人很满意，她现在就在会客室里等着呢，卢夫人说等你忙完，就去和她谈谈。”

卢氏是上市公司，公司的人事权连卢卓都不能任性，叶敏之这样已经算是无知者无畏地干涉人事了。卢玮希是个见微知著的人，知道了很快就能有所动作。可他来不及拒绝，人事部的人已经拉着他到了会客室。他差点忘了这个人事部的人是叶敏之的远房表妹，在公司只听叶敏之的。

刚走进会客室，聂风就在落地窗前看到了一个瘦高的身影。

那人听到动静，缓缓回过神来。身上穿着黑色羊绒大衣，里面是同色系的羊绒衫，下面搭配着水洗色的牛仔裤，显得干练精致。见到聂风，她脸上漾出一丝浅笑，狭长的眼睛笑得像只小狐狸一样。灯光将她面部轮廓照耀得十分出色，镀上了一层璀璨的金光般，让人见了，舒服又亲切。她缓步走过来，对聂风伸出手：“你好，我叫袁媛，是卢夫人请来的助理。”

聂风有些走神，还是身边的人事部的人叫了他一声，才记起伸出手和对方交握：“你好，我是聂风。”

那人的手指纤长，掌心出奇地温热。她笑了笑，偏头对人事部的人问：“我想先和聂总谈谈薪资待遇，可以吗？”

人事部的人也被这女人脸上炫目的笑容打动了，立刻点头：“当然可以。你和聂总谈吧，我先下班了。”

"那就谢谢了。"她礼貌地微笑。

聂风走进房间，跟在她的身后，"啪"的一声房门被她落了锁。

她转过身来面对他，一瞬不瞬地盯着他看，一时间，有些沉默。袁媛笑着耸耸肩："聂总这么看着我，难道是被我的美色迷倒了？"她的笑话还是这么冷。

聂风没有笑，很严肃地看着她，终于开了口："你怎么会在这里？"

袁媛扬了扬眉角，笑问："聂总，我怎么听不懂？我们之前认识吗？"

聂风无可奈何地皱眉："阿媛！"

袁媛收起笑，正色道："好了好了，不和你玩笑了。"

"你怎么会来这里？"

"还不是担心你？自从绑架那个事闹出来，你已经很久没有给我电话了。所以我就亲自过来看看。恰好知道叶敏之在圈子里找董事长助理，我就毛遂自荐。"

"她怎么会允许你来面试？"

袁媛向聂风眨眨眼睛："凭我曾在业通、高科、德兴三大公司任职过高管的资历，难道还做不成你的助理吗？而且，她调查我的时候，我可是从头到脚都经过伪装的，她只会以为我是生完孩子重返职场的辣妈，对我完全放心。"说完，她注意到聂风眼底渗出的宠溺笑意，撒娇地摇了摇头，伸出双臂，"过来，学长，让我抱抱。"

聂风失笑，但还是依言走了过去，窝进袁媛的怀里。

她紧紧抱着她，下巴抵在他的肩窝，轻叹："你瘦了许多，学长。"

聂风靠在她的胸口，闭上眼睛："我好想你，阿媛。"

"我见到了霍箐，她把一切都告诉了我。你很辛苦很纠结，是不是？"虽然语意不详，但聂风还是明白她指的是什么。他没有说话，而是环着袁媛的一双手臂渐渐收紧，像是在她的怀里寻求慰藉一般。

袁媛收敛起笑容，只觉得心疼："没关系，无论你怎么做，以后都会有我陪在你身边。"

第一百零九章　豪门有毒

卢玮希离开医院，和明珠约好见面时间地点。随后打车到了明珠的私家侦探社，进门就找电脑，抖抖索索拿林岚给的优盘插上，喊明珠看。优盘里的内容如一颗炸弹，炸得卢玮希无法置信又浑身冒汗。

明珠看过后，也是大惊失色，继而失声问："你哪里弄到的？"

卢玮希把自己在医院附近差点儿被一辆跑车撞，她认出撞她的车是叶敏之送林榆雁的生日礼物，就返回医院的事说了，然后顿了顿说："林岚今天在吴安全办公室说，她敢狮子大开口要奇迅股权，是她手上有我妈害怕的证据。我当时不信，以为我妈都落到那种境地了，不会怕她威胁。可是后来，我察觉我妈骗了我，原来她装疯卖傻不是为了保护我，她保护的另有其人，很可能林岚说的证据就是那个人的，依着我妈的秉性，我知道她不会放过林岚。我去的时候她正好要对林岚下手，我就从林岚那里威逼利诱回来这个优盘。”

“天，叶阿姨简直是真人不露相啊！”明珠惊叫不已，继而又看了看那些优盘里的内容，叹气，“和我们当初的设想完全不一样，玮希，这剧情要反转。”

卢玮希点点头，完全不一样，完全反转。

只是这种反转会让叶敏之以及叶敏之保护的人渐渐浮出水面，那个人，如果她没猜错，应该是聂风。十年了，聂风和叶敏之除了在公司聚会上偶有招呼，其他时间几乎没说过话。她一直以为聂风看不上叶敏之，直到她在叶家老宅看到聂风偷听她和叶敏之谈话，她才惊觉她判断失误。

聂风和叶敏之不但认识，私底下的利益更是盘根错节！结合聂风最近的反常，以及聂风与沈屠、霍箐、霍雅、霍心的纠缠不清，她突然觉得她认识的聂风和现在的聂风，分裂得完全不像一个人。卢卓才把聂风调到卢氏集团总部，卢卓十多年来签的虚假合同就呈井喷状爆发，顺理成章引来证监会立案调查，隐形人一样的聂风一跃成为卢氏的高层。

卢卓被拘，林岚入院，叶敏之的杀意，聂风前后分裂一样的作风，都在林岚证据里得到解释，她现在进退维谷。公司那边传来的消息，更让她觉得无所适从。

明珠很敏锐地洞悉她的心情，将优盘拔掉放进保险柜，走过来，抬手托起她的小脸，让她看向自己：“别这么愁眉苦脸的，看着就让人心疼。”卢玮希扯了扯唇角，但是笑得并不好看。

明珠发出一声叹息：“你觉得像傻子一样被你妈利用了？”

卢玮希点点头。

明珠看了她半晌，最后出声安慰说：“可是你也要往好的方面想。你妈这么多年一直装疯卖傻，这么做，肯定是在帮什么人，综合看，那人很有可能是聂风。聂风不是叶家人，或许他是你舅舅的人，替你舅舅回来复仇的。你多年夙愿就是替你舅舅报仇，现在你妈和聂风先动手，要是能一举铲除你爸和林岚，不但替你舅舅和叶家报了仇，还帮了卢家，帮卢家铲除了一对吃里爬外的蛀虫。你爷爷在地下有知的话，也会欣慰。”

卢玮希苦笑：“明珠，你这样说并没有让我好受一些。知道吗，我妈跟我说，要我替聂风坐牢。你知道我当时的感受吗？还有设计我爷爷的事，我怀疑……”

“怀疑里面有聂风的手笔是吧？”明珠反问。

卢玮希低下头，没有回答。这一突然发现，震惊得她已经连点头的力气都没了。

明珠担心卢玮希崩溃，就有些犹豫，要不要把手里已经得到的其他证据拿出来。正犹豫着，侦探社的门被打开。有人过来递给明珠一张照片。卢玮希瞥了一眼，是曾当她面讨论过卢卓、林榆雁的人。

卢玮希盯着照片，问明珠：“这人我在维也纳的联谊会上见过，他是你派去的？”

明珠点点头：“是的。不过他是你爷爷的人，你不认识吗？”

卢玮希一头雾水。明珠解释说：“这是你爷爷派去和资金方洽谈的代表，他通过沈屠见过德兴老板宗楚客，后来因为你爷爷出事，他怕被灭口，就一直躲在国外，现在想通过宗九投靠萧珩。照片是宗九派人送来的，你来之前他和我打过电话。”

“德兴的幕后老板不是霍箐吗？”卢玮希问。

“是啊，宗楚客是大股东，也是表面上的经营人。”四下瞧了瞧，送照片的人已经出去，明珠小声凑在卢玮希耳边说，“宗楚客背后有人，表面看是霍箐，我怀疑是霍心。但宗楚客狡猾，我日前查不到他和霍心资金来往的蛛丝马迹，要是能进他家翻翻他的书房就好了，证据不在办公室，那只能在家里了。”

“我来想办法。”卢玮希平静地说。

明珠笑了笑，觉得自己这样说已经很有良心了，就不再扯这个话题。两人又聊了会儿别的，卢玮希看时间已经很晚，就起身站了起来，告辞回公寓。

第二天早上她先去医院看了看，林岚似乎恢复了正常，看来叶敏之察觉到她已经起疑，就没有急着动手。离开医院，她回奇迅。公务堆积如山，她忙得昏天暗地，直到肚子饿了才察觉已经到了中午。她不想在公司用餐，就独自走出奇迅大楼，正准备打车，就有一辆车开过来，是萧珩的车。

车门打开，萧珩还来没来得及碰到她，就被她躲了过去。

萧珩轻轻蹙眉，再次伸出手，这次没让她躲开，反而拉她上车扳过卢玮希的双肩，让她面对自己。

“怎么了，谁又惹你了？”他奇怪地问。

卢玮希垂着头不说话，萧珩抬起她的脸：“在闹什么别扭呢？”

她掀开睫毛看他，半晌出声问：“有钱就了不起吗，有钱就可以为所欲为吗？”

萧珩一怔，须臾才摇头轻笑：“是不是明珠和你说了什么？或者说，她查到了什么？”

他了解她，她不会无缘无故问这个。而且这女人虽然在卢卓那种环境里生存，但她仍有一颗赤子之心，别人对她的滴水之恩，她会当涌泉相报。反之，她会为捍卫自己的尊严置之死地而后生。那么，她心情变化一定和遇到的人或事有关。

萧珩没有生气，而卢玮希也意识到自己有些迁怒了，她咬了咬唇，将医院的事以及明珠和她说的那些都告诉他，随后咬牙切齿道："我要是能查到宗楚客和他背后之人资金来往的证据，我一定要让他坐牢。"

见她脸上愤愤不平，萧珩轻揽她的腰："宗楚客背后的人你有怀疑对象吗？"

卢玮希摇摇头，还没意识到萧珩竟然在套她："之前我曾怀疑是你奶奶。"

"那就去查啊，她现在就在我们家老宅。"

卢玮希一惊："什么意思？"

萧珩耸耸肩："我爷爷明后天就到江南，你要是不赶在他来之前查我奶奶，以后恐怕再查不到了。"

卢玮希没想到萧珩说起霍心是这种态度。

萧珩看了一眼她的表情就知道她在想什么，笑着说："傻丫头，我就是接你去见她的，走吧。"

霍心为什么会突然约见她？直到车子到了萧家老宅门口，卢玮希都没回过神。看着气派的大门口，她突然想到之前在叶家祖宅外，九哥坐进她车里时说的那番话，她自言自语地说："我怎么觉得这门内有洪水猛兽呢……"

萧珩稍作沉吟，才开口解释："霍雅昨天说的烈顿语翻译过来就是威胁，但是有我在，怕什么，一切有我。"见她有点儿抗拒，萧珩以为她没有心理准备，就又补充了一句，"丑媳妇总要见公婆。"

卢玮希差点想不厚道地笑出来，她已了解霍心年轻时候作为婆婆的英勇事迹，也亲眼见识过霍心的雷霆手段，萧珩真能为她这个"丑媳妇"和袒护霍心的萧老先生翻脸？她可没那份自信！

萧珩似乎知道她在想什么，手掌搂过她的腰，一脸的傲娇："我们都要结婚了，任她是谁，也不敢再对你下手！"

就在他们说话间，霍雅也驱车到了。

第一百一十章　斗战胜佛

卢玮希对这里完全陌生，而霍雅则是熟门熟路。待门口安保系统确认了他们的身份，别墅的大铁门才缓缓开启放行。车子停到固定的位置，卢玮希刚下车，霍雅的车门也打开了。

车里还不是一个人，在卢玮希疑惑的目光里，后车门缓缓拉开，里面露出一双性感的细高跟皮鞋，轻轻地伸出，落地。“小姑婆，萧大哥也到了呢。”随着霍雅的招呼声，卢玮希就看到一道穿紫玫旗袍围着灰色貂的雍容贵气的女人从车内出来。

小姑婆？那不就是烈顿族长萧冀的夫人、霍威廉和霍心的妹妹霍渺？霍家姐妹俩分别嫁给两大豪门，难怪霍箐、霍雅那么自信地要和萧衍、萧珩联姻！不过霍渺一出场，卢玮希就知道她是冲谁来的！

偏头看向站在她身边扮演睁眼瞎的萧珩，不由得觉得好笑：霍雅不辞辛苦地请来霍渺助阵，结果这人连招呼都不打，倒真是辜负了霍雅的一番良苦用心。

想到这里，卢玮希的目光下意识地望向霍雅。霍雅正扒在霍澎的耳畔说悄悄话。也不知说了什么，逗得霍澎哈哈大笑，笑完就抱着她心肝肉地叫着。看对她的喜爱程度，霍澎绝不低于霍心。

卢玮希的眼底闪过一丝波澜，难怪霍雅在听到萧衍和鄢挚一唱一和地拿霍澎想念霍箐为幌子时，那么气愤，原来霍雅和霍澎的关系如此好，自然是每天互通信息，自然不信鄢挚编出来的鬼话，可霍雅小小年纪也太能沉住气了，当时的表情又做得很到位，成功骗住了她，让她降低警惕。

转手就利用卢家的内部矛盾，派林岚做急先锋要叶敏之名下所有股权，闹出大动静；派林榆雁为军师声东击西，再带着林岚林榆雁去餐厅和萧珩巧遇，成功激起她的好奇后又用烈顿语故弄玄虚。最终的目的，不过是杀她一个措手不及，迫萧珩带她回萧家，接受门第羞辱的洗礼。看来今天的萧家，不亚于龙潭虎穴了！

“小妹，我就知道，雅雅一开口你肯定排除万难也得赶来，哈哈……”身后突然传来一声激动中带着亲昵的招呼，声音有点熟，卢玮希目光一转，便看到闻讯赶来的霍心带着几个保镖闪亮出场。

霍澎不着痕迹地打量完卢玮希，对霍雅低语了一声，就张开怀抱向霍心迎上去。

“姐姐还好意思笑，这几天的事我都听说了，宵小之辈也能翻起浪，我再不来，雅雅指不定得受多少委屈呢。”

萧老夫人抱住妹妹，低声说了句：“别急，那事一会回我屋里说，”就话锋一转，“我正想请妹妹来商量雅雅的事呢，妹妹就来了。看来双胞胎就是心有灵犀。对了，妹妹还没吃午餐吧？管家，赶紧招呼大家餐厅里去。”

说完这些，萧老夫人一转头，似乎才看到萧珩和卢玮希：“哟，卢小姐来了？请请请，管家，别傻站啊，来来来，这边走……”威严又不失热情的招呼声萦绕在院子里。

管家偷眼看向萧珩，像得到了某种暗示，立即在前面恭谨带路。

一路心照不宣地寒暄，大家刚进入餐厅按次序落座，卢玮希便发现霍心和霍澎位置之间的空隙过大。

等霍雅搂着霍澎的脖子撒娇挤坐下，她才明白，那里本就是专门为霍雅准备的，因为那个位置正好斜对着萧珩。只要萧珩一抬头，就能看到霍雅，不管他是有意还是无意。

看来今天这宴不但是鸿门宴，还是个婚局，只等她和萧珩踩进来。

霍雅此刻的装扮和之前与林榆雁、林岚一起的时候简直是天差地别——但见她优雅的粉紫裙裾飘飘，长发披肩，红唇轻抿，美眸对着萧珩流转之间，姿态高雅却不做作。好似今天带着小姑婆突然拜访的目的只是叙亲情，并不是为了与萧珩的娃娃亲。卢玮希不得不感叹萧老夫人的眼光毒辣，能给自己选出这么一位能屈能伸的情敌。

第一百一十一章　情敌

情敌——发现自己竟用了这个字眼，卢玮希毛骨悚然得惊出一身汗，才发觉她不知不觉间爱上了萧珩，似乎爱意比她以为的要深。管控不住心的感觉，历来不是好事情，尤其是萧家长辈对她的态度。看吧，眼前这场鸿门宴就是一场变相示威，霍心要做的恐怕就是让她知难而退。

“我好开心哦，今天两个最亲的姑婆都在，为了区别，我就一个叫姑婆，一个叫小姑婆好了。”开心得脸颊绯红的霍雅看向萧老夫人，“姑婆，爷爷说您这次回江南，除了办公事还想在中国约些老朋友过阴历的七十大寿，托小姑婆给您带了礼物呢！”

说话之间，霍雅冲霍澎一眨眼，霍澎便心领神会地从包里掏出一个精致的盒子，一本正经地搁到了饭桌上。

好巧不巧，盒子上那几个篆刻小字就入了卢玮希的眼帘，就像是一种无声的挑衅，却又让人无法说明她是刻意而为之。卢玮希扫了一眼写着“寿山田黄石”的一行字，目光随即转移，似乎不像自惭形秽，也不像眼热妒忌，寻常得就像不识货的傻妞。

至于萧珩，即便是听到霍澎连着对他打招呼，也只是斜了她一眼，之后便拿起酒瓶，认真又自然地帮卢玮希倒酒。

相较于他俩表现出来的不甚恭敬，突然走进餐厅的萧玲珑也就是楚策母亲，却表现出了相当浓郁的兴趣：“哎哟，这不是舅舅宝贝无比的寿山田黄石吗？”

霍雅听到萧玲珑的惊叹，立即站起来，撒娇地叫了声“姑姑”：“您都来江南几天了，一直借口不舒服躲在老宅里画画，今天知道小姑婆来才终于舍得出现。嘿嘿，我知道画家都喜欢篆刻和收集田黄石，所以也为您准备了一块。”说话间，她从自己包内掏出一只精致的盒子，打开来，露出一块较之前那块更精品的田黄石，然后亲昵地递给萧玲珑。

“雅雅，你竟然知道我这个外人不知的爱好？”萧玲珑满脸的诧异，但更多的是一份被人尊重的满意。

萧玲珑是萧老夫人的爱女，捧在手里怕跌了，含在嘴里怕化了，真是爱得无边无际。虽然平时也疼霍雅，但霍雅毕竟是她的侄孙女，再怎么疼，霍雅的身份也越不过她的亲生女儿萧玲珑。见霍雅如此巴结萧玲珑，她甚感欣慰，看向霍雅的目光不自觉又多了几分欣赏。

与此同时，管家也搬来椅子，正好放在卢玮希身边，萧玲珑一坐下来，这个醉心于画画的文艺女中年似乎才看到卢玮希，心里顿时想起昨晚和她儿子楚策的冲突——当时她正醉心于临摹齐白石的对虾，她儿子竟醉醺醺地扑倒了她的笔架，对虾变墨虾，她心疼得很，可她更心疼她儿子。

审问儿子的司机才得知，儿子醉酒后回到老宅不是因为她犯病，而是因为被卢玮希当枪使了才被她妈给撵回去的。她当时就气了，特别不理解她儿子，这么好的条件，为什么要死吊在卢玮希这棵歪脖树上呢？何况她听她妈说了，卢玮希看不上她儿子，是因为撬墙脚撬到了霍雅身上，迷住了她侄儿萧珩。

萧珩是什么人，那可是她四哥的独子、仲家外孙，她爹早就看中的萧家下任继承人。萧家的下任继承人就是萧家的下任掌权人！

没有卢玮希之前，萧珩对她儿子是真叫好，好得比亲哥哥不差啥了，可有了卢玮希呢？昨晚竟然看着她儿被她妈当着那么多人给撵回老宅！太丢人了！她儿子可是新锐导演啊，传出去怎么混啊！想到这里，萧玲珑扫向自己身边的卢玮希时，那是满心不悦、满眼不喜。

她有四个哥哥三个侄儿，侄儿中，他们夫妇最看重排行第三的侄儿萧珩，威廉舅舅也多次明里暗里地提起两家结亲，她满以为萧珩就算不喜欢霍箐也会喜欢霍雅，可看今天这情形……

萧玲珑是根本猜想不下去，因为越想越不悦，越不悦就越看卢玮希不顺眼，偏偏她儿子因为卢玮希移情别恋痛苦买醉，她出来时还醉在床上不省人事呢，卢玮希却登堂入室坐在她和萧珩中间。

萧玲珑对卢玮希的因爱生恨摆在了脸上，而卢玮希若无其事地抿着酒。这些年不喜欢她恨她的人多了去了，多一个少一个没什么差别，可萧玲珑有点儿不同，因为在没有认识萧珩之前，萧玲珑对她不错，见面不是拉着嘘寒问暖就是问她需不需要帮忙。可现在呢，不说是满眼厌恶也算是视而不见了。

萧玲珑这样，如果是因为霍雅，她现在真的爱上了萧珩，无话可说；如果是因为楚策，那她更是无话可说，虽然她坚守承诺从未对楚策有过非分之想，也从来没把楚策当作恋爱对象。毕竟，萧玲珑私下早和她说过，她需要帮助她可以帮，但拜托她不要不理楚策也不要接受楚策。好吧，她遵守诺言，至今只把楚策当作哥们儿，难道这也错了?

萧珩眼角的余光落在身边卢玮希的侧脸上，发现了她的不卑不亢与宠辱不惊，笑了笑，心里暗忖：她能这样，说明压根没把他之外的萧家人当作家人，这样算好事?

餐厅内的暗潮涌动并未影响萧老夫人的心情，她对着萧玲珑微颔首，然后才看向霍雅。

“田黄石? 那还真是巧了。”萧老夫人笑吟吟地点头，随之看向萧珩，“老三，你不是最擅长篆刻吗，不如你把这两块田黄石刻为印章? ”

和对面投过来的殷切目光截然相反，萧珩漫不经心地“哦”了一声，然后忙着抽出纸巾帮卢玮希擦拭唇角：“你看看，这红酒都流出嘴角了，也不知道擦擦。”

卢玮希怔然看着他，她是抿的酒，哪有流出来啊? 只是她还未开口驳斥，霍澌已指着她抢先问：“这位是? ”

装得真像。卢玮希暂且忘了驳斥萧珩，心里不由钦佩这霍澌的忍耐力。在来为霍雅掠阵之前她不可能没看过她卢玮希的照片，现在却还要做出一副全然陌生的样子，不得奥斯卡影后还真是可惜。

“这位是老三的朋友，”霍心望着卢玮希的目光尽是客气，然后话锋一转，“也是和你家亚通电讯即将合作的奇迅总裁，卢玮希，卢小姐。”

听到霍心这样介绍自己，卢玮希憋着笑抬起头，正面对上的是霍雅不屑的眸子，然后是霍澌拖着长腔“哦——”的声音。

“你就是奇迅的卢玮希? 呵，之前一直有听公司的管理层提起，今天一见，果然闻名不如见面，见面胜似闻名。你好，亚通集团首席执行官霍澌。”

霍漇会突然在饭桌上亮出身份又礼貌地朝卢玮希伸出手，的确不在任何人的预料之内，卢玮希也只是略微错愕，但很快就抬手握住了那只高贵之手。

“您好，我是已和您公司签了合同，却一直没能拜访到您的奇迅公司代表卢玮希，初次见面，希望合作愉快。”两人一握手，顿时就给人一种喜相逢的感觉。

“自从签署合作协议，我还是第一次看到合作对象，这次在江南逗留的时间比较久，卢小姐会安排我去参观奇迅科研中心的吧？”霍漇突然把风头引到了合作上。

卢玮希扫了眼两人依然握着的双手，真诚又谦逊地笑笑：“夫人如果有兴趣，我当然求之不得邀请你莅临奇迅。”

“是吗？那太好了，不过，”霍漇的目光里浮动着一抹精明的光亮，唇角的笑意也加深，“既然我们都是合作伙伴了，叫夫人太生分，不如随着阿珩叫我姨奶吧，卢小姐！”

听霍漇说让自己称呼她姨奶而对自己的称呼却不变，卢玮希心头冷笑，面上越发客气：“虽然我们是合作对象，可终究是第一次见面，再说我和萧珩还在相互了解阶段，随着他叫岂不是不恭？”

霍漇微怔，立即看向萧玲珑笑哈哈道：“玲珑你看，人家卢小姐就是心思缜密，哪像咱们家的箐箐和雅雅，单纯得根本不知什么礼数。”略一顿，又亲切地看向卢玮希，“那以后雅雅代表我和卢小姐合作时，卢小姐可不要以为雅雅小就忽视她哟！”

“不会不会！”卢玮希笑得从容，两人的手已经各自收回，但心里却彼此对对方有了评判，“萧珩已经入股我们奇迅，作为新股东，自然要多了解这次5G合作事宜，所以接下来和霍雅接洽最多的不是我，而是霍雅最熟悉的萧大哥。”

“嗯？老三入股了奇迅，这是什么时间的事？”霍漇脸上掩饰不住的错愕，转头询问霍心，“大姐，这卢小姐说的是真吗？”

直接问霍心而不是问萧珩，明显是怀疑她卢玮希人品低下撒谎。看来这霍浵最擅长的是用言语秒杀对手于无形之中！

卢玮希搁下手中的酒杯，迎着霍浵锐利的眸光：“夫人可能不清楚，这是我的奇迅和萧珩的仲兴之间的合作，和萧老夫人乃至萧家的高科没有丝毫的关系。”

第一百一十二章　生米煮成熟饭

她的话音未落，萧珩便敛起眉头，不满地反驳她的说辞："什么叫你的奇迅我的仲兴通讯，我们不是一家吗？都生米煮成熟饭成合法夫妻了，你还想反悔我们俩的事？"众人听了先是目瞪口呆，紧接着便皱着眉小声议论起来。

"才认识多久啊，真的假的？我觉得……"

"不可能！"

"对，九少爷一定是开玩笑！"

"就是玩笑！"

这样的结果，萧珩脸上不见意外，笑眯眯地环视了一圈，最后漫不经心地把视线投到了卢玮希的脸上，对着她暧昧地眨眼，以口型发出"老婆"俩字。卢玮希的脸一下就红了。

谁都没想到萧珩会这么不按常理出牌，别说卢玮希已经傻了，连常年追逐萧珩的霍雅，以及常年跟萧珩过招的霍心都没料到事情会变成这样，半张着嘴对视了一眼，心照不宣。

管家心里激叹：哇，俺家少爷的演技和傲娇，真是更上一层楼了。

卢玮希回过味以口型对萧珩说了句："开什么玩笑？"

萧珩冲她笑了笑，声音里带着一本正经："我不是在开玩笑，我现在认真地告诉你，钱可以买房子但买不到家，可以买婚姻但买不到爱情，可以买钟表但买不到时间，有钱不能为所欲为！"

卢玮希顿时明白，他这是回答她问他"有钱就能为所欲为吗"这个问题的答案。

顿了顿，萧珩看向霍心，继续说："钱不是一切，反而是痛苦的根源。霍雅从小就住在萧家，又一直跟着阿策叫我大哥，我有义务免除她的痛苦，给她找个好人嫁了。至于我，思来想去我决定入股奇迅，原因就是我找人查过卢玮希的八字和我一样硬，可她压根看不上我，所以我才碰瓷她，逼她做我老婆，和我共同承担痛苦。"

霍雅心里冷笑，什么叫免除她的痛苦？什么叫碰瓷卢玮希才入股奇迅？还逼卢玮希做老婆共同承担痛苦，骗谁呢？不过是萧珩怕她和她请来的人对卢玮希不利，就先下手为强罢了。但她表面上却是一脸义正词严替卢玮希不平的模样："只要和喜欢的人在一起，我是不怕吃任何苦的！反观Gillian……哦，卢小姐，她身上的担子可有些重哦，萧大哥你再碰瓷她，会把她逼上绝路的。"

萧珩抬头看向霍雅，一脸佩服中又带了些觉悟："你说得对，我娶了她就不能碰瓷她，我得好好爱她，多谢你提醒啊。既然你也有喜欢的人了，作为投桃报李，我现在郑重邀请你：霍雅，带你喜欢的人来做我和玮希的伴娘、伴郎可好？"

霍漪不了解萧珩，平时见面的机会不多，偶尔见了几次，也都是温和知礼的模样，可今天她才发现萧珩一张嘴可以面不改色地把黑的说成白的，即便是在众目睽睽之下捅你一刀，也可以口吐莲花地解释成是为了你好。

霍雅已经被堵得面红耳赤不知怎么接了，霍澎叹了口气，倒也不安慰她，只是突然咳嗽起来，咳嗽间却向对面看了一眼。她对面坐的是萧玲珑，萧玲珑听到咳嗽，立即放下手里的鸡血石。

霍澎突然说："刚才听雅雅叫卢小姐为Gillian，我忽地想起阿策喜欢的女孩子也叫Gillian，难道彼Gillian就是此Gillian？"

"咳，小姨你说话……"她的本意是想说"小姨你说话扯上我儿子干吗"，结果没说完就觉得腿被人踢了一下。低头一看，萧老夫人的脚正放在她脚尖上。

她猛然回神，面不改色地回答："小姨的说法和我猜想的差不多，只是现在阿策不在这里，雅雅也不知道是不是叫错了，不如回头我问问他再告诉您吧。"

"别啊，阿策不在，雅雅和卢小姐在啊。雅雅，你先说。"

霍澎的话外之音——指使霍雅把卢玮希扯到脚踏两只船的形象上来，看她做哪只船的老婆！

卢玮希在心里叹了口气，霍澎果然是来找她碴儿的。她侧头看了萧珩一眼，萧珩冲她做了个继续看戏的表情！

结果霍雅根本不拿正眼看她，只笑嘻嘻地凑上来揽着霍澎的手臂："我怎么会叫错呢？谁不知道我和小姑婆一样是过耳不忘啊，何况我亲耳听过策表哥讲电话，语气很温柔地对着话筒叫Gillian，后来见了面，我才知道被策表哥称为Gillian的……"

萧珩换了个坐姿，冲霍雅笑吟吟地说："如果我没有记错，霍雅从小学到现在……改来改去的几个英文名里，就有Gillian……这是什么意思？"

霍雅脸一红，刚想说话，却再说不出一句完整的话。

萧珩忽然转过头来看着她，在低语的同时，香烟掉到了地上。

“香烟掉你那边了，劳驾，帮我捡一下。”

卢玮希一怔，奇怪地看了他一眼弯腰下去捡香烟，发现烟盒里的烟滚出来一支，那支烟上写了一行“爷为你牺牲色相，你晚上得肉偿”的小字。她先是一怔，憋着笑直起身来，一脸佩服地看着萧珩。

萧珩冲她做了个“你明白就好”的眼神，拿起香烟抽出一支点燃，侧面看向萧玲珑，吐了一口白雾：“姑姑，霍雅的回答您刚才听到了吧？她和阿策虽说不是血亲，可总归是……事关阿策的名誉，姨奶的疑问您还是私下和她说吧。”

卢玮希看到萧玲珑似乎是想到了什么，一脸无法置信，下一秒就看向含羞带怯的霍雅嘴唇哆嗦着：“怎么会这样，我一直以为……”

难怪霍雅会这么大方地送她一大块鸡血石，原来是萧珩不要她，她就退而求其次地勾搭她儿子楚策！想到这里，她眼中闪过一丝被愚弄的气愤，叫了声“霍雅”直接起身想兴师问罪去。

萧珩自然不会让她过去，眼疾手快地把她拉坐在椅子上，直接越过霍心冲管家叫：“开饭开饭，姨奶远道而来，我们不能饿着她！”早就准备好的管家响亮地回了一句“好的，少爷”，冲门外一挥手，饭菜就一份份地端了上来。

吃饭得用嘴啊，霍澎纵有很多话想说，可她考虑到自身形象，自然是想也不能嚼着食物说着话，那种口水伴着食物飞溅的形象，可是她自己都厌恶的呢。她这一灭火，萧老夫人准备好的内容就没法接了。

大家被动地拿起筷子开吃，第一回合算是告一段落。

卢玮希不饿，一半是感念萧珩的出卖色相，一半是感叹霍雅布局狙击她，眼看就要成功了，却被萧珩伸出的一只足尖给引火自焚了。

可她又一想，不对啊，霍心是威廉的亲妹，那威廉的亲孙女霍雅和霍心的亲孙子萧珩是表兄妹，能结婚吗？虽说一表三千里，可毕竟在三辈之内啊。看情形，这俩人的爷爷、奶奶甚至姑奶奶、姑姑的，都挺乐意看到这俩人在一起的，可他们不怕近亲结婚生出怪胎吗？

还是霍家本就是百无禁忌的主儿，只要能为家族带来钱景，近亲甚至差辈的忌讳他们也根本不在乎？再或者，霍家有秘密，霍箐、霍雅不是威廉儿子亲生的，甚至是被戴了绿帽子带来的……可也说不通啊，毕竟霍箐对她的敌意不是现在才有，十年前就想她死了。哎哟，霍箐、霍雅的爹不会是她那色胆包天的渣爹卢卓吧？

第一百一十三章　调情

脑洞大开联想到卢卓要是霍箐、霍雅亲爹的后果……卢玮希吓得头皮都发麻了。忍不住又看了萧珩一眼，萧珩当然不知道她能给她亲爹卢卓栽赃俩闺女，所以神色没有半点儿异常。

吃到一半，萧老夫人开始胃痛，气的。

放下筷子，她睨了沉浸在萧珩美色里的霍雅一眼，有种恨铁不成钢的感叹。霍家家门不幸，人才凋零，她只能瘸子里面选将军，选霍雅来培养是想着霍雅能振兴霍家。所以现在再怎么不满，场面上也得给足面子。

“妹妹你平时总说老三不苟言笑，今天你看到了吧，他很会开玩笑的，知道我们老萧逼他结婚逼得紧，就故意找他生意上的朋友来逗我，幸好这朋友是卢小姐，幸好卢小姐不是外人又脾气好不计较，不然我都没脸见卢小姐的奶奶了。对了，卢小姐的奶奶就是夏柳，当年和你争男朋友的夏柳，记得吧？”

“哦，原来夏柳就是卢小姐的奶奶啊!”霍澎一脸的恍然大悟，放下筷子，便看向卢玮希，“卢小姐，我这人很会看相的，看你面相就知道你和你奶奶不同。那我就多说几句：这人哪，其实一出生就注定了阶层，你抗争不来也无用的。与其争得头破血流，结局还是竹篮打水一场空，不如一开始就不要有争的念头。毕竟‘人贵有自知之明’这句话可是经验之谈哪。”

卢玮希看出霍澎是铁了心地要给她下马威，知道多说也没用便不再开口。

萧珩却不想她受委屈，放下筷子，直接说：“今天我和萧衍通电话时，听他无意中提到当年我妈妈的事，我现在都不信那事是您做的……您那么懂‘人贵有自知之明’，怎么敢做那事呢？”

“你……”霍澎万没想到萧珩会直接翻脸，尴尬中急忙冲萧玲珑使了个眼色。

事关四嫂当年惨死的事，萧玲珑不想得罪萧珩给她儿子惹来麻烦，继续低下头去吃菜，看都没敢看她一眼。

这时站在霍澎身后的中年女心腹护主心切，忍不住呛口而出：“衍少爷和珩少爷要是懂得自知之明，就不会冤枉我们夫人。吃水不忘挖井人，衍少爷也不想想是谁帮他进入烈顿，又是谁披肝沥胆扶他登上烈顿继承人位置的。还有珩少爷，您也不想想当年您疯了似的找不到您母亲时，是谁把您母亲的尸骨给送回萧家的。”

萧珩抬眼对上那双问责的眸子，丝毫没有歉意和感激之意：“我先找人制造意外杀了你妈，再把你妈的尸体还给你，你会不会感激我？”这句话刚落，所有人又是身形一僵。

据说，仲颖当年是去萧氏家族看望萧衍时失踪的。萧珩父子上烈顿找人时曾经放话出来，只要仲颖平安回家，这事算翻篇!

刚开始烈顿族长萧冀以为萧珩父子是故意找事，何况他不相信他的娇妻霍溦会扣留仲颖，完全不配合。后来萧珩爸爸连绑了威廉的儿子儿媳和萧冀的儿子媳妇，也就是亨瑞的父母，并且全程录像，每人拔了两颗牙下来送到了烈顿族长的面前。萧冀这才知道事情的严重性，急匆匆问了霍心，才知道仲颖的确在他家，但是已经出了霍心解释不清的意外。且不说帮着制造意外的人后来有多惨，也不提威廉和烈顿两家付出了多大的代价，但就这段经历来说，已然成为霍溦心里永远的噩梦！

女心腹看主子一脸灰白，才醒悟自己说错了话，后怕得背上激起一阵冷汗，再不敢多嘴。

萧珩一脸纯洁无辜地眨巴着眼睛望着霍溦，半晌还颤颤巍巍地问了句："姨奶，您脸色怎么这么难看，难道是想起我妈当年的死状了？"

霍溦连连摇头，脸红了又白，白了又绿，想拿杯水，却手足无措地打翻了杯子。

萧老夫人见亲妹妹被逼成这样，顿时把手里的杯子重重地放到桌上，杯中的茶水溅了出来："放肆！仲颖的惨状我都没敢看，你姨奶怎么会知道？"

萧珩漫不经心地回了句："这么说……你才是那天的嫌疑人？"

萧老夫人心跳顿时漏了一拍："你说什么？！"

实话说，她那天为了有人掩护，的确和仲颖乘坐同一班航班回的江南，只是到了江南，她们婆媳俩就分道扬镳各奔自己找的人了，可最后仲颖惨死的地点，却是她和别人密会的房间门口。当时她就吓昏了。醒来后赶紧让密会的人先走，又给妹妹打了电话。

妹妹为了帮她才策划了一出她和仲颖没有回国却去了萧氏家族的假象，并且为了做得逼真，故意扣住仲颖的尸身。可她敢担保仲颖不是她妹妹让人杀的，至于是谁杀了仲颖，又为什么杀死仲颖，她和妹妹暗中查了八年都没有结果。

她不知道仲颖怎么会出现在她门口，也不知道杀仲颖的人是不是知道了她的秘密，所以……她一直没有放弃追查这件事。

这件事因她而起，死伤那么多人，一直是她的心头刺，可她无法自证清白，也不能让密会的人帮她证明，只能暗中加大力度查证，仲颖惨死的地点在江南萧家老宅，所以……她每年都借口回江南过阴历生日，借机把老宅里里外外翻一遍。

“我说杀人凶手呢。”顿了顿，萧珩似乎突然想起了什么，“奶奶，我又不是说您是杀人凶手，您激动成这样，莫非……您知道谁是凶手？”说完又拿筷子戳起松子桂鱼上的松子，递到霍澎的眼前，状似无意地问：“姨奶，这松子像您儿子的门牙吧？您说他一个大男人……怎么长了那么细小的门牙呢？”

一想起儿子和侄儿被萧珩拔牙后满嘴鲜血的惨样，霍澎再没有初见时候的雍容样，哆嗦着嘴指着萧珩：“你——”

正巧宿醉才醒的楚策揉着惺忪睡眼走进来，听到这句话又见被霍澎指着鼻子，吓了一跳，一脸懵懂：“姨姥姥……我怎么了……”

萧珩看楚策接了招，就转头把下巴抵在卢玮希肩上闷闷地笑出声来。萧玲珑见说一不二的小姨被萧珩激怒得说不出囫囵话，就皱眉替答：“没说你，快坐下吃饭吧！”

楚策往餐桌前坐的人看了看，似乎明白了什么，瞬间就幸灾乐祸：“哟，没说我？那就是霍雅又搬弄是非惹姨姥生气了呗？霍雅，你能耐了啊，能把我姨姥气成这样，想必你惹的祸不小吧。”

霍雅无辜躺枪，转头摇晃着霍澎的胳膊，可怜巴巴地求她帮着说句话。霍澎呵斥完萧珩就后悔了，这里是萧家，她是来做客的，何况萧珩也不是萧衍，在萧珩面前她是涉嫌杀死仲颖的凶手，虽然警察说仲颖不是她杀的，但萧珩不信啊……唉，虎落平阳，唯恐再被萧珩提起点儿什么不堪，她只能忍下脾气，低头喝茶，当看不见霍雅的祈求。

萧珩见好就收，继续戳着那份松子桂鱼，还把那些松子一粒粒拣出来，摆成一把刀的形状，而刀尖正好对着霍澎。

楚策似乎才看到卢玮希，本能地想打招呼，却被萧珩一个眼神直接给吓闭嘴。

萧珩给松子刀上洒了点红酒，继而看向萧老夫人问："对了，奶奶刚才说的那事……什么时候商量？"

萧老夫人莫名地看着他："商量什么事？"

萧珩顿了一顿，指了指并排坐着的楚策和霍雅："就是你要和姨奶商量他俩亲上加亲的事啊。"

本想两不相帮的萧玲珑一听这话，才夹起的菜惊得掉在了地上。萧老夫人没有接这个话茬，知道今天被这么一搅和算是诸事不宜谈了，就话锋一转，笑着看向卢玮希："卢小姐，你奶奶近来可好？方便的话，我挺想去府上拜访她呢。"

卢玮希自然知道萧老夫人是怕激怒萧珩才来找她攀谈，表面是闲话家常，实则是给她脸。她虽然不需要，但也不想萧珩为了她四面树敌，就笑着回道："谢谢您关心，我奶奶身体挺好的，您要是想见她，我回去后可以替您带话，时间方面你们可以再行约过。"

气氛缓和了些，萧老夫人拿筷子指了指桌上的菜："别光顾着说话，卢小姐吃菜啊。来，尝尝这个福星高照，这可是我和你奶奶最喜欢吃的呢。哎，人老了，总喜欢儿孙满堂、福星高照。"

这番话一落，桌上的人再各怀心事也都拿起筷子。一场试水与反试水的过招就此收尾，气氛重新回到宾主尽欢。

第一百一十四章　大意轻敌

卢玮希从进来到现在没吃什么，正觉肚子饿了，手里就多了一双筷子，她转头正迎上萧珩的目光。他却只看了她一眼就忽地站起身，伸长手臂去端管家刚刚摆放在霍澎面前的那盘龙井虾仁。

这简单粗暴的动作，瞬间惊呆了餐桌上所有人。

霍雅已夹住虾仁的筷子连忙收回，却在过程里被边上的霍澎一碰手肘，虾仁脱筷飞出，正好贴在萧玲珑的鼻尖上，滴落的汁水顿时弄花了萧玲珑的精致妆容。

“姑姑没烫着吧？”萧珩一手端盘子一手递纸巾给萧玲珑，继而微责地看着霍雅：“霍雅，你今天的吃相太难看了。”

萧珩这是一语双关。霍雅自然秒懂他的意思，但革命尚未成功，她只能抑住惊怒的心，委委屈屈地道歉：“对不起，是我太急虑事不周，下次不敢了。”说着看向同样隐忍了一口气的萧玲珑：“姑姑，您不会生我气吧？”

萧玲珑刚才看得清楚是萧珩故意为之，可霍雅虑事不周，算计不了萧珩，反被萧珩逼得弄巧成拙算计到她儿子头上，她自然是生气了啊：“霍雅，你毕竟是个名门千金，就算想吃着碗里夹着盘里的，也不能吃相这么难看啊！还有你，老三，你端盘子干吗？”

霍雅大概是没想到萧玲珑会对她发火，有些无措地指着萧珩：“他……我……”

萧珩直接把大半虾仁拨进卢玮希面前的餐盘，然后才把盘子放回原处：“端盘子自然是为了吃得随心所欲啊。”

“你……”霍雅无法相信，他为什么要突然翻脸给她难堪呢？

萧珩翻脸的时候没人敢出声，出声就是自找羞辱。聪明的霍心选择冷眼旁观，霍澎低头喝茶。

霍雅实在没办法了只能改变策略：“是我最近有点儿过敏，医生要我禁鱼忌虾，萧大哥端走盘子也是好心，姑姑不要怪错了他。”

见霍雅伏低做小，萧玲珑无法再揪住不放，只得说了句“算了”。而萧珩貌似并不领霍雅的情，当霍雅含情脉脉地望过来时，他正柔情似水地望着卢玮希，而早饿得饥肠辘辘的卢玮希则深情地望着面前的虾仁，似乎顾不上这虾仁来得不文明。

见霍雅被如此欺负，霍澎身后的女心腹心疼得抽抽，突然向卢玮希发难：“卢小姐，我发现你吃东西的样子，怎么和我家二少爷的绯闻女友林榆雁很像？”

“咦？”逮住机会，霍雅的表情可以用惊现新大陆来形容，“听你这么说，我这仔细一看，还真是哦。”

卢玮希见大鱼都闭口不谈了，小鱼虾却跳了出来，笑了笑，正想接茬，萧珩却率先开口：“夫人来前见过鄢挚吧，怎么，你没听鄢挚说起吗？那个亨瑞的绯闻女友为了模仿我家玮希，是动刀子整过容的。”

一听“鄢挚”二字，瞒着鄢挚偷跑出来私帮霍淑的女心腹面色丕变，继而对着霍淑做了个古怪的口型，拉着霍雅冲大家勉强笑了笑：“各位慢用，我想让霍雅陪我去个洗手间。”说完，在女佣替霍雅拉开椅子后，她们便头也不回地走了出去。一顿饭众人吃得各怀心思，直到接近尾声，霍雅和那个女人都没从洗手间回来。正餐完毕，用人把主食撤下，按照萧老夫人特意的吩咐，摆上了饭后甜点和茶水。

午餐吃得如同嚼蜡，卢玮希还不知已埋下祸根，见用人摆了龙井茶在自己面前，就随意地端起来，打开茶杯盖子，放至嘴边抿了一小口。当她正要把杯子放回桌上时，却听到身边的萧玲珑惊讶地叫道：“哎哟，彩姐你怎么这么不小心？水晶杯怎么能配青花瓷？这、这、这不是笑死人了嘛。”

卢玮希听完这番话才低头看向自己左手的茶杯和右手的茶杯盖，果然左青花瓷、右水晶。

萧玲珑很是不高兴地端起配错的水晶茶杯，嫌弃地拿起青花瓷盖子，嘴一撇，原本拿在手中的水晶杯突然掉落在地。伴随着清脆的响声，滚热的茶水在大理石地板上蜿蜒。

彩姐还没反应过来，萧玲珑又以迅雷不及掩耳之势地把卢玮希手里的青花瓷杯子打落在地。

卢玮希有些怔怔的，一头雾水地看萧玲珑。

楚策直接站起来，“啪”一拍桌子：“妈你疯了！”一旁萧老夫人反应很快，急忙将楚策拉住：“你妈不是故意的，坐下。”

霍淑吊着眼角，不满味儿十足：“哟，不就是用错个茶杯吗，玲珑动什么气啊这是？”

萧玲珑却淡定地收回手，堂而皇之地看着萧珩开口：“碎碎平安，老三，卢小姐要走好运了。”

萧珩这才抬起头，先看了一眼霍澎，继而将目光缓缓移向萧玲珑，很随意地一笑："谢谢姑姑。"

话音一落，他站起身，从管家新端来的托盘里端了两杯茶，递给萧玲珑一杯，另一杯递给卢玮希："傻丫头，一点儿事都不懂。姑姑给你这么大的祝福，赶紧以茶代酒敬一杯。"

见卢玮希接过杯子有点儿迟疑，萧玲珑捏着杯子，嫌弃地哼笑。

卢玮希似乎才回过味，立即拿茶杯碰了萧玲珑的杯子一下："谢谢姑姑的祝福，我一定好好珍惜。"说完，将茶水一饮而尽，满口的清香，和刚才喝的味道完全不一样。自此，她才明白萧玲珑刚才打破她茶杯的用意。

当着萧珩的面就敢对她下手，还下药在茶水里，那么明显，肯定是有恃无恐了。

昨晚一夜没睡，加上刚喝的那点茶，脑子里昏昏沉沉的，卢玮希实在没精力再支撑着欣赏家斗，放下茶杯，突然环住萧珩的腰："萧珩，原来走运也很累。"

萧珩挑着眉峰，起初眼底蓄满了兴味，听她这么说，唇边的笑意扩大，捏了捏她的鼻尖："看你脸色就知道你很累，昨晚是不是又通宵猜谜没休息好？"

卢玮希点点头，纤细的手指玩弄着萧珩胸口衬衣上的扣子。

萧珩握住她在他胸前作祟的手，抬眸对霍澎和萧老夫人说："姑姑，二位奶奶，玮希有点儿累了，没什么事的话，我先带她回屋休息。"

霍澎算算时间差不多了，见卢玮希大庭广众之下就调戏萧珩，自然不想让卢玮希这样离开："难得聚一起，我这七十岁的还不觉得累呢，她一个二十多的能有多累……"

刹那，萧珩冰寒的目光让霍澎感觉如芒刺在背。萧玲珑蹙眉看了一眼已经有些不对劲的卢玮希，又扭头看向她妈萧老夫人：“妈，我看卢小姐的脸色有点白，估计是没休息好，让老三快带她去休息休息吧。”

萧老夫人难得慈祥得像个心疼孙媳妇的奶奶，关心了卢玮希几句，才对着萧珩挥了挥手。楚策站起来，欲言又止，最终在萧珩目光逼视下什么也没说，只匆匆往相反的方向走去。

萧玲珑以为她儿子是还在生她打破卢玮希茶杯的气，也没解释，目送走萧珩和卢玮希，收起了笑脸，气哼哼地说：“小丫头吃了熊心豹子胆，竟然敢踩在我头上利用我！不办了她，我可咽不下这口恶气！”

霍澎只当她说的小丫头是卢玮希，很是赞同地点头：“对，必须办了卢玮希！还有萧衍，他和萧珩穿一条裤子又坑害亨瑞，也不能放过！”

萧老夫人怕妹妹纵容女儿闯祸，她犹豫了一下，直接对妹妹说：“小妹，卢玮希就是个小角色。萧衍不同，他不只和萧珩好得穿一条裤子，他还手握烈顿大半江山，又和萧珩一样怀疑你杀了他妈，母仇不共戴天，你在明，他们在暗……”

没等她说完，霍澎已经明白她的意思，点点头说：“姐你说得对，等会儿看完戏我就回烈顿去。”

萧衍说霍箐被送回烈顿了，她留在烈顿的人却说没有看到霍箐，她娘家那边也说没有看到霍箐。依着霍箐的性格，被送回去了肯定会哭着找她或者她姐姐告状，不可能躲起来的。霍箐是她用来联姻萧衍，想牵制住萧衍的棋子，她得回去找人。

卢玮希被萧珩抱到了房间里，屋里就俩人，也没什么戏好唱了。从他怀里挣扎着下了地，她冲进了洗手间就抠嗓子吐了起来。

吃得不多，茶水也只喝了一小口，吐得苦水都出来了她才停下。萧珩边给她递水递纸边替她拢着头发："昨天才播种，土壤再肥沃也没这么快就孕吐吧？"

卢玮希知道他在开玩笑，但她吐出来的东西实在不怎么好看，往他站的方向挥了挥手，勉强开口："不只是那茶，我喝的东西似乎都有问题，你离我远点儿。"

萧珩不但没有站远点儿，反而更近一步，等她吐完了站直身子，直接抱起她，呼出的热气拂过她的耳垂："给你下料的人我过后不会放过她，但是现在，我得感谢她的歹意……"

"感谢？"她疑惑地问。

萧珩一本正经地笑着点头。

见他眼底浮现出越来越多的笑意，盈盈的光芒流动其中，卢玮希恍然大悟，脸烧得更红，用手肘捣向他胸口，小声斥道："色狼！"

她这一系列举动明显如暧昧的催化剂，萧珩三步一蹿，很快就把她放到了床上。快速脱去外套，紧跟着整个人覆了上来。

她的背部紧贴着柔软的床，有点儿眩晕的快感，刚要开口就迎上他温热的唇。

浑身如被电击般酥酥麻麻，她偏头一躲，低声叫他："萧珩……"

萧珩一只手下滑到她的腰间，箍住她的腰线，使她动弹不得，另一只手则扣住她的后脑，五指缠绕着发丝，以吻封缄。

卢玮希只觉得鼻端满满的都是他男性阳刚的气味……想到两人曾做过的亲密的事，以及接下来可能要发生的，身子下意识轻颤。她开始拥抱他，并且生涩地回应，双手攀上他宽厚有力的肩头，指尖扫过她曾经留下印记的地方，只感觉他吻得更加激烈，像是要将她生吞入腹一般。

仿佛过了一个世纪那么久，也仿佛只是几分钟，他终于抬起头，俯视着身下。她乌黑的长发凌乱地铺陈在淡色的床单上，形成鲜明的视觉冲击，经他润泽过的红唇宛若初开的桃花，嫩又妩媚，美得近乎不真实。萧珩的眼神越发狂野起来，更加炽热的情绪在眼底凝聚成狂风暴雨。与此同时，门外却传来由远及近的脚步声。

第一百一十五章　合法夫妻

“有人来了……我们……”瘫软的卢玮希在他的瞳孔中看到惊慌的自己，她怕有人突然闯进来。但她还未完整地说出自己的意愿，就已听到他浓重的呼吸伴随着安慰的诱哄：“我们是合法夫妻，谁来也阻挡不了我们做夫妻间最亲密的事情……”

忽然这时，有人敲了敲门。

卢玮希还未完全恢复清醒，只是知道萧珩在那一刹那绷直了身体，似是本能戒备，又似乎是蓄势待发。

“少爷，老爷子有急事找您，让您去书房接视频电话。”蒙奇急匆匆的声音隔着门清晰地响起。闻声，萧珩这才又恢复了往常的慵懒。

“我马上过去。”

蒙奇的脚步声越来越远，直至听闻不到。

他附在她耳边低哑地说：“我去去就来，等我回来。”

卢玮希仍轻轻地喘息，像是刚做完什么剧烈的运动，发不出声音，只轻轻点头。

书房里，视讯里的宗九早已经等得有些不耐烦，面对着电脑直叫嚷“萧三、萧三”。

直到见到萧珩，才收起玩世不恭，认真地叫了声：“哥。”

萧珩戴上蓝牙耳机：“什么事这么急找我？”

“派去跟踪聂风的人跟到一个老巷子里，与叶敏之擦肩而过时碰翻了叶敏之的东西，被叶敏之缠住要天价赔偿，只能停止跟踪。听说那个老巷子的尽头是叶敏德的衣冠墓，聂风与叶敏之同时出现在那里，真是让人不得不多想。”

迅速算了算时间，萧珩靠进沙发里，撑着额头几不可闻地叹了口气：“今天是叶敏德的周年祭，叶敏之作为妹妹去祭奠一下很正常，聂风跟过去，应该是那衣冠墓附近埋了东西。算了，让跟踪的人撤回来，今天不要再跟聂风了。鄢挚，你去安排下，就算他蛰伏十年是想对卢家赶尽杀绝，但他毕竟是玮希最看重的亲人，玮希还不知道他没死，他的周年祭一定要风光。”

“好的，三哥。”鄢挚答应完了，宗九又说：“聂风投在德兴的股份今天由宗源出面全部卖给了沈临风。可能沈临风也是因为最近被咱们盯紧的关系，与聂风反复通电话，被我窃听到其中一个通话，内容竟然是股权转让的前提是聂风帮他近亲结婚，太奇葩了，我准备查查沈临风想和他哪个近亲结婚。”

萧珩半天没有说话，宗九刚要开口问，就听萧珩嘱咐：“别查了，反正沈临风的近亲就那么几个女人，都是无关紧要的。”

都无关紧要？“那卢玮希……”

“别说了，就这么决定。”萧珩有些急躁地打断宗九的话。

宗九虽然心里疑惑，但也大概能猜到些原因，只好点头。

紧要的事谈完了，两人又谈了一些会所的情况，才结束视频通话。萧珩没有立刻回到卧室，而是从书桌上捞起烟盒，点燃了一支烟。

“小顾，我有点儿束手无策了。”

顾金一愣，不就是沈临风想近亲结婚吗，沈临风的近亲女人他基本上都能叫得出名字。结呗，反正那些女人都是萧珩避之不及的，何况萧珩这个霸气的人，根本就和束手无策不搭边啊。

上完洗手间出来的蒙奇并不知道发生了什么事，看萧珩表情烦闷地吐烟圈，寻思了半天，只有好事做到一半被硬生生打断的可能性最大了，便开口安慰：“少爷，反正她在这里又跑不了，一会儿换个房间继续呗……”

萧珩恰好吐完最后一个烟圈，再转身已经恢复了从容得体的气度，打断他：“蒙奇，你刚才吃什么了？”

蒙奇一脸茫然：“我刚才是去厕所拉肚子，没吃什么啊。”

“没吃什么怎么胆子突然那么大！”

蒙奇立刻一脸哀号地凑过来：“少爷，是宗九说十万火急，我以为是查到那东西的下落了，我才谎称是老爷子叫您快出来啊。”

顾金听出不对劲，白了他一眼：“宗九明明说了是跟踪聂风出了问题，哪里让你打着老爷子旗号了？你肯定有亏心事瞒着少爷。”

蒙奇不服气地驳斥：“我那是好心，你不懂别瞎说。”

萧珩回神，抹了把脸:“什么好心？”

蒙奇欲言又止：“昨天……雅公主让我帮买过一支口红摄像机，我在上面……安装了追踪器……”

萧珩看他一脸凝重，心里隐隐猜到是什么，脸上却是一片平静：“接着说。”

“信号显示……那支口红摄像机好像在少爷您的卧室……”蒙奇支支吾吾半天，萧珩的手段他不是不知道，他担心自己多此一举。

虽说萧珩已经有了心理准备，可那几个字滑过耳边的时候他还是有些动容，不死心地确认了一遍：“蓝色外形？”

“嗯。”

怪不得霍澎的心腹带着霍雅离开餐厅后直到散场也没再回来。霍雅和霍澎之前的种种异常终于有了答案，他一直在追寻答案。此刻萧珩却说不清楚自己心中是解惑之后的释然还是可笑，抑或是……怒了？

萧珩才慢悠悠地开口：“新婚不宜见血，爷我先记下这一笔。”

蒙奇不甘心：“少爷！”

萧珩挑眉：“怎么，我娶卢玮希你有意见？”

顾金捂住蒙奇的嘴，对萧珩笑着说：“三哥，三嫂还在房间呢，你快回去扔掉摄像机好好休息，我们先走了。”

萧珩瞥了蒙奇一眼，淡淡地应了一声：“顾金，把那几个女人都给监视起来。”

“知道了，三哥。”顾金满口应道。

刚走出卧室，蒙奇连忙扒开唇上的手，啐了几口：“老顾你有毛病啊，我是担心少爷被扫把星拖累出什么丑闻，你干什么堵我的嘴？”

顾金翻了翻白眼：“你要是想死就提前吱一声，我好离你远远的，省得少爷修理你的时候溅我一身血。”

“你个龟孙子！敢和宗九一样瞧不起我！”蒙奇怒道。

顾金凉凉地问：“我说错了吗，你打得过少爷？”

想到萧珩那神出鬼没的身手，蒙奇的气焰一下子熄灭了，唉，谁不知道在特种部队时，少爷的身手是最好的。

“我的意思是，少爷才不会为了一个女人跟咱们这些患难与共的兄弟翻脸。”

顾金白他一眼：“一个女人？卢玮希是普通女人吗？她现在是少爷合法的妻子、咱们的少奶奶。为了她，少爷今晚都没给老夫人姐妹俩脸面，你总扫把扫把地叫，算是怎么回事？”

蒙奇动了动嘴，却也没反驳。

书房里只剩萧珩一人时，他掐掉香烟摸出手机，分别给宗九和傅斯年打了电话才离开书房。

回到卧室门口时，顾金急匆匆找过来，在他背后压低音叫了声：“少爷，您刚才不是让我监视她们吗，我才布控好，就看到霍雅急匆匆进了老夫人的房间，没过多久您姨奶就带着人要离开，看样子挺急的，要不要放行？”

萧珩听是听见了，但是不接收信息，顾金以为他是没想好放不放，也不敢催，只站在原地目送少爷开门进卧室。

萧珩进了卧室，蹑手蹑脚地走到床前，见卢玮希没等他而是侧身睡着了，就笑着俯下身，刚想吻她，却听她呼吸均匀绵长，拨开她脸上的长发，发现她眉头锁着，他抬手轻轻摩挲着，想要抚平，却怎么都抚不平。

想了想，他直起身脱去外套，刚要挂在衣帽架上，原本挂在衣帽架上的卢玮希外套里有手机嗡嗡作响。萧珩怕惊醒卢玮希，掏出来想挂断之前看了一眼来电显示，很快就蹑手蹑脚打开卧室的门，走到外面接起来。

沈临风听到一道男声时，有些故作诧异：“您是？”

萧珩也不戳穿他，一本正经地答：“萧珩。”

沈临风似乎就等着他自报家门，很快语气轻快地开口：“这不是玮希的电话吗？我找她有事，麻烦你让她接电话。”

顾金走近，示意萧珩，霍澎在楼下车里等着呢，萧珩边对他做手势边回答：“她睡了不方便被打扰。”

沈临风不但没有生气或者不好意思，反而意味不明地笑了声：“既然这样，那有件事我想解释一下，对你解释也一样。哦，是这样的，我和聂风是因为玮希才见过几次，这次我买下聂风手里的股份，也是因为聂风说玮希公司的X55到了收官阶段，研发资金却跟不上，他想撤资转投玮希公司。作为朋友，我也想帮玮希渡过难关，并没有什么其他目的，请你转告玮希不要误会。”

萧珩清了清嗓子，不为所动：“见过几次面就能大手笔地买下股份，您真是财神爷四处撒钱哪。还有，只为个朋友就这么费心费钱费力，沈少爷对朋友都这么好吗？还是说这个朋友，还有一个身份是您的亲戚？”

萧珩和沈临风年纪相仿，表面上没有交集，也不在一个圈子，如果硬要扯点儿关系，那就是沈临风的爹沈屠是萧珩爷爷的干儿子。

即使不混一个圈子，沈临风这个人如何，萧珩基本上了如指掌。沈临风比他小一岁，却比他早当家，也比他更能讨他爷爷欢心。几个世家都还是老一辈当家做主，唯有后起之秀的沈家，沈屠还在野心勃勃地打天下。沈家却是沈临风在掌权当家，这说明沈临风的野心比沈屠更大。

萧珩是什么人，沈临风也同样了解，上次对卢玮希说不了解，那是不想承认萧珩比他更年轻有为。可惜萧珩的光芒太盛，盛到不是他想不让卢玮希看到卢玮希就看不到，所以，他只能铤而走险。

“说是朋友我是站在玮希的角度，于我而言，玮希并不只是朋友那么简单。”沈临风大大方方地承认，言辞异乎寻常地诚恳，

“我和玮希一起长大，虽然后来有了林榆雁来我家，但我的青梅只有玮希。你的突然出现杀了我个措手不及，都怪我为了生意没照顾好玮希，才导致玮希喝酒开车撞上你进了拘留所，还不知天高地厚地与你合作。在维也纳，要不是她跟着你出席联谊会也不会成为靶子被人打黑枪，现在你又把她拖进萧家那个龙潭虎穴……这一切都是因为我没有保护好她，我得出面解释，她和你在一起不是爱上你，是她不懂什么才是爱情。萧三少爷，咱明人不说暗话，就算爱上，我觉得你们萧家那个豪门太复杂，也不适合她。何况你的婚事并不是你一个人说了算。玮希这个人没有恋爱过容易陷进去，如果有机会拉住她，让她不用陷进去，我是一定要伸手的。”

萧珩轻笑了笑：“你八年前不是已经伸手了吗？你通过金子得知我和玮希的约会地点，你指使叶无双和苏明开车撞我。当时是霍箐认出我怕得罪萧衍才没敢撞死我。沈少爷，你这话说得过早也过于自不量力了吧？”

“既然八年前的事你知道了，那我也不瞒你，没错，是我做的，为了卢玮希我还可以做得比撞车更疯狂。”说完之后沈临风也笑了笑，继而询问他的意见，“你刚才说我那话是早了些，要不等你爷爷奶奶发话让霍雅嫁过去了再说？”

萧珩握着手机的手指猛地收紧，声音却也平缓：“我不会娶霍雅。这话我以前说过，今天也当着霍雅以及你干奶奶的面说了。”

“是吗？”沈临风最善攻心又是有备而来，“可萧家不是你萧三少爷做主啊。据我所知，萧家的每个子弟都是对外联姻的棋子，所以，你说的未必算吧？三少爷，别看你出身高贵，又在商场上叱咤风云处处压我一头，可在婚姻上，我说一没人会说二，不然林榆雁和霍雅同样的情况，为什么不敢传与我有娃娃亲呢？你看，这就是我们的差距。”

萧珩一时无言。

顾金下去了又被霍澎骂上来，等半天才看到萧珩抿唇收起手机。他知道萧珩抿唇是发脾气的征兆，可他心里有话要说，又不知道如何开口，只能不时地偷偷扫一眼，寻找合适的时机。

萧珩知道他是为了什么而来，当顾金再一次可怜巴巴看过来的时候，他突然开口："说。"

顾金挠了挠头皮，也不敢再提霍澎，直接略过那个称呼问："放不放？"

萧珩一脸莫名："为什么不放？我是让你监视，又不是让你禁锢，你明刀明枪地拦着人家的车不放，是不是想去吃牢饭了？"

顾金忙不迭地点头："少爷说得是，是我糊涂了。少爷好好休息，我马上安排人做……哦，放行。"

第一百一十六章　为爱收网

霍澎坐在车里，十分钟过去了，不但堵在她周围的车子依旧纹丝不动，连骂去找人挪车的顾金也不见踪影。原本以为车子被堵，是萧家在江南招的司机有眼不识泰山。可顾金是认识她也知道她身份的，怎么也敢冒犯她？不对劲啊，她拿出手机想给她姐萧老夫人打电话，却发现她和助手以及司机的手机都没信号。

太诡异了！难道萧珩敢在光天化日之下对她下手为仲颖报仇？不行，她不能坐以待毙，她得去找姐姐。手握门把手，正要开门，又怕车外有炸弹，她不禁有些踌躇，不知该不该下车，还没做出决定，就听到敲窗声，便赶紧落下车窗玻璃。

窗外站着四个年轻男人，都穿着合体的黑色西装，一副保镖兼司机的模样。其中一位看着像小头目的男人笑着说："萧夫人，我是老宅的车队队长阿土。新来的司机不懂事乱停车，被顾大哥骂了才知道犯下大错，为了表示歉意以及敬意，我代表车队亲自开车送您……”

他没有说完，霍澎已经摇头摆手：“不不不，我自己有司机跟来不用你送，你只需让他们挪开车就好了。”

车队长也不强求，后退一步，挥手让同来的人去挪开车子。

车子挪开后，车队长又走过来，对着霍澎再次表达歉意：“既然夫人不让我送，那我多谢夫人体谅了。”

“我……”霍澎的目光突然一怔，再顾不上虚头巴脑的客气，“开车开车……快开车！”只一叠声地让司机赶紧启动车子，因为她看到消失不见的顾金正站在楼梯口，对一位背着貌似狙击枪盒的黑衣男人，指向她这边……

室外连空气因子都带着剑拔弩张，室内床上的卢玮希却意识混沌不清，分不清是现实，还是在做梦，只是隐约能感觉到房门开了关，关了开，每次都能听到不同的压低嗓音。

“三哥，蒙奇化了装背着枪盒子一站，你猜怎么着？嘿嘿，姨老夫人吓得一叠声让司机开车，完全不敢横了呢。”

“嗯。”

“听说三嫂中招了，我当时都安排好了呀……就算三嫂拿到那茶杯也是没事的啊。”

“你百密一疏，忘了螳螂捕蝉黄雀在后。”

“黄雀？黄雀在哪儿？”

萧珩唇角紧绷，冷冷地开口：“楼下有监控器，你带人去查。”

“好。”顾金立刻带了些人去楼下。萧珩走到门口，抽出一根香烟叼在嘴里，打火机发出一声脆响，他微微偏头将烟点上。这时候余光扫到无声无息站在门外的楚策，淡淡地一瞥，目光清冷。

“她还没醒。”

楚策难得见到萧珩这么紧张的时候，想笑又觉得心里苦，拿手揉了把脸："我查过那茶具了，嗜睡香，她要醒来没那么快，得明天上午了。"

得知自己这样昏沉沉睡不醒是中了嗜睡香，卢玮希放下心来，干脆什么都不管，先睡个昏天黑地，半睡半醒间听到顾金的声音。

"三哥，找到了。这东西就在霍雅床头。"说着，拿给萧珩一个口红形状的东西，"蒙奇已经检查过，这就是他帮霍雅买的口红监控器，是最新的产品，监听和视频同步，数据也不可更改。只是，蒙奇在上面安装的窃听器怎么跑到您房里那只假监控器上了呢？"

萧珩吐出一口白雾，没去看顾金手里的东西，语气平静地说："假监控器不假，只是没电了，查查上面的编号，看那东西都经过谁的手。"

顾金没有动，而是缓缓回过头看向楚策。这萧家老宅里的人，除了萧老夫人和她的助手、霍雅、萧玲珑、楚策，其他人都是部队里选出来的可以信任，不可能会有人背叛他。

就连顾金都想得到，大家都在会客厅斗智斗勇的时候，有机会将魅香换成嗜睡香，又短时间内找个一模一样的口红监控器，把霍雅放在萧珩卧室里的那支口红监控器调包的人，只有一个，萧珩不可能想不到。

就在顾金开口前，看了别墅总监控的鄢挚急匆匆过来拉住了他，对萧珩说："三哥，那个嗜睡香也来得奇怪，我们这就去查。"萧珩仍站在门前一动不动。

鄢挚拉着不甘心的顾金向外走，许久不曾出声的楚策忽然在这时开口："不用查了。"

话落，顾金和鄢挚停下脚步，转过头来看楚策。

楚策说了什么，卢玮希已经听不清也没有力气再听下去了，昏沉沉，继续睡。

一觉似乎睡到了半夜，也不知是嗜睡香效果减弱了，还是开门声和脚步声太大吵醒了卢玮希，她皱了皱眉，翻了个身。

后来不知过了多久，脸上搔痒，似乎有人正在用手指碰触她的肌肤一样。那只手带着淡淡的烟草味道，是萧珩的气息。

他拨开她因汗湿黏在脸颊上的长发，动作很轻很柔，让卢玮希觉得很舒服，不自觉地动了动，将脸更贴向他的手心。

萧珩似乎明显地顿了顿，随后，熟悉的气味儿更浓，她的唇上传来柔软温热的触感。

不知道又睡了多久，迷迷糊糊间，似乎听到有人说话的声音。

“第一眼看到Gillian，我就忍不住想保护她，虽然她一直不喜欢我，但我就是想保护她。两年了，保护她已经成为我的本能。没错，调包监控器和魅香都是我做的，我压根没有醉，也早就醒了，造成醉酒酣眠的假象就为了迟去会客厅。后面的我不说，表哥也能猜到了！”这声音，一听就知道是楚策。

然后，好长一段时间都很沉默。

直到一道刻意压低的低沉声音响起：“你下的剂量有多大？”

“睡够二十四个小时吧。”楚策苦笑着老实回答。他当时想让她睡这么久，也是出于一个隐秘又难于启齿的秘密。那秘密就是他打心底里妒忌萧珩能在卢玮希清醒之下行鱼水之欢。

萧珩又沉吟了半晌，门响了一下，似乎有人进出，风里携了似乎在某处闻过的清香气息。

萧珩再说话时声音有点儿远，似乎转过了身：“袁妈妈，你看能检查一下吗？”

“检查什么？阿策不都说是二十四小时吗，现在都二十三小时了你还急什么？”

听到那人雌雄莫辨的声音，卢玮希就已经有些清醒了。

袁妈妈？仲媛？没想到，为保宗九也就是真萧衍，不惜逼萧珩一人扮演萧珩、萧衍俩角色的真仲媛假袁妈妈竟然来了。看情况，萧珩还不知道袁妈妈是仲媛，之前还说袁妈妈不喜欢踏足江南这个让仲颖丧命的城市，现在袁妈妈来了，听说霍箐被送给了袁妈妈，难道袁妈妈过来是帮聂风的？毕竟聂风是她舅舅的人，而仲媛是她舅舅的初恋，林岚给的优盘里都记录着呢。

萧珩没再说话。

袁妈妈认识他多年，也算了解他的心思。袁妈妈挑眉，有些不可思议地问：“你不会是怕嗜睡香有副作用才让我给小丫头检查……没怀孕吧？”

“啊？！”顾金在一旁惊叫了一声。

袁妈妈白了顾金一眼，然后又对萧珩说：“我研制的嗜睡香美容养颜百分百无副作用，你别担心。再说了，你们俩既没同居也没结婚怎么会怀孕？”

萧珩难得被堵得没有话说，顾金突然想到某个雪夜，就在一旁偷着笑。萧珩察觉到，狠狠剜了顾金一眼，顾金立刻收起笑容，做正经状。

萧珩抿了抿唇：“我们已经……是合法夫妻，我正要和您商量婚礼。”

袁妈妈看了萧珩一会儿，似乎在看怪物。过了一会儿，也忍不住开怀笑了：“太好了，你自己一个人那么多年，现在总算找到对的人了，我也放心了。萧衍现在安全得很，你妈妈不在了，婚礼你说咋办就咋办吧。”

“您竟然同意三哥娶卢小姐？”顾金惊讶地瞪大眼睛，“您不寻死觅活了？”

“谁寻死觅活了？”袁妈妈怒道，“之前在维也纳我不阻拦他不顾一切追出去，那是在保护卢小丫头，傻小子你懂个屁啊！”

“哦……原来您寻死觅活是早就看上人卢小姐了啊。”顾金耿直地小声说。

袁妈妈知道顾金是萧珩的死忠，懒得和他计较，撇撇嘴：“小丫头的情况我看了，除了嗜睡香没其他，要是不放心，等她醒来我再给她全面检查，现在没什么事我就去休息了，坐了十几个小时飞机，打车到了市区才遇到蒙奇。蒙奇又开得这么快，颠得我这身老骨头都要散了。”

萧珩连忙说：“蒙奇，请袁妈妈去住四楼中间那个卧室。”

“四楼中间那个卧室，咦，那不是您母亲生前的房间吗？”

萧珩挑挑眉：“怎么，袁妈妈住不得吗？”

“不是还有很多客房吗，她咋非得矫情地住那间……”

萧珩的眉峰越挑越高，眼底淬着危险的笑意。蒙奇意识到不好，夺门而出，扔下一段絮絮叨叨：“看吧，让你平时尊老，这下好了吧……尊出个老不羞，在国外偷穿夫人的衣服，到这里来还想住夫人房间……不敬夫人就不怕折寿吗……”

袁妈妈知道老不羞就是说她的，不但不生气还笑眯眯地夸赞：“还别说，这小子挺有良心。”

“您快去休息吧。”

“行。”袁妈妈走到门口，忽然停下脚步，不放心地叮嘱，“嗜睡香基本上都是睡二十三四个小时，你要是怀疑她已经怀孕……今晚，嗯，你懂的。”

萧珩愣了愣，随即不满地皱了下眉：“我还没那么急。”

袁妈妈意味深长地挤眉弄眼，然后走了。

萧珩笑着摇了摇头，转过身来，却对上一双很清明乌黑的眼睛："你醒了？"

卢玮希点点头，挣扎着从床上坐起来。萧珩走过来，坐到床边，不帮忙，只是瞬也不瞬地盯着她。

卢玮希被他这样专注的眼神看得发毛，将被角拉到胸口，微微垂下羽睫，躲避他的视线。

萧珩却不让她如意，弓起食指挑起她尖尖的下颌，拇指在她的唇瓣上摩挲。卢玮希想咬他手指却被他躲开，就闷闷地开了口："我才不要怀孕。"

他挑眉："为什么？难道你不想生出个长得像你我的小扫把星？"

听他罪无可恕地说那三个字，她气鼓鼓地瞪他："你才生小扫把星呢。"

"好，我生小扫把星，那你呢，你想生什么？"

"人，当然是正常的人啦。"

"好，我们一起努力造人，争取三年造俩。"

"哪有那么快……"卢玮希不知道为什么会在这个时候和他谈论这样暧昧的事，脸颊不自然地飘上几朵红晕，"我又不是猪……"

"嗯。"他低低地应了一声，然后再也不说话。

卢玮希觉得纳闷，抬起头，忽然被他手掌扣住后脑，薄唇紧跟着覆了上来，这是一个很轻的吻，一点儿都不符合萧珩霸道个性的吻。他只是贴着她的双唇，没有入侵，缱绻中带着几分柔情。

过了一分钟之久，他才离开她，额头抵着额头，如此近的距离，她甚至能看清他黑眸中闪烁着的笑意。比天上的星辰更加明亮，璀璨如银河。

她不由自主地看着他的眼睛，像是被吸进了那道旋涡中，再也挣脱不出。过了很久，他才开口，呼出的热气拂过她的鼻尖：“为什么要以身犯险？”没料到他会突然问这样的事，卢玮希一愣。

他浅笑：“我们已是合法夫妻，以后进出萧家见我奶奶的机会有的是。为什么不和我商量就以身犯险，嗯？”

没领证算什么合法？卢玮希懒得理他，也不知道该怎样回答，索性抿抿唇，继续沉默不语。

萧珩始终凝视着她脸上的所有表情：“你原本就是想通过我查我奶奶的，今天正好有人暗算你，你怕我站在我奶奶这边，才将计就计以身犯险，是吗？”

卢玮希眼底闪过错愕，稍纵即逝，但还是没有逃过萧珩的眼睛。

“果然是这样。”他蓄在唇边的笑意扩大，忽然说道，“我从没和你说过吧，我并不是我奶奶的亲孙子。”

“什么？”卢玮希惊得张圆了嘴。

萧珩似乎心情很好，低下头轻啄了她的唇，又惹来她的脸红，他低低一笑，胸膛传来震动。

“我亲奶奶在我爸才一岁的时候就去世了，现在这个奶奶霍心是小三扶正，这件事在萧家是一个公开的秘密，只是碍于我爷爷的族长身份，没人有那个胆子敢提起来罢了。当年霍心生下我姑姑后怕我伯父们找她们母女麻烦，嫁进门没两年就把我那些伯父搞得不死即残，亏得我爸年纪小又被我爷爷送回国内读书才免遭毒手。我爸娶我妈妈的时候根本没跟萧家打招呼，有了我才带回的萧家，饶是千防万防，我妈还是遭了霍心的毒手。我查了八年，证据显示我妈是发现了霍心的秘密才被灭口的。”

卢玮希几乎不敢相信自己的耳朵，她奶奶给她的资料应该不会出错，只是为什么霍心会突然变成了萧珩的后奶奶、仲颖的后婆婆？难道，她爷爷也是察觉了霍心的秘密才被设计害死的？

“所以，就算你怀疑她与你爷爷出事有关，也不能轻举妄动，再有下次，一定要先让我知道，我来解决，明白吗？”他轻咬她的耳垂，“这次幸亏楚策做了手脚，不然，我可不喜欢其他人看到你动情时候的模样，这样的你只有我才能欣赏。”

知道楚策早就把一切调了包，卢玮希也松口气。的确，她不是那种很开放的女人，虽然与萧珩有了夫妻之实，却还是改不了保守的性子，不是怕霍心怀疑，她才不会以身犯险。

“你是怎么知道我故意的？”

“因为我们目的差不多啊。”

今天他本来就和宗九商量好了准备收网，只是没想到霍心全程把妹妹霍滮推出来，自己始终滴水不漏。其实还有个原因，也是因为萧珩想要的人是卢玮希。所以，即便辜负萧老爷子对他们父子的这份恩情，他也不想再错过，毕竟人生有几个十年啊。

“不过，你要有心理准备。这次我打破萧家和霍家多年来默认的联姻，霍心不会善罢甘休。她要是在我爷爷面前哭诉，就算我爷爷多么欣赏我想把位置传给我，恐怕都不会饶了我。还有你爸，要是知道他现在入狱是我为你出气，以后啊，我恐怕不会再有这么好的日子过了。万一无处可去，你得收留我在奇迅啊。”其实并没有这么夸张，但萧珩却想在卢玮希面前卖卖可怜。

听他说得这么严重，卢玮希脸上的表情十分复杂，双眸凝在他的脸上。手缓缓碰了碰萧珩的脸颊。他微笑着偏过了头，薄唇吻上她的指腹。

“萧珩，如果为了我而和以你爷爷为首的几大家族闹翻，甚至放弃你一直优渥的生活，你觉得值得吗？”

萧珩轻咬她的指尖，唇齿间再次说出“如人饮水，冷暖自知”那几个字。卢玮希微微垂下眸子，许久都没有说话。不是不信他，是怕她的命不好，也许会辜负他以为的值得。

萧珩似乎猜到了什么，唇角一勾，忽然一把将她压在身下。卢玮希惊叫了一声，随后用拳头捶了下他结实的胸膛：“你要吓死我？”

他眼底含笑：“难得遇到你个命硬的，我要与你携手并肩共白头，怎么会舍得吓死你？”说完，他便低下头来。

见萧珩就要吻下来，卢玮希觉得有些话还是说出来比较好，连忙用手堵住他的唇：“我有事要和你谈。”

他一副意外的样子：“非要这个时候谈？”

她眨着眼睛，点点头。萧珩看了她一会儿，见她一脸认真，只好轻叹一声：“好，你想谈什么？”

“下午我想去见聂风，把所有疑问一次性问个明白。”

提到聂风，萧珩眉宇间的褶痕加深：“不行。”

“为什么？”

“没有为什么，我说不行就是不行。”萧珩的语气突然很霸道。卢玮希望着他的眼睛，半晌，不知从哪里来的力气推开他，揪着被子下了床，有些负气地说：“那就算了。”

“你去哪儿？”看她似乎要向门口走去，他问。

“我手下一帮人等着吃饭，我得换衣服去公司上班。”

还没走出多远，她忽然被萧珩从身后拦腰抱起。重新被甩回那张大床上，萧珩紧跟着压住她。那双灿若星辰的眼睛，漾着几分无奈和提醒：“聂风能背着你与想要你命的霍箐合作，又把你的公司拖进抄袭高科芯片技术的旋涡，可见他对你根本就不是你以为的那样。再说他现在是你爸妈最信任的人，身居副董兼执行总裁，可谓是手握卢氏集团大权，已经不是你以为的聂风，你为什么不能等我处理，非得亲自和他谈？”

卢玮希知道他说得都对，可她有她的骄傲，也有她的考虑。

聂风约了她公司见面又爽约，她当时以为聂风是被什么事绊住，等她被林岚刺激后去叶家祖宅找东西，没想到聂风不但出现在叶家祖宅，还偷听她和叶敏之的谈话。

叶敏之当时的表情很符合双重人格的应激反应。可后来叶敏之和林岚在办公室的密谈被她和宗九听了个全部，她真是做梦都没想到，叶敏之不但没有精神分裂，连多年来装疯卖傻对她刻薄虐待都是伪装的！更没想到的是，叶敏之居然会让她替聂风坐牢！聂风现在正是风光，要坐牢也得有罪行，这个罪是什么罪，估计叶敏之说不出口，但她早已猜到。

记得十年前，叶敏之突然去芝加哥找到读大一的她，说沈临风给她介绍个叫聂风的通信专家。她立即给沈临风打了电话，要了聂风的联系方式就跑去高科。

当时从高科挖聂风那么容易，她一直以为是她坚持研发中国芯的热情感动了聂风。十年来聂风对她亦师亦父。她对聂风尊崇有加，连给聂风养老送终的想法都与日俱增，不然卢荃举报聂风抄袭时，她能答应萧珩所有条件跟着萧珩去维也纳吗？

说起维也纳，她庆幸自己去了维也纳。不然她至今都遇不到霍箐，也不会让卢老夫人查那几家人的材料，更不会查出霍箐就是她和萧珩出车祸的幕后指使人。不仅如此，明珠还查到她爷爷出事前与霍箐见过面。而霍箐，不但认识她最先怀疑的沈眉，还认识聂风，并且和聂风还是生意合作伙伴！尤其是亲眼看到聂风和霍箐霍雅在一起，她真是蒙了。

短短一个月，聂风在她心里的人设崩塌。由此，她不得不重新审视聂风以及她亲妈叶敏之。

或者说，从叶家祖宅看到聂风那一刻，她心里已经开始怀疑他们两个的关系，这是她不敢想的。怀疑最亲近的人太痛苦了，她想尽快去私下核实。

萧珩看了她半天，脸上渐有笑意，却是极淡："我知道你想干什么，算了，还有什么条件，一起提出来吧。"

卢玮希以为他是在怪她，这才抬头看他："你知道了最好。"一抬头就撞进他的眼睛里，柔软而温暖。

"聂风很复杂，我爷爷的案子更复杂，我有我的方法，见完聂风，你不许阻止我用自己的方法查聂风。"

"可以。"

"我们公司推出的第二款5G调制解调器X55即将开始为东欧供货，证监会却进驻我们集团调查虚假交易，我知道背后是你的手笔。我也承认我爸为了林榆雁做过不少假合同，但你只知其一不知其二。其二就是我早用第三方交易破坏了他的交易。坦白说，他坑的不是股民，而是我爷爷虚拟的第三方。我一直不揭穿他，是借此拿捏他，现在把实情告诉你了，请你立即收手。"

难怪傅斯年说卢卓那些虚假交易查来查去都很蹊跷，原来卢卓窃以为的忠实合作伙伴就是卢荣和卢玮希啊。这真是可怜天下父女心。

萧珩心里唏嘘，表面看似很认真地摸着下巴："可以。"

"我做事喜欢特立独行，不许你派人跟我，也不许你暗地里帮我。"

"这个不行。"萧珩忽然敛了神色，"我刚听袁妈妈说霍箐失踪了，她对你敌意很深，所以不管你去哪儿，必须要有人跟着。免得案子真相还没查清，她就对你下毒手了。"

失踪什么啊，还不是你的袁妈妈放掉的。卢玮希叹气：“那，不许你……”

“老婆，你真是得寸进尺。”他低下头，直接用吻截断她的话。

他的手直接灵活地钻进她的衣内，她没有抗拒，都要结婚了抗拒就显得矫情。他用吻厮磨着她的下巴、锁骨，从头到脚，每一处都不肯轻易放过，撩拨得她轻声呻吟，微微颤抖才算罢休。

卢玮希情不自禁地用双臂缠紧他的颈项，献上自己。清楚地感觉到他拉开自己的双腿，脑海中忽然浮现出他和袁妈妈的对话，微微一惊，伸出手阻止他下一步动作：“别……我怕有了……”

“我还怕没有呢。”他拨开她的手，扣在头顶，沉身进入，她不适地闷哼一声，脚趾也蜷缩起来。

也许是因为谈话之后两人心更贴近，她的身体格外敏感。

喘息与汗水交织，在静谧的空间里混合交融。

这一场激烈的情事不知道究竟进行了多久，卢玮希只是知道最后被萧珩抽干了身体里的最后一点力气。昏昏欲睡间，萧珩似乎还没有停歇。

中午时分，卢玮希还没醒，萧珩已经换过衣服洗漱完毕，神清气爽地在卧室与会客室交界处的沙发上看傅斯年传来的文件。只可惜还没看几分钟就看到顾金风风火火地跑了进来，张嘴刚想喊什么就被萧珩一个眼神制止，这才放轻脚步，蹑手蹑脚地凑到萧珩耳边轻声说了几个字。

萧珩抬眼看了下时间，又看了眼还在睡梦中的卢玮希，很快站起来关上卧室的门站在会客室窗前。都快十二点了，往日里霍心这个时间应该宴请各界名流吃商务餐，今天却出现在了他的房间，身后跟着昨晚被霍雅留宿在萧家的小人物胡俐，看上去格外好笑。

萧珩气定神闲地看着萧老夫人走近，背负三方重托的胡俐似乎已经找到平衡点，一路赔着笑："您请放心，沈少爷说他找第三方鉴定机构鉴定过了，高科的芯片是最牛、最好的，与我们奇迅的很多参数是不一样的。雅公主也说外形不一样呢。我们卢总创建奇迅的初衷就是自主研发，何况我们研发的第二款5G调制解调器X55要开始供货了，客户都说和高科A系列完全不一样呢……"

说实话，萧珩看到霍心出现在这里并不吃惊，他明白，该来的迟早要来。霍心带着胡俐过来是想着有个由头，可一路上她被胡俐絮絮叨叨的，脸色称不上好看，从萧珩身边走过要进卧室时却被萧珩伸手虚拦了一下："她不舒服还在休息，有什么事需要说的您就在这里和我说吧。"

"不是我有事，是小胡。"萧老夫人指了指胡俐，又指了指卧室方向，"她有急事要找里面的卢小姐。"

萧珩勾了勾唇，看也不看胡俐，直接对上萧老夫人："什么时候小胡能用得起您带路了？不过是您想找她，您找她不过是因为我说了不娶霍雅。别迂回了，有想法直接和我谈吧。"

胡俐吓了一跳，妈呀，这不是祖孙之间的正常对话啊。这时霍心不轻不重地瞥了她一眼，她立刻觉察出自己的任务已完成，再不走就成了多余，忙点头哈腰地开口："既然我们卢总还在休息，那您二位先聊着，我过会儿再来……"

萧珩一向不惧于和人对视，也最是擅长掩藏自己的情绪，可此刻他垂着眼睛不说话，是不想看霍心。

霍心也不见生气，上上下下地看了萧珩几眼："你这是刚从别的屋子过来呢，还是昨晚就和她住一个屋子？"

虽然想瞒一定能瞒得住，但萧珩并不打算瞒她："她不舒服，我们昨晚住在一个屋子里。"

这是给台阶不要还倒打一耙了，萧老夫人立刻不悦：“不是卢荣谁认识她啊。说穿了，她就是个小人物，就算再不舒服，也不需要你亲自陪在边上吧？”

萧珩反唇相讥：“既然她是小人物，那您作为名门贵妇大中午不与名流巨贾会餐，陪着她的秘书跑来这里干吗？”

想到屈尊降贵来的原因，萧老夫人的声音拔高了几度：“我来是因为谁谁知道！”

“不好意思，打扰一下。”说好去休息的袁妈妈不知何时出现在两人身后，穿着白大褂，提着医用检查箱，看到萧老夫人也不打招呼，只简单明了地说着自己出现的理由，“早上约好给卢小姐体检的时候到了。”说完不等两个人的反应就推开卧室的门。

袁妈妈认识萧老夫人，萧老夫人却不认识这个猛一看像极了儿媳妇妹妹的医生，只当是卢玮希不舒服萧珩叫来的医生，嘴上没说什么，可她心里还是骇出了一身冷汗，因为儿媳妇的妹妹仲媛早死好些年了啊。

萧珩背对着霍心，在她看不见的地方冲袁妈妈竖了下大拇指。袁妈妈虽然对他要求颇多又很凶，可这并不代表她没有帮他解围的技能。直到袁妈妈的身影消失在门里，霍心才开口，再开口时声音平缓很多：“你喜欢哪个我管不着，可是作为你爷爷的继位人之一，你要清楚娶谁才对你顺利继位有利。”

萧珩的态度强硬：“我不会娶霍雅，你也不用拿我爷爷来威胁我。”

霍心终于亮出自己的王牌：“我不会拿你爷爷威胁你。可是我听说卢玮希对她妈和她爷爷十分孝顺，万一她知道她爷爷出事的真相，她大概会去找沈临风帮忙。你和沈临风都是我的孙子，干的继的我无所谓啦。可你不同，如果真的到了你喜欢的女人哭着求你放过她，还是为了找另一个男人来对付萧家，那场面怕是不好看吧？”霍心知道萧珩不但在查他妈仲颖的死因，也在查卢玮希爷爷的事情，而萧珩也早已猜到霍心拿他爷爷威胁不成了，必定会拿卢荣出事真相为饵引卢玮希就范，心照不宣的两个人第一次把这件事摆到台面上。

卢荣怎么死的萧珩早就知道，他本想等举行了婚礼再告诉卢玮希，现在被反过来威胁，萧珩心里不屑，表面上脸色铁青。霍心以为得逞，缓了缓语气，走过去拍拍萧珩的肩膀：“以你的资本，别说一个卢玮希了，想要什么样的女人要不到啊。只要你娶了霍雅，我们霍家绝不干涉你找霍雅之外的女人，到时候我也不会让你爷爷再管你，可你身边的那个位置，必须留给霍雅。”

萧珩看她一眼，目光笃定，言简意赅：“我不是我爷爷，玮希也不是你。”

一句隐含小三上位的讽刺，让萧老夫人脸色变了又变，再抬头时，威严尽显：“萧珩，你要想清楚了，千万别逼我出手。”

袁妈妈进来时卢玮希已经醒了，虽说卧室的隔音效果不错，可仔细听还是隐隐约约地可以听到门外的对话。她猜，这大概是萧珩与萧老夫人斗法以来最憋屈的一次了，不是因为别的，竟是因为她。

那么萧老夫人说的她爷爷出事的真相，为什么会一爆出来她就要离开萧珩跑去找沈临风？难道……与她爷爷案子有关的人，不是沈屠和萧老夫人，而是萧珩？

袁妈妈并不想让卢玮希继续往下听，走过去转移她的注意力，打开手提药箱装模作样地问：“还困吗？”

卢玮希很快回答：“有一点儿。”

袁妈妈检查了一下后给出结论：“第三代香的效果果然是好，现在还是会有倦态，不吃东西也不会饿，再休息俩小时就会完全退了。”卢玮希自始至终都很配合，只是有些心神不宁。

袁妈妈看她的样子有些于心不忍，合上药箱，一语双关地开口：“你有什么想问我的吗？”

卢玮希盯着袁妈妈看了半晌，想试探地问问她和叶敏德的事情，又怕打草惊蛇，最终还是摇摇头。

袁妈妈低下头笑了一下，没头没脑地自言自语道：“不愧是仲颖看上的人，果真和她一样沉得住气。”

身后传来开门声，袁妈妈知道是萧珩进来了，便准备走人：“她没事了，你看着她再休息一会儿吧，我先走了。”

和萧珩擦肩而过时，袁妈妈只是微微点了下头，眼神里却暗含对卢玮希的欣赏。如今她是袁妈妈，萧家的事情她无法插手，唯一能做的就是协调好几方的矛盾，聂风、萧衍、萧珩、沈临风，这几方都是她最珍爱的人，谁受伤都会让她肝肠寸断。

霍雅和楚策过来时，卢玮希又睡着了。萧珩正拿热毛巾给她擦拭手脸，女佣想要帮忙，却被萧珩拒绝。

霍雅和楚策进门时，萧珩也只是转头看了他们一眼，什么都没说又继续手里的动作。楚策先自我检讨没照顾好自己的哥们儿卢玮希，又含蓄道歉表示自己虑事不周，说完推了霍雅一把，霍雅才鼓足勇气开口：“三哥，我来……是想解释那个口红摄像机的事……都说了娃娃亲嘛，正好那天听蒙奇说起一款好玩的摄像机，我好奇嘛，就买了。其实，我放在你屋里不是针对卢小姐，是……想给你开个玩笑……现在姑婆骂了我，姑姑也说我做错了，楚表哥也骂过我了，我也是真的知道自己做错了。三哥，请你原谅我，我以后再也不敢了。”

萧珩似乎不听他们的道歉，完全沉浸在自己的世界里，不想被任何人打扰。他没有照顾人的经验，一切也都只是凭着感觉来，温柔而郑重。给卢玮希擦手时，他看到她腕上光秃秃的，顿了一下，起身从床头柜里摸出一个绿油油的翡翠镯戴了上去。至此，仲颖给儿媳妇准备的翡翠三件套都到了卢玮希手里。

道歉已经让霍雅觉得难堪了，这会儿亲眼看着卢玮希腕上的翡翠镯子，更是觉得心里像刀割一样难受。那镯子的意义她早就知道，娃娃亲都说出去了，那镯子原本该是她的啊！怎么可以戴在卢玮希的腕上！还有萧珩，似乎他的眼里只容得下卢玮希！他怎么可以对卢玮希那么温柔！她从来没见过他那么温柔过！她似乎并不知道，一个男人即便再阴冷，也会有温柔的一面，就看那一面是对谁。

楚策逼着霍雅来一起道歉，是回去后他想了想，越想越觉得对不起卢玮希的信任，就想给卢玮希一个交代，现在看萧珩的反应，似乎弄巧成拙了。萧珩不接受道歉也不欢迎他们，把花放下后便示意霍雅离开。可霍雅似乎并不甘心就这么走了，一直盯着萧珩。萧珩却恍然未觉。最后霍雅被楚策硬拉着离开，萧珩的意思已经很明显了，再留下来只能是自取其辱。

霍雅憋了一肚子的话，刚出门就要和楚策吐槽，却被他打断："有什么话到了书房再说。"

刚进书房霍雅就迫不及待地开口："楚表哥！听林榆雁说卢玮希也是芝加哥大学毕业的，那卢玮希和三哥是不是大学就认识了？"

楚策之前也只是凭着微弱的感觉判断，可看过刚才的那一幕之后可以很确定地下结论，后来从宗九那里了解到，他们竟然是彼此的初恋，八年来守身如玉地等待彼此，他被震撼了。

霍雅看到楚策一脸深沉，顿时明白自己猜对了，立刻火冒三丈，不是针对萧珩，而是针对卢玮希。

"我都说了没给卢玮希下药成功，那卢玮希没病没灾地赖在三哥床上是什么意思？难道大学的时候没抢到三哥，现在三哥都要和我联姻了又跑来抢？她是看我好欺负吗？”

楚策心说：你是没下药成功，但是我用嗜睡香成功了啊。他知道萧霍两家联姻的水有多深，也猜到萧珩和卢玮希之间一定有他不知道的荡气回肠的故事，但他不想向霍雅解释，也解释不清，揉了揉太阳穴，有些不耐：“行了，她是我哥们儿，好不好都轮不到你说。”

霍雅不服气：“同是天涯沦落人，咱俩该同仇敌忾啊，楚表哥。何况她做都做出来了，我为什么不能说！”

楚策才不要和霍雅同仇敌忾，他对卢玮希只有爱没有恨，很理智地思考了几秒钟，再次开口：“你什么都看到了，就该知道我表哥心里没你。既然这样，你也没必要绷着娃娃亲硬嫁过去了。回头我会和我外婆说，萧霍两家联姻的事情到此为止吧。”

“我不同意！我不服气！我不甘心！”霍雅出身富贵的霍家，养在更富贵的萧家，又是被萧老夫人霍心当振兴霍家的希望养着，养成了说一不二的脾气。从小到大，但凡是霍雅要的就没有得不到的，她早就形成习惯了，即便不是自己的，抢也要抢到手。

楚策也不甘心，毕竟暗恋两年连表白都没来得及就被判了死刑，可卢玮希和萧珩的感情都到了同床共枕的程度，他除了祝福还能怎么样？

“你不死心又能怎么样？这种事情是可以勉强得来的吗？”

“都怪那个该死的贱女人！要不是她……”

楚策立即翻脸：“闭嘴！再敢骂她，小心我抽你！”

“抽我？”霍雅一脸愕然地看着楚策，“楚表哥，卢玮希都躺三哥床上了你为什么还要帮她说话！”

楚策冷哼一声，干脆不解释，摔门而去。

霍雅一脸愤怒地握紧了拳头，似乎在暗暗下定决心。

卢玮希睡足袁妈妈说的时效才算彻底清醒。醒来后她想立即离开去见聂风。萧珩嘴上同意，上了车却把她转移到他的私人别墅里，美其名曰怕有后遗症，得再休养一天后再议。

她打电话向明珠求救。明珠似乎说话不方便，含含糊糊安慰她听萧珩安排就好。她说担心公司里乱了套，结果宗九在明珠边上立马插话进来，说公司有他这个特助坐镇，让她放心留在萧三家里养膘吧，有事他们会到萧三家里看望她。走不了，她只好留了下来。

第一百一十七章　意难平

第二天一早，萧珩家里来了个不速之客。

霍雅身上是香奈儿定制版的春装，配上精致的妆容，整个人看起来十分惊艳，看得出来是为了来这里特意打扮过的。

而此刻的卢玮希正蜷缩坐在沙发上看明珠发来的资料，屋里暖气开得足，她穿着萧珩新买回来洗过的休闲家居服，清水洗脸后也没有化妆，长发随意地披散着。

霍雅吓了一跳，她看着卢玮希听到声音波澜不惊地捏着手机抬起头，没有化妆，洁净透亮的肌肤更显真实从容，似乎是刚起床，神情悠闲，大学生一样。

最初见卢玮希是在维也纳的酒店门前，那晚她穿着定制的礼服，化着精致的妆容，当时以为卢玮希不过是个想高攀萧珩的妖精，就没仔细看她的长相。后来知道了卢玮希的身份，每次见面都带着轻视，压根没往眼里放。今天一见仔细看了几眼，猛然发现她很像八年前那个救了萧衍的女学生。

卢玮希看着霍雅呆呆地盯着自己看，以为自己这副模样惊到她了，低头理了理衣服，还未想好怎么开口解释就听到萧珩的声音：“不是让你等我做好早餐再起床吗，怎么提前起来了？”

萧珩从楼上下来，目不斜视地从霍雅身边走过，弯着腰去看卢玮希手里的手机。因为找不到着力点，便一只手搭在她后面的沙发上：“我看看，是不是有人打电话把你惊醒了。”微微环着她，一系列动作下来自然又暧昧。

卢玮希不想让他看到是叶敏之打的电话，想要收起手机，却被萧珩抢先一步动作。他包着她握手机的手，不让她动。这下就更暧昧了，在霍雅看来，萧珩简直就是把卢玮希拥在了怀里。

卢玮希全身僵硬，即便现在她和萧珩的关系已经到了谈婚论嫁的地步，可也不能当着霍雅的面秀恩爱啊。她偷偷看他一眼，他正一脸认真地翻着手机，很快翻完，直接来了句：“原来是岳母打的电话啊。”其实萧珩所做的一切不过是为了逼霍雅放弃，既然霍心那里走不通，就只能让霍雅自己放弃这段可笑的娃娃亲。如果霍雅不放弃，那他就把与卢玮希的婚礼放在收网前。

霍雅似乎自带屏蔽系统，对“岳母”俩字毫无反应，只是看着萧珩和卢玮希的姿势实在是碍眼，急吼吼走过来，理由倒是找得冠冕堂皇：“卢小姐第一次来这边还没看过三哥的花园吧，我扶你起来去看看。”

卢玮希听了立刻挣扎着站起来，昨天刚吃了霍雅的亏，她怎么还敢让霍雅近身靠近，她怕霍雅趁机再下药啊。

萧珩也怕，扶她站起来穿上拖鞋，这才站直身体一副刚看到霍雅的模样：“你什么时候来的？”

半天了才这样问，真是眼里只有这个贱人。霍雅心里憋屈，面上也不敢发作："刚刚来的。"

萧珩点点头："谁带你来的？有事儿吗？"

"鄢挚来送东西，我就跟着来了。"出卖完鄢挚，霍雅勉强扯出一抹笑容，"姑婆中午在老宅宴请卢小姐的奶奶，我特意来叫卢小姐一起去吃饭。"

萧珩手里还捏着手机，转头问卢玮希："岳母刚才给你打电话就是说吃饭的事儿吗？"

卢玮希睁大眼睛看着他，岳母，岳母，他这是在帮她拉仇恨吗？叶敏之打电话来说的是聂风的事，又不是说吃饭。再说了，约吃饭的梗是前天了，当时霍心随口一提，她只当是客气话，根本没想到今天会真的约了。明珠发来的内容更加触目惊心，竟说叶敏德在非洲的骸骨经过DNA鉴定竟是卢荣的！舅舅的尸骨变成了爷爷的，细思极恐，她刚才就盘算着怎么说服萧珩让她去公司。想到这里，见萧珩还在盯着她等回话，就摇摇头，表示不是。

霍雅有些不知所措，看了看卢玮希，急着解释："姑婆说前天跟你说好了的呀。"

卢玮希心里激叹一口气，面上摆出莫名。萧珩插进话来："是吗？和玮希说好了吗，前天我也在场，怎么我完全不记得啊？"

霍心前天当着一大桌子人说的，霍雅不相信萧珩真的不记得了，他这样多半是和霍心就娃娃亲的事谈崩了，一定是故意的。她忍了又忍故作一脸大度："忘了也没关系，现在时间还早，姑婆说了一定要请卢小姐一起去，她这样没法出门，要换衣服化妆的话也来得及。"

卢玮希今天是铁了心要去公司见聂风："倒也不是化妆换衣服的事，就是……今天我要上班，没办法去陪你姑婆吃饭。"

霍雅大概是没遇到过敢忤逆萧老夫人的人，有些不敢相信地指着卢玮希：“你……你都这样了，怎么还敢……”

萧珩知道霍雅说的这样是什么意思，他的眼底带着不易觉察的厌烦，从一开始就没有正眼瞧过霍雅一眼。眼看着霍雅红着眼睛就要哭出来了，他眼底的厌烦愈加明显。

“卢玮希都已经是我的合法妻子了，她有什么不敢的？”

话说到这份儿上，霍雅实在没办法了，只能拿出手机：“那也不能无视姑婆啊，三哥，真的是姑婆让我来的，不信的话，我让我姑婆跟你说？”

卢玮希觉得霍雅看上去像个聪明人，可为什么总做出没脑子的事情，她这算是拿霍心……威胁萧珩？萧珩冷哼了一声，懒得接话，只拉着卢玮希去餐厅吃饭。

霍雅气得浑身发抖，哆嗦着拨号，足足三分钟才打通。

打通之后，霍雅只说了一句“卢玮希说要去上班没空去吃饭”，然后小跑到餐厅，把电话递给萧珩。

萧珩只顾着给卢玮希上早餐，一份份地摆好，又拿了餐具塞进卢玮希手里，看卢玮希开吃了，他才接过电话。

不知道萧老夫人在电话那头说了什么，萧珩看了卢玮希一眼，声音里带着一贯的漫不经心：“哦，我只是想看看她的应变能力，没想到她连您的入门级都没学会。您说，这样的半成品派出来，您就不怕外人说您打着娃娃亲的旗号推销您娘家的二傻子？还有，我已经和卢玮希领证，婚礼就这两天吧，管好霍雅别再招惹卢玮希，否则我就不给她体面了。”

霍雅已经被奚落得无地自容了。接过电话之后，霍心以为萧珩是拿领证吓唬她，从昨天到今天没见萧珩去民政局，怎么可能领证呢！但她觉得霍雅真的成事不足败事有余，语气也不好：“如果你连卢玮希都斗不过，那我真是白培养你了！”说完便挂了电话。

霍雅眼里含着泪跑了出去。卢玮希也以为领证的说辞是萧珩吓唬霍雅，就只顾想骸骨的事，没问萧珩。

屋内安静了半晌，顾金走进来问："三哥，那中午还去老宅那边吗？"

萧珩看了卢玮希一眼："不去。"

顾金又指指卢玮希："那三嫂……要去上班吗？"

"嗯，一会儿我开车送她。"萧珩嘴上说得轻松，心里却沉甸甸的。他知道萧老夫人不达目的是不会罢休的。卢玮希又不完全相信他，反被人牵着思路走，他现在只能尽量拖延时间，爷爷吩咐的事情要加快了，希望一切都来得及。只是……他转过头无奈地看了卢玮希一眼，这个女人怎么不知道吃醋呢？看到霍雅跑来纠缠他，她就没有感觉吗？沈临风突然打电话来示威，他气得都快炸了，却因为她被人下药了发作不得。现在，如果按照他收网的顺序，小九应该把骸骨的事通过明珠告诉了卢玮希。卢玮希这么能沉得住气，竟然半个字都不告诉他。看来，卢玮希又想单打独斗了。唉，不省心的女人，他得赶紧去找人手，做好护她周全的部署。

卢玮希终于被允许去上班。萧珩亲自开车送她到奇迅，难得没有啰唆就爽快离开。卢玮希来到公司，刚进门就见到朱轶群红光满面，一副有喜事的模样。

她的秘书胡丽晶还没来，耐不住好奇，她就奇怪地问助理秘书："朱轶群是不是找到女朋友了？"

朱轶群是个黄金单身汉的事谁都知道，不是没有女人喜欢，毕竟他长得帅又有能力，还被董事长卢卓看重，只是他一进奇迅就暗恋明珠，偏偏明珠对他没兴趣，所以到了二十八岁还是单身公害。

助理秘书摇头说"不是"，说完见卢玮希的表情似乎对那事真的不知，连忙认真解释："是比找到女朋友还让朱工程师高兴的事，聂总刚才打电话过来说高科不起诉咱们了，还说高科要和咱们合作呢。”

“合作？”卢玮希有些惊讶，前不久她亲自去高科拜访，虽说在宗九斡旋下高科撤诉了，但高科几个主要负责人一直对她避而不见。前几天有风声说还要再起诉，怎么短短两三天工夫就来了个大逆转？

“我听说啊，好像是高科大股东宗楚客改变主意了。他和荣风总裁沈临风是忘年交，这次咱们弃荣风选仲兴合作，高科才会想起诉咱们替荣风出头，当初说要起诉咱们也是他第一个提出来的。不过他这人有个最大的弱点，就是疼孙子，他孙子叫宗九，在国外人称九哥。烈顿家族的三少爷萧衍你认识吗，原来萧衍救过宗楚客孙子的命，好像就是萧衍从中牵线，才让宗楚客改变主意不起诉咱们，还要合作呢。”助理秘书又喃喃自语道，“不过萧衍为什么要帮咱们我也不太清楚，可能是他听说咱们拿了5G手机牌照也想和咱们合作吧。”卢玮希听后不言不语，心里却已经有了底。

原来真的萧衍之所以叫宗九招摇撞骗，是因为他要扮演高科大股东宗楚客的孙子宗九。可是，袁妈妈既然不愿意萧衍陷入豪门，又怎么会允许萧衍去扮演另一个豪门少爷宗九？萧衍、萧珩、宗九，这三个看似无关的人私下里如此秘密关联，肯定有她不知道的秘密在里面。萧珩能为了她动用宗九这颗棋，或许，他们的秘密与她有关。在公司等到九点，没等到聂风的人，只等到了聂风一个请假一天的短信。

她知道聂风不想轻易见她，但骸骨的事太匪夷所思，就发了个骸骨的图片过去。聂风很快回复，说明天卢家面谈。

卢家面谈，看来聂风是要当众承认他是叶敏德的人，设局害卢荣是为叶敏德报仇了。可是，害叶敏德的是卢卓和林岚，要报仇不该找他们俩吗？干吗找卢荣？

想到林岚，她给医院那边打了电话。电话是叶敏之接的，说林岚一切安好，已经出院回卢家。卢玮希明白，难怪聂风约她卢家见面，看来是和叶敏之商量好的了。

五点钟，下了班她本想回卢家，结果一出门就看到顾金等在那里，说是卢家今晚会有闹剧，奉萧珩之命接她下班回萧珩的私人别墅。她知道顾金说的闹剧是什么，听下班前才从萧家老宅回来的胡丽晶说，卢老夫人和萧珩、霍心从中午聚到傍晚，看到叶敏之接林岚回家，聂风在推波助澜，不聚出点幺蛾子，她都要奇怪了。

回到别墅，萧珩正坐在客厅里看文件，听到顾金说卢玮希回来的声音，只是慵懒地掀了掀眼皮，随即又垂下去，将注意力放回他的文件上。

卢玮希发现，才一天的工夫，别墅里的摆设似乎大变样，准确地说，是多了很多她熟悉或者用习惯的东西，能让她那些东西出现在这里的，除了别墅的主人萧珩，没有别人。没有大惊小怪，一如往常自己家里那样，先换了鞋子，去厨房里端了一杯橙汁来到他身边坐下。萧珩伸出手臂，她靠在他的肩上。

这一系列动作他们两人都做得十分自然，好似经年养成的习惯一样。过了一会儿，卢玮希才出声说：“谢谢你。”

萧珩翻了一页文件，漫不经心地问：“谢我什么？”

“宗楚客的态度以及高科即将与奇迅的合作，谢谢你帮我。”

萧珩终于将视线转到她的脸上，凝视半晌，斜斜地挑眉：“只要你不认为我想替人收购你们卢氏就行。”

现在知道他的所作所为都是为了她，卢玮希面色一红，微微发窘。

萧珩难得看到卢玮希会有知道错怪他的时候，顿时心情不错地就着卢玮希的手喝了一口橙汁。

这时候蒙奇不知道从哪里钻了出来，见卢玮希和萧珩靠在一起共饮一杯橙汁，大惊小怪地指着他们："咦，咦……"

顾金打开他的手，一脸嫌弃："蒙奇，这里是江南，你要是想你老姨了就回烈顿去，不想的话赶紧到厨房，帮老鄢洗菜去。"说完看向萧珩："三哥，事情我办好了。老鄢叫了个状元楼的大厨来烧菜，估计一个半小时就能齐活。"

状元楼是百年来享誉江南的老店，能叫他们的大厨过来烧菜，招待的肯定不是一般人。卢玮希挑眉看向萧珩："待会儿有人要来吃饭吗？"

萧珩笑笑："想知道？"说完冲她勾勾手指，"耳朵贴上来。"卢玮希知道他在卖关子，反正一会儿就能看到是谁，故意不让他得逞，摇摇头，表示不想了。

萧珩摇摇头，继续看文件。

七点整，大厨刚刚做好一桌江南特色饭菜，门铃恰好响了起来。顾金前去开门，萧珩带着卢玮希起身迎接。

来人是一位六十七八岁模样的老者，满头银发，虽然穿休闲服，但身板笔挺，都不见丝毫佝偻之态。他的视线先是在萧珩身上落下，然后就移到卢玮希的身上，眼神锐利，毫不掩饰打量之意。站在他背后的是一个翻版九哥，但卢玮希知道那不是九哥，因为那男子的目光很温和，完全不像九哥看她时候的痞气。

那男子从一进门就开始打量，最后，目光落在卢玮希的脸上。两人的视线对了个正着，卢玮希扯出一个友好的微笑，也不知是她长得太吓人，还是她的笑容太热情，那男子脸一红，迅速掉转视线。

"宗董，欢迎您带着小宗来寒舍吃饭。"这边，萧珩伸出手，俊朗的脸上露出有礼又不倨傲的笑容。

之前卢玮希见到翻版九哥本就有所怀疑，如今听到萧珩这声“宗董和小宗”，顿时明白这祖孙俩的身份。原来这个宗董，就是通过沈屠给卢荣出资操纵德兴股票的宗楚客，即是德兴的大股东，也是高科集团的大股东。而宗楚客身边那位男子，就是宗九了。

宗楚客没有笑，颇显严肃，但还是伸出手和萧珩交握：“三少爷太客气了，能被你邀请到家里吃饭，是我们祖孙的荣幸。”

萧珩没再说什么客套的话，只是笑着带他们进入餐厅。

他这人，恭敬谦卑也是有限的。即便是拜托别人办事，他也从不会低三下四地露出一副讨好模样。可即便这样，却从没有人抱怨过，好像他就该如此。人人都会在他与生俱来的强大气场下折服，当然了，卢玮希除外。

晚餐开始后气氛很愉快，萧珩和宗楚客的交谈大多也是关于欧洲政坛以及美国军方这一方面的。卢玮希不知道萧珩为什么会和宗楚客谈这些。听了一会儿，基本上是听得云山雾罩的，看他们一直不谈高科和奇迅或者5G的事，她也就不再绷紧神经地去细听。

宗楚客的孙子大名叫宗源，排行第九，才叫宗九，寓意为九九归一，现年二十六岁，但是有自闭症，不信任别人，吃东西也不是很有胃口，有时候顾金上菜会从他身旁经过，他会惊慌失措。

卢玮希表面一直在安安静静地用餐，暗地里一直在观察，察觉到宗九一直在偷偷地看她。她趁夹菜的空隙抬起头给宗九一个微笑，一开始宗九还会脸红，但几次下来，宗九渐渐不再脸红，而是正大光明地看着她。

因为萧珩和宗楚客一直在交谈，用餐进度并不快，而一直默默吃饭的卢玮希和宗九早就吃饱了。卢玮希见宗九看看她又看看窗外，继而掏出手机又放回去，如此来来回回几次，她似乎猜到了他的用意。

“萧珩，”卢玮希出声，打断萧珩和宗楚客的交谈，“你和宗董应该还有事情要谈。我看小宗先生也吃完了，正好外面下雪了，不如我带他去欣赏一下后面的梅园雪景。”

宗楚客明显一怔，随即看向宗九：“小九想去看雪吗？”

宗九看向卢玮希，打量她片刻，似乎不怕她，却没有立刻回话。宗楚客以为孙子的自闭症又犯了，叹了口气，略带歉意地对卢玮希说：“不好意思啊卢小姐，我这个孙子有自闭症，这两年通过萧总介绍的医生用特殊疗法治疗，本来已经好了，在高科都能独当一面，很能说会道的，就是没接触过女孩子，一见女孩子还不敢说话，可能他……”

“我想和她一起去看雪。”忽然，喑哑的声音插了进来。

宗楚客这次愣的时间比刚刚还多了两三秒，这才反应过来出声的是自己的孙子。这可是孙子第一次说愿意和女孩子一起玩，多亏萧珩，老宗家不担心绝后了啊。眼眶一热，他惊喜得差点儿老泪纵横：“阿九，你终于不怕女孩子了？”

宗九皱着眉头不耐烦地看着宗楚客，突然变脸：“你敢再多说一句我就不去了。”

宗楚客闻言，不知道为什么反而露出松口气的表情，转而看向萧珩：“三少爷，我家小九想看雪，能拜托卢小姐带路吗？”

萧珩笑了笑，刚想婉拒，卢玮希却突然站起来：“当然可以。”说完不待萧珩表态，她就带着宗九走了出去。

外面真的在下雪。雪花落进她的脖子里，冰得她激灵灵一抖，才想起这里是萧珩的地盘，她并不熟悉。算上今天，她统共来过三次，第一次是追萧珩到了门口被拒之门外，给傅斯年打了电话就离开了；第二次是被萧珩拐带进来养身体，压根没出过大门口；第三次，也就是今天。今天一进来就是在室内，压根不知道这里有没有梅园，刚才她那么说，不过是看宗九想借她做幌子出来，而她也想从宗九嘴里得到些有用的信息，才将计就计。

“看准了吗？看准了就带路呗！”宗九在她身后突然开口。

卢玮希叹了口气，只能硬着头皮往别墅后面带。一路上没看到梅花，只有一些茶花，似乎种的时间不长，但也长出了一些花苞。卢玮希煞有介事地为宗九一一介绍，准不准确她不管，反正她认为宗九的目的也不是看花。宗九虽然偶尔会点点头表示附和，但是一双眼睛却越来越明亮。走到别墅后面的花园里，宗九看左右无人跟随，便停下脚步，转头盯着她看了半晌，脸上带着羞涩的笑：“你最近见过客新妆吗？”

卢玮希看到他的笑容被晃得一愣，半天才愣愣地回答：“见过，在会所。”

“漂亮吧？嘿嘿，她是我女朋友。”

卢玮希像看外星人一样地看着宗九。宗九笑了笑，似乎讲故事一样地娓娓道来——

宗九有自闭症，萧珩为了拢住宗九爷爷宗楚客，派萧衍去和宗九同吃同睡同玩，包括工作生活、待人接物，通过这种特殊治疗，宗九的自闭症奇迹般好了。他爱上了的第一个女人，是萧衍的下属客新妆。客新妆以为爱的是萧衍扮演的宗九，其实是真的宗九。之前沈临风说的高科的高管宗九，有时候是萧衍，有时候是宗九本尊。

卢玮希被惊得无言以对。

送走宗楚客祖孙俩，卢玮希把宗九送她那枚记录霍心通过宗楚客出资给沈屠、沈屠再出资给卢荣操纵德兴股票的优盘藏好，就赶紧回昨晚所住的房间里洗热水澡。

洗完后从浴室里出来，就见到坐在她床上的萧珩。卢玮希只看了他一眼，走到化妆镜前吹头发，不知什么时候他来到她的身后，拿过她手里的吹风机，卢玮希顺从地松了手，任他为她吹干了长发，然后一只大掌在她头上按摩。

“怎么会流鼻血呢？”

不知道他竟然还有这样的手艺，卢玮希舒服地闭着眼睛懒懒地“嗯”了一声，蒙蒙眬眬的，眼皮越来越沉，忽然听到他问：“是不是内火没发泄，憋的啊？”

卢玮希没有睁开眼睛，依旧懒洋洋地答：“我是被吓的。”霍心、宗楚客、沈屠，这三个人就算想拿钱骗卢荣去操纵德兴的股票，没有信任基础，卢荣也不能要！但是，这三个人都认识聂风，如果聂风做了中间人，那卢荣就毫不设防了。

“我也被吓住了。”顿了顿，萧珩理顺她长发，俯下身，将下巴枕在她的肩头，呼出的热气拂过她的耳垂，“霍心拿你爷爷的死因威胁我，虽然直接死因和我无关，但那些钱都是萧家的，作为萧家的下任家主，我怕你怪罪我不嫁我啊。”

“然后呢？”

“然后我就先斩后奏了。”

卢玮希缓缓睁开眼睛，看向前方的镜子。

萧珩也抬起眼，隔着镜子与她对视。

卢玮希疑惑地问：“你做了什么？”

萧珩低头亲了亲她的额头，薄唇轻启：“你上次带我去你的公寓，我顺手牵羊。”

卢玮希好像忽然想起了什么，猛然僵住：“你偷了我什么？”

萧珩认真地想了想：“好像是户口本。”

难怪这家伙口口声声说他俩是合法夫妻，原来他那天就打了歪主意。找人运作在她不在场的情况下领了结婚证！结婚了，她一个被卢家人嫌弃的扫把星竟然有人要了，而且这人，还是排名前十的钻石王老五！惊不惊喜？意不意外？

卢玮希故意冷哼了一声，推开他："小偷。"说完，起身要走。

萧珩一把揽住她的腰，让她面对自己："婚礼我会随后补上，明天我要帮你大忙，但是你今晚能不能先补我一个洞房？"

"你帮我什么大忙？"

萧珩没有直接回答，只是神秘一笑："明天你就会知道。"

第一百一十八章　曲终人散

“小希，小希。”蒙蒙眬眬不知今夕是何夕，有声音缥缥缈缈地叫，“醒一醒。”

卢玮希迷蒙地睁开眼，看到一个人站在床前，惊愕地揉了揉眼睛，她在刹那飙泪，一把抓住眼前人。

“爷爷，原来你没有死！我好想你！”

“傻孩子，我怎么会死呢。”卢荣慈爱地笑了。

她死死抓住卢荣，一叠声道歉：“对不起，对不起，爷爷你原谅我，我不该逞强研发芯片，不该烧光公司的钱，不该连累你被人害这么惨！”

“从来都不是你连累我，是冤冤相报。”卢荣叹口气，心疼地摸摸她的头，“小希坚强些，你是爷爷的骄傲，爷爷从不后悔为你付出一切。”

冤冤相报？爷爷早就知道被设局是叶敏德在复仇？卢玮希有

些糊涂又有些心惊："是舅舅吗？爷爷您快说，聂风是不是舅舅派的……"

卢荣没有回答，只捻了一片叶子，就幽幽叹息着转身。

"叶子是什么意思，爷爷，别走，别走……"

"醒醒……我知道是什么意思，玮希，有电话来，你先醒醒！"

身子被人抱在怀里，卢玮希想醒醒不过来，梦魇一般，耳畔有人在低吟浅唱：

幸得此生　偶遇一人

相守一瞬　春日不至

我唱罢了你亦转身

四顾无声　空无一人　孑然一身……

"岳母？我叫不醒她，她好像梦魇了。"

混沌中她努力把沉重眼皮撑开一线，茫然地问："岳母？你叫谁岳母？"

萧珩把手机递给她，低音慵懒："我岳母找你。"

萧珩的岳母，哦，她合上眼，努力晃了晃脑袋后再睁开，阳光从窗台打进来，斜洒在半边床沿，一切在记忆中慢慢归位——

"你接了我妈打给我的电话？！"天啊，好想大声尖叫！完了，完了，被捉奸在床了，死定了。

听到叶敏之在电话另一边咳嗽，她怯生生地叫了声："妈？"

"乖女儿！"叶敏之亲昵的声音前所未闻，她吓得把电话拿远一点儿，结果被萧珩顺手取去。

"岳母，玮希昨晚太累了还没醒过神，您有事吗？"他问，在生米煮成熟饭之后他天经地义地可以擅作主张。

卢玮希这才后知后觉，她与萧珩是身无寸缕且毫无遮掩地偎坐在一起。当这个意识蹿进脑袋，她几乎是连滚带爬地翻下床，捡起凌乱一地的衣服飞快穿上，奔出去冲到浴室捧起冷水连连泼脸。终于完全清醒。

洗漱后萧珩走了进来，她还没来得及转身已被他从背后一把抱入怀内，他们看向镜中对方的眼睛，不约而同地笑了。

他轻吻她唇边。她用嘴形无声地说出两个字。

“什么？”他问。

她轻声道：“老公。”

萧珩埋首在她发间，满含笑意。她倚在他怀里，抬手缓缓碰了碰他的脸颊，薄唇吻上她的指腹。

“我妈找我是什么事？”她侧身帮他调淋浴的水温。

他松开她，走进莲蓬底下：“她让你回去参加家族会议。”

一小时后，萧珩的车子停在卢家门口，约好了再见面的时间，卢玮希下了车。

家族会议正火热进行，因为婚礼需要，萧珩暗中用了关系，卢卓洗脱了证监会涉嫌违规的怀疑。这次会议就由卢卓主持，卢玮希破天荒地见到不是卢家人的聂风。几周没见了，聂风同之前比起来显得消瘦许多，但比以前强势很多。

见到卢玮希，聂风的目光复杂，终于开口，说高科的事情已经解决，这次合作是给她的补偿。关于她心里的疑问，他说会和卢卓先谈，谈完就会公布一件大事，再回答她所有疑问。

聂风这个决策让在座的所有卢家族人都觉得吃惊，卢老夫人更是觉得异常。

可是即便卢老夫人觉得异常也没办法，毕竟这是高科唯一的要求，她这段时间一直走霉运，继丈夫卢荣自杀尸骨无存，两个孙女先后忤逆与她摆开擂台，更头疼的是有人暗中举报她儿子卢卓搞虚假交易合同。卢卓被证监会调查那么久，不光累及卢氏资金链出问题，连业务都全线停滞。现在终于靠霍心和聂风帮忙才摆脱了调查，可卢氏在同等公司里已成为弱势，要想尽快恢复元气，只能与萧家的高科合作，唉，再异常，她也只得同意。

而今天的会议，除了这件事，卢卓还宣布，从现在开始，卢玮希不但仍是奇迅的总裁，还被正式任命为集团董事兼执行总裁，毕竟要和高科大股东宗楚客打交道，她的职位一定不能被林岚或者林榆雁取代。不但不能取代，还得再加两个实权的头衔。原来，这就是萧珩前一晚保密的事。几方博弈，她因萧珩而完胜。

会议持续了一个小时才结束，卢玮希又被卢老夫人虚情假意关怀了一番才得以脱身去找叶敏之。叶敏之正在和人打电话，声音压得很低，依稀听到她说："明明说好了十年，十年之后又十年，十年之后又十年，都快三十年了啊，有些事情终究是要了结的。"说到这里，她突然看到卢玮希不敲门就走进她的卧室，惊得立即挂了电话。

经过办公室那件事之后，母女俩再见面各怀心思都有些不习惯。冥冥中，似乎有点儿一报还一报的味道。叶敏之刚在早上打了个不是查岗却无意中查到卢玮希留宿萧珩家的电话，卢玮希就在上午突然走进叶敏之卧室偷听到她讲见不得光的电话。尴尬气氛下，母女俩都没想好以什么表情看对方。

叶敏之坐在床上低着头删通话记录，卢玮希脱了外套挂了起来才低眉垂眼地开口，一开口就是废话："妈您才醒？"

叶敏之讪讪回了句："早醒了。"

作为曾经的精神病患者，她的卧室在别墅顶层，设施齐全而且安静，不知道卢玮希在低头给谁发信息，发了半天才收起手机，接着问："林岚没有聋哑中风，妈您昨晚睡得好吗？"

删光了通话记录，叶敏之扔下手机，摇摇头："她就算没有聋哑中风，可在医院里真的查出了癌，宫颈癌，只剩几个月的日子，随她去吧。我昨晚心里患得患失得很，想找你说说心里话又怕打扰你睡觉，憋得整夜失眠。”

原来她妈不装疯卖傻了也会想和她说心里话啊。卢玮希眼眶一热，声音里都带着哽咽：“以后想找我说话就随时给我打电话，不要憋着。对了，您吃早餐了吗？”

叶敏之似乎受不了这样客套的对话方式，语重心长地说：“玮希，你长大了，想问什么就直接问吧，我终究是你妈，又不是喜欢害人的魔鬼。”

卢玮希以为叶敏之是在怪她，这才抬起头看向她：“我真不是故意的，刚才有敲门。”

一抬头就看到叶敏之的眼睛里不是责备，而是鼓励。

她心里一暖，顿时鼓起勇气问：“妈，您是怎么认识聂风的？对了，那天在祖宅我一开门竟然看到他，吓了我一跳，他是不是我舅舅的人？”

舅舅的人？叶敏之忽然敛了神色，全身紧绷，有些提防地看着她。

卢玮希脸上渐有撒娇笑意，却是不太明显：“舅舅那么出色，有个愿意替他报仇的人很正常，我理解的，妈您不要那么紧张。”

十多年来畏她如虎的女儿突然想对她撒娇，让叶敏之很不适应，表情复杂地看着她：“如果你舅舅还活着，你愿不愿意把奇迅还给他？”

卢玮希不躲不闪，任由叶敏之打量她：“奇迅本就是舅舅的，舅舅若活着，我求之不得。”说完这些心里话，她紧张得后背湿漉漉的。

叶敏之一直低下头攥着被角不接话，卢玮希一时也不知道说什么，卧室里忽然安静了下来。

杳杳飞花，散落天涯，让那些白骨，别忘了回家……静谧室内突然响起《伶仃谣》，直听得叶敏之面色丕变。

卢玮希一怔之后，发现歌声是从叶敏之的手机里传来，这来电音乐有些特殊。她突然走近，一边抬手去摸叶敏之的额头一边问：“妈，你脸这么红，是不是发烧了？”

叶敏之胡乱地挂断电话，又把手机塞进枕头下，也不好意思说自己脸红是急火攻心，只得胡乱地去抓枕头想挡一挡心虚和尴尬。这样一来，她枕头下先前压着的东西就露出来了。

卢玮希不敢逼得太紧，眼角余光扫到一封泛黄的信封。为了消除尴尬，便伸手拿了起来转移话题，边打开信封边问：“这是什么啊？”

叶敏之只来得及“哎”了一声，卢玮希就已经打开来看了，她立刻用枕头捂着脸再次低下头去，不敢看卢玮希的表情。

第一百一十九章　峰回路转

信封里是一张两大一小的合影，或者叫全家福更合适。两大，是一对年约二十一二的男女；一小，是一个襁褓中的男婴。男的英俊帅气，女的青春靓丽，男婴憨态可掬。看上去是很幸福的三口之家。

照片中的男人，卢玮希确定不认识，但是那个女人，浓眉大眼、高鼻梁、性感的双唇，骨相很好，五官端正英气。盯着照片上那粗浓眉毛下的一双大眼睛，微微上翘的眼尾，右眼眼尾有一颗淡淡的桃花痣——萧珩的姨母、萧衍的母亲仲媛的音容笑貌浮在她眼前。

看到信封里掉出的照片，叶敏之自己也是目瞪口呆了半天。

卢玮希捏着那张纸晃了晃："妈，这不是沈家的全家福吗，上次沈临风还说他到处在找呢，怎么被您捡到的？我待会儿拿去还给他。"正好林榆雁推门进来，听到这句话里有沈临风的名字，因为最近惹火了沈临风又得罪了叶敏之，她妈林岚又真的得癌症，为了以后，想借机套近乎，便一脸殷勤地凑过去扯那张全家福："叶妈妈，要把这照片还给沈大哥是吗？正好一会儿要去沈家接沈伯伯，我帮您还吧。”

卢玮希眉毛一挑，用力把那张照片扯回来：“有你什么事，我想我妈最需要的是你走开！”说完认认真真地把照片放进钱包里。

当着叶敏之的面，林榆雁不敢再放肆，只得摆出一脸无辜加委屈的样子，心里暗骂：明明要还的东西，干吗又舍不得的样子藏进钱包里？还有叶敏之，她不是精神分裂加双重人格吗？怎么觉得叶敏之这会儿比她还像正常人呢？

卢玮希把这张神秘照片说成沈临风家的全家福，既是想给叶敏之个台阶，也给了她自己带走照片的借口。叶敏之想要回照片，又怕暴露秘密，心里焦急，表情就有些绷不住，怕被林榆雁瞧出什么，干脆东瞧瞧西看看，装作自己在忙着叠被子很忙，既不和卢玮希对视，也不和林榆雁说话。

林榆雁更加确定叶敏之不对劲，赖着不走，指着桌上的水杯佯装淡定地问：“叶妈妈，您脸色这么红，是想喝水吗？我给您倒。”

叶敏之不得不抬头看她一眼，摇摇头：“医生说我前段吃药过量让我暂停几天，不用倒水。”

林榆雁讪讪地收回手：“哦，对，您看起来很正常，不用吃药，是药三分毒呢。”

叶敏之没再理林榆雁，转头看卢玮希，见卢玮希的目光一直盯着她床头摆放的叶家全家福，心里“咯噔”下：“玮希，时间也不早了，家庭会议开好了的话，你先去外面等着，一会儿还有大事要宣布。”

卢玮希不想走，聂风在散场时特意跟她说了句“不明白的去问你妈”，可她问了“聂风是不是叶敏德的人”，叶敏之却没接茬，那她后面那句“舅舅是不是活着”就没法问了。可这个问题，她又不得不问清楚。

眉头一皱，她突然找到一个理由：“妈，我还没吃早饭呢，林妹妹既然想帮您，您就让她帮我去煮点儿吃的吧。”

叶敏之笑了笑：“雁儿，我记得你从小就擅长煮木瓜雪蛤吧？”

林榆雁的冷汗瞬间冒出。木瓜雪蛤这道甜品引发的血案，虽然过去了十五年，但她一天都没忘记。不是她不想忘，实在是卢家厨房里每天都在煮木瓜雪蛤。

就算她再轻视叶敏之也察觉她今天不对劲，正好借着这句话，瞬间就跑得无影无踪。

几分钟后，卧室里飘着木瓜雪蛤的香气，叶敏之无奈地看着坐在沙发上吃得正香的卢玮希。这孩子，在一个被木瓜雪蛤害得家破人亡的苦主面前吃得津津有味，是等不及想揭秘吗?

知女莫若母，叶敏之知道女儿想揭什么秘，可有些事不是她想瞒着，而是外面的事还没了，她不能说。

为了转移注意力，叶敏之打开电视，调到某个新闻节目时，萧衍忽然出现在屏幕上，好像是会所代言人的活动，摄像机下的萧衍丰神俊朗，眉眼精致。突然看到萧衍，她本能地停在那里，没有继续换频道。

不过停顿了几秒钟的时间，耳边就传来卢玮希大惊小怪的声音，且带着气：“哎哟，妈，那男人是谁啊，猛一看似乎和刚才照片上的那个女人很像嘛，尤其是脸盘。”

叶敏之瞄了她一眼，她不相信女儿是真的不认识萧衍，只能很寻常地答了句：“我也不认识。”然后很快跳到了下一个频道。

见叶敏之不说，卢玮希也不敢逼太紧，让保姆过来收拾东西，给萧珩发了个短信说卢家有大事要发生，让他赶紧过来。发完短信收起手机，卢玮希不过去卫生间里洗了下手和脸，出来的时候电视在播放美剧《复仇》，可叶敏之却趴在床上没了动静。

她心里一紧，走过去才看到叶敏之咬着枕头角儿，用力过度，导致额角的青筋都冒了出来，衬得整张脸狰狞得可怕，不时喃喃自语叫着："卢卓，哥哥，卢卓，哥哥……"

卢玮希以为叶敏之这样是对卢卓又爱又恨又想找卢卓过来谈谈叶敏德的事，立刻把擦手的毛巾扔到一边："妈您是不是想舅舅了？别急，我去叫我爸过来。"

急慌慌跑去找卢卓，客厅没人，卧室没人，书房没人，这场景很像十五年前叶敏之出事那天。幸好走廊里遇到萧珩，原来萧珩一直就在门外的车里。看到卢玮希急得满脸大汗，他没说什么，只是叹口气，揽着她出门上车，说是去一个地方能找到卢卓。车子开了足足半小时，才在一个大气恢宏的花园别墅门前停下。

有个陌生的黑衣保镖迎上来："你们这是？"

"就说萧少爷带夫人来访问，让你家的沈总出门迎接。"

十足的挑衅。保镖眯起了眼睛，但可能是知晓萧珩和卢玮希的身份，又看了卢玮希一眼，转身走进别墅汇报去了。

"今天之后一切恩怨都会结束！美好即将开始！"萧珩温热的手掌包裹住卢玮希发抖的手，"别怕，有我在。"

很快，大门开启，刚进去的保镖带话出来："我们沈总有请。"萧珩牵着卢玮希走进这个叫废园的花园式别墅，萧衍和顾金则跟在一侧。

刚进门，看到沙发上熟悉的身影，卢玮希脚下有片刻的迟疑。沈临风？他怎么会在这里？沈临风站起身，目光未看向卢玮希，而是对萧珩微笑，眸光微闪，越发地诡异："没想到会在这里见到萧三少爷，怎么，有事？”

萧珩也面不改色：“沈先生和聂先生呢？不在吗？怎么是沈少爷来迎接我们呢？他们二位还不知道他们联手设下害我夫人的局，如今已经被我戳破了？”

沈临风双手插着裤袋，眼底虽然挂着疲惫的青色，但仍是那副无人可以睥睨的气度：“你夫人于我来说，就是我的命，我的命还用不着外人操心。”

沈临风的声音冷切阴森。卢玮希轻微颤了颤，萧珩立即脱下大衣披在她身上：“我夫人的命我会负责，沈少爷还是把沈先生找出来吧。我岳母发病了，我派去卢家的人亲眼看到我岳父被沈先生带来了这里，藏人没意思，有什么恩怨还是开诚布公谈谈的好。”

第一百二十章　抽丝剥茧

萧珩话音刚落，从楼梯上就走下来一个人。穿戴奢华的沈屠哈哈一笑，雌雄莫辨的双眼扫向客厅的所有人。

“大侄女来我这里找卢卓？”沈屠的目光落在卢玮希身上。

旁边站着的萧衍哧哧笑着插话：“不找卢卓难道是找你吗？你个糟老头子真可笑。”

沈屠却看向萧衍，过了片刻才幽幽问道：“你是仲媛的儿子？”

卢玮希没想到沈屠竟然会问起仲媛。不过想到她从叶敏之房里拿走的全家福，她顿时猜到那上面的男人应该是沈屠认识的人，熟人问候，也不足为奇。

萧衍爽快回答：“是啊，怎么，你认识她？”

始终沉默的沈临风这时抬起头，深沉的目光停留在萧衍身上，让萧衍心里发毛。

沈屠看了眼沈临风，笑笑，笑声寂寞又桀骜。笑完说卢卓被他关了起来，卢荣也是他设局逼自杀的，原因他不想说，卢卓他也不放，除非见到仲媛。

害人都承认了却不说理由，不放卢卓，还提出要见仲媛，听到的人大吃一惊，继而面面相觑。仲媛已经死了，怎么可能再从地下找出来见他？

卢玮希知道仲媛没死，也大概猜到原因。刚要说什么，叶敏之打来电话，说仲媛和她在一起，让她请沈屠来卢家，她已经请了媒体，聂风也带了卢卓回去。

听完卢玮希的转述，沈屠哈哈大笑，直到笑出眼泪了才吩咐沈临风准备车。不带一兵一卒，父子俩上了一辆车。卢玮希满腹疑惑，但叶敏之既然说了今天会解决所有恩怨，她一路上也不多问，只靠在萧珩怀里。

到了卢家，叶敏之连寒暄都不要，直接领着他们来到挤满卢氏族人和记者的大厅。卢老夫人和卢卓坐在一隅，眼皮突突地跳，她有种被抄家的感觉，却无法阻止。因为叶敏之突然露出真面目，泼辣凶悍得像只母老虎。

卢卓一直一言不发。沈屠是他二丨多年的朋友，他的所有事沈屠都知道，甚至参与，有什么好怕的？听到有人招呼说沈董事长来了，卢卓惊喜地抬头，叫了声“沈屠”。

沈屠笑了笑，没有回应，只平静讲述卢卓为了私生女林榆雁，求他干掉阻止林榆雁认祖归宗的卢荣，以及卢荣被骗着操纵德兴股票的经过，还有卢荣自杀后被他埋骨在非洲的经过。资金来源他也说了，说是来自霍家，因为他本就是霍威廉的私生子。霍威廉的独子出事后，只留了霍箐、霍雅两个小丫头，霍威廉求他认祖归宗，因为养父母早已去世，他私底下就算回归了霍家。霍家的实权在他手里，所以，拿霍沈两家的资金操纵德兴那一只小股票很容易。

说完这些，他笑微微地看向卢卓："卢卓，同窗四年，做朋友和合伙人二十四年，我说的这些是不是妄言？"

卢卓无言以对，迷迷糊糊，浑浑噩噩，似乎沈屠说得都对，又似乎有些地方不对，但他的确想弑父，也真的那么做了。这算是承认了。

沈屠笑着起身。刚走两步，忽然听到某个大胆的记者大声问道："您的养女林榆雁喜欢您儿子，您帮卢先生弑父，是不是想让您儿子得到卢家的财产？多年来一直听说您是Gay，那您的儿子是不是您的双性恋人？"

沈屠的脚步一停，犀利的目光直奔着提问的记者而去。记者接触到这个目光，连忙缩了缩脖子。而萧珩和他身边的主持人也一直没有站出来解围，大有看好戏的味道。

而沈屠这时候发出幸福的笑声，在众人奇怪的注目下，才缓缓说道："不错，我是Gay。我能为我爱的人做除了生孩子之外的所有事情，她能为我爱的人延续香火，为视如己出的孩子谋点福利，有什么大惊小怪的。"

这信息量好大啊。记者们窃窃私语起来，沈屠不是鳏夫吗？视如己出，这词不是用在抚养别人的孩子上吗？难道，沈临风是沈屠Gay友的？在众人的疑惑目光中，沈屠一步一步地离开了。

卢玮希自然也将沈屠这番话听了进去，拧着眉头："沈屠这话是什么意思？"萧珩知道，又觉得不知道该怎么对卢玮希说。

卢玮希自己似乎也猜到什么，那张全家福在她口袋里，上面的女人是仲媛，孩子估计是沈临风，那个男人，应该就是沈屠的同性恋人，但那人是谁？叶敏德的照片她没见过，难道是叶敏德？可是，叶敏德已经死了二十多年了，到底是怎么回事？

这时候，萧珩的手机响了起来，按下通话键和对方聊了一会儿，萧珩告诉卢玮希："沈临风已经带着沈屠去见聂风和仲媛了，我们也过去吧。"

"嗯。"卢玮希从座位上站起身。

"对了，忘记告诉你，警察局那边我们也都疏通好了，很快就有人带沈屠走了，操纵股市案你爸也脱不了干系，但是我不想你遗憾，后天是个好日子，婚礼就放在教堂吧。你爷爷的骨灰龛在那里，算是让他见证我们的婚礼。婚礼之后我们将宗源给的那些证据交给警方，你爸会坐牢，你爷爷就可以洗清冤屈。这件事，也终于可以告一段落了。"

没提到聂风，这不正常。卢玮希点头的同时，似乎已经猜到了萧珩的良苦用心。叶家太惨了，死了那么多人，没落了那么多年，如果叶敏德活着，如果聂风就是叶敏德，如果聂风没有涉案……只是沈屠为叶敏德鸣不平的报复，那样，她妈就有了哥哥，她就有了舅舅，叶家也有了后。

沈屠和聂风、仲媛聊了许久，直到听到"咚"的一声巨响，叶敏之吓了一跳，冲进了房间。萧珩、卢玮希和沈临风也跟着走进去，只见到沈屠口吐白沫，聂风抱着沈屠泪流满面，仲媛则跪在沈屠面前。

"我手机被我爸扔了，快叫救护车！"沈临风嘶声哑嗓地吼。

卢玮希没想到会出这样的事，一时间也愣住了。萧珩和萧衍相互对视一眼，似乎有些犹豫不决。

沈临风见所有人都没有动作，悲愤地摇头："你们太自私冷血了，就算想要找他报仇，也至少得先让他活着接受审判吧！"

卢玮希闻言一震，为了替聂风脱罪，她竟然私心地希望沈屠把所有罪名承担然后猝死，她什么时候变得这么自私冷血了？

不一会儿，沈屠被医护人员拉走。沈临风随车而去。

卢玮希始终沉浸在这场混乱当中，过后才将若有所思的视线转向一直沉默的聂风身上，究竟他们三个说了什么，竟让沈屠当面服毒自杀？萧珩提议先带仲媛和叶敏之去冷静一下，卢玮希也没有异议。

萧珩一出去，聂风却突然站起来给了卢玮希一耳光："你是傻瓜吗？"他大叫，"我利用你妈介绍，让你挖我去奇迅，我培养你是为了等你把奇迅做大了，再把奇迅夺回来给我儿子，沈临风是我的儿子，我和仲媛的儿子！卢荣的事虽然是沈屠做的，但沈屠都是因为我！我故意不提醒卢荣。卢荣知道真相后，为求沈屠罢手，以死谢罪！卢卓的罪对叶家算是灭门，岂是卢荣死就能抵消的？我出卖你的行踪给霍箐，让她撞你砸你，甚至帮你修改X50和X55的参数都是为了让你被高科控诉坐牢，好把卢家斩草除根！我还让霍雅和你抢萧珩，你还不知道吧，八年前萧衍被撞，是我让叶无双和叶一去做的，叶无双和叶一本就是我培养的复仇棋子，我早就知道萧衍和萧珩是一人，我任他把霍箐交给袁妈妈，不过是为了降低你们的戒心。袁妈妈就是仲媛，她是我的妻子，我们夫妻这样联手对你们，你还要放过我，还要萧珩暗示沈屠自杀来保住我？卢玮希，你没有脑子吗？你的那些理智呢？"

"我的理智在知道你是舅舅后，统统都不见了。"卢玮希捂着唇，眼泪像是开了闸的洪水，再也无法控制，"外婆、外公都是因为舅舅死了才死的，妈妈行尸走肉这么多年，也是因为自责她引狼入室害死舅舅。妈妈后来知道你是舅舅，不惜牺牲我也要保住舅舅，我也要不顾一切保护舅舅。"

哇，第一次，她在人前痛痛快快地号啕大哭，哭得肝肠寸断，哭得头晕目眩……眼前一黑，她昏了过去。

第一百二十一章　花好月圆

卢玮希醒来的时候，卧室站着好多人，包括那位在本市赫赫有名的妇产专家郝欣。当卢玮希的目光停留在萧珩的身上时，眼圈一红，又开始流泪："萧珩，我想和你单独谈谈。"

萧珩向郝专家点点头，郝专家跟在鄢挚的身后出门，楚策不放心地看了床上的卢玮希一眼，知道自己再担心也是多余，便将卧室留给这二人。

"知道你昏睡了多久吗？"萧珩坐在卢玮希的床边，疼惜地抚了抚她的脸，"两天两夜，我都被你吓死了。"他只穿了一件黑色的衬衣，指尖微凉，怕冰着她，他赶紧收回手。

收到一半却被卢玮希一把抓住，紧紧攥在手心里，低垂着眉眼，似乎在犹豫着该如何开口。

"我舅舅怎么样了？"说出这几个字，卢玮希的眼泪滚落下来。

热泪砸在萧珩手背上，萧珩心疼地伸手替她抹去眼泪，把她昏倒后这两天发生的事情讲了一遍。

沈屠送医途中毒发身亡。警察在他口袋里发现了未服完的剧毒和两份认罪书。沈屠把设局谋害卢荣的罪名一力扛下，中间除了牵扯到怂恿他的卢卓和替他转账的长姐霍心，其他再无牵扯。警察给的结论是他若不死，就算卢荣是自杀他也是无期。因为当年谋杀仲颖的不是霍心也不是霍澎，而是沈屠。原因是霍心与初恋幽会，被仲颖跟踪拍照。仲颖想要挟霍心取消霍雅与萧珩的娃娃亲。没想到被螳螂捕蝉黄雀在后的沈屠看到，争夺手机的过程中，沈屠失手意外杀死了仲颖，然后逃离现场。两罪并罚，无期都是轻的。骄傲的沈屠不会让自己在监狱里度过余生，所以他去卢家是抱了死志。

卢卓被收押，罪名不只是侵吞公款和弑父，还有谋杀叶敏德未遂。林岚作为卢卓的同谋，吓得癌细胞急剧扩散，专家会诊后给出的结论是生命只剩一个月的样子。警方允许叶敏之给林岚办保外就医。听说昨晚在见到叶敏德后，林岚昏死过去，已被叶敏之送进医院的ICU。

叶敏之被专家鉴定为轻度精神分裂、双重人格。原来她真的有病。作为受害者，她没有去向害人者林岚追责，反而像家人一样尽心尽力去照顾害惨她的林岚。

叶敏德经历了九死一生，毁容又整容，变成了现在的聂风。聂风没有牵扯到卢荣的案子，本可在卢氏继续任职，他却主动辞职。卢卓被收押之前，撤销了先前写的遗嘱，委托律师傅斯年把自己名下的一切都转给了聂风。聂风也委托傅斯年，把卢卓还给他的资产以沈屠的名义成立爱心基金，又把沈屠的骨灰葬在了叶敏德的衣冠墓旁，算是成全了沈屠的半生愿望。

沈临风不愿意恢复叶姓，聂风和仲媛也不勉强，夫妻俩拜访霍心，也不知谈了什么，霍心连夜把霍箐、霍雅送回了霍家，还公开宣称娃娃亲无效，霍、萧从此不再联姻。

仲媛向萧珩、萧衍道歉，承认自己是为了聂风才会欺瞒他们。萧珩原谅他姨妈，萧衍突然多了个同母异父的哥哥沈临风，想想在幕后恶斗那么久，他非常不适应，当晚跑到明珠的私家侦探社，拉着明珠喝了一夜酒。

后来，萧衍当场拿出戒指向明珠求婚。明珠反拿起了桥，说是等卢玮希嫁出去了她才答应。

花了半个小时，萧珩才算讲完这些。看卢玮希没反应，他摸了摸她的头："玮希，人生就是故事。你死了，我的故事就结束了；而我死了，因为宝宝，你的故事还长得很。"

昏睡两天，醒来已是物是人非，仿若黄粱一梦，卢玮希一时间回不过味："什么宝宝？"

"岳母介绍了妇产专家郝欣，经郝专家昨天和今天的再三检查，确定你有了宝宝。"

叶敏之终于把她当作了她的孩子！叶敏之终于知道关心她了！

"哇——"卢玮希爬起来钻进萧珩怀里，周围都是他的气息，让她安心又心酸，心酸又幸福，幸福又忧虑，忧虑又无措……总之，各种感觉交杂汇集到一起，哭得上气不接下气。萧珩听聂风说过她之前昏倒是因为大哭引起的，怕她再昏过去，一下一下拍着她的后背帮她顺气，用幸福的语调调侃她："哎，孩儿他妈，我刚结婚就从小两口变成小三口，我都没哭，你哭什么？"他话中带着幸福的笑意，可细听一下，竟然还带着哽咽。

他这么一说，卢玮希哭得更大声了。萧珩就是怕她听完那些恩恩怨怨会哭，才想着逗她笑，谁知她不但没笑，还越哭越大声。泪水砸在他胸前，胸前的衬衣很快便湿哒哒地贴在皮肤上。他顺着她的背，用最轻柔的声音哄着："老婆乖，老婆不哭了啊，岳母说孕妇不能哭。岳母说哭多了对你和宝宝都不好，让我万事依着你，否则她就要拿刀上门砍我，还说她现在是有证的精神病，打杀人是不犯法的；老婆，就算不为我，也得为咱们萧卢想，萧卢可不想他外婆追着他爹喊打喊杀啊。"说着便去抚了抚她的肚子，"萧卢，萧卢，爹给你娶的名字可是寄予厚望的，怀胎十月不易，你可不要闹腾你妈妈哦。"

萧珩抱紧她，人家都说怀孕时的女人最美，萧珩也这么觉得。卢玮希的皮肤本就白皙，怀孕之后更加吹弹可破。因为刚哭过，双腮飘着两朵妩媚的红晕，一对水眸，仿佛蕴藏了最美的星辰，此刻看向他，里面闪动的微光，让人心醉。

娇妻爱子在怀，萧珩嘴角挂着掩饰不去的幸福笑容，好声好气地问："萧卢这名字行吗？是不够寓意鲜明吗？要不我再取个新的，萧爱卢怎么样？"

这取名风格真是清奇，卢玮希只觉得好笑。萧珩拥着她继续说："结婚证领了，婚礼也预定在你满三个月的时候举行，明珠、萧衍是伴娘和伴郎，你一定要先嫁给我，不然明珠不答应萧衍啊。"说完右手食指轻轻在她鼻尖上一按，在她嘴角轻轻偷了一个吻，又笑着说，"我爸听说你有了萧卢，连修行都放弃了，已经订了机票，说是要参加完婚礼就住在江南等着抱孙子呢。再说了，萧卢外婆可是有证的，我可不想被萧卢外婆以我悔婚的借口追杀我。"他话虽然这么说，笑容却有些得意，语气里满是有恃无恐外加心满意足的味道。

萧卢，萧珩——卢玮希！萧爱卢，萧珩爱卢玮希！卢玮希怔怔看了他一会儿，幸福涌上心头，她突然不知道怎么表达，在他深情的目光注视下，她看准他的脖子，一口就咬了下去……